KRISTIN HANNAH

LIEBE UND VERDERBEN

atb aufbau taschenbuch

KRISTIN HANNAH, geboren 1960 in Südkalifornien, arbeitete als Anwältin, bevor sie zu schreiben begann. Heute ist sie eine der erfolgreichsten Autorinnen der USA und lebt mit ihrem Mann im Pazifischen Nordwesten. Nach zahlreichen Bestsellern waren es ihre Romane »Die Nachtigall« und »Die vier Winde«, die Millionen von Lesern in über vierzig Ländern begeisterten und Welterfolge wurden.
Alle lieferbaren Titel der Autorin unter www.aufbau-verlage.de.

GABRIELE WEBER-JARIĆ lebt als Autorin und Übersetzerin in Berlin. Sie übertrug u.a. Kristin Hannah, Mary Morris, Ranald H. Balson, Imogen Kealey und Allison Pataki ins Deutsche.

Als Lenis Vater nach Jahren der Kriegsgefangenschaft aus Vietnam zurückkehrt, ist er ein anderer geworden. In der Hoffnung auf einen Neuanfang zieht Leni mit ihren Eltern nach Alaska, wo sie lernen müssen, sich gegen die Gefahren der Wildnis zu wappnen, und schon bald von der Magie der Landschaft in ihren Bann gezogen werden. Leni schließt Freundschaft mit Matthew, der auf dem Nachbargrundstück lebt. Obwohl sie in völliger Abgeschiedenheit aufwachsen, finden die beiden ineinander alles, was sie zu ihrem Glück brauchen, und aus Vertrautheit entwickelt sich der Zauber einer ersten Liebe. Doch auf die leuchtende Schönheit des Sommers folgt die endlose Finsternis des Winters, und irgendwann vermag es Lenis Vater nicht länger, seine Dämonen zu bändigen. Matthew und Leni drohen auf tragische Weise getrennt zu werden.

KRISTIN HANNAH

LIEBE UND VERDERBEN

ROMAN

Aus dem Amerikanischen
von Gabriele Weber-Jarić

atb aufbau taschenbuch

Die Originalausgabe mit dem Titel
The Great Alone
erschien 2018 bei St. Martin's Press, New York.

MIX
Papier | Fördert gute Waldnutzung
FSC® C083411

ISBN 978-3-7466-3576-7

Aufbau Taschenbuch ist eine Marke
der Aufbau Verlage GmbH & Co. KG

2. Auflage 2025
Vollständige Taschenbuchausgabe

www.aufbau-verlage.de
10969 Berlin, Prinzenstraße 85

Bei Fragen zur Sicherheit unserer Produkte wenden Sie sich bitte an
produktsicherheit@aufbau-verlage.de.
Gesetzt aus der Bembo Pro durch Greiner & Reichel, Köln
Umschlaggestaltung www.buerosued.de, München
unter Verwendung eines Bildes von © Stephen Carroll / Trevillion Images
Druck und Binden CPI books GmbH, Leck, Germany

Printed in Germany

Für die Frauen in meiner Familie,
die alle Kämpferinnen sind:
Sharon,
Debbie,
Laura,
Julie,
Mackenzie,
Sara,
Kaylee,
Toni,
Jacqui,
Dana,
Leslie,
Katie,
Joan,
Jerrie,
Lin,
Courtney
und Stephanie.
Und für Braden, unseren jüngsten Abenteurer.

Die Natur betrügt uns nie.
Wir sind es immer,
die wir uns selbst betrügen.

Jean-Jacques Rousseau

1974

KAPITEL EINS

In jenem Frühjahr kam der Regen in so schweren Sturmböen, dass er an den Dächern der Häuser riss und lärmte. Das Wasser drang bis in die kleinsten Ritzen und untergrub noch die stärksten Fundamente. Land, das die sichere Heimat mehrerer Generationen gewesen war, brach auf und häufte sich zu Schlackebrocken auf den tieferliegenden Straßen, riss Häuser und Autos und Swimmingpools mit sich. Bäume stürzten um, krachten auf Stromleitungen. Flüsse traten über ihre Ufer, überfluteten Gärten und zerstörten Häuser. Menschen, die einander liebten, gerieten in Streit miteinander. Unterdessen fiel der Regen unablässig, und das Wasser stieg weiter.

Leni war nervös. Sie war neu in der Schule, nur ein unbekanntes Gesicht in der Menge – ein rothaariges Mädchen mit Mittelscheitel, das keine Freunde hatte und jeden Tag allein zur Schule ging.

Sie saß auf ihrem Bett, die Knie umschlungen, die mageren Schenkel an die flache Brust gedrückt. »Unten am Fluss« lag aufgeschlagen neben ihr, eine Taschenbuchausgabe voller Eselsohren. Durch die dünnen Wände des Hauses hörte sie ihre Mutter sagen: *Ernt, Baby, bitte nicht. Hör doch …*

Dann die verärgerte Stimme ihres Vaters: *Lass mich zufrieden, verdammt noch mal.*

Es ging wieder los. Das Streiten. Das Gebrüll.

Bald würde es Tränen geben.

Wetter wie dieses brachte die dunkle Seite ihres Vaters zum Vorschein.

Leni schaute auf die Uhr an ihrem Bett. Wenn sie sich jetzt nicht auf den Weg machte, käme sie zu spät zur Schule. Sie würde auffallen, und das war das Einzige, was noch schlimmer war, als auf der Mittelschule die Neue zu sein. Zu dieser Erkenntnis war sie auf die harte Tour gelangt. In den letzten vier Jahren war sie auf fünf Schulen gewesen, und auf keiner war es ihr geglückt dazuzugehören. Doch sie gab nicht auf und hoffte noch immer, dass sie es eines Tages schaffen würde. Sie atmete tief durch und stand auf. Leise verließ sie ihr karg möbliertes Zimmer und überquerte den Flur. An der geöffneten Küchentür blieb sie stehen.

»Herrgott, Cora«, sagte Dad. »Du weißt doch, wie schwer es für mich ist.«

Ihre Mutter machte einen Schritt auf ihn zu und streckte die Hand nach ihm aus. »Du brauchst Hilfe, Baby. Es ist nicht deine Schuld. Die Alpträume –«

Leni räusperte sich, um auf sich aufmerksam zu machen. »Hey«, sagte sie.

Ihr Vater entdeckte sie und trat einen Schritt von Mom zurück. Leni erkannte, wie müde er aussah, wie abgekämpft.

»Ich … ich muss zur Schule«, sagte Leni.

Mom griff in die Brusttasche ihrer rosafarbenen Kellnerinnenuniform und holte ein Päckchen Zigaretten heraus. Sie wirkte erschöpft. Hinter ihr lag die Spätschicht und vor ihr die Mittagsschicht. »Lauf los, Leni. Sonst kommst du zu spät.« Ihre Stimme war ruhig, sanft und ebenso zart, wie sie selbst es war.

Leni wollte weder bleiben noch gehen, das eine wäre so unerfreulich wie das andere. Es war sonderbar, vielleicht sogar ein bisschen albern, aber manchmal kam es ihr vor, als wäre sie der ausgleichende Ballast, der das schlingernde Allbright-Schiff auf Kurs hielt, fast so etwas wie die einzige Erwachsene in ihrer Familie. Ihre Mutter war seit geraumer Zeit auf der Suche nach sich selbst. In den vergangenen Jahren war sie allen möglichen Theorien gefolgt, um ihr Entwicklungspotenzial auszuschöpfen, wie sie es nannte. Sie hatte es mit Überlebenstraining versucht und mit dem Human Potential Movement, mit spiritueller Unterweisung, auch mit Unitarismus. Sogar mit dem Buddhismus. Überall hatte sie mitgemacht und sich das Beste für ihre Selbstfindung herausgepickt. Nach Lenis Eindruck waren es vor allem T-Shirts und markige Phrasen, die sie mitgenommen hatte. Sätze wie *Was ist, ist, und was nicht ist, ist nicht.* Letztlich schien nichts davon einen Unterschied zu machen.

»Geh«, sagte Dad.

Leni nahm ihren Rucksack vom Küchenstuhl und lief zur Haustür hinaus. Als sie hinter ihr ins Schloss fiel, begann es drinnen von neuem.

Herrgott, Cora –

Bitte, Ernt, hör mir zu –

So war es nicht immer gewesen. Zumindest behauptete das ihre Mutter. Vor dem Krieg seien sie glücklich gewesen, sagte sie, damals, als sie in Kent im Wohnwagenpark wohnten und Dad eine gute Stelle als Mechaniker und Mom stets ein Lachen auf den Lippen getragen und beim Kochen zu »Piece of My Heart« getanzt hatte. In Lenis Erinnerung an diese Zeit war nur noch das Bild ihrer tanzenden Mutter lebendig.

Dann wurde ihr Vater eingezogen. Er ging nach Vietnam, wo er kurz darauf abgeschossen und gefangen genommen wurde. Ohne ihn an ihrer Seite zu wissen, verlor Mom ihren Halt. Damals begriff Leni zum ersten Mal, wie zerbrechlich ihre Mutter war. Eine Zeitlang zogen sie umher, Leni und ihre Mutter, von Job zu Job, von Ort zu Ort, bis sie zuletzt in Oregon in einer Kommune unterkamen. Dort kümmerten sie sich um die Bienenstöcke und fertigten Lavendelsäckchen, um sie auf dem Bauernmarkt zu verkaufen. Sie demonstrierten gegen den Krieg in Vietnam, und Mom passte sich ihrem politisch engagierten Milieu an.

Als ihr Vater zurückkehrte, erkannte Leni ihn kaum wieder. Der gutaussehende, lachende Schemen ihrer kindlichen Erinnerung war ein seinen Launen hilflos ausgelieferter Mann geworden, den mal Wutanfälle plagten, dann wieder blieb er kühl und distanziert. Alles an der Kommune schien ihm verhasst zu sein, und schon bald zogen sie fort. Und wieder fort. Und wieder. Und nie war etwas so, wie er es haben wollte.

Nachts konnte er nicht schlafen, am Tage konnte er keinen seiner Jobs behalten, obwohl Mom schwor, dass er der beste Mechaniker sei, den es je gegeben habe.

Darüber hatten sie und er an diesem Morgen gestritten. Ihm war wieder einmal gekündigt worden.

Leni zog sich die Kapuze ihrer Jacke über den Kopf. Auf ihrem Schulweg lief sie durch Straßen mit gepflegten Häusern und machte einen Bogen um ein dunkles Gehölz; von dem musste sie sich fernhalten, man wusste nie, was einem dort zustoßen konnte. Sie kam an dem Fastfood-Restaurant vorbei, wo die Schüler der Highschool sich am Wochenende trafen, und an einer Tankstelle, wo die Autos in einer Schlange darauf warteten, Benzin für vierzig Cent den Liter zu tanken. Das war etwas, was die Gemüter aller erregte – die hohen Benzinpreise.

Eigentlich waren ohnehin alle Erwachsenen unentwegt gereizt, jedenfalls empfand Leni es so. Und es war auch kein Wunder. Der Vietnamkrieg hatte das Land gespalten. Tag für Tag verkündeten die Schlagzeilen der Zeitungen neue Grausamkeiten: Mal waren es Bombenanschläge der linksradikalen Weathermen, dann wieder die der IRA, Flugzeuge wurden genauso entführt wie Menschen, etwa die Erbin Patty Hearst, die von einer terroristischen Guerillatruppe gefangen genommen worden war. Das Massaker bei den Olympischen Spielen in München hatte die ganze Welt erschüttert, eben dies schien sich auch bei der Watergate-Affäre abzuzeichnen. Und seit kurzem verschwanden im Bundesstaat Washington immer wieder junge Frauen, ohne eine Spur zu hinterlassen. Die Welt war gefährlich geworden.

Was hätte Leni darum gegeben, eine richtige Freundin zu haben. Es war ihr größter Wunsch. Sie wollte mit jemandem reden können.

Doch würde es ihr letztlich irgendetwas bringen, wenn sie mit jemandem über ihre Sorgen sprechen könnte? Wozu jemandem ihr Herz ausschütten? War es nicht einfach so, dass ihr Vater manchmal die Kontrolle verlor und herumbrüllte und sie nie genug Geld hatten und dauernd umzogen, um ihren Gläubigern zu entkommen? So war ihre Familie nun einmal, aber immerhin liebten sie einander.

Aber dann gab es Tage, solche wie diesen, an denen Leni Angst hatte. Es war ihr, als stünde ihre Familie an einem tiefen Abgrund, wo der Boden unter ihren Füßen jeden Augenblick nachzugeben und abzubrechen drohte und sie wie die Häuser an den aufgeweichten Hängen von Seattle in die Tiefe stürzen würden.

Nach der Schule lief Leni durch den Regen nach Hause. Allein.

Das flache, schlauchartige Haus, in dem sie wohnten, stand in einer Sackgasse, umgeben von deutlich gepflegteren Anwesen. Es war außen dunkelbraun und mit leeren Blumenkästen versehen, die Regenrinne war verstopft, das Garagentor ließ sich nicht schließen und stand stets halb offen. Zwischen den verrottenden grauen Dachpfannen wucherten Unkrautbüschel.

Leni entdeckte ihren Vater in der Garage. Er saß auf der Werkbank neben dem ramponierten Mustang ihrer Mutter. Das Dach des Mustang war mit Klebeband geflickt. An den Wänden der Garage reihten sich die Umzugskartons, gefüllt mit den Sachen, die sie seit ihrer Ankunft in Seattle noch nicht ausgepackt hatten.

Wie üblich trug ihr Vater seine abgewetzte Armeejacke und zerschlissene Levi's. Er saß gekrümmt, die Ellbogen auf die Knie gestützt. Sein langes schwarzes Haar war ein strähniges Durcheinander, und der Schnurrbart hätte dringend geschnitten werden müssen. Er hatte keine Schuhe an, und seine Füße waren verschmutzt. Doch selbst in diesem Aufzug und trotz seines erschöpften Gesichtsausdrucks hatte er immer noch das Aussehen eines Filmstars. Das sagten alle.

Er legte den Kopf schief, strich seine Haare zurück und schaute Leni an. Wenngleich sein Lächeln etwas angestrengt war, hellte es dennoch sein Gesicht auf. Und das war das Problem mit ihrem Vater: Er mochte launisch und jähzornig sein, mitunter sogar furchterregend, doch das war er nur, weil er Gefühle wie Liebe und Verlust und Enttäuschung so intensiv erlebte. Vor allem die Liebe. »Lenora«, sagte er mit seiner heiseren Raucherstimme. »Ich habe auf dich gewartet. Es tut mir leid. Heute früh war ich einfach außer mir. Ich habe meinen Job verloren. Du musst schrecklich enttäuscht von deinem Vater sein.«

»Nein, Dad.«

Leni wusste, wie leid es ihm tat. Sie konnte es von seinem Gesicht ablesen. Als sie noch kleiner war, hatte sie sich manchmal gefragt, wozu die vielen Entschuldigungen gut sein sollten, wenn sich doch nie etwas an seinem Verhalten änderte. Mom hatte es ihr erklärt. Der Krieg und die Gefangenschaft hatten in ihrem Vater etwas zerbrochen. *Stell dir vor, er wäre verletzt*, sagte sie. *Und einen Menschen, der leidet, hört man nicht einfach auf zu lieben. Im Gegenteil, man selbst wird stärker, damit er Halt bei einem finden kann. Er braucht mich. Uns.*

Leni setzte sich zu ihrem Vater. Er legte einen Arm um sie und zog sie an sich. »Die Welt wird von Verrückten regiert. Das ist nicht mehr mein Land. Ich möchte …« Er ließ den Satz unbeendet. Leni sagte nichts. Sie war diese Traurigkeit ihres Vaters, seine Enttäuschung von der Welt, gewöhnt. Ständig brach er mitten im Satz ab, als fürchtete er, sonst etwas allzu Beängstigendes oder Deprimierendes von sich zu geben. Leni verstand diese Verschlossenheit. Sie hatte längst begriffen, dass es oftmals besser war zu schweigen.

Ihr Vater griff in seine Jackentasche und zog ein zerdrücktes Päckchen Zigaretten hervor. Er steckte sich eine an. Leni stieg der vertraute beißende Geruch in die Nase.

Sie wusste, wie groß das Leid war, das er mit sich herumtrug. Manchmal wurde sie nachts von seinem Weinen geweckt, hörte, wie ihre Mutter ihn zu beruhigen versuchte. *Ganz ruhig, Ernt, es ist vorbei, du bist zu Hause, in Sicherheit.*

Dad schüttelte den Kopf und stieß eine blaugraue Rauchwolke aus. »Ich möchte einfach … mehr – verstehst du? Nicht nur einfach einen Job. Ein Leben. Ich möchte über die Straße gehen, ohne Angst haben zu müssen, dass mich irgendjemand ein imperialistisches Schwein oder einen Kindermörder nennt. Ich will …« Er seufzte. Lächelte. »Mach dir keine Sorgen. Alles wird gut. Wir schaffen das.«

»Du findest einen neuen Job«, sagte Leni.

»Natürlich, Rotfuchs. Morgen ist ein neuer Tag.«

Das sagten ihre Eltern immer.

An einem trüben und kalten Morgen Mitte April wurde Leni früh wach. Sie stand auf, hockte sich auf ihren Platz auf dem durchgesessenen Sofa mit dem Blumenmuster und stellte die *Today Show* an. Auf der Suche nach einem vernünftigen Bild richtete sie die beiden Antennenstäbe aus. Als das Bild endlich scharf war, hörte sie die Moderatorin Barbara Walters sagen: »Auf diesem Foto sieht man Patricia Hearst, die sich jetzt Tania nennt, bei einem kürzlich erfolgten Banküberfall in San Francisco mit einem Gewehr. Augenzeugen berichten, dass die neunzehn Jahre alte Enkeltochter des Medienmoguls William Randolph Hearst, die im Februar von der Symbionese Liberation Army entführt wurde …«

Leni war wie gebannt und konnte noch immer nicht glauben, dass eine »Armee« einfach in eine Wohnung marschieren und eine Neunzehnjährige mitnehmen konnte. Wie sollte man sich in einer solchen Welt noch sicher fühlen? Und wie wurde aus einer reichen jungen Frau eine Revolutionärin namens Tania?

»Es wird Zeit, Leni«, rief ihr ihre Mutter aus der Küche zu. »Mach dich für die Schule fertig.«

Die Haustür flog auf.

Dad kam herein und strahlte auf eine Weise, die es Leni unmöglich machte, ihn nicht auch anzulächeln. Der niedrige triste Flur mit seinen grauen Wänden voller Stockflecken stand in keinem Verhältnis zu seiner energischen, kraftvollen Erscheinung, er wirkte beinah überlebensgroß. Wasser tropfte aus seinem Haar.

Mom stand am Herd und briet Frühstücksspeck.

Dad stürmte in die Küche und stellte das Kofferradio auf dem Küchentresen lauter. Ein kratziger Rocksong ertönte. Er lachte und nahm ihre Mutter in die Arme.

Leni hörte, wie er: »Es tut mir leid. Verzeih mir«, zu ihr sagte.

»Immer«, antwortete Mom und umschlang ihn, als hätte sie Angst, er würde sie fortstoßen.

Er legte einen Arm um ihre Taille, führte sie zum Küchentisch und zog einen Stuhl hervor. »Leni, komm zu uns«, rief er.

Es bedeutete Leni viel, wenn ihre Eltern sie einbezogen. Sie verließ das Sofa und setzte sich zu ihrer Mutter. Dad zwinkerte ihr zu und überreichte ihr ein Taschenbuch von Jack London, »Ruf der Wildnis«. »Das wird dir gefallen«, sagte er.

Er ließ sich ihrer Mutter gegenüber nieder, rückte dicht an den Tisch heran und lächelte wie immer, wenn er irgendetwas vorhatte. Leni kannte dieses Lächeln. Offenbar hatte er wieder eine Idee, wie sie ihr Leben ändern könnten. Es hatte schon viele solcher Pläne gegeben. Einmal hatten sie alles verkauft und waren den Highway am Big Sur an der Westküste entlanggefahren, um dort zu zelten. Ein ganzes Jahr lang. Ein anderes Mal hatten sie Nerze gezüchtet, was ein echter Horror gewesen war. Als Nächstes hatte ihr Vater beschlossen, nach Kalifornien zu gehen und den Gärtnern dort Samentütchen zum Verkauf anzubieten.

Nun griff er in seine Jackentasche, holte einen zusammengefalteten Brief heraus und knallte ihn triumphierend auf den Küchentisch. »Erinnerst du dich an meinen Freund Bo Harlan?«

Mom dachte einen Moment lang nach, bevor sie antwortete. »Aus Vietnam?«

Dad nickte. Zu Leni sagte er: »Bo Harlan war der Crew Chief und ich der Bordschütze. Wir gaben uns gegenseitig Rückendeckung, immer. Wir waren auch zusammen, als sie unseren Hubschrauber runtergeholt haben und wir gefangen genommen wurden. Wir sind zusammen durch die Hölle gegangen.«

Bei diesen Worten fing er an zu zittern. Er hatte die Ärmel seines Hemds hochgerollt, und Leni konnte die Brandmale sehen, tiefe Furchen, die sich von den Handgelenken bis zu den Ellbogen zogen, mit runzliger, verunstalteter Haut, die nie bräunte. Leni wusste nicht, wie diese Narben entstanden waren. Ihr Vater hatte es ihr nie erklärt und sie nie danach gefragt, doch sie war zu dem Schluss gekommen, dass er sie den Männern, die ihn gefangen genommen hatten, verdankte. Auch sein Rücken war von Narben bedeckt, die Haut voller Schwielen und Knubbel.

»Sie haben mich gezwungen, dabei zuzusehen, wie er starb.«

Leni warf ihrer Mutter einen Blick zu. Darüber hatte ihr Vater bisher nie gesprochen. Es war verstörend, sich so etwas vorzustellen.

Dad begann mit dem Fuß einen Takt zu schlagen und trommelte dazu mit den Fingern auf den Tisch. Dann entfaltete er den Brief, strich ihn glatt und drehte ihn so, dass Leni und ihre Mutter den Text lesen konnten.

Sergeant Allbright,

Sie sind kein Mann, der leicht zu finden ist. Mein Name ist Earl Harlan.
In vielen Briefen, die mein Sohn Bo geschrieben hat, ging es um seine Freundschaft mit Ihnen. Für diese Freundschaft danke ich Ihnen.
In seinem letzten Brief schrieb er, falls ihm in dem Drecksloch da drüben etwas zustoßen sollte, dann sollen Sie sein Grundstück hier oben in Alaska kriegen.
Es ist nichts Großes. Ungefähr sechzehn Hektar mit einem Blockhaus, an dem einiges zu tun ist. Aber wenn man sich ins Zeug legt, kann man von dem Land da oben leben.
Telefon habe ich nicht, aber Sie können mir hier nach Kaneq postlagernd schreiben. Früher oder später kommt der Brief dann bei mir an.
Das Grundstück liegt am Ende der Straße, nach einem Metallgatter mit einem Rinderschädel und kurz vor dem verkohlten Baum an der Meile Nummer 13.
Noch einmal vielen Dank.

Earl

Mom sah auf, drehte den Kopf ruckartig wie ein Vogel und starrte Dad an. »Dieser Mann – dieser Bo hat uns ein Haus vermacht? Ein *Haus*?«

»Stell dir das vor.« Vor Begeisterung sprang er auf. »Ein Haus, das *uns* gehört. Das unser *Eigentum* ist. An einem Ort, wo wir uns selbst versorgen können. Wir bauen unser eigenes Gemüse an, leben von den Tieren, die ich jage, und wir werden frei sein. Davon haben wir seit Jahren geträumt, Cora. Ein einfaches Leben, weit weg von dem ganzen Mist hier. Wir können in Freiheit leben. Stell dir das vor.«

»Moment mal«, sagte Leni. Selbst für ihren Vater war dieser Plan ungewöhnlich. »Willst du wieder umziehen? Nach Alaska? Wir sind doch gerade erst hierhergezogen.«

Mom runzelte die Stirn. »Da oben gibt es doch gar nichts, oder? Nur Bären und Eskimos.«

Dad zog sie so schwungvoll hoch, dass sie ins Taumeln geriet und an seine Brust fiel. In den Augen ihres Vaters erkannte Leni die Verzweiflung, die seinem Überschwang innewohnte. »Ich brauche das, Cora. Ich brauche einen Ort, an dem ich wieder atmen kann. Hier ist mir, als würde man mir die Luft abdrücken. Da oben werden die Flashbacks und der ganze Mist aufhören. Das weiß ich. *Wir* brauchen das. Dann kann es für uns wieder so werden wie früher, bevor Vietnam mir das Gehirn zersetzt hat.«

Mom sah zu ihm hoch. Ihr blasses Gesicht stand in scharfem Kontrast zu seinem dunklen Haar und gebräunten Teint.

»Komm schon, Baby«, sagte er. »Stell dir doch nur vor, wie es wäre …«

Leni konnte dabei zusehen, wie ihre Mutter nachgab, wie sie ihre Bedürfnisse umformte, um sie den seinen anzupassen, wie sie ein neues Bild von sich ersann – das einer Frau, die in Alaska lebte. Vielleicht dachte sie auch, das wäre eine Art Überlebenstraining, etwas wie Yoga oder Buddhismus, das man auf seiner Suche nach sich selbst ausprobierte. Das einem Antworten geben könnte. Wie diese letztlich aussähen, wo und wann sie sie fände, interessierte ihre Mutter nicht. Für sie ging es nur um ihn. »Unser eigenes Haus«, sagte sie. »Aber für einen Neuanfang brauchen wir Geld. Du könntest die Kriegsversehrtenrente beantragen.«

»Nicht schon wieder dieses Thema«, erwiderte Dad mit einem Seufzer. »Das kommt nicht in Frage. Ich brauche lediglich eine Veränderung. Von jetzt an werde ich sorgfältiger mit dem Geld umgehen, Cora. Ich schwöre es dir. Von dem, was mein Vater mir hinterlassen hat, habe ich noch etwas übrig. Und ich werde weniger trinken. Wenn du willst, gehe ich auch zu der Selbsthilfegruppe des Veteranenvereins.«

Wie oft Leni diese Versprechen schon gehört hatte. Doch unter dem Strich spielte das, was sie und ihre Mutter sich wünschten, sowieso keine Rolle. Ihr Vater wollte einen Neuanfang. Brauchte ihn. Und ihre Mutter brauchte diesen Mann und wollte ihn glücklich sehen.

Also würden sie es mit dem nächsten neuen Ort versuchen, in der Hoffnung, dass die Probleme sich durch eine geografische Veränderung lösen ließen. Um den jüngsten Traum ihres Vaters zu verwirklichen, würden sie nach Alaska ziehen. Leni würde sich fügen und eine gute Miene aufsetzen. Und wieder einmal wäre sie die Neue in einer Schule.

Denn das war es, was Liebe war.

KAPITEL ZWEI

Am nächsten Morgen lauschte Leni im Bett dem Regen, der auf das Dach des Hauses trommelte. Sie stellte sich vor, wie unter ihrem Fenster Pilze sprossen, giftige Knollen, die den schlammigen Erdboden durchbrachen und verführerisch glänzten. Bis lange nach Mitternacht hatte sie wach gelegen, von der Weite Alaskas gelesen und erstaunt festgestellt, wie faszinierend die Geschichten darüber waren. Die letzte Grenze, wie man das nördlichste Grenzgebiet ihres Landes nannte, schien ihrem Vater zu ähneln. Herausragend. Großartig. Unvorhersehbar.

Musik ertönte, eine blechern klingende Melodie aus dem Kofferradio in der Küche. Es war »Hooked on a Feeling«. Leni schlug die Decke zurück und stieg aus dem Bett. In der Küche stand ihre Mutter am Herd und rauchte eine Zigarette. Im Licht der Deckenlampe hatte sie etwas überirdisch Schönes. Das gestufte blonde Haar war noch vom Schlaf verwuschelt, das Gesicht von einem blaugrauen Schleier umhüllt. Sie trug ein weißes Trägerhemd, das nach dem vielen Waschen lose um ihren schmalen Oberkörper hing. Auch der Bund ihrer rosa Unterhose war ausgeleiert. Der kleine blaue Fleck unten an ihrem Hals war auf seltsame Weise schön, beinah strahlenförmig. Er hob das Zarte ihrer Gesichtszüge hervor.

»Warum schläfst du nicht?«, fragte sie. »Es ist noch früh.«

Leni trat zu ihr und legte den Kopf an ihre Schulter. Ihre Mutter roch nach Rosenparfum und Zigaretten. »Wir schlafen nicht«, antwortete sie.

Wir schlafen nicht. Das sagte Mom immer. Du und ich. Die Verbindung zwischen ihnen beiden war eine feste Größe, etwas, das ihnen Trost gab, als würden ihre Gemeinsamkeiten ihre Liebe zueinander noch stärker machen. Seit Dads Rückkehr hatte ihre Mutter Schlafschwierigkeiten. Jedes Mal, wenn Leni nachts wach wurde und aufstand, stieß sie auf Mom, die im offenen, durchscheinenden Morgenrock durchs Haus geisterte.

»Ziehen wir wirklich dorthin?«, fragte Leni.

Ihre Mutter sah zu, wie der Kaffee in dem kleinen Glasaufsatz über der Metallkanne blubberte. »Ich glaube schon.«

»Wann?«

»Du weißt, wie dein Vater ist. Bald.«

»Kann ich das Schuljahr hier zu Ende machen?«

Mom zuckte mit den Schultern.

»Wo ist Dad?«

»Er ist in aller Herrgottsfrühe losgezogen, um die Münzsammlung zu verkaufen, die er von seinem Vater geerbt hat.« Mom schenkte sich Kaffee ein, trank einen Schluck und stellte den Becher auf den Küchentresen. »Alaska. Lieber Himmel. Warum nicht gleich Sibirien?« Sie nahm einen tiefen Zug von ihrer Zigarette. Stieß den Rauch aus. »Ich brauche eine Freundin, mit der ich reden kann.«

»Ich bin deine Freundin.«

»Du bist dreizehn. Ich bin dreißig. Ich sollte dir eine Mutter sein. Das darf ich nicht vergessen.«

In der Stimme ihrer Mutter hörte Leni ihr Verzagen, und

das machte ihr Angst. Ihr war klar, wie zerbrechlich alles war – ihr Familienleben, ihre Eltern. Jedes Kind eines ehemaligen Kriegsgefangenen wusste, wie leicht es geschehen konnte, dass ein Mensch zerbrach.

»Dein Dad braucht eine Chance. Einen Neuanfang. Den brauchen wir alle. Vielleicht ist Alaska die Lösung.«

»So wie Oregon die Lösung war und die Samentütchen, von denen wir reich werden sollten? Nicht zu vergessen das Jahr, als er dachte, er könnte ein Vermögen mit Flipperautomaten machen. Können wir nicht wenigstens bis zum Ende des Schuljahrs warten?«

Ihre Mutter seufzte. »Ich glaube nicht. Mach dich jetzt lieber für die Schule fertig.«

»Wir haben heute keine Schule.«

Mom schwieg für lange Zeit. Dann sagte sie leise: »Du hast doch noch das blaue Kleid, das Dad dir zum Geburtstag geschenkt hat.«

»Ja.«

»Zieh es an.«

»Warum?«

»Tu mir einfach den Gefallen. Wir beide müssen heute ein paar Dinge erledigen.«

Obwohl sie genervt und verwirrt war, tat Leni wie geheißen. Das tat sie immer. Es machte ihr Leben leichter. Sie ging in ihr Zimmer und wühlte in ihrem Kleiderschrank, bis sie das Kleid gefunden hatte.

Bildschön siehst du darin aus, Rotschopf.

Das war leider ein Irrtum. Leni wusste genau, wie sie mit dem Kleid aussah, nämlich wie eine spindeldürre, flachbrüstige Dreizehnjährige in einem altmodischen Kleid, das ihre mageren Schenkel und merkwürdig knochigen Knie entblößte. Eigentlich hätte sie kurz davor stehen sollen, eine Frau zu werden, doch davon war nicht die geringste Spur zu sehen. Leni ging davon aus, dass sie das einzige Mädchen in ihrer Klasse war, das noch nicht ihre Periode hatte und bei dem auch noch keine Anzeichen eines Busens zu entdecken waren.

Sie kehrte in die Küche zurück, wo es nach Kaffee und Zigarettenrauch roch. Sie ließ sich auf einen Stuhl fallen und schlug »Ruf der Wildnis« auf.

Es dauerte eine geschlagene Stunde, bis ihre Mutter aus ihrem Zimmer herauskam, und Leni erkannte sie kaum wieder. Sie hatte ihr blondes Haar mit Spray bearbeitet und zu einem winzigen Knoten zusammengesteckt. Dazu trug sie ein tailliertes avocadogrünes Kleid mit Gürtel und langen Ärmeln. Es war hochgeschlossen und reichte bis zu den Knien. Nylonstrümpfe hatte sie auch an, und ihre Schuhe sahen aus wie die einer alten Frau. »Mannomann«, sagte Leni.

»Ja, ich weiß.« Mom steckte sich eine Zigarette an. »Ich sehe aus, als müsste ich bei einem Schulfest den Kuchenverkauf organisieren.« Der blaue Lidschatten, den sie aufgetragen hatte, glitzerte, und die unechten Wimpern waren offenbar mit unsteter Hand befestigt worden, die Lidstriche dicker als sonst gezogen. »Hast du keine anderen Schuhe?«, fragte sie Leni.

Leni schaute auf ihre Clogs mit der Plateausohle. Joanne Berkowitz trug auch solche, und als sie damit in die Schule kam, hatten alle in der Klasse bewundernde Laute von sich gegeben. Wie sehr Leni anschließend um diese Schuhe gebettelt hatte. »Ich habe noch rote Tennisschuhe, aber an denen ist gestern ein Schnürsenkel gerissen.«

»Also gut. Komm, wir müssen los.«

Leni folgte ihrer Mutter aus dem Haus.

Sie stiegen in den alten, mit matter Farbe gestrichenen Mustang und ließen sich auf den eingerissenen roten Sitzen nieder. Der Kofferraum des Wagens war mit einem leuchtend gelben Seil verschlossen.

Mom klappte die Sonnenblende herunter und prüfte ihr Make-up im Spiegel. Sie zog ihre Lippen nach, presste sie zusammen und benutzte die spitze Ecke eines zusammengefalteten Taschentuchs, um irgendeinen unsichtbaren Makel zu entfernen. Als sie endlich zufrieden war, klappte sie die Sonnenblende hoch und startete den Motor. Das Radio schaltete sich ein. Dröhnend laut ertönte »Midnight at the Oasis«.

»Weißt du, dass man in Alaska auf Hunderte Arten zu Tode kommen kann?«, fragte Leni. »Man kann einen Berg hinunterstürzen oder auf dem Eis einbrechen. Man kann erfrieren oder verhungern. Man kann sogar *gefressen* werden.«

»Ich wünschte, dein Vater hätte dir dieses Buch nicht gegeben.« Mom schob eine Kassette ein. Nun erklang Carole King. *I feel the earth move …*

Ihre Mutter sang mit, dann fiel auch Leni ein. Ein paar wundervolle Minuten lang taten sie etwas ganz Normales und fuhren singend über die Interstate 5 auf die Innenstadt von Seattle zu. Sobald ein Auto vor ihnen war, wechselte Mom zum Überholen die Spur – eine Hand am Lenkrad, die Zigarette zwischen zwei Fingern.

In der Innenstadt angekommen, fuhr sie bei einer Bank vor und stellte den Wagen ab. Wieder überprüfte Mom ihr Make-up. »Warte hier«, sagte sie und verließ den Wagen.

Leni neigte sich zur Seite und verriegelte die Fahrertür von innen. Sie sah, wie ihre Mutter zur Eingangstür der Bank ging. Obwohl man das eigentlich nicht gehen nennen konnte. Sie schwebte dahin, schwang die Hüften von einer Seite zur anderen. Ihre Mutter war eine schöne Frau, und sie war sich dessen bewusst. Auch darüber stritten Lenis Eltern sich – über die Art, wie Männer Mom anschauten. Es brachte Dad zur Weißglut, doch sie genoss die Aufmerksamkeit. Obwohl sie das aus gutem Grund für sich behielt.

Eine Viertelstunde später kehrte Mom zurück. Diesmal schwebte sie nicht, sondern marschierte, die Hände zu Fäusten geballt. Sie machte einen wütenden Eindruck, die zarte Kinnpartie wirkte verkrampft. »Dieser Mistkerl«, sagte sie, als sie die Tür aufriss und in den Wagen stieg. Als sie die Tür zuknallte, sagte sie es noch einmal.

»Was ist los?«, fragte Leni.

»Dein Vater hat unser Sparkonto geplündert. Und sie geben mir keine Kreditkarte, wenn nicht dein Vater oder *mein* Vater mit unterschreibt.« Mom zündete sich eine Zigarette an. »Wir haben das Jahr 1974, verdammt noch mal. Ich habe einen Job. Ich verdiene Geld. Und dann kriege ich als Frau keine Kreditkarte ohne die Unterschrift eines Mannes? Wir leben in einer Welt, die den Männern gehört, merk dir das, Schätzchen.« Sie startete den Wagen, raste die Straße hinunter und bog in die Auffahrt zur Autobahn ein.

Auf der Fahrt wechselte sie die Spur so häufig, dass Leni auf ihrem Sitz hin und her rutschte. Sie konzentrierte sich so sehr darauf, nicht den Halt zu verlieren, dass sie erst nach einer Weile merkte, dass sie die hügelige Innenstadt verlassen hatten und nun durch eine ruhige, baumbestandene Gegend mit herrschaftlichen Häusern fuhren. »Du meine Güte«, sagte sie leise. In dieser Gegend war sie seit Jahren nicht mehr gewesen. Beinah hätte sie vergessen, dass sie überhaupt jemals hier gewesen war.

Die Häuser kündeten von den Privilegien ihrer Bewohner.

Auf den gepflasterten Einfahrten standen brandneue Cadillacs, Toronados und Lincoln Continentals.

Mom parkte vor einem großen Haus aus grob behauenem grauem Stein mit rautenförmigen Fensterscheiben. Es stand auf einer kleinen Anhöhe, umgeben von einem gepflegten Rasen, der von makellosen Blumenrabatten eingefasst war. Der Name auf dem Briefkasten lautete *Golliher*.

»Wow«, sagte Leni. »Hier waren wir schon ewig nicht mehr.«

»Weiß ich. Du wartest im Wagen.«

»Auf keinen Fall. In diesem Monat ist wieder ein Mädchen verschwunden. Ich bleibe nicht allein hier draußen.«

»Also gut.« Mom holte eine Bürste und zwei rosa Bänder aus ihrer Handtasche hervor. Dann zog sie Leni dichter an sich heran und bearbeitete ihr langes kupferrotes Haar, als hätte es ihr etwas getan. »Aua!« Leni schrie auf, als ihre Mutter ihr Haar zu Zöpfen flocht, die wie zwei Henkel von Lenis Kopf abstanden.

»Du wirst heute nur zuhören, Leni«, sagte Mom, verknotete die rosa Bänder um die Zopfenden und band sie zu Schleifen.

»Ich bin zu alt, um Zöpfe zu tragen«, jammerte Leni.

»Nur zuhören, denk daran«, wiederholte ihre Mutter. »Nimm dein Buch mit. Drinnen sitzt du still und lässt die Erwachsenen reden.« Sie öffnete die Tür und kletterte aus dem Wagen. Leni lief ihr nach.

Mom fasste ihre Hand und führte sie über einen Gehweg, vorbei an gestutzten Hecken, zu einer imposanten Haustür.

Sie warf einen Blick auf Leni, murmelte: »Wird schon schiefgehen«, und drückte auf die Klingel. Man hörte ein Läuten wie von Kirchenglocken, dann gedämpfte Schritte.

Gleich darauf öffnete Lenis Großmutter die Tür. Sie war so

sorgfältig zurechtgemacht, als wäre sie zum Lunch mit dem Gouverneur von Washington verabredet. Zu einem eierschalenfarbenen Kleid mit einem schmalen Taillengürtel trug sie eine dreireihige Perlenkette, ihr kastanienbraunes Haar war zu einer dicken Tolle hochgesteckt und starrte vor Haarspray. Die stark geschminkten Augen weiteten sich. »Coraline«, flüsterte sie, trat einen Schritt vor und breitete die Arme aus.

»Ist Dad da?«, fragte Mom.

Lenis Großmutter wich zurück, ihre Arme fielen herab. »Er ist heute im Gericht.«

Mom nickte. »Können wir hereinkommen?«

Die Frage schien Lenis Großmutter zu verwirren. Auf ihrer blassen, gepuderten Stirn bildeten sich wellenförmige Falten. »Natürlich. Und Lenora ist auch mit dabei. Wie schön, dich wiederzusehen.«

Lenis Großmutter trat in den dämmrigen Flur zurück und geleitete sie durch die Eingangshalle, vorbei an Türen und einer Treppe, die in den ersten Stock hinaufführte und ebenfalls im Dämmerlicht lag.

Es roch nach Wachs mit Zitronenduft und nach Blumen.

Sie erreichten einen Wintergarten mit großen Glastüren und Glasfenstern. Überall standen oder hingen Pflanzen. Die Einrichtung bestand aus weißen Korbmöbeln und schmiedeeisernen Stühlen. Leni wurde ein Platz an einem kleinen Tisch zugewiesen, mit Blick auf den Garten.

»Wie sehr ich euch beide vermisst habe«, sagte ihre Großmutter. Als wäre ihr dieses Bekenntnis peinlich, wandte sie sich sogleich ab und verschwand. Kurz darauf kehrte sie mit einem Buch zurück. »Ich erinnere mich noch, wie gern du gelesen hast«, sagte sie zu Leni. »Schon mit zwei Jahren hattest du immer ein Buch in der Hand. Das hier habe ich vor Jahren für dich gekauft – ich wusste nicht, wohin ich es schicken sollte. Das Mädchen hat auch rotes Haar.«

Leni nahm das Buch entgegen. Es war »Pippi Langstrumpf«, ein Buch, das sie so oft gelesen hatte, dass sie ganze Teile davon auswendig kannte. Natürlich war es für Kinder in einem Alter, dem Leni seit langem entwachsen war. »Vielen Dank, Ma'am«, sagte sie.

»Bitte, nenn mich ›Grandma‹«, antwortete ihre Großmutter leise und mit einem sehnsüchtigen Unterton. Dann richtete sie ihre Aufmerksamkeit auf Mom.

Sie winkte sie zu einem weißen schmiedeeisernen Tisch am Fenster. Dort hing ein vergoldeter Käfig mit zwei gurrenden weißen Vögeln. Leni dachte, dass diese Vögel, die nicht fliegen durften, traurig sein mussten.

»Ich wundere mich, dass du mich hereingelassen hast«, sagte Mom und setzte sich.

»Sei nicht patzig, Coraline. Du bist uns immer willkommen. Dein Vater und ich, wir lieben dich.«

»Aber meinen Ehemann hättest du nicht ins Haus gelassen.«

»Er hat dich gegen uns aufgehetzt. Und gegen deine ganzen Freunde, falls ich das hinzufügen darf. Er wollte dich für sich ganz allein.«

»Darüber möchte ich nicht noch einmal reden, und es ist nicht der Grund, warum ich gekommen bin. Wir ziehen nach Alaska.«

Lenis Großmutter ließ sich nieder. »Allmächtiger.«

»Ernt hat dort ein Haus und ein Stück Land geerbt. Wir werden Gemüse anbauen und jagen, was wir brauchen, und nach unseren Regeln leben. Wir werden nur für uns sein. Wie Pioniere.«

»Danke, aber diesen Unsinn möchte ich nicht hören. Du

folgst ihm also bis ans Ende der Welt, wo du niemanden mehr finden wirst, der dir helfen kann? Dein Vater und ich haben alles versucht, um dich vor deinen Entscheidungen zu schützen, aber du lässt dir ja nicht helfen. Oder täusche ich mich? Du glaubst wohl immer noch, dass das Leben eine Art Spiel ist, und treibst –«

»Das reicht«, sagte Mom scharf und beugte sich vor. »Weißt du, wie schwierig es für mich war, heute hierherzukommen?«

Auf diese Worte hin breitete sich Stille aus, die nur vom Gurren der Vögel unterbrochen wurde.

Es war, als wäre ein kalter Wind durch den Raum gestrichen. Leni hätte schwören können, dass sich die kostbaren Spitzenvorhänge an den Fenstern bewegten, doch die Fenster waren alle geschlossen. Sie versuchte, sich ihre Mutter in dieser engen, zugeknöpften Welt vorzustellen, aber es gelang ihr nicht. Die Kluft zwischen dem Mädchen, das ihre Mutter hatte werden sollen, und der Frau, die nun vor ihr saß, schien unüberbrückbar. Sie fragte sich, ob all die Demonstrationen, an denen sie und ihre Mutter teilgenommen hatten, als ihr Vater fort war – gegen Atomkraft, gegen den Krieg –, und all die Selbsterfahrungsgruppen und Religionen, mit denen sie experimentiert hatte, in Wahrheit nur ihre Art gewesen war, sich von der Frau, zu der sie erzogen worden war, zu befreien.

»Tu es nicht, Coraline. Es ist verrückt und gefährlich. Verlass diesen Mann. Komm nach Hause. Hier findest du Sicherheit.«

»Ich liebe ihn, Mutter. Begreifst du das nicht?«

»Cora«, antwortete Lenis Großmutter sanft. »Bitte, hör auf mich. Du weißt, dass er unberechenbar ist.«

»Wir gehen nach Alaska«, sagte Mom fest. »Ich bin gekommen, um mich zu verabschieden und ...« Ihre Stimme wurde leise. »Hilfst du uns oder nicht?«

Eine Zeitlang sagte Lenis Großmutter nichts. Sie verschränkte die Arme vor ihrer Brust und öffnete sie wieder. »Wie viel brauchst du diesmal?«, fragte sie.

Auf der Rückfahrt rauchte Mom eine Zigarette nach der anderen und stellte das Autoradio so laut, dass es unmöglich war, sich zu unterhalten. Aber Leni hätte ohnehin nicht gewusst, was sie hätte sagen sollen, zu viele Fragen gingen ihr durch den Kopf. An diesem Tag hatte sie einen Blick auf eine Welt erhascht, die sich tief unter der Oberfläche ihrer eigenen verbarg. Ihre Mutter hatte ihr nie viel über ihr Leben vor ihrer Ehe erzählt. Leni wusste nur, dass ihre Eltern miteinander durchgebrannt waren. Ihre Geschichte war die einer großen, einzigartigen Liebe, die allen Widerständen getrotzt hatte. Ihre Mutter hatte die Schule abgebrochen und »von der Liebe gelebt«. So nannte sie es immer. Ein Märchen. Inzwischen war Leni alt genug zu erkennen, dass die Geschichte ihrer Eltern wie alle anderen Märchen auch gefährliche Dickichte, dunkle Orte und zerbrochene Träume enthielt. Und ein Mädchen, das sich verirrt hatte.

Ganz offensichtlich war Mom nicht gut auf Lenis Großmutter zu sprechen, und doch war sie zu ihr gegangen, weil sie Hilfe brauchte. Sie hatte Geld erhalten, um das sie nicht einmal hatte bitten müssen. Das war merkwürdig und ergab keinen Sinn. Wie konnten Mutter und Tochter sich so weit auseinanderleben?

Ihre Mutter bog in ihre Einfahrt ein und stellte den Motor aus. Die Radiomusik brach ab und überließ sie der Stille.

»Wir werden deinem Vater nicht erzählen, dass ich von meiner Mutter Geld bekommen habe«, erklärte sie. »Er ist ein stolzer Mann.«

»Aber –«

»Kein Aber, Leni. Du hältst den Mund.« Mom stieg aus dem Wagen und knallte die Tür zu.

Leni wunderte sich über den Befehl. Verwirrt folgte sie ihrer Mutter über das verschlammte Gras vor ihrem Haus, vorbei an den ausufernden Wacholderbüschen.

Im Haus saß Dad am Küchentisch, vor ihm Bücher und ausgebreitete Landkarten. Er trank Coca-Cola aus der Flasche. Als Leni und ihre Mutter in die Küche kamen, sah er auf und strahlte sie an. »Ich habe unsere Strecke rausgesucht. Wir fahren durch British Columbia und das Yukon-Territorium. Das sind ungefähr zweitausendvierhundert Meilen. Notiert es in euren Kalendern, meine Damen. In vier Tagen beginnt für uns ein neues Leben.«

»Aber das Schuljahr ist noch nicht zu Ende«, sagte Leni.

»Was kümmert uns die Schule? Da oben wirst du alles lernen, was du fürs Leben brauchst, Leni«, antwortete Dad. Er schaute ihre Mutter an. »Ich habe meinen Pontiac GTO, meine Münzsammlung und meine Gitarre verkauft, wir haben also ein bisschen Geld. Deinen Mustang können wir gegen einen VW-Bus tauschen – trotzdem könnten wir noch mehr brauchen.«

Leni sah ihre Mutter von der Seite an. Ihre Blicke trafen sich.

Du sagst kein Wort.

Es fühlte sich nicht richtig an. War es etwa nicht immer falsch zu lügen? Etwas zu verheimlichen, so wie sie es jetzt taten, bedeutete doch eigentlich auch, die Unwahrheit zu sagen.

Trotzdem schwieg Leni. Es kam für sie gar nicht in Frage, sich ihrer Mutter zu widersetzen. In dieser großen weiten Welt – deren Unermesslichkeit sich angesichts des drohenden Umzugs nach Alaska für sie soeben vervielfacht hatte – war ihre Mutter alles, was Leni Halt gab.

KAPITEL DREI

»Leni, Süße, wach auf. Wir sind gleich da.«

Leni blinzelte. Als Erstes sah sie ihren Schoß voller Kartoffelchipskrümel, daneben eine alte Zeitung, übersät von Bonbonpapier, und ihre Taschenbuchausgabe von »Die Gefährten«, dem zweiten Buch von »Der Herr der Ringe«. Es stand aufgeklappt auf dem Sitz und glich einem Zelt, die vergilbten Seiten durchgebogen. Ihre Polaroid-Kamera, ihr größter Schatz, hing an einem Riemen um ihren Hals.

Es war eine außergewöhnliche Reise gewesen, und ihr erster richtiger Familienurlaub. Sie waren dem ALCAN Highway gefolgt, einer größtenteils noch unbefestigten Durchgangsstraße in Richtung Norden. Tagsüber fuhren sie in strahlendem Sonnenschein, abends zelteten sie an reißenden Flüssen oder an still dahinziehenden Gewässern, am Fuß von Bergen mit Gipfeln wie Sägeblätter. Aneinandergelehnt saßen sie am Lagerfeuer und malten sich ihre Zukunft aus, die täglich näher rückte. Zum Abendessen brieten sie Würstchen, machten Hotdogs und aßen zum Nachtisch geröstete Marshmallows und geschmolzene Schokolade auf Kräckern. Dabei träumten sie laut von dem, was sie am Ende der Reise erwartete. Noch nie hatte Leni ihre Eltern so glücklich gesehen, vor allem nicht ihren Vater. Er lachte, strahlte, scherzte und versprach ihnen das Blaue vom Himmel. Das war der Vater, wie Mom ihn von früher beschrieb.

Normalerweise tauchte Leni in die Welt ihrer Bücher ab, wenn sie mit dem Auto unterwegs waren, doch auf dieser Reise zog sie die Szenerie ganz in ihren Bann, erst recht, als sie durch die phantastische Gebirgswelt von British Columbia kamen. Von der Rückbank des VW-Busses aus versank sie im Anblick der Landschaft, die sich ohne Unterlass veränderte, und stellte sich vor, sie wäre der Hobbit Frodo oder Bilbo, einer der Helden ihrer Sehnsuchtswelt.

Der Bus rumpelte über irgendetwas hinweg, eine Bodenschwelle wahrscheinlich. Hinten im Wagen flogen ihre Sachen umher, fielen zu Boden oder auf die Rucksäcke und Umzugskartons. Quietschend kam der Wagen zum Stehen. Es roch nach Abgasen und warmen Gummireifen.

Durch die verschmierten Fensterscheiben voller Fliegenreste drang das gleißende Sonnenlicht. Leni kletterte über den Haufen nachlässig zusammengerollter Schlafsäcke und schob die Seitentür auf. Das Papierschild *Alaska sehen oder sterben*, das sie mit Regenbogenfarben bemalt und mit Klebestreifen am Wagen befestigt hatten, knatterte im Wind.

Leni stieg aus dem Bus.

Dad trat zu ihr und legte eine Hand auf ihre Schulter. »Wir haben es geschafft, Rotfuchs. Homer, Alaska. Das Ende der Welt. Hierher kommen die Leute aus der ganzen Gegend, um Vorräte zu kaufen. Es ist so etwas wie der letzte Außenposten der Zivilisation. Man nennt es den Ort, wo das Land aufhört und das Meer beginnt.«

»Wow«, sagte Mom.

Trotz der vielen Bilder, die Leni sich angeschaut, und all der Zeitungsartikel und Bücher, die sie gelesen hatte, überwältigte sie die wilde, atemberaubende Schönheit dessen, was sie vor sich sah. Die Weite des Landes hatte etwas Unwirkliches, ja fast Magisches, mit den hochaufragenden Bergen und schneeweißen Gletschern, gekrönt von messerscharfen Gipfeln, die in den wolkenlosen kornblumenblauen Himmel stachen. Zu ihren Füßen lag die Bucht von Kachemak wie eine Scheibe gehämmertes Silber in der Sonne. Die Luft roch nach Salz, nach der Tiefe des Meeres. Watvögel ließen sich mit dem Wind treiben, hoben und senkten sich schwerelos.

Der berühmte Homer Spit, von dem Leni gelesen hatte, war eine schmale Landzunge, ein viereinhalb Meilen langer Bogen, der sich in die Bucht hinausschwang. Bunt zusammengewürfelte Häuser thronten auf Stelzen am Ufer und erinnerten an einen Jahrmarkt. Es war ein Ort, an dem Abenteuerreisende zum letzten Mal Station machten und ihre Rucksäcke mit Vorräten füllten, bevor sie in die Wildnis aufbrachen.

Leni hob ihre Polaroid-Kamera und begann Bilder zu machen. Ein Foto nach dem anderen zog sie hervor und sah zu, wie sich die Motive herausschälten. Schicht um Schicht malten sich die Berge, die Bucht und die über dem Wasser schwebenden Pfahlbauten auf das glänzend weiße Papier.

»Unser Land ist da drüben in Kaneq.« Dad deutete über die Kachemak Bay hinweg auf eine Kette grüner Buckel in der diesigen Ferne. »Unser neues Zuhause. Es liegt im Süden der Halbinsel Kenai, und es führen keine Straßen dorthin. Mehrere Gletscher und ein Bergmassiv trennen Kaneq vom Festland. Deshalb muss man dorthin fliegen oder mit dem Schiff übersetzen.«

Ihre Mutter trat zu Leni. In ihrer tiefsitzenden Jeansschlaghose und dem spitzenbesetzen Trägerhemd, mit ihrem blassen

Gesicht und dem blonden Haar, hätte man meinen können, sie wäre aus den kühlen Farben dieses Landstrichs erschaffen worden – ein Engel, der auf dem Meeresufer niedergegangen war, das ihn freudig empfangen hatte. Selbst ihr Lachen schien hierherzugehören, es war wie ein Echo der Glockenspiele, die an den Ladentüren klimperten. Ein kühler Windstoß drückte das Trägerhemd gegen ihre bloßen Brüste. »Schätzchen, wie gefällt es dir hier?«

»Super.« Leni schoss ein weiteres Foto. Doch sie bezweifelte, dass es ein Bild auf Fotopapier gäbe, das der Pracht dieser Welt gerecht werden könnte.

Ihr Vater wandte sich zu ihnen um und lächelte so breit, dass sein Gesicht sich in Falten legte. »Die Fähre nach Kaneq geht morgen. Wir können also eine kleine Besichtigungsrunde drehen. Dann suchen wir uns am Strand einen Platz für unser Zelt und laufen noch ein wenig herum. Was haltet ihr davon?«

»Viel«, sagten Leni und Mom wie aus einem Mund.

Sie stiegen wieder in den Bus, ließen die Landzunge hinter sich und fuhren durch Homer. Leni drückte sich die Nase an der Fensterscheibe platt. Die Gebäude der Stadt ergaben eine bunte Mischung – große, solide Häuser mit blank geputzten Fenstern wechselten sich mit einfachen Unterständen ab, die mit Hilfe von Plastikplanen und Klebeband bewohnbar gemacht worden waren. Es gab Holzhäuser mit tiefen Dächern, die wie ein A gebaut waren, genauso wie Schuppen, abgestellte Trailer oder Wohnmobile. Busse, die am Straßenrand standen, hatten Gardinen an den Fenstern und Stühle vor der Tür. Einige Vorgärten waren gepflegt und umzäunt, in anderen türmten sich verrostetes Gerümpel, ausrangierte Autoteile und allerlei entsorgte Gerätschaften. Fast alles machte einen unfertigen Eindruck. Auch Geschäfte gab es in den verschiedensten Unterkünften, die von alten rostigen Airstream-Wohnwagen über Holzschuppen bis zu brandneuen Blockhütten reichten. Leni fand die Umgebung etwas bizarr, aber nicht so fremd und weltabgeschieden, wie sie gedacht hatte.

Sie erreichten einen langen grauen Sandstrand. Dad stellte das Autoradio aus. Die Reifen ihres Busses versanken im Sand, und sie kamen nur noch schwer voran. Überall auf dem Strand standen Fahrzeuge – Lastwagen, Vans und ganz normale Autos. Offenbar hausten die Leute hier in jeder Art von Unterschlupf – in Zelten, liegengebliebenen Autowracks, Bretterbuden aus Treibholz und Zeltplanen. »Diese Leute nennt man die ›Ratten vom Spit‹«, erklärte ihr Vater. »Sie arbeiten in den Konservenfabriken auf der Landzunge und für die Charterfirmen.«

Er manövrierte den Wagen in eine Lücke zwischen einem schlammbespritzen Ford-Transporter mit einem Nummernschild aus Nebraska und einem kleinen limonengrünen AMC Gremlin mit Fensterscheiben aus Pappe. Sie errichteten ihr Zelt im Sand und vertäuten es an der vorderen Stoßstange ihres Busses. Der Wind, der nach Meer roch, wehte hier ohne Unterlass.

Wellen strichen flüsternd über das Ufer und zogen sich wieder zurück. Überall um sie herum genossen die Menschen den schönen Tag, warfen für ihre Hunde Frisbees, machten Lagerfeuer und schoben ihre Kajaks ins Wasser. Doch angesichts der mächtigen Landschaft wirkte der Widerhall ihrer Stimmen im Wind flüchtig und bedeutungslos.

Sie verbrachten den Tag damit, durch Homer zu spazieren. Die Eltern besorgten sich im *Salty Dawg Saloon* Bier, Leni kaufte sich an einer Bude auf dem Spit ein Hörnchen

Eiscreme. In einem Laden der Heilsarmee wühlten sie in den Schuhtonnen und fanden für jeden von ihnen passende Gummistiefel. Für nur fünfzig Cent erwarb Leni fünfzehn gebrauchte Bücher, auch wenn sie schadhaft waren und Wasserflecke hatten. Dad erstand einen Drachen, um ihn am Strand steigen zu lassen. Mom steckte ihr ein paar Dollar zu und sagte: »Kauf dir einen neuen Film, Schätzchen.«

In einem kleinen Restaurant an der Spitze des Spit setzten sie sich dann draußen an einen Picknicktisch und aßen Taschenkrebse. Leni fand den Geschmack des weißen, süßsalzig schmeckenden Krebsfleisches, das sie in geschmolzene Butter tunkte, großartig. Über ihnen kreisten Möwen, die laut kreischend ihre Fritten und Weißbrotscheiben im Auge behielten.

Leni konnte sich nicht erinnern, jemals einen so schönen Tag erlebt zu haben, und noch nie war ihr die nahe Zukunft so vielversprechend erschienen.

Am nächsten Morgen fuhren sie mit dem Bus in den Bauch der Tustumena-Fähre, von den Einheimischen »Tusty« genannt, die ein Teil des Seewegsystems von Alaska war. Das schwere alte Schiff fuhr abgelegene Orte wie Homer, Kaneq, Seldovia, Dutch Harbor an, sogar die noch weiter entfernten Inseln der Aleuten. Als sie eingeparkt hatten, liefen sie zum Deck hinauf und suchten sich einen Platz an der Reling. Mit ihnen waren jede Menge Menschen an Bord, überwiegend Männer mit langem Haar und buschigen Bärten. Sie trugen Trucker Caps und karierte Flanellhemden, dicke Daunenwesten und schmutzige Jeans, deren Hosenbeine in braunen Gummistiefeln steckten. Einige junge Hippies, vermutlich Studenten, waren auch da. Man erkannte sie an den Rucksäcken, den gebatikten T-Shirts und den Sandalen.

Das riesige Fährschiff verließ die Anlegestelle und stieß Rauchwolken aus. Leni stellte fest, dass das Wasser der Kachemak Bay keineswegs so ruhig war, wie es vom Strand aus den Anschein gehabt hatte. Schon kurz nach dem Ablegen wurde es kabbelig, und die Wellen bekamen Schaumkronen. Mit Wucht rollten sie heran und schlugen gegen die Seite des Schiffs. Es war ein kraftvoller, betörender Anblick. Leni schoss mindestens ein Dutzend Fotos und steckte sie in ihre Jackentasche.

Im klaren Wasser konnte man eine Gruppe Schwertwale erkennen, und auf den zerklüfteten Küstenfelsen richteten sich Seelöwen auf und brüllten das Schiff an. In den Algenfeldern entlang der rauen Ufer tummelten sich die Seeotter.

Dann drehte die Fähre und tuckerte um einen smaragdgrünen Hügel herum. Er bot ihnen Schutz vor dem Wind, der über die Bucht hinwegfegte, und das Wasser wurde ruhiger. Tiefgrüne Inseln mit felsigen Ufern und zerzausten Bäumen auf den Klippen erhoben sich nun vor ihnen.

»Nächster Halt Kaneq«, ertönte es über den Lautsprecher. »Übernächster Halt Seldovia.«

»Alle Allbrights von Bord!«, rief Lenis Vater gutgelaunt. Sie gingen wieder unter Deck, schlängelten sich an den anderen Fahrzeugen vorbei, bis sie ihren VW-Bus fanden, und stiegen ein.

»Ich kann es kaum erwarten, unser neues Haus zu sehen«, sagte Lenis Mutter.

Die Fähre legte an. Sie fuhren vom Schiff hinunter und dann über eine breite unbefestigte Straße einen bewaldeten Hügel hinauf. Auf der Kuppe stand eine Kirche aus weißem Schindelholz. Die Kuppel des Kirchturms war blau gestrichen und trug das russisch-orthodoxe Kreuz mit den drei Querbalken. Den daneben gelegenen Friedhof umgab ein niedriger Lattenzaun. Der Friedhof war voller Holzkreuze.

Von hier oben konnten sie einen ersten Blick auf Kaneq auf der anderen Seite des Hügels werfen.

»Nein.« Leni spähte aus dem verdreckten Seitenfenster. »Das kann es nicht sein.«

Sie sah Wohnwagen und Häuser, die nichts anderes als Bruchbuden waren. An einem waren drei magere Hunde angekettet. Sie standen auf ihren Hundehütten, bellten aufgebracht und winselten. Die Wiese vor den Hütten war von den Löchern durchsetzt, die die Hunde in ihrer Ausweglosigkeit gegraben hatten.

»Kaneq ist eine alte Siedlung mit einer interessanten Geschichte«, erklärte Dad. »Zuerst ließen sich hier die Ureinwohner Alaskas nieder, dann kamen irgendwann russische Pelzhändler und danach die Goldgräber. 1964 wurde der Ort von einem so schweren Erdbeben heimgesucht, dass der Erdboden sich von einer Sekunde zur anderen um anderthalb Meter senkte. Ganze Häuser brachen auseinander oder stürzten ins Meer.«

Leni starrte auf die baufälligen Gebäude mit der abblätternden Farbe, die ein verwitterter Holzsteg verband. Alle Bauten des Ortes standen auf Pfählen im Schlick. Dahinter lag ein Hafenbecken voller Fischerboote. Die Hauptstraße reichte gerade so von einem Ende der Buden zum anderen und war nicht geteert.

Auf der Seite zur Bucht hin befand sich eine Kneipe namens *Kicking Moose*. Das Gebäude selbst schien kaum mehr zu sein als eine geschwärzte Hülle, die irgendwann einmal gebrannt haben musste. Durch die schmutzigen Fenster erkannte man schemenhaft Gäste – Menschen, die um zehn Uhr morgens und mitten in der Woche in einem verkohlten Schuppen Alkohol tranken.

Auf der anderen Straßenseite lag eine verlassen aussehende Pension. Ihr Vater sagte, dass sie wahrscheinlich vor über hundert Jahren für die russischen Pelzhändler eröffnet worden sei. Daneben gab es einen Imbiss – wenig größer als ein Wandschrank – mit dem Namen *Fish On*. Die Tür stand offen. Leni erblickte einige Gestalten, die an der Theke hockten. An der Zufahrt zum Hafen parkten zwei alte Lastwagen.

»Wo ist die Schule?«, fragte Leni mit einem Anflug von Panik.

Kaneq war keine Stadt, kaum konnte man es eine Siedlung nennen. Solche Orte hatte es vielleicht vor hundert Jahren gegeben, als die Siedler in Amerika mit Planwagen nach Westen zogen und an Stationen haltmachten, an denen niemand blieb. Leni fragte sich, ob hier überhaupt jemand in ihrem Alter lebte.

Sie parkten vor einem schmalen altmodischen Haus mit spitz zulaufendem Dach. Anscheinend war das Haus einmal blau gestrichen gewesen, so viel verrieten jedenfalls die Farbflecke, die auf den Holzwänden hier und da noch auszumachen waren. Auf einem Fenster klebte ein Schild mit der Aufschrift *Handelsstation/Gemischtwarenladen.* »Alle Allbrights ausschwärmen und Terrain sondieren«, sagte ihr Dad.

Ihre Mutter verließ den Wagen und lief zu dem kleinen Stück Zivilisation, das dieser Laden darstellte. Leni folgte ihr. Als Mom die Ladentür öffnete, bimmelte über ihnen eine Glocke. Leni griff nach dem Arm ihrer Mutter.

Das Sonnenlicht fiel durch die Fenster in ihrem Rücken und beschien den vorderen Teil des Ladens. Darüber hinaus spendete nur noch eine nackte Glühbirne an der Decke Licht. Der hintere Teil lag im Dunkeln.

Es roch nach altem Leder, Whiskey und Tabak. An den Wänden standen ringsum Verkaufsregale, in deren Fächern Leni Sägen, Äxte, Hacken, Pelzstiefel und Anglerstiefel entdeckte, auch bergeweise Socken und Kisten voller Stirnlampen. An den Regalpfosten hingen an dicken Haken Stahlfallen und aufgewickelte Eisenketten. Auf der Theke und in den Regalen waren ausgestopfte Elchköpfe, Geweihe und alle möglichen Arten ausgebleichter Tierschädel ausgestellt. Ein gewaltiger Königslachs war für immer auf einen glänzenden Holzsockel gebannt worden, und in einer Ecke diente ein ausgestopfter Rotfuchs als Staubfänger. In einem Regal auf der Linken lagerten die Nahrungsmittel: Kartoffelsäcke, Eimer voller Zwiebeln, gestapelte Dosen Lachs, Krebsfleisch und Sardinen, Säcke voller Reis, Mehl und Zucker, Speiseölkanister. Hier entdeckte Leni auch eine Ecke voller bunt verpackter Süßigkeiten, die sie an die Läden in Seattle erinnerte. Zudem gab es Kartoffelchips, fertigen Karamellpudding und verschiedene Sorten von Frühstücksflocken.

Leni dachte, dass dieser Laden ebenso gut in *Unsere kleine Farm* zu sehen hätte sein können.

»Kundschaft!«

Jemand klatschte in die Hände. Eine dunkelhäutige Frau mit einem riesigen Afro tauchte von hinten auf. Sie war groß gewachsen und breitschultrig und so übergewichtig, dass sie sich seitwärts hinter der glänzend lackierten Holztheke hervorzwängen musste.

Doch die Frau bewegte sich behände und mit klappernden Knochenarmbändern an den wulstigen Handgelenken. In Lenis Augen war sie alt, mindestens fünfzig Jahre. Sie trug einen langen Flickenrock, Wollsocken, die nicht zusammenpassten, und Sandalen. Ihre lange blaue Bluse war aufgeknöpft, darunter sah man ein ausgebleichtes T-Shirt. An ihrem breiten Ledergürtel hatte sie ein Futteral befestigt, darin steckte ein Messer. Winzige schwarze Muttermale sprenkelten ihr Gesicht. »Willkommen!«, sagte sie. »Ich weiß, dass es hier ein bisschen unordentlich und abschreckend aussieht, aber ich versichere Ihnen, dass ich genau weiß, wo alles ist, bis hin zu den Dichtungsringen und den AAA-Batterien. Ach, und die Leute nennen mich ›Large Marge‹.« Sie streckte ihre Hand aus.

»Die dicke Marge?«, sagte Mom und schüttelte die dargebotene Hand. »Und das lassen Sie zu?« Sie zeigte ihr schönstes Lächeln, von dem Leni wusste, dass es die Leute anzog und ansteckend wirkte.

Large Marge lachte laut und japsend, als bekäme sie nicht genug Luft. »Ich mag Frauen mit Sinn für Humor. Mit wem habe ich denn das Vergnügen?«

»Cora Allbright«, antwortete Mom. »Und das ist meine Tochter Leni.«

»Willkommen in Kaneq, meine Damen. Touristen sind bei uns eine Seltenheit.«

In diesem Moment betrat Dad den Laden. Er hatte den letzten Satz gehört und sagte: »Wir sind Einheimische, genauer gesagt, werden wir das bald sein. Wir sind eben erst angekommen.«

Large Marge musterte Leni und ihre Eltern von Kopf bis Fuß. Aus ihrem Doppelkinn wurde ein Dreifachkinn. »Einheimische?«

Dad reichte ihr seine Hand. »Bo Harlan hat mir sein Grundstück vermacht. Wir werden uns hier niederlassen.«

»Donnerlittchen, dann bin ich ja eure Nachbarin. Marge Birdsall, ihr findet den Namen auf einem Schild an der Straße. Ich wohne eine halbe Meile von euch entfernt. Die meisten Leute hier hausen irgendwo in der Wildnis, wir haben das Glück, an einer Straße zu wohnen. Habt ihr alles, was ihr braucht? Wenn ihr wollt, könnt ihr bei mir anschreiben lassen und später entweder bezahlen, oder wir tauschen etwas – es gibt bestimmt das ein oder andere, was du kannst, was jemand anderes nicht kann. So halten wir das hier.«

»Das ist genau das Leben, das wir gesucht haben«, sagte Dad. »Tauschen wäre nicht schlecht, mit dem Geld sind wir nämlich knapp dran. Ich bin ein guter Mechaniker, kann beinah jeden Motor reparieren.«

»Schön zu hören«, entgegnete Large Marge. »Werd ich weitersagen.«

»Danke«, sagte Dad. »Wir könnten ein bisschen Schinkenspeck gebrauchen. Reis vielleicht auch. Und Whiskey.«

»Da drüben.« Large Marge deutete auf ein Regal. »Hinter den Äxten und Beilen.«

Er trat zu einem der hinteren Regale.

Large Marge legte den Kopf schief und begutachtete Mom. »Ich schätze mal, dass hinter eurem Umzug hierher der Traum deines Mannes steht, Cora Allbright. Und dass ihr, ohne groß zu planen, hier oben gelandet seid.«

Mom zuckte mit den Schultern. »Wir sind ziemlich spontan. So bleibt das Leben aufregend.«

»Soso. Hier oben musst du vor allem stark sein. Dir und deiner Tochter zuliebe. Du kannst dich nicht nur auf deinen Mann verlassen. Du wirst in der Lage sein müssen, dich und deine hübsche Tochter zu beschützen.«

»Klingt ziemlich dramatisch«, sagte Mom.

Large Marge bückte sich zu einem großen Pappkarton und zog ihn über den Fußboden heran. Dann wühlte sie darin, mit Fingern so flink wie die eines Klavierspielers. Schließlich zog sie an schwarzen Riemen zwei große orangerote Trillerpfeifen hervor, die sie Leni und ihrer Mutter um den Hals legte. »Die Trillerpfeifen werdet ihr brauchen, um Bären zu verjagen. Lektion Nummer eins: In Alaska darf man niemals leise – oder unbewaffnet – umherlaufen. Nicht in unserer abgelegenen Ecke und nicht zu dieser Jahreszeit.«

»Willst du uns Angst machen?«, fragte Mom.

»Darauf kannst du Gift nehmen. Angst zeugt von gesundem Menschenverstand. Zu uns kommen so viele, mitsamt Fotoapparat und all ihren Träumen vom einfachen Leben. Aber fünf von tausend Bewohnern Alaskas verschwinden jedes Jahr – spurlos. Sind einfach weg. Und was machen die anderen Träumer? Die meisten von ihnen geben nach dem ersten Winter auf. Können gar nicht schnell genug dahin zurückkehren, wo es Autokinos gibt und die Heizung per Knopfdruck angeht. Und wo die Sonne scheint.«

»Wenn man dich hört, klingt das Leben hier reichlich ungemütlich«, sagte Mom und wirkte beunruhigt.

»Zu uns kommen zwei Arten von Menschen, Cora. Diejenigen, die sich nach etwas sehnen, und diejenigen, die vor etwas davonlaufen. Vor Letzteren solltest du dich in Acht nehmen. Aber nicht nur die Menschen musst du im Auge behalten. Dieses Land selbst kann in einer Minute liebreizend wie Dornröschen sein, in der nächsten gleicht es einer Furie mit abgesägter Schrotflinte. Wir haben hier ein Sprichwort: In Alaska darfst du nur einen Fehler machen. Der zweite ist dein Tod.«

Mom steckte sich eine Zigarette an. Ihre Hand zitterte. »Marge, ich finde, dass du als Begrüßungskomitee etwas zu wünschen übrig lässt.«

Large Marge lachte. »Das kannst du laut sagen. Meine Umgangsformen sind in der Wildnis den Bach runtergegangen.« Dann lächelte sie beruhigend und legte eine Hand auf Moms zarte Schulter. »Jetzt verrate ich etwas, das dir besser gefallen wird. Wir in Kaneq bilden eine enge Gemeinschaft. Es sind zwar nur knapp dreißig Personen, die das ganze Jahr in unserer Ecke leben, aber wir kümmern uns umeinander. Mein Grundstück liegt nicht weit von eurem entfernt. Wenn du etwas brauchst – ganz egal, was –, greifst du nach dem Funkgerät. Und ich komme gerannt.«

Dad hielt die Seite aus dem Block auf dem Lenkrad fest, auf der Large Marge eine Wegbeschreibung skizziert hatte. Kaneq war ein roter Kreis, aus dem ein schwarzer Strich hinausführte. Das war die Straße – die einzige laut Marge –, über die man zu ihrem Haus an der Otter Cove gelangte. Entlang des Striches hatte Marge drei Stellen mit einem *X* markiert. Das erste auf der linken Seite stand für Marges Haus, an dem zweiten zur Rechten wohnte jemand namens Tom Walker mit seiner Familie. Am dritten *X*, ganz am Ende des Strichs, sollte das alte Haus von Bo Harlan zu finden sein.

»Alles klar«, sagte Dad. »Nach zwei Meilen kommt dieser kleine Fluss, der Icicle Creek. Danach fängt das Land von Tom Walker an. Man erkennt es an dem Metallgatter. Ein Stückchen weiter, ganz am Ende der Straße, liegt dann unser Haus.« Er ließ die Wegbeschreibung fallen und startete den Wagen. Sie fuhren aus dem Ort hinaus. »Marge meinte, wir können es nicht verfehlen.«

Sie rumpelten über eine klapprige Holzbrücke, unter ihnen

ein Fluss mit kristallklarem Wasser, in dem sich der blitzblaue Himmel spiegelte. Dann fuhren sie durch sumpfiges Marschland, auf dem gelbe und rosafarbene Blumen blühten, vorbei an einer Landepiste, wo vier kleine, altersschwache Flugzeuge vertäut waren.

Nun wurde die Schotterstraße zu einem aufgeweichten Feldweg, durchsetzt von Felsvorsprüngen, gesäumt von undurchdringlichem Baumdickicht zu beiden Seiten. Schlamm und Insekten spritzten gegen die Windschutzscheibe, und die Schlaglöcher, groß wie Planschbecken, brachten den Bus zum Holpern und Klappern. »Heiliges Kanonenrohr«, sagte Dad jedes Mal, wenn es sie von ihren Sitzen hob. Nirgendwo war ein Haus zu sehen, auch sonst keine Anzeichen der Zivilisation, bis sie auf eine Einfahrt stießen, in der ausrangierte Fahrzeugteile lagen und Geräte vor sich hin rosteten. Auf einem handgeschriebenen Schild stand *Birdsall.* Dort also wohnte Large Marge.

Hinter ihrem Grundstück wurde der Weg noch holpriger, es gab noch mehr Felsvorsprünge und noch tiefere Schlaglöcher. An den Seiten war alles von Gras und dornigem Gestrüpp überwuchert und von Bäumen umfasst, die so hoch und mächtig waren, dass sie alles Dahinterliegende verdeckten.

Nun waren sie mitten in der Wildnis.

Nach einer Weile sahen sie ein angerostetes Metallgatter mit einem ausgebleichten Rinderschädel darauf und wussten, dass sie Tom Walkers Land erreicht hatten.

»Nachbarn, die ihren Besitz mit toten Tieren schmücken, machen mich nervös«, sagte Mom und klammerte sich an ihren Türgriff. Als sie auf das nächste Schlagloch trafen, brach der Griff ab.

Fünf Minuten später stieg Dad hart auf die Bremse. Wäre

er nur ein kleines Stück weiter gefahren, wären sie über eine Klippe in die Tiefe gestürzt.

»Du lieber Gott«, sagte Mom. Eine Straße gab es hier nicht mehr. Sie hatten den Rand der Welt erreicht. Im wahrsten Sinn des Wortes.

»Wir sind da!« Dad sprang aus dem Bus und schlug die Tür zu.

Mom drehte sich zu Leni um. Sie dachten beide das Gleiche: Hier gab es nichts außer Bäumen, Gestrüpp, Schlamm und einer Felsküste, die bei Nebel ihren Tod bedeutet hätte. Sie kletterten aus dem Bus und drängten sich aneinander.

»Schaut euch das an!« Dad breitete die Arme aus, als wolle er die ganze Gegend umspannen. Vor ihren Augen schien er zu wachsen wie ein Baum, der seine Äste ausdehnte und immer stärker wurde. Ihm gefiel, was er vor sich sah, diese endlose Leere, ein Leben auf der weltabgewandten Seite. Das war der Grund, weshalb es ihn hierhergezogen hatte.

Der Zugang zu ihrem Besitz war ein baumbestandener Landstreifen, der auf einer Seite von felsigen Klippen gesäumt wurde. Leni dachte, dass ein schwerer Sturm oder ein Erdbeben das Land hinter den Klippen abtrennen könnte und es davontreiben würde – eine schwimmende Insel.

»Das ist unsere Auffahrt«, sagte ihr Vater.

»Auffahrt?« Mom starrte auf einen schmalen Pfad, der sich zwischen Bäumen verlor. Es sah aus, als wäre hier seit Jahren niemand mehr gewesen. In der Zwischenzeit waren auf dem, was vielleicht einmal ein Weg gewesen sein mochte, dünne Erlen gewachsen.

»Bo lebt nicht mehr, und wer weiß, wann er vor seinem Tod zum letzten Mal hier war«, sagte Dad. »Wir müssen die Bäume roden. Heute gehen wir zu Fuß.«

»Zu Fuß?«, fragte Mom.

Dad machte sich daran, den Bus zu entladen. Während Leni und ihre Mutter hilflos auf die Bäume starrten, verteilte er das Notwendigste auf drei Rucksäcke und sagte: »Auf geht's.«

Ungläubig betrachtete Leni die Rucksäcke.

»Hier, Rotschopf.« Ihr Vater hob einen Rucksack hoch, der Leni groß wie ein Kleinwagen vorkam.

»Den soll ich tragen?«, fragte sie.

»Wenn du etwas zu essen und für heute Nacht einen Schlafsack haben willst, ja.« Er grinste. »Komm schon. Das schaffst du.«

Leni ließ sich die Riemen von ihrem Vater umhängen und den Rucksack zurechtrücken, wobei sie sich wie eine Schildkröte mit überdimensioniertem Panzer fühlte. Würde sie fallen, käme sie nicht von allein hoch. Sie machte ein paar vorsichtige Schritte. Dad setzte ihrer Mutter den zweiten Rucksack auf.

»Und los geht's.« Dad wuchtete sich seinen Rucksack auf den Rücken. »Lasst uns nach Hause gehen.«

Er setzte sich in Gang und schwang die Arme im Rhythmus seiner Schritte. Seine Armeestiefel knirschten auf den steinigen Wegstücken und schmatzten, wenn er Schlamm durchschritt. Unbekümmert begann er ein Lied zu pfeifen.

Mom warf einen sehnsüchtigen Blick zurück auf den Bus. Dann wandte sie sich zu Leni um und lächelte, aber nicht vor Freude. Eher schien das Lächeln ihren Schrecken zu verbrämen. »Na dann«, sagte sie.

Leni tastete nach der Hand ihrer Mutter.

Sie folgten dem Pfad. Über ihnen schloss sich das Laubdach der Bäume.

»Herr im Himmel«, sagte Mom nach einer Weile. »Wie weit

ist es denn noch?« Sie stolperte über eine Wurzel und schlug der Länge nach hin.

»Mama!« Ohne nachzudenken, bückte Leni sich zu ihrer Mutter und wurde vom Gewicht ihres Rucksacks umgerissen und zu Boden gezogen. Erde drang in ihren Mund. Leni spuckte sie aus.

Im Nu war Dad bei ihnen und half ihnen hoch. »Haltet euch an mir fest, Mädels«, sagte er. Und weiter ging es.

Die Bäume standen so dicht, als kämpften sie um ihren Platz und wollten die Sonne abhalten. Nur hier und da wurde das Dämmrige von einem Lichtstrahl durchbrochen. In solchen Momenten erkannte man die Facetten des Grüns ringsum, und der Pfad zeichnete sich deutlicher ab. Sie gelangten auf moosbewachsenen Boden, so weich, als liefen sie auf einer Schicht Marshmallows. Leni hatte den Eindruck, dass die Dunkelheit von der Erde ausging, als stiege sie auf, während die Sonne nicht mehr von oben schiene – eine umgekehrte Ordnung der Natur.

Zweige schlugen ihnen ins Gesicht, während sie weiter über den weichen Boden stapften, bis sie endlich wieder ins Tageslicht hinaustraten. Vor ihnen lag eine Wiese aus kniehohem Gras und bunten Wildblumen. Sie hatten ihr Ziel erreicht, ein etwa sechzehn Hektar großes Grundstück direkt am Meer. Zu ihren Füßen lag ein kleiner halbrunder Strand. Das Meer hatte sich weit zurückgezogen.

Leni wankte auf die Wiese, löste ihren Rucksack und ließ ihn fallen. Ihre Mutter tat es ihr gleich.

Und da war es: das Haus, das fortan ihr Zuhause sein sollte. Eine kleine Blockhütte aus Baumstämmen, die mit den Jahren schwarz geworden waren. Das schräge Dach war mit ausgebleichten Tierschädeln bestückt, wie ein Pelzbesatz wucherte Moos darum herum. Die Veranda war dabei zu verrotten, an den Stühlen darauf wuchs Schimmel. Zur Linken, zwischen dem Haus und dem Wald, erkannte man zwei eingestürzte Ställe, einer von ihnen ein Hühnerstall.

Überall in dem hohen Gras lag Unrat – ein Haufen Metallspeichen, Ölfässer, ganze Rollen Kupferdraht, eine altmodische Waschtrommel aus Holz mit einer Kurbel zum Drehen, eine hölzerne Mangel.

Dad stemmte die Hände in die Hüften, legte den Kopf in den Nacken und heulte wie ein Wolf. Als er verstummte und ringsum wieder Stille eintrat, nahm er Mom in die Arme und schwang sie im Kreis herum.

Erst nach einer Weile ließ er sie los. Mom taumelte und lachte, doch in ihren Augen lag Entsetzen. Die Blockhütte sah aus, als könne niemand anderes als ein uralter zahnloser Eremit darin hausen, vor allem jedoch war sie klein.

Leni fragte sich, ob sie alle zusammen in einem einzigen Zimmer wohnen und schlafen sollten.

»Seht euch das an!« Dad machte eine weit ausholende Geste mit der Hand. Sie wandten sich von dem Haus ab und schauten zu dem schmalen schimmernden Band des Meeres am Horizont. »Das ist die Otter Cove.«

Jetzt, am späten Nachmittag, schienen die Klippen von innen heraus zu leuchten wie das verzauberte Land in einem Märchen. Die Farben kamen Leni intensiver vor als alles, was sie jemals gesehen hatte. Der Kiesstrand schien mit einem Firnis überzogen, auf der anderen Seite der Bucht lag der Fuß der Berge in tiefem sattem Violett, die Gipfel erstrahlten in eisigem Weiß.

Verwitterte Holzstufen mit schwarzen Schimmelflecken führten im Zickzack zum Strand hinunter. Sie sahen alles andere als stabil aus, als könnte ein heftiger Wind sie davonblasen.

Da Ebbe war, erstreckte sich hinter dem Strand das Watt, am Ufer häuften sich Algen und Tang. An den Felsen lagen schwarze Batzen von Miesmuscheln frei.

Leni erinnerte sich, dass ihr Vater erzählt hatte, im Upper Cook Inlet weiter im Norden gebe es eine solche Brandung, dass man darauf surfen könne. Aber auch in der Kachemak Bay seien die Gezeiten extrem und die Flut nur in der Bay of Fundy noch stärker. Es hatte ihr nicht viel gesagt, doch nun erkannte sie am Wuchs der Muscheln, wie hoch das Wasser hier steigen konnte. Bei Flut wäre der Blick über die Bucht spektakulär, doch bei Ebbe könnte man sie nicht mit dem Boot erreichen.

»Kommt, wir sehen uns das Haus an«, sagte Dad.

Er nahm Leni an der Hand und führte sie und ihre Mutter durch das hohe Gras und die Wildblumen. Leni entdeckte noch mehr liegen gelassenes Zeug – umgedrehte Fässer, gestapelte Holzpaletten, alte Kühlboxen und Fangkörbe für Hummer. Mücken summten um sie herum, setzten sich auf ihre bloße Haut und stachen zu.

An der Verandatreppe zögerte ihre Mutter. Dad ließ Lenis Hand los, sprang die morschen Stufen hinauf, öffnete die Eingangstür und verschwand.

Mom blieb einen Moment stehen und atmete tief ein und aus. Sie schlug mit der Hand auf ihren Hals und ließ einen Blutfleck zurück. »Das«, sagte sie, »hatte ich mir anders vorgestellt.«

»Ich mir auch«, sagte Leni.

Sie schwiegen eine Zeitlang. Dann sagte ihre Mutter leise: »Also los.«

Mit Leni an der Hand stieg sie die Treppe hinauf. Sie betraten das Haus.

Als Erstes registrierte Leni den Geruch.

Kot. Irgendein Tier – sie hoffte, dass es ein Tier gewesen war – hatte das Haus als Toilette benutzt.

Leni presste ihre Hände auf Mund und Nase.

Der Innenraum lag im Halbdunkel. Spinnweben hingen in den Ecken und in Girlanden von den Deckenbalken, der Staub machte das Atmen schwer. Der Fußboden war übersät von toten Insekten, die unter ihren Schritten knirschten.

»Igitt«, sagte Leni.

Mom öffnete die verdreckten Fenstervorhänge und schob die Fenster auf. Sonnenlicht strömte herein. In den Strahlen tanzten Staubflocken.

Innen war das Haus größer, als sie von außen vermutet hatte. Der Fußboden war aus rauen Sperrholzplatten im Flickenmuster zusammengehämmert. An den Wänden hingen Tierfallen, Angeln, Körbe, Bratpfannen, Eimer und Netze. Die Küche – falls man das so nennen konnte – beanspruchte eine Ecke des Hauptraums. Leni erkannte einen alten Campingherd und ein Spülbecken ohne Armaturen. Darunter war etwas Stauraum mit einem Vorhang abgetrennt worden. Auf dem Küchentresen stand ein eingestaubtes Funkgerät, wahrscheinlich ein Überbleibsel aus dem Zweiten Weltkrieg. In der Mitte des Raums thronte ein schwarzer Ofen, dessen Rohr wie ein Metallfinger die Decke des Hauses durchstach. Ein zerschlissenes Sofa, eine umgedrehte Holzkiste mit der Aufschrift *Chevron BLAZO Fuel* an der Seite und ein Klapptisch mit vier Metallstühlen machten die Einrichtung komplett. Eine steile Leiter aus dünnen Baumstämmen führte zu einem offenen Dachboden mit einem Oberlicht. An einer

Wand unten war vor einem schmalen Durchgang ein Fliegenvorhang aus psychedelisch-bunten Plastikstreifen angebracht worden.

Leni schob den Vorhang zur Seite und sah sich das dahinterliegende Zimmer an. Es war kaum größer als die fleckige Matratze, die auf dem Fußboden lag. An den Wänden war noch mehr Zeug an Haken aufgehängt. Es roch nach Staub. Der Geruch nach Exkrementen war hier etwas schwächer.

Leni wandte sich ab. Um sich nicht zu übergeben, drückte sie eine Hand auf ihren Mund und lief mit knirschenden Schritten durch den Hauptraum. »Wo ist das Klo?«, presste sie zwischen den Zähnen hervor.

Auch ihre Mutter rang nach Atem, stieß die Eingangstür auf und rannte aus dem Haus.

Leni folgte ihr.

»Da.« Mom deutete auf ein Holzhäuschen umgeben von Bäumen. In die Tür war in Augenhöhe ein sichelförmiges Loch gesägt worden.

Ein Plumpsklo?

Ein Plumpsklo.

»Scheiße«, flüsterte Mom.

»Aber echt.« Leni lehnte sich an ihre Mutter. Sie wusste, wie ihr zumute war, wusste, dass sie selbst nun stark sein musste. So lief das zwischen ihnen. Sie wechselten sich im Starksein ab. Auf die Weise hatten sie die Jahre ohne Dad überstanden.

»Wir halten zusammen.« Ihre Mutter legte einen Arm um Leni und zog sie an sich. »Wir kriegen das hin, oder? Auf einen Fernseher können wir verzichten. Auch auf fließendes Wasser. Und auf Strom.« Bei den letzten Wörtern hatte ihre Stimme einen schrillen, panischen Beiklang bekommen.

»Wir werden das Beste daraus machen«, sagte Leni und versuchte, entschlossen statt besorgt zu klingen. »Diesmal wird er glücklich werden.«

»Glaubst du?«

»Ich weiß es.«

KAPITEL VIER

Am nächsten Tag krempelten sie die Ärmel hoch und machten sich an die Arbeit. Leni und ihre Mutter putzten das Haus, fegten, schrubbten und scheuerten. Da sie kein fließendes Wasser hatten, waren sie gezwungen, das Wasser mit Eimern aus einem Bach zu holen, den sie, nicht allzu weit von ihrem Haus entfernt, entdeckt hatten. Wenn sie das Wasser zum Trinken, Kochen oder Baden benutzen wollten, mussten sie es vorher abkochen. Sie reinigten die Gaslampen im Haus. Unter dem Haus fanden sie einen Kellerraum mit verdreckten morschen Regalen, leeren eingestaubten Einweckgläsern und verschimmelten Körben. Auch hier machten sie sauber. Währenddessen begann Dad die Erlen auf dem Weg zu ihrem Haus zu fällen, um den Wagen mit dem restlichen Gepäck heranfahren zu können.

An ihrem zweiten Tag, an dem die Sonne endlos schien und nicht untergehen wollte, hörten sie erst um zehn Uhr abends mit der Arbeit auf.

Ihr Vater machte am Strand – ihrem Strand – ein großes Feuer. Sie setzten sich auf umgestürzte Baumstämme, aßen Thunfisch-Sandwiches und tranken warme Cola. Dad sammelte Miesmuscheln und Venusmuscheln und zeigte ihnen, wie man sie mit einem Messer öffnete. Das weiche Muschelfleisch schlürften sie mit einem einzigen Luftholen aus der Schale.

Es wurde nicht dunkel. Der Abendhimmel veränderte seine Farbe nur langsam von blassem Blau zu tiefem Violett. Sterne waren nicht zu sehen. Leni starrte in die tanzenden orangeroten Flammen, deren Funken knisternd zum Himmel sprühten. Ihre Eltern saßen eng umschlungen in eine Wolldecke gehüllt. Ihre Mutter hatte den Kopf an Dads Schulter gelegt, seine Hand ruhte liebevoll auf ihrem Schenkel. Leni machte ein Foto.

Das Blitzlicht ließ ihn aufschauen. Er lächelte. »Hier werden wir glücklich sein, Rotschopf. Spürst du es auch?«

»Ja«, antwortete Leni, und zum ersten Mal in ihrem Leben glaubte sie daran.

Leni wurde davon wach, dass jemand oder etwas an die Tür des Hauses hämmerte. Sie krabbelte aus ihrem Schlafsack und stieß in der Hast ihren Bücherstapel um. Unten wurde der Vorhang aus Plastikstreifen zur Seite geschoben. Die eiligen Schritte ihrer Eltern ertönten. Leni kleidete sich rasch an und nahm die Leiter nach unten.

Draußen warteten Large Marge und zwei andere Frauen.

»Hallo, liebe Allbrights«, sagte Large Marge gutgelaunt und hob ihre fleischige Hand zum Gruß. »Ich habe zwei Freundinnen mitgebracht.« Sie deutete auf die beiden Frauen an ihrer Seite. Die eine glich einer spitznasigen Waldelfe, war kaum größer als ein Kind und hatte feingesponnenes langes graues Haar. Die andere war hochgewachsen und dünn. Alle drei Frauen trugen karierte Hemden, schmutzige Jeans und kniehohe Gummistiefel. Jede von ihnen hatte Werkzeug dabei, eine Kettensäge, einen Hammer, ein Beil.

»Wir wollen euch ein bisschen Starthilfe geben«, sagte Large Marge. »Außerdem haben wir ein paar Sachen mitgebracht, die ihr brauchen werdet.«

Dad runzelte die Stirn. »Glaubst du, wir kennen uns nicht aus?«

»Uns gegenseitig zu helfen ist unsere Art, Ernt«, antwortete Large Marge. »Glaub mir, auf den ersten Winter in Alaska ist niemand richtig vorbereitet, egal, wie viel er gelesen oder gehört hat.«

Die Waldelfe trat vor. Aus der Brusttasche ihres Hemdes lugten gelbe Lederhandschuhe heraus. Ungeachtet ihres kleinen Wuchses machte sie einen tatkräftigen Eindruck. »Ich bin Natalie Watkins. Large Marge hat mir erzählt, dass ihr euch mit dem Leben bei uns noch nicht auskennt. Vor zehn Jahren war ich genauso. Bin einem Mann hierher gefolgt. Die alte Geschichte. Den Mann habe ich nicht mehr, dafür aber das richtige Leben für mich entdeckt. Jetzt gehört mir ein Fischerboot. Ich verstehe nur zu gut, welcher Traum euch hergebracht hat, aber der wird euch hier keine Hilfe sein. Ihr müsst einiges lernen, und zwar schnell.« Sie streifte ihre Handschuhe über. »Ein Mann, der was taugt, ist mir nicht mehr über den Weg gelaufen. Wisst ihr, was man über die Männer in Alaska sagt? Sie sind leicht zu finden, aber die man findet, kann man vergessen.«

Die hochgewachsene Frau trug ihre hellblonden Haare zu einem Zopf geflochten, der fast bis zu ihrer Taille reichte. Ihre Augen waren so blass, als hätten sie die Farbe des frühen Morgenhimmels angenommen. »Willkommen in Kaneq«, sagte sie. »Ich bin Geneva Walker, Gen genannt.« Sie lächelte. Auf ihren Wangen bildeten sich Grübchen. »Eigentlich stamme ich aus Fairbanks, aber ich habe mich in das Land meines Mannes verliebt und bin geblieben. Nun wohne ich hier schon seit zwanzig Jahren.«

»Ihr braucht ein Gewächshaus und ein sicheres Versteck«, sagte Large Marge. »Das ist das Mindeste. Bo hatte große Pläne, als er das Grundstück gekauft hat. Dann ist er in den Krieg gezogen. Außerdem hat er gern halbe Sachen gemacht. Das war seine Stärke.«

»Was für ein Versteck?«, fragte Dad.

Large Marge seufzte. »Das ist so etwas wie ein geschlossener Hochsitz, ein Lager. Darin bringt ihr eure Fleischvorräte unter, sonst gehen die Bären dran. Um diese Jahreszeit sind sie hungrig.«

»Also los, Ernt.« Natalie griff nach der Kettensäge zu ihren Füßen. »Ich habe ein tragbares Sägewerk dabei. Du fällst die Bäume, und ich zersäge sie. Das ist der erste Schritt. Auf geht's.«

Dad lief ins Haus. Als er zurückkehrte, hatte er seine Daunenweste übergezogen. Er und Natalie steuerten den Wald an. Wenig später hörte man das Kreischen einer Kettensäge und die dumpfen Schläge einer Axt.

»Dann mache ich mich mal an das Gewächshaus«, erklärte Geneva. »Ich bin sicher, dass Bo irgendwo ein paar PVC-Stangen herumliegen hat.«

Large Marge richtete ihren Blick auf Leni und ihre Mutter.

Ein leichter, aber frischer Wind wehte. Mom verschränkte die Arme vor der Brust. In ihrer Hüftjeans und dem T-Shirt mit dem Grateful-Dead-Motiv musste ihr kalt sein. Eine Mücke setzte sich auf ihre Wange. Mom schlug sie weg. Wieder blieb Blut zurück.

»Die Mücken sind eine Plage«, sagte Large Marge. »Beim nächsten Mal bringe ich etwas zum Einreiben mit.«

»Seit wann wohnst du hier?«, fragte Mom.

»Seit zehn Jahren. Die besten meines Lebens«, antwortete Large Marge. »Sicher, das Leben in der Wildnis bedeutet harte Arbeit, aber nichts schmeckt besser als der Lachs, den du morgens gefangen und in deiner frischen selbstgemachten Butter gebraten hast. Hier oben sagt dir niemand, was oder wie du etwas tun musst. Jeder lebt sein Leben auf seine Weise. Wenn du stark genug bist, ist es der Himmel auf Erden.«

Geradezu ehrfürchtig betrachtete Leni sie. Noch nie hatte sie eine so gewaltige, so kraftvolle Frau wie Large Marge gesehen, die wahrscheinlich einen ausgewachsenen Baum schlagen, ihn sich auf die Schulter laden und davontragen konnte.

»Wir brauchten einen Neuanfang«, sagte Mom. Leni wunderte sich. Im Allgemeinen neigte ihre Mutter nicht dazu, solche Wahrheiten gegenüber anderen zu bekennen.

»Dein Mann war in Vietnam?«

»Ja. Und er war dort in Gefangenschaft. Woher weißt du das?«

»Sieht man ihm an. Außerdem hat Bo euch das Grundstück vermacht.« Large Marge schaute zu der Stelle hinüber, wo Dad und Natalie die Bäume in Angriff nahmen. »Kann er unangenehm werden?«

»N-nein«, sagte Mom. »Natürlich nicht.«

»Flashbacks? Alpträume?«

»Seit der Fahrt hierher nicht mehr.«

»Du bist eine Optimistin«, erklärte Large Marge. »Für den Anfang wird das hilfreich sein. Aber zieh dir um Himmels willen was anderes an. Bei so viel weißer Haut spielen die Mücken verrückt.«

Mom kehrte ins Haus zurück.

»Und du, mein Fräulein«, wandte Large Marge sich an Leni, »wie lautet deine Geschichte?«

»Ich habe keine.«

»Vielleicht fängt deine erst hier oben an.«

»Vielleicht.«

»Worin bist du gut?«

Leni zuckte mit den Schultern. »Lesen und Fotos machen. Nichts, was sehr brauchbar sein wird.«

»Das wirst du lernen.« Large Marge trat dichter an Leni heran und flüsterte verschwörerisch: »Dieses Land hat eine magische Kraft, Kindchen. Das wirst du merken, wenn du dich auf das Leben hier einlässt. Aber es ist auch tückisch, vergiss das nicht. Wenn ich mich nicht irre, war es Jack London, der gesagt hat, dass man in Alaska auf tausenderlei Art umkommen kann. Sei auf der Hut.«

»Wovor?«

»Vor der Gefahr.«

»Was hier ist gefährlich? Das Wetter? Die Bären? Wölfe? Oder was noch?«

Wieder schaute Large Marge zu der Stelle hinüber, wo Dad und Natalie bei der Arbeit waren. »Die Gefahr kann hier überall lauern. Es gibt Menschen, die das Wetter kirre macht, bei anderen ist es die Einsamkeit.«

Bevor Leni weiterfragen konnte, kam ihre Mutter zurück. Sie hatte sich einen Pullover übergezogen.

»Kannst du Kaffee kochen?«, fragte Large Marge.

Mom lachte und stieß Leni mit der Hüfte an. »Sieht aus, als hätte Large Marge mein einziges Talent entdeckt.«

Die drei Frauen halfen Leni und ihren Eltern fast den ganzen Tag. Sie arbeiteten schweigend, kommunizierten nur mit Grunzlauten, Kopfbewegungen und Fingerzeigen. Natalie schnitt die Bäume, die Dad fällte und von den Ästen befreite, in Scheiben, und jeder weitere Baum, der zu Boden ging, hinterließ eine neue Lücke, durch die das Sonnenlicht fallen konnte.

Geneva zeigte Leni, wie man Holzbretter zersägte, sie zu Kästen zusammennagelte und damit Hochbeete anlegte. Aus weiteren Brettern und den PVC-Stangen, die sie tatsächlich gefunden hatten, bauten sie anschließend das Gerüst für das Gewächshaus. Leni half Geneva beim Tragen einer schweren Rolle Plastikplane, die sie in dem verfallenen Hühnerstall entdeckt hatten. An dem Gerüst angekommen, ließen sie die Rolle fallen.

»Puh«, sagte Leni schwer atmend und wischte sich über die Stirn. Ihr Gesicht war erhitzt, und ihr krauses Haar hing schweißnass herunter. Doch dieses Fundament des Gartens entstehen zu sehen machte sie stolz und gab ihr das Gefühl, etwas Sinnvolles zu tun. Sie freute sich darauf, in den Beeten Gemüse anzupflanzen und es heranwachsen zu lassen.

Während sie weiter an dem Gewächshaus arbeiteten, erklärte ihr Geneva, welche Gemüsesorten sie anpflanzen sollten, wie sie geerntet und wie wichtig sie im Winter sein würden.

Das Wort »Winter« führte sie ständig im Mund. Dabei war es erst Mai, und vor ihnen lag der Sommer, doch in Alaska schien man unentwegt an den Winter zu denken.

»Wir machen Pause«, verkündete Geneva endlich und richtete sich auf. »Ich muss aufs Klo.«

Leni verließ die Plastikhülle, die einmal das Gewächshaus

werden sollte, und ging zu ihrer Mutter, die mit einem Becher Kaffee in der einen und einer Zigarette in der anderen Hand auf der Veranda stand.

»Mir ist, als wären wir in ein Kaninchenloch gefallen«, sagte Mom. Auf dem wackligen Klapptisch aus dem Haus lagen die Reste des Mittagessens – einfache, in der Pfanne gebratene Salzkuchen und Würstchen.

Es roch nach Bratfett, Zigaretten und frisch geschlagenem Holz. Man hörte das Geräusch der Kettensäge und von Ästen, die aufeinanderkrachten.

Large Marge gesellte sich zu ihnen. Sie war verschwitzt und sah erschöpft aus, aber sie lächelte. »Ob ich jetzt einen Schluck Kaffee bekommen kann?«

Mom reichte Large Marge ihren Becher.

Zu dritt schauten sie über das Grundstück, das schon einen ganz anderen Anblick bot.

»Dein Ernt ist ein guter Arbeiter«, sagte Large Marge. »Der kann einiges. Hat gesagt, sein Vater war Rancher.«

»Ja, in Montana.«

»Das ist ein Vorteil. Sobald ihr die Ställe repariert habt, kann ich euch ein Ziegenpaar verkaufen. Dann habt ihr Milch und Käse. Ich mache euch einen guten Preis. Aus *Mother Earth News,* dieser Gartenzeitschrift, kann man auch eine Menge lernen. Ich werde dir einen Stapel vorbeibringen.«

»Danke«, sagte Mom.

»Geneva meint, mit Leni zu arbeiten ist ein Vergnügen.« Large Marge klopfte Leni so fest auf den Rücken, dass sie ins Schwanken geriet. »Ich hab mir eure Vorräte angeschaut, Cora, ich hoffe, das war in Ordnung. Ihr habt nicht annähernd genug. Wie sieht es mit euren Finanzen aus?«

»Wir sind klamm.«

Large Marge legte ihre Stirn in Falten. »Kannst du schießen?«

Mom lachte.

Large Marge lachte nicht. »Ich mein's ernst, Cora. Kannst du schießen?«

»Mit einer *Waffe*?«, fragte Mom.

»Ja, mit einer Waffe.«

Mom wurde ernst. »Nein.« Sie drückte ihren Zigarettenstummel an einem Felsbrocken aus.

»Ihr seid nicht die ersten Cheechakos, die hier mit einem Traum und einem unausgegorenen Plan ankommen.«

»Was sind Cheechakos?«, fragte Leni.

»So nennen die Inuit Neulinge. In Alaska geht es nicht darum, wer man war, bevor man sich auf die Reise hierher gemacht hat, es geht darum, zu wem man wird, wenn man hier ist. Ihr seid jetzt in der Wildnis. Die ist weder Traum noch Märchen, sondern Wirklichkeit. Die raue Wirklichkeit. Bald kommt der Winter, und so einen wie hier habt ihr noch nicht erlebt. Nicht alle stehen ihn durch. Ihr müsst wissen, wie man überlebt. Wenn ihr euch ernähren und schützen wollt, müsst ihr wissen, wie man schießt. Hier steht nicht der Mensch an der Spitze der Nahrungskette.«

Natalie und Dad kamen aus dem Wald. Natalie trug die Kettensäge und wischte den Schweiß mit einem Tuch aus ihrem Gesicht. Sie war ein so zierliches Persönchen – kaum größer als Leni –, dass man nicht fassen konnte, wie sie die schwere Kettensäge schleppen konnte.

Bei ihnen angekommen, stellte Natalie das Ende der Säge auf die Spitze ihres Gummistiefels. »Ich muss los, die Tiere füttern. Aber ich habe Ernt aufgezeichnet, wie eure Vorratskammer aussehen sollte.«

Dann erschien Geneva Walker und näherte sich ihnen mit großen Schritten. In ihrem Haar klebte schwarze Erde, auch ihr Gesicht und Hemd waren verschmutzt. »Leni hat die richtige Arbeitseinstellung«, sagte sie zu Mom und Dad. »Mit dem Kind habt ihr Glück gehabt.«

Dad legte einen Arm um Mom und lächelte in die Runde. »Meine Damen, ich weiß nicht, wie ich euch danken soll.«

»Ja, eure Hilfe war unglaublich wertvoll«, sagte Mom.

Als Natalie lächelte, sah sie noch mehr wie eine Waldelfe aus. »War uns ein Vergnügen. Denkt daran, die Tür abzuschließen, wenn ihr euch schlafen legt. Und wagt euch bis zum Morgen nicht mehr hinaus. Falls ihr einen Nachttopf braucht, den bekommt ihr bei Large Marge im Laden.«

Leni fiel die Kinnlade herab. Sie sollte einen *Nachttopf* benutzen?

»In dieser Jahreszeit sind die Bären gefährlich. Vor allem die Schwarzbären«, sagte Large Marge. »Manchmal greifen sie grundlos an. Nicht zu vergessen die Wölfe und Elche und weiß der Kuckuck was noch. Jedenfalls lauft ihr nachts nicht ohne Gewehr herum, nicht einmal bis zum Klo.« Large Marge nahm Natalie die Kettensäge ab und schulterte sie, als wäre sie nicht schwerer als ein Spazierstock. »Polizei gibt es hier oben nicht, und das nächste Telefon ist unten im Ort. Zeig deinen Frauen, wie man schießt, Ernt, und tu es bald. Ich schreibe euch auf, welche Vorräte ihr euch bis September als Minimum besorgen müsst. Im Herbst müsst ihr einen Elch erlegen, dann ist Jagdsaison, und damit habt ihr für den Winter genug Fleisch in der Gefriertruhe.«

»Wir haben keine Gefriertruhe«, sagte Leni.

Darüber lachten die drei Frauen aus irgendeinem Grund.

Dad nickte mit ernster Miene. »Ich hab verstanden.«

»Na dann, bis bald«, sagten die Frauen im Chor. Winkend gingen sie über den Waldweg davon.

In der nachfolgenden Stille hörte Leni den Wind im Laub der Bäume rascheln.

Hoch am Himmel flog ein Adler mit einem zappelnden silbrigen Fisch in den Klauen. Der Fisch war so groß wie ein Skateboard. Dann entdeckte sie ein Hundehalsband, das ganz oben in den Ästen eines Nadelbaums hing. Sie nahm an, dass ein Adler sich irgendwann einen kleinen Hund geschnappt hatte und mit ihm davongeflogen war. Ob Adler auch ein Mädchen, das dünn wie eine Bohnenstange war, ergreifen konnten?

Sie musste vorsichtig sein. Und schießen lernen.

Wieder wurde ihr bewusst, dass sie auf einem Stück Land wohnen würden, das man von der Meerseite aus bei Ebbe nicht erreichen konnte. Hier unten, im Süden der Kachemak Bay, lebte nur eine Handvoll Menschen, aber Hunderte wilder Tiere. Das Klima war so unerbittlich, dass es einen das Leben kosten konnte. Und wenn man schrie, gab es niemanden, der einen hörte.

Zum ersten Mal begriff Leni, was ihr Vater gemeint hatte, als er von »abgelegen« gesprochen hatte.

Drei Tage später wurde Leni morgens vom Bratgeruch des Schinkenspecks geweckt. Als sie sich aufsetzte, fuhr ihr der Schmerz in die Arme und Beine.

Alles tat ihr weh, und ihre Haut juckte von den vielen Mückenstichen. In drei Tagen – endlosen Tagen, an denen die Sonne fast bis Mitternacht geschienen hatte – waren bei ihr

Muskeln zum Vorschein gekommen, von deren Existenz sie vorher nicht einmal etwas geahnt hatte.

Leni kletterte aus ihrem Schlafsack und zog ihre Hüftjeans über. Nachts behielt sie Unterwäsche, Sweatshirt und Socken an. Sie hatte einen ekligen Geschmack im Mund, am Abend hatte sie sich die Zähne nicht geputzt. Schon nach wenigen Tagen hatte sie gelernt, sparsam mit dem Wasser umzugehen, das Eimer für Eimer aus dem Bach geholt werden musste.

Leni stieg die Leiter hinunter.

Ihre Mutter stand in der Küchennische am Campingherd und schüttete Haferflocken in einen Topf mit kochendem Wasser. In einer der schwarzen gusseisernen Pfannen, die sie bei ihrer Ankunft vorgefunden hatten, brutzelte und spratzte Schinkenspeck

Draußen wurde gehämmert. Die rhythmischen Schläge waren zum Soundtrack ihres Lebens geworden. Dad arbeitete von Sonnenaufgang bis Sonnenuntergang, und das war eine lange Zeit. Inzwischen hatte er den Hühner- und den Ziegenstall wiederaufgebaut.

»Ich muss auf Toilette«, sagte Leni.

»Viel Spaß«, entgegnete ihre Mutter.

Leni schlüpfte in ihre Gummistiefel und trat aus dem Haus. Wieder fiel ihr auf, wie leuchtend und kräftig die Farben um sie herum waren, wie sie dieser Welt etwas Unwirkliches verliehen: dem blauen Himmel, den bunten Wildblumen, den grauen Holzstufen, die im Zickzack hinunter zum glitzernden Meer führten, dessen schneeige Schaumränder über die Kiesel strichen. Dahinter dehnte sich ein Fjord von unglaublicher Schönheit, der vor Urzeiten von Gletschern geformt worden war. Der Anblick ließ Leni innehalten, sie wollte schon umkehren, ihre Polaroid-Kamera holen und – wieder einmal –

Fotos machen, aber sie gestand sich ein, dass sie mit ihrem Film haushalten musste. Einen neuen würde sie hier oben nicht so leicht bekommen.

Das Plumpsklo war am Rand der Klippen errichtet worden, mit Blick aufs Meer. Fichten wuchsen in einem Halbkreis um das Holzhäuschen. Auf den Toilettensitz hatte jemand *Ich hab dir nie einen Rosengarten versprochen* gepinselt und den Satz mit Blumenaufklebern verziert.

Um ihre Finger zu bedecken, zog Leni den Ärmel des Sweatshirts über ihre Hand und hob den Deckel an. Den Anblick des Lochs vermied sie tunlichst, während sie sich niederließ.

Als sie zum Haus zurückkehrte, stieg gerade ein Weißkopfseeadler von den Felsen auf, zog einen großen Kreis, hob sich in die Lüfte und glitt davon. Hoch oben in einem der Bäume hing nun ein großes Fischskelett und schimmerte in der Sonne wie Weihnachtsschmuck.

Zu ihrer Rechten sah sie die Vorratskammer, die schon halb fertig war. Vier geschälte, sechs Meter hohe Baumstämme trugen eine Holzplattform. Daneben standen die Hochbeete des Gewächshauses, dessen Plastikplane noch nicht vollständig an den Gerüststangen befestigt war.

»Leni«, rief ihr Vater und kam mit seinen schwungvollen, weit ausholenden Schritten auf sie zu. Sein Haar war fettig, die Kleidung voller Ölflecke, die Hände strotzten vor Schmutz. Rosafarbenes Sägemehl hatte sein Gesicht und die Haare bestäubt. Er winkte und lächelte, und die vorbehaltlose Freude auf seinem Gesicht ließ Leni stehen bleiben. Sie wusste nicht, wann sie ihn zuletzt so entspannt gesehen hatte. »Lieber Gott, wie schön es hier ist«, sagte er.

Er wischte seine Hände mit einem roten Bandana sauber,

legte eine Hand auf ihre Schulter und ging Seite an Seite mit ihr zum Haus.

Mom war dabei, das Frühstück zu bereiten. Da der Klapptisch wackelte, aßen sie ihren Haferbrei im Stehen aus ihren blechernen Campingnäpfen. Dad stopfte sich gleichzeitig eine Scheibe Schinkenspeck in den Mund. Seit kurzem schien er Essen als Zeitverschwendung zu betrachten. Draußen gab es zu viel zu tun.

Nach dem Frühstück fuhren Leni und ihre Mutter mit dem Hausputz fort. Den gröbsten Schmutz und die toten Insekten hatten sie beseitigt. Die Läufer, die auf dem Dachboden gelegen hatten, hängten sie über das Geländer der Veranda und bürsteten und klopften sie mit einem Besen. Während Leni zum Bach lief, um Wasser zu holen, nahm ihre Mutter die Vorhänge ab. Das Wasser füllten sie in die alte hölzerne Waschtrommel und gaben eine Portion Waschmittel hinzu. Eine Stunde lang kurbelte Leni, in der Sonne schwitzend, die Vorhänge in der Seifenlauge herum. Anschließend schleppte sie den schweren, tropfenden Stoffberg zu einem Fass mit klarem Wasser und spülte die Vorhänge aus.

Als das getan war, führte sie die klatschnassen Vorhänge durch die altmodische Mangel und drehte auch hier die Kurbel. Es war eine harte, zermürbende Knochenarbeit.

Nicht weit entfernt stand ihre Mutter. Sie sang und rührte in der Seifenlauge den nächsten Berg Wäsche um.

Dann ertönte das Geräusch eines Motors. Leni richtete sich auf und rieb ihren schmerzenden Rücken. Sie hörte, wie ein Wagen über Felsbrocken hinwegratterte und Schlammpfützen durchquerte. Gleich darauf tauchte der alte VW-Bus aus dem Wald auf und blieb auf der Wiese stehen. Der Weg zu ihnen war endlich frei.

Dad drückte auf die Hupe. Im Wald stoben Vögel auf und krächzten aufgebracht.

Mom drehte sich um. Das Tuch, das sie sich um die Haare gebunden hatte, war schweißgetränkt. Auf ihre blassen Wangen hatten die Mücken ein Muster aus roten Punkten gestochen. Sie beschattete die Augen mit der Hand. »Du hast es geschafft«, rief sie.

Dad stieg aus dem Bus und winkte Leni und ihre Mutter zu sich. »Genug geschuftet. Wir machen eine Tour.«

Leni jauchzte. Endlich konnte sie ihre Plackerei eine Zeitlang unterbrechen. Sie packte die gemangelten Vorhänge, trug sie zu der Wäscheleine, die Mom zwischen zwei Bäumen befestigt hatte, und hängte sie auf. Dann stieg sie glücklich mit ihrer Mutter in den Bus. In den Tagen seit ihrer Ankunft hatten sie ihn mühsam entladen, waren zigmal mit schwer beladenen Rucksäcken zum Haus gelaufen. Nur ein paar Zeitschriften und leere Coladosen lagen noch darin.

Dad kämpfte mit der lockeren Gangschaltung, bis er den ersten Gang eingelegt hatte. Der Bus erbebte und hustete wie ein alter Mann. Klappernd rumpelten sie über die Wiese.

Leni sah die Zufahrt, die ihr Vater freigelegt hatte. »Sie war schon da«, rief er über das Jaulen des Motors hinweg. »Ich musste bloß die jungen Bäume fällen.«

Dennoch war der Weg immer noch so zugewachsen, dass der Bus gerade so passieren konnte. Baumzweige schlugen an die Windschutzscheibe und kratzten über die Seitenwände des Wagens. Das Papierschild mit den Regenbogenfarben zerriss, die Fetzen blieben in den Bäumen hängen. Auch hier fuhren sie hauptsächlich über Felsgestein, Wurzeln und Schlaglöcher. Am Ende ihres engen Zufahrtswegs tauchten sie wieder in den Sonnenschein ein und bogen auf die Straße nach Kaneq ein.

Bald wären sie in einem richtigen Ort. Noch vor kurzem war Kaneq für Leni nicht mehr als ein heruntergekommener Haufen von Häusern gewesen, doch schon nach wenigen Tagen in der Wildnis hatte sie ihre Meinung revidiert. In Kaneq gab es ein *Geschäft*. Sie konnte einen neuen Film für ihren Fotoapparat kaufen und vielleicht auch einen Schokoriegel.

»Festhalten«, sagte ihr Vater und bog nach links in einen Waldweg ab.

»Wohin fahren wir?«, fragte Mom.

»Wir müssen uns bei Bo Harlans Vater bedanken. Ich habe Whiskey für ihn dabei.«

Leni schaute aus dem Fenster, doch außer Bäumen und dem unebenen Weg vor ihnen war nichts zu sehen.

Häuser oder Briefkästen gab es nicht, nur vereinzelte Pfade, die in den Wald hineinführten. Falls hier Menschen lebten, legten sie keinen Wert darauf, gefunden zu werden.

Der Weg stieg zu einem Hang an, der Wald wurde dichter und dunkler. Ungefähr nach drei Meilen tauchte das erste Schild auf. Darauf stand: *Zutritt verboten. Umdrehen. Von Hunden und Schützen bewacht. Kein Platz für Hippies.*

Der Weg endete auf der Kuppe des Hangs. Dort stand ein Schild mit der Aufschrift: *Auf Unbefugte wird geschossen.*

»Allmächtiger«, sagte Mom. »Bist du sicher, dass wir hier richtig sind?«

Wie aus dem Nichts erschien ein Mann mit einem Gewehr im Anschlag. Breitbeinig baute er sich vor dem Bus auf. Er trug eine schmutzige Trucker Cap, unter der sein Haar in Büscheln abstand. »Wer seid ihr? Was wollt ihr?«

»Wir sollten lieber umkehren«, sagte Mom leise.

Dad lehnte sich aus dem Seitenfenster. »Wir wollen Earl Harlan einen Besuch abstatten. Ich war ein Freund von Bo.«

Der Mann runzelte die Stirn. Schließlich nickte er und trat zur Seite.

»Ich weiß nicht, Ernt«, sagte Mom. »Ich habe kein gutes Gefühl.«

Dad kurbelte an der Gangschaltung. Der Bus holperte weiter über Felsen und Erdbuckel.

Schließlich erreichten sie ein offenes Feld, auf dem außer einigen struppigen Grasbüscheln nichts wuchs. Am Rand standen drei Häuser oder vielmehr Hütten. Sie schienen aus allem Möglichen zusammengehämmert worden zu sein, aus Sperrholzplatten, Wellblech und Baumstämmen. Ein Schulbus mit Vorhängen an den Fenstern stand auf den Radkappen im Schlamm. Ein paar magere Hunde zerrten an ihren Ketten, knurrten und bellten. Aus Feuerfässern stieg Rauch auf, der beißend nach verbranntem Gummi roch.

Menschen in schmuddliger Kleidung traten aus den Hütten: Männer, die einen Pferdeschwanz oder das Haar kurzgeschoren trugen, Frauen mit Cowboy-Hüten. Jeder trug ein Holster an der Hüfte, in dem eine Schusswaffe oder ein Messer steckte.

Aus der ersten Hütte – einer Blockhütte – kam ein drahtiger Mann mit weißen Haaren, der eine altertümlich aussehende Pistole in der Hand hielt. Er hatte einen langen weißen Bart und einen Zahnstocher zwischen den Zähnen. Bei seinem Anblick spielten die Hunde verrückt, knurrten, schnappten und rutschten auf dem Bauch. Er richtete seine Waffe auf den Bus.

Dad legte eine Hand auf den Türgriff.

»Nicht aussteigen.« Mom hielt seinen Arm fest.

Dad befreite sich, nahm die Whiskeyflasche und stieg aus. Die Tür ließ er offen.

»Wer bist du?«, rief der Weißhaarige. Der Zahnstocher zwischen den Zähnen ging auf und ab.

»Ernt Allbright, Sir.«

Der Mann senkte seine Waffe. »Ernt? Bist du es wirklich?«

»Ja, ich bin es.«

»Mann, ich fasse es nicht. Ich bin Earl. Bos Vater. Wen hast du da mitgebracht?«

Dad drehte sich um und winkte Leni und ihrer Mutter, aus dem Bus zu steigen.

»Tolle Idee.« Mom verließ den Wagen. Leni folgte ihr und hörte, wie der feuchte Boden unter ihren Stiefeln schmatzte.

Die anderen Leute standen da und starrten sie an.

Dad zog Leni und ihre Mutter an sich. »Das sind Cora, meine Frau, und Leni, meine Tochter. Das ist Earl, Mädels, Bos Vater.«

»Die Leute nennen mich Mad Earl.« Bos Vater gab ihnen die Hand, schnappte sich die Flasche Whiskey und führte sie zu der Blockhütte. »Kommt rein, kommt rein.«

Leni musste sich zwingen, durch den dunklen Eingang zu treten. Innen roch es nach Schimmel und Schweiß. An den Wänden reihten sich Bierkästen, Kartons voller Konservendosen, Wasserkanister, ein Stapel Schlafsäcke. An einer Wand stand ein Regal. Auf den Brettern lagen Gewehre, Messer und Munitionskisten. An einer anderen Wand waren Haken angebracht, an denen altmodische Armbrüste und Morgensterne hingen.

Mad Earl ließ sich auf einen Stuhl fallen, der aus Holzlatten gezimmert worden war. Er drehte den Verschluss der Whiskeyflasche auf, setzte sie an und nahm einen langen Schluck. Anschließend gab er die Flasche an Dad weiter, der einen noch längeren Schluck nahm, bevor er sie zurückreichte.

Mom bückte sich und zog eine alte Gasmaske aus einer Kiste heraus, die voll davon war. »Sammeln Sie Kriegsmemorabilien?«, fragte sie Mad Earl.

Der nahm den nächsten Schluck. Leni fand es erstaunlich, dass jemand mit einem Schluck so viel Whiskey trinken konnte. »Das sind keine Erinnerungsstücke. Damit werde ich mich in unserer verrückten Welt schützen. Bin 62 hier hochgekommen. Ich habe meine Familie hierhergebracht, hatte nicht mehr als eine Knarre und einen Sack braunen Reis dabei. Hab mir gesagt, dass wir in der Wildnis sicher sind und den nächsten Atomkrieg überleben werden.« Er nahm noch einen Schluck. »In unserem Land wird es nicht mehr besser, sondern immer nur schlechter. Was die mit der Wirtschaft gemacht haben und erst mit den ganzen armen Jungs, die sie in den Krieg geschickt haben. Mein Amerika ist das nicht mehr.«

»Das sage ich schon seit Jahren«, entgegnete Dad mit einem Gesichtsausdruck, den Leni noch nie an ihm gesehen hatte. Geradezu ehrfürchtig wirkte er, als hätte er seit langem darauf gewartet, Worte wie die von Mad Earl zu hören.

»Da unten stehen die Leute für Benzin an«, fuhr Mad Earl fort. »Die Araber lachen sich scheckig. Und wer glaubt, die Russen hätten uns nach Kuba vergessen, der soll mal genau überlegen. Wir haben Neger, die sich Black Panthers nennen und uns die Faust zeigen, Illegale, die sich unsere Jobs unter den Nagel reißen. Und was machen die Leute? Sie demonstrieren. Setzen sich auf die Erde. Tragen Schilder und marschieren durch die Straßen. Nicht mit mir. Ich habe einen *Plan.*«

Dad ließ sich Mad Earl gegenüber nieder. Seine Augen hatten einen fiebrigen Glanz bekommen. »Was für einen? Erzähl mehr davon.«

»Wir haben uns vorbereitet. Wir haben Gewehre, Gasmasken, Pfeile, Munition. Wir sind gewappnet.«

Lenis Mutter sagte: »Sie glauben doch nicht im Ernst, dass wir – «

»Doch«, fiel Mad Earl ihr ins Wort. Er sah Dad an. »Du weißt, was ich meine, Allbright, nicht wahr?«

»Das weiß ich. Wie viele seid ihr?«

Mad Earl trank und wischte ein paar Tropfen von seinem Kinn. Seine wässrigen Augen wurden schmal. Er taxierte Leni und ihre Mutter abwägend. »Im Moment nur meine Familie, aber wir meinen es ernst.«

Jemand klopfte an der Tür. Mad Earl rief: »Herein.« Die Tür öffnete sich. Eine kleine, muskulöse Frau in einer Tarnhose und einem T-Shirt mit einem gelben Smiley darauf trat ein. Wahrscheinlich war sie um die vierzig, doch sie hatte ihr Haar wie ein Mädchen zu zwei Rattenschwänzen gebunden. Hinter ihr tauchte ein massiger Mann auf. Er hatte einen langen Pferdeschwanz und einen Pony bis zu den Augen. Die Frau trug einen Stapel Tupperware-Dosen in den Händen und ebenfalls eine Pistole an der Hüfte.

»Lasst euch nicht bange machen«, sagte sie freundlich. »Mein Vater malt gern den Teufel an die Wand.« Als sie weiter vortrat, sah man, dass sich ein Kind an sie drückte, ein vielleicht vierjähriges Mädchen mit bloßen Füßen und schmutzigem Gesicht. »Ich bin Thelma Schill, Earls Tochter. Bo war mein Bruder. Und das ist Ted, mein Mann. Die Kleine heißt Marybet.« Thelma legte eine Hand auf den Kopf des Mädchens.

»Ich heiße Cora.« Lenis Mutter streckte ihre Hand aus. »Das ist Leni.«

Leni lächelte verhalten.

Thelmas Lächeln war warm und wirkte aufrichtig. »Gehst du jetzt hier zur Schule, Leni?«

»Hier gibt es eine Schule?«, fragte Leni.

»Logisch. Sie ist nicht groß, aber dort wirst du Freunde finden. Die Kinder kommen aus so weit entfernten Orten wie Bear Cove. Ich glaube, noch eine Woche lang ist Unterricht. Hier helfen die Kinder bei der Arbeit zu Hause, die Ferien fangen also früh an.«

»Wo ist die Schule?«, fragte Mom.

»An der Alpine Street, hinter der Kneipe unten am Kirchhügel. Kann man nicht verfehlen. Die erste Stunde beginnt morgens um neun.«

»Montag werden wir da sein.« Mom schenkte Leni ein kurzes Lächeln.

»Schön. Wir freuen uns sehr, euch bei uns willkommen zu heißen, Cora, Ernt und Leni.« Thelma wandte sich an Dad. »Bo hat uns oft aus Vietnam geschrieben. Du hast ihm viel bedeutet. Alle wollen dich kennenlernen.« Sie griff nach seinem Arm und zog ihn nach draußen.

Leni und ihre Mutter folgten ihnen. Hinter ihnen grummelte Mad Earl, dass Thelma das Gespräch an sich gerissen habe. Er schlurfte ihnen nach.

Draußen hatte sich mittlerweile eine größere Gruppe versammelt, Männer, Frauen, Jugendliche und Kinder. Jeder hatte etwas in der Hand.

»Ich bin Clyde«, sagte ein Mann mit Rauschebart und buschigen Brauen. »Bos jüngerer Bruder. Und ich hab was für dich. Kleiner Willkommensgruß.« Er hielt Lenis Vater eine Kettensäge hin, die schon ein paar Jahre auf dem Buckel zu haben schien. Aber das Sägeblatt steckte in einer leuchtend orangefarbenen Schutzhülle. »Ist frisch geschärft.«

Eine Frau, zwei etwa zwanzigjährige Männer und zwei Mädchen von vielleicht sieben oder acht Jahren traten vor. Auch die Gesichter dieser Mädchen waren schmutzig. »Das sind meine Frau Donna, unsere Zwillinge Darryl und Dave und unsere Töchter Agnes und Marthe.«

Alle wirkten freundlich, und jeder hatte eine Willkommensgabe, die sie Lenis Eltern überreichten – eine Metallsäge, ein aufgerolltes Seil, feste Plastikbahnen, ein paar Rollen Klebeband, ein Faustmesser, das sie »Ulu« nannten. Die Klinge hatte die Form eines Halbkreises, wie ein aufgeklappter Fächer.

Keines der Kinder war in Lenis Alter. Der einzige Teenager – ein etwa sechzehnjähriger Junge namens Axl – sah Leni kaum an. Er stand abseits von den anderen und warf mit einem Messer auf einen Baumstamm.

»Ihr müsst bald einen Gemüsegarten anlegen«, sagte Thelma. Die Männer umstanden ein Feuerfass und ließen die Whiskeyflasche kreisen. »Das Wetter hier ist unberechenbar. In manchen Jahren haben wir im Juni Frühling, im Juli Sommer und im August Herbst. In den restlichen Monaten herrscht Winter.«

Sie ging mit Leni und ihrer Mutter zu einem großen Gemüsegarten hinter den Häusern, der war mit einem Zaun aus Fischernetzen gesichert, die an Metallstangen befestigt waren.

Beim Großteil des Gemüses handelte es sich um kleine grüne Büschel auf schwarzen Erdwällen, die Leni nicht näher identifizieren konnte. Matten aus Seetang trockneten entlang der Netze auf dem Boden. Leni fand sie eklig. Hier und da lagen stinkende Haufen aus Fischgräten, Eierschalen und Kaffeesatz.

»Wisst ihr, wie man etwas anbaut?«, fragte Thelma.

»Ich kann eine reife Melone erkennen, wenn ich eine kaufen will«, antwortete Mom.

»Wenn ihr wollt, zeige ich euch, wie man es macht. Unsere Pflanzzeit ist kurz, ihr müsstet euch also ranhalten.« Thelma hob einen verbeulten Eimer hoch. »Ich kann euch ein paar Kartoffeln und Zwiebeln geben. Mit denen seid ihr noch früh genug dran. Möhrensetzlinge hätte ich außerdem. Ein paar Hühner könnte ich auch entbehren.«

»Das kann ich nicht annehmen«, sagte Mom.

»Du ahnst nicht, wie lange der Winter bei uns dauert und wie bald er da sein wird. Die Männer machen hier ihr Ding, demnächst werden ohnehin viele von ihnen fortgehen und an der neuen Pipeline arbeiten. Aber wir, die Mütter, bleiben zu Hause und sorgen für unsere Kinder. Das ist schwer genug, deshalb schließen wir uns zusammen und helfen einander, wo wir können. Wir tauschen viel miteinander. Morgen zeige ich dir, wie man Lachs räuchert. Du musst anfangen, deinen Keller mit Vorräten für den Winter zu füllen.«

»Du machst mir Angst«, sagte Mom.

Thelma berührte ihren Arm. »Ich weiß noch, wie es war, als wir aus Kansas City hierhergezogen sind. Meine Mutter hat nur geweint. Im zweiten Winter ist sie gestorben. Ich glaube immer noch, dass sie einfach nicht mehr wollte. Sie ertrug weder die Kälte noch die Dunkelheit. Hier kann eine Frau nicht darauf warten, dass andere sie und ihre Kinder beschützen, Cora, sie muss bereit sein, es selbst zu tun. Du musst schnell lernen, was du hier oben wissen musst. Denk immer daran, in Alaska darf man nur einen Fehler machen. Der zweite bringt den Tod.«

»Ich weiß nicht, ob ich für dieses Land geeignet bin«, sagte

Mom. »Unser erster Fehler war vielleicht schon hierherzukommen.«

»Ich helfe euch«, versprach Thelma. »Das werden wir alle.«

KAPITEL FÜNF

Die endlos langen Tage brachten Lenis innere Uhr vollends aus dem Gleichgewicht. Ihr ganzes Leben war aus dem Tritt geraten, und nun gehorchten selbst die Tageszeiten, das Einzige, worauf man sich sonst verlassen konnte, eigenen Gesetzen. Wenn Leni abends zu Bett ging, war es ebenso hell wie morgens, wenn sie aufwachte.

Nun war der Montagmorgen gekommen.

Leni stand am Fenster und starrte auf die blank gewienerte Glasscheibe. Sie versuchte, ihr Spiegelbild zu erkennen, doch das Tageslicht war einfach zu hell. Alles, was sie sehen konnte, war ein geisterhafter Schemen, aber sie wusste ohnehin, dass sie nicht hübsch war, nicht einmal für die Verhältnisse in Alaska.

Das größte Problem war einfach ihr Haar, diese rote, ungebändigte Mähne. Natürlich gehörten zu dem Haar auch eine milchweiße Haut und die Sommersprossen, die ihre Nase wie rostroter Pfefferstaub puderten. Das Beste an ihr waren ihre blaugrünen Augen. Wären nur nicht die zimtfarbenen Wimpern gewesen.

Ihre Mutter trat hinter sie und legte ihre Hände auf Lenis Schultern. »Du bist wunderschön. Und du wirst in dieser Schule Freunde finden.«

Leni wollte Trost aus diesen Worten schöpfen, die sie schon so oft gehört hatte und die sich ebenso oft als falsch erwiesen hatten. Zigmal war sie in einer Schule neu gewesen, und nie hatte sie einen Freund oder eine Freundin gefunden. Immer stimmte schon am ersten Tag etwas an ihr nicht – ihr Haar, ihre Kleidung, ihre Schuhe –, und auf der Mittelschule war der erste Eindruck ausschlaggebend. Diese Lektion hatte sie auf schmerzhafte Weise lernen müssen. Unter dreizehnjährigen Mädchen waren modische Fehlgriffe kaum mehr gutzumachen.

»Wahrscheinlich bin ich das einzige Mädchen in der Schule«, sagte Leni und seufzte dramatisch. Sie wollte sich keine Hoffnungen machen. Ohne Hoffnungen konnte man auch nicht enttäuscht werden.

»Auf jeden Fall wirst du das hübscheste Mädchen sein.« Mom strich ihr eine Strähne des krausen Haars so liebevoll hinters Ohr, dass Leni sich daran erinnerte, nicht allein zu sein, ganz gleich, was geschehen würde. Ihre Mutter wäre immer für sie da.

Dad kam herein und brachte einen Schwall kalte Luft mit. Er hielt zwei tote Wildenten an den schlaffen Hälsen. Die Schnäbel schlugen klappernd aneinander. Er steckte sein Gewehr in die Halterung an der Tür und legte seine Beute auf den Küchentresen.

»Earls Schwiegersohn hat mich vor Morgengrauen mit zur Jagd genommen. Zum Abendessen gibt es Ente.« Er trat zu Mom und küsste sie auf den Hals.

Sie schob ihn lachend fort. »Möchtest du Kaffee?«

Dann wandte er sich an Leni. »Für ein Mädchen auf dem Weg zur Schule siehst du ziemlich niedergeschlagen aus.«

»Bin ich nicht.«

»Vielleicht weiß ich, wo das Problem liegt.«

»Glaube ich nicht.« Leni hörte selbst, dass sie so mutlos klang, wie sie sich fühlte.

Ihr Vater spitzte die Lippen und sah sie übertrieben nachdenklich an. »Warte.« Er ging in das Schlafzimmer. Gleich darauf kehrte er mit einem schwarzen Müllsack zurück und legte ihn auf den Tisch. »Vielleicht hilft das.«

Klar, dachte Leni, Müll wird die Lösung sein.

»Mach ihn auf.«

Leni öffnete den Sack widerwillig und schaute hinein.

Sie zog eine Schlaghose heraus, mit rostroten und schwarzen Längsstreifen, dann einen fusseligen elfenbeinfarbenen Seemannspullover aus Wolle. Er sah wie ein eingelaufener Männerpullover aus.

O Gott.

Leni verstand nicht viel von Mode, doch es war offenkundig, dass die Hose für einen Jungen gedacht war. Der Pullover war wahrscheinlich schon vor ihrer Geburt nicht mehr modern gewesen.

Sie fing den Blick ihrer Mutter auf. Sie wussten beide, wie viel Mühe Dad sich gegeben – und wie sehr er sich vergriffen hatte. In Seattle wäre dieser Aufzug Lenis Untergang gewesen.

»Na?«, fragte Dad unsicher.

Leni rang sich ein Lächeln ab. »Super, Dad. Vielen Dank.«

Er seufzte erleichtert. »Gott sei Dank. Ich habe die Wühltische lange durchsucht.«

Die Sachen kamen demnach von der Heilsarmee, und er hatte vorausgeplant und schon daran gedacht, als sie noch in Homer waren. Das machte dieses unerträglich hässliche Zeug beinah schön.

»Probier die Sachen an«, sagte er.

Leni ging in das Schlafzimmer ihrer Eltern und zog sich um.

Der Seemannspullover war zu klein und die Wolle so verfilzt, dass Leni kaum die Arme beugen konnte.

»Du siehst toll aus«, sagte ihre Mutter und überreichte ihr eine Lunchbox mit einem Bild von Pu der Bär darauf. »Thelma dachte, die könnte dir gefallen.«

Damit war Lenis Schicksal besiegelt, und es gab nichts mehr, was sie dagegen tun konnte.

»Wir fahren besser los«, sagte sie zu ihrem Vater. »Ich will nicht zu spät kommen.«

Mom drückte sie fest an sich und flüsterte: »Viel Glück.«

Leni und ihr Vater kletterten in den VW-Bus. Sie holperten über die Einfahrt und bogen in die Straße nach Kaneq ab. Wenig später kamen sie an der alten Landepiste vorbei, dann waren sie an der Brücke. »Halt an«, sagte Leni.

Dad bremste und wandte sich zu ihr um. »Was ist?«

»Kann ich von hier aus zu Fuß laufen?«

Er wirkte gekränkt. »Warum?«

Leni war zu nervös, um sich um seine verletzten Gefühle zu kümmern. Sie wusste nur, es galt, die Eltern auf Abstand zu halten, wenn man zur Mittelschule ging. Die Gefahr, dass sie einen vor allen anderen blamierten, war zu groß. »Ich bin dreizehn«, sagte sie. »Und wir leben in Alaska, wo man tough sein muss. Bitte, Dad.«

»Na schön, weil du es bist.«

Leni stieg aus dem Wagen und lief los. An der Hauptstraße von Kaneq kam sie an einem Mann vorbei, der im Schneidersitz an der Straße saß und eine Gans auf dem Schoß hielt. Leni hörte, wie er zu dem Tier sagte: »Nein, Matilda, kommt nicht in Frage.« Sie eilte an dem schmutzigen Zelt vorüber, in dem eine Charterfirma für Fischerboote untergebracht war.

Die kleine Schule stand am anderen Ende des Ortes auf einem mit Unkraut bewachsenen Grundstück. Hinter ihr lag grüngelbes Marschland, durch das sich ein Fluss schlängelte. Das Schulgebäude war aus geschälten Baumstämmen errichtet worden, und die Seiten des spitzen Metalldachs reichten bis zum Boden.

Leni blieb an der offenen Tür stehen. Es gab nur einen Klassenraum, doch der war größer, als es von außen den Anschein gehabt hatte. An der Rückwand hing eine Tafel. Darauf hatte jemand in Großbuchstaben *ALS ALASKA VON DEN USA GEKAUFT WURDE* geschrieben.

Vorn im Raum stand ein großes Pult, dahinter die Lehrerin, die eine Inuk-Frau war. Sie wirkte kräftig mit breiten Schultern und Händen, die aussahen, als könnten sie ordentlich zupacken. Ihr langes schwarzes Haar war zu zwei losen Zöpfen geflochten, ihr Gesicht hatte die Farbe dünnen Kaffees. Sie war tätowiert, schwarze Querstriche zogen sich vom Kinn zur Unterlippe. Über dem karierten Männerhemd hatte sie eine Wildlederweste mit Fransen an, und auch sie trug Gummistiefel zu ihrer Jeans.

Sie entdeckte Leni und sagte: »Hallo und willkommen!«

Die Schüler – es waren sechs – drehten sich auf knarrenden Stühlen zu Leni um.

In der ersten Reihe saßen die Kleinsten. Es waren zwei Mädchen. Marthe und Agnes, die Enkelinnen von Mad Earl, Leni erkannte sie wieder. Der mürrisch aussehende Junge namens Axl war ebenfalls da. Hinter Marthe und Agnes saßen zwei Inuk-Mädchen von vielleicht acht oder neun Jahren. Sie hatten ihre Einzeltische zusammengeschoben, und jedes trug einen Kranz aus Löwenzahn auf dem Kopf. Auf der rechten Seite standen wieder zwei Tische zusammen, mit Blick zur Tafel. Der Stuhl an einem Tisch war frei, an dem anderen saß ein dünner Junge ungefähr in Lenis Alter, mit schulterlangem blondem Haar. Er schien sich als einziger Schüler für Leni zu interessieren und starrte sie an.

»Ich bin Tica Rhodes«, sagte die Lehrerin. »Mein Mann und ich wohnen in Bear Cove. Das bedeutet, dass ich es im Winter nicht immer hierherschaffe, aber ich tue mein Bestes. Das erwarte ich von meinen Schülern auch.« Sie lächelte. »Du bist Lenora Allbright. Thelma hat dich angekündigt.«

»Leni.«

Mrs Rhodes musterte Leni. »Wie alt bist du? Elf?«

»Dreizehn.« Leni spürte, wie ihre Wangen heiß wurden. Wenn sie doch endlich einen Busen bekäme.

»Sehr gut.« Mrs Rhodes wies auf den blonden Jungen. »Matthew ist auch dreizehn. Setz dich zu ihm.«

Leni umklammerte den Griff ihrer grässlichen Lunchbox so fest, dass ihre Hand schmerzte. »Hi«, grüßte sie Axl, als sie an seinem Tisch vorbeikam. Er warf ihr einen gelangweilten Blick zu und malte weiter auf den Umschlag seiner Kladde. Das Bild schien eine Außerirdische mit gigantischen Brüsten darzustellen.

Steif und umständlich ließ Leni sich auf dem Platz neben dem anderen Jungen nieder, warf ihm einen raschen Seitenblick zu und murmelte »hallo«.

Als er sie angrinste, entblößte er eine kleine Zahnlücke. »Dem Himmel sei Dank«, sagte er und strich sich das Haar aus dem Gesicht. »Ich dachte schon, ich müsste für den Rest des Schuljahrs neben Axl sitzen. Und der endet auf jeden Fall mal im Knast.«

Leni musste lachen.

»Woher kommst du?«, fragte er.

Wie sollte Leni diese Frage beantworten? Sie setzte etwas Dauerhaftes voraus, ein festes Zuvor, das es für sie nie gegeben hatte. Nicht einen einzigen der vielen Orte, an denen sie gelebt hatte, würde sie als ihr Zuhause in Erinnerung behalten. »Meine letzte Schule war in der Nähe von Seattle.«

»Du musst das Gefühl haben, mitten in Mordor gelandet zu sein.«

»Hast du ›Der Herr der Ringe‹ gelesen?«

»Nicht sehr cool von mir, ich weiß. Aber wir wohnen in Alaska. Die Winter sind stockdunkel, und wir haben keinen Fernseher. Und im Gegensatz zu meinem Vater kann ich nicht stundenlang alten Leuten zuhören, die in ihr Funkgerät quaken.«

Leni spürte den Funken einer ungekannten Empfindung, die sie nicht einordnen konnte.

»Ich liebe Tolkien«, sagte sie leise. Es fühlte sich seltsam befreiend an, einfach so mit jemandem reden zu können. In ihrer letzten Schule hatten alle, mit denen sie zu tun hatte, sich mehr für Filme und Musik als für Bücher interessiert. »Und Frank Herbert.«

»›Der Wüstenplanet‹ ist großartig«, sagte er. »›Die Angst tötet den Geist.‹ – Das ist so was von wahr.«

»Und ›Fremder in einer fremden Welt‹. So ungefähr fühle ich mich gerade.«

»Und das ist gut so. Hier an der letzten Grenze ist nichts mehr normal. Nördlich von hier gibt es einen Ort, wo ein Hund Bürgermeister ist.«

»Das ist nicht wahr.«

»Doch. Ein Alaska-Schlittenhund. Er ist sogar gewählt worden.« Matthew legte eine Hand auf sein Herz. »So was kann man sich nicht ausdenken.«

»Vorhin hat ein Mann mit einer Gans auf dem Schoß an der Straße gesessen. Ich glaube, er hat mit ihr gesprochen.«

»Das waren Crazy Pete und Matilda. Sie sind verheiratet.«

Leni lachte schallend.

»Dein Lachen klingt schräg.«

Leni errötete vor Verlegenheit. Das hatte noch niemand zu ihr gesagt. Stimmte es? Sie wusste nicht, wie sich ihr Lachen anhörte. Was für ein hoffnungsloser Fall sie war.

»Es … es tut mir leid. Ich weiß nicht, warum ich das gesagt habe. Wahrscheinlich, weil ich keine Ahnung habe, wie ich mit dir reden soll … Ich habe schon lange nicht mehr mit einem Mädchen in meinem Alter gesprochen, und du bist … hübsch. Ich rede zu viel, ich weiß. Ich nehme an, du rennst jetzt schreiend weg und bittest Mrs Rhodes, neben Axl sitzen zu dürfen, dem zukünftigen Mörder, aber immer noch besser als ich. Okay, ich halte die Klappe.«

Nach dem Wort »hübsch« hatte Leni nichts mehr mitbekommen.

Sie versuchte, sich einzureden, dass es nichts zu bedeuten habe. Doch wenn Matthew sie anschaute, flackerte so etwas wie eine Möglichkeit vor ihr auf. Sie könnten Freunde werden. Nicht nur Klassenkameraden, die ein paar Sachen zusammen machten.

Freunde.

Freunde, die Gemeinsamkeiten hatten. Einen Moment lang schloss Leni die Augen und malte es sich aus. Sie würden zusammen lachen und reden und –

»Leni?«, sagte Matthew. »Leni?«

Oh, er hatte ihren Namen gleich zwei Mal gesagt.

»Ich bin mit den Gedanken auch oft woanders. Kommt davon, wenn man zu viel liest und mit zu vielen Phantasiegestalten lebt. Behauptet jedenfalls meine Mutter – eine Frau, die seit Weihnachten noch ein und dasselbe Buch liest.«

»Mir geht es wie dir«, bekannte Leni. »Manchmal bin ich total weggetreten.«

Matthew zuckte mit den Schultern, als wolle er sagen, das sei völlig in Ordnung. »Hast du schon von der Grillparty heute Abend bei uns gehört?«

Also was ist nun mit heute Abend? Kommst du?

Während Leni darauf wartete, dass ihr Vater sie von der Schule abholte, wiederholte sie die Frage ein ums andere Mal für sich. Sie wünschte, sie hätte mit ja antworten können. Wie schön es wäre, zu der Party zu gehen. Schöner als alles, was sie sich seit langem gewünscht hatte.

Doch ihre Eltern waren keine Grillpartytypen. Sie waren überhaupt keine Partytypen. So etwas passte nicht zu den Allbrights. In manchen Gegenden, in denen sie gewohnt hatten, trafen die Nachbarn sich ständig, grillten mal bei dem einen, mal bei dem anderen im Garten. Die Männer trugen lockere Pullover mit V-Ausschnitt, tranken Scotch, kümmerten sich um das Feuer. Die Frauen rauchten, nippten an Martinis, reichten Käsewürfel mit aufgespießten Weintrauben auf einem Tablett. Die Kinder liefen herum und kreischten. Das wusste Leni, weil sie einmal über einen Nachbarzaun gespäht und alles gesehen hatte – die Hula-Hoop-Reifen, die Wasserrutschen, die Rasensprenger, unter denen die Kinder durchflitzten.

»Wie war die Schule, Rotschopf?«, fragte Dad, als Leni in den Bus stieg und die Tür zuknallte. Ihr Vater war von allen Eltern als Letzter gekommen.

»Es ging um Alaska. Wie Amerika den Staat von Russland gekauft hat. Und wie hoch die Gipfel der Chugach Mountains im Süden von Alaska sind.«

Ihr Vater gab ein Grunzen von sich, das seine Zustimmung ausdrücken sollte, und startete den Motor.

Leni überlegte, wie sie das, was sie auf dem Herzen hatte, formulieren sollte. *In meiner Klasse ist ein Junge. Er ist unser Nachbar.*

Nein. Einen Jungen zu erwähnen wäre unklug.

Unsere Nachbarn machen eine Grillparty und haben uns eingeladen.

Auch nicht, Dad hasste Partys. Das war bisher immer so gewesen.

Sie nahmen die Schotterstraße zurück, gelangten auf den steinigen Feldweg und bogen zu ihrem Haus ab. Auf ihrer Wiese hatten sich ein paar Leute eingefunden. Es war beinah der gesamte Harlan-Clan, und sie alle arbeiteten. Wie Tänzer bewegten sie sich in schweigender Harmonie, kamen zusammen, trennten sich, fuhren mit ihrer Aufgabe fort. Clyde hatte einen Aufsatz für die Kettensäge dabei und zersägte die frisch gefällten Baumstämme mit dessen Hilfe zu Brettern. Ted war mit der Vorratskammer beschäftigt und zimmerte aus den Brettern Wände. Donna stapelte am Haus Brennholz.

»Unsere Freunde sind gegen Mittag erschienen, um uns bei den Vorbereitungen für den Winter zu helfen«, sagte Dad. »Nein, sie sind mehr als Freunde. Sie sind Gesinnungsgenossen.«

Gesinnungsgenossen?

Leni legte die Stirn in Falten. Sollte das heißen, dass sie jetzt

Kommunisten waren? Obwohl sie hätte wetten können, dass ihr Vater Kommunisten ebenso sehr hasste wie Hippies und die Regierung.

»So sollte es auf der Welt sein, Rotschopf. Menschen, die einander helfen, statt für ein paar Dollar ihre Mütter umzulegen.«

Leni stellte fest, dass auch an diesem Tag so gut wie jeder der Harlans eine Waffe trug.

Ihr Vater öffnete die Wagentür. »Am Wochenende fahren wir alle hoch nach Sterling zum Lachsangeln im Kenai River. Königslachse sind anscheinend gewiefte Kerle, die sich nicht so ohne weiteres fangen lassen.« Er stieg aus.

Mad Earl winkte. Seine Hände steckten in Arbeitshandschuhen. Dad ging zu ihm.

Leni blieb an einer neuen Konstruktion stehen, einem Holzgerüst von vielleicht drei Metern Höhe, das wie ein Zelt mit Plastikplanen bespannt war. Innen hingen Rotlachshälften, und Thelma kniete auf dem Boden und bewachte ein Feuer in einem kleinen Ofen. Dunkle Rauchwolken umhüllten die Fischhälften.

Leni ging weiter zu ihrer Mutter, die an einem Tisch einen Lachs ausnahm. Sie hatte das Haar unter ein rotes Tuch gesteckt, quer über ihr Kinn zog sich ein rosafarbener Schmierstreifen. Sie nickte zu dem neuen Gebilde hinüber. »Das da ist eine Räucherkammer. Thelma zeigt mir, wie man Fisch räuchert. Offenbar ist es eine Kunst. Denn ist das Feuer zu heiß, wird der Fisch gekocht. Man muss darauf achten, dass er gleichzeitig trocknet und geräuchert wird. Wie war dein erster Schultag?«

»Ganz okay.«

»Keine Probleme wegen der Klamotten oder der Lunchbox? Keine Mädchen, die sich über dich lustig gemacht haben? Keine Selbstmordgedanken?«

Leni kicherte. »Es gibt keine Mädchen in meinem Alter. Aber – da ist ein Junge …«

Ihre Mutter merkte auf und ließ die Arbeit ruhen. »Ein Junge?«

Leni errötete. »Ein *Freund*, Mama. Der zufällig ein Junge ist. Es ist Matthew Walker.«

»Aha.« Mom zündete sich eine Zigarette an und versuchte, ihr Lächeln zu verbergen. »Sieht er gut aus?«

Leni ignorierte die Frage. »Er hat gesagt, sie machen heute eine Grillparty. Ich würde gern hingehen.«

»Wir gehen alle zusammen hin.«

»Wirklich? Super.«

Mom lächelte. »Ich habe doch gesagt, dass es hier oben anders wird.«

Als es darum ging, sich für die Party umzuziehen, wurde Leni so kopflos, dass sie sich fragte, was mit ihr los war.

Sie hatte nicht viele Kleidungsstücke, doch das hielt sie nicht davon ab, immer wieder neue Kombinationen anzuprobieren. Zu guter Letzt, als ihr Wunsch, hübsch auszusehen – was natürlich ohnehin nicht gelingen konnte –, sie völlig erschöpft hatte, entschied sie sich für eine karierte, ausgestellte Hose, einen gerippten grünen Rollkragenpulli und eine Fransenweste aus Wildlederimitat. Ihr Haar war nicht zu retten, ganz gleich, was sie damit anstellte. Schließlich strich sie es locker aus dem Gesicht und drehte es im Nacken zu einem dicken langen Zopf, den sie mit einem Haarband umwickelte.

Leni nahm die Leiter nach unten. Ihre Mutter stand in der Küche und füllte eine Tupperware-Dose mit dicken Scheiben Maisbrot. Ihr gestuftes schulterlanges Haar hatte sie anscheinend sorgfältig gebürstet, es glänzte und schimmerte im Licht. Auch mit ihrer Kleidung hatte sie sich Mühe gegeben. Zu der ausgestellten Hüftjeans trug sie ein weißes, eng anliegendes Shirt, dazu eine schwere Navajo-Kette aus Türkisen, die sie vor einigen Jahren erstanden hatte.

Sie drückte den Deckel der Dose zu und wirkte angespannt.

»Bist du nervös?«, fragte Leni.

»Wie kommst du darauf?« Ihre Mutter schenkte ihr ein strahlendes Lächeln, das ihre Augen jedoch nicht erreichte. Seit Tagen trug sie zum ersten Mal wieder Make-up, was ihr Gesicht noch ausdrucksvoller machte.

»Erinnerst du dich an den Jahrmarkt?«

»Das war etwas anderes. Der Mann hat versucht, deinen Vater zu betrügen.«

Leni hatte anders in Erinnerung behalten, was an diesem Tag passiert war. Sie hatten eine schöne Zeit miteinander auf einem Jahrmarkt verbracht, bis ihr Vater anfing, Bier zu trinken. Dann hatte ein Mann mit ihrer Mutter geflirtet. Diese war darauf eingegangen, und Dad war ausgeflippt. Er hatte den Mann angebrüllt und so fest nach hinten gestoßen, dass er mit dem Kopf an die Stange des Bierzelts geknallt war. Leute vom Wachpersonal erschienen, doch Lenis Vater war so außer sich, dass die Polizei gerufen werden musste. Zwei Mädchen aus Lenis Klasse hatten alles mit angesehen, und Leni hatte sich in Grund und Boden geschämt. Die beiden hatten mitbekommen, wie ihr Vater in den Streifenwagen geschleift wurde.

In diesem Moment kam Dad von draußen herein.

»Sind meine schönen Frauen bereit für die Party?«

»Darauf kannst du wetten«, sagte Mom.

»Dann nichts wie los.« Er scheuchte Leni und ihre Mutter zum Wagen hinaus.

Wenig später – im Vogelflug war es zu den Walkers nicht einmal eine Viertelmeile – erreichten sie das Metallgatter mit dem ausgebleichten Rinderschädel. Diesmal stand es einladend offen.

Dahinter begann das Land der Walkers.

Langsam bog ihr Vater in die Zufahrt ein. Auf dem steinigen Weg wuchsen Bodenflechten und Gras, durchzogen von zwei tiefen Wagenspuren. In einem langgezogenen S schlängelte der Weg sich zwischen schlanken Schwarzfichten entlang. Durch die Lücken, die sich dann und wann zwischen den Bäumen auftaten, blitzte das Wasser der Bucht silbrig hindurch. Als der Weg an einer großen Wiese endete, bot sich ihnen das gesamte Panorama.

»Wow«, sagte Mom.

Auf einer Seite erstreckte sich die weite glitzernde Bucht, und vor ihnen wogten Reihen um Reihen goldgelber Ähren im Wind.

Das Feld stieg leicht an und wurde auf dem höchsten Punkt von einem zweistöckigen Blockhaus gekrönt, mit großen trapezförmigen Fenstern und einer umlaufenden Veranda, die vorn spitz zulief. Es war, als blickte man auf den Bug eines Schiffs, das von wütenden Wogen an Land geschleudert worden war und nun für immer auf das Meer schauen musste, zu dem es gehörte. Auf der Veranda standen bunt zusammengewürfelte Stühle, alle mit Blick auf die Bucht. Hinter dem Haus begannen Koppeln mit Kühen, Ziegen, Enten und Hühnern. Um sie herum wuchs kniehohes Gras, in dem die Ruine eines alten Traktors zu erkennen war. Eine Räucherkammer gab es ebenfalls, und sie war offenkundig gerade in Betrieb. Nicht weit davon entfernt standen Bienenstöcke, und inmitten einer Baumgruppe konnte Leni das Toilettenhäuschen erkennen.

Unten am Wasser ragte ein Landesteg hinaus in die Bucht, an dessen Ende ein verwitterter Holzbogen mit der Inschrift *Walker Cove* thronte. An der Seite lagen ein Wasserflugzeug und zwei silbern glänzende Fischerboote.

»Ein Wasserflugzeug«, murmelte Dad. »Der Typ muss Geld wie Heu haben.«

Sie stellten ihren Bus ab und stiegen aus. Auf dem Weg zur Party passierten sie einen leuchtend gelben Traktor mit einer schwarzen Erdschaufel und einen blitzblanken roten Geländewagen. Auf dem Strand unten hatten sich etwa ein Dutzend Menschen um ein großes Lagerfeuer versammelt. Funken stoben in den blassvioletten Abend und klangen wie Fingerschnippen.

Leni folgte ihren Eltern die Stufen hinunter. Ein breitschultriger Mann mit langem blondem Haar saß unten auf einem umgestürzten Baumstamm und spielte Gitarre. Large Marge schlug einen Rhythmus auf zwei umgedrehten weißen Plastikeimern, die sie zu Bongotrommeln umfunktioniert hatte, und Mrs Rhodes, Lenis Lehrerin, fiedelte auf einer Geige, was das Zeug hielt. Natalie blies auf der Mundharmonika, und Thelma sang »King of the Road«. An der Stelle »I'm a man of means by no means« stimmten alle ein.

Clyde und Ted von den Harlans waren für den Grill zuständig, ein altes Ölfass mit einem Gitter darauf. Mad Earl stand bei ihnen und trank aus einem Tonkrug. Die Mädchen Marthe und Agnes liefen zusammen mit der kleinen Marybet am Ufer entlang und sammelten Muscheln.

Mom betrat den Strand mit der Tupperware-Dose in der Hand. Dad folgte ihr. Er hatte eine Flasche Whiskey dabei.

Der Gitarrenspieler stand auf. Wie die meisten Männer der Gegend trug er ein kariertes Hemd, Jeans und Gummistiefel, und dennoch hob er sich von den anderen ab. Bei seinem Anblick glaubte man, er wäre für dieses raue Land geschaffen, er könnte einen Tag lang rennen, einen mächtigen Baum mit der Axt fällen und auf schwimmenden Baumstämmen leichtfüßig und sicher einen reißenden Fluss überqueren. »Ich bin Tom Walker«, sagte er. »Willkommen auf meinem Land.«

»Ernt Allbrigh.«

Mr Walker schüttelte Dad die Hand.

»Das ist Cora, meine Frau.«

Mom musterte Mr Walker anerkennend, schüttelte ihm die Hand und zog Leni näher heran. »Das ist unsere Tochter Leni. Sie ist dreizehn.«

Mr Walker lächelte Leni an. »Hey, Leni. Matthew hat mir schon von dir erzählt.«

»Wirklich?« *Grins nicht so überglücklich*, befahl Leni sich. *Warum musste sie immer so peinlich sein?*

Geneva Walker tauchte an der Seite von Tom Walker auf. »Hey«, sagte sie fröhlich. »Wie ich sehe, habt ihr meinen Mann schon kennengelernt.«

»Exmann.« Tom legte einen Arm um sie. »Ich liebe diese Frau sehr, aber ich kann nicht mit ihr zusammenleben.«

»Aber ganz ohne mich geht es auch nicht.« Geneva Walker nickte zu der Gruppe hinüber. »Dahinten steht mein Neuer. Calhoun Malvey. Er liebt mich zwar nicht ganz so sehr wie Tom, aber dafür ist er netter zu mir. Und er schnarcht nicht.« Sie versetzte Mr Walker einen spielerischen Knuff in die Seite.

»Ich habe gehört, dass ihr auf unser Leben nicht richtig vorbereitet seid«, wandte Mr Walker sich an Lenis Vater. »Ihr werdet das schnell nachholen müssen. Scheut euch nicht, um Hilfe zu bitten. Ich bin immer ansprechbar und kann euch alles leihen, was ihr nicht habt.«

»Danke«, sagte Dad mit einem Unterton, der Leni aufhorchen ließ. Er klang gereizt. Und beleidigt. Ihre Mutter hatte es auch mitbekommen und sah Dad beunruhigt an.

Mad Earl kam zu ihnen gestolpert. Er grinste mit schwammigen Gesichtszügen und wankte. »Der große Tom bietet Ernt seine Hilfe an? Wie großzügig. Der König lässt sich zu seinen Dienstboten herab. Vielleicht hilft dein Freund, der Gouverneur, auch mit.«

»Herrgott noch mal, Earl, nicht schon wieder«, sagte Geneva Walker. »Lasst uns Musik machen. Spielst du ein Instrument, Ernt?«

»Gitarre, aber meine habe ich –«

»Sehr schön.« Mrs Walker nahm Dad am Arm und zog ihn von Mad Earl fort zu Large Marge und den anderen Musikern. Sie reichte ihm die Gitarre, die Tom Walker abgelegt hatte. Mad Earl torkelte zum Grill zurück und hob seinen Tonkrug vom Boden auf.

Leni überlegte, ob ihre Mutter wusste, wie aufsehenerregend sie in ihrer knappsitzenden Jeans und dem engen Shirt aussah mit den blonden Haaren, die von einer Meeresbrise aufgeweht wurden. Ihre Schönheit war so glasklar wie eine perfekt gesungene Note und in dieser Umgebung so fehl am Platz wie eine Orchidee.

Doch, erkannte Leni, ihre Mutter wusste genau, wie sie aussah. Auch Mr Walker hatte es registriert.

»Kann ich dir etwas zu trinken bringen?«, fragte er Mom. »Ein Bier vielleicht?«

»Danke, ein Bier wär gut.« Ihre Mutter folgte Mr Walker zu dem Tisch mit dem Essen und der Kühlbox voller Dosen Rainier-Bier.

Mom begann die Hüften im Rhythmus der Musik zu schwingen und streifte Mr Walkers Arm wie nebenbei mit den Fingerspitzen. Mr Walker lächelte.

»Leni!«

Leni drehte sich um.

Oben am Abhang stand Matthew und winkte ihr, sie solle hochkommen.

Leni kletterte die Stufen hinauf. Matthew hatte eine Bierdose in jeder Hand und fragte: »Hast du schon mal Bier getrunken?«

Leni schüttelte den Kopf.

»Ich auch nicht. Komm.« Sie liefen an einer Baumreihe entlang. Über einen gewundenen Pfad, an Felsvorsprüngen vorbei ging es wieder hinunter zur Bucht, bis zu einer kleinen, moosbedeckten Lichtung inmitten einer Gruppe Schwarzfichten. Von dort konnten sie den Strand sehen, wo die Party stattfand. Es war nicht weit entfernt, wirkte jedoch wie eine andere Welt.

Matthew setzte sich, streckte die Beine aus und lehnte sich gegen einen Baum. Leni ließ sich an seiner Seite nieder, achtete jedoch darauf, dass sie ihn nicht berührte.

Mit einem leisen Zischen öffnete er eine Bierdose und reichte sie Leni. Misstrauisch kostete sie davon. Das Bier kribbelte in ihrem Hals und schmeckte ihr nicht.

»Eklig«, sagte Matthew. Leni lachte. Sie nahm noch einige Schlucke und lehnte sich ebenfalls an den Baum. Vom Wasser her kam ein kühler Wind. Er fuhr über den Strand und trug den Geruch nach Salz und gegrilltem Fleisch zu ihnen. Auf der Party ging es nun lebhafter zu.

Leni wunderte sich, dass sie mit Matthew einfach zusammensitzen und schweigen konnte. Wenn sie sich sonst mit jemandem anfreunden wollte, war sie immer ein einziges Nervenbündel.

Unter den Partygästen machte ein Getränk in einem Einweckglas die Runde. Mom tanzte mit schwingenden Hüften und warf die Haare zurück. Sie war wie eine Fee, die für die stämmigen, knorrigen Baumgeister tanzte.

Von dem Bier wurde Leni flau, als wäre ihr Kopf voller Schaumblasen.

»Was hat euch dazu gebracht hierherzuziehen?«, fragte Matthew. Bevor Leni antworten konnte, knallte er seine leere Bierdose auf einen Felsen und drückte sie zusammen.

Leni musste lachen. So etwas würde nur ein Junge tun. »Mein Vater ist … so eine Art Abenteurer«, antwortete sie schließlich und ermahnte sich, nicht die Wahrheit zu sagen. Nicht zu erzählen, dass ihr Vater keinen Job behalten konnte, dass er es nicht für längere Zeit an einem Ort aushielt, erst recht nicht, dass er zu viel trank und andere anbrüllte. »Ich glaube, er war Seattle einfach leid. Wie war es denn bei deiner Familie? Wann seid ihr hierhergezogen?«

»Mein Großvater Eckhart Walker ist während der Weltwirtschaftskrise nach Alaska gekommen. Weil er sich nicht für wässrige Suppen anstellen wollte, hat er immer gesagt. Er hat seine Siebensachen gepackt und ist per Anhalter nach Seattle gefahren. Von da aus hat er sich nach Norden durchgeschlagen. Angeblich hat er Alaska von einer Küste zur anderen durchwandert, ist sogar auf den Mount Alyeska gestiegen – mit einer Leiter auf dem Rücken, damit er die Gletscherspalten überqueren konnte. In Nome hat er meine Großmutter Lily kennengelernt. Sie hatte eine Wäscherei und einen Diner.

Die beiden haben geheiratet und beschlossen, hier ein Stück Land zu besiedeln.«

»Also haben deine Großeltern schon in dem großen Haus da oben gewohnt, und du und dein Vater seid darin aufgewachsen?«

»Das große Haus wurde erst später gebaut. Aber mein Vater und ich sind auf dem Land hier geboren worden. Meine Mutter stammt aus Fairbanks. Dort geht meine Schwester zurzeit aufs College und wohnt bei der Familie meiner Mutter. Vor ein paar Jahren haben meine Eltern sich getrennt. Meine Mutter hat sich auf unserem Land ein neues Haus gebaut und wohnt da mit ihrem Freund Cal, der ein absoluter Waschlappen ist.« Matthew grinste. »Aber wir halten alle zusammen, und im Winter spielen Cal und mein Vater Schach miteinander. Das ist zwar merkwürdig, aber so ist das hier.«

»Ich kann mir nicht mal vorstellen, wie es ist, ein Leben lang an einem Ort zu wohnen«, sagte Leni, hörte den sehnsüchtigen Unterton ihrer Stimme und wurde verlegen. Sie setzte die Bierdose an, legte den Kopf zurück und trank die letzten schaumigen Tropfen.

Die Musiker der Strandparty waren mittlerweile außer Rand und Band geraten. Sie hämmerten auf die Eimer, malträtierten die Gitarre und fiedelten wie wild.

Thelma, Mom und Mrs Rhodes tanzten ausgelassen zur Musik und sangen aus vollem Hals »Rocky Mountain high«.

Clyde rief vom Grill aus: »Die Elchburger sind fertig. Wer will seinen mit Käse?«

»Komm«, sagte Matthew. »Ich bin am Verhungern.« Wie selbstverständlich nahm er Lenis Hand und lotste sie durch die Bäume zurück zum Strand. Unterhalb von ihnen, etwas abseits von den anderen, standen Mad Earl und Dad und tranken. Mad Earl stieß sein Einmachglas mit einem Knall gegen Dads Glas. »Tom Walker hält sich wohl für etwas Besseres«, sagte dieser.

»Wenn die Kacke anfängt zu dampfen, wird er gekrochen kommen«, antwortete Mad Earl mit schwerer Zunge.

Leni erstarrte vor Scham. Sie warf Matthew einen Blick zu und war sicher, dass er alles mitbekommen hatte.

»Reich geboren«, nuschelte ihr Vater. »Hast du doch gesagt, oder?«

Mad Earl nickte, taumelte und fiel gegen ihren Vater. Sie hielten sich aneinander fest. »Sitzt auf dem hohen Ross.«

Leni ging rasch weiter. Die Scham ließ sie sich klein und gedemütigt fühlen. Und allein.

»Leni!«, rief Matthew ihr nach.

»Es tut mir leid, dass du das gehört hast«, sagte Leni. Als wären die abfälligen Worte ihres betrunkenen Vaters nicht genug, sah sie nun auch noch, dass ihre Mutter viel zu dicht bei Mr Walker stand und ihn auf eine Weise anlächelte, die nur zu Problemen führen würde.

Es war wie immer. Und dabei hatte in Alaska alles anders werden sollen.

»Was ist los?«, fragte Matthew.

Leni schüttelte den Kopf und spürte, wie die altbekannte Traurigkeit sie übermannte. Sie konnte Matthew nicht erzählen, wie es war, mit einem Vater zu leben, der einem manchmal Angst machte, und einer Mutter, die ihn zu sehr liebte und ihn zugleich auf gefährliche Weise dazu zwang, ihr zu beweisen, wie sehr er sie liebte. Etwa dadurch, dass sie mit einem anderen Mann flirtete.

All das waren Lenis Geheimnisse. Ihre Bürde. Die sie mit niemandem teilen konnte.

Sie dachte an die vielen Jahre, in denen sie davon geträumt hatte, einen richtigen Freund zu finden, jemanden, der ihr alles erzählen würde. Wie konnte ihr dabei entgangen sein, was doch so offensichtlich war?

Sie würde nie einen richtigen Freund haben, weil sie nie eine richtige Freundin sein würde.

»Tut mir leid«, murmelte sie. »Es ist nichts. Lass uns etwas essen. Ich komme um vor Hunger.«

KAPITEL SECHS

Kaum zu Hause angekommen, konnten Lenis Eltern nicht mehr voneinander lassen. Betrunken, wie sie waren, torkelten sie, sich aneinander reibend, nacheinander greifend, durch das Wohnzimmer, polterten gegen die Wände. Das Gemisch aus Alkohol und Musik – und vielleicht auch Mr Walkers Reaktion auf Lenis Mutter – hatte sie heiß aufeinander gemacht.

Leni floh auf ihren Dachboden. Auf ihrer Matratze presste sie das Kopfkissen auf ihr Ohr und summte »Come on, get happy«. Später, als es unten still geworden war, kroch sie zu den Büchern, die sie im Laden der Heilsarmee erstanden hatte. Sie entdeckte einen Gedichtband von einem kanadischen Dichter namens Robert W. Service, nahm ihn mit ins Bett und schlug ihn auf einer Seite auf, wo ein Gedicht mit dem Titel »Die Verbrennung von Sam McGee« stand. Sie konnte es ohne Lampenlicht lesen, draußen war es noch immer hell.

Seltsames geschieht unter der Mitternachtssonne
bei den Männern auf der Suche nach Gold;
auf den Pfaden der Arktis erzählt man sich
Geschichten, da überläuft es dich kalt.

Leni malte sich die schroffe, abenteuerliche Welt der Goldsucher aus, und der Gedanke an deren ungezähmte Schönheit faszinierte sie. Begierig auf das nächste Gedicht, blätterte sie weiter und las die Verse über den gefährlichen Dan McGrew und die Frau namens Lou und danach eines mit dem Titel »Das Gesetz des Yukon«. *Das ist das Gesetz des Yukon, und das sagt klipp und klar, schickt nicht die Narren und Schwachen, schickt die Starken und die mit Verstand.* Jeder dieser Verse enthielt auch ein Stückchen Wahrheit über den merkwürdigen Landstrich, in den es sie verschlagen hatte. Doch obwohl sie diese rauen Gedichte so in ihren Bann zogen, ging ihr die ganze Zeit Matthew nicht aus dem Sinn. Wie peinlich es gewesen war, die hässlichen Worte ihres Vaters zu hören.

Ob Matthew noch immer etwas mit ihr zu tun haben wollte?

Die Frage beunruhigte sie so sehr, dass sie nicht einschlafen konnte. Sie hätte schwören können, dass sie die ganze Nacht wach gelegen hatte, aber am Morgen wurde sie von der Stimme ihres Vaters geweckt. »Aufstehen, Schlafmütze, ich brauche deine Hilfe. Danach kannst du Essen fassen und in die Schule gehen.«

Essen fassen? Warum sprach Dad nun ständig, als wären sie beim Militär?

Leni streifte Jeans und einen dicken Pullover über. Unten an der Tür schlüpfte sie in ihre Stiefel. Draußen war Dad mit diesem sonderbaren Bauwerk beschäftigt, das wie eine Art Hundehütte auf Stelzen aussah und aus dem ihre Vorratskammer werden sollte. Eine Leiter aus dünnen Baumstämmen lehnte daran. Dad stand darauf und zimmerte das Dach. »Reich mir ein paar Nägel. Eine Handvoll.«

Leni hob die blaue Kaffeedose voller Nägel vom Boden auf und kletterte die Leiter hinauf.

Sie suchte einen passenden Nagel aus der Dose aus und gab ihn ihrem Vater. »Deine Hand zittert«, sagte Leni.

Dad starrte auf den Nagel in seiner unsteten Hand. Sein Gesicht war leichenblass, und die Tränensäcke unter den Augen waren so dunkel, dass sie wie Blutergüsse wirkten. »Hab gestern Abend zu viel getrunken. Konnte nicht richtig schlafen.«

Lenis Magen zog sich zusammen. Es war nicht gut, wenn ihr Vater Schlafschwierigkeiten hatte, das machte ihn unduldsam und rastlos. Seit sie in Alaska waren, hatte er bisher immer gut geschlafen.

»Ich sollte es besser wissen«, fuhr er fort. »Der Alkohol zieht einen runter.« Er schlug den Nagel in den alten, wildledernen Arbeitshandschuh, der als Scharnier für die Holztür der Vorratskammer diente. Large Marge hatte ihnen den Tipp gegeben, und Leni dachte, dass die Leute in Alaska wussten, wie man sich behalf.

Leni reichte ihrem Vater die nächsten Nägel. Als er seine Arbeit beendet hatte, stieg sie von der Leiter und setzte sich ins Gras.

Dad ließ sich neben ihr nieder und fuhr ihr durchs Haar. »Du bist mein kleiner Schreinerlehrling.«

»Ich dachte, ich wäre deine Leseratte. Oder dein Bücherwurm.«

»Deine Mutter sagt doch immer, man kann alles sein, was man sich wünscht. Irgendetwas mit den vielen Rollen einer Frau.«

Das hatte Leni auch schon von ihr gehört. Sie nahm an, dass ihre Mutter darüber bei Gloria Steinem gelesen hatte. Oder sonst irgendwo. Mom hatte ständig solche Geschichten und Sprüche auf Lager. Die meisten waren aus Lenis Sicht genauso aberwitzig, wie es das Verbrennen eines Büstenhalters aus Protest war. Doch dass eine Frau im Jahr 1974 ohne die Unterschrift eines Mannes keine Kreditkarte bekommen konnte, verstand sie genauso wenig.

Wir leben in einer Welt, die den Männern gehört, merk dir das, Schätzchen.

Leni und Dad kehrten zum Haus zurück, vorbei an dem halbfertigen Gewächshaus und der improvisierten Räucherkammer. Auf der anderen Seite des Hauses pickten ihre Hühner im Gras. Auf der Rampe zum Eingang des Stalls putzte der Hahn sein Gefieder.

Dad blieb am Wasserfass stehen, schöpfte mit der Kelle Wasser heraus und ließ es über sein Gesicht laufen. Helle Rinnsale bahnten sich ihren Weg durch die Staubschicht auf seinen Wangen. Auf der untersten Stufe zur Veranda setzte er sich wieder, und Leni erkannte, dass er wirklich krank aussah, als hätte er tagelang getrunken und als fühle er sich hundeelend. So sah er auch aus, wenn er Alpträume gehabt hatte oder kurz vor einem Wutanfall stand.

»Tom Walker scheint deiner Mutter zu gefallen.«

In Leni verkrampfte sich alles.

»Hast du gesehen, wie er uns sein Geld unter die Nase gerieben hat? ›Ich kann dir meinen Traktor leihen‹, hat er gesagt. Mir vorgeschlagen, mich zu melden, wenn er mich irgendwohin mitnehmen soll. Er respektiert mich nicht.«

»Mir hat er gesagt, dass du in seinen Augen ein Held bist«, log Leni. »Und dass es eine Schande ist, was mit den Jungs in Vietnam passiert.«

»Tatsächlich?« Dad strich sich das Haar aus dem Gesicht und legte die Stirn in Falten.

»Mir gefällt es hier, Dad«, sagte Leni und stellte fest, dass es die Wahrheit war. Bereits nach der kurzen Zeit fühlte sie sich in Alaska wohler als in Seattle oder an einem der anderen Orte, an denen sie gelebt hatten. »Hier sind wir glücklich, und dir geht es wieder besser. Aber vielleicht … vielleicht bekommt dir Alkohol wirklich nicht so gut.«

Sofort lag Spannung in der Luft, und Leni zog den Kopf ein. Sie und ihre Mutter hatten eigentlich eine stille Übereinkunft, wonach sie Lenis Vater weder auf seine Trinkerei noch seine Wutanfälle ansprachen.

»Wahrscheinlich nicht.« Dad schien nachzudenken. Dann sprang er auf. »Los, wir müssen uns sputen, sonst kommst du zu spät zur Schule.«

Eine Weile später stand Leni mit dem Rucksack über einer Schulter vor der kleinen Schule und schaute unschlüssig zum Eingang. Sie machte ein paar zögernde Schritte darauf zu und umklammerte den Griff ihrer Lunchbox. Ihre Mutter hätte ihr unterstellt zu trödeln. Doch sie zögerte aus gutem Grund, das Klassenzimmer zu betreten.

Sie hatte die Tür fast erreicht, als diese aufflog und die Schüler lachend und schwatzend herauskamen, in ihrer Mitte Geneva Walker, Matthews Mutter. Sie hob die Hände und bat die Gruppe, ruhig zu sein.

»Leni, schön, dass du da bist«, sagte sie. »Ich dachte schon, du kommst nicht mehr. Tica kann heute leider nicht kommen, deshalb bin ich für diesen Tag eure Lehrerin. Und das, obwohl ich gerade so die Highschool geschafft habe.« Sie lachte. »Und weil ich schon damals mehr an Jungs und anderen Dingen als am Unterricht interessiert war, machen wir einen

Ausflug. Ich hasse es, an einem so schönen Tag drinnen zu hocken.«

Leni tat, als sähe sie Matthew nicht, und lief an der Seite ihrer neuen Lehrerin. Mrs Walker legte einen Arm um sie und drückte sie an sich. »Ich bin froh, dass ihr hierhergezogen seid.«

»Ich auch.«

»Vor deiner Ankunft hatte Matthew eine leidenschaftliche Abneigung gegen Deodorants. Jetzt benutzt er eines und trägt saubere Kleidung. Für diejenigen, die mit ihm zusammenleben, ist ein Traum in Erfüllung gegangen.«

Leni wusste nicht, was sie darauf antworten sollte, und schwieg.

Wie eine kleine Herde wanderten sie zum Hafen. Leni spürte Matthews Blick. Zwei Mal ertappte sie ihn, wie er sie grüblerisch ansah.

Sie erreichten den Hafen, wo sich die Fischerboote mit der sanften Dünung hoben und senkten. Auf den Besucherplätzen an der Mole lagen Kanus für sie bereit. Mrs Walker teilte sie in Zweiergruppen ein und wies ihnen die Kanus zu. »Matthew und Leni, ihr nehmt das grüne und legt Schwimmwesten an. Matthew, du achtest darauf, dass Leni sich zurechtfindet, und gibst auf sie acht.«

Leni stieg hinten in das grüne Kanu, mit Blick zum Bug.

Matthew folgte ihr. Das Kanu schwankte.

Er setzte sich mit dem Gesicht zu Leni.

Leni hatte nicht viel Ahnung vom Kanufahren, wusste jedoch, dass Matthew falsch saß. »Du musst andersherum sitzen.«

»Matthew Denali Walker, was soll das?«, rief Mrs Walker und steuerte ihr Kanu zu ihnen. Bei ihr war die kleine Marybet, die an dem Tag offenbar mit ihren Cousinen in die Schule gegangen war. »Alles klar bei dir? Aber wie ich heiße, weißt du noch?«

»Ich möchte kurz mit Leni sprechen, Mom. Wir holen gleich zu euch auf.«

Mrs Walker warf ihm einen strengen Blick zu. »Aber beeilt euch. Du hast hier Unterricht, nicht dein erstes Date.«

»O Gott.« Matthew stöhnte. »Warum musst du immer so übertreiben?«

»Ich hab dich auch lieb.« Lachend paddelte Mrs Walker los. »Kommt, Kinder!«, rief sie den anderen Schülern zu. »Auf zur Eaglet Cove.«

»Du starrst mich an«, sagte Leni, als sie und Matthew einen Moment lang stumm dagesessen hatten.

Matthew legte sein Paddel quer über seine Schenkel. Wellen schlugen an das Kanu, dumpfe, klopfende Laute. Sie trieben von der Mole fort.

Leni war klar, dass Matthew darauf wartete, dass sie ihm ihr distanziertes Verhalten erklärte. Eigentlich gab es dazu nur einen einzigen Satz zu sagen, doch damit wäre sie sofort bei einem Thema, über das sie nicht sprechen durfte. Sie spürte, wie der Wind an ihrem Haar zauste und einzelne Locken sich aus ihrem Zopf lösten. Vor ihren Augen flatterten rote Strähnen. »Das gestern Abend tut mir leid.«

Matthew zog die Brauen hoch. »Was sollte dir da leidtun?«

»Bitte, Matthew, du musst nicht nett sein.«

»Ich habe keine Ahnung, wovon du sprichst.«

»Mein Vater war betrunken.« So, jetzt war er heraus, der Satz, den Leni noch nie gewagt hatte auszusprechen. Es zu sagen fühlte sich wie Verrat an ihrem Vater an. Und womöglich war es sogar riskant. Sie hatte im Fernsehen Dokumentarsendungen gesehen, in denen alkoholkranken Eltern ihre Kinder fortgenommen wurden. Sie musste vorsichtig sein. Denn sie wollte ihre Eltern um keinen Preis verlieren.

Matthew lachte. »Alle waren betrunken. Na und? Im vergangenen Jahr war Mad Earl so blau, dass er in unsere Räucherkammer gepisst hat.«

Leni senkte den Kopf. »Mein Vater … er betrinkt sich manchmal. Und wird wütend. Dann sagt er Dinge, die er nicht meint. Ich weiß, dass du gehört hast, was er über deinen Vater gesagt hat.«

»Aber so etwas höre ich dauernd. Vor allem von Mad Earl. Crazy Pete mag meinen Vater auch nicht besonders, und ein Typ aus Homer hat sogar mal versucht, ihn umzubringen. Kein Mensch weiß, warum. So ist Alaska. Die langen Winter und der Alkohol lassen die Menschen die eigenartigsten Dinge tun. Das, was dein Vater gesagt hat, nehme ich doch nicht persönlich. Auch mein Vater täte das nicht.«

Leni schaute auf. »Soll das heißen, es ist dir egal?«

»Noch einmal, Leni, wir sind hier in Alaska. Leben und leben lassen, das ist unsere Devise. Und ja, es ist mir egal, ob dein Vater meinen Vater leiden kann. Du bist diejenige, um die es mir geht.«

Leni errötete. »Wirklich?«

»Für mich ist nur interessant, was du denkst.«

Mit einem Mal fühlte Leni sich so leicht, als könne sie sich aus dem Kanu hinaus in die Lüfte erheben. Sie hatte mit Matthew über die Schattenseiten ihres Vaters gesprochen, und er zog sich dennoch nicht von ihr zurück. »Du bist anders«, sagte sie.

Matthew legte den Kopf schief. »Ist das etwas Gutes?«

»Matthew, hör auf zu palavern und fang an zu paddeln«, rief Mrs Walker.

»Wir sind Freunde, oder?«, sagte Matthew. »Ganz gleich, was wird.«

Leni nickte. »Ganz gleich, was wird.«

»Gott sei Dank.« Matthew setzte sich mit dem Gesicht zum Bug und begann zu paddeln. »Wenn wir am Ziel sind, kann ich dir was Tolles zeigen«, sagte er über die Schulter zurück.

»Was?«

»In der Eaglet Cove gibt es einen Sumpf. Der wird jetzt voller glibberiger, ekliger Froscheier sein. Vielleicht kann ich Axl dazu bringen, welche zu essen. Der ist so was von durchgeknallt.«

Leni nahm ihr Paddel.

Sie war froh, dass Matthew nicht sehen konnte, wie breit ihr Lächeln war.

Als Leni später die Schule verließ und über etwas lachte, das Matthew gesagt hatte, entdeckte sie ihre Eltern, die im VW-Bus auf sie warteten. Mom lehnte sich aus dem Seitenfenster und winkte eifrig.

»Sieh mal«, sagte Matthew. »Großes Empfangskomitee.«

Leni verabschiedete sich von ihm und stieg auf den Rücksitz des Busses.

»Und was hat mein kleiner Bücherwurm heute gelernt?«, fragte Dad auf dem Weg zu ihrem Haus.

»Wir haben einen Ausflug zur Eaglet Cove gemacht und Baumblätter für ein Projekt in Biologie gesammelt. Wusstet ihr, dass man einen Herzinfarkt kriegt, wenn man Christophskraut isst? Und dass der Sumpfdreizack zu Lungenversagen führen kann?«

»Großartig«, sagte Mom. »Jetzt können uns sogar schon Pflanzen umbringen.«

Dad lachte. »Sehr gut, Leni. Endlich eine Lehrerin, die den Kindern etwas Sinnvolles beibringt.«

»Über den Goldrausch am Klondike haben wir auch gesprochen. Es heißt, dass die berittene kanadische Polizei nur diejenigen über den Chilkoot Pass ins Land ließ, die eine ordentliche Ausrüstung, genügend Proviant und eine bestimmte Summe Geld bei sich hatten. Und die meisten Goldsucher haben Indianer dafür bezahlt, dass sie das schwere Gepäck für sie trugen.«

Dad schnaubte. »So sind die Reichen. Nutzen Menschen aus, die mehr wert sind als sie. Das ist die wahre Geschichte der Zivilisation und das, was unser Land kaputtmacht. Menschen, die nur noch raffgierig sind.«

Leni hatte festgestellt, dass ihr Vater, seitdem er Mad Earl kannte, immer häufiger so sprach.

Sie rumpelten über ihre Einfahrt. Vor dem Haus stellte Dad den Wagen ab und sagte: »Okay, Ladys, heute beginnt der Schießunterricht.«

Er sprang aus dem Wagen und holte hinter dem Hühnerstall einen vertrockneten Heuballen hervor.

Mom zündete sich eine Zigarette an. Der Rauch malte einen grauen Kranz auf ihr blondes Haar. »Wird bestimmt toll«, sagte sie freudlos.

»Wir müssen schießen lernen«, entgegnete Leni. »Large Marge und Thelma haben es beide gesagt.«

Mom zuckte mit den Schultern.

Leni kletterte auf den Fahrersitz. »Mom«, begann sie. »Ist dir aufgefallen, dass Dad … etwas empfindlich auf Mr Walker reagiert?«

Mom wandte den Kopf zu ihr. Ihre Blicke trafen sich. »Tatsächlich?«, fragte sie kühl.

»Du kennst ihn doch. Deshalb … du weißt, wie er werden kann, wenn du … flirtest.«

Dad schlug so laut gegen die Vorderseite des Wagens, dass Mom zusammenfuhr, einen Schrei erstickte und ihre Zigarette fallen ließ. Sie bückte sich danach.

Aber so oder so hätte sie nicht geantwortet, das wusste Leni. So war es immer.

Sie verließen den Wagen. Dad dirigierte sie zu dem Heuballen, an dem er ein Stück Papier befestigt und mit Filzstift den Kopf und die Schulterpartie eines Mannes aufgemalt hatte.

Er zog sein Gewehr aus dem Lederfutteral, zielte und traf den Kopf genau in der Mitte der Stirn. Aus den umliegenden Bäumen stoben Vögel auf, krächzten zornig und verteilten sich über den tiefblauen Himmel. Ein mächtiger Weißkopfseeadler segelte mit ausgebreiteten Schwingen herbei. Er ließ sich auf dem obersten Ast eines Baumes nieder und richtete seine schwarzen Augen auf Leni und ihre Eltern. »Solche Schüsse erwarte ich von euch«, sagte Dad.

Mom stieß eine Rauchwolke aus. »Dann werden wir wohl noch ein paar Tage hier stehen.«

Dad reichte Leni das Gewehr. »Also los, Rotfuchs. Zeig uns, was du kannst. Sieh durch das Visier – nicht mit dem Auge so dicht herangehen. Da sind zwei Kreise, einer muss mittig im anderen liegen. Du musst das Gewehr ganz ruhig halten. Atme gleichmäßig. Und nun ziele. Ich sage dir, wann du abdrücken sollst. Pass auf den …«

Leni hörte kaum noch zu. Sie sah die beiden Kreise und dachte, dass Matthew Bauklötze staunen würde, wenn sie ihm am nächsten Tag von ihrer Schießübung erzählte. Ohne es zu wollen, drückte sie ab.

Der Rückstoß knallte den Gewehrschaft gegen ihre Schulter, das Visier prallte auf ihr Auge. Es knackte, als wäre ein Knochen gebrochen.

Leni schrie, ließ das Gewehr fallen und ging in die Knie. Sie presste eine Hand auf das getroffene Auge. Es tat so weh, dass ihr speiübel wurde und sie dachte, sie müsse sich übergeben.

Sie brach in Tränen aus. Dad kniete sich zu ihr und strich über ihren Rücken. »Herrgott noch mal«, sagte er. »Ich hatte doch noch gar nicht gesagt, dass du abdrücken sollst. Na komm, es ist nichts passiert. Atme tief ein und aus. Du hast einen ganz normalen Anfängerfehler gemacht. Gleich geht's dir wieder besser.«

»Fehlt ihr wirklich nichts?«, fragte Mom besorgt.

Dad zog Leni hoch. »Hör auf zu weinen«, sagte er ungeduldig. »Schießen ist kein Spiel. Hier geht's nicht um gute Noten oder solchen Kram. Hier geht es um dein Leben.«

Auf dem getroffenen Auge konnte Leni nicht mehr richtig sehen, und dahinter kündeten sich dumpfe, ziehende Kopfschmerzen an. Alles tat ihr weh, und der Schmerz ging umso tiefer, weil ihr Vater sich nicht darum kümmerte. Sie konnte nicht umhin, zu denken, dass Mr Walker seinen Sohn sicher anders behandeln würde.

»Hör auf, so ein Gesicht zu machen, Lenora.« Dad rüttelte an ihrer Schulter. »Du hast gesagt, dass dir Alaska gefällt. Dass du hierhergehören möchtest. Also musst du auch schießen können, genau wie alle anderen, die hier leben.«

»Bitte, Ernt«, sagte Mom. »Leni ist keiner von deinen Kameraden, sie ist ein junges Mädchen.«

Dad beachtete sie nicht. Er fasste Leni an den Schultern und beugte sich zu ihr hinab. »Wie viele Mädchen wurden in Seattle entführt, bevor wir losgefahren sind?«

»Viele«, murmelte Leni. »Eins pro Monat. Manchmal mehr.«

»Wer waren sie?«

»Einfach Mädchen. Die meisten Teenager.«

»Und Patty Hearst wurde vor den Augen ihres Freundes aus ihrer Wohnung entführt, richtig?«

Leni wischte sich über die Augen und nickte.

»Möchtest du ein Opfer sein – oder willst du überleben, Lenora?«

Leni hatte solche Kopfschmerzen, dass sie kaum einen klaren Gedanken fassen konnte. »Überleben.«

Dad ließ sie los. »Hier oben müssen wir auf alles vorbereitet sein. Ich möchte, dass du in der Lage bist, dich zu schützen.« Seine Stimme brach, und Leni sah die Angst um sie in seinem Gesicht. Er sprang so hart mit ihr um, weil er seine Gefühle nicht zeigen wollte, dachte sie. Er liebte sie, und deshalb wollte er sie gewappnet wissen. »Was ist, wenn etwas passiert und ich nicht da bin? Wenn ein Bär durch die Tür bricht oder dich ein Rudel Wölfe umstellt? Ich muss sicher sein, dass du dich dann wehren kannst.«

Leni schniefte und versuchte, sich zu fassen. Ihr Vater hatte recht. Sie musste stark sein. »In Ordnung.«

»Gut. Heb das Gewehr auf. Wir probieren es noch einmal.«

Leni griff nach dem Gewehr, das in den Dreck gefallen war, wischte es mit der Hand sauber und legte es an.

»Nicht so dicht ans Auge, Leni, bei diesem Gewehr ist der Rückstoß mörderisch. Und denk daran, es ganz ruhig zu halten.« Mit sicherer Hand stabilisierte Dad das Gewehr. »Jetzt den Finger auf den Abzug. Sachte.«

Leni hatte Angst, sich wieder zu verletzen, und wagte es nicht, den Finger zu bewegen.

»Schieß!«, sagte Dad.

Leni atmete tief durch, schob den Finger vorsichtig auf den Abzug und spürte den harten Stahl.

Sie zog den Kopf zurück, fort vom Visier.

Doch dann gab sie sich einen Ruck, führte ihr Auge wieder näher heran und konzentrierte sich. Die Geräusche ringsum – das Krächzen der Krähen und der Wind in den Bäumen – verklangen, bis sie nur noch ihr Herz schlagen hörte.

Sie kniff das andere Auge zu. Versuchte, ruhig zu werden.

Die Welt verengte sich, wurde zu zwei verschwommenen Kreisen.

Sie zwang sich zu fokussieren.

Sie erkannte den Heuballen, das weiße Stück Papier, den aufgemalten Kopf und die Schulterpartie. Sie rückte das Gewehr noch einmal zurecht, zielte auf die Stirn des Mannes.

Langsam drückte sie den Abzug.

Der Schuss krachte, der Rückstoß schlug den Gewehrschaft gegen ihre Schulter. Leni stolperte rückwärts, doch mehr geschah nicht. Die Kugel war mit einem dumpfen Knall eingeschlagen.

Sie hatte den Heuballen getroffen. Nicht den Kopf, nicht einmal das Stück Papier, aber zumindest den Heuballen. Sie konnte kaum fassen, wie stolz dieser kleine Erfolg sie machte.

»Ich wusste, dass du es schaffst, Rotschopf. Wenn wir hier fertig sind, wirst du ein Ass sein.«

KAPITEL SIEBEN

Als Leni am nächsten Morgen das Klassenzimmer betrat, stand wieder Mrs Rhodes an der Tafel. »Okay«, sagte sie bei Lenis Anblick. »Sieht aus, als hätte jemand das Auge zu dicht ans Visier gehalten. Möchtest du ein Aspirin?«

Leni lehnte dankend ab. »Anfängerfehler«, sagte sie mit leisem Stolz auf ihr blaues Auge. Schließlich bedeutete es, dass sie schießen lernte und somit auf dem Weg war, eine Einheimische zu werden.

»Dann setz dich und hol dein Geschichtsbuch heraus.«

Leni glitt auf ihren Stuhl. Matthew zwinkerte ihr zu.

»Beim ersten Mal kriegt fast jeder eins aufs Auge«, flüsterte er. »Ich hatte eine ganze Woche lang einen Bluterguss. Tut es weh?«

»Schon vorbei.« Leni machte eine wegwerfende Handbewegung. »Aber es war so aufregend, ich habe –«

»Elch!«, rief Axl, sprang auf und stürzte ans Fenster.

Alle Schüler taten es ihm nach. Draußen trottete ein massiger Elch über den Schulhof. Er stieß den Picknicktisch um und begann mit seinen großen Zähnen Blätter abzurupfen. Dabei riss er mehrere Sträucher mit den Wurzeln aus.

Matthew neigte sich zu Leni. Seine Schulter berührte sie. »Wie wär's, wenn wir uns heute Nachmittag verdrücken?

Ich sage Mrs Rhodes, ich müsste zu Hause bei der Arbeit helfen.«

Lenis Magen begann aufgeregt zu kribbeln. Sie hatte noch nie geschwänzt. »Ich könnte sagen, dass ich Kopfschmerzen habe. Aber um drei muss ich wieder hier sein, dann werde ich abgeholt.«

»Geht klar«, sagte Matthew.

»Leute«, rief Mrs Rhodes. »Es reicht. Leni, Axl, Matthew, setzt euch und schlagt eure Geschichtsbücher auf.«

Bis zum Mittag schauten Leni und Matthew ständig auf die Uhr. Kurz vor der Zwölf-Uhr-Pause erklärte Leni ihrer Lehrerin, sie habe Kopfschmerzen und wolle lieber nach Hause gehen. »Ich laufe zum Laden von Large Marge und sage meinen Eltern über Funk Bescheid.«

»In Ordnung.« Mrs Rhodes lächelte fürsorglich und schien gar nicht auf die Idee zu kommen, dass Leni sie belügen könnte. Mit schlechtem Gewissen huschte Leni aus dem Klassenzimmer, lief die Straße hinunter und wartete hinter einem Baum versteckt.

Kurz darauf kam Matthew und grinste wie ein Honigkuchenpferd.

»Wohin gehen wir?«, fragte Leni und überlegte, welche Möglichkeiten sie hatten. Es gab weder ein Kino noch Milchbars oder Buchgeschäfte. Fahrräder hatten sie auch nicht.

Matthew nahm ihre Hand und zog sie zu einem schlammbespritzten Quad. »Steig auf«, sagte er, schwang ein Bein über den Sattel und setzte sich zurecht.

Leni zauderte. Mit so einem Gefährt war sie noch nie gefahren. Doch da sie nicht wollte, dass Matthew sie für ängstlich hielt, kletterte sie auf den Platz hinter ihm und legte sachte die Arme um ihn.

Matthew drehte das Gas auf. Mit aufheulendem Motor rasten sie los, wirbelten Staub und Kieselsteine auf. Sie durchquerten Kaneq und preschten über die Brücke. Gleich hinter der alten Landepiste bog Matthew in einen Waldweg ab, flog über einen Graben und folgte einem Pfad, den Leni zwischen den Bäumen erst gar nicht entdeckt hatte.

Anschließend ging die Fahrt einen langen Steilhang hinauf bis zu einem Felsplateau. Von dort aus konnte man tief auf das glitzernde Wasser der Bucht und die grauen, zerklüfteten Felsen des Ufers hinabblicken. Matthew fuhr weiter, lenkte das Quad geschickt durch die Bäume. Leni rutschte auf ihrem Sitz gefährlich hin und her, bis sie ihren Mut zusammennahm, sich an Matthew drückte und ihn mit beiden Armen fest umschlang.

Schließlich bremste er und stellte den Motor aus. In der nachfolgenden Stille waren nur noch Vogelgezwitscher und das leise Rauschen des Winds in den Bäumen zu hören. Matthew suchte in seiner Satteltasche und holte ein Fernglas hervor. »Komm mit«, sagte er.

Er ging voraus. Mit sicherem Schritt lief er über den unebenen Weg, der voller Steine war. Leni stolperte und wäre beinah gestürzt, als unter ihr ein Gesteinsbrocken wegbrach, aber Matthew bewegte sich geschickt und leichtfüßig wie eine Bergziege in ihrer natürlichen Umgebung.

Nach einer Weile lichtete sich der Wald, und sie stießen auf eine kleine grasbewachsene Lichtung. Zwei grob gezimmerte Stühle standen darauf. Matthew ließ sich auf einem nieder und klopfte einladend auf den anderen.

Leni streifte ihren Rucksack ab und setzte sich. Matthew hob das Fernglas an seine Augen und schien die Bäume zu studieren. »Da sind sie.« Er reichte Leni das Glas und deutete auf die Baumwipfel. »Lucy und Ricky. So hat meine Mutter sie getauft.«

Leni schaute durch das Fernglas und sah nur wedelnde Äste. Langsam führte sie ihre Hände ein Stückchen zur Seite. Da – am Rand ihres Blickfelds blitzte etwas Weißes auf.

Sie verschob das Fernglas noch ein wenig.

Dann entdeckte sie die Weißkopfseeadler. Es war ein Pärchen, das hoch oben in den Bäumen auf einem badewannengroßen Nest hockte. Einer war dabei, drei Küken zu füttern, flaumige, hellgraue Bällchen, die einander schubsten, sich zwitschernd zankten und die Hälse reckten, um mit aufgesperrten Schnäbeln die wiedergekäute Nahrung aufzunehmen.

»Wahnsinn!«, sagte sie und war kurz davor, ihre Polaroid-Kamera aus dem Rucksack zu holen. Doch dann ließ sie es bleiben; auf diese Entfernung würde man die kleinen Vögel nur als verschwommene Kleckse sehen.

»Es ist unglaublich«, sagte Matthew. »Seit ich denken kann, kommen sie hierher und legen ihre Eier. Weißkopfseeadler paaren sich fürs Leben. Ich frage mich, was Ricky tun würde, wenn Lucy etwas zustieße. Schau dir das Nest an. Als wäre es für die Ewigkeit gebaut. Ich komme jedes Jahr hierher und beobachte, wie die kleinen Vögel flügge werden.«

»Wahnsinn«, wiederholte Leni und musste lächeln, als eines der Küken unbeholfen mit den Flügeln schlug und versuchte, über die anderen beiden hinwegzuflattern.

»Es ist lange her, dass wir hier waren.«

Ein neuer Ton hatte sich in Matthews Stimme geschlichen. Leni ließ das Fernglas sinken. »Du und deine Mutter?«

Matthew nickte. »Seit sie und mein Vater sich getrennt haben, ist es nicht mehr wie früher.« Er zuckte mit den Schultern. »Und jetzt geht meine Schwester seit letztem Herbst auch noch in Fairbanks aufs College. Sie fehlt mir.«

»Dann müsst ihr euch gut verstanden haben.«

Matthew nickte. »Alyeska ist in Ordnung. Du würdest sie mögen.« Er hielt inne und seufzte. »In ihrem letzten Brief hat sie mir geschrieben, dass sie immer in einer Stadt leben möchte. Aber das überlegt sie sich bestimmt wieder anders und kommt zu uns zurück.« Wieder machte er eine Pause. »Ich soll auch aufs College gehen. Mein Vater wünscht, dass seine Kinder sich ein Bild davon machen, welche Möglichkeiten ihnen offenstehen. In dem Punkt lässt er nicht mit sich reden. Aber ich weiß schon längst, was ich werden will, dazu brauche ich kein College.«

Leni wunderte sich. »Das weißt du jetzt schon?«

»Natürlich, ich möchte Pilot werden. Wie mein Onkel. Ich finde es großartig, hoch über den Wolken zu sein, aber mein Vater sagt, fliegen können reicht nicht. Man muss sich auch in Physik auskennen und solchen Sachen.«

So war es immer, dachte Leni. Man behandelte sie wie kleine Kinder. Niemand fragte nach ihrer Meinung oder erklärte ihnen vernünftig, warum etwas so war. Sie mussten allein dahinterkommen und das Leben, das man ihnen bot, akzeptieren.

Leni zupfte an einem Splitter ihres Stuhls. Matthew hatte ihr etwas aus seinem Leben anvertraut, etwas, das ihn bewegte. Nun war es an ihr, das Vertrauen zu vergelten. So machten es gute Freunde doch, oder? Sie sammelte all ihren Mut, holte tief Luft und sagte leise: »Du hast Glück mit deinem Vater. Er will nur dein Bestes. Mein Vater ist seit Vietnam … komisch geworden.«

Matthew drehte sich zu ihr um. »Was meinst du mit ›komisch‹?«

Leni zuckte die Achseln. Wie sollte sie die Frage beantworten, ohne zu viel preiszugeben? »Er hat … Alpträume. Die geringste Kleinigkeit setzt ihm zu und macht ihn wütend, manchmal reicht schon schlechtes Wetter. Aber es ist nicht immer so. Seit wir hier sind, hat er keine Alpträume mehr gehabt. Vielleicht wird es ihm endlich besser gehen.«

»Und was ist, wenn hier die Zeit der Dunkelheit beginnt?«, fragte Matthew. »Dann ist das Wetter immer schlecht. Unser Winter ist eine einzige endlose, eiskalte Nacht. Da drehen viele Leute durch, kriegen Schreikrämpfe, schießen auf ihre Haustiere, sogar auf Freunde.«

Lenis Brust zog sich zusammen. An den Winter mochte sie nicht denken. Es würde Tag und Nacht dunkel sein, so wie es zurzeit immer hell war. Die Finsternis des Winters. Um sich von der Vorstellung abzulenken, wandte sie sich wieder Matthew zu. »Was hast du? Du siehst noch immer bedrückt aus.«

Matthew zögerte einen Moment, bevor er antwortete: »Ich habe Angst, dass meine Mutter uns verlässt. Sie hat sich zwar auf unserem Grundstück ein Haus gebaut und arbeitet noch auf unserem Land mit, und auf irgendeine merkwürdige Weise lieben meine Eltern sich auch noch, aber es ist nicht mehr so, wie es einmal war. Ich weiß nicht, ob du dir das vorstellen kannst, aber vor einer Weile ist sie nach Hause gekommen und hat einfach gesagt, dass mein Vater nicht mehr ihr Mann ist. Das ist jetzt Cal, dieser unmögliche Typ.« Er zog die Brauen zusammen. »Es ist schrecklich, wenn jemand aufhört, dich zu lieben.«

»Und wie.«

»Ich wünschte, wir hätten noch länger Schule.«

»Ich auch. Aber in drei Tagen fangen die Ferien an. Und dann …«

Leni ließ ihren Satz unbeendet. Sie wussten beide, dass sie zu Hause bei der Arbeit helfen mussten und sich bis zum Beginn des neuen Schuljahrs im September nur selten sehen würden.

Am Ende des letzten Schultags versprachen Leni und Matthew einander immer wieder, sich gegenseitig anzufunken und so oft wie möglich etwas gemeinsam zu unternehmen. Doch schon auf dem Weg zu dem wartenden VW-Bus fühlte Leni sich wieder so einsam wie in der Zeit, bevor sie Matthew kennengelernt hatte.

Ihre Mutter saß am Steuer. Leni kletterte auf den Beifahrersitz.

»Was machst du für ein langes Gesicht?«, fragte Mom.

Leni schwieg. Warum sollte sie sich über etwas beklagen, das nicht zu ändern war? Es war drei Uhr nachmittags und damit noch ewig lange hell, und zu Hause warteten unendlich viele Aufgaben darauf, erledigt zu werden.

Doch zu Hause angekommen, sagte Mom: »Ich habe eine Idee. Hol die Wolldecke und eine Tafel Schokolade. Wir treffen uns unten am Strand.«

»Und was machen wir da?«

»Nichts.«

»Das lässt Dad niemals zu.«

»Er ist nicht da.« Mom lächelte verschmitzt.

Bevor ihre Mutter es sich anders überlegen konnte, stürzte Leni ins Haus, holte die Schokolade aus der Kühlbox und riss die Wolldecke vom Sofa. Sie hüllte sich in die Decke wie in einen Poncho und eilte die wackligen Holzstufen hinunter zu ihrem eigenen kleinen Strand, vorbei an den Felshöhlen, die der Wind und die Brandung im Lauf der Jahrhunderte gegraben hatten.

Mom stand am anderen Ende des Strands und hatte eine Zigarette im Mund. Der Geruch nach Meer und Zigaretten und dem Rosenparfum ihrer Mutter würde ihr für immer als Geruch ihrer Kindheit im Gedächtnis bleiben, dessen war sich Leni gewiss.

Leni breitete die Wolldecke auf dem Sand aus und strich sie glatt. Sie und Mom streckten sich darauf aus. Vor ihnen wälzte sich das in der Sonne glänzende Meer vor und zurück und umspülte die zahlreichen Kieselsteine am Ufer, die leise raschelnd aneinanderstießen. Nicht weit entfernt trieb ein Seeotter auf dem Rücken und benutzte seine winzigen schwarzen Pfoten, um eine Muschelschale aufzubrechen.

»Wo ist Dad?«, fragte Leni.

»Mit Mad Earl zum Angeln gefahren. Wahrscheinlich hofft er, dass er sich von ihm Geld borgen kann. Wir haben kaum noch etwas. Ich habe auch nur noch einen kleinen Rest von dem, was meine Mutter mir gegeben hat, das meiste ist für Zigaretten und Polaroid-Filme draufgegangen.« Mom wandte den Kopf zu Leni und lächelte nachsichtig.

»Ich bin mir nicht sicher, ob Mad Earl gut für Dad ist«, sagte Leni.

Moms Lächeln verblasste. »Wahrscheinlich nicht.«

»Aber er ist hier glücklich.« Leni verdrängte den Gedanken an den Winter, wenn Dunkelheit und Kälte die Menschen in den Wahnsinn treiben konnten, wie Matthew es beschrieben hatte.

»Ich wünschte, du könntest dich an deinen Vater vor Vietnam erinnern.«

Leni kannte so viele dieser Geschichten über das Vorher. Ihre Mutter sprach oft und gern darüber, wie schön es damals mit Lenis Vater gewesen sei. Doch inzwischen klangen diese Erinnerungen für Leni wie ein Märchen.

Mom war sechzehn, als sie schwanger wurde.

Sechzehn.

Leni wurde im September vierzehn. Seltsam, dass sie nie richtig nachgerechnet hatte. Natürlich wusste sie, wie alt ihre Mutter war, aber weiter hatte sie nicht gedacht. *Sechzehn.*

»Als du schwanger wurdest, warst du nur zwei Jahre älter als ich heute.«

Mom seufzte. »Ich hatte gerade mit der Oberstufe begonnen. Auf einer katholischen Mädchenschule, wo es schon als Rebellion galt, das Bündchen des Rocks umzuschlagen, damit der Saum ein paar Zentimeter über dem Knie endete. Alles, was wir lernten, war, wie man betet und eine gute katholische Ehe führt. Meine Schwangerschaft schlug wie eine Bombe ein. Kein Wunder, dass meine Eltern ausgerastet sind.« Sie lächelte schief. »Sie gehörten nicht zu den Menschen, die für Mädchen wie mich Verständnis hatten. Sie lehnten alles an mir ab – meine Musik, meine Ansichten, die Fragen, die ich stellte, und so weiter. Und ich lehnte ihre Vorschriften, ihre Werte ab. Na ja, mit sechzehn glaubt man eben, alles besser zu wissen.«

Sie verschränkte die Arme unter dem Kopf und lächelte verträumt. »Dein Vater rauschte wie eine Flutwelle heran und riss mich mit. Mit jedem Wort, was er sagte, stellte er das, was man mir beigebracht hatte, auf den Kopf. Er ließ mich die Welt mit anderen Augen sehen. Und ich liebte ihn. Es dauerte nicht lange, und ich konnte mir ein Leben ohne ihn nicht mehr vorstellen. Eine Ausbildung hielt er für überflüssig, also ließ ich die Schule sausen. Natürlich waren wir viel zu verliebt, um uns vorzusehen. Und prompt wurde ich schwanger.« Sie hielt inne und runzelte die Stirn. »Mein Vater wollte mich in ein Heim für ledige Mütter stecken, wo man mir dich nach der Geburt fortgenommen hätte. Ich habe noch nie jemanden so gehasst wie meinen Vater damals.«

Eine Zeitlang schien sie ihren Erinnerungen nachzuhängen. Plötzlich lachte sie. »Und dann bin ich mit deinem Vater durchgebrannt. Ich war sechzehn – beinah siebzehn –, dein Vater fünfundzwanzig. Wir hatten kaum Geld, als du zur Welt kamst, und wohnten in einem armseligen Wohnwagenpark, aber das spielte keine Rolle. Geld, Arbeit, all das – was bedeutet das schon, wenn man auf einmal sein Kind in den Armen hält?«

Mom stützte sich auf den Ellbogen auf. »Dein Vater hat dich immerzu getragen, Leni. Zuerst in den Armen, dann auf den Schultern. Und du bist ihm wie ein Hündchen gefolgt. Wir haben die Welt ausgesperrt und von der Liebe gelebt. Bis die Welt an unsere Tür geklopft hat.«

Das war Lenis Stichwort. »Der Krieg in Vietnam.«

Mom nickte. »Als der Einberufungsbefehl kam, habe ich deinen Vater angefleht, sich nach Kanada abzusetzen. Was glaubst du, wie wir uns gestritten haben. Ich wollte nicht, dass er fortging und sein Leben riskierte, aber er ließ nicht mit sich reden. Und so musste ich meine Tränen hinunterschlucken, seine Sachen packen und ihn ziehen lassen. Damals hieß es, in einem Jahr wäre er zurück. Ein ganzes Jahr, mein Gott.« Mom seufzte abgrundtief. »Ich wusste überhaupt nicht, wohin ich mich wenden, was ich tun sollte. Wie ich es ohne ihn aushalten sollte. Als mein Geld aufgebraucht war und ich keinen neuen Job fand, kehrte ich mit dir zu meinen Eltern zurück.

Und sofort ging es wieder los. Ich solle mich scheiden lassen, solle an dich und deine Zukunft denken und so weiter und so fort. Da verschwand ich lieber wieder und zog in die Kommune, wo einen niemand verurteilte, weil man in jungen Jahren ein Kind bekommen hatte. Dann wurde der Hubschrauber abgeschossen, und dein Vater geriet in Gefangenschaft. In den nächsten sechs Jahren erhielt ich von ihm nur einen einzigen Brief.«

Leni erinnerte sich vage an den Brief und an die Tränen ihrer Mutter, als sie ihn gelesen hatte.

»Als er nach Hause kam, sah er aus wie ein Toter. Aber er liebte uns noch immer. Wie verrückt liebte er uns. Er sagte, er könne nicht schlafen, wenn ich nicht in seinen Armen lag, obwohl er auch dann nicht gut schlief.«

Wie immer geriet die Geschichte an diesem Punkt ins Stocken. Der schöne Teil des Märchens war vorüber. Nun kam der Teil, in dem ein böser Zauber über allem lag. Der Mann, der das Flugzeug nach Vietnam bestiegen hatte, und der Mann, der aus dem Krieg zurückgekommen war, waren nicht ein und derselbe. »Hier geht es ihm besser, meinst du nicht auch? Er ist fast schon wieder wie früher.«

Leni blickte auf die Flut, die sich immer weiter vorwälzte, ohne dass man ihr etwas entgegensetzen konnte. Man musste sich vor ihr hüten. Ein Fehler oder eine falsche Berechnung, und schon saß man fest oder wurde mitgerissen. Man konnte sich nur schützen, indem man die Gezeiten stets im Blick behielt und sich ihnen nicht unbedacht aussetzte. »Der Winter soll hier mindestens sechs Monate dauern. Dann liegt überall Schnee, es ist dunkel und kalt, und Stürme fegen über das Land.«

»Ich weiß.«

»Du hast selbst gesagt, dass schlechtes Wetter seinen Zustand verschlimmert.«

Moms Gesicht verschloss sich. Leni hatte etwas angesprochen, mit dem sich ihre Mutter nicht beschäftigen wollte. »Hier wird es anders sein.« Mom drückte ihre Zigarette aus. »Hier wird nichts passieren. Du wirst es sehen. Hier ist er glücklich.«

Es war Sommer in Alaska. Ein langer Mittsommertag reihte sich an den anderen, und die Natur entfaltete ein ganzes Kaleidoskop an Farben. Eine pure Schönheit, geradezu magisch, die Lenis Sorgen verschwinden ließ. Achtzehn Stunden am Tag war es hell, die Nacht nicht mehr als ein kurzes Dämmerlicht, nur dazu da, einen Tag vom anderen zu unterscheiden.

Es gab viel zu tun. Das war ebenso Teil des Sommers wie das endlose Licht. Überall sprachen die Leute davon, dass man sich auf den Winter vorbereiten müsse. Unentwegt. Leni hörte es in der Schlange an der Imbissbude Fish On, bei Large Marge an der Kasse, an der Anlegestelle der Fähre nach Homer. *Wie viele Fische habt ihr geräuchert? Wie läuft die Jagd? Wie viel Obst, welches Gemüse habt ihr angebaut?*

Trotz der Herrlichkeit des Sommers war der Winter das alles bestimmende Thema, das hatte Leni bereits in ihren ersten Tagen hier erfahren. Immer ging es um das Leben bei Minusgraden, wenn die Natur unter einer Decke aus Schnee und Eis erstarrte. Selbst wenn die Leute an einem warmen Sommertag angelten, fingen sie den Großteil der Fische für den Winter.

Um all die Aufgaben, die zu erledigen waren, bewältigen

zu können, standen sie morgens um fünf Uhr auf. Sie fällten und zersägten Bäume, hackten Holz, jäteten das Unkraut in den Gemüsebeeten, fingen Lachse und räucherten sie. Sie kochten Obst und Gemüse ein. Dad dichtete die Wände des Hauses ab. Leni und Mom strickten Wollsocken, Mützen und Schals.

Large Marge sorgte dafür, dass sie günstig an zwei Ziegen kamen. Leni lernte, die Tiere zu versorgen. Sie lernte auch, welche Beeren essbar waren, wie man sie einmachte, wie man Miesmuscheln marinierte und wie man Lachsrogen trocknete und präparierte, um daraus Fischköder zu machen. Abends servierte Mom Lachs oder Heilbutt, entweder gebraten, gebacken oder gedünstet, dazu das erste Gemüse aus ihrem Gewächshaus. Dad reinigte seine Gewehre und stellte die Fallen auf, die Mad Earl ihm überlassen hatte.

Und die warmen Mittsommernächte ließen die Feste sprießen, es war die Zeit der Geselligkeit. Ein Nachbar kam am Abend mit einem frisch gefangenen Lachs und einer Kiste Bier vorbei, gleich darauf wurden die anderen Nachbarn über Funk eingeladen. Man traf sich am Strand, grillte, trank und plauderte.

Währenddessen schwebte die Sonne wie eine schimmernde gelbe Kugel über dem Horizont, die stete Kulisse des Sommers. Nach Mitternacht, wenn sie nur noch ein heller Streifen war, verliefen sich die Gäste, um noch für ein paar Stunden zu schlafen.

Trotz der nie enden wollenden Arbeit war es eine gute Zeit.

Leni hatte das Gefühl, dass sie in diesem Sommer erwachsen wurde. Als der September begann, feierte sie ihren vierzehnten Geburtstag. Wenig später bekam sie zum ersten Mal ihre Periode und kurz darauf ihren lang ersehnten, ersten

Büstenhalter. Auf ihrem Gesicht erblühten Pickel, kleine rosafarbene Peinlichkeiten, die sich über ihre Wangen, Nase und Stirn verteilten. Als sie die ersten entdeckte, sorgte sie sich um Matthews Reaktion, hatte Angst, dass ihre merkwürdige Veränderung ihn auf Distanz gehen ließe. Doch ihm schienen die Pusteln gar nicht aufzufallen.

Überhaupt gab es für Leni nichts Schöneres, als mit Matthew zusammen zu sein. Wenn sie sich auf den Partys trafen, nutzten sie die erstbeste Gelegenheit, um sich von den Erwachsenen zu entfernen und sich irgendwo hinzusetzen, wo sie in Ruhe reden konnten oder einander Gedichte vorlasen. Matthew erzählte Leni von den frühen sibirischen Jägerhorden, die Alaska besiedelt hatten, von dem versunkenen Land Beringia, das während der Eiszeit Nordamerika und Asien verbunden hatte, und von den geheimnisvollen Mythen und Legenden der Inuit. Er studierte mit ihr die Wolkenbilder am Himmel, zeigte ihr ein Nest blauer Enteneier und den Abdruck einer Bärentatze im Sand. Leni machte von allem Fotos, auch von Matthew selbst. Sie pinnte sie zu den vielen anderen, die an der Wand ihres Dachbodenzimmers bereits eine riesengroße Collage bildeten.

Der Sommer endete von einem Tag zum anderen. Der Herbst war in Alaska keine Jahreszeit, nur ein Moment, ein kurzer Übergang zwischen Sommer und Winter. Es fing an zu regnen. Die Erde, die im Juli und August getrocknet war, wurde wieder zu Schlamm. Mit einem Mal verschwand die Landschaft hinter grauen Regenvorhängen. Die Flüsse stiegen an, traten über die Ufer und schufen Teiche.

Dann wurde es noch einmal schön. Das Laub der Schwarzpappeln rings um das Haus von Lenis Eltern färbte sich golden und raschelte im Wind. Wenig später rollten die Blätter sich schwarz ein und fielen zu Boden, wo sie zu einem knisternden Laubteppich wurden.

Als die Schule wieder begann, musste Leni nur noch nachmittags und abends zu Hause helfen und konnte ein wenig aufatmen. Im Klassenzimmer nahm sie ihren alten Platz an Matthews Seite ein und rückte mit dem Stuhl noch dichter an ihn heran. Manchmal sah sie ihn von der Seite an und wartete darauf, dass er es merkte und sie anlächelte. In solchen Augenblicken durchströmte sie ein tiefes Glücksgefühl. Von ihm hatte sie gelernt, dass eine gute Freundschaft hielt und nicht endete, wenn man sich eine Zeitlang nicht gesehen hatte.

An einem kalten Sonntagabend Ende September stand Leni zu Hause am Fenster und schaute in den Abend hinaus. Sie war todmüde. Auch ihrer Mutter sah man die Erschöpfung an. Seit Sonnenaufgang hatten sie aus Lachsfleisch Brotaufstrich gemacht. Sie hatten Einweckgläser ausgekocht, Fische geschuppt, die saftigen rosafarbenen Teile in Streifen geschnitten und die fettige Haut abgezogen. Die Streifen legten sie in die Einweckgläser, die sie im Schnellkochtopf aufkochten. Zuletzt trugen sie die abgekühlten Gläser in den Keller hinunter und stellten sie in die neu gebauten Regale.

»Wenn zehn kluge Leute und ein Idiot in einem Raum sind, was meinst du, mit wem dein Vater sich anfreundet?«, fragte Mom.

Leni zog es vor, nicht zu antworten.

»Vergiss es«, sagte Mom.

Sie gesellte sich zu Leni. Der Mond war aufgegangen. Rund und voll stand er am Himmel und tauchte die Wiese vor ihrem Haus in bläuliches Licht. An dem mitternachtsblauen Himmel funkelten stecknadelkopfgroße Sterne. Hier und da schimmerte das Band der Milchstraße in wolkigem Weiß. Die Weite dieses Himmels schien Leni unermesslich, die Welt darunter so klein und unbedeutend, kaum mehr als der Funke eines Feuers oder der Widerschein des Mondes auf den Wellen des Meers.

Dad stand draußen mit Mad Earl zusammen. Sie verbrannten Abfall in einem Feuerfass, aus dem dichte schwarze Rauchwolken drangen, und tranken abwechselnd aus einer Whiskeyflasche. Alle anderen Nachbarn, die an dem Tag gekommen waren, um ihnen bei der Arbeit zu helfen, hatten sich vor Stunden verabschiedet.

Mit einem Mal zog Mad Earl seine Pistole und schoss auf die Bäume am Waldrand.

Dad brüllte vor Lachen.

»Wie lange wollen die noch da stehen?«, fragte Leni. Bei ihrem letzten Besuch des Klohäuschens hatte sie Bruchstücke ihres Gesprächs gehört. *Ruinieren das Land … müssen uns schützen … Gesetzlosigkeit …*

»Keine Ahnung.«

Mom klang verärgert. Sie hatte die Elchsteaks gebraten, die Mad Earl mitgebracht hatte, und Kartoffeln gebacken. Leni hatte den Klapptisch mit dem Campinggeschirr gedeckt und unter das zu kurze Tischbein ein Taschenbuch geklemmt.

Das war vor einer Stunde gewesen. Inzwischen waren die Steaks trocken und hart geworden.

»Jetzt reicht's.« Mom schritt energisch nach draußen. Leni trat an die geöffnete Tür und spitzte die Ohren.

»Hey Cora.« Mad Earl grinste betrunken.

»Möchtest du zum Essen bleiben?«, fragte Mom.

»Lieber nicht.« Mad Earl trat einen Schritt zurück und schwankte. »Wenn ich nicht bald zu Hause bin, zieht meine Tochter mir das Fell über die Ohren. Sie wollte Fischeintopf für mich machen.«

»Dann ein andermal.« Mom machte kehrt. »Komm, Ernt, Leni ist kurz vorm Verhungern.«

Mad Earl torkelte zu seinem Transporter, stieg ein und startete den Motor. Ruckelnd und hupend fuhr er davon.

Dad stakste mit kleinen Schritten zum Haus. Leni wurde das Herz schwer. So ging er, wenn er betrunken war. Er warf die Tür ins Schloss, strauchelte beinah auf dem Weg zum Tisch und ließ sich auf seinen Stuhl fallen.

Mom brachte die Steaks, die gebackenen Kartoffeln und ein Brot aus Sauerteig. Thelma hatte ihr eine Kugel Vorteig geschenkt und erklärt, wie man daraus Brot machte.

»Sieht gut aus«, nuschelte Dad, schnitt von seinem Steak ein großes Stück ab, steckte es sich in den Mund und kaute schmatzend. Sein Blick war glasig. »Ihr müsst noch viel lernen. Earl und ich waren uns einig, wenn die KAZD losgeht, zählt ihr zu den ersten Opfern.«

»Wenn was? Was redest du da?«, fragte Mom übellaunig.

Leni warf ihr einen warnenden Blick zu. Wenn Dad betrunken war, durfte man ihn nicht reizen.

»KAZD. Wenn die Kacke anfängt zu dampfen. Du weißt schon, Kriegsrecht. Atombombe. Stunde null.« Dad riss ein Stück Brot ab und wischte damit über seinen Teller.

Mom setzte sich zurück. Steckte sich eine Zigarette an und fixierte ihn.

Tu's nicht, flehte Leni stumm. *Sag nichts*.

»Ich mag dieses Weltuntergangsgerede nicht, Ernt. Schon gar nicht, wenn Leni dabei – «

Dad schlug mit der Faust so heftig auf den Tisch, dass das Geschirr wackelte und klapperte. »Herrgott noch mal, Cora, kannst du nicht ein einziges Mal auf meiner Seite sein?«

Mit zornrotem Gesicht stand er auf, wankte zur Tür und murmelte etwas. Leni glaubte »einfach zu dämlich« herauszuhören. Er schüttelte den Kopf, ballte seine Hände zu Fäusten und schaute zu Leni und ihrer Mutter zurück. In seinem Blick war etwas Wildes aufgeflammt.

Mom lief zu ihm und streckte die Hand nach ihm aus.

»Fass mich nicht an«, knurrte er und stieß sie fort.

Er schnappte sich seinen Parka und verließ das Haus. Bestürzt sahen sich Leni und Mom an.

»Glaubt er diese Endzeitgeschichten?«, fragte Leni.

»Ich denke schon«, sagte Mom. Mit bebender Hand griff sie nach ihrem Glas Wasser und nahm einen Schluck. »Vielleicht möchte er sie auch nur glauben. Trotzdem ist es nichts als Gerede und hat nichts zu bedeuten.«

Aber etwas anderes hatte etwas zu bedeuten, das wusste Leni.

Das Wetter verschlechterte sich, und es wurde immer dunkler.

Und das galt auch für die Stimmung ihres Dads.

»Wie ist er wirklich?«, fragte sie Matthew am nächsten Tag. Der Unterricht war zu Ende, die Schüler sammelten ihre Sachen ein.

»Wer?«

»Der Winter.«

Matthew dachte nach. »Schrecklich und schön zugleich. In

dieser Zeit findet man heraus, ob man das Zeug dazu hat, in Alaska zu leben. Die meisten Zugezogenen laufen davon, bevor der Winter vorüber ist.«

»Das große Alleinsein«, sagte Leni. So hatte Robert W. Service Alaska genannt.

»Du wirst es aushalten«, entschied Matthew.

Leni wünschte, sie könnte ihm gestehen, dass ihr die Natur weniger Angst machte als ihre Familie selbst.

Doch darüber konnte sie mit ihm nicht sprechen. Sie konnte ihm zwar erzählen, dass ihr Vater zu viel trank, wütend werden konnte und ihm Kälte und Dunkelheit zusetzten, nicht jedoch, dass sie sich manchmal vor ihm fürchtete. Das durfte niemand erfahren, es war zu riskant.

Sie verließen das Schulgebäude.

Lenis Eltern erwarteten sie bereits im VW-Bus, der mittlerweile noch schlimmer aussah als bei ihrer Ankunft. Dad hatte die hintere Stoßstange mit reißfestem Klebeband am Chassis befestigen müssen, weil sie sich gelockert hatte, der Auspuff war irgendwann abgefallen. Bei voller Fahrt röhrte der Motor nun wie bei einem Rennauto.

Sie verabschiedete sich von Matthew und lief zu ihren Eltern. »Hi«, sagte sie, warf ihren Rucksack auf den Rücksitz und kletterte hinterher.

»Mad Earl hat mich gebeten, seiner Familie ein bisschen auf die Sprünge zu helfen«, sagte Dad, als sie auf der Hauptstraße waren. »Es geht um das, was ich gestern Abend angesprochen habe.« Er bog in den Waldweg ein, der zu den Harlans führte.

Dort angekommen, sprang er aus dem Wagen und schulterte sein Gewehr.

Mad Earl saß auf seiner Veranda. Er stand auf, winkte und rief die anderen aus seiner Familie herbei, die aus den Schuppen und Häuschen traten und sich vor der Veranda versammelten.

Leni und ihre Mutter stiegen aus dem Wagen und schlossen sich ihnen an.

Ein schrottreifer Ford Transporter kam angefahren und hielt neben ihrem Bus an. Axl, Marthe und Agnes kletterten heraus und gesellten sich zu der Gruppe.

Mad Earl baute sich breitbeinig auf und machte eine weit ausholende Armbewegung. »Kommt alle näher. Ernt, mein Junge, du stellst dich zu mir.«

Die anderen Harlans tauschten verwunderte Blicke. Einige drehten sich zu Leni und ihrer Mutter um und sahen sie fragend an.

Dad trat vor. Als er an Clyde vorbeikam, schlug er ihm auf den Rücken. Dann sprang er auf die Veranda, richtete sich hoch auf und straffte die Schultern. Wieder einmal dachte Leni, wie attraktiv ihr Vater mit seinen dunklen Augen, dem schwarzen Haar und dem schwarzen Schnurrbart war, wie energiegeladen er wirkte, wenn er sich gut fühlte.

»Gestern Abend haben Ernt und ich über unser Land diskutiert«, begann Mad Earl. »Wir waren uns einig, dass es bis vor kurzem von einem Verbrecher regiert wurde und dass man den Nachfolger vergessen kann. Nun explodieren auch schon in amerikanischen Flugzeugen Bomben, und wir sind nirgendwo mehr sicher.«

Leni schaute ihre Mutter von der Seite an. Mom verdrehte die Augen.

»Mein Sohn Bo war einer der Besten von uns. Er liebte Alaska. Und unsere guten alten Vereinigten Staaten liebte er so sehr, dass er freiwillig in diesen verdammten Vietnamkrieg zog. Auf die Weise haben wir ihn verloren. Aber selbst in der

Hölle da drüben dachte er an uns. An seine Familie. Unser Schutz und unsere Sicherheit lagen ihm am Herzen. Deshalb schickte er uns seinen Freund Ernt Allbright. Bo wollte, dass Ernt zu uns gehört.« Mad Earl legte kurz einen Arm um Lenis Vater. »Ich habe Ernt den ganzen Sommer lang beobachtet und weiß, dass wir ihm vertrauen können.« Er nickte Dad zu.

Dad zog eine zusammengefaltete Zeitung aus der Gesäßtasche seiner Jeans und hielt sie hoch. Die Schlagzeile lautete: *TWA 841 – 88 Tote nach Bombenexplosion auf dem Flug von Tel Aviv nach New York.* »Wir leben vielleicht in der Wildnis«, sagte er, »aber wir lesen Zeitung und informieren uns. Wir wissen, was in der Welt vor sich geht. Wo auch immer, warum auch immer – in dieser Welt werden Menschen entführt und umgebracht. Denkt an die jungen Frauen, die im Staat Washington verschwunden sind, an die toten Frauen, die in Utah auf brutale Weise ermordet wurden. Denkt an die Terroristenbande in unserem Land, die sich Symbionese Liberation Army nennt. Immer mehr Länder verfügen über Atomwaffen. Es ist nur eine Frage der Zeit, bis wieder Krieg ausbricht. Und dann geht es erst los.«

Mad Earl applaudierte.

»Mom«, flüsterte Leni, »ist das wahr?«

Mom zündete sich eine Zigarette an. »Manchmal ist etwas wahr und doch nicht wahr. Sei lieber still, oder willst du deinen Vater verärgern?«

Alle starrten wie gebannt auf Dad, und er schien jede Sekunde zu genießen. »Ihr habt so viel geleistet, um dieses Land zu besiedeln und zu bewirtschaften«, rief er. »Ihr wisst, wie man sich selbst versorgt. Ihr habt ein funktionierendes Wasserversorgungssystem und könnt von den Erträgen eures Landes leben. Ihr seid erfahrene Jäger. Aber was ihr nicht wisst, ist, wie man sich vor den Folgen einer Katastrophe schützt.«

»Was soll das heißen?«, fragte Ted.

Dad breitete die Arme aus. »Ich spreche von all dem, was uns in Zeiten wie diesen drohen kann. Ich denke an die Vulkanausbrüche, die es in Alaska schon gegeben hat, an Katastrophen, deren Ursachen wir nicht kennen. Wisst ihr, dass im Jahr 1908 in Sibirien ein Feuerball explodierte, von dem bis heute niemand sagen kann, woher er kam? Wir wissen nur, dass seine Wirkung tausendmal stärker als die der Bombe auf Hiroshima war. Es gibt so viele Möglichkeiten, wie diese kranke, korrupte Welt untergehen kann.«

Thelma runzelte die Stirn. »Komm, Ernt, lass die Schwarzmalerei –«

»Ruhe, Thelma«, rief Mad Earl.

Dad sprach weiter. »Ganz gleich, ob es sich um eine Naturkatastrophe handelt oder einen Krieg, als Erstes werden Recht und Ordnung zusammenbrechen. Eure Funkverbindungen werden unterbrochen sein. Es wird keinen Fährbetrieb mehr geben. Wir werden das Ende unserer Zivilisation erleben.«

Dad hielt inne und zog missbilligend die Brauen zusammen. »Menschen wie Tom Walker, mit ihren großen Häusern und all ihrem Besitz, die werden nicht wissen, wie ihnen geschieht. Ihr ganzer Reichtum wird ihnen nichts mehr nützen. Und wisst ihr, was passiert, wenn solche Leute feststellen, dass sie sich nicht auf den Ernstfall vorbereitet haben?«

Mad Earl sah Dad erwartungsvoll an.

»Männer wie er werden an unsere Tür klopfen und uns um Hilfe bitten. Die Menschen, auf die sie stets herabgeschaut haben.« Dad machte eine Pause. »Wir dagegen werden wissen, wie man sich schützt und wie man sich Plünderer vom Hals hält. Was man braucht, wenn man sich im Notfall tiefer in die Wildnis zurückziehen muss.«

»Genau«, rief Clyde.

»Aber das ist nicht alles. Eure Sicherheitsvorkehrungen taugen nichts. Wie Earl schon sagte, Bo hat mir sein Grundstück vermacht, damit ich den Weg zu euch finde und euch zeigen kann, dass es nicht genügt, sein Land zu bestellen. Ihr müsst dafür kämpfen können. Ich weiß, dass ihr Jäger seid, aber im Ernstfall braucht man mehr als ein gutes Gewehr. Ich verspreche euch, dass jeder von uns – von den Kindern bis zu den Ältesten – noch vor dem ersten Schnee wissen wird, wie er sich und seine Familie schützen kann.«

Mad Earl nickte eifrig.

»Wir beginnen mit einfachen Schießübungen«, schloss Lenis Vater. »Ich möchte sehen, wie gut jeder von euch mit einer Waffe umgehen kann.«

KAPITEL ACHT

Anfang November waren die Tage merklich kürzer geworden. Erst gegen neun Uhr morgens wurde es langsam hell, dann hatten sie sieben Stunden Tageslicht, den Rest der Zeit war es finster. Leni litt unter dem fehlenden Licht. Die Dunkelheit schien ihr wie ein riesiger schwarzer Raubvogel, der sich Tag für Tag bei ihnen niederließ und mit seinen Schwingen alles verdeckte.

Nie konnte man das Wetter vorhersagen. Mal regnete es, mal schneite es, wenig später setzte wieder Regen ein. Nun, am frühen Nachmittag, fiel eine Mischung aus Regen und Graupeln. Die Pfützen vor ihrem Haus bezogen sich mit einer dünnen, schmutzigen Eisschicht. Als Leni das Haus verließ und zu den Ställen ging, saugte der schwere nasse Erdboden an ihren Stiefeln. Sie fütterte die Ziegen und die Hühner. Dann nahm sie zwei Eimer und lief durch die kahlen Schwarzpappeln, die sich wie dunkelgraue Skelette vor dem trüben Dämmerlicht abhoben. Die Wildtiere hatten sich alle verkrochen.

Sie stieg den Hang hinab, der zu dem Bach führte, aus dem sie Wasser schöpften. Der eisige Wind drang bis auf ihre Knochen. Mit hochgezogenen Schultern und gesenktem Kopf lief sie weiter.

Schon zum fünften Mal legte sie die Strecke zum Bach zurück, um die Wassertonne am Haus zu füllen. Auf den Regen allein konnten sie sich nicht verlassen. Todmüde schleppte sie die letzten beiden Eimer zum Haus. In ihrer Erschöpfung verschüttete sie einen Teil. Und dann war es mit einem Mal stockdunkel. So abrupt, als hätte jemand eine Lampe ausgeknipst.

Leni schaute sich um, sah jedoch nichts als pechschwarze Finsternis. Das Licht des Mondes und der Sterne vermochte die schwere Wolkendecke nicht zu durchdringen. Es gab nichts, woran sie sich orientieren konnte.

Sie stellte die Eimer ab, tastete nach der Tasche ihres Parkas und holte die Stirnlampe heraus, die Dad ihr besorgt hatte. Sie legte den Riemen um den Kopf und schaltete die Lampe ein. Für alle Fälle zog sie auch ihre Pistole aus dem Holster und steckte sie in den Bund ihrer Jeans.

Mit furchtsam klopfendem Herzen bückte sie sich zu den Eimern und lief mit ihrer Last weiter. Trotz der Wollhandschuhe schnitten die Metallhenkel in ihre Handteller. Der Graupelregen verwandelte sich in Schnee, den der Wind ihr ins Gesicht blies.

Nun war der Winter da.

Leni erinnerte sich, dass Bären Anfang November noch keinen Winterschlaf hielten, sondern gefährlicher als in anderen Zeiten waren. Sie suchten nach Nahrung, bevor sie sich in ihre Höhlen verzogen, und betrachteten jedes Lebewesen als Feind, der ihnen ihre Beute streitig machen wollte.

Plötzlich entdeckte sie ein gelbes Augenpaar, das sie aus der Dunkelheit anstarrte. Wie versteinert blieb sie stehen, wagte nicht einmal, nach ihrer Pistole zu greifen. Ihr Herz begann zu rasen. Dann war wieder alles dunkel. Hatte sie sich das nur eingebildet?

Sie hastete weiter, stolperte über eine Unebenheit. Wasser spritzte aus den Eimern. Sie musste sich zwingen, nicht vor Kälte, Angst und Erschöpfung zu wimmern.

Das Licht ihrer Stirnlampe fiel auf einen umgestürzten Baumstamm. Sie kletterte darüber hinweg, wobei ein Hosenbein über die Borke schrammte. Sie stieg den Hang hinauf, lief keuchend durch die Bäume und entdeckte einen schwachen Lichtschein.

Nun war es nicht mehr weit bis zu ihrem Haus.

Ohne die Wassereimer wäre Leni gerannt, um sich trostsuchend in die Arme ihrer Mutter zu stürzen.

Schon sah sie hellgrauen Rauch aus dem Schornstein quellen und durch das Fenster die Silhouette ihrer Mutter, die den Wohnraum durchquerte, roch das Holzfeuer ihres Ofens.

Sie leerte ihre Eimer in die Wassertonne, die nun zu drei Vierteln gefüllt war. Zitternd vor Kälte und Furcht stieg sie die Eingangsstufen zur Veranda hinauf.

Sie öffnete die Tür und rief: »Ich bin wieder da.«

»Halt die Klappe«, fuhr Dad sie an.

Mom, in ausgebeulter Trainingshose und dickem Pullover, stand vor ihm und wirkte nervös. »Hallo Schätzchen«, sagte sie und wandte sich zu Leni um. »Häng deinen Parka auf und zieh deine Stiefel aus.«

»Cora, ich rede mit dir«, sagte Dad.

Leni hörte die unterdrückte Wut in seiner Stimme. Mom hörte sie auch und wurde blass.

»Du wirst diesen Sack Reis zurückbringen«, befahl Dad. »Erklär Large Marge, dass wir ihn nicht bezahlen können.«

»Du … du hast doch keinen Elch geschossen«, entgegnete Mom leise. »Wir müssen doch etwas –«

»Ist wieder alles meine Schuld?« Dad war laut geworden.

»Das habe ich nicht gesagt, und das weißt du auch. Aber es ist Winter, und wir brauchen mehr Lebensmittel. Das Geld –«

»Meinst du, ich wüsste nicht, dass wir Geld und Lebensmittel brauchen?«, schrie Dad und trat gegen einen Stuhl, der klappernd umfiel.

Leni wich zurück. Dads Gesicht war dunkelrot angelaufen, und in seinem Blick flackerte etwas Unkontrolliertes auf.

Um ihn zu beruhigen, streichelte Mom seine Wange. »Ernt, Baby … uns fällt schon etwas ein.«

Dad schlug ihre Hand fort. Mit zwei Sätzen war er an der Tür, riss seinen Parka vom Haken und stürmte aus dem Haus. Gleich darauf sprang der Motor des Busses an. Das Licht der Scheinwerfer fiel auf Lenis Mutter, die einen Moment lang wie vergoldet dastand.

»Es liegt an der Dunkelheit«, sagte sie, trat ans Fenster und schaute den Rücklichtern des Wagens nach. Sie zündete sich eine Zigarette an. Nun wirkte ihr Gesicht aschfahl.

»Es wird noch schlimmer werden«, entgegnete Leni. »Jeden Tag wird es dunkler und kälter.«

»Ich weiß«, sagte Mom und schien sich ebenso beklommen zu fühlen wie Leni.

Der Winter hatte Alaska fest im Griff, und ihre Welt beschränkte sich immer mehr auf die vier Wände ihres Hauses. Die Sonne ging nach zehn Uhr morgens auf, und wenn Leni um drei Uhr nachmittags aus der Schule kam, war es schon wieder dunkel. Nur noch fünf Stunden Licht. Und der Schnee fiel ohne Unterlass und deckte das Land zu. An einigen Stellen türmte er sich schon zu hohen Schneewehen auf, legte sich auf Fensterscheiben, so dass man nicht einmal mehr hinausschauen konnte und die Wände noch näher rückten. In den wenigen Stunden des Tageslichts blieb der Himmel bleiern und grau, und wenn die Sonne einmal herauskam, war sie nicht mehr als ein weißlicher Klecks im grauen Einerlei. Dazu peitschte der Wind über das Land, wild heulend, wie vor Schmerzen. Das Brennholz draußen gefror und verwandelte sich in bizarre Eisskulpturen, die aus dem Schnee ragten. Alles fror ein – die Schlösser der Autotüren, Fenster und Motoren. Unentwegt wurden über Funk Schlechtwetterwarnungen durchgegeben und die Namen derer gemeldet, die vermisst wurden oder erfroren waren. Mitunter starben Menschen als Folge eines Versehens, einer kleinen Unachtsamkeit auf einsamen Straßen. Einer hatte am Straßenrand haltgemacht, den Autoschlüssel in den Schnee fallen lassen und nicht wiedergefunden. Einem anderen war das Benzin ausgegangen und der Wagen oder das Schneemobil liegen geblieben. Wieder ein anderer hatte es eilig gehabt und war aus einer vereisten Kurve herausgetragen und zu spät gefunden worden.

Schon nach kurzer Zeit konnte Leni sich kaum noch daran erinnern, wie das Leben im Sommer gewesen war. Eisschollen schoben sich nun auf ihren Strand. Die Kiesel und Muscheln erstarrten unter einer dicken Glasur aus Eis. Die kahlen Äste der Bäume knarzten beständig, die Wildtiere vergruben sich in Mulden und Höhlen. Ähnlich verhielten sich die Menschen. Sie suchten sich einen warmen Platz und igelten sich ein.

Noch nie war Lenis Leben auf so wenig reduziert gewesen. An guten Tagen, wenn das Wetter es erlaubte und der VW-Bus ansprang, konnte sie in die Schule gehen. An schlechten Tagen gab es nur die Arbeit, die sie in der zermürbenden

Kälte verrichtete. Sie fütterte die Tiere, hackte das Eis auf dem Bach auf, holte Wasser, stopfte Socken, flickte Kleidungsstücke, kochte mit ihrer Mutter, putzte, legte im Ofen Holz nach. Je kälter es wurde, desto mehr Holz musste gehackt werden. Lenis Mutter zog in Pappbechern Gemüsestecklinge für das nächste Jahr. Doch nur selten stand einem von ihnen der Sinn danach, über das tägliche Überleben hinauszudenken.

Das Schlimmste war jedoch, dass sie für zu viele Stunden des Tags zusammen eingeschlossen waren.

Ihre Familie verfiel immer mehr in Schweigen, sie sagten kaum noch etwas, saßen abends stumm am Ofen und warteten darauf, dass es Zeit wurde, sich schlafen zu legen.

Doch dabei blieb es nicht. Lenis Eltern wurden immer gereizter und fingen an zu streiten. Manchmal drehte es sich um das fehlende Geld, dann darum, wer welche Arbeit zu verrichten hatte, dann um ihre schwindenden Vorräte. Häufig ging es um gar nichts.

Dad wusste, wie es um sie stand. Sie hatten kein Geld mehr, und die Vorräte, die sie für den Winter angelegt hatten, würden nicht ausreichen, das war schon jetzt offensichtlich. Leni sah, wie dieser Zustand an ihrem Vater nagte. Mom sah es auch und beobachtete ihn voller Sorge.

Er versuchte, seine Frustration zu verbergen, doch es fiel ihm schwer. Oftmals bewegten seine Lippen sich in stummem Selbstgespräch, oder seine Gesichtsmuskeln zuckten unkontrolliert. Wenn Leni ihn anschaute, um seine Stimmung auszuloten, wich er ihrem Blick aus. Er wachte früh auf, lange vor der Morgendämmerung. Meistens verließ er das Haus, arbeitete draußen oder war einfach fort. Mitunter kehrte er erst lange nach Einbruch der Dunkelheit zurück, seine Mütze voller Schnee, Schnurrbart und Augenbrauen voller Eiskristalle, die Nase rot vor Kälte. Dann und wann roch sein Atem nach Alkohol.

Als die Tage noch kürzer und die Nächte noch länger wurden, begann er nach dem Abendessen erregt und vor sich hin murmelnd auf und ab zu laufen. An anderen Abenden verschwand er allein in der Dunkelheit des Waldes, um Fallen aufzustellen, und kehrte mit gehetztem Blick zurück. Am nächsten Tag lief er dann los, um nach den Fallen zu sehen. Wenn er mit leeren Händen zurückkehrte, wirkte er grimmig und zog sich in sich zurück. Meist jedoch kam er mit toten Füchsen und Mardern wieder, deren Felle er Large Marge verkaufte oder bei ihr gegen Nahrungsmittel tauschte. Aber all das genügte nicht, um das Vorratsregal im Keller wirklich zu füllen. Ihre Mahlzeiten wurden immer karger, nie wurden sie richtig satt. Leni konnte nicht mehr fotografieren, und ihrer Mutter fehlte das Geld für Zigaretten. Manchmal, wenn Lenis Vater es nicht mitbekam, steckte Large Marge ihnen ein Päckchen Zigaretten oder einen Polaroid-Film zu.

Bisweilen ging Leni durch den Sinn, dass das Zusammenleben mit ihrem Vater dem mit einem ungezähmten Tier nahekam. Die Einheimischen unten im Ort erzählten sich schlimme Geschichten über Hippies, die irgendwo in der Wildnis gehaust und sich einen Wolf oder einen Bären gehalten hatten. Anfangs, hieß es, seien die Raubtiere zahm und zutraulich gewesen. Sie leckten ihnen die Hände und stupsten sie, wenn sie gekrault oder gefüttert werden wollten. Dennoch blieben sie immer wilde Tiere, das hätten die Einheimischen den Neuankömmlingen sagen können. Im Bruchteil einer Sekunde, schneller als ein Atemzug, konnte ihre wahre Natur durchschlagen und ein Hieb mit der Tatze oder ein Sprung an die Kehle das Leben ihres menschlichen Gefährten beenden.

Es strengte Leni an, ihren Vater zu beobachten und sein Verhalten, seine Gesten und seinen Tonfall unablässig zu interpretieren, um zu erkennen, ob er kurz davor war, wütend zu werden.

Auch Mom belastete die Sorge um seinen Gemütszustand. Ihr Blick war stumpf geworden, sie bewegte sich lustlos, war stets wortkarg. Ihr Lachen war verstummt.

An einem eisigen Dezembermorgen wurde Leni von einem Schrei geweckt. Gleich darauf hörte sie Mom beruhigend auf Dad einreden.

Sie wusste sofort, was los war. Dad hatte wieder einen Alptraum. Schon den zweiten in dieser Woche.

Leni robbte mit ihrem Schlafsack bis zum Rand des Dachbodens. Mom stand unten, mit wirrem Haar und im Trainingsanzug. Sie hielt eine Gaslampe in der Hand. In dem weißen Licht wirkte sie leichenblass.

Dad schien den Verstand verloren zu haben. Er lief hin und her, schlug um sich und knurrte. Dann verharrte er und starrte wie ein Irrer auf einen Punkt an der Wand. Gleich darauf fing er an, die Kisten, in denen sie ihre wenigen Besitztümer aufbewahrten, aufzureißen, und wühlte in ihnen. Mom stellte die Lampe ab, näherte sich ihm mit vorsichtigen Schritten und legte eine Hand auf seinen Rücken. Dad fuhr hoch und stieß sie mit einer solchen Heftigkeit fort, dass sie gegen die Wand fiel.

Rasend vor Wut starrte er Mom an und ballte seine Hände zu Fäusten. Doch dann schien irgendetwas in ihm vorzugehen, auf einmal bedeckte er sein Gesicht mit den Händen, und sein innerer Aufruhr legte sich. Mit hängenden Schultern flüsterte er: »Großer Gott. Cora, bitte verzeih mir. Ich weiß nicht, was in mich gefahren ist.«

»Ist schon gut.« In Moms Augen glänzten Tränen.

Dad schloss sie in die Arme. Eng umschlungen sprachen sie miteinander, so leise, dass Leni nichts verstand.

Sie kroch zurück und versuchte, wieder einzuschlafen.

»Steh auf, Leni«, rief Dad. »Wir gehen auf die Jagd. In diesem verdammten Haus fällt mir die Decke auf den Kopf.«

Stöhnend rappelte Leni sich hoch und kleidete sich in der Dunkelheit an.

Im Wohnzimmer war es dunkel. Nur aus dem Fenster in der Ofenklappe fiel das rötliche Licht der Glut. Leni konnte die schattenhaften Figuren ihrer Eltern ausmachen. Sie hörte den Kaffeekocher blubbern und roch das sich ausbreitende Aroma des Kaffees.

Dad zündete eine Gaslampe an. In dem kalten Licht wirkte seine Miene angespannt und bleich. Sein rechtes Augenlid zuckte. »Seid ihr so weit?«

Mom schien erst halbwach zu sein. Trotz ihres pelzgefütterten Parkas und der dicken Thermohose machte sie einen zu zerbrechlichen Eindruck, um in der Kälte jagen zu gehen. Leni wusste, wie wenig Schlaf sie bekam, seit sich die Alpträume ihres Vaters mehrten.

»Klar«, sagte Mom. »Was gibt es Schöneres, als früh an einem eisigen Sonntagmorgen auf die Jagd zu gehen?« Sie nahm den Kaffeekocher und füllte den Inhalt in eine Thermoskanne.

Leni streifte ihren grauen Parka und die Thermohose über, Kleidungsstücke, die sie vor einem Monat, als sie noch einmal in Homer gewesen waren, bei der Heilsarmee gefunden hatte. Sie schlüpfte in ihre gefütterten Schneestiefel. Die Stiefel hatte Matthew ihr geschenkt, sie waren noch von seiner Schwester. Als Letztes zog sie ihre dicke Mütze und die Daunenhandschuhe über.

»Los geht's«, sagte Dad.

Draußen war es still. Kein Wind regte sich, nirgendwo knackten Zweige. Lautlos fiel der Schnee auf die in schwachem Weiß glänzende Wiese. Leni stapfte zu den Ställen. Die Ziegen drängten sich an den Zaun des Geheges und meckerten hungrig. Leni warf ein Bündel Heu über den Zaun. Sie fütterte die Hühner und schlug das Wasser in den Trögen der Tiere auf.

Danach lief sie zu ihrem Bus und kletterte auf den Rücksitz. Es dauerte eine Weile, bis der Wagen ansprang und die Fenster enteist waren. Der Bus hatte zwar Schneeketten, für den Winter in Alaska war er dennoch nicht gerüstet. Schließlich fuhren sie los. Zitternd vor Kälte umschlang Leni ihren Oberkörper und versuchte, noch ein wenig zu dösen.

Sie folgten der Hauptstraße bis kurz vor der alten Landepiste, wo Dad in einen Waldweg abbog, der zu einer verlassenen Chromgrube führte. Dort war der Schnee plattgefahren und vereist. Nach einer Weile stieg der Weg an und wand sich in die Berge hinauf. Sie fuhren lange, doch irgendwann bremste Dad und stellte den Motor aus. Er reichte Leni und Mom Stirnlampen und Gewehre, griff nach seinem Rucksack und kletterte aus dem Wagen.

Hier oben in den Bergen wehte ein stürmischer Wind, der eisige Luft und Schnee durch die geöffnete Wagentür hineinblies. Als Leni draußen stand, schätzte sie die Temperatur auf minus zwanzig Grad.

Sie legte ihre Stirnlampe um und schaltete sie ein. Der dünne Lichtstrahl reichte nur einige Meter weit.

Es gab nur den Schnee und die Dunkelheit und den Wind, der an den Ästen der Bäume rüttelte. Leni malte sich die wilden Tiere aus, die in Nischen und Höhlen lauerten und sie hungrig beobachteten.

Dad marschierte los. Leni ließ ihrer Mutter den Vortritt und bildete das Schlusslicht.

Sie liefen für so lange Zeit, dass Lenis Gesicht vor Kälte taub wurde und sie sicher war, dass ihre Wimpern und die Härchen in ihrer Nase gefroren waren. Trotzdem schwitzte sie in der Thermohose so sehr, dass ihr ganzer Körper zu kribbeln begann. Sie konnte ihren Schweiß sogar riechen und fragte sich, ob auch die Tiere ihn witterten. In Alaska konnte ein Jäger rasch zur Beute werden.

Nach einer Weile schleppte Leni sich nur noch voran. Irgendwann fiel ihr auf, dass sie ihre Schneestiefel vor sich sehen konnte. Aus der Dunkelheit war graues Zwielicht geworden, ein kaum merkliches Dämmern. Danach ging es schnell. Die Baumspitzen und Felsen färbten sich zartrosa. Wenig später legte sich ein blassgoldener Hauch über sie.

Es wurde hell.

Leni schaute sich um und stellte fest, dass sie dabei waren, einen zugefrorenen kleinen Bergsee zu überqueren. Für einen Moment setzte ihr Herzschlag aus. Was wäre, wenn die Eisdecke nachgab? Ein falscher Schritt, und sie würden einbrechen und in dem eisigen Wasser versinken.

Schon hörte sie das Eis knirschen und knacken.

Doch ihr Vater schritt ungerührt weiter und schien keinen Gedanken an die Festigkeit des Eises zu verschwenden. Am anderen Ufer bahnte er ihnen dann einen Weg durch verschneite Sträucher und senkte den Kopf, als würde er etwas suchen. Sein Gesicht war von der Kälte gerötet, an seinem

Schnurrbart hingen winzige Eiszapfen. Leni nahm an, dass er nach frischen Spuren Ausschau hielt, nach den Fährten und Losungen von Tieren. Leni wusste, dass etwa Schneeschuhhasen in den Stunden um die Morgen- und Abenddämmerung auf Nahrungssuche gingen.

Plötzlich verharrte er. »Da«, flüsterte er und deutete geradeaus. »Unter dem Strauch.«

Leni sah in die Richtung und erkannte nur Schnee, Bäume und Gestrüpp.

Dann bewegte sich etwas. Sie schaute genauer hin. Ein dicker weißer Hase duckte sich tief unter einen Strauch.

»Ich sehe ihn«, flüsterte sie.

»Er gehört dir«, sagte Dad. »Denk an das, was ich immer sage. Ruhig atmen, zielen, schießen.«

Leni legte ihr Gewehr an. Seit mehreren Monaten machte ihr Vater nun Schießübungen mit ihr, inzwischen wusste sie, was sie zu tun hatte. Langsam atmete sie ein und aus, spähte durch das Visier, suchte und fand den Hasen. Sie wartete ab. Ihr Gesichtsfeld verengte sich, bis es nur noch sie und den Hasen gab, Mensch und Tier.

Sie drückte ab.

Es war, als geschähe alles gleichzeitig – ihr Finger, der den Abzug betätigte, der donnernde Knall, der erklang, der Hase, der zur Seite kippte.

Ein guter Schuss.

»Hervorragend«, sagte Dad.

Leni hängte sich das Gewehr um und lief zu dem toten Tier. Sie schaute auf den dicken flauschigen Körper, unter dem sich eine blutrote Lache ausbreitete.

Ich habe ihn getötet, fuhr es ihr durch den Sinn.

Das Leben eines unschuldigen Tiers beendet.

Sie wusste nicht, was sie empfinden sollte. Sie war stolz auf ihren Schuss und zugleich so traurig, dass sie am liebsten geweint hätte. Dann aber sagte sie sich, dass dieses raue Land nun ihr Zuhause war und sie ein anderes Leben führte als noch vor einem Jahr. Wenn sie nicht jagten, hatten sie nichts zu essen, so einfach war das. Sie konnten sogar mehr als das Fleisch verwenden und das Hasenfell verkaufen. Aus den Knochen würden sie einen Suppenfond machen. Und am Abend würde ihre Mutter das Fleisch braten und dazu Kartoffeln backen. Sie würden sich satt essen können.

Dad ging in die Hocke und drehte den Hasen auf den Rücken. Leni sah, dass seine Hände unstet waren und an seiner Schläfe eine Ader pochte. Vielleicht hatte er am Vorabend wieder getrunken.

Er setzte sein Messer an, und nun wurden seine Hände ruhig. Mit einem einzigen raschen Schnitt schlitzte er den Bauch des Hasen auf. Dann schob er zwei blutige Finger unter den Brustkorb, holte die Organe heraus und ließ sie auf den Schnee fallen. Dampfend und rosarot lagen sie da.

Er nahm das kleine blutverschmierte Herz und hielt es Leni hin. »Du hast den Hasen geschossen, du darfst das Herz essen.«

»Ernt, bitte«, sagte Mom angewidert. »Wir sind doch keine Wilden.«

»Doch, das sind wir«, erwiderte Dad so kalt wie die Landschaft ringsum. »Leni!«

Leni sah ihre Mutter an, in deren Augen sie ihr eigenes Grauen wiedererkannte.

»Ernt, lass unser Kind in Ruhe! Was soll das?«, sagte sie.

»Muss ich es noch einmal sagen?«, fragte Dad.

Seine Stimme war leise, doch die Drohung war nicht zu

überhören. Leni versteifte sich ängstlich. Widerwillig streckte sie die Hand nach dem winzigen roten Herz aus und wusste nicht, ob es noch schlug oder ob es ihre bebende Hand war, die es erzittern ließ.

Unter dem unnachgiebigen Blick ihres Vaters steckte sie es in den Mund, schmeckte etwas Schleimiges und würgte vor Ekel. Dann biss sie zu. Der Geschmack in ihrem Mund wurde metallisch. Blut sickerte über ihr Kinn.

Leni schluckte, würgte erneut und wischte sich das Blut von Mund und Kinn. Ihr Magen hob sich, ihre Augen begannen zu tränen. Es kostete sie große Kraft, sich nicht zu übergeben. Noch immer sah ihr Vater sie an. Doch sein Blick hatte sich verändert. Nun drückten sich Liebe und Kummer darin aus, und in seinem Inneren schien ein Kampf stattzufinden. Ein Ringen, Gut gegen Böse.

»Du musst wissen, wie man im Ernstfall überlebt«, sagte er.

Es klang wie eine Entschuldigung. Aber wofür? Dafür, dass er ihr gezeigt hatte, wie man Tiere tötet? Dafür, dass er sie gezwungen hatte, das rohe Herz eines Hasen zu essen? Oder entschuldigte er sich für etwas, das er noch nicht getan hatte, aber von dem er fürchtete, dass er es tun würde?

Dezember. Der Zustand von Lenis Vater verschlimmerte sich immer mehr. Er trank zu viel, führte abends Selbstgespräche und weckte Leni und ihre Mutter nachts mit seinen Schreien, wenn er wieder einen Alptraum hatte.

Tagsüber war er rastlos, lief umher, wollte mal dies, mal jenes. Nie konnte man es ihm recht machen, und ständig redete er vom »Ernstfall« und »Überleben«. Er sei wieder Soldat und sehe überall Feinde, sagte Mom. Leni wagte es kaum noch, etwas zu sagen oder zu tun, aus lauter Furcht, seinen Unmut zu erregen.

Der VW-Bus sprang morgens immer seltener an. Wenn er es nicht tat, konnte Leni nicht zur Schule gehen. Was bedeutete, dass sie vom frühen Morgen bis zum späten Abend zu Hause arbeitete. Nachts hätte sie eigentlich wie ein Stein schlafen müssen, doch sie lag stundenlang wach und malte sich die restlichen Wintermonate mit ihrem Vater in den düstersten Farben aus.

Wieder einmal war es Nacht, und Leni wälzte sich schlaflos von einer Seite auf die andere, immer damit rechnend, dass Dad zu schreien anfing. Als sie endlich einschlief, träumte sie von einem gewaltigen Feuer. Es brannte an einem Ort, wo Krieg herrschte. Tiere wurden geschlachtet, Mädchen entführt, Männer liefen mit Gewehren umher und brüllten Befehle. Sie rief nach Matthew, doch in dem Lärm ringsum ging ihre Stimme unter. Jemand sagte, es sei verboten, um Hilfe zu rufen, und Leni schlug sich eine Hand vor den Mund.

»Leni!«

Leni hörte ihren Namen wie aus weiter Ferne und wusste nicht, ob sie noch träumte oder wach war. Langsam kam sie zu sich und versuchte, sich zu orientieren. Wo war sie, wie spät war es?

Jemand fasste ihren Arm, zog sie hoch und schüttelte sie. Das war kein Traum.

»Dad?«

»Steh auf«, befahl er. »Sofort.«

Benommen kletterte Leni die Leiter hinunter.

Unten war alles dunkel, doch Leni spürte die Nähe ihrer Mutter und hörte sie atmen.

Dann war Dad wieder da, führte sie zum Tisch und drückte sie auf einen Stuhl nieder.

»Ernt, ich bitte dich«, sagte Mom.

»Halt den Mund, Cora.«

Klappernd fiel etwas auf den Tisch. »Was ist das, Leni?«

Leni betastete den Tisch.

Es war ein Gewehr. Zerlegt.

»Du brauchst mehr Übung«, sagte Dad. »Wenn es so weit ist, muss jeder Handgriff sitzen. Stell dir vor, es wäre Winter, so dunkel wie jetzt. Der Feind rückt näher, aber du bist verschlafen und verwirrt. Wenn du dich nicht zusammenreißt, stirbst du. Du hast Angst, aber du hast ein Gewehr. Das musst du in Windeseile zusammensetzen. Das Licht wagst du nicht einzuschalten.«

»Ernt«, sagte Mom. »Leni ist vierzehn Jahre alt. Lass sie schlafen.«

»Wenn der Feind hungert, wir aber Lebensmittel haben, wird sich niemand für ihr Alter interessieren.«

Leni hörte das Klicken einer Stoppuhr. »Die Zeit läuft, Leni. Gewehr zusammensetzen.«

Leni betastete die Einzelteile und versuchte zu erkennen, worum es sich handelte. Doch die Dunkelheit und die Nähe ihres Vaters setzten ihr zu und machten sie konfus. Ein Streichholz flammte auf. Zigarettenrauch stieg in Lenis Nase.

»Stopp.« Dad knipste eine Taschenlampe an. Der Schein fiel auf die Gewehrteile. »Du hast versagt. Deine Feinde sind im Haus und rauben deine Lebensmittel. Vielleicht werden sie dich angreifen.«

Leni versuchte, sich zu merken, wo auf dem Tisch die Gewehrteile waren.

Fetzen ihres Traums durchzogen ihren Kopf und vermischten sich mit der Wirklichkeit. Dad hatte recht. Wenn sie nicht sterben wollte, musste sie sich verteidigen können.

Sie konzentrierte sich auf den Tisch.

Das Licht der Taschenlampe erlosch. Die Stoppuhr klickte.

»Los!«

Leni rief sich die Anordnung der Teile ins Gedächtnis und machte sich daran, sie so rasch wie möglich zusammenzusetzen. Doch dann klickte schon wieder die Stoppuhr.

»Du bist tot«, sagte Dad verächtlich. »Noch mal von vorn.«

Am Samstag vor Weihnachten brachen sie gemeinsam mit ihren Nachbarn auf, um im tief verschneiten Wald Weihnachtsbäume zu schlagen. Die kleine Tanne, die Dad gefällt hatte, zog er auf dem Schlitten, der zu Bo Harlans Hinterlassenschaften gehörte, nach Hause. In ihrem Wohnzimmer stellten sie den Baum in einer Ecke unter dem Dachboden auf und schmückten ihn mit Lenis Polaroid-Fotos und bunten Fischködern aus Kunststoff. Schon bald verströmten seine Nadeln ihren angenehm würzigen Duft. Ihre Geschenke schlugen sie in Packpapier ein, malten mit Filzstift Bänder und Schleifen darauf und legten sie unter den Baum. Leni konnte sich an dem Anblick kaum sattsehen. Selbst der Wind, der ums Haus fegte, schien ihr nun zu der schönen weihnachtlichen Stimmung zu gehören.

Am nächsten Tag rührte Mom nachmittags den Teig für einen weihnachtlichen Gewürzkuchen mit eingemachten Preiselbeeren an. Dad saß am Funkgerät und lauschte den kratzigen Satzbrocken, die das statische Knistern und Rauschen durchdrangen. Immer wieder drehte er am Scanner und versuchte, besseren Empfang zu bekommen. Plötzlich ertönte die krächzende Stimme von Mad Earl. »Ernt, Ernt«, rief er, und dann brach seine Stimme ab.

Leni hatte sich auf das Sofa gekuschelt und las ein fleckiges, zerfleddertes Exemplar von »Fragt mal Alice«. Die Geschichte des Mädchens, das drogenabhängig geworden war, ging ihr an die Nieren, und sie sagte sich, dass es ihr im Vergleich dazu doch blendend ging. Sie hatte es warm, einen wunderbaren Weihnachtsbaum, und ihre Mutter backte Kuchen.

»Was? Bitte wiederholen«, sagte Lenis Vater. »Marge, bist du das?«

Die Sätze von Large Marge klangen abgehackt. Dann war ihre Stimme ganz weg. Als sie wieder zu hören war, verstand Leni »Notfall – vermisst – Suchtrupp – hinter Tom Walkers Land – Straße zur alten Grube«.

Leni ließ ihr Buch sinken und setzte sich auf. »Wer wird vermisst?«

»Was?«, rief Dad. »Um wen geht es? Wer ist verschwunden? Earl, bist du noch da?«

Statisches Rauschen.

Dad drehte sich um. »Zieht euch an. Irgendjemand ist in Not.«

Mom holte das Kuchenblech aus dem Ofen und breitete ein Trockentuch über den Teig. Eilig streiften sie warme Kleidung über. Fünf Minuten später saßen sie im Bus und warteten darauf, dass der Motor ansprang.

Dad stieg noch einmal aus, kratzte eine Sichtlücke in das Eis auf der Windschutzscheibe und überprüfte die Schneeketten. Als er sich wieder hinter das Lenkrad setzte, sagte er: »Kein guter Tag, um da draußen verloren zu gehen.«

Vorsichtig manövrierte er den Wagen durch den tiefen

Schnee. Die Heizung kam gegen die Kälte nicht an, Leni konnte ihre Atemwolken sehen. Es begann zu schneien, heftig und in dicken wirbelnden Flocken, und die Scheibenwischer schoben unablässig eine Schneeschicht von der Windschutzscheibe herunter, die umgehend von einer neuen ersetzt wurde.

An der Zufahrt zur alten Chromgrube tauchten aus dem Schneegestöber Scheinwerfer auf und das gelbe und rote Flackern eines Warnlichts. Leni nahm an, dass das Warnlicht zu Natalies Schneepflug gehörte und sie den Tross zu der alten Grube anführen würde.

Dad bremste und reihte sich hinter dem Geländewagen von Clyde Harlan ein. Die Kolonne setzte sich in Gang, folgte der alten Grubenstraße und fuhr dann bergaufwärts.

Auf einer großen Lichtung hielten sie an. Dort warteten Schneemobile mit laufendem Motor und eingeschalteten Scheinwerfern. Sie gehörten den Menschen, die abseits der Verbindungsstraßen wohnten und ebenfalls verständigt worden waren. In den Lichtern der Warnlampe erstrahlte der fallende Schnee mal rot, mal gelb. Es verlieh der Szenerie etwas Unwirkliches.

Einer nach dem anderen verließen sie ihre Fahrzeuge. Leni erkannte Large Marge, Mad Earl, Ted und Thelma. Sie folgte ihren Eltern hinaus in den Schnee und die beißende Kälte. Dad gesellte sich zu den Harlans.

»Was ist passiert?«, fragte er und hatte Mühe, sich in dem Schneetreiben verständlich zu machen.

Bevor jemand antworten konnte, erklang eine Trillerpfeife.

Ein Mann in einer Daunenhose und einem wattierten Parka trat vor. Auf seiner Pelzmütze war das Abzeichen der lokalen Polizei zu sehen. »Für diejenigen, die mich noch nicht kennen, ich bin Curt Ward«, sagte er. »Ich danke euch für euer Kommen. Geneva und Matthew Walker werden vermisst. Vor einer Stunde wurden sie in der Jagdhütte der Familie erwartet. Sie sind von hier losgelaufen, wir haben Genevas Motorschlitten gefunden. Falls sie sich verlaufen haben oder verletzt sind, finden wir sie auf dem Weg von hier zur Jagdhütte.«

Als Matthews Name fiel, schrie Leni leise auf. Mom strich ihr beruhigend über den Rücken.

Matthew.

Leni sah Mom bestürzt an. »Gleich wird es dunkel, und wenn er hier umherirrt, wird er erfrieren.«

Bevor ihre Mutter antworten konnte, meldete sich Ward wieder zu Wort. »Ihr geht im Abstand von fünf Metern«, rief er und teilte Taschenlampen aus.

Leni versuchte, ihre Panik zu unterdrücken, und leuchtete mit ihrer Taschenlampe über den schneebedeckten Boden. Es war, als wäre die Welt auf diesen eisigen Flecken Erde zusammengeschrumpft, auf dem sie stand, als gäbe es nichts weiter als dieses Stückchen weißer Erde, das Schneetreiben und die verschneiten Bäume, die in den grauen Himmel ragten.

Matthew, wo bist du?

Sie stapfte los und konzentrierte sich auf den ihr zugeteilten Streifen von ungefähr fünf Metern. Am Rand ihres Gesichtsfelds registrierte sie die blassen Lichtschäfte derer, die an ihrer Seite liefen. Hier und da überschnitten sich die Lichtkegel. Sie hörte Hunde bellen, Rufe, raues, angestrengtes Atmen. Der Abend senkte sich herab, dennoch schien die Zeit stillzustehen.

Sie entdeckte die Fährten verschiedener Tiere, dann das Gerippe eines Tieres, halb verdeckt von Tannennadeln und Schnee, inmitten kleiner Hügel und spiralförmiger Türmchen, die der Wind aus dem Schnee geformt hatte. Die vereisten Stellen glänzten, wenn Licht auf sie fiel. Hin und wieder entdeckte sie in den schneefreien Höhlen unter den Bäumen einen schützenden Bau, den sich ein Tier gefertigt hatte.

Der Suchtrupp drang tiefer in den Wald vor. Es hörte auf zu schneien. Der Wind riss die graue Wolkendecke auf, nun funkelten die Sterne zwischen den Baumkronen hindurch. Der Mond leuchtete kalt und weiß.

Plötzlich sah Leni Arme, die sich aus dem Schnee reckten, Hände mit dünnen, gespreizten Fingern. Keuchend lief sie hin und richtete das Licht ihrer Taschenlampe darauf.

Es war ein Geweih. Das vollständige Geweih eines Elchs. Womöglich verbarg sich unter dem tiefen Schnee der Kadaver des Tieres, den man erst im Frühjahr – oder nie – entdecken würde.

Der Wind wurde stärker, fuhr durch die Bäume und ließ Äste zu Boden krachen.

Leni schleppte sich weiter voran, ein Licht unter Dutzenden, die über den Wald verteilt den schneebedeckten Boden ableuchteten. Mr Walker rief unablässig die Namen seines Sohns und seiner Frau. Seine Stimme wurde immer heiserer.

»Da!«, rief jemand.

»Ich sehe ihn!« Mr Walker lief los.

Leni und einige andere folgten.

Dann sah Leni es auch. Eine dunkle Gestalt – ein Mensch, der mit gesenktem Kopf am Ufer eines zugefrorenen Flusses kniete.

Matthew.

Leni drängte sich an den anderen vorbei. Mr Walker ging vor seinem Sohn in die Hocke und griff nach seiner Hand. »Mattie, ich bin es. Ich bin bei dir«, sagte er. »Wo ist deine Mutter?«

Langsam hob Matthew den Kopf. Sein Gesicht war kalkweiß, die Lippen waren in der Kälte aufgesprungen. Seine Augen schienen ihre Farbe verloren zu haben, sie waren so blass wie die eisige Landschaft. Er zitterte am ganzen Leib. »Sie ist fort«, antwortete er mit kaum vernehmbarer Stimme. »Eingebrochen.«

Mr Walker erhob sich, zog Matthew hoch und drückte ihn an sich.

Die Leute des Suchtrupps redeten alle durcheinander. Leni bekam nur Bruchstücke mit.

»… im Eis eingebrochen …«

»… hätte es doch besser wissen müssen.«

»… Allmächtiger …«

»Macht Platz, und lasst die beiden durch«, befahl Curt Ward. »Wir müssen den Jungen ins Warme schaffen.«

KAPITEL NEUN

Wieder hatte der Winter sich ein Opfer geholt. Diesmal war es jemand, der seit langem in Alaska seine Heimat gefunden hatte, jemand, der eigentlich hätte wissen müssen, wie man den Gefahren hier zu begegnen hatte.

Unentwegt drehten sich Lenis Gedanken um den Tod von Mrs Walker. *Ich bin Geneva Walker, Gen genannt*, vernahm sie im Geist ihre Stimme. Wenn eine Frau wie sie umgekommen war, konnte sich niemand sicher fühlen.

»Ich kann es nicht fassen«, sagte Thelma, als sie alle tief erschüttert zu ihren Fahrzeugen zurückkehrten. »Geneva soll unbedacht über das Eis gelaufen sein? So einen Fehler hätte sie nie gemacht. Sie hätte es immer erst kontrolliert.«

»Jeder macht Fehler«, entgegnete Large Marge bekümmert. »Vielleicht hat sie es einfach nicht gründlich genug geprüft, bevor sie es betreten hat.«

Natalie Watkins seufzte. »Ich weiß nicht, wie oft ich im Winter schon über diesen Fluss gelaufen bin. Die Eisschicht war eigentlich fest. Wie konnte sie um diese Jahreszeit einbrechen?«

Leni hörte nur mit halbem Ohr zu. Sie dachte an Matthew und daran, was er gerade durchmachte. Er hatte seine Mutter im Eis einbrechen und versinken sehen.

Konnte man über so etwas jemals hinwegkommen? Würde

er die Szene nicht immer wieder vor sich sehen und für den Rest seines Lebens nachts schreiend aufwachen? Sie wünschte, sie wüsste eine Möglichkeit, wie sie ihm helfen konnte.

Als sie wieder zu Hause waren, empfand Leni das Leben hier als noch bedrohlicher als zuvor. Man konnte seine geliebte Mutter verlieren, nur weil diese eine verschneite Eisfläche betreten hatte. Sie machte sich daran, Matthew einen Brief zu schreiben, und zerriss einen Entwurf nach dem anderen.

Zwei Tage später, als Geneva Walker bestattet wurde, hatte sie noch immer nicht die richtigen Worte gefunden.

Wieder war es ein eiskalter Tag. In Kaneq parkten so viele Fahrzeuge wie noch nie, Transporter, Pick-ups, Geländewagen und Schneemobile. Large Marge hatte ihren Laden geschlossen, selbst die Kneipe hatte zu. Der Gottesdienst fand am Mittag statt.

Wie erstarrt lag der Ort da, in dessen Gemeinschaft nun ein Mensch fehlte.

Bereits beim Ausstieg aus dem VW-Bus hörte Leni das Brummen des Generators, der den Strom für die Lampen in der kleinen Kirche auf dem Hügel lieferte.

Schweigend und mit ernsten Mienen stapften die Trauergäste hügelaufwärts. Aus den Fenstern der Kirche fiel ein matter gelber Schein auf den Schnee, aus dem Schornstein stieg Rauch auf.

An der Eingangspforte strich Leni ihre Kapuze zurück und betrat den Innenraum. Sie schaute sich um. Bisher kannte sie die Kirche nur von außen.

Innen war sie kleiner, als Leni gedacht hatte. Der helle Holzfußboden war ausgetreten. Die Bänke waren einfache Holzbänke ohne Rückenlehne, die hölzernen Wände weiß gestrichen, an manchen Stellen blätterte die Farbe ab. Ein vollbärtiger Mann in einer grau-weiß gemusterten Armeehose und einer pelzgefütterten Jacke stand an den Stufen zum Altar und begrüßte einige Trauergäste.

Leni kannte die meisten von ihnen. Large Marge war da, stand bei Mrs Rhodes und Natalie, daneben die geschlossene Gruppe der Harlans. Selbst Crazy Pete war gekommen, seine Gans Matilda steckte unter seinem Arm.

Lenis Blick wanderte zu den Menschen ganz vorn. Mr Walker stand bei einer schönen jungen Frau mit blondem Haar. Leni nahm an, dass es sich um Alyeska handelte, Matthews Schwester, die aus Fairbanks angereist war. Die anderen, die bei ihnen standen, konnte Leni nicht einordnen. Sie vermutete, dass es Verwandte der Walkers waren. Matthew hielt sich ein wenig abseits. Er wirkte verloren. Calhoun Malvey, der Mann, mit dem Mrs Walker zuletzt zusammengelebt hatte, trat unruhig von einem Bein auf das andere. Seine Augen waren rotgerändert.

Leni wollte Matthew auf sich aufmerksam machen, doch sie wusste nicht, wie. Mit hängenden Schultern stand er da, das Haar fiel ihm ins Gesicht, und er schien mit den Gedanken weit weg zu sein.

Leni folgte ihren Eltern zu den Harlans. Mad Earl reichte Dad einen Flachmann.

Leni konzentrierte sich auf Matthew, irgendwann müsste er doch zu ihr herübersehen. Doch was sollte sie sagen, falls er zu ihr käme? Vielleicht würde sie gar nichts sagen, nur seine Hand halten.

Der Mann in der Armeehose war der Geistliche, ein Priester oder Pfarrer, in Dingen der Kirche war Leni nicht bewandert. Er bat die Trauergemeinde, Platz zu nehmen, und wartete, bis alle saßen. »Wir alle kannten Geneva Walker«, begann er. »Sie war zwar kein Mitglied dieser Kirchengemeinde, aber sie war eine von uns, und das von Anfang an, seit Tom sie aus Fairbanks mitbrachte. Geneva war eine wunderbare, eine tatkräftige Frau. Wenn jemand Hilfe brauchte, war sie immer zur Stelle und blieb, solange es nötig war. Sie war auch eine großartige Mutter. Einmal bat ihre Tochter sie, am Salmon Day die Nationalhymne zu singen. Geneva tat ihrer Tochter den Gefallen. Auch wenn es so schrecklich klang, dass die Hunde winselten und sogar Matilda schnatternd die Flucht ergriff. Aber Gen sagte: ›Ich habe Alyeska einen Wunsch erfüllt, was für einen Unterschied macht es, ob ich singen kann?‹ Sie hatte Humor. Einmal traf sie Tom bei einem Angelwettbewerb mit dem Haken in der Wange und wollte, dass sie den Preis für den größten Fang erhielt. Ihr Herz war so groß wie Alaska.« Er machte eine Pause und seufzte. »Unsere Gen. Sie war eine Frau, die wusste, wie man liebt. Wir wissen zwar nicht, wessen Frau sie zuletzt war, aber das spielt keine Rolle. Wir alle haben sie geliebt.«

Einige Trauergäste lachten leise und erinnerungsschwer.

Lenis Gedanken schweiften ab. Sie fragte sich, wie sie sich fühlen würde, wenn ihre Mutter gestorben wäre. Was würde sie dann tun? Die Vorstellung, wie ein Leben ohne ihre Mutter wäre, entwickelte einen solchen Sog, dass sie hochschreckte, als die Leute auf einmal aufstanden und Stiefel über den Fußboden scharrten.

Der Trauergottesdienst war vorbei.

Leni wollte zu Matthew gehen, doch gegen den Strom der zum Ausgang strebenden Menschen kam sie nicht an.

Soweit Leni wusste, hatte es niemand ausdrücklich gesagt, dass sie sich nach dem Gottesdienst im Kicking Moose treffen würden, dennoch machten sich alle auf den Weg dorthin.

Sie lief mit ihren Eltern den Kirchhügel hinunter in die heruntergekommene Bar, die nun geöffnet war. Bereits auf der Schwelle stieg ihr der rußige Geruch nach verkohltem Holz in die Nase, der anscheinend nie mehr verfliegen würde. Im Schankraum kam sie sich wie in einer dunklen Höhle vor. An den Deckenstreben hingen nur wenige Gaslampen, die knarrend hin und her schwangen und wässrige Lichtstreifen produzierten, wenn sich die Tür öffnete und ein Windstoß durch den Raum fuhr.

Der Barmann – Old Jim genannt – stand hinter der Theke und füllte bereits die ersten Gläser. Es hieß, dass er schon seit Jahrzehnten im Kicking Moose arbeitete und angefangen hatte, als hier noch vor allem die Inuit lebten und vielleicht eine Handvoll amerikanischer Männer, die sich vor jemandem verbergen wollten oder die aus dem Zweiten Weltkrieg zurückgekehrt waren und sich in ihrer alten Heimat nicht mehr zurechtfanden. Lenis Vater bestellte sich einen dreifachen Whiskey und leerte das Glas in einem Zug.

Als der Raum sich gefüllt hatte, schienen alle durcheinanderzureden, aber nur leise und voller Trauer. Leni bekam Satzfetzen mit.

»... schöne Frau ...« – »Hätte ihr letztes Hemd gegeben ...« – »... war gut, in allem, was sie tat ...« – »... Tragödie.«

Sie konnte sehen, welche Wirkung der Tod auf die Menschen hatte, sah die feuchten Augen, das betroffene, ungläubige Kopfschütteln, hörte die stockenden Stimmen, als wüssten die Sprecher nicht, ob es angebrachter war, ihre Gedanken auszusprechen oder doch lieber zu schweigen.

Leni hatte noch nie den Tod eines Menschen miterlebt, den sie gekannt hatte. In Fernsehfilmen hatte sie Menschen sterben sehen, in Büchern über den Tod gelesen, und schon das hatte sie erschüttert. Nun jedoch bekam sie eine Ahnung davon, wie es tatsächlich war. In Büchern konnte der Tod alles Mögliche bedeuten, vielleicht sogar den sinnvollen Abschluss eines Lebensabschnitts oder einer Geschichte.

Im wahren Leben war es ganz anders, da kam der Schmerz unvermittelt, überwältigte einen und zwang einen, die Welt mit anderen Augen zu sehen. Lenis Gedanken wanderten zu Gott. Sie hätte gern gewusst, was Er den Menschen in Zeiten wie diesen riet. Zum ersten Mal fragte sie sich, woran ihre Eltern glaubten, woran sie selbst glaubte. Und sie verstand, wie tröstlich die Vorstellung eines Lebens nach dem Tod in diesem Moment sein musste.

Dennoch konnte sie sich nichts Schlimmeres als den Tod einer Mutter vorstellen. Allein bei dem Gedanken, dass ihre Mutter sterben könne, wurde sie panisch und hatte das Gefühl, den Halt unter den Füßen zu verlieren.

Sie dachte an Matthew. Wäre sie an seiner Stelle, würde sie sich die Nähe eines Freundes wünschen. Aber wie konnte ein Freund einem Trauernden helfen?

Als es im Kicking Moose still wurde und alle zur Tür sahen, ging Leni davon aus, dass die Walkers draußen angekommen waren.

Mr Walker trat als Erster ein. Er war so hochgewachsen, dass er den Kopf unter dem niedrigen Türsturz einziehen musste und das lange blonde Haar in sein Gesicht fiel. Als er sich aufrichtete und die Strähnen zurückstrich, sah man die tiefen Falten, die das Leid in sein Gesicht gekerbt hatte. Nach ihm erschienen Matthew und die junge blonde Frau, von der Leni vermutete, dass sie Matthews Schwester war. Ihr Gesicht war verweint. Sie legte einen Arm um Matthew, der mit gesenktem Blick dastand, hinter ihm Cal mit versteinerter Miene.

Mr Walker entdeckte Lenis Mutter und ging zu ihr.

»Es tut mir so leid, Tom«, sagte Mom und fing an zu weinen.

»Ich hätte sie nicht allein loslaufen lassen dürfen«, sagte Mr Walker.

»Oh, Tom.« Mom legte eine Hand auf seinen Arm. »Du darfst dir keine Vorwürfe machen.«

»Danke«, sagte Mr Walker mit rauer Stimme. Er schluckte krampfhaft und schien noch etwas sagen zu wollen, doch dann überlegte er es sich offenbar anders und wandte sich an die versammelten Trauergäste.

»Ich weiß, dass es für uns alle etwas Schöneres als eine Trauerfeier gibt, aber Geneva mochte die Kirche und hätte es so gewollt. Außerdem war es da warm.«

Die Trauergäste stimmten ihm murmelnd zu, einige lachten, als würde sie das wenigstens für einen Augenblick von der Last ihrer Trauer befreien.

»Die Rechnung heute geht natürlich auf mich«, ergänzte Mr Walker.

»Auf Gen«, sagte Large Marge und hob ihr Whiskeyglas.

»Auf Gen!«

Alle hoben die Gläser. Einige stürzten ihren Whiskey hinunter und bestellten sofort den nächsten. Mr Walker ging von einem zum anderen und wechselte mit jedem einige Worte. Matthew und Alyeska standen am Rand.

»Der großkotzige Tom Walker«, sagte Mad Earl so laut, dass es jeder hören konnte. Er war merklich betrunken.

Leni warf Mr Walker einen Blick zu, doch er ignorierte Mad Earl und unterhielt sich weiter mit Large Marge und Natalie.

»Was erwartest du denn?« Lenis Vater leerte zum wiederholten Male sein Glas. Auch er hatte den stieren Blick eines Betrunkenen. »Wundert mich, dass der Gouverneur nicht gekommen ist, um uns zu sagen, wie wir uns fühlen sollen. Tom und er sollen doch Anglerfreunde sein. Erzählt er uns armen Bauern jedenfalls.«

Mom trat zu ihm. »Ernt, das hier ist die Trauerfeier von Toms Frau. Können wir nicht –«

»Du hältst den Mund«, fuhr Dad sie an. »Meinst du, ich habe nicht gesehen, wie du dich an ihn herangemacht hast?«

»Himmel noch mal, Ernt«, sagte Thelma. »Heute ist ein trauriger Tag. Kannst du deine Eifersucht nicht wenigstens für ein paar Stunden auf Eis legen?«

»Du glaubst doch wohl nicht, dass ich auf Tom Walker eifersüchtig bin«, antwortete Dad höhnisch lachend. Dann taxierte er Mom mit halb zusammengekniffenen Augen. »Oder habe ich Grund dazu?«

Leni drehte der Gruppe den Rücken zu und sah, wie Alyeska ihrem Bruder einen Weg durch die Menge bahnte und ihn zu einer ruhigen Ecke am anderen Ende des Raums führte.

Leni drängte sich an den Menschen vorbei, die nach Rauch, Schweiß und ungewaschenem Körper rochen. Zu baden war in dieser Jahreszeit ein Luxus, den sich niemand oft genug gönnte.

Als sie Matthew erreichte, war er allein, lehnte an der verkohlten Holzwand und starrte ins Leere. An den Ärmeln seiner dunkelgrauen Jacke waren schwarze Rußflecken.

Sein Anblick versetzte ihr einen Stich. Von nahem sah sie, dass er Gewicht verloren haben musste, seine Wangen waren eingefallen, und die Wangenknochen traten scharf hervor. Seine sonst so frische Gesichtsfarbe war einer fahlen Blässe gewichen.

»Hey«, sagte sie.

»Hey«, antwortete er tonlos.

Leni suchte nach den richtigen Worten.

Sag nicht, es tue dir leid, befahl sie sich. So etwas Dummes sagten nur Erwachsene. Dass es ihr leidtat, war selbstverständlich und nützte Matthew nichts. Aber wie konnte sie ihm Trost spenden?

Sie lehnte sich neben Matthew an die Wand und ließ ihren Blick über die Gaslampen an den Deckenstreben wandern, die verstaubten antiken Schneeschuhe, Fischernetze und Langlaufskier an den Wänden, die überquellenden Aschenbecher auf den Whiskeyfässern, die als Tische dienten, den Zigarettenqualm, der über allem lag.

Lenis Eltern standen mit den Harlans zusammen. Leni registrierte das rote, aufgedunsene Gesicht ihres Vaters. Beim Reden verengten sich seine Augen immer wieder wütend. Mom wirkte eingeschüchtert und schien sich vorgenommen zu haben, sich nicht zu bewegen, nichts zu sagen und niemanden außer Dad anzuschauen.

»Er gibt mir die Schuld.«

Es war Matthew, der gesprochen hatte. Leni war so überrascht, dass sie einen Moment brauchte, um die Bedeutung seiner Worte zu erfassen.

Sie wandte sich zu ihm um. »Sprichst du von deinem Vater? Hat er das gesagt? Das glaube ich nicht. Niemand hat Schuld. Sie ist einfach … Das Eis war …«

Matthew fing an zu weinen. Gefangen in seinem Kummer stand er da, während Tränen über seine Wangen rannen. Leni dachte, dass sein Leid größer war als alles, was sie selbst in ihrem Leben kennengelernt hatte. Sie wusste, was Einsamkeit war und was Angst bedeutete, ja sogar, was es hieß, mit einem unberechenbaren, jähzornigen Vater zusammenzuleben. Doch das war nichts im Vergleich zu dem, was Matthew durchmachte. Er hatte seine Mutter sterben sehen.

Wie sollte sie, ein vierzehnjähriges Mädchen, das kaum sich selbst zu helfen wusste, in der Lage sein, ihm zu helfen?

»Gestern hat man sie gefunden«, sagte Matthew. »Wusstest du das? Ihr hat ein Bein gefehlt, und ihr Gesicht war …«

Leni berührte seine Hand. »Du darfst dich nicht –«

In diesem Augenblick stieß Matthew ein so gequältes Schluchzen aus, dass sich alle Blicke auf ihn richteten. Er schluchzte von neuem, schrie fast, und ein Schauder überlief ihn. Leni stand wie erstarrt und wusste nicht, was sie tun sollte. Dann folgte sie einfach ihrem Instinkt und schloss Matthew in die Arme. Er klammerte sich so fest an sie, dass sie kaum noch Luft bekam. Sie spürte seine Tränen auf ihrer Wange. »Es ist meine Schuld. Ich träume von ihr, und wenn ich wach werde, bin ich so voller Wut, dass ich nicht weiß, was ich machen soll.«

Bevor Leni antworten konnte, erschien Matthews Schwester und zog ihn mit sanfter Hand von Leni fort. Matthew schwankte, als könne er sich nicht mehr auf den Beinen halten. Alyeska stützte ihn.

»Du bist sicher Leni«, sagte sie.

Leni nickte.

»Ich bin Aly, Matties ältere Schwester. Er hat mir von dir erzählt.« Leni erkannte, wie viel Kraft es die junge Frau kostete, zu reden und freundlich zu lächeln. »Wie ich gehört habe, seid ihr die besten Freunde.«

Leni wollte weinen. »Ja, das sind wir.«

»Ihr habt Glück. Als ich noch hier gelebt habe, gab es in der Schule niemanden in meinem Alter.« Alyeska strich sich eine

Haarsträhne hinters Ohr. »Wahrscheinlich hat es mich deshalb nach Fairbanks gezogen. Kaneq und unser Land sind mir wie ein winziger Fleck inmitten der Wildnis vorgekommen … Aber ich hätte hier sein müssen.«

»Nicht«, sagte Matthew. »Bitte nicht.«

Alyeskas Lächeln geriet ins Wanken. Leni kannte Matthews Schwester nicht, doch dass sie sich um Haltung bemühte und ihren Bruder liebte, war nicht zu übersehen. Leni fühlte sich ihr sofort auf merkwürdige Weise nahe, als hätten sie etwas Wichtiges gemeinsam.

»Ich bin froh, dass er dich hat«, sprach Alyeska weiter. »Im Moment ist es schwierig, nicht wahr, Mattie?« Ihre Stimme brach. »Aber es wird auch wieder besser gehen. Hoffe ich.«

Leni wusste, wie trügerisch Hoffnung sein konnte, ein glänzender Köder, der einen lockte und lockte, bis man anbiss. War es nicht besser, gar nicht erst zu hoffen und stets auf das Schlimmste gefasst zu sein? Das war es, was ihr Vater immer sagte. Immer für den Ernstfall gewappnet zu bleiben.

»Ganz sicher wird es wieder besser«, sagte sie, ohne daran zu glauben. Sie wusste, wie sehr schreckliche Erinnerungen einen Menschen verfolgen konnten.

Auf der Heimfahrt sprachen sie kein Wort. Die Abenddämmerung hatte eingesetzt, und Leni wurde noch schwerer ums Herz. Sie hasste jede Minute, in der die Dunkelheit weiter zunahm, bis sie wieder von pechschwarzer Nacht umgeben sein würden.

Mom hatte sich auf ihrem Sitz zusammengekauert und sah Dad immer wieder von der Seite an.

Dad war betrunken und aufgebracht. Ein ums andere Mal warf er sich gegen seine Rückenlehne, schlug mit der Hand auf das Lenkrad und schnaubte.

Mom berührte seinen Arm.

Dad riss den Arm zurück. »So was kannst du. Männern nahekommen. Meinst du, ich hätte es nicht gesehen? Hältst du mich für blöd?«

Mom sah ihn konsterniert an. »Das tue ich keineswegs.«

»Ich habe gesehen, wie du ihn angefasst hast. Habe es genau gesehen.« Dad grummelte etwas und rückte von Mom ab, als hätte sie eine ansteckende Krankheit. »Lügnerin, Schlampe«, zischte er. »Du hast seine Hand gehalten. Alle haben es gesehen.«

Leni konnte spüren, wie er sich in seine Wut hineinsteigerte. Zuerst hatte er Mr Walker um dessen Geld beneidet, doch nun ging es noch um etwas anderes.

Zu Hause wankte er aus dem Bus. An der Veranda blieb er stehen. Mom trat zu ihm.

»Willst du mich zum Narren machen?«, fragte Dad gepresst.

Mom schüttelte den Kopf. »Du glaubst doch nicht im Ernst, dass ich Tom –«

Dad packte ihren Arm und zerrte sie über die Verandastufen ins Haus. Mom wollte ihm ihren Arm entwinden, stolperte und machte einen schwachen Versuch, seine Hand abzustreifen. »Ernt, bitte.«

Leni lief ihnen nach. »Dad«, rief sie. »Bitte lass Mom los.«

»Leni, geh nach –«, begann Mom.

Dad schlug ihr so heftig ins Gesicht, dass sie seitwärts taumelte, mit dem Kopf gegen die Holzwand des Hauses schlug und zu Boden ging.

»Mom!«, schrie Leni.

Mom stemmte sich auf Hände und Knie hoch und stand wackelig auf. Ihre Unterlippe blutete.

Dad schlug sie erneut, diesmal mit der Faust und noch fester. Mom prallte gegen die Wand und rutschte daran herunter. Dad hielt inne, entdeckte das Blut auf seiner Faust und starrte darauf.

Ein hoher Klageton entrang sich seiner Brust. Als wolle er vor seiner Tat fliehen, machte er einige unsichere Schritte rückwärts und sah Mom an, mit einem Blick, in dem sich Entsetzen und Zorn mischten. Dann stürzte er aus dem Haus.

Leni stand wie versteinert da.

Sie hätte etwas tun müssen.

Sie hätte sich auf ihren Vater werfen oder sich zwischen ihn und ihre Mutter drängen müssen. Sie hätte ein Gewehr holen müssen.

Das Geräusch des anspringenden Wagenmotors rüttelte sie wach.

Mom saß am Ofen auf dem Fußboden, die Hände in ihrem Schoß, den Kopf gesenkt. Die Haare verbargen ihr Gesicht.

»Mom?«

Langsam hob sie den Kopf, strich sich das Haar aus dem Gesicht. An ihrer Schläfe hatte sich ein dunkelroter Fleck gebildet. Aus ihrer Lippe tropfte Blut auf ihre Hose.

Tu etwas, befahl Leni sich.

Sie lief in die Küche, tauchte einen Waschlappen in den Wassereimer, lief zurück und kniete sich neben ihre Mutter. Mit einem matten Lächeln nahm Mom den Lappen und drückte ihn auf ihre Lippe.

»Tut mir leid, Schätzchen«, sagte sie.

»Er hat dich geschlagen«, sagte Leni fassungslos. Eine solche Abscheulichkeit hätte sie sich in ihren schlimmsten Träumen nicht vorstellen können. Wie konnte Dad die Hand gegen Mom erheben? Wie konnte er sie mit der Faust schlagen?

»Er war den ganzen Tag schon gereizt«, sagte Mom. »Ich hätte nicht mit Tom reden dürfen. Nun ist er vermutlich bei den Harlans, trinkt Whiskey und steigert sich mit Mad Earl in seinen Hass auf Tom hinein.«

Leni betrachtete den dunklen Bluterguss, der sich an der Schläfe ihrer Mutter bildete, die geschwollene Lippe, das Blut auf dem Waschlappen. »Willst du damit sagen, dass es deine Schuld war?«, fragte sie ungläubig.

»Das verstehst du nicht«, antwortete Mom. »Dazu bist du noch zu jung. Er wollte es nicht. Manchmal … liebt er mich einfach zu sehr.«

War das der Grund? Sah so die Liebe aus?

»Er wollte es«, sagte Leni leise und spürte, wie es sie kalt überlief. Erinnerungsbrocken fügten sich wie Puzzlesteine zusammen. Die blauen Flecken ihrer Mutter, für die sie immer eine Entschuldigung zur Hand gehabt hatte. *Ich habe mich gestoßen. Bin gestolpert und gefallen. Ich bin so ungeschickt.* Tatsächlich hatte ihre Mutter eine hässliche Wahrheit vor ihr verborgen. Sie und Dad hatten diese Wahrheit verborgen, hatten sie hinter Lügen und geschlossenen Türen versteckt. Doch in diesem Haus gab es keine Türen, hinter denen man etwas verbergen konnte. »Er hat dich auch früher schon geschlagen«, sagte Leni.

»Nein«, antwortete Mom. »So gut wie nie.«

Leni suchte nach Erklärungen, doch ihr fielen keine ein. Es gab nichts zu erklären. Wie konnten Schläge Liebe bedeuten?

Wie konnten die Schläge ihres Vaters die Schuld ihrer Mutter sein?

»Wir müssen ihn verstehen und ihm verzeihen«, sagte Mom. »So ist das, wenn man jemanden liebt, der krank ist. Jemanden, der mit seinen Dämonen kämpft. Es ist, als wäre da etwas in ihm, was nicht zu ihm gehört. Als hätte er Krebs. So musst du es dir vorstellen. Es wird ihm wieder besser gehen. Ganz sicher. Er liebt uns.«

Sie fing an zu weinen. Auf irgendeine Weise machten ihre Tränen für Leni alles noch schlimmer, als würde sie damit eine giftige Pflanze wässern, die nun gedeihen würde. Leni nahm sie in die Arme, drückte sie an sich und strich ihr über den Rücken, so wie Mom es immer bei ihr getan hatte, als sie noch ein kleines Kind war.

Leni wusste nicht, wie lange sie dasaß, ihre Mutter in den Armen hielt und die grässliche Szene ein ums andere Mal vor sich ablaufen ließ.

Sie hörte den VW-Bus zurückkommen.

Dann erklangen die Schritte ihres Vaters. Zögernde Schritte. Er brauchte eine Weile, bis er die Tür aufbekam. Mom schob Leni fort und richtete sich schwankend auf. Der Waschlappen fiel zu Boden. »Geh nach oben«, flüsterte sie.

Die Tür öffnete sich.

»Du bist zurückgekommen«, sagte Mom leise und klang erleichtert.

Mit schmerzerfüllter Miene stand Dad im Türrahmen. In seinen Augen glänzten Tränen. »Cora, Liebling«, sagte er mit schwerer, rauer Stimme. »Natürlich bin ich zurückgekommen.«

Lenis Eltern bewegten sich aufeinander zu.

Dad sank vor Mom auf die Knie.

Mom legte eine Hand auf seinen Kopf. Dad vergrub sein Gesicht in ihrem Schoß und weinte. »Es tut mir schrecklich leid, Cora. Ich liebe dich so sehr – es macht mich verrückt. Noch verrückter.« Er sah zu ihr hoch. »Ich wollte dir nicht weh tun.«

»Das weiß ich, Baby.« Mom kniete sich, schloss ihn in die Arme und wiegte ihn.

Leni dachte an Lügen und Täuschungen und Märchen. Sie wusste nicht mehr, wie es *vorher* gewesen war. Vielleicht waren die Bilder in ihrem Gedächtnis – wie ihr Vater sie auf seine Schultern setzte, an den Blüten eines Gänseblümchens abzählte, ob sie ihn liebhatte, sie mit einer Butterblume am Kinn kitzelte, ihr eine Gutenachtgeschichte vorlas – nur etwas, das ihre Mutter ihr erzählt hatte.

Was war wahr und was erfunden? Ihre Mutter machte sich fortwährend etwas vor, auf ihre Antworten war kein Verlass. Und nun wünschte sie, dass Leni es ihr nachtat. Sie sollte etwas verzeihen, das unverzeihlich war. Und vermutlich sollte sie auch Dads Entschuldigungen und Beteuerungen glauben, obwohl sie so leer waren wie seine Versprechen, sich zu ändern.

Ohne dass es jemand hatte sagen müssen, hatte Leni immer gewusst, dass da etwas in ihrem Vater schlummerte, was nichts Gutes verhieß, und dass vieles, was er tat, falsch war. Doch sie hatte ihrer Mutter geglaubt, wenn sie sagte, dass er krank sei, dass es ihm leidtue, dass es besser mit ihm würde, wenn sie ihn nur genug liebten, und dann wäre alles wieder wie früher und wunderbar.

Von nun an würde sie das nicht mehr glauben.

Die Wahrheit war, dass der Winter gerade erst begonnen hatte und es noch für lange, lange Zeit kalt und dunkel sein würde. Und dass sie und ihre Mutter hier oben niemanden hatten, der ihnen helfen konnte, sondern in ihrem kleinen, abgelegenen Haus mit ihrem Vater gefangen waren.

Die ganze Zeit hatte Dad ihr beigebracht, sich vor den Gefahren der Welt da draußen zu schützen. Und nun drohte ihnen die größte Gefahr hier drinnen, in ihrem Zuhause.

KAPITEL ZEHN

»Steh auf, Schlafmütze«, rief Mom am nächsten Morgen fröhlich. »Zeit für die Schule.«

Wie normal sie sich anhörte. Als wäre sie nur eine der zahllosen Mütter, die ihre Töchter morgens aus dem Bett scheuchten. Doch Leni erfasste die Botschaft hinter den Worten. *Bitte, lass uns so tun, als ob …* Es war die Aufforderung, einen Pakt zu schließen.

Mom wollte Leni in ihren Club des Schweigens aufnehmen, doch zu diesem Club wollte Leni nicht gehören. Sie wollte nicht tun, als wäre das, was am Abend vorgefallen war, normal. Nur, was sollte sie mit ihren vierzehn Jahren dagegen unternehmen?

Sie zog sich an. Widerstrebend kletterte sie die Leiter hinunter und fürchtete sich vor der Begegnung mit ihrem Vater.

Mom stand unten und stellte einen Teller mit Eierpfannkuchen, gerahmt von zwei Streifen Schinkenspeck und gekrönt von einem Marmeladenklecks, auf Lenis Platz. Ihre linke Gesichtshälfte war geschwollen, an der Schläfe hatte sich der Bluterguss violett gefärbt. Das linke Auge konnte sie kaum öffnen.

Leni spürte, wie Zorn in ihr hochkochte. Es war ein Gefühl, das sie noch nicht kannte.

Angst und Scham, diese Gefühle waren ihr vertraut. Wenn man Angst hatte, wollte man sich verstecken, wenn man sich schämte, mochte man niemandem in die Augen sehen. Jetzt aber ahnte sie, was es hieß, zornig zu sein. Es war ein heftiges Gefühl, eine Kraft, die nicht genug Platz in ihr fand und hinauswollte, um sich zu entladen.

»Nicht«, sagte ihre Mutter. »Bitte nicht.«

»Was?«

»Du bist sauer auf mich.«

So war es, stellte Leni überrascht fest. Es gefiel ihr nicht, dass Mom die Schläge, die sie eingesteckt hatte, entschuldigte. Verlegen zuckte sie mit den Schultern und bückte sich, um das Taschenbuch unter dem zu kurzen Tischbein zurechtzurücken.

»Es ist komplizierter, als du denkst«, fuhr Mom fort. »Er will es nicht tun, wirklich nicht. Manchmal provoziere ich ihn, ohne es zu wollen. Ich weiß ja, was dann passiert.«

Leni seufzte. Langsam richtete sie sich auf und sah ihre Mutter an. »Aber jetzt sind wir in Alaska, Mom, und hier gibt es weit und breit keine Hilfe, wenn wir sie brauchen. Vielleicht sollten wir lieber wieder fortziehen.« Als sie den letzten Satz ausgesprochen hatte, erkannte sie, dass er ihr bereits mehrfach durch den Kopf gegangen war, sie hatte es sich nur nicht eingestehen wollen. »Der Winter wird noch zu lange andauern.«

»Ich liebe ihn«, antwortete Mom. »Und du liebst ihn doch auch.«

Ja, dachte Leni, sie wusste jedoch nicht, ob sie gut daran tat, jemanden wie ihren Vater zu lieben.

»Wohin sollten wir denn auch gehen? Und mit welchem Geld? Selbst wenn ich mit eingekniffenem Schwanz zu meinen Eltern zurückkehren wollte, wüsste ich nicht, wie ich das anstellen sollte. Wir müssten unsere Sachen hierlassen und nach Kaneq laufen. Dort müsste ich jemanden um Geld bitten, damit wir die Fähre nach Homer bezahlen können – und in Homer müsste ich meinen Eltern ein Telegramm schicken und sie nach Geld für Flugtickets fragen.«

»Würden sie uns helfen?«

»Vielleicht. Aber der Preis wäre hoch. Und …« Lenis Mutter hielt inne, und es bildeten sich Falten auf ihrer Stirn. »… dein Vater würde mich nicht mehr nehmen, wenn ich zu ihm zurückwollte. Nicht, wenn ich zu meinen Eltern gelaufen wäre. Das würde er mir nie verzeihen.« Sie griff nach Lenis Hand. »Versteh mich doch. Niemand wird mich wieder so lieben wie er. Und er gibt sich große Mühe. Du hast doch gesehen, wie leid es ihm getan hat.«

Nun war sie heraus, die traurige Wahrheit. Mom liebte Dad zu sehr, um ihn verlassen zu können. Sogar jetzt noch, wo ihr Gesicht blaugeschlagen und geschwollen war. Vielleicht konnte sie tatsächlich nicht ohne ihn leben und würde ohne seine Liebe wie eine Blume verwelken.

Bevor Leni fragen konnte, was für eine Liebe das sei, öffnete sich die Tür.

Dad kam herein und schloss die Tür. Er streifte seine Handschuhe ab, blies in seine Hände und trat Schnee von seinen Stiefeln, weiße Placken, die sofort schmolzen und zu Pfützen wurden. Seine Strickmütze, sein Bart und sein Schnurrbart waren voller Schnee, seine Jeans schien steif gefroren zu sein. »Da ist meine kleine Leseratte«, sagte er betont munter. »Ich habe deine Arbeit erledigt und die Hühner und Ziegen gefüttert. Deine Mutter wollte, dass du ausschlafen kannst.«

Vielleicht war es tatsächlich so, wie Mom gesagt hatte,

dachte Leni. Es tat ihm leid. Ihr Zorn ließ nach, und sie begann sich zu fragen, ob das, was sie vorhin gedacht hatte, richtig war. Er wollte ihrer Mutter gewiss nicht weh tun, nicht absichtlich. Er war krank.

»Du kommst zu spät zur Schule«, sagte Mom leise. »Nimm das Essen mit. Du kannst auf der Fahrt frühstücken.«

Leni sammelte ihre Schulsachen und die fürchterliche Lunchbox ein. Sie streifte ihren dicken Pullover über, setzte ihre Mütze auf und schlüpfte in die Stiefel. Auf dem Weg zum Wagen aß sie einen zusammengerollten Pfannkuchen.

Dad war ihr vorausgegangen. Es schneite so stark, dass sie die Umrisse des Busses gerade so erkennen konnte. Der Motor des Wagens lief bereits.

Die Beifahrertür ließ sich erst nach mehreren Anläufen öffnen. Leni setzte ihren Rucksack und die Lunchbox im Fußraum ab und kletterte auf ihren Sitz.

Dad stellte die Scheibenwischer an. Dann schaltete er das Autoradio ein und drehte es laut. Die Morgennachrichten des Senders *Peninsula Pipeline* waren beendet. Es folgten Meldungen für diejenigen, die inmitten der Wildnis wohnten und auf anderem Weg nur schwer erreichbar waren. »Maurice Lavoux in McCarthy: Ihre Mutter bittet Sie, sich bei Ihrem Bruder zu melden. Ihm geht es nicht gut.«

Dad schwieg. Leni überließ sich ihren Gedanken und schreckte auf, als er »Wir sind da« sagte.

Er hielt an. Die Schule tauchte verschwommen in dem Halbrund auf, das die Scheibenwischer freigelegt hatten. Gleich darauf war die Windschutzscheibe wieder voller Schnee. Dad stellte den Motor aus, das Radio verstummte.

»Lenora.«

Leni wollte ihren Vater nicht ansehen. Sie wollte hart und

unnachgiebig wie die ersten Siedlerfrauen Alaskas sein und ihm klarmachen, dass sie sein Verhalten nicht akzeptierte. Er wiederholte ihren Namen. Sie drehte sich zu ihm um.

Sein schwarzer Bart und das schwarze Haar hoben sich scharf von dem weißen Hintergrund ab. »Ich bin krank, Rotschopf. Das weißt du. Die Seelenklempner bezeichnen meine Krankheit als ›posttraumatische Belastungsstörung‹. Bei denen muss eben immer alles hochgestochen klingen.« Er lachte kurz auf. »Aber die Flashbacks und die Alpträume, die ich habe, die sind echt. Sie hängen mit den Bildern in meinem Kopf zusammen. Diese Bilder … ich werde sie nicht los, sie machen mich verrückt.«

»Vom Trinken wird es nicht besser«, sagte Leni schroff und verschränkte die Arme vor der Brust.

»Nein, sicher nicht. Auch nicht von dieser ewigen Dunkelheit. Es tut mir leid, tut mir so verdammt leid. Mit dem Trinken ist jetzt Schluss, und so etwas wie gestern Abend wird nie wieder vorkommen. Das schwöre ich – bei meiner Liebe zu dir und deiner Mutter.«

»Wirklich?«

»Ich werde mich noch mehr anstrengen, das verspreche ich dir. Ich liebe deine Mutter wie … Sie ist wie eine Droge für mich.« Das Letzte sagte er flüsternd.

Leni dachte, dass es kein gutes Zeichen war, wenn Eltern ihre Liebe zueinander mit etwas verglichen, das den Menschen körperlich und geistig ruinierte.

Sie wünschte, die Reue und die Scham und die Traurigkeit ihres Vaters würden ihr genügen. Sie wollte, wie sonst auch, dem Beispiel ihrer Mutter folgen und glauben, dieser schlimme Abend sei ein furchtbarer Ausrutscher gewesen und werde nie wieder vorkommen.

Dad strich über ihre Wange. »Du weißt, wie sehr ich dich liebe.«

Sie nickte.

»So etwas wie gestern wird sich nicht mehr wiederholen.«

Sie musste ihm glauben. An ihn glauben. Denn wie sähe ihr Leben aus, wenn sie es nicht tat? Sie nickte noch einmal und stieg aus dem Wagen. Draußen trottete sie mit hängenden Schultern durch den Schnee, dann betrat sie das warme Klassenzimmer.

Die anderen Schüler saßen schon auf ihren Plätzen.

Mrs Rhodes stand an der Tafel und schrieb: *Der Zweite Weltkrieg: Alaska war der einzige Staat Amerikas, in dem die Japaner landeten.* Das Quietschen der Kreide war das einzige Geräusch im Raum.

Matthew saß an seinem Tisch.

Leni legte ihren dicken Pullover ab und trat den Schnee von ihren Stiefeln.

Sie ging zu ihrem Tisch und setzte sich. »Hey«, sagte sie leise.

Matthew sah sie nicht an, gab aber ein lautloses »Hey« von sich.

Mrs Rhodes wandte sich zu der Klasse um. Ihr Blick fiel auf Matthew und wurde weich. Sie räusperte sich. »Okay, Axl, Matthew und Leni, schlagt eure Geschichtsbücher auf Seite hundertzweiundsiebzig auf und lest ab: ›Am Morgen des sechsten Juni 1942 besetzten fünfhundert japanische Soldaten Kiska, eine Insel der Aleuten. Es kam zu der einzigen Schlacht auf amerikanischem Boden‹, und so weiter.«

Leni wollte unter dem Tisch tröstend nach Matthews Hand greifen, doch dann überlegte sie es sich anders. Sie hatte Angst, dass er seine Hand zurückziehen würde.

Und doch wollte sie ihm irgendetwas geben, etwas tun, das

sein Leid vielleicht ein bisschen lindern konnte. Doch was sollte das sein? Sie hatte nichts, wusste nicht, wie sie mit ihm umgehen sollte. Noch vor kurzem hätte sie ihm von ihrem Vater erzählt, dass er immer unduldsamer und aufbrausender wurde. Doch das war nicht mehr möglich, denn was war das schon im Vergleich zu Matthews Leid? Beinahe hätte sie ihm gesagt, eines Tages würde es ihm wieder besser gehen, doch dann sah sie Tränen in seinen Augen und schluckte die Worte hinunter. Mit hohlen Phrasen war ihm mit Sicherheit nicht geholfen.

Im Januar verschlechterte das Wetter sich erneut, und Leni hatte das Gefühl, dass die Kälte und Dunkelheit nie mehr aufhören würden. Rund um die Uhr mussten sie den Ofen im Haus heizen. Unablässig mussten Bäume gefällt, zersägt und zu Brennholz zerhackt werden. Es war eine kraftraubende Arbeit. Und Dads Zustand wurde immer schlimmer. In den Nächten, in denen ihn seine Alpträume weckten, scheuchte er sie und Mom aus dem Bett, um zu überprüfen, ob sie für den Ernstfall gerüstet waren. Er zwang sie immer wieder, ihre Fluchtrucksäcke zu packen, ihre Gewehre auseinanderzunehmen und zusammenzusetzen. Sie widersetzten sich ihm nicht, ihre Angst, er könne wieder wütend werden, war zu groß.

Noch immer hatten sie nicht mehr als fünf Stunden Tageslicht und neunzehn Stunden Dunkelheit. Dad hockte in der Finsternis stundenlang am Funkgerät und unterhielt sich mit Mad Earl oder Clyde, zu ihren anderen Nachbarn hatten sie kaum noch Kontakt. Die Welt um sie herum schien immer kleiner zu werden, so kam es Leni vor. Und alles in dieser

Welt war mühevoll und kostete Kraft, ganz gleich, ob es darum ging, Wasser zu holen, Holz zu schlagen oder zur Schule zu gelangen.

Am schlimmsten jedoch war ihre dürftige Vorratslage. Sie hatten keine Kartoffeln, Zwiebeln und Möhren mehr. Auch von dem geräucherten Lachs war kaum noch etwas übrig, und in der Vorratskammer, in der sie das Fleisch vor den Bären schützten, hing nur noch eine einzige Rentierlende. Es war absehbar, dass auch sie bald verzehrt sein würde.

Lenis Eltern stritten sich nun fortwährend. Die Wut, die Dad seit dem Abend, als er Mom geschlagen hatte, unterdrückt hatte, regte sich von neuem. Leni und Mom gingen auf Zehenspitzen, voller Angst, der geringste Anlass könne zu einem Ausbruch führen.

Wieder ein Morgen, an dem Leni im Dunkeln aufwachte, sich im Dunkeln ankleidete und frühstückte und im Dunkeln in der Schule ankam. Im Klassenzimmer waren zwei Gaslampen und der glühende Ofen die einzigen Lichtquellen. Doch gegen zehn Uhr ließ sich eine wässrige Sonne blicken. Wenig später schickte sie blasse gelbe Strahlen durch die Fenster. Die Mienen der Schüler hellten sich auf.

»Ein sonniger Tag«, sagte Mrs Rhodes. »Der Wetterbericht hat nicht übertrieben.« Leni hatte lange genug in Alaska gelebt, um zu wissen, dass ein sonniger Tag und blauer Himmel im Januar eine Sensation waren. »Heute gehen wir an die frische Luft«, fuhr Mrs Rhodes fort. »Wir machen einen Ausflug, genießen die Sonne und vertreiben unsere trüben Gedanken. Ich habe mir etwas Besonderes für uns ausgedacht.«

Axl stöhnte. Er war gegen alles, was mit der Schule zusammenhing, auch gegen Schulausflüge. Missmutig linste er unter seinen schwarzen Haaren hervor. »Warum dürfen wir nicht einfach nach Hause gehen? Dann könnte ich zum Eisfischen fahren.«

Mrs Rhodes ignorierte ihn. »Die Älteren – Matthew, Axl und Leni – helfen den Jüngeren beim Anziehen.«

»Ich nicht«, sagte Axl. »Das können die zwei Turteltauben machen.«

Leni spürte, wie Hitze in ihre Wangen schoss, und vermied es, Matthew anzusehen.

»Geh, Axl«, sagte Mrs Rhodes. »Geh nach Hause.«

Axl sprang auf, sammelte Rucksack und Parka ein und stürmte aus dem Klassenzimmer.

Leni half Agnes und Marthe in ihre dicken Jacken. Die anderen beiden Mädchen waren an dem Tag nicht erschienen. Sie lebten noch weiter entfernt als Bear Cove, vielleicht war der lange Weg an diesem Morgen nicht zu schaffen gewesen.

Matthew stand an seinem Tisch und schaute zu Boden. Das blonde Haar fiel ihm ins Gesicht. Leni trat zu ihm und tippte ihn an. »Soll ich dir deine Jacke holen?«

Matthew rang sich ein Lächeln ab. »Ja, danke.«

Leni brachte ihm seinen Armeeparka.

»Also dann, raus mit euch«, sagte Mrs Rhodes. Die kleine Gruppe marschierte hinaus in die Sonne. Sie durchquerten den Ort zum Hafen, wo ein leichtes, nicht mehr ganz neues Wasserflugzeug vertäut lag.

Die Tür öffnete sich, und ein sportlich aussehender, älterer Mann mit buschigem weißem Bart sprang auf die Hafenmauer. Wie die meisten Männer in der Gegend trug auch er eine Trucker Cap und Gummistiefel, nur dass seine Stiefel farblich nicht zusammenpassten. Er lächelte so breit, dass seine Augen sich zu Schlitzen verengten.

»Kinder, das ist Dieter Manse aus Homer«, sagte Mrs Rhodes.

»Er war früher einmal Pilot der Pan Am. Steigt in sein Wasserflugzeug ein.« Sie wandte sich an Mr Manse. »Ich bin dir wirklich dankbar.« Sie warf Matthew einen bekümmerten Blick zu. »Wir brauchen eine kleine Abwechslung.«

»Ist mir ein Vergnügen«, antwortete Mr Manse.

Noch vor Monaten hätte Leni es nicht geglaubt, wenn ihr jemand erzählt hätte, Mr Manse sei einmal Pilot der Pan Am gewesen. Inzwischen hatte sie gelernt, dass einige Menschen in Alaska ein Leben führten, das sich von ihrem früheren drastisch unterschied. Large Marge war einmal Staatsanwältin in Washington, D.C., gewesen und nun Besitzerin eines kleinen Ladens, Natalie hatte an einer amerikanischen Universität Ökonomie gelehrt und lebte nun als Fischerin. Überall stieß man auf Menschen, die hier ein neues Leben angefangen hatten. Leni hatte gehört, dass eine Frau, die in Homer in einem Schulbus lebte und ihr Geld als Wahrsagerin verdiente, vor Jahren in New York eine gefürchtete Polizistin gewesen war. Alaska war ein Land der Freiheit, wo die Bewohner niemanden fragten, warum er hier leben wollte, sich auch sonst nicht in das Leben eines anderen einmischten, nicht einmal dann, wenn derjenige eine Gans geheiratet hatte.

Leni war noch nie geflogen und stieg mit einem mulmigen Gefühl in das Wasserflugzeug ein. Sie nahm sich einen Sitzplatz am Fenster und sah sich unsicher um. Mrs Rhodes setzte sich zu ihr. Ohne ihnen einen Blick zu schenken, schlurfte Matthew an ihnen vorbei.

»Tom hat gesagt, dass er auch zu Hause kaum spricht«, sagte Mrs Rhodes leise. »Nicht nur in der Schule.«

»Ich wünschte, ich wüsste, wie ich ihm helfen kann.« Leni drehte sich nach hinten um, wo Matthew sich niedergelassen hatte.

»Indem du seine Freundin bist«, antwortete Mrs Rhodes. So etwas konnten auch nur Erwachsene sagen, dachte Leni. Matthews Freundin war sie sowieso, es ging doch darum, was sie als Freundin tun sollte.

Mr Manse kam als Letzter herein, ließ sich im Cockpit nieder und setzte sein Headset auf. Dann ließ er den Motor an. Hinter Leni lachten Marthe und Agnes schrill und aufgeregt.

Die Propeller drehten sich und schienen das ganze Wasserflugzeug zu erschüttern, das heftig zu klappern begann. Die Wellen klatschten gegen die Schwimmer.

Über Lautsprecher erklärte Mr Manse, dass sie im Fall einer Notlandung auf dem Wasser unter ihrem Sitz ein Schwimmkissen fänden.

»Heißt das, wir können abstürzen?«, fragte Leni erschrocken. »Sollen wir uns dann etwa mit dem Kissen retten?«

»Uns passiert nichts«, entgegnete Mrs Rhodes. »Wenn man in Alaska wohnt, sind Wasserflugzeuge etwas ganz Normales und nichts, wovor man sich fürchten muss.«

Leni beruhigte sich. Mrs Rhodes hatte recht. In Alaska gab es nur wenige Straßen; Reisen mit dem Schiff oder dem Flugzeug waren deshalb an der Tagesordnung. Und im Winter, wenn Seen und Flüsse zugefroren waren, fielen auch die Schiffe fort.

Doch als das Wasserflugzeug sich wackelnd in Bewegung setzte, umklammerte Leni ihre Armstützen. Sie versuchte, gegen ihre Angst anzugehen, doch da holperten sie über die Wellenbrecher der Bucht, und das metallische Klappern wurde noch lauter. Dann gab es einen Ruck, und sie waren in der Luft. Als die Tragfläche auf ihrer Seite anfing, sich nach unten zu neigen, schloss Leni die Augen. Sie wollte nichts mehr sehen, sich nicht fragen, ob sich Schrauben lösen konnten, der

Motor aussetzen oder Mr Manse die Kontrolle über das Flugzeug verlieren konnte. Voller Grauen erinnerte sie sich an eine Reportage, die sie vor einer Weile im Fernsehen gesehen hatte. Es ging um einen Flugzeugabsturz in den Anden, bei dem die Überlebenden erst zweiundsiebzig Tage nach dem Unglück gefunden wurden. Und dann stellte sich heraus, dass sie nur überlebt hatten, indem sie zu Kannibalen geworden waren.

Sie krallte sich noch fester an die Armstützen.

»Lass die Armstützen los«, sagte Mrs Rhodes. »Und mach die Augen auf.«

Leni gehorchte widerwillig.

Dann fasste sie sich ein Herz, schaute durch das Bullauge nach draußen und entdeckte eine Welt, deren Schönheit sie sich nie hätte vorstellen können, ein gleißendes Zauberreich aus strahlender Sonne, dem blitzenden Blau des Himmels und dem bläulichen Grau der Berge, durchsetzt vom Weiß des ewigen Schnees. Sie erkannte die schroffen Vulkanfelsen des Mount Redoubt, dann den spitz zulaufenden Gipfel des Mount St. Augustine und dachte an das Gewaltsame ihres Ursprungs, an die Felsmassen, die von Erdplatten aus dem Meer gedrückt und von dicken Eismassen gekrönt worden waren. Und dann waren aus dem Eis die Gletscher geworden und aus ihrem Schmelzwasser die Fjorde. Sie entdeckte Homer, umgeben von verschneiten Feldern, und den langgezogenen Spit, der in die Bucht hinausstach.

Doch am beeindruckendsten war das Zusammenspiel der Farben in der schimmernden Bucht, in der sich die zerklüfteten Felsen der Kenai Mountains von den schneeweißen Gletschern und dem strahlend blauen Himmel abhoben.

Sie überflogen die Berge. Leni entdeckte wildgezackte Felsformationen, schwarze Schlünde und kleine glänzende Seen. »Schön«, sagte sie andächtig und neigte ihr Gesicht dichter an das kleine Bullauge an ihrer Seite. Unter ihr waren die Berge zum Greifen nah.

Sie ließen die Bergwelt hinter sich. Das Flugzeug senkte sich und flog an einem schmalen Fjord entlang. Glitzernde Schneefelder zogen sich über das Ufer und bekamen am Wasser dunkle Ränder. Das Flugzeug ging noch tiefer, flog dicht über eine Baumgruppe hinweg. Aus dem Weiß löste sich ein Elch, der zur Bucht trottete.

Dann waren sie über dem Wasser.

Wieder umklammerte Leni die Armstützen und kniff die Augen zu.

Sie schlugen hart auf, hüpften noch ein paarmal, und schließlich kamen sie zum Stehen. Mr Manse schaltete den Motor aus, sprang hinaus in das seichte Wasser und zog das Wasserflugzeug mit einem Tau ans Ufer, wo er es an einem Baumstamm festzurrte. An seinen Stiefeln haftete grauer Schneematsch.

Vorsichtig stieg Leni aus, balancierte mit ausgebreiteten Armen über einen Schwimmer und sprang auf den Strand. Matthew folgte ihr.

Mrs Rhodes winkte ihre Schüler zu sich. »Die Kleinen gehen mit mir und Mr Manse. Leni und Matthew erkunden die Gegend allein. Viel Spaß euch beiden.«

Leni sah sich um. Mrs Rhodes oder Mr Manse hatte wirklich eine ganz besondere Ecke für sie ausgesucht, einen abgelegenen Fleck von großer Stille und Schönheit. Das Einzige, was man hörte, waren die Wellen, die gegen die Schwimmer des Flugzeugs schlugen und sich knisternd im Schnee verliefen.

Das Wasser des Fjords leuchtete in einem so zarten Türkis, dass Leni an Bilder erinnert wurde, die sie einmal in einem Bildband über die Karibik gesehen hatte. Am Ufer erhoben sich runde hellgraue Felsen mit Schneehauben, und dahinter ragte das majestätische Massiv der Kenai Mountains auf. Auf einem Felsvorsprung konnte Leni helle, sich bewegende Schemen erkennen. Beim genaueren Hinschauen entpuppten sie sich als Bergziegen. Sie griff nach ihrem letzten Polaroid-Film und legte ihn in die Kamera.

Am liebsten hätte sie alles ringsum fotografiert, aber sie hielt sich zurück. Der Film hatte nur zehn Bilder.

Sie überlegte, was ihr erstes Motiv sein sollte. Die eisbedeckten Felsen, die wie dunkles Glas schimmerten? Die gefrorenen Farnwedel an dem verschneiten Baumstumpf? Das rot-weiße Flugzeug auf dem türkisfarbenen Wasser? Sie wandte sich um und wollte Matthew fragen, doch er war nicht mehr da.

Sie entdeckte ihn ein gutes Stück das Ufer hinunter. Er hatte die Arme um sich geschlungen und schaute zu Boden. Seinen Parka hatte er einfach in den Matsch fallen lassen.

Leni lief zu ihm. »Matthew, du musst deine Jacke anziehen. Es ist doch viel zu kalt.«

Matthew wich zurück. »Lass mich«, sagte er barsch. »Ich will nicht, dass du siehst, wie ich –«

»Matthew.« Leni fasste seinen Arm und suchte seinen Blick. Seine Augen waren rotgerändert.

Er stieß sie fort. Leni taumelte rückwärts, stolperte über ein Stück Treibholz und ging zu Boden.

Es geschah so schnell, dass sie einen Moment lang verdutzt dasaß, bevor sie sich aufrappelte und ihr Steißbein rieb.

»O Gott, Leni.« Matthew trat einen Schritt auf sie zu. »Glaub mir, das wollte ich nicht. Hast du dir weh getan?«

Leni sah ihn fassungslos an. *Das wollte ich nicht.* Das sagte auch ihr Vater immer.

»Ich werde noch verrückt«, fuhr er fort. »Mein Vater gibt mir die Schuld am Tod meiner Mutter, das weiß ich genau. Ich kann nicht schlafen, und ohne Mom ist es bei uns so schrecklich still.«

Leni wollte ihn in die Arme nehmen, doch das wagte sie nicht mehr.

»Und wenn ich schlafe, habe ich die ganze Zeit Alpträume. Ich sehe das Gesicht meiner Mutter unter dem Eis. Sie hat die Augen weit aufgerissen und drückt mit den Händen gegen das Eis, und ich stehe da und weiß nicht, was ich tun soll.« Er verstummte. Dann sagte er: »Entschuldige, das wollte ich dir nicht erzählen.«

»Warum nicht?«

»Weil ich nicht möchte, dass du denkst, mit mir stimmt etwas nicht. Manchmal bist du das Einzige … ach, vergiss es.« Matthew fing an zu weinen. »Nie mache ich etwas richtig.«

»Das ist nicht wahr«, sagte Leni. »Aber vielleicht brauchst du jemanden, der weiß, wie er dir helfen kann. Jeder, der so viel durchgemacht hat, würde so jemanden brauchen.«

Er sah zur Seite. »Meine Tante in Fairbanks möchte, dass ich zu ihr komme. Ich soll mich ablenken. In einer Eishockeymannschaft spielen, fliegen lernen. Und zu einem Therapeuten gehen. Dort könnte ich auch wieder mit Aly zusammen sein.«

»Ach«, sagte Leni leise. »Nach Fairbanks.«

Matthew errötete. Leni vermutete, dass der Umzug schon seit einer Weile feststand und er erst jetzt den Mut gefunden hatte, es ihr zu sagen.

»Du wirst mir fehlen«, sagte er.

Er würde fortgehen. Sie verlassen.

Lenis Brust zog sich zusammen. Er brauchte Hilfe, das durfte sie nicht vergessen, auch wenn sie ihn jeden einzelnen Tag vermissen würde. So sehr. Von ihrem Vater wusste sie nur zu gut, was Alpträume, Schlaflosigkeit und Traurigkeit anrichten konnten, wie verheerend diese Mischung war. Und was für eine Freundin wäre sie, wenn sie nur an sich dachte und nicht an ihn?

Du wirst mir auch fehlen, wollte sie sagen, aber wozu sollte das gut sein. Wörter würden nichts mehr ändern.

Als Matthew fort war, wurde der Januar noch dunkler und kälter.

»Leni, kannst du den Abendbrottisch decken?«, fragte Mom. Draußen heulte der Wind, und vor dem Fenster wirbelten Schneeflocken. Mom stand am Herd und briet zwei Scheiben Frühstücksfleisch. Zusammen mit einer Schüssel Bohnen war das alles, was es an diesem Abend gab.

Leni legte ihr Sozialkundebuch ab und holte Teller und Besteck. Dad lief mit hochgezogenen Schultern auf und ab und führte undeutliche Selbstgespräche. Dazu ballte er die Hände zu Fäusten, öffnete sie und schloss sie wieder. Er sah schrecklich aus – bleich, struppig und so dünn, dass man seine Rippen unter dem T-Shirt zählen konnte.

Mit einem Mal schlug er sich mit dem Handballen an die Stirn.

Leni warf ihrer Mutter einen beunruhigten Blick zu.

Dad fuhr zu ihr herum. »Was guckst du?«

Mom drückte mit einem Pfannenwender auf das Frühstücksfleisch. Fett spritzte auf ihre Hand. »Autsch«, sagte sie. »Verdammt.«

»Redet ihr über mich?«, fragte Dad. Misstrauisch schaute er zwischen Leni und Mom hin und her.

Mit sanftem Griff nahm Leni seinen Arm und führte ihn zum Tisch.

»Deine Mutter spricht hinter meinem Rücken über mich«, sagte er vorwurfsvoll. »Redet sie mit dir über Tom Walker?«

Leni zog einen Stuhl heraus und bedeutete ihm, sich zu setzen. »Nein, das tut sie nicht«, sagte sie.

Er packte ihre Hand und zog sie so fest an sich, dass sie auf ihn taumelte. »*Du* liebst mich doch, oder?«

Leni gefiel die Betonung nicht. »Mom und ich lieben dich beide.«

Mom stellte einen Teller mit dem gebratenen Frühstücksfleisch und eine Schüssel braune gebackene Bohnen auf den Tisch. Die Bohnen hatte Thelma ihnen vorbeigebracht.

Sie strich Dad über die Wange und gab ihm einen Kuss.

Die Berührung schien ihn zu besänftigen. Er versuchte zu lächeln. »Riecht gut.«

Leni setzte sich und teilte die Bohnen aus.

Mom ließ sich ihr gegenüber nieder. Sie stocherte in ihrem Essen und beobachtete Dad. Wieder begann er zu murmeln. »Du musst etwas essen, Ernt.«

»Aber nicht diesen Fraß.« Mit einer wütenden Handbewegung fegte er seinen Teller vom Tisch und sprang auf.

»Nie gibt es in diesem Saustall etwas Ordentliches zu essen«, rief er, griff nach seiner Jacke und stürzte aus dem Haus. Gleich darauf jaulte der Motor des Busses auf, und der Wagen fuhr los.

Leni sah ihre Mutter unglücklich an.

»Iss auf«, sagte Mom. Sie stand auf, hob den Teller vom Boden auf, wischte das Essen auf.

Nach dem Essen machten sie den Abwasch und räumten auf.

»Sollen wir kniffeln?«, fragte Leni lustlos. Mom nickte ebenso lustlos.

Sie setzten sich an den Tisch, begannen mit dem Würfelspiel und taten, als würde es ihnen Freude bereiten. Als ihnen das nicht mehr gelang, hörten sie auf.

Leni war bewusst, dass sie auf das Geräusch des zurückkehrenden Wagens lauerten und sich Sorgen machten. Sie hätte nicht sagen können, ob es beunruhigender war, wenn ihr Vater da oder wenn er nicht da war.

»Was glaubst du, wo er ist?«, fragte sie, nachdem sie eine Zeitlang nur dagesessen hatten.

»Bei Mad Earl. Oder im Kicking Moose.«

»Um zu trinken.«

»Was sonst?«

»Vielleicht sollten wir doch lieber woanders – «

»Nein, Leni«, fiel Mom ihr ins Wort. »Leg dich einfach schlafen, okay?« Sie lehnte sich zurück und zündete sich eine ihrer kostbaren letzten Zigaretten an.

Leni sammelte die Würfel, den Spielblock und den gelben Würfelbecher ein und verstaute alles in der Kiste aus Rosenholz, in der ihre Mutter ihre Schätze aufhob.

Ohne sich die Zähne zu putzen, stieg sie die Leiter hoch und kroch in ihren Schlafsack. Unten tigerte ihre Mutter unruhig auf und ab.

Leni knipste ihre Taschenlampe an und griff nach dem Block und dem Stift an ihrem Bett. Seit Matthew nach Fairbanks gezogen war, schrieb sie ihm Briefe, die Large Marge für sie frankierte und aufgab. Matthew antwortete immer sofort, doch meist waren es nur kurze Nachrichten, in denen es um seine Hockeymannschaft ging, seine neue Schule, in der es richtigen Sportunterricht gab, die Stadt, das Haus seiner Verwandten, sein Zimmer. Seine Handschrift war so grauenhaft, dass Leni sie mitunter kaum entziffern konnte. Aber sie wartete sehnsüchtig auf seine Briefe, und wenn sie eintrafen, riss sie sie auf. Sie las jeden von ihnen zahllose Male, studierte den Inhalt wie ein Detektiv auf der Suche nach versteckten Hinweisen auf seine Gefühle. Und niemals fand sie einen. Denn letztlich wusste weder Matthew noch sie selbst, wie es gelingen sollte, mit Worten, die ihnen auf einmal so steif und ungewohnt vorkamen, eine Brücke zwischen ihren weit auseinanderliegenden Leben zu schlagen. Dennoch schrieben sie einander immer weiter, und Leni liebte jeden einzelnen dieser Briefe. Sie zeigten ihr, dass er sie nicht vergaß, dass er an sie dachte.

Lieber Matthew,

heute ging es in der Schule um die Besiedlung Alaskas. Mrs Rhodes hat Deine Großmutter als Beispiel für eine der Frauen genannt, die mit nichts hier oben ankamen und es geschafft haben …

Draußen ertönten schrille Schreie.

Erschrocken krabbelte Leni aus ihrem Schlafsack und kletterte die Leiter hinunter.

Ihre Mutter kam aus dem Schlafzimmer und hielt eine Gaslampe hoch. Ihr Gesicht war leichenblass. »Draußen ist irgendetwas.«

Ein Wolf heulte – ein hoher, langgezogener Ton. Es klang, als wäre er direkt am Haus.

Ein anderer Wolf antwortete.

Es waren die Ziegen, die schrien, entsetzliche, hysterische Angstschreie, wie die von Menschen. Dann begannen die Hühner aufgeregt zu gackern.

Leni zog ein Gewehr aus der Halterung und lief zur Tür.

»Du gehst nicht raus!« Mom riss sie zurück. »Die Wölfe könnten dich angreifen.«

Sie zog die Vorhänge auf und öffnete das Fenster. Eisige Luft schlug ihnen entgegen.

Schwacher Mondschein fiel auf die verschneite Wiese vor dem Haus. Etwas huschte vorüber, ein schwarzer Schatten. Dann blitzte ein Stück silbriges Fell auf. Noch mehr Schatten. Es war ein ganzes Rudel Wölfe.

»Haut ab!«, rief Leni, legte das Gewehr an und drückte ab.

Ein krachender Schuss. Ein Wolf winselte.

Leni schoss immer weiter. Die Kugeln trafen dumpf auf Baumstämme, blechern auf Metall.

Aber die Schreie der Ziegen wollten nicht enden.

Stille.

Leni schlug die Augen auf und stellte fest, dass sie auf dem Sofa eingeschlafen war. Mom lag neben ihr.

Das Feuer im Ofen war erloschen.

Fröstelnd schob sie die Wolldecken und Pelzdecken zur Seite und entfachte das Feuer neu.

»Mom, wach auf«, sagte sie. Sie und ihre Mutter trugen mehrere Kleidungsschichten übereinander, doch als sie in der

Nacht eingeschlafen waren, hatten sie vergessen, Holz im Ofen nachzulegen. »Wir müssen nachsehen, was draußen los ist.«

Mom setzte sich auf. »Wir gehen erst raus, wenn es hell ist.«

Leni schaute auf die Uhr. Es war erst sechs.

Als die Morgendämmerung begann, schlüpfte sie in ihre Schneestiefel, nahm das Gewehr und lud es neu.

»Ich will nicht da rausgehen«, sagte Mom. »Aber allein lasse ich dich auf keinen Fall vor die Tür.« Sie zog ihre Stiefel und ihren Parka an und streifte die pelzgefütterte Kapuze über. Dann lud sie das zweite Gewehr.

Leni öffnete die Tür und trat mit angelegter Waffe auf die schneebedeckte Veranda.

Alles war weiß und still, nirgendwo war ein Laut zu hören.

Sie stiegen die Stufen hinab.

Noch bevor Leni sah, was geschehen war, stieg ihr der Geruch in die Nase.

Die Pfosten des Zauns rings um den Ziegenstall waren umgerissen worden, das Gatter lag auf dem Boden. Vor dem Stall hatte der Schnee sich rot gefärbt. Und überall sah man dunklen Kot, vermischt mit Blut und Innereien. Die Spuren führten bis zum Waldrand.

Im Hühnerstall bot sich ihnen ein ähnliches Bild.

Nichts hatten die Wölfe übrig gelassen, nicht das kleinste Stückchen Fell.

Sprachlos vor Entsetzen starrten Leni und ihre Mutter auf die Verwüstung. »Wir müssen wieder ins Haus gehen«, sagte Mom schließlich. »Der Geruch des Blutes wird noch andere anlocken.«

KAPITEL ELF

Leni und ihre Mutter machten sich auf die Suche nach Dad. Sie liefen die Hauptstraße nach Kaneq hinunter, vorbei an tief verschneiten Bäumen. Es war still, nur ihr Atem und ihre Schritte waren zu hören. Leni versuchte, Mom zu überreden, zuerst Mr Walker oder Large Marge von dem Überfall zu erzählen, doch davon wollte sie nichts wissen. Leni nahm an, dass keiner der beiden erfahren sollte, dass sie allein gewesen waren, als die Wölfe kamen.

In Kaneq war kaum jemand unterwegs. Die Straße lag unter einer dicken Schneedecke begraben. Der Holzsteg, der die wenigen Häuser verband, war vereist, und an den Dachrinnen der Häuser hingen Eiszapfen. Im Hafenbecken trieben Eisschollen und stießen mit dumpfen Lauten an die Fischerboote.

Durch die verdreckten Fenster des Kicking Moose drang Licht. Demnach war die Kneipe schon – oder noch immer – geöffnet. Vor dem Gebäude parkten nur wenige Wagen, Transporter und Schneemobile.

Leni nickte zu ihrem VW-Bus hinüber.

Mom blieb stehen. »Wenn er uns sieht, wird er nicht erfreut sein.«

Und das war noch gelinde ausgedrückt, dachte Leni.

»Vielleicht sollten wir umkehren«, sagte Mom.

Auf der anderen Straßenseite öffnete sich die Tür des Ladens, Leni hörte die Glocke bimmeln und drehte sich um.

Mr Walker kam heraus, einen Karton hochbeladen mit Lebensmitteln in den Armen. Er entdeckte Leni und ihre Mutter und verharrte mit gerunzelter Stirn.

Leni wusste, welch jämmerlichen Eindruck sie machten, wie sie da vor der Kneipe standen, die Gesichter von der Kälte gerötet, der Schnee auf Jacken und Mützen gefroren. Mr Walker verstaute den Karton in seinem Geländewagen. Large Marge trat aus ihrem Laden. Sie und Mr Walker wechselten einen Blick. Dann kamen sie über die Straße.

»Hallo, ihr beiden«, sagte Mr Walker freundlich. »Ich glaube, für einen Spaziergang habt ihr euch das falsche Wetter ausgesucht.«

Mom überlief ein Kälteschauer. Sie schlang die Arme um sich. »Bei uns waren in der Nacht Wölfe. Ich weiß nicht, wie viele. Sie haben die Ziegen und die Hühner angefallen.«

»Hat Ernt sie erschossen?«, fragte Mr Walker. »Braucht ihr Hilfe beim Häuten? Für die Pelze gibt es ein ordentliches Sümmchen.«

Mom schaute zu Boden. »Es war zu dunkel. Ich wollte gerade neue Hühner bestellen.« Ihr Blick wanderte zu Large Marge. »Vielleicht bringst du uns welche mit, wenn du das nächste Mal nach Homer fährst. Reis und Bohnen brauchen wir auch. Es ist nur so … dass wir kein Geld mehr haben.« Sie lächelte verkrampft. »Ich könnte Wäsche waschen. Oder Strümpfe stopfen. Ich kann gut mit Nadel und Faden umgehen.«

Marges Gesicht verhärtete sich, und sie fluchte leise. »Er hat euch allein gelassen, oder? Und ihr wurdet von Wölfen überfallen. Das hätte euch das Leben kosten können.«

»Uns ist nichts passiert«, sagte Mom eilig. »Wir sind im Haus geblieben.«

»Wo ist er?«, fragte Mr Walker.

»Das wissen wir nicht«, entgegnete Mom.

»Im Kicking Moose«, sagte Large Marge. »Der Bus steht ja vor der Tür.«

»Tom, bitte nicht«, sagte Mom. Es war zu spät. Mit Riesenschritten steuerte Mr Walker die Kneipe an.

Leni, Mom und Large Marge folgten ihm.

»Nicht, Tom«, sagte Mom.

Mr Walker riss die Kneipentür auf. Der Geruch von Schweiß, feuchter Wolle, Hunden und Holzkohle schlug ihnen entgegen.

Fünf Männer hockten an einem der Tische aus Whiskeyfässern. Hinter der Theke stand Old Jim, aus einem Kofferradio schallte »Bad, Bad Leroy Brown«. Die Männer redeten lautstark durcheinander, und immer wieder schlug einer von ihnen mit der Faust auf den Tisch.

»Ist doch klar«, sagte Mad Earl mit glasigem Blick. »Als Erstes übernehmen sie die Banken.«

»Und dann schnappen sie sich unser Land«, nuschelte Clyde.

»Mein Land kriegen die nicht.« Das war Dad. Seine Augen waren blutunterlaufen. Schwankend stand er auf. »Niemand kriegt, was mir gehört.«

»Ernt Allbright«, sagte Mr Walker. »Was bist du für ein Stück Scheiße.«

Schwerfällig drehte Dad sich um und starrte Mr Walker an. Sein Blick glitt zu Mom, seine Augen verengten sich. »Was will der Typ von mir?«

Mr Walker trat einen Schritt auf ihn zu. »In der Nacht haben Wölfe euer Vieh gerissen, Allbright. Wölfe, verstehst du?«

Dad stierte Mom an.

»Deine Frau und deine Tochter hätten umkommen können.«

Dad fuhr zu ihm herum. »Jetzt pass mal auf –«, begann er mit einem drohenden Unterton.

»Nein, du passt jetzt mal auf«, unterbrach ihn Mr Walker kalt. »Du bist hierhergekommen, ohne auch nur den Hauch einer Ahnung zu haben, wie man hier lebt. Du bist vielleicht nicht der Dümmste – ich kenne andere, die stellen sich noch dümmer an –, aber ein Mann, der sich nicht um seine Frau und sein Kind kümmert, der ist für mich ein –«

»Du musst gerade reden«, sagte Dad höhnisch und schaute sich beifallheischend zu seinen Trinkkumpanen um.

»Du Dreckskerl«, zischte Mr Walker. Seine Hand schoss vor und packte Dad bei der Kehle. »Ich sollte dich mit Tritten dahin befördern, wo du hergekommen bist«, sagte er und stieß Dad mühelos zur Tür hinaus.

»Bitte, Tom«, sagte Mom. »Mach es nicht noch schlimmer.«

Mr Walker warf ihr einen Blick zu und schien die Furcht auf ihrem Gesicht zu erkennen. Zögernd ließ er Dad los und zwang sich zur Ruhe. Aber es kostete ihn Überwindung, das sah man.

Nach einem letzten vernichtenden Blick auf Dad sagte er: »Hau ab, Drecksack, sonst passiert was.«

Dad wich zurück und starrte Mr Walker böse an, der ihm den Weg zurück in die Bar versperrte. Im Umdrehen hob er drohend die Faust und murmelte irgendetwas, bevor er den Kopf schüttelte und zum Wagen wankte.

Mr Walker sah ihm nach, bis er in den Bus geklettert war. Dann wandte er sich zu Mom um. »Brauchst du Hilfe?«

Mom antwortete so leise, dass Leni nichts verstand. Daraufhin sagte Mr Walker ihr etwas ins Ohr, und Leni hätte schwören können, dass er »Erschieß ihn« geflüstert hatte.

Mr Walker strich Mom über den Arm.

Mom lächelte ein wenig und sagte: »Leni, steig in den Wagen.«

Leni tat wie geheißen. Dad hatte sich auf dem Beifahrersitz niedergelassen und schien zu dösen.

Dann kam Mom, setzte sich ans Steuer und startete den Wagen.

Während der Fahrt wurde Dad wach und richtete sich auf. Er drehte sich zu Mom um, und Leni erkannte, wie es in ihm brodelte. Seine Brust hob und senkte sich vor Erregung, die Augen waren schmal, die zusammengepressten Lippen nur noch ein Strich.

Es kam Leni vor, als wäre ihre Familie ein Boot, das mit einem losen Tau an einem Poller befestigt war und bei der nächsten Sturmbö hinaus ins offene Meer treiben und untergehen würde.

Sie betrachtete Dads Hals, der noch von Mr Walkers Griff gerötet war, und konnte sich nicht erinnern, dass er jemals so gedemütigt worden war. Und sie wusste, dass es sie und Mom waren, die diese Schmach würden ausbaden müssen.

Sie bogen in ihre Zufahrt ein. Vor ihrem Haus bremste Mom, und der Bus geriet auf der vereisten Erde kurz ins Schlittern.

Mom stellte den Motor aus. Stille breitete sich aus, eine unheilschwangere Stille, die von keinem Geräusch unterbrochen wurde.

Leni und Mom verließen den Wagen. Dad blieb sitzen.

Auf den Stufen zur Veranda schauten sie noch einmal zu den zerstörten Ställen und dem heruntergerissenen Maschendrahtzaun hinüber. Neuer Schnee hatte die Blutspuren auf dem Boden zugedeckt, doch auf den umgestürzten Holzpfosten waren Fetzen blutiger Innereien zu rosafarbenen Klumpen gefroren. In dem Maschendraht steckten zwei braune Hühnerfedern.

Mom zog Leni ins Haus und schloss die Tür.

»Er wird dir weh tun«, sagte Leni.

»Er ist ein stolzer Mann. Eine derartige Kränkung wird er nicht –«

Die Tür flog auf. Dad stand auf der Schwelle. In seinen blutunterlaufenen Augen stand heiße, ungezügelte Wut.

Mit zwei Schritten durchquerte er den Raum, griff nach Moms Schulter und versetzte ihr einen Kinnhaken, der sie gegen die Wand schleuderte.

Leni schrie und stürzte vor, um ihn von ihrer Mutter fortzureißen.

»Nicht, Leni!«, rief Mom.

Dad packte Lenis Arme und schüttelte sie brutal. Dann vergrub er eine Hand in ihrem Haar, zerrte sie durch den Raum, öffnete die Tür und stieß sie in die Kälte hinaus.

Die Tür schlug zu, und der Riegel wurde von innen zugeschoben.

Leni warf sich gegen die Tür, hämmerte mit den Fäusten daran und schrie, bis sie keine Stimme mehr hatte und weinend vor der Tür zusammensank.

Von innen kamen Geräusche, als würde Holz bersten und Glas splittern.

Dann ertönte ein Schrei.

Leni wollte loslaufen und Hilfe holen, aber in der Kälte würde sie es nicht einmal bis zu den Walkers schaffen, und selbst wenn, würde dann alles nur noch schlimmer werden.

Sie schloss die Augen und betete zu jenem Gott, von dem sie nicht wusste, ob es ihn gab.

Als sich die Tür öffnete, hätte sie nicht sagen können, ob Minuten oder Stunden verstrichen waren.

Steif und durchfroren raffte sie sich auf.

Im Haus sah es aus wie auf einem Schlachtfeld. Ihr Blick fiel auf einen zerbrochenen Stuhl, Glasscherben auf dem Fußboden, Blutflecke an der Wand.

Mom ließ sich mit geschlossenen Augen auf das Sofa sinken. Sie war schlimm zugerichtet.

Zum ersten Mal dachte Leni, dass ihr Vater imstande war, Mom zu töten.

Er würde ihre Mutter töten.

Sie mussten fort von hier. Sofort.

Vorsichtig näherte sie sich Mom und flüsterte: »Wo ist er?«

Mom öffnete die Augen. »Im Bett. Schläft seinen Rausch aus.« Als würde sie sich schämen, drehte sie den Kopf zur Wand. »Geh nach oben.«

Leni holte den Parka und die Stiefel ihrer Mutter. »Zieh das an.«

Mom wandte sich um. »Wozu?«

»Tu es.« Auf Zehenspitzen lief Leni zu dem Vorhang und schlüpfte hindurch. Mit hämmerndem Herzen sah sie sich um.

Da lag die Handtasche ihrer Mutter mit den Autoschlüsseln und der Geldbörse, in der vermutlich kein Geld war.

Sie nahm die Tasche an sich. Bevor sie zurückschlich, warf sie einen Blick auf Dad. Er lag bäuchlings auf dem Bett, die Decke nur bis zur Taille hochgezogen. Leni betrachtete die

Narben auf seinem Rücken, weiße Runzeln, mit einem Stich ins Bläuliche. Auf seinem Kopfkissen war Blut.

Sie ging wieder ins Wohnzimmer. Mom war aufgestanden und rauchte. Auf ihrem Kinn und an den Schläfen begann sich die Haut dunkel zu färben.

»Komm«, sagte Leni.

»Wohin?«

Leni öffnete die Tür, schob Mom sanft nach draußen und nahm einen der fertig gepackten Fluchtrucksäcke, die dort standen, weil sie stets auf das Schlimmste gefasst sein sollten. Wenigstens erfüllte das diesmal seinen Zweck.

Draußen führte sie Mom zu ihrem Wagen und sagte: »Steig ein.« Sie reichte ihr den Wagenschlüssel.

Mom wirkte benommen, doch sie kletterte auf den Fahrersitz und steckte den Zündschlüssel ins Schloss. »Wohin fahren wir?«

»Weg.« Leni ließ sich auf dem Beifahrersitz nieder. »Wir verschwinden.«

»Was?«

»Wir verlassen Dad, bevor er dich umbringt.«

»O nein.« Mom schüttelte den Kopf. »Das würde er niemals tun. Dein Vater liebt mich.«

Leni drehte sich zu ihr um und betrachtete die Spuren, die Dad auf ihrem Gesicht hinterlassen hatte. »Er hat dir die Nase gebrochen.«

Mom seufzte und fuhr los. Die Scheinwerfer schaltete sie erst ein, als sie auf der Zufahrt waren und ihr Licht vom Haus aus nicht mehr zu sehen war.

Dann fing sie an zu weinen – lautlos, als wolle sie verhindern, dass Leni ihre Tränen bemerkte. Ein ums andere Mal warf sie einen Blick in den Rückspiegel. Es fing wieder an zu schneien. Auf der Hauptstraße schlugen heftige Sturmböen gegen den Wagen, und Mom umklammerte das Lenkrad, um nicht von der Straße abzukommen.

Sie erreichten die Zufahrt zum Land der Walkers, doch Mom fuhr weiter. Kurz darauf donnerte der Wind so fest gegen den Wagen, dass er zur Seite driftete. Ein loser Ast wurde krachend auf ihre Windschutzscheibe geschleudert, blieb dort hängen und versperrte ihnen einen Moment lang die Sicht. Den Elch, der die Straße überquerte, erkannten sie zu spät.

Leni schrie auf und deutete geradeaus. Mom nahm den Fuß vom Gaspedal und riss das Lenkrad herum.

Der Wagen scherte hinten aus und geriet ins Schlingern.

Leni sah den Kopf des Elchs, der sie nur einen Meter entfernt mit geblähten Nüstern anstierte.

»Halt dich fest«, schrie Mom.

Sie schlitterten über den Straßenrand. Der Wagen kippte mit einem dumpfen Knall um und überschlug sich mehrfach, wobei seine Karosserie zu bersten schien.

Leni bekam mit, wie die Bäume sich drehten und es sie von ihrem Sitz hob. Ihr Kopf prallte gegen die Windschutzscheibe, und alles wurde schwarz.

Als sie wieder zu sich kam, fiel ihr die Stille auf. Dann wurden ihr die dröhnenden Schmerzen in ihrem Kopf bewusst. Sie schmeckte Blut im Mund. Mom lag halb auf ihr.

»Ist dir was passiert?«, fragte sie Leni.

»Nein, nicht viel.«

Sie hörten ein Zischen – es kam vom Motor – und beunruhigendes metallenes Knacken.

»Der Wagen ist auf deiner Seite gelandet«, sagte Mom und richtete sich ein wenig auf. »Im Moment scheinen wir stabil zu liegen. Ich wüsste nur gern, wie weit es noch nach unten geht.«

So konnte man in Alaska also auch sterben, dachte Leni. Nur weil man einem Elch ausgewichen war. »Was meinst du, ob uns jemand findet?«

»Bei dem Wetter? Wer ist denn unterwegs?«

»Und selbst wenn«, sagte Leni, »von der Straße aus sieht man uns hier unten nicht.«

Vorsichtig tastete sie nach dem Rucksack, zog ihn heran und wühlte eine Stirnlampe hervor. Sie setzte sie auf und schaltete das Lämpchen ein. Der Schein fiel auf das zerschlagene Gesicht ihrer Mutter, das nun aschfahl war.

Moms Parka war aufgerissen und blutverschmiert. Aus einem Loch an ihrem Ärmel stach etwas Weißes hervor, und Leni brauchte einen Augenblick, um zu verstehen, was es war. Knochen.

»Mom, dein Arm!«, flüsterte Leni entsetzt. »Dein Arm ist gebrochen.«

»Ganz ruhig«, sagte Mom. »Das ist nicht das erste Mal in meinem Leben, dass mein Arm bricht.«

Leni wurde panisch. »Und was machen wir jetzt?«

Mit der Hand des gesunden Arms griff Mom nach dem Rucksack und holte Fellhandschuhe, eine Gesichtsmaske und eine weitere Stirnlampe heraus.

Leni starrte noch immer auf den weißen Knochen und den blutigen Jackenärmel ihrer Mutter.

»Pass auf«, sagte Mom. »Als Erstes bindest du meinen Arm ab. Du musst die Blutung stoppen. Du weißt, wie man das macht, denk an alles, was du gelernt hast. Los, trenn den Saum deines Hemds ab.«

»Ich kann nicht.«

»Doch, Lenora«, sagte Mom streng. »Du kannst.«

Mit zitternden Händen zog Leni das Messer aus dem Futteral an ihrem Gürtel. Sie trennte den Saum ihres Flanellhemdes ab.

»Binde den Arm über dem Bruch ab«, sagte Mom. »Und dann ziehst du, so fest du kannst.«

Leni legte den Flanellstreifen um Moms Arm und zog ihn fest. Mom stöhnte.

»Geht es?«, fragte Leni ängstlich.

»Fester«, sagte Mom gepresst.

Mit zusammengebissenen Zähnen zog Leni noch einmal nach und verknotete den Streifen.

Mom stieß einen bebenden Seufzer aus. »Jetzt schlage ich das Fenster auf meiner Seite ein, und du kletterst über mich hinweg nach draußen.«

»Aber –«

»Kein Aber, Leni. Du musst stark sein. Für uns beide. Wenn wir hierbleiben, erfrieren wir, und mit nur einem Arm kann ich nicht aus dem Wagen und zur Straße hinaufklettern. Wenn du draußen bist, läufst du los und holst Hilfe.«

»Das kann ich nicht.«

»Doch, das kannst du.« Mom berührte die Aderpresse, die Leni angebracht hatte. »Du musst es für mich tun.«

»In der Zeit erfrierst du doch.«

»Ich bin viel zäher, als du denkst.« Mom lächelte gequält. »Jetzt ist es gar nicht schlecht, dass dein Vater an Verfolgungswahn leidet. Im Rucksack ist alles, was ich brauche – eine Wolldecke, etwas zu essen und Wasser.«

»Also gut.« Leni wollte tapfer sein, doch als sie ihre Gesichtsmaske, die Stirnlampe und die Fellhandschuhe überstreifte, war ihr zum Weinen zumute.

Mom griff nach dem Rettungshammer unter dem Fahrersitz. »Das Haus der Walkers liegt am nächsten. Bis dahin schaffst du es.«

»Okay.«

Der Wagen knarrte und rutschte ein wenig tiefer.

»Ich hab dich lieb, Schätzchen.«

Leni schluckte.

»Sei mutig, Leni.«

Mom schlug mit dem Hammer auf das Fahrerfenster.

Das Glas riss, ein Spinnengewebe breitete sich aus. Mom schlug noch einmal zu. Das Spinnengewebe zerfiel. Durch die Öffnung rieselte Schnee in den Wagen. Mom säuberte die Ränder des Fensters.

Leni fasste sich ein Herz, stemmte sich hoch und stieg vorsichtig über ihre Mutter hinweg, die ihr einen Schubs gab.

Leni wand sich durch die Fensteröffnung, krabbelte auf allen vieren an dem Bus vorbei und versuchte, durch das Schneegestöber etwas zu erkennen. Sie waren den Hang fast ganz hinuntergerutscht. Der Wagen hatte eine dunkle Schneise in den Schnee geschlagen, hatte Wurzeln freigelegt und Sträucher umgerissen.

Sie suchte mit den Füßen nach Halt, griff nach einer Baumwurzel und zog sich hoch.

Als sie sich endlich den Hang hochgehievt hatte, war ihr, als sei eine Ewigkeit vergangen. Sie kroch über die Kante auf die Straße und richtete sich langsam auf.

In dem Schneetreiben brauchte sie einen Moment, um sich zu orientieren. Dann knipste sie ihre Stirnlampe an und machte sich auf den Weg zu Mr Walker. Immer wieder musste sie einen Arm vor das Gesicht halten, um sich vor den Zweigen zu schützen, die durch die Luft wirbelten.

Es kostete sie all ihre Willenskraft, eisern dem dünnen Schein ihrer Lampe zu folgen und dabei nie mehr als ein kleines Stück Weg erkennen zu können. Ihre Brust schmerzte von der eiskalten Luft, die sie einatmete. Mit den Händen formte sie ein Dach über Mund und Nase und blies hinein.

Sie befahl sich, nicht stehen zu bleiben und um Hilfe zu rufen, es gab ohnehin niemanden, der sie hätte hören können. Irgendwann verlor sie ihr Zeitgefühl und wusste nicht, seit wann sie schon die Straße hinaufstapfte und nur den fallenden Schnee vor sich sah. Dann endlich tauchte das silbrige Metallgatter mit dem Rinderschädel auf.

Sie schlüpfte hindurch.

Am liebsten wäre sie losgelaufen und hätte nach Mr Walker gerufen, doch auch er hätte sie nicht gehört, und so schleppte sie sich weiter durch den Schnee, der hier kniehoch lag.

Dann erblickte sie das Haus und Licht in den Fenstern. Tränen der Erleichterung schossen in ihre Augen.

Als hätten Wind und Schnee Mitleid mit ihr, ließen sie nach. Außer Lenis rauem Atem und dem sanften Aufprall des Schnees, der immer mal wieder von den überladenen Ästen fiel, herrschte nun Stille.

Sie stolperte weiter, vorbei an verschneiten Fahrzeugen. Die Tiere in den Ställen hörten sie. Sie schnaubten und stampften mit den Hufen.

Sie stieg die Eingangsstufen hinauf und hämmerte an die Tür.

Mr Walker öffnete und erschrak bei Lenis Anblick. »Allmächtiger, wo kommst du denn her?« Ohne auf eine Antwort zu warten, zog er sie ins Haus und führte sie eilig in das warme Wohnzimmer.

Lenis Zähne schlugen aufeinander, und ein Kälteschauer

nach dem anderen überlief sie. Sie streifte ihre Gesichtsmaske ab und fing an zu weinen.

»Wir hatten einen Unfall«, stieß sie zwischen ihren Schluchzern hervor. »Meine Mutter ist noch im Wagen. Sie ist verletzt.«

»Wo?«, sagte Mr Walker »Wo war das?«

Leni wischte über ihre Augen. »In der Kurve – kurz vor dem Grundstück von Large Marge.«

»Warte.« Mr Walker verschwand. Als er wiederkam, hatte er sich warm angezogen und trug ein großes Netz über der Schulter.

Er drehte an dem Funkgerät, das auf einer Anrichte stand. Es rauschte und knisterte, dann ertönte ein langer Pfeifton. »Marge«, sagte er. »Tom hier. Unfall auf der Hauptstraße zwischen unseren Grundstücken. Mache mich auf den Weg. Brauche Hilfe. Over.« Wieder rauschte es. Er wiederholte die Nachricht.

Leni fragte sich, ob Dad inzwischen aufgewacht war und die Nachricht ebenfalls gehört hatte.

Beklommen schaute sie durch die Fenster nach draußen. Sie hätte sich nicht gewundert, wenn er mit drohender Miene davorgestanden hätte.

Mr Walker nahm eine bunt gestreifte Wolldecke vom Sofa und legte sie Leni um die Schultern.

»Mom hat sich den Arm gebrochen«, sagte Leni. »Sie blutet.«

»Du warst sehr tapfer«, entgegnete Mr Walker. »Wir fahren jetzt zu ihr.«

Sie stiegen eine Treppe hinunter und durchquerten mehrere Kellerräume zur Garage. Mr Walkers Geländewagen sprang sofort an. Leni spürte, wie die Wärme der Autoheizung an ihren Beinen hochkroch. Wieder fing sie an zu weinen.

Dann waren sie auf der Hauptstraße. Mr Walker drosselte das Tempo, beugte sich vor und spähte durch die Windschutzscheibe.

»Da«, sagte Leni und deutete auf die umgerissenen Büsche am Straßenrand. Mr Walker hielt den Wagen an. Vor ihnen tauchten Scheinwerferlichter auf.

»Da kommt Large Marge«, sagte Mr Walker. »Du bleibst hier sitzen.«

»Nein.«

»Doch.« Mr Walker griff nach dem Netz, holte einen Rucksack hinten aus dem Wagen und stieg aus.

Im Licht der Scheinwerfer sah Leni, wie er mit Large Marge zusammentraf und die beiden gestikulierten und redeten. Mr Walker holte ein Seil aus seinem Rucksack. Ein Ende des Seils band er an einem Baumstamm fest, das andere verknotete er um seine Taille.

Er reckte den Daumen hoch und machte sich an den Abstieg.

Leni öffnete die Wagentür und ging zu Large Marge, die einen Arm um sie legte und sie beruhigend an sich drückte. Gemeinsam schauten sie den Hang hinunter, doch der Bus war nicht mehr als eine dunkle Hülle. Large Marge leuchtete mit ihrer Taschenlampe in die Tiefe. Mr Walker stieg mit dem Seil um die Taille seitlich nach unten, bis auch er kaum noch zu erkennen war. Dann hörten sie einen dumpfen Knall. Wenig später schrie Mom laut auf.

Schließlich tauchte Mr Walker wieder auf, zusammen mit Mom, die in dem Netz lag, das Mr Walker an sich festgebunden hatte.

Large Marge griff nach dem Seil und zog die beiden Hand über Hand hoch. Mr Walker stolperte auf die Straße. Mom war ohnmächtig geworden. »Es geht ihr nicht gut«, keuchte Mr Walker. »Ich bringe sie mit dem Wasserflugzeug nach Homer.«

Leni betrachtete das weiße Gesicht ihrer Mutter und spürte, wie ihre Brust sich furchtsam zusammenzog. »Was ist mit mir?«, fragte sie.

Mr Walkers Blick war voller Mitgefühl. »Du kommst mit.«

Im Wartebereich des kleinen Krankenhauses war es still.

Mr Walker saß neben Leni. Leni erinnerte sich, wie behutsam er Mom zur Walker Cove hinuntergetragen, wie vorsichtig er sie in seinem Flugzeug auf eine Bank gebettet hatte. Während sie die Bucht nach Homer überquerten, hatte Leni Moms Hand gehalten.

Mr Walker trug Mom ins Krankenhaus.

Am Empfang saß eine Inuk-Frau mit zwei langen schwarzen Zöpfen. Sie telefonierte zwei Krankenpfleger herbei, die Mom auf eine fahrbare Trage legten und davonrollten.

»Was machen wir jetzt?«, fragte Leni Mr Walker.

»Wir warten.«

Nun saßen sie im Wartebereich. Leni fiel das Atmen schwer, als läge eine zu große Last auf ihrer Lunge. Sie hatte Angst, fragte sich, wie viel Blut ihre Mutter verloren hatte. Ihre Gedanken wanderten zu Dad. Er würde vor Wut rasen, wenn er begriff, dass sie vorgehabt hatten, ihn zu verlassen. Wahrscheinlich wäre es nun völlig unmöglich, es erneut zu versuchen. Voller Verzweiflung stellte sie sich vor, es würde mit ihnen immer so weitergehen wie bisher.

»Soll ich dir etwas zu trinken holen?«

Leni war gedanklich so weit fort, dass es einen Moment dauerte, bis ihr bewusst wurde, dass Mr Walker sie etwas gefragt hatte.

»Würde das helfen?«

»Nein«, antwortete er und nahm ihre Hand. Im ersten Moment wollte sie ihre Hand wegziehen, doch dann stellte sie fest, dass es guttat, seine warme Hand zu spüren. Sie fragte sich, wie ihr Leben aussähe, wenn er ihr Vater wäre.

»Wie geht es Matthew?«

»Besser. Sein Onkel bringt ihm das Fliegen bei, und er geht zu einem Therapeuten. Er freut sich jedes Mal, wenn er einen Brief von dir bekommt.«

Leni dachte daran, wie glücklich sie Matthews Briefe machten. Manchmal dachte sie bei sich, dass sie das Schönste in ihrem Leben waren. »Er fehlt mir.«

»Mir auch.«

»Kommt er zurück?«

»Wer weiß.« Mr Walker zuckte mit den Schultern. »Fairbanks hat viel zu bieten – Jugendliche in seinem Alter, Kinos, das große Sportangebot. Und wenn er zum ersten Mal allein ans Steuer eines Flugzeugs darf, wird er das nicht mehr missen wollen. Mattie liebt Abenteuer.«

»Er hat gesagt, dass er Pilot werden möchte.«

»Ich wünschte, ich hätte ihn öfter im Flugzeug mitgenommen.« Mr Walker seufzte. »Ich möchte, dass Mattie glücklich ist, das ist die Hauptsache.«

Ein Arzt kam auf sie zu. Es war ein schwergewichtiger Mann mit dem frischen Aussehen eines Menschen, der viel Zeit in der freien Natur verbringt. »Ich bin Dr. Irving.« Er nickte Mr Walker zu und richtete seinen Blick auf Leni. »Du musst Leni sein.«

Leni stand auf. »Wie geht es meiner Mutter?«

»Den Umständen entsprechend gut. Ihr Arm ist in Gips, und sie muss sich in den kommenden sechs Wochen schonen, aber danach wird sie wieder fit sein.« Er lächelte. »Du hast ihr das Leben gerettet, mein Fräulein. Das soll ich dir von ihr ausrichten.«

»Können wir zu ihr?«

»Sicher.«

Leni und Mr Walker folgten Dr. Irving durch einen weißen Flur. Er öffnete die Tür zu einem Zimmer, auf dem *Aufwachraum* stand.

Mom trug einen Krankenhauskittel und saß mit mehreren Kissen im Rücken in einem Bett. Über ihre Beine war eine Heizdecke gebreitet. Ihr linker Arm steckte in einem weißen Gips. Ihre Nase war geschwollen und eine Gesichtshälfte von einem dunklen Bluterguss verfärbt. Leni lief zu ihr.

Mom wandte den Kopf zu ihr um. »Leni«, sagte sie. Ihr Blick war müde und verriet noch die Nachwirkung der Narkose. »Habe ich dir nicht gesagt, dass ich zäh bin?« Sie sprach so schleppend, dass Leni zu weinen begann. »Nicht weinen«, flüsterte Mom.

Leni schluchzte. Sie sah den weißen Knochen wieder vor sich und erinnerte sich an den Weg zu Mr Walkers Haus, der ihr endlos erschienen war. Sie dachte daran, wie schnell man einen geliebten Menschen verlieren konnte, so wie es Matthew ergangen war.

Dr. Irving strich ihr über den Kopf und verabschiedete sich.

Mr Walker stellte sich an das Fußende des Betts. »Du wolltest ihn verlassen«, sagte er zu Mom. »Was für einen Grund hättest du sonst gehabt, bei dem Wetter durch die Gegend zu fahren.«

»Nein«, sagte Mom.

»Ich kann dir helfen«, fuhr er fort. »Wir alle können das. Large Marge war früher Staatsanwältin, sie kennt sich mit dem Gesetz aus. Ich kann der Polizei bezeugen, dass er dich schlägt. Denn das tut er. Diese Spuren auf deinem Gesicht rühren nicht alle von dem Unfall her.«

»Die Polizei kann nichts unternehmen«, erwiderte Mom. »Mein Vater ist Anwalt, ich kenne mich auch ein bisschen aus.«

»Wenn ich mit Curt Ward rede, kommt Ernt ins Gefängnis.«

»Mit welcher Begründung? Und für wie lange? Für einen Tag? Zwei Tage? Und was ist, wenn er wieder herauskommt und sich an mir rächt? Oder an Leni. An dir. Glaubst du, ich möchte mit dem Gedanken leben, dass ich andere Menschen in Gefahr gebracht habe? Außerdem …« Ihre Stimme brach ab.

Aber Leni konnte sich den Rest des Satzes denken. Mom hatte noch sagen wollen, dass sie Dad liebe.

Mr Walker sah Mom bekümmert an. »Du musst nichts tun«, sagte er sanft. »Ich möchte dir helfen, Cora. Du weißt doch, dass ich –«

»Du kennst mich nicht«, unterbrach ihn Mom mit Tränen in den Augen. »Mit mir stimmt etwas nicht. Ich weiß nicht, wie ich aufhören soll, ihn zu lieben. Manchmal glaube ich, dass es ein Zeichen von Stärke ist, dann wieder kommt es mir wie meine größte Schwäche vor.«

»Cora!« Das war Dads Stimme.

Mom drückte sich tiefer in die Kissen.

Mr Walker trat einen Schritt zurück.

Dad kam hereingestürmt, streifte Mr Walker mit einem

flüchtigen Blick und lief zu Mom. »Mein Gott, Cora, was machst du für Sachen?«

Mom lächelte zaghaft. »Ich habe den Bus zu Schrott gefahren.«

»Und wieso warst du bei diesem Wetter unterwegs?«, fragte Dad. Er kannte die Antwort, Leni konnte es von seinen Augen ablesen.

Sie schaute zu Mr Walker, diesem tatkräftigen, hochgewachsenen Mann, der sich zu gehen anschickte und ihr auf dem Weg aus dem Zimmer einen resignierten Blick zuwarf.

»Ich wollte uns etwas zu essen besorgen«, sagte Mom. »Und dir etwas kochen, das dir schmeckt.«

Dad legte eine Hand auf ihre geschwollene Wange, als dächte er, er könne sie mit seiner Berührung heilen. »Du musst mir verzeihen, Baby. Wenn du es nicht tust, bringe ich mich um.«

»Bitte, sag das nicht«, flüsterte Mom. »Sag das nie mehr. Du weißt, dass ich dich liebe. Nur dich.«

»Verzeih mir«, wiederholte Dad. Er drehte sich zu Leni um. »Du auch, Rotschopf. Vergib deinem dummen Vater, der manchmal nicht weiß, was er tut, der dich aber liebt. Und der sich bessern wird.«

»Ich liebe dich, Ernt.« Mom weinte.

Es war, als könne Leni in die Zukunft sehen. Sie erkannte, dass diese kranke, unselige Liebe, die ihre Eltern verband, gepaart mit dem Stück Land, das Heimat und Fluch zugleich schien, und ihrer ständigen Geldnot, Fesseln waren, von denen sie sich nicht mehr befreien könnten. Nie mehr.

Warum die Liebe ihrer Eltern so war, wusste Leni nicht. Sie war alt genug, um das Ungesunde daran zu erkennen, aber zu jung, um sich die Gründe erklären zu können.

Es gab keinen Ausweg. Mom würde Dad nicht verlassen, und Leni würde ihre Mutter nicht verlassen. Sie waren einander auf Gedeih und Verderb ausgeliefert.

Am nächsten Abend waren sie wieder zu Hause.

Dad behandelte Mom, als wäre sie aus kostbarem Porzellan. Er brachte sie zu Bett, schlich um sie herum und erkundigte sich fortwährend nach ihrem Wohlergehen. Leni hätte vor Wut schreien können.

Dann wieder sah sie Tränen in seinen Augen, und ihre Wut ließ nach. Sie bekam Mitleid und fragte sich, ob sie ihm nicht doch verzeihen solle. Es war das Wechselbad der Gefühle, das sie schon so lange kannte und gegen das sie machtlos war. Sie liebte und hasste ihren Vater, und jedes dieser Gefühle kämpfte darum, die Oberhand zu gewinnen.

Als Dad hinausging, um Holz zu hacken, atmete sie auf. Körperliche Arbeit beruhigte ihn. Sie setzte sich zu Mom und hielt ihre Hand. Sie hatte so viele Fragen, doch sie schluckte alle hinunter. Denn sie wusste, dass sie damit Dinge aufwühlen würde, die ihre Mutter nur noch unglücklicher machten.

Als sie am nächsten Morgen nach unten kam, hörte sie Mom weinen. Dad war nirgends zu sehen.

Leni betrat das Schlafzimmer. Mom war allein. Sie saß an die Wand gelehnt im Bett. Der Bluterguss war ein wenig blasser geworden und die Nase nicht mehr ganz so unförmig.

»Wein doch nicht«, sagte Leni.

»Ich weiß, was du über mich denkst.« Vorsichtig berührte Mom ihre geschwollene Lippe. »Ich habe ihn provoziert. Wahrscheinlich habe ich auch etwas Falsches gesagt.«

Leni sah sie hilflos an. Glaubte Mom tatsächlich, wenn sie schwieg oder nachsichtig wäre oder Dad nach dem Mund redete, würde er sie nicht mehr schlagen? Dad war eine tickende Zeitbombe, ganz gleich, was man tat. Warum wollte Mom die Schuld für seine Gewalttaten immer wieder bei sich suchen?

»Er ist die Welt für mich«, sagte Mom und schaute auf den eingegipsten Arm hinab. »Aber ich muss auch an dich denken.« Sie hob den Kopf. »Warum bin ich so? Warum lasse ich mich so von ihm behandeln? Vielleicht liegt es daran, dass ich mich an den Mann erinnere, der er vor Vietnam war. Ich kann einfach nicht aufhören zu hoffen, dass er wieder so wird, wieder der Mann ist, den ich geheiratet habe.«

»Du wirst ihn nie verlassen«, sagte Leni niedergeschlagen.

»Möchtest du das?«, fragte ihre Mutter. »Möchtest du, dass wir beide fortgehen und woanders leben? Ich dachte, Alaska bedeutet dir so viel.«

»Du bedeutest mir viel«, antwortete Leni. »Und … ich habe Angst.«

»Diesmal war es schlimm«, sagte Mom. »Es hat ihm selbst Angst gemacht. Und es wird nie wieder vorkommen. Das hat er mir versprochen.«

Leni seufzte. Moms Glaube, dass Dad sich ändern würde, war ebenso absurd wie sein Glaube an den bevorstehenden Weltuntergang. Sie fragte sich, ob man so wurde, wenn man erwachsen war. Sah man nur noch das, was man sehen wollte?

Mom lächelte gezwungen. »Sollen wir eine Runde Karten spielen?«

Auch diese Reaktion ihrer Mutter kannte Leni inzwischen zur Genüge. Sie kehrte das, was geschehen war, unter den Teppich und tat, als wäre nichts gewesen. Bis zum nächsten Mal.

Leni nickte und holte die Karten aus der Rosenholzkiste.

»Ich bin froh, dass ich dich habe«, sagte Mom und versuchte, die Karten in der Hand des Gipsarms zu halten.

»Wir sind ein Team«, antwortete Leni.

»Ein Herz und eine Seele.«

»Durch dick und dünn.«

Wie oft sie das schon gesagt hatten, doch noch nie hatte es sich so hohl angefühlt. Oder so verzweifelt.

Sie hatten ihr Kartenspiel kaum begonnen, als Leni einen Wagen vorfahren hörte. Sie legte ihre Karten ab und lief ans Fenster. »Large Marge kommt«, sagte sie. »Und Mr Walker.«

»O Gott«, sagte Mom. »Hilf mir, mich anzuziehen.«

Leni half Mom aus dem Schlafanzug und dann in eine Jeans und eins von Dads Sweatshirts, durch dessen Ärmel der Gipsverband passte. Zuletzt bürstete sie noch rasch Moms Haare und stützte sie auf dem Weg zum Sofa.

Large Marge kam als Erste herein. Mit ihrem pelzgefütterten Parka, den dicken Fellstiefeln und einer Pelzmütze, die aussah, als hätte sie die selbst genäht, erinnerte sie Leni an einen Grizzlybären. Als sie die Mütze absetzte, wurden ihre Ohrringe sichtbar. Die schweren Anhänger waren aus einem Stück Geweihknochen geschnitzt. Sie trat den Schnee von ihren Stiefeln und musterte Mom. »Du liebe Güte«, sagte sie. »Ich könnte deinen Mann zu Mus verarbeiten.«

Mr Walker war Large Marge gefolgt und schloss die Tür.

»Hallo«, sagte Mom und wich seinem Blick aus.

Die Tür öffnete sich erneut. Dad kam hereingepoltert.

»Können wir euch etwas zu trinken anbieten?«, fragte Mom. Sie versuchte aufzustehen, sank aber wieder zurück.

»Lass nur«, sagte Dad. »Ich mache Kaffee.«

Leni lehnte sich an die Wand. Irgendetwas lag in der Luft, sie spürte es deutlich.

Large Marge drehte sich zu Mr Walker um. »Was stehst du rum?« Sie deutete auf den Stuhl am Ofen. »Setz dich.«

Leni holte einen Schemel aus der Küche und bot ihn Large Marge zum Sitzen an.

»Dieses winzig kleine Ding?«, fragte Large Marge. »Soll mein Hintern wie ein Pilz auf einem Zahnstocher aussehen?« Sie ließ sich trotzdem darauf nieder, stützte die Hände auf die Knie und richtete ihren Blick auf Lenis Mutter.

»Es sieht schlimmer aus, als es ist«, sagte Mom verlegen. »Ich hatte einen Autounfall.«

»Das weiß ich«, entgegnete Large Marge. »Ich war da.«

Dad kam mit zwei Bechern Kaffee aus der Küche, reichte einen Large Marge und den anderen Mr Walker.

»Für unsere Gäste«, sagte er entgegenkommend. »Wir hatten schon lange keinen Besuch mehr.«

»Du setzt dich auch«, sagte Large Marge.

»Ich mag keine –«

»Setzt du dich freiwillig, oder soll ich nachhelfen?«, fragte Large Marge scharf.

Mom sah sie erschrocken an.

Dad ließ sich auf dem Sofa nieder. »Spricht man so mit dem Mann, in dessen Haus man ist?«

»Mann?« Large Marge schnaubte verächtlich. »Ich glaube, du wirst kaum hören wollen, wer in meinen Augen ein Mann ist und wer nicht. Ich reiße mich nämlich gerade ziemlich zusammen und möchte, dass es so bleibt. Trotzdem rate ich dir, dich nicht mit mir anzulegen. Und jetzt will ich keinen Ton mehr von dir hören.« Sie deutete auf Mom. »Von dir auch nicht.«

Es war, als gäbe es im Raum mit einem Mal nicht mehr genug Luft zum Atmen, dachte Leni. Eine drückende, lähmende Stille lastete auf ihnen.

Large Marge setzte sich so, dass sie Lenis Eltern ansehen konnte. »Falls ihr es noch nicht wisst, ich war früher einmal Staatsanwältin. Und zwar in Washington, D.C. Trug Designerklamotten und Stöckelschuhe, das ganze Programm. Und ich hatte eine Schwester, die ich sehr liebte. Sie heiratete den Mann ihrer Träume. Leider hatte er ein, zwei Problemchen. Dazu gehörte, dass er zu viel trank und meine Schwester, wenn er blau war, als Sandsack benutzte. Ich wollte, dass sie ihn verließ, redete mit Engelszungen auf sie ein. Es nützte nichts. Vielleicht hatte sie Angst vor ihm, oder sie liebte ihn, oder sie war auf ihre Art genauso krank wie er. Ich verständigte die Polizei. Das machte es noch schlimmer. Meine Schwester flehte mich an, es nie wieder zu tun. Ich versprach es ihr und hielt mich daran. Das war der größte Fehler meines Lebens. Eines Tages fiel er mit einem Hammer über sie her.« Large Marge schwieg und schien mit den Gedanken weit weg zu sein. Schließlich sprach sie weiter. »Wir mussten sie in einem geschlossenen Sarg beerdigen, so schlimm hatte er sie zugerichtet. Vor Gericht behauptete er, meine Schwester hätte ihn mit dem Hammer angegriffen, er hätte sich nur verteidigt. Das Gesetz meint es nicht gut mit misshandelten Frauen. Der Mörder meiner Schwester läuft bis heute frei herum. Ich bin hierhergezogen, um dieses Schwein nie mehr sehen zu müssen.« Ihr Blick richtete sich auf Dad. »Und nun bist du da.«

Dad sprang auf und holte Luft.

»An deiner Stelle würde ich ganz ruhig sitzen bleiben«, sagte Mr Walker.

Dad blieb noch einen Moment stehen. Dann ließ er sich zurücksinken und trommelte gereizt auf die Armstütze des Sofas.

Leni fragte sich, ob ihre Gäste ahnten, wie hoch der Preis wäre, den Mom und sie später zahlen würden.

»Sie meinen es gut, Mr Walker«, wagte sie sich vor. »Aber so dürfen Sie nicht –«

»Leni, du bist ein junges Mädchen«, unterbrach Mr Walker sie freundlich. »Deshalb gibt es Dinge, die du noch nicht überschauen kannst.«

»Tom und ich haben über die Situation hier gesprochen«, fuhr Large Marge fort. »Wir sehen mehrere Möglichkeiten, das Problem zu lösen. Die beste aus unserer Sicht wäre, Ernt einfach abzuknallen.«

Lenis Vater lachte auf, womöglich hielt er es für einen Scherz, doch dann sah er, dass sonst niemand lachte, und kniff die Lippen zusammen.

»Aus meiner Sicht wäre es das Beste«, betonte Mr Walker. »Marge hat eine andere Idee.«

Large Marge nickte. »Und die sieht so aus: Ernt packt seinen Krempel und meldet sich bei der Alyeska Pipeline Service Company in Anchorage. Sie wird demnächst mit dem Bau der Pipeline durch Alaska beginnen. Zurzeit geht es dort drunter und drüber. Unter anderem fehlen ihnen Mechaniker. Du wirst eine Menge Geld verdienen, Ernt – Geld, das deine Familie dringend braucht. Im Frühjahr sehen wir dann weiter.«

»Ich kann meine Familie nicht bis zum Frühjahr allein lassen«, sagte Dad.

»Wie rücksichtsvoll«, sagte Mr Walker.

»Du denkst wohl, dass ich dir so einfach meine Frau überlasse.«

»Das reicht«, sagte Large Marge. »Meinetwegen könnt ihr euch gleich zum Wettpinkeln rausstellen, aber vorher regeln wir, was wichtig ist. Ernt geht nach Anchorage. Und ich ziehe hier ein und bleibe bis zum Frühjahr hier wohnen. Bei mir sind Cora und Leni in Sicherheit. Im Frühjahr schauen wir, ob Ernt begriffen hat, was er an seiner Frau hat, und ob er in der Lage ist, sie anständig zu behandeln.«

»Du hast mir nichts zu befehlen«, sagte Dad.

Large Marge lachte. »Tut mir leid, aber das war die falsche Antwort.« Sie wurde wieder ernst. »Alaska bringt das Beste oder das Schlechteste in einem Menschen zum Vorschein, Ernt. Vielleicht wärst du woanders nicht zu dem geworden, der du jetzt bist. Vietnam wird seinen Teil dazu beigetragen haben, es ist bekannt, was ihr Jungs dort erlebt habt. Und nun machen die Kälte und die Dunkelheit dir zu schaffen. Das geht den meisten Leuten so und ist nichts, wofür man sich schämen muss. Nimm es einfach hin, und tu, was für deine Familie das Beste ist. Du liebst Cora und Leni doch, oder?«

Dad sah Mom an. Sein Gesichtsausdruck wurde weich, und für einen Moment erkannte Leni den Mann, der er hätte sein können, wenn der Krieg sich ihm nicht eingebrannt hätte. Den Vater von früher. »Ja, ich liebe sie«, sagte er.

»Gut«, sagte Large Marge. »Dann wirst du wohl auch für sie sorgen wollen. Pack deine Sachen. Ich bringe dich zur Fähre.«

1978

KAPITEL ZWÖLF

Wieder einmal war es Winter in Alaska. Die Seen, Flüsse, Felder und Wälder lagen unter einer dicken Schneedecke begraben. Doch da Leni nun schon seit vier Jahren hier lebte, hatte sie sich an die Maßlosigkeit des Winters gewöhnt.

Es war noch früh am Morgen, als sie mit dem Schneemobil die Hauptstraße hinunterfuhr und in den Weg zur alten Chromgrube abbog. Sie hatte einen kleinen Schlitten an das Schneemobil gebunden. Noch war er leer, doch auf der Rückfahrt wollte sie ihre Jagdbeute mit ihm transportieren. Sie war eine hervorragende Schützin geworden, in dem Punkt hatte ihr Vater recht behalten.

Sie fegte über die vereiste Schneedecke, über Erdbuckel und zugefrorene Bäche hinweg und an dichten Baumreihen vorbei. Hier draußen war sie in ihrem Element. Wenn sie über vereiste Stellen rutschte oder beim Überqueren eines Hindernisses abhob, schrie sie vor Angst und Freude zugleich.

Der Weg stieg an und wurde felsiger. Nun gab es nur noch vereinzelte dürre Bäume. Tief unter ihr lag die blass schimmernde Kachemak Bay.

Leni bretterte durch Schneewehen, wich umgestürzten Bäumen und Felsvorsprüngen aus. Es erforderte ihr ganzes Geschick und absolute Konzentration.

Sie erreichte ein Plateau, das aus einer einzigen Eisschicht bestand. Das Schneemobil schlitterte darüber hinweg. Sie drosselte ihr Tempo und hielt an.

Schwer atmend sah sie durch die Augenschlitze ihrer Gesichtsmaske auf die dunklen Berge mit den helleren Schneefeldern, die sich auf der anderen Seite der Bucht vor dem grauen Himmel abzeichneten. Mehr konnte man zu dieser frühen Stunde noch nicht erkennen.

Sie stieg aus dem Sattel, schob das Schneemobil zwischen zwei Tannen und breitete eine Zeltplane darüber. Sie legte ihre Schneeschuhe an. Den Rest des Weges musste sie zu Fuß gehen.

Sie folgte einem steilen Pfad bergaufwärts und entdeckte im Schnee gefrorene Schafslosung und Hufabdrücke.

Sie holte ihr Fernglas aus dem Rucksack und ließ ihren Blick über die Umgebung gleiten.

Da. Ein Alaska-Schneeschaf hoch oben an einem Hang. Das cremefarbene Fell und die langen, nach unten gebogenen Hörner waren nicht zu verkennen. Mit sicherem Tritt lief es über eine Felskante und verschwand.

Leni machte sich an die Verfolgung. Es wurde ein wenig heller. Immer wieder stieß sie auf die Hufabdrücke des Tiers. Schließlich gelangte sie an einen zugefrorenen Fluss.

Die Schafslosung, die sie dort entdeckte, war noch ganz frisch.

Demnach hatte das Schaf den Fluss überquert. Sie ließ ihren Blick über die Eisfläche wandern. In der Mitte türmten sich hochgedrückte Eisschollen, dahinter ragte ein umgestürzter Baum halb aus dem Eis hervor.

Der Wind wirbelte Schnee über das Eis. Er sammelte sich an einer Seite des Baums, an anderen Stellen war das Eis blank gefegt. Es war nicht klug, über den Fluss zu laufen, ohne zu wissen, wie fest die Eisschicht war, doch Leni hatte die Fährte aufgenommen und war nicht bereit, sie aufzugeben.

Sie streifte die Schneeschuhe ab und band sie an den Riemen des Rucksacks fest.

Mit vorsichtigen Probeschritten testete sie das Eis und lauschte auf verdächtiges Knacken. Doch außer dem Pfeifen des Windes war nichts zu hören. Sie wagte sich weiter vor. Langsam umrundete sie das Eisgebirge in der Mitte des Flusses und bewegte sich auf den halb versunkenen Baum zu. Um ihr Gewicht besser zu verteilen, ließ sie sich auf alle viere nieder und kniff die Augen zusammen, als der eisige Wind ihr Schnee ins Gesicht wehte. Dann war sie an dem Baum und wollte daran vorbei.

Sie hörte ein Knacken. Und noch eins, lauter als das erste. Der Baum begann sich kaum merklich zu drehen. Starr vor Schreck sah Leni zu, wie sich an einer Seite ein Riss im Eis abzeichnete, eine dünne Wasserspur hervortrat und sich verbreiterte.

Der Baum knarzte und sank tiefer. Stück für Stück krabbelte Leni fort.

Wieder knackte es, mehrere Male hintereinander. Es klang wie näher kommende Schüsse.

Sie blickte zum rettenden Ufer, zu dem es nicht mehr weit war, und dachte an Matthews Mutter, deren Leichnam man nicht weit entfernt von der Stelle gefunden hatte, an der sie eingebrochen war. Ein Bein hatte ihr gefehlt. Tiere mussten es gefressen haben. Einen Moment lang wagte Leni nicht, sich zu rühren.

Dann legte sie sich auf den Bauch und robbte voran. Je näher das Ufer rückte, desto schneller wurde sie. Als sie es erreichte, warf sie sich mit einem letzten verzweifelten Kraftakt darauf.

Keuchend blieb sie liegen und schmeckte Blut. Sie richtete sich auf und befühlte ihre Lippen. Da war nichts. Sie musste sich auf die Zunge gebissen haben.

Ihr Rücken war schweißnass, trotzdem bibberte sie vor Kälte. Sie musste sich bewegen.

Schwerfällig stand sie auf und begutachtete ihre Kleidung. Die Ärmel ihres Parkas waren nass. Ihre Hose, Stiefel und Handschuhe waren zum Glück wasserfest. Sie war mit dem Schrecken davongekommen.

Sie atmete ein paarmal tief durch und konzentrierte sich wieder auf den Weg, den das Schaf genommen hatte.

Dann verharrte sie. Sie hatte Zweige knacken hören und das leise Klacken von Hufen auf felsigem Grund. Gleich darauf drang ihr der Moschusgeruch des Schafs in die Nase. Lautlos pirschte sie sich in diese Richtung, holte ihr Gewehr aus dem Rucksack und zog sich hinter einen Baum zurück.

Sie legte das Gewehr an, spähte durch das Visier und sah das Schaf. Es stand am Hang auf einem Felsvorsprung – reglos, als sei es dabei, Witterung aufzunehmen.

Leni hielt das Gewehr ganz ruhig.

Wartete noch.

Dann drückte sie ab.

Ein perfekter Schuss. Das Tier sackte lautlos zusammen, kippte zur Seite und rollte den Hang hinunter, bis es unten liegen blieb.

Leni stapfte zu ihrem Fang. Sie beschloss, das Schaf gleich hier auszunehmen und es dann so rasch wie möglich zurück zu ihrem Schneemobil zu schaffen. Ihr war bewusst, dass sie gewildert hatte, die Jagdsaison für Schneeschafe war im Herbst. Aber was blieb ihr anderes übrig, wenn sie kein Fleisch mehr hatten? Leni dachte an den langen Weg, den sie nun nehmen müsste, um den Fluss sicher zu überqueren, und an das Gewicht des Tieres, das sie dabei schleppen musste.

In den vergangenen Jahren war Leni zu einer jungen Frau herangereift. Sie war in die Höhe geschossen, und ihr Gesicht hatte die kindlichen Rundungen verloren. Die Sommersprossen waren verblasst. Dafür hatte sich ihr Haar dunkler gefärbt. Sie ließ es wachsen, es sollte so ungezähmt wie die Natur Alaskas sein. Inzwischen reichte es bis zu ihrer Taille. Zu dieser kastanienroten Mähne bildeten ihre grünen Augen und die milchweiße Haut einen reizvollen Kontrast.

Als sie die Zufahrt zu ihrem Haus erreichte, war eine wässrige Sonne hervorgekommen. In einem Monat würde der Frühling beginnen. Er würde auch ihren Vater zurückbringen. Vier Jahre lang hatte er sich an den Befehl von Mr Walker und Large Marge gehalten. Er hatte es nur widerwillig getan, war lediglich ihrem »Rat« gefolgt, wie er es nannte. Doch wenn im November der Winter und mit ihm seine Alpträume begonnen hatten und er reizbar geworden war, hatte er sich jedes Jahr wieder auf den Weg gemacht. Vor einem Jahr war der Bau der Trans-Alaska-Pipeline abgeschlossen worden, und das Erdöl wurde von der Prudhoe Bay im Norden Alaskas bis zum Hafen von Valdez im Süden transportiert. Als Mechaniker verdiente Dad gut und sandte ihnen wöchentlich einen Teil seines Lohns. Leni und ihre Mutter hatten diese Einkünfte klug genutzt. Sie hatten Ziegen und Hühner gekauft und ein Kanu, mit dem sie zum Angeln fuhren. Auch ihr

Gewächshaus war neu und größer als das alte. Daneben hatten sie einen gut erhaltenen, gebrauchten Pick-up erworben. Der VW-Bus war nach dem Unfall vor vier Jahren nicht mehr zu retten gewesen.

Doch es war noch immer schwierig, mit Dad zusammenzuleben. Er war aufbrausend und launisch geblieben. Am schlimmsten war sein Hass auf Mr Walker. Der kleinste Anlass oder ein Schluck zu viel reichte aus, um diesen ausbrechen zu lassen. Aber Dad war nicht dumm. Er wusste, dass Large Marge und Mr Walker ihn im Auge hatten, und versuchte, sich unter Kontrolle zu halten.

Nach wie vor beteuerte Mom, dass es ihm doch viel besser ginge. Manchmal glaubte Leni das sogar, dann wieder dachte sie, dass es alles andere als besser sei, sondern sie sich bloß auf ihn eingestellt hatten wie Schneehühner, deren Gefieder sich im Winter weiß färbte.

Im Oktober und November, wenn die Tage kürzer wurden, beobachteten sie Dad, ebenso an den Winterwochenenden, an denen er zu Besuch kam. Das kleinste Zucken seiner Lider, jedes Stirnrunzeln, jedes Auflodern in seinen Augen war der Vorbote eines Stimmungsumschwungs. Leni lernte, ihn rechtzeitig zu beschwichtigen. Wenn es ihr nicht gelang, ging sie ihm aus dem Weg oder nahm seine Ausbrüche hin. Wenn er tobte, durfte man sich um keinen Preis einschalten, sonst hatte Mom es auszubaden.

Gegen Mittag war Leni zu Hause und stellte das Schneemobil ab. Vor ihrem Haus standen die Geländewagen von Mr Walker und Large Marge.

Als sie vom Sattel glitt, versanken ihre Stiefel tief im Schneematsch. Sobald die Sonne schien, fing es an zu tauen. Bald würden die Eiszapfen tropfen, die Schneeschmelze würde beginnen, der Erdboden wieder morastig werden, und die Bergbäche würden anschwellen.

Sie löste den blutigen Schafskadaver vom Schlitten und wuchtete ihn auf eine Schulter. Die Tiere in den Ställen rochen das Blut und machten sich lautstark bemerkbar. Leni gab beruhigende Laute von sich und stieg die Verandastufen hinauf. Auch hier gab es Veränderungen. Die Stufen waren neu gezimmert, das Holz der Veranda war ausgebessert worden. Seit einem Jahr hatten sie zudem einen Generator, der ihnen Strom lieferte.

Im Haus verflog die Atemwolke, die sie mit hineingebracht hatte, und Leni spürte die wohltuende Wärme des Ofens.

Auf dem großen Esstisch, den Dad im vergangenen Sommer gezimmert hatte, stand ein funkelnagelneues Kofferradio, und »Stayin' Alive« von den Bee Gees schallte durch das Haus. Es roch nach Essen und frischem Brot.

Large Marge und Mr Walker saßen am Tisch und hielten Spielkarten in den Händen.

Man merkte es sofort, wenn Dad nicht da war. Das Leben war unbeschwerter, die Atmosphäre entspannt.

»Leni«, rief Mom aus der Küche. »Pass auf, dass die beiden nicht schummeln.« Die Küche war kaum wiederzuerkennen. Seit zwei Jahren gab es dort einen Gasherd und einen Kühlschrank. Darüber hinaus hatte Mr Walker die Platte des Küchentresens gekachelt und ein neues Abwaschbecken installiert. Large Marge hatte ein Regal für das Geschirr gebaut, das sie aus dem Laden der Heilsarmee mitgebracht hatten. Nur fließendes Wasser besaßen sie noch nicht, auch kein WC und kein Bad.

»Natürlich schummeln sie«, sagte Leni.

»Ich nicht.« Large Marge steckte sich eine dicke Scheibe

Rentierwurst in den Mund. »Ich gewinne sowieso, ich habe es nicht nötig zu schummeln. Komm, sieh dir meine Karten an.«

Mr Walker lachte und nickte zu Lenis Jagdbeute hinüber. »Sieht aus, als hätte jemand ein Schaf erlegt.« Er holte eine Plastikplane aus der Küche und breitete sie auf dem Fußboden des Wohnzimmers aus.

Leni legte ihre Last darauf ab. »Ich habe es oben auf der Porter Ridge geschossen.«

Mr Walker schärfte ein Ulu-Messer und reichte es ihr.

Sie löste die Lende heraus, zerteilte sie und entfernte die Silberhaut von den Stücken. Es hatte Zeiten gegeben, da hätte sie es abartig gefunden, ein Tier im Haus zu zerlegen, aber im Moment war es draußen zu kalt.

Mom kam aus der Küche und wirkte so glücklich wie jeden Winter. Ebenso wie Leni hatte sie begonnen, diese Jahreszeit zu mögen. Zwar wurde die Welt um sie herum immer kleiner und war voller Gefahren, aber in ihrem Zuhause waren sie so frei und zugleich geborgen wie nie.

Mittlerweile waren Leni und ihre Mutter gleich groß. Wegen der körperlichen Arbeit, die sie tagtäglich verrichteten, und der Mahlzeiten, die überwiegend aus Fleisch und Gemüse bestanden, sahen sie aus wie das blühende Leben.

Mom setzte sich an den Tisch und nahm ihre Karten auf. »Diesmal gewinne ich«, erklärte sie.

»Fordere mich nicht heraus«, sagte Mr Walker.

Mom lachte und errötete.

Leni tat, als hätte sie nichts mitbekommen. Darin hatte sie Übung. Im Sommer machte sie sich vor, dass es ihrem Vater besser ging; im Winter ignorierte sie die Art, wie Mom und Mr Walker sich ansahen und es vermieden, einander zu berühren, und wie Mom mitunter seufzte, wenn sie seinen Namen aussprach.

Es gab Dinge, die einfach zu riskant waren, um sie zu wagen. Sie alle wussten das.

Leni konzentrierte sich wieder auf ihre Arbeit. Deshalb dauerte es einen Moment, bis sie die Schritte auf der Veranda hörte und aufschaute.

Gleich darauf öffnete sich die Tür. Lenis Magen zog sich zusammen.

Ihr Vater war vorzeitig zurückgekehrt. Und er sah furchtbar aus. Seine Kleidung war verdreckt, die Augen waren blutunterlaufen, der Bart wucherte wild. Seit Ende November war er fort gewesen und machte den Eindruck eines Mannes, der seitdem unablässig getrunken hatte.

»Ernt!« Mom drückte eine Hand auf ihre Brust und sprang auf. »Warum hast du nicht gesagt, dass du heute schon kommst?«

Dad warf einen Blick auf Mr Walker. »Das hätte euch sicher gepasst.«

»Deine Frau hat mit ihren Nachbarn Karten gespielt, Ernt, weiter nichts.« Mr Walker schaltete das Radio aus und stand auf. »Ich verabschiede mich.« Auf dem Weg zur Tür musste er Dad ausweichen, der nicht daran dachte, einen Schritt zur Seite zu tun. »Bis dann.«

Mom war blass geworden und sah Dad betreten an.

Large Marge erhob sich. »Ich bleibe noch eine Nacht, dann kann ich morgen in Ruhe packen. Oder hast du was dagegen, Ernt?«

Dad beachtete sie kaum. Er hatte nur Augen für Mom und antwortete lediglich: »Wie käme ich dazu, einer Frau wie dir Vorschriften zu machen.«

Large Marge lachte, ließ sich auf dem Sofa nieder und legte ihre Füße auf den neuen Couchtisch. Auch das Sofa war neu. Dad hatte beides in Anchorage aus der Versteigerungsmasse eines bankrotten Hotels erworben.

Mom schlang ihre Arme um Dad. »Hey«, flüsterte sie und küsste ihn. »Du hast mir gefehlt.«

»Die Arschlöcher haben mich entlassen.«

»Oh, Ernt.« Mom strich Dad über die Wange. »Was ist denn passiert?«

Dad schnitt eine Grimasse. »Ein verlogener Drecksack hat behauptet, ich würde während der Arbeit trinken. Und unser Chef, die miese Ratte, hat ihm geglaubt. Ich konnte sagen, was ich wollte.«

»Schrecklich«, sagte Mom und seufzte. »Du Armer.«

Dad hob ihr Kinn an und küsste sie hart auf den Mund. »Gott, wie ich dich vermisst habe«, murmelte er an ihren Lippen. Mom stöhnte und presste sich an ihn.

Eng umschlungen wankten sie zum Schlafzimmer und zerteilten die Plastikstreifen, die hinter ihnen klackend zusammenfielen. Dass sie nicht allein waren, schienen sie vergessen zu haben. Leni hörte, wie sie auf das Bett sanken und anfingen zu keuchen.

Sie widmete sich wieder ihrer Arbeit. Die Beziehung ihrer Eltern würde sie nie verstehen. Genauso wenig begriff sie, wie es möglich war, dass sie ihren Vater immer noch liebte. Vielleicht stimmte mit ihnen allen dreien etwas nicht. Large Marge sah aus, als gingen ihr ähnliche Gedanken durch den Kopf.

»Das ist nicht normal«, murmelte sie.

Leni zuckte mit den Schultern. »Was ist schon normal?«

»Gute Frage.« Large Marge lachte. »Immerhin ist Crazy Pete der glücklichste Ehemann, den ich kenne.«

»Matilda ist ja auch eine ganz besondere Gans. Hast du Hunger?«

Large Marge tätschelte ihren Bauch. »Etwas vom Eintopf deiner Mutter wäre nicht schlecht.«

»Ich wärme uns etwas auf. Die beiden werden wohl noch eine Weile beschäftigt sein.« Leni trug die Lendenstücke in die Küche und wusch ihre Hände in dem Wassereimer am Abwaschbecken. Dann holte sie das Kofferradio und stellte es wieder an. Um die Geräusche aus dem Schlafzimmer zu übertönen, drehte sie es bis zum Anschlag auf.

Als der Frühling begann, erwachte die Natur zu neuem Leben. Der Schnee schmolz. Hier und da kam die Sonne hervor und ließ die schmutzigen Reste des Schnees forttauen. Es war, als hätte die Welt ihren Eismantel abgeschüttelt und sei dabei, ihre erkalteten Glieder zu rütteln. In den Bergen lösten sich Lawinen, die auf dem Weg in die Tiefe alles mit sich rissen. Es kam zu Erdrutschen, bei denen Bäume ächzend ins Wanken gerieten und umstürzten. Aus der weißen Schneedecke wurde erst griesliger Matsch, dann Wasser, das sich in jeder Kuhle sammelte.

Dinge, die man vor Monaten im Schnee verloren hatte, kamen wieder zum Vorschein – eine Kappe, die der Wind davongeweht hatte, ein Hammer, Hausschlüssel, die jemand hatte fallen lassen. Bierdosen, die in Schneewehen geworfen worden waren, rollten verrostet über die Straßen. In den Pfützen schwammen Nadeln der Schwarzfichten, abgerissene Äste trieben mit den überschäumenden Bergbächen ins Tal. Ziegen und Kühe standen knietief im Schlamm, der sich nicht trocknen ließ, ganz gleich, mit wie viel Stroh man ihn bedeckte.

Das Schmelzwasser sammelte sich in Baumhöhlen, floss an den Straßen entlang und bildete Teiche. Es erinnerte die Menschen daran, dass die Halbinsel Kenai einmal ein Regenwald gewesen war. Überall hörte man Eisschichten aufbrechen und strudelndes Wasser, ein ständiges Rauschen, Gurgeln und Knacken.

Die Tiere kamen aus ihren Winterquartieren hervor. In Kaneq liefen Elche über die Straße, Meerenten kehrten in Scharen zurück und ließen sich auf den Wogen der Bucht nieder. Bären verließen ihre Höhlen und gingen auf Nahrungssuche. Die Natur machte Frühjahrsputz, schrubbte Eis und Schnee fort, blies den Himmel blank und ließ die Sonne wieder glänzen.

An einem schönen Frühlingsabend schlüpfte Leni in ihre Gummistiefel und ging hinaus, um die Tiere zu füttern. Sieben Ziegen hatten sie inzwischen, dreizehn Hühner und vier Enten. Auf dem Weg über den schweren nassen Boden hörte sie Stimmen, die aus der Bucht zu kommen schienen. Sie lief zum Ufer. Es war Flut, die Wellen brachen sich nur wenige Meter von ihr entfernt und rauschten schäumend zurück.

Nun sah sie, woher die Stimmen kamen. Eine Reihe bunter Kajaks zog weiter draußen vorbei.

Es waren Touristen, die vermutlich nicht ahnten, wie unberechenbar die Gewässer der Bucht sein konnten. Im Moment war die Brandung nicht gefährlich, doch im Nu konnten sich Wellen aufrichten und die Kajaks kentern lassen, bevor die Ruderer wussten, wie ihnen geschah.

Der vertraute Duft von Zigaretten und Rosenparfum stieg ihr in die Nase. Mom trat zu ihr und legte einen Arm um sie.

Sie sahen den Kajakfahrern zu, deren Lachen über das Wasser hallte. Leni versuchte, sich das Leben dieser jungen Leute vorzustellen, die in Alaska Ferien machten, Berge hinaufkraxelten, zelteten und »ganz natürlich« lebten, bevor sie in ihre Städte zurückkehrten.

Hinter ihnen wurde der Motor ihres Wagens angelassen. »Wir müssen los«, rief Dad ungeduldig.

Leni und Mom eilten zu ihm.

»Vielleicht sollten wir nicht zu dieser Versammlung fahren«, sagte Leni.

Dad zog die Brauen zusammen. »Warum nicht?«

»Weil du dich aufregen wirst.«

»Soll ich mich drücken? Glaubst du, ich bin ein Feigling?«

»Nein, aber –«

»Es geht um die Gemeinde, in der wir leben, und niemand liebt Kaneq mehr als ich. Wenn Tom Walker sich wichtigmachen will und eine Versammlung einberuft, nehmen wir daran teil. Los, steigt ein.«

Auch Kaneq war nicht mehr so, wie es vor vier Jahren gewesen war, und jede einzelne Neuerung war Dad übel aufgestoßen. Es passte ihm nicht, dass nun eine Personenfähre regelmäßig zwischen Kaneq und Homer verkehrte und fortwährend Touristen in ihre Gegend brachte. Er wurde wütend, wenn er ihretwegen langsam fahren musste, und schimpfte, wenn sie mitten auf der Straße stehen blieben und mit großen Augen auf einen Adler oder einen Habicht deuteten oder auf einen Seehund am felsigen Ufer der Bucht. Er zeterte, wenn in dem ausgebauten und renovierten Fish On kein Platz mehr frei war, und ärgerte sich über das gute Geschäft, das die Charterfirmen mit ihren Booten machten. Am schlimmsten fand er jedoch die Menschen, die hierherzogen, sich am Rand von Kaneq große Häuser mit Garagen bauten und Zäune darum errichteten.

An diesem Abend schlenderten etliche Touristen über die Straße, schossen Fotos und lachten so laut, dass irgendwo Hunde zu bellen begannen. Andere standen vor dem neuen Geschäft, in dem es kleine fertige Mahlzeiten, Getränke, Knabbereien und alles für den Anglerbedarf gab.

An der Tür zum Kicking Moose hing ein großes Schild mit der Aufschrift *Bürgerversammlung – Sonntagabend, 19 Uhr*. Die Tür stand weit offen.

»Was glaubt er, wo er ist?«, murmelte Dad. »In Seattle?«

»Die letzte Versammlung war vor zwei Jahren«, sagte Mom. »Da ging es um die Anlegestelle im Hafen. Weißt du noch, dass Tom sich damals bereit erklärte, das Holz für die Reparaturen zu spenden?«

»Daran musst du mich nicht erinnern.« Dad stellte den Wagen neben der Kneipe ab. »Ich sehe heute noch vor mir, wie er sich als Chef aufgespielt und uns sein Geld unter die Nase gerieben hat.«

Mom schwieg. Sie verließen den Wagen und betraten die Kneipe.

Das Kicking Moose war so heruntergekommen wie eh und je. Solange der Alkohol floss, interessierte sich niemand in Kaneq für die geschwärzten Wände und den noch immer vorhandenen Brandgeruch.

Der Schankraum war bereits gut gefüllt. Frauen und Männer, wobei Letztere überwogen, standen an der Theke und tranken. Unter den Barhockern hatten sich ein paar magere Hunde zusammengerollt. Die Musik, die im Hintergrund lief, wurde von dem Stimmengewirr im Raum übertönt. Ein Hund fing an zu jaulen und verstummte nach einem Stiefeltritt.

Mad Earl entdeckte Leni und ihre Eltern und winkte sie zu sich.

Dad nickte ihm zu und bahnte sich jedoch zunächst einen Weg zur Theke.

Old Jim war immer noch der Barmann, obwohl er stark gealtert war, die meisten Zähne verloren hatte und seine Augen wässrig geworden waren. Er bewegte sich langsamer als früher, doch er war noch immer bereit, anschreiben zu lassen oder seine Drinks gegen ein Stück Elchfleisch zu tauschen. Das war schon seit 1952 so, seit der Vater von Mr Walker die Kneipe gebaut und diese Regel eingeführt hatte.

»Einen doppelten Whiskey«, rief Dad. »Und ein Rainier-Bier für meine Frau.« Er knallte die Dollarscheine auf die Theke.

Sie kämpften sich zu den Harlans durch, die sich in einer Ecke rund um eines der Whiskeyfässer auf Plastikstühlen niedergelassen hatten.

Thelma lächelte Mom zu und klopfte auf den freien Stuhl an ihrer Seite. Die beiden Frauen waren Freundinnen geworden. Mom setzte sich zu ihr. Gleich darauf hatten sie die Köpfe zusammengesteckt und schwatzten. Auch Leni mochte Thelma. Wie die meisten Frauen, die in der Wildnis Alaskas lebten, war sie zäh und geradeheraus. Davon abgesehen legte man sich besser nicht mit ihr an.

Leni setzte sich zu Marybet. Die Achtjährige strahlte und entblößte einen Mund voller Zahnlücken.

»Gestern ist Axl überraschend zu Besuch gekommen, beinah hätte ich ihn mit einem Pfeil erschossen«, erzählte sie. »Er war stinksauer.«

Leni lachte.

»Hast du neue Fotos gemacht?«

»Wenn ich das nächste Mal zu euch komme, bringe ich sie mit.«

An der Theke wurde eine Glocke geläutet.

Das Stimmengemurmel verebbte. Nur hier und da gab es noch einige, die sich flüsternd weiterunterhielten.

Mr Walker trat vor die Versammelten. »Einen schönen guten Abend, liebe Nachbarn«, sagte er. »Danke, dass ihr so zahlreich erschienen seid. Zu meiner Freude sehe ich auch ein paar neue Gesichter und dazu jede Menge alte Freunde. Die neuen Bewohner von Kaneq heiße ich ganz besonders herzlich willkommen. Für diejenigen, die mich noch nicht kennen: Mein Name ist Tom Walker. Als mein Vater vor Jahren nach Alaska kam, waren die meisten von euch noch nicht auf der Welt. Er fing als Goldsucher an, doch dann wurde ihm klar, dass es vor allem der Landbesitz ist, der zu Wohlstand führt. Wie ihr wisst, gilt in Alaska immer noch das Heimstättengesetz, und man kann unbesiedeltes Land für sich beanspruchen. Meine Eltern steckten damals zweihundertfünfzig Hektar ab und ließen es als ihr Eigentum eintragen.«

»Es geht wieder los«, sagte Dad verdrießlich und kippte seinen Whiskey hinunter. »Gleich kommt die Geschichte von seinem Freund, dem Gouverneur, und wie sie als Kinder zusammen geangelt haben. Ich kann es nicht mehr hören.«

»Nun leben wir schon in der dritten Generation auf unserem Land, und dieses Land hat uns geprägt. Doch die Zeiten ändern sich, ihr wisst sicher, wovon ich rede. Die neuen Gesichter unter uns sind der Beweis. Die Menschen kommen hierher, um die Natur zu genießen und –«

»Was ist daran schlecht?«, rief jemand dazwischen.

»Die Touristen kommen in der Lachssaison und bevölkern die Ufer des Kenai River, sie mieten Kajaks, wandern in den

Bergen, machen eine Kreuzfahrt durch die Kachemak Bay. Der Umsatz unserer Charterunternehmen hat sich in den letzten beiden Jahren verdoppelt, die Personenfähre von Homer ist immer voll.«

»Wir sind in dieses Land gekommen, um unsere Ruhe vor so was zu haben«, rief Dad.

»Was willst du uns eigentlich sagen, Tom?«, fragte Large Marge.

»Danke, dass du fragst«, antwortete Mr Walker. »Ich habe mich entschlossen, Geld in die Renovierung des Kicking Moose zu stecken. Wird Zeit, dass wir hier im Ort eine Kneipe bekommen, in der man keine schwarzen Flecken am Rücken bekommt, wenn man sich an die Wand lehnt.«

Einige lachten.

Dad stand auf. »Meinst du, wir brauchen eine schicke Bar? Für wen? Für die Idioten, die uns im Sommer in Sandalen und mit Fotoapparaten um den Hals besuchen?«

Einige der Anwesenden drehten sich nach ihm um.

»Ich meine, dass ein neuer Anstrich und vielleicht auch ein paar Eiswürfel in den Getränken kein Weltuntergang sind.«

Beifälliges Gemurmel.

»Wir wollen keine Touristen«, rief Dad. »Diese Typen können uns gestohlen bleiben. Ich stimme gegen die Neuerungen. Sollen sie sich doch in Homer betrinken.«

Mr Walker zog die Brauen hoch. »Du tust ja gerade so, als hätte ich den Bau einer Brücke über die Bucht vorgeschlagen. Ich möchte nur das weiterführen, was mein Vater begonnen hat. Ich habe als Junge in dieser Kneipe ausgeholfen und hänge an ihr. Alles hier gehört mir.« Mit einer weit ausholenden Armbewegung umfasste er den Raum. »Alles. Vergiss das nicht. Und da wir schon beim Thema sind, ich denke auch daran, die alte Pension restaurieren zu lassen, die Leute wollen schließlich irgendwo schlafen. Ich werde sie *Pension Geneva* nennen, ich glaube, das hätte meiner Frau gefallen.«

Leni war sich sicher, dass Mr Walker ihren Vater absichtlich provozierte. Er mochte Dad ebenso wenig wie dieser ihn. Normalerweise mieden sie einander, doch manchmal ließ sich ihr Zusammentreffen nicht umgehen.

»Ist das zu fassen?« Lenis Vater drehte sich zu Mad Earl um. »Wie wär's mit einem Spielkasino? Und einem Riesenrad?«

Mad Earl erhob sich ebenfalls. »Ja, was soll das alles, Tom?«

»Die Rede ist von einer Pension mit zehn Zimmern, Earl. Schon vor hundert Jahren sind dort russische Pelzhändler und Missionare abgestiegen. Meine Mutter hat die Bleiglasfenster mit eigener Hand gefärbt. Das Haus ist Teil unserer Geschichte, und wir haben es mit Brettern vernagelt. Ich möchte es in seinem alten Glanz auferstehen lassen.« Mr Walker fixierte Dad. »Niemand hält mich davon ab, diesen Ort besser und schöner zu machen.«

Dad lief dunkelrot an. »Glaubst du, nur weil du Geld hast, kannst du dich über die anderen Menschen hinwegsetzen, die hier leben?«

Thelma zupfte an seinem Ärmel. »Mach doch aus einer Mücke keinen Elefanten, Ernt.«

Dad schleuderte ihr einen wütenden Blick zu. »Wir wollen nicht noch mehr Touristen in Kaneq. Deshalb lehnen wir Toms Pläne ab, und –«

Mr Walker läutete die Glocke auf der Theke. »Die Getränke gehen heute aufs Haus«, verkündete er mit einem liebenswürdigen Lächeln.

Die Leute applaudierten, sprangen auf und drängten sich zur Theke vor.

»Lasst ihr euch etwa mit ein paar lumpigen Getränken kaufen?«, rief Dad. »Toms Pläne sind nicht gut für uns. Wenn wir an einem Ort mit teuren Bars und Hotels wohnen wollten, wären wir nicht hier.«

Niemand hörte ihm zu. Auch Mad Earl war auf dem Weg zur Theke, um sich einen Drink abzuholen.

Large Marge trat zu Dad. Sie trug eine knielange Wildlederjacke und eine Schlafanzughose, deren Beine sie in Fellstiefel gestopft hatte. »Du weißt nie, wann du den Mund halten sollst, Ernt. Seit zwei Jahren reparierst du im Sommer die Bootsmotoren der Charterfirmen. Hat dich jemals einer gefragt, ob du dein kleines Unternehmen angemeldet hast? Oder Steuern zahlst? Nein. Wir mischen uns nicht ein. Das täten wir nicht einmal, wenn Tom Lust hätte, aus diesem Ort Barbies Traumhaus zu machen. Deshalb leben wir hier – damit jeder tun und lassen kann, was er will. Wir sind nicht hier, um uns nach dir zu richten.«

»Scheißtypen wie er haben mich mein Leben lang herumkommandiert.«

»Vielleicht liegt das eher an dir als an Tom.«

»Ich will nichts mehr hören«, sagte Dad und winkte Mom und Leni zu sich. »Wir gehen.« Als Mom nicht sofort aufstand, riss er sie hoch.

Mr Walker trat zu ihnen. Er lächelte, doch sein Blick war kalt.

»Lauf doch nicht fort, Allbright«, sagte er. »Weißt du, Veränderungen sind etwas ganz Natürliches, man kann sie nicht aufhalten. Außerdem wirst auch du von den Touristen profitieren.«

»Ich lasse nicht zu, dass du diesen Ort verschandelst. Und wenn du noch so viel Geld hast.«

»Doch, das wirst du«, antwortete Mr Walker. »Du hast gar keine andere Wahl. Komm, sei ein guter Verlierer, und trink einen Schluck.«

Ein guter Verlierer, dachte Leni.

Hatte Mr Walker noch immer nicht begriffen, was für ein Mann Dad war?

Er war alles andere als ein guter Verlierer.

KAPITEL DREIZEHN

Am nächsten Tag lief Dad im Haus auf und ab und erging sich in wütenden Tiraden über Mr Walker und seine Pläne. Gegen Mittag setzte er sich ans Funkgerät und sprach mit Mad Earl. Sie verabredeten sich für den Abend bei den Harlans.

Leni wurde mulmig zumute. Aus den Begegnungen mit Mad Earl war noch nie etwas Gutes entstanden. Die Stunden bis zum Abend vergingen ihr viel zu schnell, und dann war es auch schon so weit, dass sie sich auf den Weg machen mussten.

Mad Earl hatte vor seiner Veranda Stühle und Schemel im Halbkreis aufgestellt und die Mitglieder seiner Familie zusammengetrommelt. Leni und Mom setzten sich zu Thelma. Marthe und Agnes hatten sich auf Schemeln niedergelassen. Sie waren dabei, aus Holzstücken Speere zu schnitzen. Clyde und Donna standen wie Wachposten an ihren Seiten.

Mad Earl war noch in seinem Haus. Dad ging zu ihm hinein. Nach einer Weile kamen die beiden heraus und stellten zwei Stühle auf die Veranda. Leni nahm an, dass sie die Zwischenzeit zu einem Schluck Whiskey genutzt hatten.

Es fing an zu nieseln. Die Wolken wurden dunkler und senkten sich schwer herab, die Bäume verschwanden hinter einem gräulichen Vorhang. Die Hunde verkrochen sich winselnd in ihren Hütten.

Dad ließ seinen Blick über die Anwesenden gleiten. Es war eine kleine Gruppe. In den vergangenen Jahren hatten etliche der jüngeren Harlans das Land von Mad Earl verlassen. Einer arbeitete als Fischer auf der Beringsee, ein anderer als Waldhüter im Kachemak Bay State Park. Axl hatte eine junge Inuk-Frau geschwängert und lebte mit ihr in einer Inuit-Siedlung in der Wildnis.

Dad hatte ein Bandana aus Tarnfarben um sein langes strähniges Haar gebunden und machte einen kriegerischen Eindruck. »Ihr wisst, weshalb wir hier sind«, sagte er und legte Mad Earl eine Hand auf die Schulter. »Dieser Mann kam schon vor langer Zeit mit seiner Familie hierher, um ein gutes und einfaches Leben zu führen, an einem Ort, wo das Land den Menschen ernährt.« Um seine Worte wirken zu lassen, legte Dad eine kleine Pause ein. »Das ist ihm auch gelungen. Bis jetzt.«

Mad Earl nickte, zog einen Flachmann aus seiner Hosentasche hervor und setzte ihn an.

»Tom Walker ist ein reicher, arroganter Dreckskerl«, fuhr Dad fort. »Solche Typen kommen mir gerade recht. War der feine Herr in Vietnam? Natürlich nicht, Leute wie er hatten zig Ausreden, mit denen sie sich vor dem Kriegsdienst gedrückt haben. Im Gegensatz zu Bo und mir. Wir haben für unser Land gekämpft. Aber soll er meinetwegen ein Drückeberger sein. Meinetwegen soll er auch tun, als wäre er etwas Besseres, und jedem erzählen, wie viel Geld er hat. Meinetwegen soll er sogar meiner Frau schöne Augen machen.« Er breitete die Arme aus. »Aber Kaneq und unsere Art zu leben wird er nicht zerstören. Das lasse ich nicht zu. Dies ist unsere Heimat, und die wird so bleiben, wie sie ist.«

»Ernt«, sagte Thelma ungehalten. »Tom baut kein Ferienparadies. Er will nur diese alte Kneipe renovieren.« Marybet rutschte von ihrem Schoß herunter und setzte sich zu Marthe und Agnes.

»Er möchte auch ein Hotel eröffnen«, sagte Dad zornig. »Vergiss das nicht.«

Thelma sah ihren Vater an. »Warum müsst ihr alles so aufbauschen? Bei uns gibt es weder Straßen noch Strom noch Telefon. Was soll euer Gemecker?«

»Ich meckere nicht nur, keine Sorge«, erwiderte Dad. »Ich werde etwas dagegen unternehmen.« Er stand auf und stemmte die Fäuste in die Seiten. »Wer ist dabei?«

»Ich auf jeden Fall«, sagte Mad Earl. Er nahm einen Schluck aus seinem Flachmann und stieß auf.

»Wenn Tom sich durchsetzt, steigen die Preise im Kicking Moose«, sagte Clyde.

»Sind wir in die Wildnis gezogen, damit wir an jeder Ecke auf Touristen stoßen?«, fragte Dad.

Clyde und Ted traten zu ihm und schlugen ihm anerkennend auf die Schulter.

»Warum macht Ernt so ein Fass auf?«, fragte Thelma leise und beobachtete die Männer, die redeten und gestikulierten. Von irgendwoher war eine Flasche Whiskey aufgetaucht, aus der sie reihum tranken. »Ich hatte gehofft, dass er die Sache auf sich beruhen lässt.«

Mom zündete sich eine Zigarette an. »Das hat er noch nie getan.«

Thelma schaute von ihr zu Leni. »Ich weiß, dass ihr keinen großen Einfluss auf ihn habt, aber jemand sollte Ernt klarmachen, dass er auf dem falschen Dampfer ist. Tom ist alles andere als arrogant und rücksichtslos. Wenn einer Hilfe braucht, ist er da und tut, was er kann. Als Marybet im letzten Jahr so schwer krank war, hat er von sich aus angeboten, sie nach Homer ins Krankenhaus zu fliegen.«

»Ich weiß«, sagte Mom.

»Wenn wir nicht aufpassen, spaltet dein Mann uns in zwei Lager.«

»Das nimmt er in Kauf.« Mom lachte gequält.

An diesem Abend betranken sich sowohl Dad als auch Mom – jeder aus seinem eigenen Grund. Zur Sicherheit übernahm Leni auf der Heimfahrt das Steuer ihres Pick-ups. Zu Hause half sie Mom aus dem Wagen und über die Verandastufen ins Haus. Mom wankte ins Schlafzimmer, warf sich laut lachend aufs Bett und rief nach Lenis Vater.

Leni kletterte die Leiter zu ihrem Lager hinauf, einer noch gut erhaltenen Matratze, die sie vor einer Weile auf dem Sperrmüll gefunden und mit Bleichmittel sauber geschrubbt hatte. Sie kroch unter die Decke aus Marderfellen, die sie und Mom in den vergangenen Wintermonaten genäht hatten, und versuchte einzuschlafen.

Doch Dads Gebaren im Kicking Moose und bei den Harlans ließ ihr keine Ruhe. Sie konnte nicht sagen, was genau ihr daran aufgestoßen war, aber sie spürte, dass er kurz davor war, die Kontrolle über sich zu verlieren.

Irgendetwas hatte seine alte Wut geweckt.

Weil man ihm wieder einmal gekündigt hatte? Oder weil Mr Walker bei seiner Rückkehr hier am Tisch gesessen und mit Mom Karten gespielt hatte? Doch das war schon Wochen her.

Jedenfalls ging es um mehr als um die simplen Veränderungen, die Mr Walker angekündigt hatte. Niemand, der so oft und gern wie Dad im Kicking Moose trank, konnte etwas dagegen haben, dass die Kneipe frisch gestrichen wurde.

Leni zog die Kiste heran, in der sie Matthews Briefe aufbewahrte. Nicht ein einziger Monat war vergangen, ohne dass er ihr geschrieben hatte. Sie kannte die Briefe auswendig, und wenn sie eine bestimmte Stelle heraussuchen wollte, fand sie den entsprechenden Brief auf Anhieb. Es gab Sätze darin, die sie sich immer wieder stumm vorsagte.

Mir geht es schon viel besser … Neulich abends habe ich jemanden mit einer Polaroid-Kamera gesehen. Natürlich musste ich gleich an Dich denken … Gestern habe ich ein Tor geschossen – ich wünschte, Du wärst dabei gewesen!

Am schönsten war es, wenn er Dinge schrieb wie: *Leni, Du fehlst mir.* Und: *Ich weiß, es klingt übel kitschig, aber ich habe von Dir geträumt. Bitte, gib zu, dass ich auch schon mal in Deinen Träumen aufgetaucht bin!*

Leni schob die Kiste fort. Sie wollte die Briefe nicht lesen, während sie sich um den Gemütszustand ihres Vaters sorgte. Das ließe sie umso mehr spüren, wie weit entfernt Matthew war und wie einsam sie sich ohne ihn fühlte. Sie wollte sich nicht die Frage stellen müssen, ob er jemals zurückkäme. Und auf keinen Fall wollte sie ihm in diesem Moment schreiben, denn sonst würde sie ihm womöglich offenbaren, was sie wirklich bewegte, dass sie einsam war. Und dass sie Angst hatte.

Sie schlug das Buch »Dornenvögel« auf, das sie gerade las, und vertiefte sich in die Geschichte einer verbotenen Liebe, die sich in einem rauen, unwirtlichen Land abspielte.

Kurz nach Mitternacht hörte sie, wie der Vorhang unten bewegt wurde. Sie ging davon aus, dass ihr Vater oder ihre

Mutter aufgestanden war, um im Ofen Holz nachzulegen. Doch außer leisen Schritten war nichts zu vernehmen. Sie robbte sich zum Rand des Dachbodens vor und spähte nach unten.

Im ersten Moment erkannte sie nur die schwach schimmernde Glut, die durch das Fenster der Ofentür fiel.

Dann nahm sie ihren Vater wahr. Er war von Kopf bis Fuß in Schwarz gekleidet, hatte eine Baseball Cap tief in die Stirn gezogen und trug eine Tasche.

Er öffnete die Tür und verschwand.

Leni schlich die Leiter hinunter und schaute aus dem Fenster. Der Mond beschien die schmutzigen Schneereste draußen.

Dad legte die Tasche in den Pick-up und lief zum Werkzeugschuppen.

Gleich darauf kehrte er mit einer Axt zurück.

Dann stieg er in den Wagen und fuhr davon.

Als Leni am nächsten Morgen nach unten kam, war Dad schon wach und bester Laune. Wie ein Samurai hatte er sein Haar oben auf dem Kopf zu einem Knoten gebunden und pflückte Sägespäne aus seinem Bart. »Da kommt unsere Schlafmütze«, sagte er. »Wie lange hast du gestern Abend wieder gelesen?«

Leni zuckte mit den Schultern und betrachtete ihn misstrauisch.

Dad nahm sie in die Arme und machte Tanzschritte, bis Leni zu lachen anfing.

Ihre Bedenken lösten sich auf, und ihr wurde ein wenig leichter ums Herz.

An diesem Tag wollte sie fröhlich sein, denn in Kaneq wurde der Beginn der Lachssaison gefeiert. Früher war es eine Tradition der Alutiiq gewesen, eines Stammes der Inuit, der im Süden Alaskas zu Hause war. Im April kamen die Stammesmitglieder zusammen und baten die Geister um einen ertragreichen Fischfang. Die Bewohner Kaneqs hatten daraus ein Volksfest gemacht.

Um zwei Uhr nachmittags, als sie ihre Arbeit für den Tag beendet hatten, packten Leni und Mom einen Berg Frischhaltedosen voll Essen und folgten Dad zum Pick-up. Es war ein wundervoller Tag. Der blaue Himmel dehnte sich endlos über der Bucht, an ihrem Strand glänzten die Kiesel in der Sonne und trugen den Schaum, den die Wellen ablegten, wie Spitzenhäubchen.

Leni und Mom luden das Essen, Wolldecken und für alle Fälle auch Regenzeug und Pullover hinten in den Wagen und setzten sich zu Dad auf die Vorderbank.

Sie fuhren bis zur Brücke über den Icicle Creek. Gleich dahinter stellte Dad den Wagen ab. Den Rest mussten sie wegen des Festes zu Fuß laufen.

»Was ist denn hier los?«, sagte Mom, als sie sich der Straße näherten, auf der das Fest stattfinden sollte.

Überall drängten sich Menschen, doch irgendetwas stimmte nicht. Normalerweise hätten die Männer an Grills gestanden, Elchburger, Rentierwurst und Fische gebraten, Bier getrunken und sich unterhalten. Die Frauen hätten an den aufgebauten Tischen das mitgebrachte Essen ausgebreitet – Fischsandwiches, Krabbensalate, gedünstete Muscheln, Brote und eingelegtes Gemüse.

Stattdessen stand eine Gruppe vor dem Kicking Moose, eine andere auf der Straßenseite gegenüber. Und es hing eine merkwürdige Spannung in der Luft, dachte Leni.

Dann fiel ihr Blick auf die Kneipe, und sie rang nach Luft.

Die Fenster waren eingeschlagen worden, die Tür hatte jemand mit einer Axt bearbeitet, in den Angeln hingen nur noch gesplitterte Holzreste. Auf die verkohlten Außenwände waren in weißer Farbe Parolen gesprüht worden. *Hände weg von Kaneq! Das ist eine Warnung.*

Mr Walker stand vor der Türöffnung, zusammen mit Large Marge, Natalie, Mrs Rhodes und ihrem Ehemann. Die vier wurden von den Händlern und Fischern des Ortes umringt, und Leni dachte, dass dort die Menschen standen, die mit einem klaren Ziel vor Augen nach Alaska gekommen waren.

Auf der anderen Seite hatten sich die Außenseiter versammelt, die Einzelgänger und Bewohner der Wildnis. Diese Leute waren in Alaska, weil sie vor etwas davongelaufen waren. Vor Gläubigern, Behörden, der Polizei, Unterhaltszahlungen oder auch nur vor dem Leben in einer Welt, mit der sie nicht mehr zurechtkamen. Ebenso wie Dad wünschten sie, dass in Alaska die Zeit stillstände. Wenn es nach ihnen ginge, gäbe es hier keine Straßen, keinen Strom und schon gar keine Touristen oder Kommunikationsmittel wie das Telefon.

Dad durchquerte den Ort mit großen, selbstbewussten Schritten. Leni und Mom mussten fast laufen, um mit ihm auf einer Höhe zu bleiben.

Mr Walker trat in die Straßenmitte und kickte gegen eine leere Sprühdose. Sie landete vor Dads Füßen. »Meinst du, ich weiß nicht, wer den Schaden angerichtet hat?«, fragte er spöttisch. »Jeder hier weiß, dass du es warst, du durchgeknalltes Arschloch.«

»Du liebe Zeit.« Dad lachte. »Ist etwas passiert? Ist dein Laden demoliert worden? Das tut mir aber leid.«

Wie souverän Mr Walker im Vergleich zu Dad wirkte,

dachte Leni. Stets schien er Herr der Lage zu sein. Sie konnte sich nicht vorstellen, dass er jemals betrunken umherstolperte, zusammenhanglose Selbstgespräche führte oder sich in seine Wut hineinsteigerte, bis er nicht mehr wusste, was er tat. »Du bist noch erbärmlicher als ein Feigling, Allbright. Und noch dümmer, als ich dachte. Schleichst nachts durch die Dunkelheit, um Fenster und Türen einzuschlagen, die ich ohnehin erneuern werde. Besprühst Wände, die in Kürze sowieso neu gestrichen werden.«

»Er hat es nicht getan«, sagte Mom mit gesenktem Blick. Wahrscheinlich hatte sie Angst, Mr Walker in Dads Gegenwart anzusehen. »Ernt war die ganze Zeit zu Hause.«

Mr Walker tat, als hätte er sie nicht gehört. Er trat dichter an Dad heran. »Diesmal lasse ich dir das durchgehen. Aber schreib dir eins hinter die Ohren: Kaneq wird mit der Zeit gehen, ob dir das passt oder nicht. Und noch etwas. Falls du mir noch einmal in die Quere kommst, knöpfe ich mir dich persönlich vor. Ist das klar?«

Dad lächelte abfällig und sagte: »Du machst mir keine Angst.«

Mr Walker lächelte ebenfalls. »Dann bist du noch viel dümmer, als ich dachte.«

Er wandte sich zu den Leuten um, die näher gekommen waren, um den Dialog zwischen ihm und Dad zu verfolgen. »Wir sind Freunde und Nachbarn«, sagte er. »Ein paar Schmierereien an einer Wand kümmern uns nicht. Lasst uns feiern.«

Die Leute schienen aufzuatmen, und die beiden Gruppen lösten sich auf. Die Frauen verteilten die mitgebrachten Leckereien auf den Tischen am Straßenrand, die Männer entzündeten die Holzkohle der Grills. Am anderen Ende der Straße begann eine Band.

Lay down, Sally, and rest you in my arms …

Dad zuckte mit den Schultern. Als wäre nichts vorgefallen, nahm er Moms Hand und schlenderte mit ihr die Straße hinab. Dabei bewegte er den Kopf im Takt der Musik.

Leni sah ihnen nach. Dann schaute sie zu Mr Walker, Large Marge und Natalie hinüber. Thelmas Befürchtung war wahr geworden. Der Ort war in zwei Lager gespalten, und sie, Leni, stand genau dazwischen.

Sie war sicher, dass ihr Vater hinter der Attacke auf die Kneipe steckte. Seine Wut hatte eine neue Stufe erreicht. Vier Jahre lang hatte er versucht, sich zu beherrschen. Im Winter hatte er an der Pipeline gearbeitet, und im Sommer hatte er darauf geachtet, Mom nie mehr dahin zu schlagen, wo Außenstehende es sehen konnten. Und um Mr Walker hatte er einen Riesenbogen gemacht.

Das schien nun vorbei zu sein.

Sie hatte Mr Walker nicht kommen sehen und fuhr zusammen, als er sie ansprach.

»Du siehst bedrückt aus«, sagte er.

»Ich möchte nicht, dass diese Sache zwischen Ihnen und meinem Vater die Leute entzweit.«

Mr Walker lächelte beruhigend. »Deshalb musst du dir doch keine Sorgen machen.«

»Doch«, antwortete Leni. »Das muss ich.«

»Du grübelst zu viel«, sagte Large Marge, als Leni am nächsten Tag zur Arbeit erschien. Seit einem Jahr half Leni bei ihr aus, räumte die Regale ein, wischte Staub und bediente die uralte Kasse. Von ihrem Lohn kaufte sie Polaroid-Filme und Bücher.

Dad war dagegen gewesen, dass Leni sich einen Job suchte, doch in diesem Punkt hatte Mom sich ausnahmsweise einmal durchgesetzt und erklärt, als Teenager könne man sich ruhig sein eigenes Taschengeld verdienen.

»Ich finde es schlimm, was da passiert ist.« Leni schaute aus dem Fenster auf die beschädigte Kneipe gegenüber.

»Männer sind Idioten«, antwortete Large Marge. »Am besten merkst du dir das schon mal. Schau dir Elchbullen an, die aufeinanderzurasen und ihre Schaufler zusammenknallen. Die Böcke der Schneeschafe machen es genauso. Völlig verrückt – und sinnlos.«

Doch Leni konnte den Zwischenfall am Vortag nicht so einfach abtun. Der Konflikt zwischen Mr Walker und ihrem Vater lief wie ein Riss durch ihre Gemeinschaft. Zwar hatte das Fest bis zum Morgengrauen gedauert, doch zwischendurch hatten sich immer wieder Grüppchen gebildet, die diskutiert und auf die verschandelte Kneipe gedeutet hatten. Als das Fest zu Ende gewesen war, ging jeder stumm nach Hause.

Der Zusammenhalt der Einwohner, von dem Large Marge am Tag ihrer Ankunft gesprochen und den Leni seitdem oft erlebt hatte, war gestört worden.

Am späten Sonntagnachmittag fuhren Leni und ihre Eltern wieder zu den Harlans. Während sich das zartviolette Licht des frühen Abends ausbreitete, grillten sie. Später, als es dunkel war, machten sie ein großes Holzfeuer. Wie immer kreiste eine Whiskeyflasche.

Leni zog sich auf Thelmas Veranda zurück. Im Schein einer Gaslaterne las sie noch einmal den Brief, den Matthew ihr zuletzt geschickt hatte. Dann und wann schaute sie zum Feuer hinüber. Dad und die Männer der Harlans waren dunkle Silhouetten, die zunehmend lauter und aufgebrachter gestikulierten, untermalt vom Knistern und Knacken der brennenden Holzscheite. Gesprächsfetzen drangen an ihr Ohr.

»… reißt alles an sich …«

»… der Mistkerl denkt, er könne uns sagen, wo's langgeht …«

»… wir brauchen kein Fernsehen …«

»… wollen keine Touristen.«

Helles Scheinwerferlicht durchbrach die Dunkelheit. Die Hunde schossen aus ihren Hütten hervor und bellten den Geländewagen an, der auf das Grundstück fuhr und anhielt.

Mr Walker stieg aus, warf einen Blick auf die Runde am Lagerfeuer und kam forschen Schrittes näher.

Leni steckte Matthews Brief in ihre Hosentasche und gesellte sich zu den anderen.

Dad hatte schon reichlich getrunken. Sein Gesicht schimmerte orangerot im Schein des Feuers, der Samurai-Knoten, den er nun ständig trug, saß schief. »Da scheint sich jemand verirrt zu haben«, sagte er mit schwerer Stimme. »Du gehörst nicht hierher, Walker.«

»Sagt der Mann, der noch immer zu den Cheechakos zählt«, entgegnete Mr Walker lächelnd. Leni konnte nicht entscheiden, ob dieses Lächeln seine beleidigenden Worte abschwächte oder verstärkte.

Dads Augen verengten sich zu Schlitzen. »Ich lebe seit mehr als vier Jahren hier.«

»So lange schon?« Mr Walker verschränkte die Arme vor der Brust. »Ich habe Stiefel, die mehr von Alaska gesehen haben als du.«

Dads Gesichtsfarbe vertiefte sich. »Ich werde dir mal was –«

»Du wirst gar nichts«, unterbrach ihn Mr Walker. »Ich bin gekommen, um mit den Harlans zu reden, nicht mit dir.« Sein Blick wanderte zu Clyde und Ted. »Wir kennen uns nämlich schon, seit ich denken kann. Als Kinder haben wir zusammen gespielt. Als wir Jungen waren, habe ich Clyde gezeigt, wie man Enten jagt, und Thelma hat mich geohrfeigt, wenn ich ihr blöd gekommen bin. Und jetzt würde ich gern in Ruhe mit meinen Freunden reden.«

Dad zog die Brauen zusammen und starrte Mr Walker grollend an.

Mr Walker zwinkerte Thelma zu, die ihn freundlich ansah. »Wir haben zusammen das erste Bier getrunken, wisst ihr noch? Und uns am Wochenende im Kicking Moose getroffen. Donna und Clyde haben dort geheiratet.«

Donna lehnte sich an ihren Mann und lächelte.

Mr Walker sprach weiter. »Aber zur Sache: Wir brauchen wieder einen Ort, wo wir uns zusammensetzen und einen Schluck trinken können, ohne danach nach verkohltem Holz zu riechen. Deshalb ist es höchste Zeit, dem alten Schuppen wieder auf die Beine zu helfen. Natürlich erfordert das eine Menge Arbeit. Und Arbeiter.« Er zuckte mit den Schultern. »Die kann ich natürlich aus Homer kommen lassen und ihnen vier Dollar pro Stunde zahlen. Lieber wäre mir allerdings, ich könnte das Geld hier bei meinen Freunden lassen. Für den Winter kann man jeden Penny brauchen.«

»Vier Dollar pro Stunde?« Ted warf Thelma einen fragenden Blick zu. »Das ist ordentlich.«

»Ich will fair sein«, sagte Mr Walker.

»Ausgerechnet.« Dad lachte spöttisch und wandte sich zu

den anderen um. »Hört nicht auf ihn, er versucht, euch zu kaufen. Wir wissen, was gut für uns und Kaneq ist. Sein Geld ist es nicht.«

Thelma sah Dad ärgerlich an und wandte sich an Mr Walker. »Wie lange dauert der Job?«

»Zuerst an der Kneipe und dann an der Pension?« Mr Walker wiegte den Kopf hin und her. »Wäre gut, wenn es erledigt ist, bevor der Winter kommt.«

»Und wie viele Arbeiter brauchst du?«

»So viele ich kriegen kann.«

Thelma neigte sich zu Ted und flüsterte ihm etwas zu.

Dad drehte sich zu Mad Earl um. »Lässt du das zu?«

Mad Earl wich seinem Blick aus. »Ein guter Job wird einem nicht alle Tage angeboten.«

Leni sah, wie Wut in Dad hochkochte.

»Ich bin dabei«, sagte Ted.

Mr Walker lächelte triumphierend. »Sehr schön. Noch jemand?«

Clyde meldete sich. Dad machte einen Schritt auf ihn zu und verharrte. Dann drehte er sich zu Mom um und packte ihren Arm. Ohne ein weiteres Wort zerrte er sie zu ihrem Wagen. Leni lief ihnen nach.

Im Wagen ließ er den Motor aufheulen und trat so fest auf das Gaspedal, dass die Reifen im Schlamm durchdrehten. Er setzte den Wagen zurück, versuchte es noch einmal. Als die Reifen endlich Halt fanden, raste er los.

Auf der Fahrt begann er in wütenden, abgehackten Sätzen mit sich selbst zu reden und wild dazu zu gestikulieren. Mom griff trostsuchend nach Lenis Hand.

»Verdammte Idioten … lassen diesen Dreckskerl gewinnen … reiche Typen, die glauben, ihnen gehört die Welt.«

Vor ihrem Haus bremste er so hart, dass der Pick-up über den feuchten Boden schlitterte.

Leni und Mom wagten kaum mehr zu atmen.

Dad rührte sich nicht, sondern starrte durch die Windschutzscheibe auf die dunklen Bäume und den schwarzgrauen Himmel.

»Verschwindet«, sagte er gepresst. »Ich muss nachdenken.«

Leni sprang aus dem Wagen, konnte gar nicht schnell genug fortkommen. Mom musste es ebenso ergehen, sie hetzte mit Leni zum Haus und schlug die Tür hinter ihnen zu. Am liebsten hätte Leni noch den Riegel vorgeschoben, doch das war ihr zu riskant. Wenn sie Dad aussperrten, wäre er imstande, in seiner Wut das Haus niederzubrennen, ganz gleich, ob sie und Mom darin waren oder nicht.

Sie zog den Fenstervorhang ein wenig auf und spähte zu dem Pick-up hinüber.

Der Motor lief noch. Grauer Rauch stieg hinter dem Wagen auf, die Scheinwerfer waren wie zwei große gelbe Augen.

Dad war kaum auszumachen, war nicht mehr als ein Schatten.

»Er war es«, sagte Leni. »Er hat die Fenster des Kicking Moose eingeschlagen und aus der Tür Kleinholz gemacht.«

»Nein, so weit würde er nicht gehen«, antwortete Mom.

Leni hätte Mom gern geschont und ihr den Kummer erspart, doch die Wahrheit brannte auf ihrer Seele, und dieser Brand musste gelöscht werden. »Er hat gewartet, bis du geschlafen hast. Ich war wach und habe ihn gesehen. Er hat sich eine Axt geholt und ist losgefahren.«

Mom zündete sich eine Zigarette an. Atmete geräuschvoll aus. »Ich dachte, diesmal …« Sie verstummte.

Leni wusste, was ihre Mutter gedacht hatte. Wie jedes Mal

hatte sie gehofft, dass es besser werden würde. Sie hatte noch immer nicht verstanden, wie trügerisch diese Hoffnung war. »Was sollen wir denn nun tun?«

»Tun?« Mom schnaubte. »Er war sowieso schon aufgebracht, weil er seinen Job an der Pipeline verloren hat. Und jetzt auch noch die Sache mit der Kneipe – und mit Tom –, das könnte ihm den Rest geben.«

Leni spürte die Angst ihrer Mutter. Und sie spürte, was bei ihrer Mutter stets mit der Angst einherging, gleich einem stummen Zwilling – die Scham, dass sie nichts gegen Dad unternahm. »Wir müssen noch vorsichtiger sein«, sagte sie. »Sonst gibt es eine Katastrophe.«

KAPITEL VIERZEHN

Der April war ein wetterwendischer Monat. Nach ein paar schönen Tagen gab es Mitte des Monats noch einmal einen Kälteeinbruch. Es begann von neuem zu schneien, und die Eisdecke auf dem Chena River und dem Tanana River blieb geschlossen. Auch waren noch keine Zugvögel zurückgekehrt. Selbst alteingesessene Bewohner von Fairbanks beschwerten sich über das Wetter, obwohl sie schon seit Jahrzehnten in dieser Stadt lebten, die als die kälteste Amerikas galt.

Nach dem Training am frühen Nachmittag verließ Matthew das Eisstadion mit dem Hockeyschläger über der Schulter. In seinen Sportklamotten mochte er auf den ersten Blick wie ein typischer Siebzehnjähriger aussehen, doch er selbst wusste es besser. Auch die anderen wussten es, allen voran seine Klassenkameraden. Sie waren nett zu ihm, folgten wie die meisten in Alaska der Devise, leben und leben lassen, dennoch machten sie einen Bogen um ihn. Das Gerücht, er habe einen Nervenzusammenbruch erlitten, hatte sich wie ein Lauffeuer verbreitet. Noch bevor er die Schule vor vier Jahren betreten hatte, ging ihm schon der Ruf voraus, dass mit ihm etwas nicht stimme. Die meisten Menschen waren Rudeltiere, auch in Alaska, und Matthew galt als das schwächste Glied der Herde.

Der Eisnebel – ein gräulicher Dunst, durchsetzt von winzigen Eiskristallen – verwandelte die Straße vor ihm in eine gespenstische Kulisse. Die flachen zweistöckigen Gebäude hoben sich als dunkle Kästen ab und wirkten wie ausgestorben. Wie die meisten Häuser der Stadt waren sie eilig errichtet worden und schmucklos geblieben.

In der trüben Luft waren von den Menschen auf den Straßen kaum mehr als graue Konturen erkennbar. Es gab Menschen in der Stadt, die an diesem Tag oder in dieser Woche erfrieren würden. Jeden Tag las man in der Zeitung, wie viele Tote es gegeben hatte und wie viele vermisst wurden.

Matthew hatte den Pick-up seines Onkels noch nicht erreicht, als es schon dunkel wurde. Die Straßenlaternen gingen an. Bis auf die Scheinwerfer der wenigen Autos waren sie die einzigen Lichtquellen.

Nach mehreren Versuchen sprang der Pick-up an. Mitten im Winter, als die Temperatur auf minus dreißig Grad Celsius gesunken war, hatte das länger gedauert. Wenn es so kalt war, ließen die Leute ihren Wagenmotor oft laufen, während sie einkaufen gingen.

Matthew fuhr langsam durch die diesigen Straßen, immer damit rechnend, dass ein Auto vor ihm auf der glatten Fahrbahn ins Rutschen geriet.

Ein verbeulter Dodge kam aus einer Seitenstraße und reihte sich vor ihm ein. Er hatte ein Schild im Rückfenster mit der Aufschrift: *Wenn Gott mich während der Fahrt ruft, sitzt hier keiner am Steuer!*

In Fairbanks fand man viele Schilder und Aufkleber dieser Art. Alaska zog die Menschen vom Rande der Gesellschaft an: jene, die an die sonderbarsten Dinge glaubten, Sekten bildeten und Gewehre horteten. Wenn man ein Leben jenseits der normalen Regeln suchte, war man hier richtig. Matthews Tante sah das ein wenig anders; sie behauptete, dass es Naturromantiker und Individualisten seien, Menschen, die das Abenteuer suchten, die sich hier sammelten. Doch Matthew wusste, dass die Menschen, je weiter man sich von der Zivilisation entfernte, umso seltsamer wurden.

Er erreichte das Haus, das in den letzten vier Jahren sein Zuhause gewesen war. Vor vier Jahrzehnten, als die Familie seiner Mutter sich hier niederließ, war das Grundstück abgelegen gewesen. Inzwischen hatte Fairbanks sich ausgedehnt und war näher gerückt, und es würde nicht mehr lange dauern, bis die Stadt sich das Anwesen einverleiben würde. Fairbanks lag nicht weit von der Arktis entfernt, doch nach Anchorage war es die zweitgrößte Stadt Alaskas, und dank der Trans-Alaska-Pipeline wuchs sie unaufhörlich.

Matthew fuhr über die baumbestandene Einfahrt in die große Garage, die auch als Werkstatt diente, und stellte den Pick-up zwischen dem Quad und dem Schneemobil seines Onkels ab.

Er öffnete die Verbindungstür zum Inneren des Hauses. Die Wände des Hauses waren aus dicken, grob behauenen Brettern errichtet worden, die den Räumen einen etwas unfertigen Anstrich verliehen. Matthews Onkel und Tante sprachen häufig davon, dass sie die Wände mit Gipskarton verkleiden und tapezieren wollten, doch dabei war es bisher geblieben. Die untere Etage bestand aus einem großen Wohnraum und einem Essbereich, der von einer Theke mit drei Barhockern von der Küche abgeteilt war. Durch die Fenster des Wohnzimmers blickte man auf den Chena River. Über eine Wand zog sich ein mit Büchern vollgestopftes Regal. Überall standen Taschenlampen und Kerzenständer für den Fall, dass der

Strom ausfiel, was im Winter regelmäßig geschah. Anders als bei seiner Familie in Kaneq gab es in diesem Haus Strom, fließendes Wasser und einen Fernseher. Allerdings hatten sie auch hier kein WC. Matthew war das einerlei. Er war mit einem Plumpsklo groß geworden, für ihn war das normal. Menschen, die sich darüber mokierten, wussten nicht, wie sauber man solche Örtlichkeiten halten konnte.

Alyeska saß mit einem Buch auf dem Sofa. »Hey«, sagte sie.

»Hey.« Matthew stellte seine Sporttasche und seinen Hockeyschläger im Flur ab und entledigte sich seines Parkas und der Schneestiefel.

Er ging zu seiner Schwester und ließ sich neben ihr aufs Sofa fallen.

»Puh.« Aly schlug ihr Buch zu. »Du stinkst.«

»Dafür hab ich zwei Tore geschossen.« Er legte den Kopf auf die Sofalehne, sah zu den dicken dunklen Deckenbalken hinauf und fragte sich, warum er sich so rastlos fühlte.

Alyeska musterte ihn. Matthew spürte ihren Blick und drehte sich zu ihr um. Sie hatte ihr Haar zu einem lockeren Pferdeschwanz gebunden, der irgendwie verrutscht aussah. Doch was wusste er schon? Vielleicht war diese Frisur modern, und Aly hatte sich absichtlich so gekämmt. Es spielte auch keine Rolle, in seinen Augen war sie immer schön, auf eine ganz beiläufige, ursprüngliche Weise.

»Du tust es schon wieder«, sagte er.

»Was?«

»Mich prüfend ansehen. Als hättest du Angst, ich könnte jeden Moment durchdrehen.«

»Du spinnst.« Aly zerwühlte ihm die Haare. »Ich habe nur den Eindruck, dass du einen schlechten Tag hast.«

Matthew seufzte. Als er hier ankam, war Alyeska seine Rettung gewesen. Er hatte keinen Weg gefunden, mit seinem Schmerz fertig zu werden, hatte unablässig an Alpträumen gelitten. Allein Aly hatte ihm Halt gegeben. Ihre Stimme war die einzige, die zu ihm durchgedrungen war. Und selbst das hatte eine Weile gedauert, in den ersten drei Monaten reagierte er auf gar nichts und sprach nur wenig. Der Psychotherapeut, zu dem seine Tante ihn schickte, konnte ihm nicht helfen. Matthew mochte sich keinem Fremden öffnen, erst recht nicht jemandem, der mit ihm sprach, als wäre er ein kleines Kind.

Doch Aly gab nicht auf. Immer wieder suchte sie seine Nähe und bat ihn, sich ihr anzuvertrauen, ihr zu erzählen, welche Gedanken ihn quälten. Eines Tages fand Matthew die Worte, um ihr die Bilder zu schildern, die ihn verfolgten.

Wie oft hatte er in ihren Armen geweint, Tränen, die ihm nachher peinlich waren. Sie ließ ihn weinen und wiegte ihn. Mit der Zeit lernte er – und ebenso tat es Aly –, über die Trauer zu sprechen, die sie nicht mehr losließ, über die unermessliche Lücke, die ihre Mutter in ihrem Leben hinterlassen hatte. Manchmal saßen sie auch nur schweigend zusammen und fanden in der Nähe des anderen Trost. An anderen Tagen gingen sie zum Fliegenfischen an den Chena River oder wanderten in den grandiosen Naturschutzgebieten der Alaskakette und schöpften Kraft aus der Natur. Manchmal wurde Matthew zornig, warf seiner Mutter vor, unvorsichtig und waghalsig gewesen zu sein. Mit der Zeit, ganz langsam, wurde aus seinem Zorn und seinem Kummer eine leise Traurigkeit, von der er wusste, dass sie wohl immer zu ihm gehören würde, die jedoch nicht mehr alles überlagerte. Und irgendwann sprachen er und Aly auch wieder über die Zukunft, nicht mehr nur über die Vergangenheit.

Das war ein großer Schritt, auch für Aly, die sich, bevor Matthew nach Fairbanks kam, in ihrem Studium verkrochen und versucht hatte, den Tod ihrer Mutter zu verdrängen. Einst hatte sie davon geträumt, nach New York zu ziehen, nach Chicago oder in eine andere große Stadt, in der es vernünftige Verkehrsverbindungen, Theater und Opernhäuser gab. Doch mit dem Verlust ihrer Mutter änderten sich Alys Prioritäten. Inzwischen wusste sie, wie viel ihr der Zusammenhalt ihrer Familie bedeutete und dass sie in der Nähe der Menschen, die sie liebte, leben wollte. Sie begann von einer Rückkehr zu ihrem Vater zu sprechen, überlegte, ob sie ihm helfen sollte, sein Land zu bewirtschaften. Matthew wusste, dass sie nur noch ihm zuliebe in Fairbanks blieb und sie hier ewig wohnen würden, wenn er nichts dagegen unternahm. Und dann wurde ihm bewusst, dass er demnächst seinen achtzehnten Geburtstag feiern würde und vielleicht langsam seinen eigenen Weg finden sollte.

»Ich möchte die Schule in Kaneq abschließen«, sagte er nun. Aly schwieg. »Ich kann mich nicht für immer verstecken.«

Aly wirkte unsicher. Matthew verstand, was sie zögern ließ, sie hatte ihn durch seine dunkelsten Abgründe begleitet. Sie fürchtete, in Kaneq könnten seine Depressionen wiederaufleben. »Du spielst doch so gern Eishockey«, sagte sie. »Und du wirst immer besser.«

»In zwei Wochen ist die Saison zu Ende. Und im September fange ich mit dem College an.«

»Es geht um Leni, nicht?«

Aly hatte richtig geraten, doch das war nicht verwunderlich. Matthew sprach oft von Leni, und wenn sie ihm geschrieben hatte, trug er ihren Brief bei sich, bis er ihn auswendig konnte. »Ja, ich möchte Leni wiedersehen. Wer weiß, wohin sie aufs College geht? Vielleicht ist es meine letzte Chance, noch einmal mit ihr zusammen zu sein.«

»Glaubst du, dass du so weit bist? In Kaneq wird dich alles an Mom erinnern.«

Das war das große Problem. Er wusste nicht, ob er das Leben zu Hause ertragen würde. Er würde den Fluss wiedersehen, der seine Mutter in die Tiefe gezogen hatte, die vielen Plätze, an denen er mit ihr gewesen war. Und er würde die Trauer seines Vaters spüren. Doch da war auch Leni. Ihre Briefe und die Fotos, die sie oft dazugelegt hatte, waren in den letzten vier Jahren für ihn das Schönste gewesen. Und einer Sache war er sich gewiss: Ihren Worten und den Erinnerungen an ihre gemeinsame Zeit verdankte er es ebenso sehr wie der Liebe seiner Schwester, dass er wieder zu sich gefunden hatte.

»Hier vermisse ich Mom auch die ganze Zeit. Du nicht?«

»Doch. Und manchmal sehe ich auf der Straße jemanden und glaube für einen Moment, das ist sie. Wenn ich nachts nicht schlafen kann, rede ich mit ihr.«

All das kannte Matthew. Es gab sogar Tage, an denen er morgens aufwachte in dem Glauben, die Welt sei in Ordnung und er ein ganz normaler Junge, den seine Mutter gleich ermahnen würde aufzustehen. Wenn dann die Realität über ihn hereinbrach, war sein Schmerz wieder unerträglich wie in der ersten Zeit nach ihrem Tod.

»Soll ich mit dir kommen?«

Das wäre ihm am liebsten gewesen – Aly an seiner Seite zu wissen, falls er aus dem Tritt geriet. »Nein. Dein Semester endet erst im Juni.« Aly war nicht entgangen, wie unsicher seine Stimme bei seinen Worten geklungen hatte. Sie musterte ihn. »Nein«, wiederholte er fester. »Das muss ich allein tun.«

»Dad wird sich unglaublich freuen. Er liebt dich, Matthew.«

Daran hatte Matthew keinen Zweifel. Aber er hatte gelernt, dass die Liebe gefrieren konnte und man abwarten musste, ob etwas das Eis wieder zum Tauen brächte. Ihm und seinem Vater war es in den vergangenen Jahren schwergefallen, miteinander zu reden. Das Leid und die Schuld, die sie empfanden, hatten zwischen ihnen gestanden.

Aly nahm seine Hand.

Er wartete darauf, dass sie etwas sagte, doch das tat sie nicht. Und es gab auch nichts mehr zu sagen. Denn sie beide wussten, dass man manchmal zurückgehen musste, um voranzukommen. Aber was sie ebenfalls beide wussten, war, dass eine solche Rückkehr einem sehr viel Schmerz zufügen konnte.

Er überlegte, ob dieser Schmerz in Kaneq auf ihn lauerte – irgendwo in einer dunklen Ecke. Ob er ihn anspringen würde, um alles niederzureißen, was er an Stärke gewonnen hatte.

»Du bist jetzt stark genug«, sagte Aly.

»Das werden wir sehen.«

Zwei Wochen später, an einem Tag, an dem der Himmel klar war und blau erstrahlte, flog Matthew mit dem Wasserflugzeug seines Onkels über die Halbinsel Kenai in Richtung Kaneq. Er landete kurz vor dem verwitterten Holzbogen mit der Inschrift *Walker Cove* und ließ sich für die letzten Meter auf der glänzenden Wasseroberfläche treiben.

Sein Vater stand auf dem Landesteg und erwartete ihn.

Matthew stieg aus dem Flugzeug und stellte seinen Koffer auf dem Steg ab. Mit dem Festzurren des Flugzeugs ließ er sich Zeit. Er musste sich sammeln.

Schließlich richtete er sich auf.

Sein Vater machte zwei große, rasche Schritte auf ihn zu und schloss ihn so fest und lange in die Arme, dass Matthew kaum noch Luft bekam. Dann hielt er ihn von sich ab und begutachtete ihn. Ihre Liebe zueinander durchströmte sie. Es war ein Gefühl, das von Reue und Trauer durchsetzt war, doch es war Liebe.

Matthews Vater war so oft in Fairbanks gewesen, wie das Wetter und die Arbeit auf seinem Land es zugelassen hatten. Er hatte etliche von Matthews Hockeyspielen gesehen. Doch bei keinem dieser Anlässe hatten sie über die Vergangenheit gesprochen.

Sein Vater kam Matthew gealtert vor, von den Jahren des Kummers gezeichnet, doch sein Lächeln war noch immer das gleiche, offen und ehrlich, so wie der Mann selbst es war. Sein Gesicht ließ einen alles sehen, was in ihm vorging. Man wusste stets, woran man bei ihm war. Dass er das sagte, was er dachte, ob es anderen passte oder nicht.

»Du bist ja schon wieder gewachsen«, sagte er.

»Frag mich nicht nach meinen Klamotten«, sagte Matthew grinsend. »Ich platze aus allen Nähten.«

Sein Vater nahm den Koffer. Auf dem Weg über den Landesteg ließ Matthew seinen Blick schweifen. Alles war wie immer. Die Boote schaukelten auf der sanften Dünung, die Wellen leckten am Ufer, über ihnen krächzten Seevögel. Der vertraute Geruch des Tangs und Seegrases stieg ihm in die Nase.

Sie nahmen die Treppe zum Grundstück hinauf. Oben angekommen, sah Matthew das große Haus, die spitz zulaufende Veranda, die einem Bug glich. Sein Blick fiel auf die Blumentöpfe mit den vertrockneten Geranien des letzten Sommers, die von der Decke der Veranda herabhingen.

Die Töpfe hatte seine Mutter angebracht.

Er blieb stehen und atmete tief durch.

In diesem Moment fühlte er sich wieder wie vor vier Jahren, als seine Verzweiflung ihn innerlich zerriss und er nicht wusste, wie er wieder er selbst werden konnte.

Er holte zu seinem Vater auf, der weitergelaufen war, und folgte ihm die Stufen zur Veranda hinauf. Dort stand der uralte verwitterte Picknicktisch, die Tür zum Haus war noch immer rot gestrichen. An ihrer Seite hing die Figur eines Wals, die Matthew als Dreizehnjähriger aus einem Stück Blech herausgeschnitten und mit der Aufschrift *Walkommen* versehen hatte. Es war ein Geschenk für seine Mutter gewesen, und sie hatte nicht aufhören können, darüber zu lachen.

Seine Augen fingen an zu brennen. Er zwinkerte die Tränen fort, wollte nicht, dass sein Vater sie entdeckte. Sie betraten das Haus.

Innen hatte sich nichts verändert. Im Wohnzimmer standen die aufgearbeiteten antiken Möbel, auf dem großen Esstisch lag die gelbe Tischdecke, in der Mitte stand die blaue Vase. Die bunten Wildblumen musste sein Vater hineingestellt haben. Auf der Anrichte waren die Kerzenständer, die Matthews Mutter gekauft hatte. Matthew schluckte. Überall erkannte man ihre Hand, es hätte nicht viel gefehlt, und er hätte ihre Stimme gehört.

Die Ledersofas stammten noch von Matthews Großeltern, das Klavier hatte einst seine Großmutter aus Vancouver kommen lassen. Matthew trat an ein Fenster und schaute durch das schemenhafte Spiegelbild seines Gesichts hindurch auf die Bucht.

Er hörte, wie sein Vater näher kam und hinter ihm stehen blieb. »Willkommen zu Hause«, sagte er.

Zu Hause. Wie viel sich mit diesem Begriff verband. Zu Hause war ein Ort. Ein Gefühl. Erinnerungen. »Sie ist vorausgelaufen, ich war ein Stück hinter ihr«, sagte er mit unsteter Stimme.

Sein Vater schien die Luft anzuhalten. Dann atmete er tief aus. Matthew überlegte, ob er über seine Worte hinweggehen würde, um das Gespräch zu vermeiden, das sie noch immer nicht gewagt hatten zu führen.

Einen Moment lang herrschte Stille. Dann spürte er die Hand seines Vaters auf der Schulter. »Es war nicht deine Schuld«, sagte er ruhig. »Niemand war in der Lage, deine Mutter zurückzuhalten, wenn sie sich etwas in den Kopf gesetzt hatte.«

Matthew wusste nicht, was er antworten sollte. Es gab so viel zu sagen, aber wo sollte er anfangen?

Sein Vater drehte ihn zu sich herum und nahm ihn in die Arme. »Ich bin froh, dass du wieder da bist.«

»Ich auch«, sagte Matthew mit belegter Stimme.

Es war Ende April. Schon um sieben Uhr spürte man die ersten Anzeichen der Morgendämmerung. Wenn Leni die Augen aufschlug, war es zwar noch dunkel, doch es lag nicht mehr die undurchdringliche Schwärze des Winters über allem. Bald würde der Himmel sich grau färben. Der Frühling kündigte sich an. Er brachte Hoffnung mit sich, auf Licht, Wärme, das Erwachen der Natur – darauf, dass es mit *ihm* besser wurde.

Allein diese Hoffnung schien sich in diesem Jahr jedoch nicht erfüllen zu wollen. Zwar wurden die Tage sonniger, doch ihr Vater blieb missgestimmt. Mürrisch und mit düsterer Miene erledigte er seine Arbeit. Tom Walker betrachtete er nun offen als seinen Feind.

Leni beobachtete ihn und fürchtete sich vor dem Moment, an dem der angestaute Groll sich entladen würde.

Am letzten Tag des Monats radelte sie zur Schule, litt jedoch den ganzen Tag an Kopfschmerzen. Auf dem Heimweg kamen Magenschmerzen hinzu. Sie sagte sich, dass ihre Periode bevorstand, aber insgeheim wusste sie, dass der Grund ein anderer war. Es waren die Sorgen um Dads Gemütszustand. Ihre Mutter und sie wussten, dass er kurz davor stand, die Kontrolle zu verlieren. Wenn er zu Hause war, versuchten sie, unsichtbar zu bleiben, keinen Laut von sich zu geben und sich nur mit Blicken zu verständigen.

Auf der Zufahrt lenkte Leni das Fahrrad über den festen Streifen zwischen den Rinnen, die der Pick-up hinterlassen hatte.

Am Haus angekommen, stellte sie zu ihrer Erleichterung fest, dass der Pick-up nicht da war. Dad musste entweder auf die Jagd gegangen oder zu den Harlans gefahren sein.

Sie begrüßte ihre Mutter und aß eine Kleinigkeit. Anschließend fütterte sie die Tiere, holte Wasser, nahm die getrockneten Laken von der Wäscheleine und legte sie in einen Korb. Sie hörte den Motor eines Boots, das sich näherte. Verwundert ließ sie die Hände sinken, lief zum Ufer und beschirmte ihre Augen mit der Hand.

Ein kleines Motorboot steuerte ihren Strand an. Leni folgte dem Zickzack der Stufen zum Strand hinunter. Die Stufen waren nun befestigt, Dad hatte sie in einem der vergangenen Sommer erneuert.

Am Steuer des Boots saß ein junger Mann. Er stellte den

Motor aus, watete in Gummistiefeln durch das knöcheltiefe Wasser und zog das Boot auf den Kiesstrand.

Matthew?

Leni glaubte ihren Augen nicht zu trauen und fuhr sich nervös durch die Haare. Sie wünschte, sie hätte sich morgens richtig gekämmt oder einen Zopf geflochten. Sie trug auch noch die Kleidung, die sie seit Tagen in der Schule angehabt hatte. Ihr Flanellhemd roch nach Holzrauch.

O Gott.

Matthew kam auf sie zu. Seit Jahren hatte Leni sich diesen Augenblick ausgemalt und immer gewusst, was sie sagen würde. In ihrer Vorstellung hatten sie einfach zu reden begonnen und den Faden ihrer Freundschaft weitergesponnen, als wäre er nie fort gewesen.

Doch in diesen Szenarien war Matthew der vierzehnjährige Junge gewesen, der ihr Froscheier und Adlerküken gezeigt und aus Fairbanks geschrieben hatte: *Liebe Leni, hier gehe ich nicht gern zur Schule. Ich glaube, niemand mag mich.* Und dem sie geantwortet hatte: *Ich weiß, wie es ist, wenn man in einer Schule neu ist. Der totale Horror. Aber ich kann Dir ein paar Tipps geben.*

Doch dieser ... Mann, der nun vor ihr stand, war ein anderer, jemand, den sie nicht kannte. Hochgewachsen, mit langem blondem Haar, jemand, der unglaublich gut aussah. Was sollte sie zu diesem Fremden sagen?

Er griff in seinen Rucksack und zog ein zerlesenes Buch hervor. Es war »Der Herr der Ringe« in einer besonders schönen Ausgabe, die sie in Homer aufgetrieben und ihm zu seinem fünfzehnten Geburtstag geschickt hatte. Sie erinnerte sich an die Widmung, die sie hineingeschrieben hatte.

Freunde für immer. Wir werden wie Frodo und Sam sein.

Aber diese innigen Worte hatte ein anderes Mädchen geschrieben, eines, das noch nicht wusste, wie lange die Zeit ohne ihn andauern und wie befangen sie das Wiedersehen machen würde.

»Wie Frodo und Sam«, sagte Matthew.

»Frodo und Sam«, wiederholte Leni.

Es war, als führten sie ein Gespräch, ohne etwas zu sagen. In diesem stummen Dialog ging es um eine unverbrüchliche Freundschaft. Und es war nicht die von Frodo und Sam, sondern die ihre. Sie wunderten sich, dass sie erwachsen geworden waren.

Matthew holte noch etwas aus seinem Rucksack, ein kleines Päckchen, das er ihr überreichte. »Das ist für dich.«

»Ein Geschenk?«, fragte sie. »Ich habe doch noch gar nicht Geburtstag.«

Das Päckchen war schwer. Mit klopfendem Herzen wickelte sie das Geschenkpapier ab und enthüllte eine Canonet-Kamera in einer Lederhülle. Überwältigt starrte sie auf diese Kostbarkeit. Dann sah sie Matthew an, sprechen konnte sie nicht.

»Du hast mir gefehlt«, sagte er.

»Du mir auch«, flüsterte sie und dachte an all das, was sich seit seiner Abreise geändert hatte. Sie waren nicht mehr vierzehn, waren keine Kinder mehr. Und ihr Vater hasste den seinen – und würde ihre Freundschaft mit Matthew keinesfalls dulden.

Mit leiser Besorgnis stellte sie fest, dass ihr das gleich war.

Am nächsten Tag konnte Leni sich im Unterricht kaum konzentrieren. Immer wieder schaute sie zur Seite, um sich zu vergewissern, dass Matthew tatsächlich neben ihr saß. Mrs Rhodes musste mehrere Male laut werden, um ihre Aufmerksamkeit zu erringen.

Nach der Schule traten sie in den Sonnenschein hinaus. Lenis Fahrrad lehnte an dem Maschendrahtzaun, der vor zwei Jahren um den Schulhof herum errichtet worden war, nachdem eine Wildsau mit ihren Frischlingen auf der Suche nach Nahrung bis zur Schultür galoppiert war. »Ich begleite dich nach Hause, wenn du nichts dagegen hast«, sagte Matthew. »Mein Quad hole ich später ab.«

Leni nickte. Es fiel ihr noch immer schwer, mit Matthew zu sprechen. Sie wusste nicht mehr, wie man mit einem gleichaltrigen Jungen redete, erst recht nicht, wenn er ihr so viel bedeutete.

Sie umklammerte die Plastikgriffe des alten Fahrrads, das sie im vergangenen Sommer auf dem Sperrmüll entdeckt hatte. Nach langem Bitten hatte Dad es für sie repariert. Um nicht zu schweigen, begann sie Matthew von ihrem Job bei Large Marge zu erzählen.

Sie war sich seiner Nähe auf eine Weise bewusst, wie sie es noch bei keinem Menschen erlebt hatte. Sie registrierte seinen hohen Wuchs, seine breiten Schultern, seinen selbstsicheren, lockeren Gang. Sie nahm den Minzgeruch seines Kaugummis wahr, das Shampoo, mit dem er sich die Haare gewaschen hatte, die Seife, die er benutzt hatte. All ihre Sinne waren auf ihn gerichtet, als wäre er dabei, ihr eine Botschaft zu senden oder sie ihm – sie konnte es nicht sagen, und das verwirrte sie.

Sie erreichten das Zentrum des Ortes.

»Unser Kaneq hat sich verändert«, sagte Matthew.

Am Kicking Moose blieb er stehen und las die Parolen, die auf die verkohlte Außenmauer gesprüht worden waren. »Anscheinend gibt es Leute, die etwas gegen Veränderungen haben.«

»Scheint so«, sagte Leni.

»Mein Vater sagt, dass es dein Vater war, der das getan hat.«

Leni schämte sich fast zu Tode. Sie wollte lügen und konnte es nicht. Aber sie konnte Dad auch nicht verraten. Alle gingen davon aus, dass er es gewesen war, doch nur Leni und ihre Mutter hatten die Gewissheit.

Matthew ging weiter, und sie war froh, dass sie Dads Schandtat hinter sich ließen. Als sie den Laden passierten, flog die Tür auf. Large Marge kam rufend und mit ausgebreiteten Armen die Stufen herunter. Sie schloss Matthew in die Arme, klopfte ihm auf den Rücken. Dann trat sie zurück. Ihr Blick huschte zwischen ihm und Leni hin und her.

»Seid vorsichtig«, sagte sie. »Denkt daran, was zwischen euren Vätern los ist.«

»Ich weiß«, murmelte Leni. »Bis morgen.«

Sie ging weiter, und Matthew folgte ihr.

Sie wollte ihn anlächeln, doch der Anblick der beschädigten Kneipe und Large Marges Warnung hatten den Glanz dieses Tages getrübt. Denn Large Marge hatte recht. Was wäre, wenn Dad die Straße entlanggefahren käme und sie und Matthew sähe? Was, wenn er erführe, dass Matthew sie auf dem Nachhauseweg begleitet hatte?

»Leni, renn doch nicht so.«

Sie wartete, bis Matthew zu ihr aufgeholt hatte. »Tut mir leid«, sagte sie.

»Was hast du?«

Was sollte sie darauf antworten? Dass sie an Gefahren dachte, von denen er noch nicht einmal eine Vorstellung besaß? Stattdessen erzählte sie ihm von einem Buch, das sie zuletzt gelesen hatte. Auf dem ganzen Weg sprachen sie über nichts Besonderes – das Wetter, die Kinofilme, die er in Fairbanks gesehen und was er dort sonst noch unternommen hatte.

Die Zeit verging wie im Flug. Im Handumdrehen waren sie an dem Metallgatter mit dem Rinderschädel angekommen. Es war geöffnet. Mr Walker stand neben einem riesengroßen gelben Bagger.

Leni blieb stehen. »Was hat dein Vater vor?«

»Er will ein Stück Wald roden und Platz für Blockhütten schaffen. Für die Einfahrt baut er irgendeine Art Schild. *Walker Cove Adventure Lodge* oder so was in der Art.«

»Sollen die Blockhütten für Touristen sein?«

Sie spürte Matthews Blick auf sich ruhen. Sie empfand es so stark, als würde er sie berühren. »Natürlich. Mit dem Tourismus kann man viel Geld machen.«

Mr Walker kam auf sie zu. Er streifte seine Trucker Cap ab und strich seine Haare glatt. An seinem Haaransatz war da, wo die Kappe die Frühlingssonne abgehalten hatte, ein heller Hautstreifen geblieben.

»Meinem Vater werden Ihre Pläne nicht gefallen«, sagte Leni.

Mr Walker lachte. »Deinem Vater gefällt nie etwas.« Er zog ein Bandana aus der Hosentasche und wischte sich den Schweiß von der Stirn. »Dass ihr beiden Freunde seid, wird ihm am allerwenigsten gefallen. Aber das weißt du, oder?«

»Ja.« Leni sah zu Boden.

»Komm, ich bringe dich nach Hause.« Matthew legte eine Hand auf ihren Rücken und schob sie weiter. Kurz darauf erreichten sie Lenis Zufahrt. Ängstlich schaute sie auf den baumbestandenen Weg.

»Du solltest jetzt besser umkehren«, sagte sie.

»Ich begleite dich bis zur Tür.«

Sie legte eine Hand auf seinen Arm. »Bitte nicht, Matthew.«

»Wegen deines Vaters?«

Leni seufzte. »Large Marge und dein Vater haben recht. Er wird gegen unsere Freundschaft sein.«

»Das ist dann sein Problem«, sagte Matthew. »Er kann uns nicht verbieten, befreundet zu sein. Das kann niemand. Mein Vater hat mir von dieser albernen Fehde erzählt. Wen interessiert das? Was hat das mit uns zu tun?«

»Aber –«

»Magst du mich, Leni? Möchtest du, dass wir Freunde bleiben?«

Leni nickte. Ihr war klar, dass sie dabei war, einen Pakt zu schließen. Und dass dieser Pakt sich gegen ihren Vater richtete.

»Und ich mag dich. So viel steht fest. Wir sind Freunde, und daran kann niemand rütteln.«

Er irrt sich, dachte Leni.

Aber wie sollte er es auch besser wissen? Er ahnte doch nichts von Vätern, die in hemmungsloser Wut um sich schlugen, die Knochen brachen, die nachts mit der Axt loszogen und Fenster und Türen zertrümmerten und die in ihrer Raserei bereit waren, weiter zu gehen, als Matthew es sich in seinen schlimmsten Träumen vorstellen konnte.

»Mein Vater ist unberechenbar«, sagte sie und hoffte, dass er sich damit zufriedengeben würde.

»Und was bedeutet das?«

Leni seufzte erneut. »Wenn er herausfindet, dass wir uns mögen, ist er imstande, dir weh zu tun.«

Matthew lachte. »Mit deinem Vater nehme ich es jederzeit auf.«

Leni spürte den Kitzel eines aufsteigenden, hysterischen Lachens. Die Vorstellung war zu schrecklich, um sie auch nur zuzulassen, es war geradezu grotesk.

Sie sollte sagen, dass sie nicht Freunde bleiben konnten, und davongehen. Das wäre das Beste.

»Leni?«

Sein Blick machte diesen Gedanken zunichte. Hatte jemals irgendjemand sie so zärtlich angeschaut? Ein Schauer überlief sie. Ein Schauer der Freude oder der Sehnsucht, vielleicht sogar des Begehrens, sie wusste es nicht. Sie wusste nur, dass sie sich diesem Gefühl nicht verschließen konnte, es auch nicht wollte, nach so vielen Jahren der Einsamkeit. Dennoch vergaß sie keine Sekunde, welche Bedrohung damit einherging. »Mein Vater darf von unserer Freundschaft nichts erfahren«, sagte sie. »Niemals.«

»Geht klar«, sagte Matthew. Er sagte es leichthin, ohne zu wissen, wie viel auf dem Spiel stand. Aber wie sollte er auch? Er hatte den Verlust eines geliebten Menschen erfahren, wusste, was Kummer bedeutete, und das Leid war Teil seines Lebens geworden. Man erkannte es an der Schwermut, die sich dann und wann in seinen Blick stahl. Doch er wusste nicht, was Furcht war. Wahrscheinlich hielt er die Warnungen, die er gehört hatte, einfach für übertrieben.

»Es ist mein Ernst, Matthew. Er darf es nie erfahren.«

KAPITEL FÜNFZEHN

Leni träumte von Regen. Sie stand an einem Flussufer, völlig durchnässt, das Haar klebte an ihrem Kopf. Die Wasserströme trübten ihre Sicht.

Mit dumpfem Grollen schwoll der Fluss an. Hinter ihr brach das Land auf. Riesengroße Eisbrocken lösten sich von den Bergen, stürzten ins Tal und rissen alles mit sich, Bäume, Sträucher, Häuser.

Du musst auf die andere Seite gelangen.

Leni wusste nicht, ob sie die Worte gehört oder selbst ausgesprochen hatte. Sie wusste nur, dass sie den Fluss überqueren musste, bevor die Eismassen sie erreichten und sie ins Wasser gestoßen und ertrinken würde.

Doch es gab keinen Weg über den Fluss.

Eiskaltes Wasser umspülte ihre Füße, das Ufer weichte auf und gab nach. Sie geriet ins Rutschen. Jemand schrie.

Sie selbst war es, denn der Fluss begann sie schäumend mit sich zu reißen.

Sie ruderte mit den Armen, doch es war schon zu spät. Sie stürzte in die Fluten und sank.

Hierher, schrie jemand.

Es war Matthews Stimme.

Er war gekommen, um sie zu retten. Leni versuchte, wieder aufzusteigen und die Wasseroberfläche zu durchbrechen, doch ihre Füße hatten sich in Schlingpflanzen verfangen, und sie konnte sich nicht befreien. Sie sank tiefer und tiefer. Dann wurde alles dunkel.

Sie wachte auf und rang nach Luft. Es dauerte einen Moment, bis sie erkannte, dass sie in ihrem Bett lag und in Sicherheit war. Da waren ihr Bücherstapel, ihre Schulhefte, die Fotocollage an der Wand und gleich neben ihrem Bett die Kiste mit Matthews Briefen.

Es war nur ein schrecklicher Traum gewesen.

Schon waren die Bilder dabei zu verblassen.

Sie stand auf und machte sich für die Schule fertig, streifte das karierte Flanellhemd und den Jeans-Overall über. Sie bürstete ihr Haar und flocht es zu einem losen Zopf. Einen Spiegel, in dem sie ihr Aussehen überprüfen konnte, gab es in ihrem Haus nicht mehr. Dad hatte über die Jahre jeden einzelnen zertrümmert. Inzwischen war Leni daran gewöhnt, ihr Spiegelbild in den Fensterscheiben zu betrachten, aber dabei sah sie immer nur einen Ausschnitt, nie das Gesamtbild. Vor Matthews Rückkehr hatte sie das nicht gestört, doch nun wünschte sie, sich einmal richtig sehen zu können.

Sie kletterte die Leiter hinab und setzte sich an den Frühstückstisch. Mom stellte einen Teller mit Rentierwurst und warmen Biskuits vor sie, dazu eine Schale eingemachte Blaubeeren, die sie im Herbst oben an den sandigen Ufern der Kachemak Bay gepflückt hatten.

Leni begann zu essen. Mom blieb am Tisch stehen.

»Gestern Abend hast du eine Stunde lang Wasser geschleppt, um ein Bad nehmen zu können«, sagte sie. »Und heute Morgen hast du dein Haar geflochten. Was übrigens sehr hübsch aussieht.«

»So etwas nennt man Körperpflege.«

»Ich habe gehört, dass Matthew Walker zurückgekehrt ist.«

Mom hatte eins und eins zusammengezählt, Leni hätte es sich denken können. Vor lauter Sorge um Dads Wünsche und Launen vergaß sie manchmal, wie klug ihre Mutter war. Wie aufmerksam.

Sie aß weiter und vermied es, Mom anzusehen. Sie würde ihr nichts von Matthew erzählen, sie wollte nicht hören, was Mom dazu sagen würde. Zum Glück lebten sie in einer einsamen Gegend, es gab viele Plätze, an denen Freunde sich ungesehen treffen konnten.

»Zu dumm, dass dein Vater seinen Vater hasst. Zu dumm auch, dass dein Vater ein hitziges Temperament hat.«

»Nennen wir das jetzt so?«

Leni spürte, dass ihre Mutter sie beobachtete wie ein Adler, der darauf wartet, dass ein Fisch aus den Wellen springt, und das ließ ihr unbehaglich zumute werden. Sie hatte Mom noch nie etwas verschwiegen. »Du wirst bald achtzehn«, sagte Mom. »Eine junge Frau. Ihr müsst euch über hundert Briefe geschrieben haben.«

»Und?«

»Hormone sind wie Zündstoff. Ein Funke, und schon steht man in Flammen.«

Leni zuckte mit den Schultern. »Ich habe keine Ahnung, wovon du redest.«

»Ich rede von Liebe, Lenora. Von Leidenschaft.«

»Wegen so was brauchst du dir bei mir keine Sorgen zu machen.«

»Gut. Sei klug, Schätzchen, begeh nicht den gleichen Fehler wie ich.«

Leni hörte auf zu kauen und sah Mom an. »Was für einen

Fehler? Meinst du Dad – oder mich? Tut es dir leid, dass du ihn –«

Lenis Vater kam von draußen herein. Anders als sonst trug er eine halbwegs saubere Drillichhose und ein frisches T-Shirt. Anscheinend hatte er sich auch die Haare gewaschen. Er trat die Tür zu und schnupperte in die Luft. »Irgendetwas riecht hier lecker. Guten Morgen, Rotschopf. Hast du gut geschlafen?«

»Ja, Dad.«

Er gab ihr einen Kuss auf den Kopf. »Bist du so weit? Ich fahre dich zur Schule.«

»Warum? Ich kann doch mit dem Fahrrad fahren.«

»Darf ich mein zweitliebstes Mädel an einem sonnigen Tag nicht zur Schule fahren?«

»Natürlich.« Leni stand auf und griff nach ihrem Rucksack und der Lunchbox. Es war noch immer die mit dem Bild von Puh dem Bären, aber mittlerweile hatte Leni sie ins Herz geschlossen.

»Pass auf dich auf«, sagte Mom leise.

Leni ignorierte sie und folgte Dad hinaus in den Wagen.

Er schob eine Kassette in das Autoradio. Als er den Motor startete, ertönte »Lyin' Eyes« von den Eagles.

Dad drehte die Lautstärke auf und sang mit. »Sing mit«, sagte er, als sie auf die Hauptstraße einbogen. Gehorsam summte Leni ein paar Takte mit.

Er sang, bis sie das Land der Walkers erreichten. Dort brach er abrupt ab. »Das ist doch wohl nicht wahr.« Er stieg so hart auf die Bremse, dass Leni nach vorn geschleudert wurde.

Im ersten Moment begriff sie nicht, worum es ging. Dann sah sie es.

Mr Walker arbeitete an einem Torbogen aus grob behauenem Holz. In den oberen Querbalken war die Inschrift *Walker Cove Adventure Lodge* eingeschnitzt worden.

Dad stellte den Wagen am Straßenrand ab und marschierte auf die andere Seite.

Mr Walker hörte auf zu arbeiten und schob den Hammer unter seinen Hosengürtel, was beinah den Anschein erweckte, er trüge eine Waffe.

Leni verfolgte das Geschehen durch die verschmierte Windschutzscheibe.

Dad schrie und gestikulierte. Mr Walker lächelte und verschränkte die Arme vor der Brust.

Leni fühlte sich an einen kleinen Jack Russell Terrier erinnert, der an der Leine zerrte und einen stoisch ruhigen Golden Retriever ankläffte.

Schließlich wandte Mr Walker sich achselzuckend ab und nahm seine Arbeit wieder auf. Dad brüllte ihn weiter an.

Doch dann verstummte er und stand einen Moment lang einfach nur da, bevor er wieder in den Wagen stieg und die Tür zuknallte. In halsbrecherischem Tempo donnerten sie die Straße hinunter. »Dem Scheißkerl sollte man mal einen Dämpfer verpassen. Solche Typen hatten wir auch in Vietnam. Beschissene, feige Offiziere, die gute Männer in den Tod geschickt und dafür noch eine Medaille gekriegt haben.«

Leni wusste, dass es besser war, zu schweigen. Während der restlichen Fahrt murmelte ihr Vater grobe Beschimpfungen vor sich hin. Leni war sicher, dass er auf dem Rückweg bei den Harlans haltmachen würde, um mit Mad Earl über Mr Walker herzuziehen. Im schlimmsten Fall würden sie beschließen, den Torbogen kurz und klein zu hacken.

An der Schule sagte Dad: »Ich muss heute nach Homer und hol dich um fünf bei Large Marge ab.«

»In Ordnung.«

Leni raffte ihre Sachen zusammen und kletterte aus dem Wagen. Sonst hupte Dad immer zum Abschied, doch diesmal raste er einfach davon.

Im Klassenzimmer saßen schon alle auf ihren Plätzen. Mrs Rhodes stand an der Tafel und schrieb *Die Liebe in den Dramen Shakespeares*.

Matthew drehte sich zu Leni um. Sein Lächeln zog sie so selbstverständlich in seinen Bann, wie die Schwerkraft der Erde sie am Davonfliegen hinderte. Leni glitt auf ihren Platz.

Matthew sah sie immer noch an. Sie fühlte sich an den Blick erinnert, mit dem ihr Vater Mom manchmal anschaute. Verlegen wandte sie den Kopf ab.

Matthew riss ein Stück von einer Heftseite ab, schrieb etwas darauf und schob Leni den Schnipsel zu.

Kannst du nach der Schule bei Large Marge blaumachen? Wir könnten etwas unternehmen.

Leni wollte schon den Kopf schütteln, doch stattdessen flüsterte sie: »Mein Vater holt mich um fünf ab.«

»Heißt das – ja?«

Leni nickte und musste lächeln.

»Gut.«

Sie wurde so aufgeregt, dass sie kaum noch stillsitzen konnte. Sie musste sich zwingen, sich auf die Fragen zu konzentrieren, die Mrs Rhodes zu *Hamlet* stellte, sich Notizen zu machen und die Seite, die sie vorlesen sollte, mit normaler Stimme vorzutragen. Vor allem aber gab sie sich Mühe, ihren inneren Aufruhr vor Matthew zu verbergen.

Als der Unterricht zu Ende war, stürzte sie aus dem Klassenzimmer und lief zum Laden. Sie rannte die Stufen hinauf und stieß die Tür auf.

Large Marge war dabei, einen großen Karton Toilettenpapier auszupacken, die Rollen auszuzeichnen und ins Regal zu räumen. »Warum bist du so außer Atem?«, fragte sie.

»Ich kann heute nicht arbeiten.«

»In Ordnung.«

»Willst du nicht wissen, warum?«

Large Marge richtete sich auf und rieb ihren Rücken. »Nein.«

Die Glocke bimmelte, und Matthew kam herein.

»Ich will es ganz sicher nicht wissen«, sagte Large Marge und verschwand im hinteren Teil des Ladens.

»Also los«, sagte Matthew. »Komm mit.«

Sie schlüpften aus dem Laden. Er führte sie an den Arbeitern vorbei, die dabei waren, das Kicking Moose zu renovieren, den Hügel hinauf zu der russischen Kirche und dann wieder hinunter zu einem kleinen, von Büschen umringten Strand. Von hier aus blickte man auf die glitzernde Kachemak Bay. Zum Glück waren nicht viele Boote auf dem Wasser, so dass Leni hoffte, niemand würde sie entdecken und später mit irgendjemandem über sie und Matthew reden.

Matthew zog ein Messer aus dem Lederfutteral an seinem Gürtel und schnitt büschelweise Grashalme ab, die er auf den gräulichen Sandboden häufte. »Setz dich«, sagte er.

Leni ließ sich auf dem frisch duftenden Grün nieder.

Matthew ließ sich neben ihr nieder. Dann legte er sich zurück und verschränkte die Arme unter dem Kopf. »Schau zum Himmel.«

Leni legte den Kopf in den Nacken.

»Nein, du musst dich zurücklegen.«

Leni streckte sich aus. Über den blassblauen Himmel zogen weiße Wolken.

»Siehst du den Pudel?«

Leni suchte und entdeckte das Wolkengebilde, das tatsächlich einem getrimmten Pudel glich. »Die Wolke daneben sieht wie ein Piratenschiff aus.«

Sie beobachteten, wie die Wolken sich zergliederten und neue Bilder entstanden. Leni wünschte, dass es für Menschen genau so einfach wäre, sich zu verändern. »Wie war es in Fairbanks?«, fragte sie.

Matthew schien zu überlegen. »Zu viele Leute«, sagte er dann. »Für mich jedenfalls, mir ist die Einsamkeit lieber. Und es ist eine raue Stadt. Voller Arbeiter der Pipeline, die am Wochenende kommen, zu viel trinken und sich prügeln. Aber meine Tante und mein Onkel waren großartig, und es war schön, mit Aly zusammen zu sein. Sie hat sich Sorgen um mich gemacht.«

»Ich mir auch.«

»Das weiß ich. Ich wollte mich noch bei dir entschuldigen.«

»Wofür?«

Matthew seufzte. »Als wir damals den Schulausflug mit dem Wasserflugzeug gemacht haben, habe ich dich fortgestoßen. Ich hatte geweint, und ich wollte nicht, dass du es siehst.«

»Das dachte ich mir.«

Matthew drehte sich zu ihr um. »Wieso? Ich meine, wie kamst du darauf?«

»Du weißt doch, dass es meinem Vater seit Vietnam oft schlecht geht. Ich habe früh gelernt, die Stimmungen eines Menschen zu erkennen.«

Er sah sie auf einmal unvermittelt an. »Ich habe sie gesehen. Ich habe meine Mutter gesehen. Sie war unter dem Eis, unter meinen Füßen. Ihre Haare schwebten um ihren Kopf, und sie versuchte, die Eisdecke mit den Händen zu durchbrechen. Und dann war sie fort.« Matthew keuchte zittrig, und Leni spürte, dass er davonglitt, in einen dunklen Raum voll schrecklicher Erinnerungen. Doch er kehrte zurück. »Ich weiß nicht, ob ich es ohne meine Schwester geschafft hätte. Und ohne deine Briefe.«

Leni stellte sich die Szene auf dem Eis vor. Als wäre sie wieder in ihrem Traum, schien der Boden unter ihr wegzusacken. In den vergangenen Jahren hatte sie die Furcht in so vielen Erscheinungsformen kennengelernt, doch sich vorzustellen, sie würde ihre Mutter verlieren, sie unter dem Eis sehen und nicht wissen, wie sie ihr helfen konnte, wäre mehr, als sie ertragen könnte.

Sie wandte den Kopf zu Matthew um, studierte sein Profil – die Linie seiner Nase, den blonden Bartschatten, die Kontur seiner Lippen. Eine winzige Narbe teilte seine Augenbraue, und an seinem Haaransatz war ein brauner Leberfleck. »Du kannst froh sein, eine Schwester wie Alyeska zu haben.«

»Das weiß ich. Sie wollte nach New York oder Chicago ziehen und vielleicht bei einer Modezeitschrift arbeiten, doch nun kommt sie zurück und wird Dad beim Management der Lodge helfen. Damit wird die nächste Generation auf unserem Land arbeiten.«

»Das ist schön«, sagte Leni sehnsüchtig.

»Ich möchte auch dort leben und meinen Kindern später das beibringen, was mein Vater mich gelehrt hat.«

Leni seufzte. Sie würde ihren Kindern nie das beibringen, was ihr Vater sie gelehrt hatte.

Sie schaute wieder auf die Wolken. Aus dem Pudel war ein Raumschiff geworden.

Matthew griff nach ihrer Hand. Leni entzog sie ihm nicht.

Seine Hand zu halten, ihn zu berühren, schien ihr das Natürlichste auf der Welt zu sein.

Es dauerte nicht lange, bis Leni sich eingestehen musste, dass sie beinah ununterbrochen an Matthew dachte. Im Schulunterricht nahm sie jede seiner Bewegungen wahr und überlegte, was sie bedeuten könnten. Manchmal streifte seine Hand unter dem Tisch die ihre, oder er berührte ihren Arm, und sie fragte sich, ob er das absichtlich getan hatte oder es zufällig geschehen war. Doch ganz gleich, was dahintersteckte, ihr Körper reagierte jedes Mal wie elektrisiert. Einmal neigte sie sich im Gespräch zu ihm, bis ihre Haare sein Gesicht streiften. Es entsprang einem Bedürfnis, für das sie noch keinen Namen hatte. Ebenso konnte es sein, dass er auf ihren Mund schaute, wenn sie sich unterhielten, und sie das Gleiche bei ihm tat. Immer wieder betrachtete sie sein Gesicht, wollte sich jedes kleine Detail einprägen.

Auch zu Hause beherrschte er ihre Gedanken so sehr, dass sie die Aufgaben vergaß, die sie erledigen sollte. Oft kam sie erst wieder zu sich, wenn die Stimme ihrer Mutter sie nachdrücklich an ihre Pflichten erinnerte.

Leni hätte gern mit Mom über ihre Gefühle und Sehnsüchte gesprochen, über die Träume, in denen sie geküsst und berührt wurde und nach denen sie morgens eine bisher unbekannte Unruhe in sich spürte. Doch sie sagte nichts, denn Dad ging es immer schlechter, und die Atmosphäre im Haus war angespannt. Leni mochte Mom nicht auch noch mit dem Wirrwarr ihrer Gefühle belasten und versuchte, allein Klarheit über das zu gewinnen, was sie bewegte.

Eines Nachmittags fuhren sie und Mom zu den Harlans. Mom wollte mit Thelma Fische zum Räuchern vorbereiten. Als sie ankamen, hatte Thelma draußen schon einen großen Tisch bereitgestellt und die Fische zurechtgelegt. Zu dritt nahmen sie die Fische aus, schnitten sie in breite Streifen und legten sie in die Marinade, die Thelma angerührt hatte. Nach einigen Tagen würde Thelma sie aus der Marinade herausnehmen und in ihre Räucherkammer bringen.

Ted reparierte eine der Hundehütten. Clyde war dabei, eine präparierte Rinderhaut in Streifen zu schneiden, um daraus einen Lederstrick zu drehen. Die dreizehnjährige Agnes vertrieb sich die Zeit, indem sie mit Wurfsternen auf einen Baumstamm zielte. Marthe schnitzte an einer Astgabel und hatte offenbar vor, daraus eine Zwille zu machen. Donna hängte Bettlaken auf. Lenis Vater und Mad Earl waren nach Homer gefahren.

Thelma schüttete einen Eimer Seifenlauge über den Tisch und spülte die Fischinnereien ab. Auf dem Boden machten die Hunde sich darüber her.

Leni setzte sich zu Marybet, die einen Krabbenfangkorb flickte. Mit halbem Ohr hörte sie zu, wie das Mädchen von einem Vogelnest erzählte.

Auch bei den Harlans lag eine unangenehme Spannung in der Luft. Seit dem Abend, an dem Mr Walker hier erschienen war, um die gemeinsame Vergangenheit heraufzubeschwören und ihnen gutbezahlte Jobs anzubieten, hatte sich die Familie in zwei Parteien gespalten. Wer genau auf welcher Seite stand, konnte Leni nicht sagen, doch Dad hatte seit jenem Abend mit Ted und Thelma kein Wort mehr gesprochen.

Leni hatte den Pick-up ihres Vaters nicht kommen hören und wurde durch lautes Hupen aus ihren Gedanken gerissen.

Der Wagen rumpelte über den großen Hof und blieb vor einem Schuppen stehen.

Die Türen öffneten sich gleichzeitig. Dad und Mad Earl stiegen aus.

Dad hob einen großen Pappkarton von der Ladefläche und trug ihn zu Earls Veranda. Mad Earl folgte ihm. Der alte Mann sah müde aus. Im vergangenen Jahr war er kahlköpfig geworden, der weiße Bart dünn und zerrupft. Tiefe Falten hatten sich in seine Stirn gegraben.

»Alle mal herkommen«, rief er und winkte seine Familie zu sich.

Thelma wischte die Hände an ihrer verschmierten Hose ab und ging mit Ted zu ihrem Vater.

»Ich glaube, Dad und Mad Earl sind betrunken«, sagte Leni leise zu Mom.

Mom hob resigniert die Schultern und zündete sich eine Zigarette an. Sie gesellten sich zu den anderen.

Dad warf sich in Positur und lächelte.

Leni kannte dieses Lächeln zur Genüge. Es kündigte eine neue Idee an.

Dad legte eine Hand auf Earls Schulter. »Vor Jahren hat Earl mich und meine Familie auf eurem wunderschönen Stück Land willkommen geheißen. Ihr wart großzügig und herzlich und seid es geblieben, so dass wir uns nun fast schon wie Mitglieder eurer Familie fühlen. Ich weiß auch, wie viel Thelmas Freundschaft meiner Frau bedeutet, und kann euch sagen, dass wir uns noch nirgendwo so zu Hause gefühlt haben wie hier in Alaska.« Seine Miene wurde feierlich. »Ihr kennt Bos Vermächtnis. Er wollte, dass jemand, dem er vertraute, hierherkommt und seine Familie schützt. Wie ihr wisst, habe ich seinen letzten Wunsch ernst genommen. Jeder von euch ist ein hervorragender Schütze geworden. Ihr habt gelernt, wie man mit Pfeil und Bogen schießt, und seid gegen alles gewappnet, was da kommen mag. Dachte ich jedenfalls.«

Thelma runzelte die Stirn.

»Was willst du damit sagen?«, fragte Clyde.

»Vor nicht allzu langer Zeit kam ein Feind hierher, und nichts und niemand hat ihn daran gehindert, euer Grundstück zu betreten. Er hatte schöne Worte und Angebote, zu denen ihr nicht nein sagen konntet. So war es doch, oder? Doch was er euch vor allem gebracht hat, ist Uneinigkeit. Dafür könnt ihr euch bei Tom Walker bedanken.«

»Es geht wieder los«, murmelte Thelma.

Ted zuckte mit den Schultern. »Es dreht sich nur um ein paar Jobs, Ernt. Und wir brauchen das Geld.«

Dad hob die Hände und lächelte erneut.

Auch dieses Lächeln kannte Leni. Es verhieß nichts Gutes.

»Ich mache niemandem Vorwürfe«, sagte Dad. »Ich kann eure Gründe nachvollziehen. Trotzdem möchte ich euch auf Gefahren hinweisen, die euch nicht bewusst zu sein scheinen. Wenn es losgeht, werden etliche eurer Nachbarn versuchen, euch zu beschwatzen, dass ihr ihnen helft. Ihr kennt diese Leute seit langer Zeit, und das verbindet. Doch genau darin liegt die Gefahr, und deshalb werde ich euch helfen, euch vor euch selbst zu schützen.«

»Bo hätte das auch gewollt«, sagte Mad Earl. Er nahm einen Zug von der Zigarette, die er sich gedreht hatte, und stieß eine lange Rauchwolke aus. »Zeig ihnen, was wir besorgt haben.«

Dad bückte sich und öffnete den Pappkarton. Als er sich wieder aufrichtete, hatte er ein Holzbrett in der Hand. Es glich einem Nagelbrett mit Hunderten Nägeln, die mit der Spitze nach oben dicht an dicht eingeschlagen worden waren.

In der anderen Hand hielt er eine Handgranate. »Niemand wird jemals wieder einfach so hereinspaziert kommen«, sagte er. »Wir werden eine Mauer errichten und sie mit Stacheldraht sichern. Und wir werden um euer Land einen Graben ziehen, den wir mit solchen Nagelbrettern auslegen. Wir bedecken sie mit Glasscherben und tarnen sie mit Erde.«

Thelma lachte.

»Das ist kein Witz, Thelma«, sagte Mad Earl.

»Die Handgranaten stecken wir in Einweckgläser«, fuhr Dad fort, und die Vorstellung entlockte ihm ein Grinsen. »Wir ziehen den Splint heraus, drücken den Sicherheitsbügel hinunter und vergraben die Gläser. Wenn jemand darauftritt – kawumm.«

Niemand sagte etwas. Alle standen nur da, im Hintergrund bellten die Hunde.

Mad Earl rieb sich die Hände und lachte. »Klasse Idee, Ernt. Einfach klasse.«

»Nein«, sagte Thelma. Und dann noch einmal lauter: »Nein. *Nein.*«

Sie trat vor und sah ihren Vater an. »Hast du gehört? Ich habe nein gesagt.«

»Aber warum?« Mad Earl zog die Brauen zusammen.

»Ernt ist doch nicht ganz bei Trost«, sagte Thelma. »Wir haben Kinder. Und – machen wir uns nichts vor – den einen oder anderen Trinker. Es kommt nicht in Frage, dass wir unser Land mit Sprengladungen sichern und riskieren, dass einer von uns in die Luft fliegt.«

»Ich bin hier für die Sicherheit verantwortlich«, sagte Dad. »Nicht du.«

»Irrtum«, entgegnete Thelma. »Ich sorge schon selbst dafür, dass es meiner Familie gut geht – nicht du. Wir können schießen, jagen und Fallen stellen, all das ist seit Jahren Teil unseres Lebens hier. Meinetwegen können wir auch noch Nahrungsvorräte anlegen und ein Wasseraufbereitungssystem installieren. Und meinetwegen kannst du sogar mit meinem Vater von morgens bis abends über Kriege und Naturkatastrophen schwadronieren. Aber ich werde mich nicht jeden Tag ängstigen, dass vielleicht einer von uns versehentlich auf eine Sprengladung tritt.«

»Schwadronieren?«, fragte Dad mit schmalen Augen.

Plötzlich redeten alle durcheinander. Es bildeten sich zwei Gruppen. In der einen standen Ted, Thelma und Donna mit ihren Töchtern, in der anderen Mad Earl, Dad und Clyde.

Schließlich trat Thelma zu Mad Earl und sagte: »Sieh es doch ein, Dad, oder willst du etwa deine Enkelkinder in Gefahr bringen?«

»Möchtest du, dass der Feind mit Maschinengewehren kommt, deine Familie erschießt und alles mitnimmt, was er braucht?«, fragte Dad zornig.

Marybet zupfte an Thelmas Ärmel und fragte: »Kann das passieren?«

»Nein.« Thelma strich ihr über den Kopf.

Wieder wurde in beiden Gruppen laut und aufgeregt diskutiert.

»Es reicht«, rief Mad Earl zuletzt und hob die Hände. »Unsere Familie darf sich nicht entzweien, und unsere Kinder dürfen nicht Gefahr laufen, auf Sprengladungen zu treten.« Er wandte sich zu Dad um. »Tut mir leid, Ernt, aber diesmal schließe ich mich Thelma an.«

Dad kniff die Lippen zusammen und legte Nagelbrett und Handgranate zurück in den Karton. »Wie du meinst«, sagte er im Aufrichten. »Es ist deine Familie.«

Mit einem Mal waren die Harlans wieder eine geschlossene Gruppe. Ted schlug Clyde auf den Rücken, Mad Earl trat zu Thelma, die Familie fand von neuem zusammen.

Leni fragte sich, ob keiner von ihnen bemerkte, wie ihr Vater sie beobachtete, wie sich sein Mund zu einer schmalen zornigen Linie verzog.

KAPITEL SECHZEHN

Mitte Mai kehrten die Strandläufer in Scharen aus dem Süden zurück. Sie zogen über den Himmel, senkten sich zu einer kurzen Rast auf die Kachemak Bay und setzten ihre Reise nach Norden fort.

Auch andere Vögel kamen in großer Zahl wieder und erfüllten die Luft mit ihrem Krächzen und dem Schwirren ihrer Flügelschläge.

In den vergangenen Jahren hatte Leni stets frühmorgens im Bett den Vogelstimmen gelauscht, die Vogelarten bestimmt und voller Freude an den nahenden Sommer gedacht.

In diesem Jahr war es anders.

Wenn der Sommer begann, würde sie die Schule beenden, und wie oft würde sie dann Matthew noch sehen können?

»Du bist still«, sagte Dad, als er sie eines Morgens zur Schule fuhr und neben Matthews Quad anhielt.

»Das kommt dir nur so vor«, antwortete Leni und machte Anstalten auszusteigen.

»Du denkst an unsere Sicherheit, vermute ich.«

Leni wandte sich zu ihm um. »Welche Sicherheit?«

»Seit unserem Besuch bei den Harlans wirkst du bedrückt. Deine Mutter auch. Ihr habt Angst.«

Vergeblich suchte Leni nach einer unverfänglichen Antwort, seit dem Tag bei den Harlans ging ihr Vater bei dem kleinsten Anlass in die Luft.

»Thelma ist ein Dummkopf. Die Frau steckt den Kopf lieber in den Sand, als sich der Wahrheit zu stellen. Aber wegschauen ist keine Lösung, mag die Wahrheit noch so unbequem sein. Wir müssen auf alles gefasst sein. Ich lasse nicht zu, dass dir und deiner Mutter etwas zustößt. Eher sterbe ich. Das weißt du, nicht wahr? Du weißt, wie sehr ich euch liebe.« Er zerzauste Lenis Haar. »Aber mach dir keine Sorgen, Rotfuchs. Bei mir seid ihr gut aufgehoben.«

Leni nickte, kletterte aus dem Wagen und hob ihr Fahrrad von der Ladefläche.

Dad hupte zum Abschied und fuhr los.

Als Leni ihr Fahrrad an den Zaun des Schulhofs lehnte, hörte sie, dass jemand leise ihren Namen rief.

Sie schaute sich um.

Auf der anderen Straßenseite stand Matthew halb hinter einem Baum verborgen und winkte sie zu sich.

Sie vergewisserte sich, dass der Pick-up ihres Vaters nicht mehr zu sehen war. Dann lief sie zu Matthew und fragte: »Warum bist du nicht in der Schule?«

Er grinste. »Sollen wir heute schwänzen und nach Homer fahren?«

Leni schüttelte den Kopf.

»Komm schon«, drängte Matthew. »Das wird schön.«

Leni hielt sich die zahlreichen Gründe vor Augen, die dagegen sprachen. Dann fiel ihr ein, dass gerade Ebbe war und ihr Vater am Vormittag mit Sicherheit beim Muschelfang sein würde.

»Niemand wird uns erwischen«, sagte Matthew. »Und wenn, ist es auch egal. Es ist unser letztes Schuljahr, und es ist Mai. In anderen Gegenden wird in den Abschlussklassen ständig geschwänzt.«

Leni hatte noch immer Bedenken. Für sie war es riskant, mit Matthew gesehen zu werden, doch das mochte sie ihm nicht andauernd sagen.

Sie hörte das langgezogene, klagende Hupen der Fähre. Um diese Uhrzeit kehrte sie von den Aleuten zurück.

Matthew griff nach ihrer Hand. Bevor Leni etwas einwenden konnte, liefen sie schon zum Hafen hinunter.

Als die Fähre ablegte, standen sie oben an der Reling und sahen zu, wie Kaneq langsam kleiner wurde.

Während des ganzen Sommers transportierte die Tustumena-Fähre Fischer, Arbeiter, Reisende und Abenteurer durch das südliche Zentralalaska. Touristen, die keine großen Ansprüche hatten, nutzten sie als billiges Kreuzfahrtschiff; für alle anderen war sie einfach ein Transportmittel.

Leni war viele Male in Homer gewesen, doch noch nie hatte sie ein Freiheitsgefühl wie bei dieser Überfahrt verspürt. Ihr war, als reiste sie in eine Zukunft voll unbekannter Möglichkeiten.

Ihr Haar flatterte im Wind, über ihr krächzten Watvögel und ließen sich mit dem Wind treiben. Die Bucht war eine glatte glänzende Fläche, die nur vom schäumenden Kielwasser der Fähre unterbrochen wurde.

Matthew trat hinter sie, legte die Arme um sie und hielt sich an der Reling fest. Wie von allein lehnte sie sich an ihn. »Ich kann nicht glauben, dass wir tatsächlich zusammen nach Homer fahren«, sagte sie. Näher würden sie einem normalen Teenagerleben, in dem man durch eine Stadt stromerte, vielleicht ins Kino ging und anschließend irgendwo Milchshakes trank, nicht kommen.

»Die Universität von Anchorage hat mich angenommen«, sagte er. »Ich kann dort neben dem Studium in der Eishockeymannschaft spielen.«

Noch immer in seinen Armen, drehte Leni sich zu ihm um. Der Wind blies ihr die Haare ins Gesicht.

»Komm mit mir«, sagte er.

Für einen Moment schloss sie die Augen. Der Gedanke, mit ihm in einer Stadt wie Anchorage zu studieren, war wie eine wunderschöne Blume, die sich leuchtend entfaltete – und sofort wieder verblühte. Matthew führte ein anderes Leben als sie. Er war klug, seine Familie hatte Geld, sein Vater wollte, dass sein Sohn aufs College ging. »Das können wir uns nicht leisten«, sagte sie. »Und meine Eltern sind auf meine Hilfe bei uns zu Hause angewiesen.«

»Es gibt Stipendien.«

»Ich kann nicht fortgehen.«

Matthew seufzte. »Ich weiß, dass dein Vater schwierig ist, aber er kann dir nicht verbieten fortzugehen.«

»Um ihn geht es nicht. Ich muss bei meiner Mutter bleiben. Sie braucht mich.«

Matthew zog die Brauen hoch. »Deine Mutter ist eine erwachsene Frau.«

Leni wusste nicht, wie sie ihm ihre Gründe erklären sollte, ohne zu viel zu verraten. Ohne sagen zu müssen, dass sie Sorge tragen musste, dass Dad ihre Mutter nicht eines Tages totschlug.

Matthew zog sie an sich. Ein Schauer überlief Leni, und sie fragte sich, ob er das spürte. »Oh, Len«, flüsterte er in ihr Ohr.

Leni horchte dem Namen nach. *Len*. Wollte er einen Namen für sie haben, den nur er benutzte?

»Wenn ich könnte, würde ich gern studieren«, sagte sie. Danach schwiegen sie. Leni dachte daran, wie verschieden schon ihre beiden Welten waren und wie vielfältig erst die ganze Welt da draußen sein mochte. Matthew und sie waren nur zwei Jugendliche unter Millionen und Abermillionen anderen, die sich alle etwas wünschten. Warum sollten ausgerechnet ihre Wünsche in Erfüllung gehen?

In Homer leerte sich die Fähre. Leni und Matthew verließen sie Hand in Hand. Sie mischten sich unter die Rucksacktouristen, spazierten bis zur Spitze des Spit und setzten sich an einen Tisch vor dem kleinen Restaurant, in dem Leni vor Jahren zum ersten Mal Krebsfleisch gegessen hatte. Sie aßen gebratene Heilbuttfilets und Pommes frites und tranken Cola. Ab und zu warfen sie den über ihnen kreisenden Seevögeln eine salzige, fettige Fritte zu. Anschließend schlenderten sie durch den Ort, und Matthew kaufte Leni in einem Laden ein Fotoalbum mit dem Mount McKinley vorn auf dem Umschlag.

Sie sprachen über dies und jenes, alles, was ihnen gerade in den Sinn kam, die Schönheit ihrer Heimat, die Unwägbarkeiten der Gezeiten, die vielen Autos in der Stadt oder die vielen Menschen auf dem Spit.

Leni machte ein Foto von Matthew vor dem Salty Dawg Saloon. Vor hundert Jahren waren in dem Haus das Postamt von Homer und ein kleiner Gemischtwarenladen gewesen, damals galt Homer den Bewohnern Alaskas noch als das Ende der Welt. Mittlerweile beherbergte es eine schummrige, verwinkelte Kneipe, in der ebenso Touristen wie Einheimische saßen. Die Wände waren voller Zettel aller Art, mit denen sich frühere Besucher verewigt hatten. Matthew schrieb *Leni und Matthew* auf einen Ein-Dollar-Schein und heftete ihn dazu.

Es war schon lange her, dass Leni einen so schönen Tag verbracht hatte. Als er zu Ende ging und sie mit einem Wassertaxi zurück nach Kaneq fuhren, wurde sie schwermütig. Sie schaute über die weite Wasserfläche und stellte sich vor, wie es wäre, wenn sie für immer weiterfahren würden.

»Ich wünschte, wir müssten nicht zurück«, sagte sie.

Matthew legte einen Arm um sie und zog sie an sich. Eine Zeitlang überließen sie sich schweigend dem sanften Auf und Ab der Wellen. Schließlich sagte Matthew: »Lass uns fortgehen.«

Leni lachte.

»Das ist mein Ernst. Wir würden reisen, mit dem Rucksack durch Südamerika wandern und den Machu Picchu besteigen. Wir würden uns Europa und Asien anschauen. Wenn wir genug gesehen haben, kehren wir zurück und lassen uns hier nieder, wo wir hingehören. Ich werde Pilot oder Sanitäter, und du wirst Fotografin. Wir heiraten und kriegen Kinder, die nicht auf uns hören.«

Leni wusste, dass es nur Phantasien waren, nicht mehr als Träumereien, und doch riefen Matthews Worte eine tiefe Sehnsucht in ihr wach. Sie rang sich ein Lächeln ab und tat, als spiele sie mit. »Gute Idee. Für meine Fotos werde ich den Pulitzer-Preis gewinnen, und bei der Preisverleihung bin ich zurechtgemacht wie ein Filmstar und trinke einen Martini nach dem anderen. Nur das mit den Kindern, da bin ich mir noch nicht so sicher.«

»Doch, darauf bestehe ich. Ich möchte ein kleines rothaariges Mädchen, dem ich zeigen kann, wie man Steine flitscht und Königslachse fängt.«

Leni antwortete ihm nicht. Es war ein albernes Gespräch, und doch hatte sie das Gefühl, ihr Herz würde zerspringen.

Warum hatte er überhaupt davon angefangen? Er musste doch wissen, wie gefährlich solche Träume waren, wie unbarmherzig das Schicksal sie zerschmettern konnte. Er hatte seine Mutter verloren. Hatte er vergessen, wie trügerisch die Hoffnung auf Glück sein konnte?

Das Wassertaxi drosselte das Tempo und fuhr seitlich an die Anlegestelle von Kaneq. Matthew sprang hinaus, griff nach dem Tau und hielt es fest, bis Leni ausgestiegen war. Dann warf er es zurück an Deck.

»Wieder zu Hause«, sagte er.

Leni warf einen Blick auf die Häuschen auf den moos- und muschelbesetzten Pfählen über dem Wasser.

Zu Hause.

Wieder in der Realität.

Als Leni am nächsten Nachmittag bei Large Marge arbeitete, machte sie einen Fehler nach dem anderen. Sie zeichnete die Kisten mit den einfachen Nägeln falsch aus, stellte sie in das falsche Regal und starrte die Wand an. Könnte sie tatsächlich aufs College gehen? War das überhaupt denkbar?

»Wo hast du deinen Kopf?«, sagte Large Marge. »Geh lieber nach Hause.«

»Ich habe nur kurz über etwas nachgedacht«, entgegnete Leni und errötete.

»Aha.« Large Marge stemmte die Fäuste in die Seiten. »Gestern habe ich dich mit Matthew Walker durch den Ort spazieren sehen. Zur Fähre. Obwohl ihr Schule hattet. Du spielst mit dem Feuer, mein Fräulein.«

Leni senkte den Kopf. »Was meinst du?«

Large Marge schnaubte. »Du weißt genau, was ich meine. Möchtest du darüber reden?«

»Es gibt nichts zu bereden.«

»Du glaubst wohl, ich wäre von vorgestern. Sei vorsichtig, mehr sage ich nicht. Und jetzt ab mit dir.«

Leni murmelte einen Abschiedsgruß und verließ den Laden. Mit bleischwerem Herzen und wirrem Kopf radelte sie nach Hause. Sie fütterte die Tiere und holte Wasser aus dem Brunnen, den sie vor drei Jahren gegraben hatten. Währenddessen war sie so in Gedanken versunken, dass sie nachher nicht wusste, wie sie ins Haus gekommen war.

Mom war in der Küche und knetete einen Teig. Bei Lenis Anblick ließ sie die mehligen Hände sinken und fragte: »Was ist los?«

»Nichts. Warum fragst du?« Leni war den Tränen nahe. Sie hatte bloß keine Ahnung, warum. Alles, was sie wusste, war, dass Matthew ihr etwas vor Augen geführt hatte, das sie bisher nicht für möglich gehalten hatte. Aber was nützte ihr das? Ihre Schulzeit war bald zu Ende, Matthew würde aufs College gehen, und sie würde in Kaneq bleiben.

»Leni.« Mom griff nach einem Lappen und wischte ihre Hände sauber. »Du siehst aus, als wäre die Welt untergegangen.«

Bevor Leni antworten konnte, hörten sie einen Wagen. Gleich darauf fuhr draußen ein weißer Pick-up vor.

Der Wagen gehörte den Walkers.

»O nein.« Leni stürzte zur Tür und riss sie auf.

Matthew stieg aus dem Wagen.

Leni rannte zu ihm. »Du darfst hier nicht herkommen.«

»Ich wollte wissen, was du hast. In der Schule heute hast du keinen Ton von dir gegeben, und danach bist du verschwunden, ohne ein Wort zu sagen. Habe ich etwas falsch gemacht?«

Leni wollte ihn umarmen, nie mehr loslassen und ihn gleichzeitig bitten, sofort wieder umzukehren. Sie wollte irgendwo mit ihm sitzen und reden, statt ihn fortzuschicken, wollte nicht ständig erklären müssen, dass wieder irgendetwas nicht möglich sei, sondern einfach nur mit ihm zusammen sein.

In diesem Augenblick trat Dad aus dem Wald, in der Hand eine Axt. Sein Gesicht war gerötet, auf seinem T-Shirt hatten sich Schweißflecken gebildet. Als er Matthew entdeckte, blieb er stehen. Dann kam er mit raschen Schritten näher. »Du bist hier nicht willkommen, Matthew Walker«, sagte er. »Wenn du und dein Vater euer Land verschandeln wollt, ist das eure Sache, aber von meinem Land und meiner Tochter hältst du dich fern. Hast du das verstanden?« Er ging zum Ziegenstall, drehte sich noch einmal um und rief: »Mit dem, was ihr treibt, seid ihr eine Schande für unsere Gegend. Ihr werdet Kaneq ruinieren und das nächste Disneyland daraus machen.«

Matthew lachte. »Haben Sie tatsächlich ›Disneyland‹ gesagt?«

»Ja, und du verschwindest jetzt besser, bevor ich dir wegen unbefugten Betretens meines Grundstücks Beine mache.«

»Bin schon weg«, sagte Matthew, ohne sonderlich beeindruckt zu wirken. Er nickte Leni grinsend zu und setzte sich in den Pick-up.

Leni konnte nicht fassen, wie schmerzhaft es war, ihn davonfahren zu sehen. Mit schweren Schritten ging sie ins Haus. Mitten im Raum blieb sie stehen und starrte ins Leere.

»O Schätzchen.« Mom schloss sie in die Arme.

Leni brach in Tränen aus. Mom hielt sie fest an sich gedrückt, strich ihr über den Kopf und führte sie zum Sofa.

»Er gefällt dir«, sagte Mom. »Wie könnte es auch anders sein. Er ist ein hübscher Junge geworden. Du hattest all die

Jahre niemanden, mit dem du reden konntest, und nun ist er wieder da.«

Ihre Mutter sprach aus, was Leni längst wusste, dennoch war da noch so viel mehr, was sie bewegte.

»Ich weiß, was in dir vorgeht.«

Moms Worte taten ihr gut, doch gleichzeitig holten sie Leni zurück in die Wirklichkeit, in der es keinen Platz für sie und Matthew gab.

Wie um ihre Gedanken zu bestätigen, sagte Mom: »Es ist gefährlich. Aber das weißt du selbst, nicht wahr?«

»Ja«, antwortete Leni. »Das weiß ich selbst.«

Zum ersten Mal begriff Leni, wovon in den Büchern über Liebe, unerfüllte Liebe und gebrochene Herzen die Rede gewesen war. Wenn sie Matthew nicht sah, sehnte sie sich so sehr nach ihm, dass es beinah weh tat. Ihr ganzer Körper verzehrte sich nach ihm. Sie fühlte sich regelrecht krank.

Als Leni nach einer unruhigen Nacht erwachte, waren ihre Lider schwer vor Müdigkeit, und das helle Tageslicht, das durch das Oberlicht fiel, stach in ihre Augen. Sie streifte die Kleidung vom Vortag über und kletterte nach unten. Mom und Dad waren nicht im Haus, so dass niemand etwas sagte, als sie, ohne zu frühstücken, die Tiere fütterte und anschließend mit ihrem Fahrrad zur Schule fuhr.

Im Ort war Large Marge dabei, die Fenster ihres Ladens zu putzen. Leni rief ihr einen Gruß zu, winkte Crazy Pete, der am Straßenrand saß, und stellte ihr Fahrrad auf dem Schulhof ab.

Als sie den Klassenraum betrat, war Matthews Stuhl leer.

Kein Wunder, dachte sie. Nachdem er gesehen hatte, wie verrückt ihr Vater war, würde er sicherlich versuchen, ihr für die letzten Schultage aus dem Weg zu gehen.

»Hallo Leni«, sagte Mrs Rhodes gutgelaunt. »Könntest du heute die Aufsicht übernehmen? Ich muss zu einer Lehrerkonferenz nach Homer.«

»Ja.«

Mrs Rhodes griff nach ihrer Aktentasche. »Hilf Marybet beim Dividieren. Agnes und Marthe müssen einen Aufsatz über Alaska im Zweiten Weltkrieg schreiben. Du und Matthew lest bitte ›Das öde Land‹ von T.S. Eliot weiter.«

Als Mrs Rhodes sich verabschiedet hatte, setzte Leni sich zu Marybet. Doch während sie dem kleinen Mädchen bei ihren Rechenaufgaben half, huschte ihr Blick immer wieder zu der großen Wanduhr.

Die Stunden schlichen dahin, aber Matthew ließ sich nicht blicken. Um drei Uhr nachmittags war die Schule zu Ende, und er war noch immer nicht erschienen. Als die Harlan-Kinder verschwunden waren, saß Leni noch für einen Moment in dem stillen Klassenzimmer. Dann packte sie ihre Sachen zusammen.

Um die Rückkehr zu ihren Eltern noch ein wenig hinauszuzögern, schob sie das Fahrrad über die Hauptstraße. Über ihr zog ein Buschflugzeug einen trägen Kreis. Leni schaute zu ihm hinauf und stellte sich vor, was die Menschen in dem Flugzeug sahen – einen kleinen Ort an der Bucht, umgeben von blühenden Sumpfwiesen und steilen Hängen. Am Hafen blieb Leni stehen, betrachtete die auf den Wellen schaukelnden Boote, verfolgte den Weg eines roten Kajaks, so weit entfernt, dass es nur ein Fleck war, der sich mal im Sonnengeglitzer der Bucht aufzulösen schien, dann wieder deutlich hervortrat.

Als sie wenig später am Kicking Moose vorbeikam, hörte sie, dass drinnen gehämmert wurde.

An der Brücke verharrte Leni erneut. Normalerweise standen dort Menschen, die in dem klaren Gebirgsbach Forellen, Felchen und Hechte angelten, doch an diesem Tag lehnte nur eine Person an dem Geländer.

Matthew.

»Was machst du hier?«, fragte sie.

»Ich warte.«

»Worauf.«

»Auf dich.«

Er stieß sich vom Brückengeländer ab. »Komm mit.« Er deutete auf den Ort. Leni lief mit ihm zurück. Währenddessen schwiegen sie, so dass Leni bei jedem Schlagloch, durch das sie das Fahrrad führte, das leise Ping ihrer Fahrradklingel hörte.

Auf der Höhe des Kicking Moose wurde sie nervös und hielt nach den Harlans Ausschau, voller Angst, einer könnte sie sehen und ihrem Vater erzählen, dass sie mit Matthew zusammen gewesen war.

Matthew führte sie zu einem kleinen Strand am Fuß eines fichtenbestandenen Steilufers. Leni legte ihr Fahrrad auf den Kies und ließ sich mit Matthew auf einem umgestürzten Baum nieder.

Matthew räusperte sich. »Letzte Nacht konnte ich nicht schlafen.«

»Ich auch nicht.«

»Ich habe an dich gedacht.«

Leni hätte dasselbe sagen können, doch dazu fehlte ihr der Mut.

Matthew nahm ihre Hand. Leni schaute auf die flachen Wellen, die sich gemächlich auf den Strand schoben, in den

Kieselsteinen wühlten und wieder zurückglitten. »Ich habe mit meinem Vater über uns gesprochen«, fuhr Matthew fort. »Und ich war auf der Polizeistation und habe Curt Ward überredet, mich mit Alyeska telefonieren zu lassen. Ich wollte mir ihren Rat holen, was uns beide angeht.«

Uns beide, dachte Leni und wiederholte die beiden Wörter für sich.

»Dad hat gesagt, dass ich mit dem Feuer spiele, wenn ich mit dir zusammen sein will.«

Zusammen sein?

Matthew drehte sich zu Leni um. »Darf ich dich küssen?«

Leni spürte, wie ihr Hitze in die Wangen schoss, und hörte das laute Klopfen ihres Herzens. Sie nickte kaum merklich und schloss die Augen. Zuerst streifte er ihren Mund nur vorsichtig mit den Lippen und legte die Arme um sie, doch dann verharrte sein Mund auf ihrem, und er küsste sie hingebungsvoll. Als sie sich voneinander lösten, war Leni benommen. Dieser erste Kuss hatte ihr eine Welt offenbart, die sie sich nicht hatte vorstellen können, ein leuchtendes Universum voller wunderschöner, köstlicher Gefühle.

Sie wartete, bis sie wieder zu Atem gekommen war, und sagte: »Das mit uns … das ist gefährlich, Matthew.«

Matthew zuckte mit den Schultern. »Ich weiß. Aber spielt das eine Rolle?«

»Nein, nicht mehr«, antwortete Leni leise. Sie wusste, dass sie eine Entscheidung getroffen hatte, die sie womöglich bereuen würde, aber im Moment war ihr das einerlei. »Nur wir beide spielen eine Rolle.«

Auf dem Nachhauseweg ging Leni das, was Matthew über die Zukunft gesagt hatte, nicht aus dem Kopf.

Er hatte ihr die University of Alaska Anchorage beschrieben, wie schön es dort war, dass sie an einem kleinen See lag und unter Bäumen, im Hintergrund die schneebedeckten Chugach Mountains.

Du hast noch Zeit, dich zu bewerben. Wir könnten zusammen studieren. Zusammen sein.

Als Leni zu Hause die Tiere fütterte, war sie so abgelenkt, dass sie den Eimer Körner für die Hühner fallen ließ. Sie holte Wasser aus dem Brunnen und wusste kaum, was sie tat. Ihre Mutter kam und sagte, sie und Dad würden mit dem Boot zum Angeln rausfahren. Leni nickte und sah zerstreut zu, wie sie zum Strand hinuntergingen.

Dann durchzuckte sie ein Gedanke. Ihre Eltern würden erst in ein paar Stunden zurückkehren.

Sie könnte zu Matthew radeln. Sie könnten sich wieder küssen. Und ihre Eltern würden nie erfahren, dass sie fort gewesen war.

Nein, das war albern. Sie würde Matthew am nächsten Tag in der Schule sehen.

Aber der nächste Tag schien eine Ewigkeit entfernt zu sein.

Ehe sie sich versah, rannte sie zu ihrem Fahrrad, sprang auf und fuhr um das alte Kanu und das verrostete Geländemotorrad herum, die ihr Vater irgendwann auf dem Sperrmüll entdeckt und nach Hause geschleppt hatte, wo sie weiterverrotteten.

Die Einfahrt lag im Schatten der Bäume. Leni fröstelte in ihrem dünnen T-Shirt und atmete auf, als sie auf der Hauptstraße wieder in der Abendsonne war. Dann hatte sie den neuen Torbogen der Walkers erreicht. Rechts und links der

Inschrift waren nun auch noch zwei springende Lachse eingeschnitzt und silbrig angemalt worden.

Das Metallgatter stand weit offen. *Ich bin verrückt*, fuhr es ihr durch den Sinn, aber auch das war ihr gleich. Sie konnte nur an Matthew denken, daran, wie sein Kuss sich angefühlt hatte und dass sie sich nichts sehnlicher wünschte, als ihn wieder zu küssen.

Am Rand fiel ihr auf, dass Mr Walkers Einfahrt nicht verschlammt war. Er hatte sie befestigen und mit Kies bestreuen lassen. So etwas würde ihr Vater niemals tun, für seinen Geschmack wäre das wohl zu ordentlich und vermutlich auch zu teuer.

Als Leni vor dem Haus der Walkers vom Fahrrad stieg, wurde sie unsicher. Vielleicht war es doch nicht richtig gewesen hierherzukommen.

Doch dann sah sie Matthew. Er trug Gummistiefel, Shorts und ein überlanges Hockeyhemd und schleppte einen Heuballen. Er entdeckte sie, legte den Heuballen ab und kam zu ihr. »Hey«, sagte er und schloss sie in die Arme. »Len«, flüsterte er und strich ihr zärtlich eine Haarsträhne aus dem Gesicht. Leni liebte den Namen, den er für sie gewählt hatte. Er machte sie zu jemandem, den nur er kannte. »Ist alles in Ordnung?«

»Du hast mir gefehlt«, sagte sie und dachte, *was für ein Unsinn*. Sie hatten sich doch erst vor wenigen Stunden getrennt. »Ich wollte bei dir sein.«

»Lass uns ein Stück vom Haus weggehen«, sagte Matthew und schlug den Weg über die Einfahrt ein. Als das große Haus nicht mehr zu sehen war, nahm er sie wieder in die Arme und küsste sie, zuerst ganz sanft, dann immer leidenschaftlicher. Für Leni versank die Welt.

Es fing schon an zu dunkeln, als sie an die Hauptstraße kamen und Leni erklärte, sie müsse sich nun sputen und nach Hause fahren.

Matthew küsste sie noch einmal. Dann sagte er: »Morgen Nacht komme ich zu dir.«

Leni schüttelte den Kopf. »Das geht nicht, das weißt du doch.«

»Das geht«, antwortete er fest. »Um Mitternacht schleichst du dich aus dem Haus, und wir treffen uns.«

»Und was ist, wenn meine Eltern mich hören?«

»Dann sagst du, dass du aufs Klo musst.«

Leni überlegte. Wenn sie leise genug wäre, würden ihre Eltern vielleicht nichts mitbekommen. Sie könnte eine Stunde mit Matthew zusammen sein – vielleicht sogar länger.

Trotzdem blieb sie unschlüssig. Wollte sie wie ihre Mutter werden und sich so sehr nach einem Mann sehnen, dass sie glaubte, ohne ihn nicht leben zu können?

»Bitte, Len«, sagte Matthew und griff nach ihrer Hand. »Bitte, sag ja.«

Leni hatte den Wagen nicht kommen hören und schrak zusammen, als die Scheinwerfer sie erfassten. Im nächsten Moment hörte sie quietschende Reifen. Eine Wagentür flog auf, die Stimme ihres Vaters ertönte, brüllte ihren Namen.

Leni stieß Matthew fort, doch es war zu spät. Dad kam auf sie zu. Mom kletterte aus dem Pick-up und folgte ihm.

»Was zum Teufel tust du hier?« Leni sah seinen wilden Blick. Er packte ihren Arm und riss sie von Matthew fort.

»Habe ich dir nicht gesagt, dass du dich von meiner Tochter fernhalten sollst?«, schrie er Matthew an.

Leni versuchte, ihr rasendes Herz zu beruhigen. Matthew durfte nicht sehen, wie groß ihre Angst vor Dad war. Wie dumm sie gewesen war, ihn zu besuchen und zu glauben, dass sie damit durchkäme.

»Leni«, sagte Matthew, »ist alles in Ordnung?« Er schaute sie beunruhigt an.

»Bitte, sag nichts«, formte sie mit den Lippen.

Dad zog sie mit sich fort. Sie stolperte und fiel gegen ihn. Er zerrte sie weiter. Mom hob das Fahrrad auf und legte es auf die Ladefläche des Pick-ups.

Auf der Fahrt nach Hause sagte Dad kein Wort, schlug nur immer wieder mit der Hand aufs Lenkrad und schnaubte vor Wut.

Als er den Wagen geparkt hatte, schleifte er Leni mit sich zum Haus. Auf den Verandastufen wäre sie beinah gefallen. »Ich habe nichts getan«, rief sie.

»Ernt«, sagte Mom beschwichtigend. »Die beiden sind nur Freunde.«

Dad fuhr zu ihr herum. »Ach, dann wusstest du also, dass sie mit ihm zusammen ist?«

»Du übertreibst«, sagte Mom ruhig. »Er und Leni sind in einer Klasse, weiter nichts.«

Dad ließ Leni los. »Du wusstest es also.«

»Nein«, rief Leni und spürte, wie lähmende Furcht in ihr keimte.

»Wir haben sie gesucht«, sagte Dad. »Und du wusstest die ganze Zeit, wo sie war.«

»Nein.« Mom sah Dad beschwörend an. »Ich dachte, sie wäre mit dem Fahrrad spazieren gefahren. Vielleicht in den Ort hinunter. Hab ich dir doch gesagt.«

»Warum lügst du mich an?«

»Dad«, sagte Leni panisch. »Es war meine Schuld. Bitte, ich kann dir alles erklären …«

Er hörte ihr nicht zu, sondern fixierte ihre Mutter mit kalter Wut. »Weißt du nicht, wie sehr ich es hasse, wenn man mich belügt?« Er packte Moms Arm.

Leni stellte sich ihm in den Weg und versuchte, Dads Hand zu lösen.

Er stieß sie zurück, schleifte Mom ins Haus und trat die Tür zu. Bevor Leni es verhindern konnte, wurde der Riegel von innen vorgeschoben.

Zitternd vor Angst stand sie an der Tür, hörte diese Geräusche, das Klatschen, ein Krachen, dann einen unterdrückten Schrei.

Sie warf sich gegen die Tür, hämmerte dagegen und schrie, sie wolle ins Haus.

Die Tür blieb verschlossen.

KAPITEL SIEBZEHN

Als Leni am nächsten Morgen die Küche betrat, saß ihre Mutter allein am Tisch, vor sich eine Tasse Kaffee. Ihre linke Gesichtshälfte war eine Palette blauer, grüner und brauner Farbtöne. »Was hast du dir dabei gedacht?«, fragte sie. »War dir nicht klar, dass dein Vater dich suchen wird?«

Unglücklich ließ Leni sich am Tisch nieder. »Ich habe nicht nachgedacht.«

Mom seufzte. »Es ist gefährlich. Das habe ich dir neulich schon gesagt.« Sie beugte sich zu Leni vor. »Du hast dich auf dünnes Eis begeben – das weißt du nur zu gut. Halte dich von Matthew fern, Leni, sonst kann ich für nichts garantieren.«

Leni senkte den Kopf. »Ich wollte, dass er mich noch einmal küsst.« *Und heute Nacht möchte er sich mit mir treffen.*

Mom lehnte sich zurück und schwieg eine Zeitlang. »Ein Kuss kann die Welt eines Mädchens verändern, ich selbst bin das beste Beispiel dafür. Aber du führst nicht das Leben eines ganz normalen Mädchens in einem hübschen kleinen Vorort, das einen lieben netten Bilderbuchvater hat. Wir bekommen die Konsequenzen unserer Entscheidungen zu spüren, Leni. Das gilt nicht nur für dich, sondern auch für Matthew – und für mich.« Sie berührte ihre verfärbte Wange und verzog das Gesicht. »Du darfst dich nicht mehr mit ihm treffen.«

Wir treffen uns heute. Um Mitternacht.

Den ganzen Tag lang musste Leni daran denken, und wenn sie Matthew im Unterricht von der Seite ansah, wusste sie, dass er es ebenfalls tat.

»Bitte, Leni«, verabschiedete er sich nach Schulschluss.

Leni schüttelte den Kopf und fuhr nach Hause. Doch während sie die Tiere fütterte, die Beete düngte und Unkraut jätete, wartete sie ungeduldig darauf, dass es Abend wurde.

Normalerweise achtete sie nie auf die Zeit. Es war nichts, was für das Leben in Alaska eine Rolle spielte. Hier kam es auf andere Dinge an, auf das Licht, den dunkler werdenden Himmel, den Lauf der Gezeiten. Man achtete auf die Lachswanderung, dass sich die Farben des Laubs veränderten oder des Fells der Schneehasen, auf die Rückkehr der Zugvögel. Auch in der Schule spielte die Uhrzeit keine große Rolle. Niemand sagte etwas, wenn man zu spät oder gar nicht kam, weil der Wagen im Winter nicht angesprungen oder im Sommer zu Hause viel zu tun war.

Doch an diesem Tag wanderte Lenis Blick immer wieder zu der Wanduhr in ihrem Klassenzimmer, und als sie abends auf ihrem Bett saß, fixierte sie den Wecker an ihrem Bett. Ihre Eltern lagen unten auf dem Sofa und unterhielten sich leise. Dad entschuldigte sich bei Mom, weil er sie geschlagen hatte, und erklärte, es würde nie mehr vorkommen und wie sehr er sie liebe.

Kurz nach zehn legten sie sich schlafen.

Dad stellte den Generator aus. Der Vorhang unten raschelte ein letztes Mal.

Stille.

Leni legte sich auf ihr Bett und wartete ungeduldig, dass die Zeit verging, sie zählte ihre Atemzüge, dann die Schläge ihres

Herzens. Doch sosehr sie auch wünschte, dass Mitternacht näher käme, so sehr wuchs auch ihre Angst davor.

Immer wieder malte sie sich aus, was wohl geschähe – wenn sie im Bett bliebe, wenn sie sich mit Matthew träfe. Aber was wäre, wenn sie sich mit ihm traf und Dad sie erwischte?

Immer wieder redete sie sich ein, dass sie Mitternacht verstreichen lassen würde. Sie würde sich nicht aus dem Haus stehlen, so unbedacht und waghalsig war sie nicht.

Der Minutenzeiger rückte weiter. Es war Mitternacht.

Durch das gekippte Oberlicht hörte sie so etwas wie den Lockruf eines Vogels. Er klang nicht ganz echt.

Matthew.

Lautlos stand sie auf und kleidete sich an.

Auf der Leiter knarrte eine Sprosse. Wie gelähmt verharrte Leni und wartete ängstlich, ob ihre Eltern etwas gehört hatten und einer von ihnen sich regen würde. Nichts. Auf dem Weg durch das Wohnzimmer blieb sie stehen, wenn der Fußboden unter ihr knackte, und legte eine Hand auf ihr wild pochendes Herz. Sie griff nach ihren Stiefeln.

Mit angehaltenem Atem schob sie den Riegel zurück und öffnete die Tür.

Frische Nachtluft schlug ihr entgegen.

Sie sah Matthew oben auf dem Hügel über dem Strand stehen, eine dunkle Silhouette vor dem rauchblauen Himmel.

Geräuschlos schloss sie die Tür, schlüpfte in ihre Stiefel und lief zu ihm. Ohne etwas zu sagen, nahm er ihre Hand und stieg mit ihr zum Strand hinunter. Unten hatte er bereits eine Wolldecke ausgebreitet und die vier Enden mit Steinen beschwert.

Sie legten sich auf die Decke. Leni spürte die Wärme seines Körpers, schmiegte sich an ihn, und trotz der Gefahr, um die sie wusste, fühlte sie sich geborgen. Sie überlegte, was andere Jugendliche an ihrer Stelle tun würden. Sie hätten wohl Bier oder Marihuana dabei, würden quatschen und lachen und herummachen. Aber sie war nicht wie andere Jugendliche. Ihre Eltern sahen es ihr nicht nach, wenn sie sich nachts aus dem Haus schlich. Andere Jugendliche hatten keinen Vater, der in seiner Wut zu allem fähig war.

Leni hörte die Wellen über den Strand streichen und das Rauschen der Bäume im Wind. Blasses Mondlicht schimmerte auf dem Meer, am Himmel waren Sternbilder zu erkennen: der Große Wagen, der Drache, der Löwe, das Haar der Berenike. Matthew malte sie in der Luft nach und erzählte ihr die Geschichte von Berenike, die ihr wunderschönes langes Haar den Göttern geopfert hatte, woraufhin die Götter diesem Haar einen Platz unter den Sternen eingeräumt hatten.

Wie verzaubert lauschte Leni seinen Worten, mit denen die Welt um sie herum zu einem Ort unendlicher Geschichten zu werden schien.

Schließlich drehte er sich zu ihr um. Eine Strähne seines Haars glitt über ihre Wange. Sie spürte seinen Atem auf ihrer Haut, sah den Glanz in seinen Augen.

»Ich habe mit Mrs Rhodes gesprochen«, sagte er. »Sie ist sich sicher, dass du dich noch für die UAA bewerben kannst. Stell dir doch nur vor – wir könnten zusammen sein und all das hier hinter uns lassen.«

»Für uns ist das zu teuer, Matthew.«

»Dann müssen wir dafür sorgen, dass du ein Stipendium bekommst oder einen guten Studienkredit. Wir können das schaffen, Leni, glaub mir.«

Für einen Moment wagte Leni, sich ein Leben auf dem

College vorzustellen. *Ihr* Leben. »Bewerben kann ich mich ja«, sagte sie zögernd, doch schon als sie den Satz aussprach, wusste sie, dass der Preis zu hoch wäre. Denn ihre Mutter wäre diejenige, die ihn würde zahlen müssen. Wie sollte Leni damit leben können?

Aber was war die Alternative? Sollte sie ihr Leben lang zu Hause bleiben, die Wutausbrüche ihres Vaters ertragen und zusehen, wie Mom sich seine Misshandlungen gefallen ließ?

Matthew zog etwas aus seiner Hosentasche hervor. Es war eine Kette, die er Leni liebevoll umlegte. Es dauerte ein wenig, bis er sie in ihrem Nacken geschlossen hatte. »Den Anhänger habe ich selbst geschnitzt.«

Leni betastete den Anhänger. Es war ein Herz. Aus einem Tierknochen. Die Kette war fein wie ein Seidenfaden.

»Komm mit mir nach Anchorage, Len.«

Sie streichelte seine Wange. Seine Haut war anders als ihre, rauer und stoppelig.

Er presste seinen Körper an sie. Sie küssten sich. Matthews Atem ging schneller.

Leni hatte nicht gewusst, wie recht Mom hatte, als sie davon sprach, mit welcher Kraft die Liebe sich entfalten und wie sie den Blick auf die Welt verändern konnte. Mit einem Mal gab es für sie nur noch Matthew, und die Vorstellung, nicht mehr mit ihm zusammen sein zu können, wurde ihr unerträglich. Sie gehörten zusammen, das war so unabänderlich wie die Schwerkraft der Erde oder dass auf den Winter der Frühling folgte. Wenn Matthew sie küsste, sah sie eine ganz neue Welt vor sich, eine neue, glückliche Version ihres Selbst.

Sie rückte ein wenig von ihm ab. Die Wucht ihrer Gefühle verunsicherte sie. War das, was sie empfand, richtig? Reifte wahre Liebe nicht langsam heran? Oder kam es auch vor, dass sie von einem Moment auf den anderen wie ein Feuer entbrannte?

Sehnsucht, dachte Leni. Plötzlich verstand sie, dass sie bisher keine Vorstellung davon gehabt hatte, was es bedeutete. Jetzt wusste sie es. *Sehnsucht*. Ein altmodisches Wort, das eher in die Romane der Schwestern Brontë zu gehören schien, doch nun war es Teil auch ihres Lebens.

Mitten in diese Gedanken drang die Stimme ihres Vaters.

»Leni! Leni!«

O Gott. Leni fuhr hoch. »Versteck dich«, flüsterte sie und sprang auf. Panisch und mit keuchendem Atem hetzte sie die Stufen hinauf. »Hier, Dad«, rief sie und winkte.

Dad kam zu ihr. »Gott sei Dank«, sagte er. »Ich wollte zum Klo und habe gesehen, dass deine Stiefel nicht da waren.«

Die Stiefel. Nur eine Kleinigkeit, die sie übersehen hatte. Beinah wäre sie ihr zum Verhängnis geworden.

Leni deutete zum Himmel und hoffte, dass ihrem Vater nicht auffiel, wie rasch ihr Atem ging, und er das Hämmern ihres Herzens nicht hörte. »Schau, wie großartig der Himmel aussieht.«

Dad richtete seinen Blick in die Höhe. »Du hast recht.«

Leni versuchte, ihren Atem zu beruhigen. Dad legte einen Arm um sie, eine besitzergreifende Geste, und sie hätte ihn am liebsten abgeschüttelt. »Wir werden einen phantastischen Sommer bekommen.«

Leni warf einen raschen Blick zum Strand hinunter. Von Matthew und der Decke war nichts zu sehen. Nur die Wellen rollten über den Strand.

Sie fasste das Herz an ihrer Kette, spürte den glatten Knochen und die scharfe Spitze.

»Du darfst nachts nicht spazieren gehen«, sagte Dad. »Die

Bären sind nach dem langen Winter ausgehungert, es ist zu gefährlich. Beinah hätte ich das Gewehr mit rausgenommen, um dich zu suchen.«

Motivationsschreiben
von
Lenora Allbright

»Es ist eine gefährliche Sache, Frodo, aus deiner Tür hinauszugehen. Du betrittst die Straße, und wenn du nicht auf deine Füße aufpasst, kann man nicht wissen, wohin sie dich tragen.«

Vielleicht wundern Sie sich, dass ich dieses Schreiben mit einem Zitat von Tolkien beginne, doch Tolkien war der erste Autor, den ich für mich entdeckte und schon bald zu lieben begann. Seitdem sind Bücher die Meilensteine meines Lebens. Bei anderen Menschen mögen es Fotos oder Videoaufnahmen ihrer Familie sein, die für bestimmte Phasen ihrer Geschichte stehen und all die Erinnerungen daran zusammenfassen, bei mir sind es Romane und ihre Figuren. Seit ich lesen kann, sind Bücher mein Zufluchtsort. In ihnen habe ich von Begebenheiten und Menschen erfahren, die ich mir nie vorzustellen gewagt hätte, habe fremde Länder durchquert, um ein Mädchen zu retten, das nicht wusste, dass es eine Prinzessin war. Dabei ließ ich die Welt, in der ich lebte, hinter mir.
Erst vor kurzem ist mir klargeworden, weshalb diese fernen Welten der Bücher so wichtig für mich waren.
Mein Vater hat mich stets gelehrt, dass man sich vor der Welt da draußen fürchten muss. Ich hörte von dem Zodiac-Killer,

von Charles Manson, vom Terroranschlag auf die Olympischen Spiele in München, und ich verstand, dass die Welt tatsächlich zum Fürchten sein kann. Dass es Atombomben, Naturkatastrophen und unendlich viele Bedrohungen gibt, die einem Angst einjagen können. Also brachte mein Vater mir bei, wie man sich verteidigt. Ich kann schießen und finde mich in der Wildnis zurecht.

Das Problem ist nur, dass diese Gefahren nichts mit meiner Welt zu tun haben. Sie sind real, aber nicht Teil meiner Realität, zumindest möchte ich das nicht.

Als ich dreizehn Jahre alt war, zogen wir von Seattle in eine der vielen einsamen Ecken im Süden Alaskas. Wir besitzen ein Stück Land und ein kleines Haus und leben von dem, was auf unserem Land wächst, vom Fischfang und von der Jagd. Ich liebe dieses Leben, wie ich die atemberaubende Schönheit Alaskas liebe. Ich liebe die Menschen unserer Gegend, allen voran die Frauen, die hier leben. Frauen wie unsere Nachbarin Large Marge, die früher in Washington, D.C., Staatsanwältin war und nun einen Laden bei uns im Ort hat. Ich bewundere sie, weil sie eine starke Frau ist, hart im Nehmen wie im Austeilen und doch voller Mitgefühl. Ich liebe meine Mutter, die zart wie eine Blüte ist und es trotzdem geschafft hat, in unserem rauen Klima zu überleben.

Ich liebe die Halbinsel Kenai und die Kachemak Bay, weil ich dort eine Heimat gefunden habe, doch nun ist es für mich an der Zeit, von hier fortzugehen und etwas Neues – meine eigene Welt – zu entdecken.

Deshalb möchte ich an der University of Alaska Anchorage studieren.

In den Tagen nach der Nacht am Strand wurde Leni zu einer Diebin. Wann immer es ihr gelang, sich unsichtbar zu machen – eine Fähigkeit, die sie nach der Rückkehr ihres Vaters aus Vietnam erworben hatte –, stahl sie sich Zeit für sich, um in Ruhe ihren Gedanken an Matthew nachzuhängen.

Und sie wurde zu einer Lügnerin. Ohne eine Miene zu verziehen oder sogar mit einem Lächeln auf den Lippen erfand sie für ihren Vater die tollsten Geschichten. Einmal musste sie länger in der Schule bleiben, weil Mrs Rhodes noch einen Test angesetzt hatte, ein anderes Mal kam sie zu spät nach Hause, weil sie mit der Klasse einen Ausflug gemacht hatten. Dann wieder musste sie für ein Schulprojekt am Samstagnachmittag mit der Fähre nach Seldovia fahren und dort in der Bibliothek arbeiten. Tatsächlich verbrachte sie jede dieser gestohlenen Minuten mit Matthew – sie trafen sich irgendwo im Wald oder, wenn Large Marge nicht da war, hinten in ihrem Laden oder in einer kleinen stillgelegten Konservenfabrik am Hafen von Kaneq. Im Unterricht hielten sie unter dem Tisch Händchen. Matthews Geburtstag feierten sie auf der Waldlichtung in den Bergen, wo Matthew ihr vor Jahren das Nest der Seeadler gezeigt hatte.

Für Leni war es eine wundervolle und aufregende Zeit. Sie lernte Dinge, von denen in keinem ihrer Bücher die Rede war: dass sich zu verlieben ein großes Abenteuer war. Wie ihr Körper auf Matthews Berührungen reagierte und sich unter ihnen verwandelte. Wie ihre Lippen nach den Küssen anschwollen und brannten. Wie seine Bartstoppeln ihre Haut röteten.

Immerzu überlegte sie, wann und wo sie Zeit stehlen konnte, um mit ihm zusammen zu sein. An den Wochenenden wurden ihr die Stunden ohne ihn zur Qual, und sie musste an sich halten, um nicht aufs Fahrrad zu springen und zu ihm zu fahren, komme, was wolle.

Verzweifelt überlegte sie, wie es weitergehen sollte, wenn die Schule in einer Woche endete. Der Gedanke schlug ihr so sehr aufs Gemüt, dass ihr im Unterricht Tränen in die Augen traten.

Unter dem Tisch griff Matthew nach ihrer Hand und flüsterte: »Was hast du?«

Leni zwinkerte ihre Tränen fort und verwünschte ihren Vater, der nicht verstand, dass sie zwei harmlose junge Menschen waren, die einander liebten und einfach zusammen sein wollten.

Mrs Rhodes klatschte in die Hände, um jedermanns Aufmerksamkeit zu erringen. »Es ist unsere letzte Woche Unterricht, und da dachte ich, dass wir noch einmal einen Ausflug machen sollten. Ich habe mein Boot im Hafen liegen. Packt eure Sachen, und dann nichts wie los.«

Sie führte die kleine, schwatzende Schar aus dem Schulgebäude.

Wenig später waren sie draußen auf der Bucht. Mrs Rhodes drehte den Motor auf. Das Boot hüpfte über die sonnengesprenkelten Wellen und zog eine weiße Schaumspur hinter sich her. Nach einer Weile drosselte Mrs Rhodes das Tempo und fuhr in das ruhige Gewässer eines Fjords. Nun ragten links und rechts steile Felswände auf. Hier und da stand hoch oben an den Hängen eine einsame Blockhütte. Die Stufen zu den schmalen Stränden waren in den Fels gehauen. Mrs Rhodes bog in einen kleineren Fjord ab, dessen Wasser türkisfarben leuchtete. Blockhütten waren hier nicht mehr zu sehen. Leni entdeckte eine Bergziege mit zwei Lämmern, die über Tritte oder einen Pfad, der nicht zu erkennen war, an einer Felswand entlangliefen.

An einem Landesteg legte Mrs Rhodes an. Matthew sprang mit dem Tau aus dem Boot und band es an einem Pfosten des Stegs fest.

»Matthew müsste die Ecke hier kennen«, sagte Mrs Rhodes. »Seine Großeltern haben das Land dort oben im Jahr 1932 besiedelt und eine Blockhütte errichtet. Von hier aus haben sie ihrem Besitz immer wieder neues Land hinzugefügt. Piraten gab es übrigens damals auch noch. Wer möchte die Höhle sehen, in der sie gehaust haben?«

Unter den jüngeren Schülern wurde Begeisterung laut.

Mrs Rhodes stapfte mit ihnen durch den weichen Sand und half ihnen über dicke, angeschwemmte Treibholzstücke hinweg.

Als die kleine Gruppe hinter einem Felsvorsprung verschwand, nahm Matthew Lenis Hand. »Komm, ich zeige dir etwas.«

Sie folgten einem Pfad hangaufwärts und erreichten ein breites Plateau mit dürren, windgepeitschten Bäumen.

»Wir müssen leise sein«, flüsterte Matthew.

Vorsichtig lief Leni weiter und versuchte, nicht auf heruntergefallene Zweige zu treten. Außer dem Wispern des Winds in den Bäumen und dann und wann dem Motor eines Buschflugzeugs war nichts zu hören. Als das Plateau sich senkte, wurde die Vegetation dichter und grüner. Matthew deutete auf eine Wildfährte zwischen den Bäumen, der sie folgten.

Dann traten sie aus den Bäumen heraus. Vor ihnen erstreckte sich saftig grünes Marschland, durch das sich ein kleiner Fluss schlängelte, flankiert von Bergen, die dieses Stück Land schützend umschlossen.

Und dann sah Leni sie: mächtige braune Grizzlybären. Ein Dutzend oder mehr waren da, mit ihren dicken Köpfen und ihrem zottligen Fell, die Gras und Wildblumen fraßen oder mit den Tatzen in dem Flüsschen nach Fischen angelten. Wenn sie sich aufrichteten und im Wiegegang weitertappten, sah es aus, als hingen die Knochen unter dem losen Fell an Gummibändern. Es gab sogar zwei Bärenjunge und eine Bärin, die sie hütete.

»Phantastisch«, flüsterte Leni. Stundenlang hätte sie hier stehen und diese massigen Tiere beobachten können.

Über ihnen zog ein Wasserflugzeug einen Kreis, legte sich auf die Seite und ging in den Sinkflug.

»Mein Großvater hat mir diese Stelle gezeigt, als ich noch ein kleiner Junge war«, wisperte Matthew. »Einmal habe ich ihn gefragt, warum er sein erstes Haus so dicht an ein Bärengebiet gebaut hat. ›So ist Alaska‹, sagte er und zuckte mit den Schultern. Meine Großeltern haben sich darauf verlassen, dass ihre Hunde die Bären verjagen, falls sie zu dicht ans Haus kämen. Inzwischen ist dieser Teil des Grundstücks ein Naturschutzgebiet.«

Leni lehnte sich an Matthew. Wie sehr sie Alaska liebte, die ungezähmte Natur, die gewaltigen schneebedeckten Berge, die Täler mit ihren klaren Flüssen, die Weite. Doch noch mehr liebte sie die Menschen, die hier lebten, ihr selbstgenügsames Wesen, die Großzügigkeit, mit der sie einander halfen, ihre herzliche raubeinige Art.

»Matthew! Leni!«

Das war die Stimme von Mrs Rhodes.

Sie eilten zurück.

Mrs Rhodes wurde von den anderen Schülern umringt. Alle wirkten seltsam bedrückt. Das Wasserflugzeug, das Leni gesehen hatte, hatte an dem Landesteg festgemacht. »Beeilt euch«, rief Mrs Rhodes, winkte Leni und Matthew ungeduldig herbei und scheuchte die anderen Kinder in das Flugzeug. »Die Harlan-Kinder müssen zurück«, sagte sie. »Mad Earl hatte einen Herzinfarkt.«

Mad Earl starb einen Tag später.

Leni konnte es noch immer nicht glauben. Noch vor wenigen Tagen hatte er gelebt, war gesund und munter gewesen, hatte auf seiner Veranda gesessen und Selbstgebrannten getrunken. Und nun war er tot. Als sie und ihre Eltern die Harlans besuchten, um ihnen ihr Beileid auszusprechen, wirkte das Grundstück verlassen. Selbst die Hunde schlugen nicht an, sondern blieben in ihren Hütten.

Leni trauerte Mad Earl nicht nach, doch der Kummer, den sie in den Gesichtern Thelmas, Teds, Marybets und der anderen sah, ging ihr nahe. In ihrem Leben hinterließ Mad Earl eine Lücke, die noch für lange Zeit weh tun würde.

Am darauffolgenden Freitag fand die Trauerfeier in der alten Kirche auf dem Hügel statt. Anschließend gingen die Trauergäste zum Hafen und stiegen in ihre Boote.

Leni und ihre Eltern kletterten in ihr Kanu.

Die Boote fuhren hinaus auf die in der Sonne glänzende Bucht. Es war ein warmer Tag, der Himmel leuchtend blau. Bald würde der Sommer beginnen, die Schneegänse waren schon zurückgekehrt. Auf dem felsigen Ufer der Bucht, wo sich im Winter der Schnee getürmt hatte, aalten sich ganze Rudel Seelöwen in der Sonne. Über ihnen zogen Möwen gemächliche Kreise oder ließen sich auf den Wellen schaukeln. In den Felsnischen entdeckte Leni Möwennester. Eine Gruppe Kormorane tauchte in den Wellen. Seehunde, deren Gesichter Leni an kulleräugige Cocker Spaniel erinnerten, reckten ihre Schnauzen aus dem Wasser. Seeotter trieben auf dem Rücken.

Nicht weit von ihr entfernt saßen Mr Walker und Matthew in einem schnittigen, teuer aussehenden Boot. Leni spürte Matthews Blick, sie selbst wagte es nicht, ihn anzusehen. Sie hatte Angst, dass ihre Gefühle für jedermann sichtbar werden könnten.

Thelma gab ihnen ein Zeichen anzuhalten. Die Boote gruppierten sich um sie. »Mein Vater liebte die Kachemak Bay«, sagte sie. »Sein Wunsch war, dass seine Asche hier verstreut werden sollte. Er wird uns fehlen.«

Sie hob eine Blechkiste hoch. In einem aufstäubenden Schwall ergoss sich Mad Earls Asche ins Meer, schwamm auf der Oberfläche und breitete sich zu einem bräunlichen Fleck aus, der langsam sank.

Alle verfolgten das Schauspiel in andächtigem Schweigen.

Ganz Kaneq schien gekommen zu sein. Außer den Harlans waren Mr Walker und Matthew da, Large Marge, Natalie, Cal Malvey mit seiner neuen Frau, Mrs Rhodes mit ihrem Ehemann und viele Fischer, die Leni nicht mit Namen kannte. Einige der Männer, knorrig, mit dünnem weißem Haar und in Begleitung großer struppiger Hunde, hatte sie noch nie gesehen. Sie nahm an, dass sie alte Freunde von Mad Earl waren, die irgendwo in der Wildnis hausten. Crazy Pete und seine Gans Matilda beobachteten die Zeremonie vom Strand aus.

Anschließend kehrten sie zum Ufer zurück. Mr Walker trug Thelmas Kajak zu seinem Pick-up und legte es auf die Ladefläche.

Wie von allein versammelten sich alle um ihn, als warteten sie darauf, dass er nun das Wort ergriff.

»Wenn es Thelma recht ist«, sagte er, »lade ich euch alle zu mir ein. Ich lege einen Lachs aufs Feuer und stifte das Bier. Ich glaube, das wäre ein Leichenschmaus, der Earl gefallen hätte.«

»Sieh einer an«, sagte Dad mit höhnischem Grinsen. »Der Mann, der auf Earl hinabblickte, lädt uns zu seinem Leichenschmaus ein. Spar dir deine Almosen, Tom, wir werden uns auf unsere Art von Earl verabschieden.«

Leni war nicht die Einzige, die ob der Schärfe seines Tons aufschreckte.

»Ernt«, sagte Mom leise. »Nicht jetzt.«

»Doch«, antwortete Dad. »Jetzt ist genau der richtige Zeitpunkt. Earl wollte ein einfaches Leben, deshalb ist er hierhergekommen. Er hätte nicht gewollt, dass wir uns bei dem Mann von ihm verabschieden, der aus Kaneq einen Vergnügungspark machen will.«

Er warf Mr Walker einen abschätzigen Blick zu. Dann legte er Thelma eine Hand auf die Schulter. Thelma schien es kaum wahrzunehmen. Gedankenverloren und mit rotgeränderten Augen stand sie da.

Dad drückte ihre Schulter. Thelma zuckte zusammen. »Ich übernehme Earls Platz«, sagte er mit großartiger Miene. »Du brauchst dir keine Sorgen zu machen. Die Sicherheit deiner Familie ist für mich oberstes Gebot. Ich zeige Marybet, wie man –«

Thelma streifte seine Hand ab. »Was willst du Marybet zeigen? Das Gleiche, was du deiner Frau zeigst?« Sie musterte Dad verächtlich. »Oder meinst du, wir wissen nicht, wie du sie behandelst?«

Mom wurde blass und sah zu Boden.

»Wir sind fertig mit dir, Ernt«, fuhr Thelma fort, und ihre Stimme wurde immer entschiedener. »Du machst unseren

Kindern Angst, vor allem, wenn du getrunken hast. Mein Vater hat dich ertragen, weil du Bos Freund warst, und dafür bin auch ich dir dankbar. Aber mit dir stimmt etwas nicht. Unser Grundstück braucht keinen Graben voller Sprengladungen, unsere Tochter will nicht um zwei Uhr morgens eine Gasmaske aufsetzen und dir beweisen müssen, dass sie ihren Fluchtrucksack gepackt hat. Mein Vater hat dich gewähren lassen – ich werde das nicht tun.« Thelma holte tief Luft und legte eine Hand auf ihre Brust. Leni dachte, dass sie ihrem Herzen sicherlich schon seit langem hatte Luft machen wollen. »Ich nehme die Freunde meines Vaters mit zu Tom. Wir alle kennen uns seit ewigen Zeiten, und bis zu dem Tag, als du dich hier eingenistet hast, waren wir eine Gemeinschaft, die in Frieden miteinander lebte. Wenn du in der Lage bist, dich ordentlich aufzuführen, schließ dich uns an. Aber wenn du wieder vorhast, zu randalieren und einen Keil zwischen uns zu treiben, bist du nicht willkommen.«

Thelma sah Mom an. »Kommst du mit uns, Cora?«

Mom senkte den Blick. Dann schüttelte sie den Kopf.

»Meine Frau bleibt bei mir«, sagte Dad.

Einen Moment lang musterten die Leute Mom und Dad schweigend. Dann wandten sie sich ab und folgten Thelma und Mr Walker.

Matthew warf Leni einen bekümmerten Blick zu und schloss sich seinem Vater an. Die Trauergäste stiegen in ihre Fahrzeuge und fuhren los.

Leni und ihre Eltern blieben allein zurück. Leni tauschte einen bangen Blick mit Mom. Sie wussten beide, dass dieser Zwischenfall Dad endgültig aus dem Gleichgewicht brächte.

Dad stand reglos da und starrte die leere Straße hinunter. In seinen Augen brannte reiner Hass.

»Ernt«, sagte Mom.

»Halt die Klappe«, fuhr er sie an. »Ich denke nach.«

Auf der Heimfahrt sprach er kein Wort, doch Leni wäre es lieber gewesen, er hätte gebrüllt. Dads Brüllen war wie eine Bombe mit brennender Zündschnur. War sie explodiert, räumte man die Trümmer fort, und das Leben ging weiter. Sein Schweigen dagegen glich einem Mörder, der sich im Verborgenen hielt und einen hinterrücks anfiel.

Im Haus sprach Dad noch immer nicht mit ihnen. Doch wie stets, wenn er außer sich war, lief er auf und ab und führte Selbstgespräche.

Leni und Mom setzten sich in die Küche und wagten kaum noch zu atmen.

Gegen Abend wärmte Mom den Eintopf vom Vortag auf. Ein verlockender Duft stieg vom Herd auf, änderte jedoch nichts an der aufgeladenen Atmosphäre.

Mom deckte den Tisch. Dad hörte auf, hin und her zu laufen, und starrte sie mit einem angsteinflößenden Blick an. Er murmelte etwas von Undankbarkeit, dann stürzte er aus dem Haus.

Leni und Mom sahen sich an. Leni stand auf und schloss die Tür hinter ihm. »Wir könnten ihn aussperren.«

»Damit er ein Fenster einschlägt oder die Tür eintritt?«

Draußen heulte der Motor einer Kettensäge auf.

»Lass uns von hier fortgehen.«

Mom lächelte matt. »Gute Idee. Zumal er uns niemals nachkommen würde.«

Leni dachte, dass er sie, Leni, vielleicht laufen ließe und sie irgendwo ein neues Leben beginnen könnte. Aber Mom würde er so lange suchen, bis er sie gefunden hätte.

Schweigend verzehrten sie ihr Mahl.

Plötzlich flog die Tür auf. Dad stand da, das Haar voller Sägemehl, sein Blick der eines Wahnsinnigen, in der Hand eine Axt.

Mom sprang auf und wich zurück. Mit zwei Sätzen war Dad bei ihr. Er packte ihren Arm, zog sie aus dem Haus und dann über die Wiese und die Zufahrt hinunter. Leni lief ihnen nach. Mom redete besänftigend auf ihn ein, doch ihre Worte zeigten keine Wirkung.

Am Ende der Zufahrt deutete er auf zwei Baumstämme, die nun quer über der Zufahrt zu ihrem Grundstück lagen.

»Ich werde einen Zaun errichten«, verkündete er triumphierend. »Mit Eisendornen oder Stacheldraht darauf. Dann kann uns nichts mehr passieren. Sollen die Harlans doch sehen, was aus ihnen wird.«

Mom sah ihn entgeistert an. »Ernt, wir können doch nicht hinter –«

»Doch«, fiel Dad ihr ins Wort und schloss sie in die Arme. »Dann müssen wir uns vor nichts mehr fürchten. Wir sind in Sicherheit. Soll der Scheißkerl Kaneq doch in ein Touristenloch verwandeln, uns schert das nicht mehr. Ich beschütze dich vor der Außenwelt, Cora. So sehr liebe ich dich.«

Entsetzt starrte Leni auf die Baumstämme, stellte sich den Zaun vor, der sie vom Rest der Welt trennen würde, es sei denn, sie nähmen ein Boot.

Leni betrachtete ihre Eltern, die sich umarmten und küssten. Mom redete immer noch beruhigend auf Dad ein und erklärte ihm, wie sehr sie ihn liebe. Er antwortete, dass er ohne sie nicht leben könne. Es war wie immer – und es würde immer so bleiben.

Leni erinnerte sich, dass ihre Eltern ihr noch vor wenigen Jahren erfahren und klug vorgekommen waren. Doch das waren sie nicht. Nun sah sie nur noch zwei Menschen vor sich, die am Leben verzweifelt waren.

Sie könnte sie verlassen, könnte sich befreien und ihren eigenen Weg gehen. Die ersten Schritte würden ihr wahrscheinlich schwerfallen, doch das wäre immer noch besser, als zusehen zu müssen, wie ihre Eltern tiefer und tiefer im Strudel ihrer Abhängigkeiten versanken, und dabei selbst jeden Lebensmut zu verlieren.

KAPITEL ACHTZEHN

Am Abend nach der Trauerfeier war der Himmel über der Walker Cove tiefblau, durchzogen von zarten blassgrauen Bändern. Das Feuer am Strand war heruntergebrannt, die letzten Holzscheite zerfielen.

Die Ebbe hatte ein großes Stück Land freigelegt, ein feuchtglänzendes Schlickfeld voller Algen und Tang. An den Pfosten der Anlegestelle hafteten schwarze Miesmuscheln, die Boote lagen zur Seite geneigt am Strand.

Den ganzen Nachmittag hatten die Leute sich Geschichten über Mad Earl erzählt. Einige waren lustig gewesen, bei anderen hatten sie anschließend nachdenklich geschwiegen. Mad Earl war nicht immer der unzufriedene, wütende Mann der letzten Jahre gewesen, nicht immer hatte der Alkohol aus ihm gesprochen. Es war die Trauer über den Tod seines Sohns in Vietnam, die ihn verbittert hatte. Früher einmal war er der beste Freund von Matthews Großvater Eckhart gewesen, hatte mit ihm gejagt und geangelt, war bei den Walkers ein und aus gegangen.

Die meisten Gäste hatten sich mittlerweile verabschiedet. Nur Matthew, sein Vater und Large Marge saßen noch am Strand und hingen ihren Gedanken nach. Außer dem leisen Knistern der letzten Holzstückchen in der Asche und den

Schreien der Möwen, die über dem Watt kreisten, war nichts zu hören.

Matthew beobachtete einen jungen Adler, der weiter draußen an einem Fischskelett pickte und die Möwen verjagte, die mit aufgeregt ruckenden Köpfen um ihn herumstaksten.

Er wartete darauf, dass sein Vater aufstand, um die Asche auszutreten, doch da sagte Large Marge: »Sollen wir darüber reden, Tom?« Sie seufzte schwer. »Wenn ich Thelma vorhin richtig verstanden habe, hat sie Ernt Hausverbot erteilt.«

»So habe ich das auch verstanden.« Matthews Vater wirkte besorgt.

»Und weiter?«, fragte Matthew.

»Ernt Allbright ist ein zorniger Mann«, entgegnete sein Vater. »Jeder weiß, dass er derjenige war, der unsere Bar demoliert hat. Und vorhin hat Thelma erzählt, was er vorhatte, um das Grundstück der Harlans zu sichern.«

Matthew zuckte mit den Schultern. »Er ist genauso verrückt wie Mad Earl.«

»Mad Earl war harmlos«, erwiderte Large Marge. »Ernt ist es nicht. Er wird Thelmas Bann nicht stillschweigend schlucken. Wahrscheinlich rast er schon vor Wut. Und in so einem Zustand wird er brutal – und verletzt andere.«

»Andere?« Matthew setzte sich auf. »Meinst du Leni? Glaubst du, er tut Leni etwas an?«

Er stand auf, sah seinen Vater und Large Marge bestürzt an. Dann lief er los.

»Mattie, bleib hier«, rief sein Vater, doch Matthew beachtete ihn nicht. *Leni*, dachte er und rannte die Stufen hinauf. Oben angekommen, lief er zu seinem Fahrrad und machte sich auf den Weg.

Schweißgebadet kam er an der Einfahrt der Allbrights an.

Er stutzte. Zwei übereinanderliegende Baumstämme blockierten den Weg. Er stieg vom Fahrrad und ging näher heran. Das Holz roch frisch, als wären die Stämme gerade erst zurechtgehauen worden.

Verwundert schaute er sich um. Niemand war zu sehen. Er lauschte. Es war nichts zu hören. Er schob sein Fahrrad mit klopfendem Herzen um die Barriere herum und fragte sich, was hier los war. Kurz vor dem Ende des Wegs blieb er stehen. Von dort aus konnte er das Haus und einen Teil des Grundstücks überblicken. Der Pick-up der Allbrights war da.

Er legte sein Fahrrad auf den Boden und schlich sich im Schutz der Bäume dichter an das Haus heran. Jedes Mal, wenn er auf einen Zweig trat, blieb er stehen und wartete, ob ihn jemand gehört hatte. Er erreichte die Ställe. Die Hühner begannen aufgeregt zu gackern, die Ziegen stampften mit den Hufen und meckerten. Wieder verharrte er, doch niemand kam aus dem Haus, um nachzusehen, was die Tiere aufgescheucht hatte.

Er wartete noch einen Moment, wagte sich noch einige Schritte vor und näherte sich dem Haus.

Die Tür öffnete sich.

Er warf sich in das hohe Gras und rührte sich nicht. Die Tür wurde geschlossen, Schritte erklangen.

Vorsichtig hob er den Kopf.

Leni stand unten an der Veranda, ein Tuch um ihre Schultern geschlungen, und schaute zu den Ställen hinüber.

»Leni«, flüsterte Matthew und stemmte sich hoch.

Leni entdeckte ihn, schaute zum Hauseingang zurück und bedeutete ihm mit Gesten, sich hinter den Ställen zu verstecken.

Geduckt lief Matthew los. Gleich darauf kam Leni und warf sich in seine Arme.

Matthew küsste sie stürmisch und hielt sie fest umschlungen. »Wie geht es dir?«, fragte er leise.

»Ich habe Angst«, antwortete sie und legte ihren Kopf an seine Brust. »Mein Vater will einen Zaun um unser Grundstück errichten.«

»Also deshalb die Baumstämme.«

»Er will uns einschließen, Matthew.«

Er wollte sagen, alles sei sicher nur halb so wild, als die Stimme von Lenis Vater ertönte.

»Leni!« Und dann lauter und ungeduldiger: »Leni!«

Hastig befreite Leni sich aus seinen Armen. »Verschwinde«, flüsterte sie und lief zurück.

Matthew kroch durch das Gras zum Waldrand und warf einen Blick zurück.

In Shorts und einem löchrigen T-Shirt stand Lenis Vater auf der Wiese, die Hände in die Hüften gestemmt.

»Wo warst du?«, herrschte er Leni an.

»Auf dem Klo«, antwortete Leni. Mit gesenktem Kopf huschte sie ins Haus. Ihr Vater folgte ihr. Der Riegel wurde vorgeschoben.

Gedankenschwer radelte Matthew nach Hause. Large Marge war noch da und stand mit seinem Vater an ihrem Wagen.

Matthew trat zu ihnen. »Ernt Allbright baut einen Zaun.«

Sein Vater lachte auf. »Was?«

»Auf der Zufahrt zu ihrem Grundstück liegen zwei Baumstämme übereinander. Leni sagt, dass er dort einen Zaun errichten will.«

»Allmächtiger«, sagte sein Vater. »Dieser geisteskranke Typ will sich mit seiner Familie verbarrikadieren.«

Am Montagmorgen wurde Leni von Axtschlägen geweckt. Das ganze Wochenende hatte sie entweder das unter der Axt splitternde Holz oder das kreischende Surren der Kettensäge ihres Vaters gehört.

Zum Glück war das Wochenende nun vorüber, und sie konnte wieder in die Schule gehen.

Matthew.

Eilig kleidete sie sich an und stieg nach unten.

Mom kam aus dem Schlafzimmer, trug eine ausgebeulte Jeans und einen ausgeleierten Rollkragenpullover und wünschte ihr einen guten Morgen.

Leni gab ihr einen Kuss auf die Wange. »Wir müssen etwas unternehmen«, sagte sie.

»Er wird keinen Zaun errichten«, antwortete Mom. »Er hat sich bloß aufgeregt und reagiert sich ab.«

»Und das glaubst du wirklich?«

Mom senkte den Blick. Sie war gealtert, stellte Leni plötzlich fest, um ihren Mund hatten sich scharfe Falten eingegraben, und sie wirkte niedergeschlagen. Ihre Augen hatten ihr Leuchten verloren.

An der Tür wurde geklopft. Beinahe im selben Moment ging sie auf, und Large Marge rief fröhlich: »Guten Morgen allerseits.«

Leni trug die Kaffeekanne und drei Becher zum Tisch. Large Marge ließ sich auf einen Stuhl fallen. Sie hatte lange goldene Hängeohrringe angelegt, die im einfallenden Sonnenlicht blitzten, das Haar in der Mitte gescheitelt und an den Seiten mit bunten Bändern zusammengefasst. Leni setzte sich zu ihr und betrachtete die große schwere Frau voller Zuneigung.

Gleich darauf kam Dad von draußen herein. Sofort breitete

sich eine unangenehme Atmosphäre aus. Er warf Large Marge einen zornigen Blick zu und sagte: »Dich will ich hier nicht mehr sehen.«

Large Marge lachte und überreichte Mom eine lavendelblaue Dose. »Ein Gruß von Thelma. Die Creme hat sie mit Lavendelöl angerührt.«

Mom errötete vor Freude.

»Gib das Zeug zurück«, befahl Dad. »Du riechst auch ohne diesen Dreck gut.«

Large Marge drehte sich zu ihm um. »Es reicht jetzt, Ernt. Cora, Thelma und ich sind Freundinnen. Wir machen uns Geschenke. Und trinken zusammen Kaffee.« Sie wandte sich wieder um und zwinkerte Mom zu.

Mom ließ sich am Tisch nieder. »Schenk Large Marge Kaffee ein«, bat sie Leni. »Und bring ihr ein Stück von meinem Früchtebrot.«

Dad lehnte sich an die Tür und verschränkte die Arme vor der Brust.

Leni brachte Large Marge eine dicke Scheibe Früchtebrot, füllte einen Becher mit Kaffee und überlegte, weshalb ihre Freundin so früh am Morgen erschienen war.

»Ich habe meine Tage«, erklärte Large Marge. »Ich weiß nicht, wie es bei euch ist, aber ich blute wie ein Schwein.«

»Großer Gott«, sagte Dad und verschwand nach draußen.

»Männer«, sagte Large Marge und lachte vergnügt. »Wie leicht man sie ins Bockshorn jagen kann.« Ihr Blick huschte zwischen Leni und Mom hin und her. Leni dachte, dass sie für Large Marge wahrscheinlich wie ein offenes Buch waren. »Ich nehme an, dass Ernt nicht sehr erfreut war, nach dem, was mit Thelma passiert ist.«

»Nein«, sagte Mom. »Nicht sehr.«

»Ich habe die Baumstämme an eurer Zufahrt gesehen. Soll da ein Zaun entstehen?«

Mom drehte die Cremedose in den Händen und schwieg.

»Weißt du, wozu Zäune gut sind?«, fragte Large Marge. »Sie sollen das, was dahinter geschieht, verbergen. Oder sie sollen diejenigen, die sich dahinter befinden, davon abhalten, wegzulaufen.« Sie nahm einen Schluck Kaffee. »Was ist, wenn er das gesamte Grundstück verbarrikadiert. Wie wollt ihr dann hier rauskommen?«

»Das würde er nicht tun«, sagte Mom.

»Genau das sagte meine Schwester auch, als ich zum letzten Mal mit ihr sprach. Und wie oft habe ich mir gewünscht, ich hätte es nicht geglaubt. Kurz danach, als sie es dann doch nicht mehr aushielt, verließ sie ihren Mann. Aber er kam ihr nach.«

»Sie verließ ihn«, sagte Mom nachdenklich, und zum ersten Mal wandte sie den Blick nicht ab und sah Large Marge direkt an. »Und das war ihr Tod. Denn solche Männer suchen dich, bis sie dich finden.«

»Wir können euch schützen.«

Mom zog die Brauen hoch. »Wer ist ›wir‹?«

»Tom Walker und ich. Die Harlans. Tica Rhodes. Jeder in Kaneq. Du und Leni, ihr gehört zu uns, Cora. Dein Mann ist ein Außenseiter geblieben. Vertrau uns. Nimm unsere Hilfe an.«

Leni stellte sich vor, wie es wäre, wenn sie Dad tatsächlich verließen.

Es würde bedeuten, dass sie auch Kaneq verlassen würden, wahrscheinlich sogar Alaska.

Sie würde Matthew verlassen.

Und wie würde es weitergehen? Würden sie und ihre Mutter ihr Leben lang auf der Flucht sein, sich immerzu irgendwo verbergen, ihre Namen ändern? Wie machte man so etwas? Sie hatten kein Geld, keine Kreditkarte. Mom besaß nicht einmal mehr einen gültigen Führerschein. Auch andere Ausweise hatten sie nicht. Existierten sie und ihre Mutter offiziell überhaupt?

Und was wäre, wenn Dad sie finden würde?

»Ich kann es nicht«, sagte Mom, und Leni dachte, dass es die traurigsten und hilflosesten Worte waren, die sie je gehört hatte.

Large Marge wirkte enttäuscht. »Na schön, manche Dinge brauchen Zeit. Aber jetzt weißt du wenigstens, dass du nicht allein bist. Wenn du unsere Hilfe brauchst, kannst du immer zu uns kommen, mitten in der Nacht oder wann auch immer. Zu mir ist es nicht weit, und ich werde dir keine Fragen stellen. Das sage ich nur für den Fall, dass … etwas passiert.«

Leni konnte nicht anders, als aufzustehen und Large Marge zu umarmen. Ihr warmer, weicher Körper umschloss sie und gab ihr augenblicklich ein Gefühl der Sicherheit. »Ich fahr dich zur Schule«, sagte Large Marge.

Leni löste sich von ihr und holte ihren Rucksack. Bevor sie ging, drückte sie ihre Mutter an sich und flüsterte: »Wir unterhalten uns später weiter.«

Draußen kam Dad ihnen mit einem Benzinkanister entgegen.

»Willst du schon gehen?«, fragte er Large Marge. »Wie schade.«

»Bin nur auf einen Kaffee vorbeigekommen«, entgegnete Large Marge. »Leni kann mit mir zur Schule fahren.«

Dad stellte den Kanister ab. »Nein.«

Large Marge runzelte die Stirn. »Was – nein?«

»Niemand verlässt dieses Grundstück mehr ohne mich. Auch nicht, um zur Schule zu gehen.«

»Leni geht heute zur Schule«, antwortete Large Marge bestimmt. »In fünf Tagen erhält sie ihr Abschlusszeugnis. Sie kann in den letzten Tagen nicht schwänzen.«

Dad lachte. »Sie kriegt den Wisch so oder so. Außerdem brauche ich sie bei der Arbeit.«

Mit klappernden Armbändern trat Large Marge dicht an Dad heran. »Willst du dich mit mir anlegen, Ernt? Glaub mir, falls Leni auch nur einen einzigen dieser letzten fünf Tage versäumt, hetze ich dir das Amt auf den Hals. Willst du denen zeigen, wie durchgeknallt du bist?«

»Als ob das Jugendamt sich für ein paar versäumte Schultage interessiert.«

»Oh, dafür würde ich sorgen, Ernt, verlass dich drauf. Ich könnte ihnen bei der Gelegenheit auch gleich erzählen, was bei euch sonst noch abläuft.«

Dad schnaubte. »Was weißt du schon.«

»So gut wie alles, Ernt, deshalb rate ich dir, es nicht darauf ankommen zu lassen.«

Dad zuckte mit den Schultern. »Nimm sie mit, wenn dir das so wichtig ist.« Er deutete auf Leni. »Um drei hole ich dich ab. Sei pünktlich.«

Leni stieg in den alten roten Lieferwagen mit den verschlissenen Sitzbezügen, über die Large Marge Wolldecken gebreitet hatte.

Die Einfahrt war frei, die Baumstämme lagen auf der Seite. Anscheinend hatte Large Marge sie auf der Hinfahrt aus dem Weg geräumt. Als sie in den Ort hineinfuhren, merkte Leni, dass sie weinte.

Es war einfach zu viel. Und sie sah keinen Ausweg. Am

schlimmsten war die Vorstellung, dass sie und Mom tatsächlich fortlaufen würden und Dad sie finden und Mom umbringen würde.

Vor der Schule hielt Large Marge an. »Es ist nicht richtig, dass du dich mit den Problemen deiner Eltern belasten musst, Leni. Aber vieles im Leben ist nicht richtig, ich nehme an, das weißt du bereits. Hast du schon mal daran gedacht, zur Polizei zu gehen?«

Leni wischte sich über die Augen. »Und wenn er dann so wütend wird, dass er meine Mutter umbringt? Was glaubst du, wie mein Leben dann aussehen würde?«

Large Marge nahm ihre Hand. »Du kommst zu mir, wenn ihr Hilfe braucht, versprochen?«

»Versprochen«, sagte Leni bedrückt.

Large Marge öffnete das Handschuhfach und holte einen Briefumschlag heraus. »Der ist für dich.«

Leni war es gewohnt, dass Large Marge ihr kleine Geschenke machte. Mal war es ein Schokoriegel, mal ein Buch, dann wieder eine glitzernde Haarspange. Meistens steckte Large Marge ihr diese Gaben am Ende ihres Arbeitstages zu.

Leni schaute auf den Absender. *University of Alaska.* Der Brief war an *Lenora Allbright, c/o Marge Birdsall* gerichtet. Als Adresse war der Laden in Kaneq angegeben.

Mit flatternden Händen und klopfendem Herzen riss Leni den Umschlag auf und überflog die ersten Zeilen.

Wir freuen uns, Ihnen einen Studienplatz anbieten zu können …

»O Gott«, flüsterte sie überwältigt. »Sie haben mich angenommen.«

Large Marge strahlte. »Herzlichen Glückwunsch, Leni.«

Leni ließ den Brief sinken. Sie war *angenommen* worden.

Sie konnte studieren.

»Und jetzt?«, fragte sie.

»Jetzt gehst du aufs College«, antwortete Large Marge. »Wir haben schon alles besprochen. Tom kommt für die Studiengebühren auf. Tica und ich zahlen für deinen Lebensunterhalt, und Thelma gibt dir das Geld für die Bücher. So läuft das bei uns, wenn jemand zu uns gehört. Du verlässt Kaneq so bald wie möglich, und ich will keine Ausreden hören.«

»In Ordnung.«

»Und bis dahin passt du gut auf dich auf – ist das klar, Leni?«

»Ja.«

Als Matthew am letzten Schultag unter dem Tisch nach Lenis Hand griff, dachte sie, vielleicht würde sie in die Geschichte Alaskas eingehen, als das Mädchen, das vor lauter Liebe ohnmächtig geworden war.

Der Gedanke an die Sommermonate, wenn sie von morgens bis abends arbeiten musste, war ihr unerträglich. Wie sollte sie die Zeit bis September überstehen, ohne Matthew wie sonst jeden Tag zu sehen?

»Jetzt werden wir kaum noch zusammen sein können«, sagte sie niedergeschlagen. »Du weißt, wie es im Sommer ist.«

Sommer. Die Zeit des Lichts und damit jene Zeit, in der man im Garten arbeitete, Obst, Gemüse und Fisch einkochte, Fisch räucherte, Reparaturen ausführte.

»Wir werden einen Weg finden, uns so oft wie möglich treffen zu können«, antwortete Matthew.

Dieses Risiko würde Leni nicht eingehen. Ihr Vater hatte sich nun völlig in seinem Wahn verfangen. Tagsüber fällte er Bäume, die er für seinen Zaun zurechtsägte, nachts wanderte er durchs Haus und stieß Verwünschungen aus – gegen die Harlans, gegen Large Marge und immer wieder gegen Tom Walker. Leni mochte sich nicht ausmalen, was geschehen würde, wenn er sie mit Matthew erwischte.

»Und im September gehen wir zusammen aufs College.«

»Das werden wir«, sagte Leni und dachte, dass Matthew gelernt hatte, zu träumen und an die Zukunft zu glauben. Ihr selbst gelang das kaum, sosehr sie sich auch wünschte, dass ihr Traum Wirklichkeit werden könnte. »In Anchorage werden wir einfach ganz normale Studenten sein.«

Am Ende des letzten Schultages umarmte Leni ihre Lehrerin und bedankte sich bei ihr. Mrs Rhodes drückte sie fest an sich. »Vergiss die Abschlussparty im *Kicking Moose* heute Abend nicht. Du und Mattie, ihr seid die Ehrengäste.«

Zum letzten Mal verließ Leni an Matthews Seite das kleine Schulgebäude.

Draußen warteten ihre Eltern. Dad hielt ein buntes, selbstgemachtes Plakat hoch. *Alles Gute zum Schulabschluss!* stand darauf. Leni blieb stehen.

Matthew raunte »bis später« und ging zu seinem Quad. Leni machte einen Schritt vorwärts und lächelte verkrampft.

»Das war doch nicht nötig«, sagte sie, als Mom mit ausgebreiteten Armen auf sie zukam.

»Machst du Witze?« Mom strahlte. »Ich wette, du hast das beste Abschlusszeugnis von allen.«

»Von allen ist gut«, sagte Leni. »Wir waren doch nur zwei.«

Dad klemmte sich das Plakat unter einen Arm und legte den anderen um Leni. »Ich bin stolz auf dich, Rotschopf. Ich war noch nie bei irgendetwas der Beste. Jetzt kannst du die dämliche Schule hinter dir lassen und den ganzen Mist, den man dir beigebracht hat, vergessen.«

Sie stiegen in den Pick-up. Über ihnen ging ein Wasserflugzeug knatternd in den Sinkflug.

»Touristen«, sagte Dad verdrießlich. Gleich darauf drehte er sich lächelnd zu Leni um. »Deine Mutter hat deinen geliebten Schokoladenkuchen gebacken und Erdbeer-Akutaq gemacht.«

Leni nickte bloß, sie war zu unglücklich, um sich auch nur das kleinste Lächeln abringen zu können. Selbst das Akutaq, ihr Lieblingsdessert, das aus Schnee, den ihre Mutter extra dafür im Kühlfach aufgehoben hatte, pflanzlichem Fett, Früchten und Zucker bestand, änderte daran nichts.

Als sie an der halbfertigen neuen Kneipe vorbeikamen, hing dort ein großes Banner mit der Aufschrift: *Wir gratulieren Leni und Matthew. Abschlussparty Freitagabend um neun. Die erste Runde ist gratis.*

Mom stieß Leni in die Seite. »Schätzchen«, sagte sie. »Warum ziehst du so ein Gesicht?«

»Ich möchte zu der Abschlussparty gehen.«

Mom sah Dad an. »Was meinst du dazu?«

»Allein nimmt sie auf keinen Fall daran teil. Und willst du wirklich, dass ich in Tom Walkers Kneipe den Leuten über den Weg laufe, die diesen Ort ruinieren?«

»Leni zuliebe.«

»Vergiss es.«

In Momenten wie diesen versuchte Leni, daran zu glauben, dass es den Vater von früher wirklich gegeben hatte, dass es ihn wieder geben könnte. Jenen Mann, der sie als Kind auf den Schultern getragen hatte. »Bitte, Dad. *Bitte.* Ich möchte den Schulabschluss in meinem Heimatort feiern.«

Dad drehte sich zu ihr um. In seinem Blick erkannte Leni etwas, das nur noch selten zum Vorschein kam. Liebe. Es war eine ermattete, zerrupfte Liebe, die von vielen falschen Entscheidungen gebeutelt worden war, doch es war immer noch Liebe. Und Bedauern.

»Tut mir leid, Rotschopf. Nicht einmal dir zuliebe.«

KAPITEL NEUNZEHN

Am Abend stand Leni am Fenster und schaute sehnsüchtig hinaus. Irgendwo war ihr Vater mit der Axt zugange, seit dem Nachmittag hörte sie unentwegt die dumpfen Schläge und das Bersten und Krachen des Holzes, wenn ein Baum langsam umstürzte. Zum Abendessen würde er ins Haus kommen, sich an den Tisch setzen und zu fluchen beginnen. Sie und Mom würden den Kopf einziehen und alles tun, um ihn nicht zu reizen. Die Reste von Lenis Drei-Personen-Abschlussfeier standen auf dem Küchentresen, sie hatte kaum etwas angerührt.

Mom kam und legte einen Arm um sie. »Ich weiß, wie gern du zu der Party gegangen wärst. Wahrscheinlich denkst du sogar daran, dich aus dem Haus zu schleichen und zu Fuß hinzulaufen. Das hätte ich in deinem Alter getan.«

Leni lehnte sich an sie. »Ich habe zig Möglichkeiten durchgespielt.«

»Und?«

»Alle enden damit, dass du mit seinen Fäusten allein sein würdest.«

Mom steckte sich eine Zigarette an, inhalierte tief und stieß eine lange Rauchwolke aus. »Mit diesem Zaun oder dieser Barrikade, die er errichtet, scheint es ihm tatsächlich ernst zu sein. Wir müssen noch vorsichtiger sein.«

»Noch vorsichtiger – wie soll das gehen?« Leni drehte sich zu ihr um. »Wir überlegen uns jedes Wort dreimal und machen uns unsichtbar, wann immer wir können. Wir tun so, als würden wir außer ihm und unserem Stückchen Land nichts und niemanden brauchen – was eine Lüge ist. Und was nützt das? Nichts. Nichts davon hält ihn auf.«

Leni wusste, wie schwierig es für ihre Mutter war, über dieses Thema zu sprechen, und allein ihrer Mom zuliebe hätte sie sich gewünscht, in der Lage zu sein, sie zu trösten, ihr zu sagen, alles werde gut, eines Tages gehe es Dad besser und dann werde er Mom gewiss nicht mehr schlagen, denn er liebe sie.

Doch das konnte sie schon seit langem nicht mehr.

»Die Universität von Anchorage hat mich angenommen.«

Mom sah sie überrascht an. Dann lächelte sie wehmütig und sagte. »Wie schön. Ich wünschte, wir hätten das Geld dafür.«

»Mr Walker, Large Marge, Thelma und Mrs Rhodes kommen für alles auf.«

Mom setzte sich an den Küchentisch und stützte den Kopf auf die Hände. Leni ließ sich ihr gegenüber nieder. »Das Geld ist nicht das einzige Problem«, sagte Mom nach langem Schweigen.

»Das weiß ich.«

»Wenn das klappen soll, müssten wir alles sehr sorgfältig planen. Ohne auch nur den kleinsten Fehler zu machen. Dein Vater darf nicht erfahren, dass Tom für dich zahlt. Niemals.«

»Wir müssen nichts planen. Dad wird mich gar nicht erst fortgehen lassen.«

»Doch, das wird er«, antwortete Mom. »Dafür werde ich sorgen.«

Einen Moment lang gestattete Leni sich zu träumen, sah

ihre Schifffahrt über die weite Bucht des Cook Inlet vor sich, sah die Chugach Mountains auftauchen und schließlich Anchorage. Sie würde mit Matthew zusammen sein. In einem neuen Leben.

Dann übermannte die Realität sie wieder, und der schöne Traum zerplatzte. »Logisch«, sagte sie niedergedrückt. »Du bringst Dad dazu, mich gehen zu lassen.«

Mom stand auf, drückte ihre Zigarette im Abwaschbecken aus und lehnte sich an den Küchentresen. »Warum hast du so wenig Vertrauen zu mir?«

»Darum geht es doch gar nicht.« Leni seufzte. »Ich muss bleiben, weil ich dich nicht mit Dad alleinlassen kann.«

Mom schüttelte den Kopf. »Davon möchte ich nichts mehr hören. Ich bin die Vogelmutter, und du bist mein Küken. Entweder lernst du von allein zu fliegen, oder ich muss dich aus dem Nest schubsen.« Sie setzte sich wieder zu Leni und griff nach ihrer Hand. »Ich will, dass du mit deinem Jungen aufs College gehst.«

Wieder tauchten die Bilder von Anchorage vor Leni auf. Sie sah sich Hand in Hand mit Matthew über den Campus spazieren. Sie küssten sich ohne Furcht, entdeckt zu werden. »Glaubst du wirklich, das wäre möglich?«, fragte sie, und die Frage richtete sich ebenso sehr an ihre Mutter wie an sie selbst.

»Wann beginnt das Semester?«

»Im September, gleich nach dem Labor Day.«

Mom überlegte. Dann sagte sie: »Ich weiß, wie wir es machen. Bis September hältst du dich von Matthew fern.« Sie ließ Lenis Hand los und sah Leni streng an. »Das bedeutet, dass du dich zusammenreißen musst und nicht mehr kopflos losradeln kannst, um dir einen Kuss zu holen. So etwas Dummes hätte ich früher getan, aber du kannst dir das nicht leisten. Bis

September schaffe ich genügend Geld für eine Busfahrkarte nach Anchorage zur Seite. Und dann machen wir am Labor Day alle zusammen einen Ausflug nach Homer, du mit gepacktem Rucksack. Viel wirst du nicht mitnehmen können.« Mom runzelte die Stirn. »In Homer gehen wir in ein Restaurant – und du sagst, du müsstest aufs Klo. In Wahrheit läufst du zum Busbahnhof. Es muss alles sehr schnell gehen. Ich werde deinen Vater so lange wie möglich ablenken. Und wenn du dann nicht zurückkehrst, finde ich in meiner Handtasche ein Briefchen, das du uns hinterlassen hast. Darin teilst du uns mit, dass du aufs College gehen wirst … ohne zu verraten, wo. Du versprichst uns nur, dich wieder zu melden.« Mom lächelte zufrieden. »Ja, so müsste es gehen.«

Es war ein guter Plan, doch Leni fragte sich, wie sie es aushalten sollte, Matthew bis September nicht zu sehen.

Sie musste es schaffen. Wenn Moms Plan Wirklichkeit werden sollte, durfte sie nichts riskieren. Aber wäre sie stark genug, sich ausgerechnet von dem Menschen fernzuhalten, zu dem es sie jede Minute, jede Sekunde hinzog? Oder wäre ihre Liebe zu Matthew mächtiger? Was sie für ihn empfand, war so überwältigend wie nichts zuvor in ihrem Leben.

Leni erinnerte sich an einen Film, den sie vor Jahren mit Mom gesehen hatte, »Fieber im Blut« hieß er, mit Warren Beatty und Natalie Wood. Es war die Geschichte einer großen Liebe, in der eine junge Frau daran zerbricht, nicht mit ihrem Geliebten zusammenleben zu dürfen, und in ein Sanatorium eingewiesen werden muss. Als sie entlassen wird, ist er mit einer anderen verheiratet. Keiner der beiden sollte jemals wieder so sehr lieben, wie sie einander geliebt hatten.

Leni war damals noch zu jung, um zu verstehen, worum es ging, und hatte sich gewundert, dass ihre Mutter neben ihr haltlos schluchzte. Nun verstand sie es nur zu gut, wusste um den Sog, zu dem die Liebe werden konnte, gegen den man nicht ankam, ganz gleich, wie sehr man sich dagegenstemmte. Irgendwann überließ man sich ihm, denn es war alles, was man wollte.

»Leni«, sagte Mom eindringlich. »Hör auf zu träumen, ich meine es ernst. Du darfst dich nicht mehr mit Matthew treffen. Sei nicht so dumm, wie ich es einmal war.«

Ende Juni hatte Dad sein Vorhaben, sie von der Außenwelt abzuschotten, umgesetzt und den Zugang zur Straße mit einem hohen Palisadenzaun versperrt. Nun konnte man sie nur noch von der Bucht aus erreichen.

Leni versuchte, ihre Sehnsucht nach Matthew nicht die Oberhand gewinnen zu lassen, doch es war, als wolle sie einen mit Luft gefüllten Körper im Wasser versenken. Wenn sie ihn an einer Seite heruntergedrückt hatte, suchte er an der anderen ganz von selbst seinen Weg an die Oberfläche. Es war so vergebens wie der Versuch, das Atmen zu unterdrücken. Manchmal hielt sie während der Arbeit inne, zog Matthews Kette aus ihrer Hosentasche und küsste den Anhänger voller Inbrunst. Sie legte sich Worte zurecht, die sie ihm sagen wollte, führte ganze Gespräche mit ihm. Nachts las sie die Romane, die sie aus Large Marges Kiste mit den gebrauchten Büchern herausgefischt hatte. Es waren Romane, die sie früher links liegen gelassen hatte, schwülstige Machwerke, in denen Frauen für ihre Liebe kämpfen mussten, mit wüsten Titeln wie »Teuflische Begierde«, »Brennende Herzen« und »Der Liebe verfallen«.

Sie wusste, dass sie Schund las, doch das war ihr einerlei. Sie konnte nicht genug von diesen Romanzen bekommen, in denen Frauen durch die Hölle gingen, um zum Schluss zu dem Mann zu finden, den sie liebten. Die Geschichten gaben ihr Hoffnung.

Es gab kaum einen Moment, in dem Matthew nicht in ihren Gedanken war, ganz gleich, ob sie den Abfall verbrannte, mit der Asche den Garten düngte, Wasser holte, Krabbenfangkörbe reparierte, Unkraut jätete, die Tiere fütterte oder die frisch gelegten Eier aus dem Hühnerstall holte.

Immer wieder sagte sie seinen Namen vor sich hin, erinnerte sich an seine Küsse und schloss die Augen.

Sie zählte die Tage bis September und redete sich ein, dass es nicht mehr viele waren.

Doch je länger sie hinter ihrem Zaun lebte und in ewiger Gleichförmigkeit Tag für Tag ihren Aufgaben nachging, desto mehr begann Lenis Widerstandskraft zu erlahmen. Am vierten Juli stellte sie sich die Feier des Unabhängigkeitstags in Kaneq vor und wünschte sich sehnlich, sie könnte daran teilnehmen.

Nachts wurden ihre Gedanken an Matthew zu glühenden Phantasien, in denen sich Bilder von ihm mit denen der Romanhelden vermischten, von denen sie vor dem Einschlafen gelesen hatte. Und plötzlich stellte Leni sich Matthew mit einer anderen Frau vor, in die er sich verliebt hatte, weil ihm das Warten auf sie zu lang geworden war. Das wenige Selbstvertrauen, das sie besaß, begann zu bröckeln, bis es nicht mehr vorhanden war und sie sich nur noch uninteressant und hässlich fühlte.

Im August war Leni am Ende ihrer Kraft. Dad hatte begonnen, die Barrikade entlang des Straßenverlaufs fortzusetzen und zu erweitern. Sein Plan war, ihr gesamtes Land einzufrieden. In den Teil am Ende der Zufahrt hatte er ein Tor eingelassen.

Leni konnte kaum noch schlafen und aß nur noch, wenn Mom sie dazu zwang. Manchmal stand sie nachts auf, ging hinaus auf die Veranda und schaute zum Waldrand. Nicht weit dahinter begann das Land der Walkers. Dort war alles, wonach sie sich sehnte. Matthew.

Zwei Mal hatte sie sich nachts leise angekleidet und sich bis zur Zufahrt geschlichen. Sie hatte den Zaun betrachtet, sich gesagt, dass sie darübersteigen könnte. Dann kehrte sie um.

Sie musste an Moms Sicherheit denken.

Bis zum Labor Day waren es nur noch vier Wochen.

Danach wäre sie in Anchorage und könnte Matthew jeden Tag sehen.

Sie durfte nicht den Kopf verlieren.

Aber was, wenn sie sich ganz kurz mit ihm träfe, nur um sich zu vergewissern, dass seine Gefühle für sie sich nicht geändert hätten?

Langsam entstand aus ihrer Sehnsucht eine Idee.

Sie würde sich mit ihm treffen. Bloß um ihn noch einmal zu spüren.

Nein, sagte die Leni, die gelernt hatte, vorsichtig zu sein. *Es ist zu gefährlich.*

Nur ein einziges Mal, flüsterte die Leni, die ihrer Leidenschaft nichts mehr entgegensetzen konnte.

Doch die kluge Leni siegte und verwarf die Idee wieder.

Anfang August begann die Zeit, in der sie fast rund um die Uhr daran arbeiteten, genügend Vorräte für den Winter anzulegen. Leni störte sich nicht an der körperlichen Anstrengung, dank der sie wenigstens ab und zu eine Nacht durchschlafen konnte, statt sich in Gedanken immerzu im Kreis zu drehen.

An einem Morgen fuhren sie zum Lachsangeln an den Seldovia River. Nachmittags kehrten sie mit ihrem Fang zurück. Am nächsten Tag würden sie die Fische ausnehmen und räuchern.

Abends machte Mom einen Lachsauflauf, dazu einen Salat aus gedünsteten grünen Bohnen. Sie nahmen ihr Mahl schweigend ein, sie alle drei waren erschöpft. »Wahrscheinlich freut ihr euch schon auf den Beginn der Elchsaison«, sagte Mom in die Stille. Niemand antwortete. Darauf sagte auch sie nichts mehr.

Dad sortierte die Reste auf seinem Teller auf der Suche nach restlichen Lachsbröckchen. Dann sah er Mom an. »Im Winter brauchen wir ein zweites Schneemobil. Vielleicht fahren wir am Freitag nach Sterling. Ich will sehen, ob ich ein gebrauchtes finde, das noch was taugt. Leni kann sich allein um die Tiere kümmern.«

Leni zwang sich weiterzuessen. Sie durfte sich nichts anmerken lassen.

Sie fing an nachzurechnen. Die Fahrt nach Sterling würde drei bis vier Stunden dauern. Ihre Eltern mussten die Fähre nach Homer nehmen und dann über den Sterling Highway nach Norden fahren. Dad würde die Schneemobile begutachten, mit Mom irgendwo etwas essen gehen. Wahrscheinlich wären ihre Eltern den ganzen Tag fort.

Dad hatte die Suche nach Fischstückchen aufgegeben und sortierte die Erbsen und Möhren heraus. Die Kartoffeln aß er immer zum Schluss.

Mom sah Leni warnend an. »Ich möchte Leni nicht den ganzen Tag allein lassen. Warum können wir nicht zu dritt fahren?«

Dad stocherte in den Kartoffeln. »Ich mag es nicht, wenn wir stundenlang zusammengequetscht im Wagen sitzen. Leni bleibt hier.«

Endlich war es Freitag.

»Denk daran, dass sich um diese Jahreszeit gern mal Schwarzbären auf unser Land verirren«, sagte Dad zum Abschied. »Die Gewehre sind geladen. Wenn du im Haus bist, schließt du die Tür von innen ab. Wenn du nach draußen gehst, machst du Lärm und benutzt die Bärenpfeife. Wahrscheinlich sind wir um fünf Uhr zurück, falls wir uns verspäten, möchte ich, dass du um acht im Haus bist, egal, wie hell es draußen ist. Und es wird nicht mit dem Boot rausgefahren und geangelt.«

Leni stöhnte. »Dad, in ein paar Wochen werde ich achtzehn. Meinst du, das wüsste ich nicht alles?«

»Du weißt noch gar nichts. Halte dich an das, was ich gesagt habe.«

»Grundstück nicht verlassen, im Haus bleiben, Tür abschließen.«

»Genau.« Dad packte die Kiste mit Fellen, die er in Sterling verkaufen wollte, und verschwand.

Mom fasste Lenis Arm. »Du bist kurz vorm Ziel, Leni. Bau jetzt keinen Mist.« Sie seufzte. »Hörst du mir überhaupt zu?«

»Ja.«

Draußen wurde gehupt.

Leni umarmte ihre Mutter.

Sie sah zu, wie ihre Eltern davonfuhren.

Sie hatte die Abfahrtszeiten der Fähre nach Homer im Kopf und wartete, bis sie sicher war, dass sie unten im Hafen abgelegt hatte.

Sie nahm ihr Fahrrad, radelte bis zu dem hohen Zaun und betete, dass ihr Vater das Tor nicht abgeschlossen hatte. Sie hatte Glück, er hatte es vergessen. Sie fuhr die Hauptstraße hinunter. Auf dem Weg über die Zufahrt zum Haus der Walkers kam sie an einem halb fertigen zweistöckigen Blockhaus vorbei. Mit klopfendem Herzen hielt sie an. An einem schönen Tag wie diesem mussten Matthew und sein Vater hier irgendwo arbeiten. Sie entdeckte Mr Walker auf einem Bulldozer. Er hob am Waldrand Erde aus.

Leni legte ihr Fahrrad auf den Boden, lief zum Ufer und blickte zum Strand hinunter.

Matthew stand an einem Metalltisch und filetierte Silber- und Rotlachse. Auf einer Seite lag ein Berg orangeroter Rogen zum Trocknen. Die Innereien der Fische trieben im seichten Wasser. Darüber kreiste ein Schwarm krächzender Seemöwen.

»Matthew«, rief Leni.

Er schaute auf.

Leni nahm die Stufen nach unten, und noch im Lauf begann sie ihm entgegenzurufen. »Meine Eltern sind auf dem Weg nach Sterling, sie bleiben den ganzen Tag fort. Du kannst zu mir kommen, kommst du?«

»Und wie ich komme.« Matthew strahlte, und sein Lächeln überwältigte sie. Er schloss sie in die Arme, und sie wusste, dass schon diese Berührung es wert war, das Risiko in Kauf genommen zu haben. »So schnell ich kann, bin ich bei dir.« Er bedeckte ihr Gesicht mit Küssen, und Leni presste sich an ihn. Dann fiel ihr ein, dass sie die Tiere noch zu versorgen und all die Aufgaben zu erledigen hatte, für die sie sonst den ganzen Tag Zeit gehabt hätte. »Bis gleich«, flüsterte sie, gab ihm einen hastigen Abschiedskuss und radelte zurück.

Als ihre Arbeit getan war, begann sie sich für das Treffen mit Matthew schön zu machen. Zum zweiten Mal an diesem Tag putzte sie ihre Zähne, wusch sich von Kopf bis Fuß und streifte das wadenlange, geblümte Sommerkleid mit den Perlenknöpfen und dem Spitzenkragen über, das ihre Mutter ihr zum siebzehnten Geburtstag geschenkt hatte. Dazu passende Schuhe besaß sie nicht, sie musste sich mit ihren halbhohen Stiefeln begnügen. Ihr langes Haar flocht sie zu einem dicken Zopf im Nacken, um dessen Ende sie ein grünes Ripsband knotete. Anschließend machte sie zwei Sandwiches mit Rentierschinken, zwei mit Lachsscheiben und legte sie in einen Korb, dazu eine Thermosflasche mit Eistee und die Schokoladenkekse, die Large Marge ihr vor einer Weile geschenkt hatte. Leni hatte sie für eine besondere Gelegenheit aufgehoben.

Sie stellte den Korb nach draußen, legte eine zusammengefaltete Wolldecke daneben und wartete. Die Ziegen musterten sie neugierig, die Hühner liefen so aufgeregt herum, als spürten sie Lenis Ungeduld. Dann und wann schaute Leni besorgt zum Himmel, an dem sich einige weiße Wölkchen dunkel färbten.

Sie sagte sich, dass ihre Eltern inzwischen auf dem Sterling Highway sein dürften und es noch eine Weile dauern würde, bis sie Sterling erreichten. Sie hoffte, dass Dad in seiner Sprunghaftigkeit nicht aus irgendeinem Grund entscheiden würde, wieder umzukehren.

Während sie den Blick auf die Zufahrt gerichtet hielt und es kaum erwarten konnte, Matthew dort zu erblicken, hörte sie, dass sich über die Bucht ein Motorboot näherte.

Sie lief zum Ufer. Es war Matthew, der mit dem Fischerboot seines Vaters kam und dabei war, den Strand anzusteuern. Er entdeckte Leni und winkte wie verrückt.

Überglücklich packte Leni Decke und Korb und eilte zum Strand hinunter.

Matthew sprang aus dem Boot und zog es auf den Strand. Als er sich aufrichtete, schaute er Leni an. Sein Lächeln ließ sie innehalten und seinen Blick auskosten, der so voller Liebe war.

In diesem Moment fiel alle Anspannung von ihr ab, alle Sorgen, die sie sich gemacht hatte, verflogen. Sie setzte ihren Korb ab und legte die Decke auf den Boden.

Matthew umschlang sie und küsste sie.

Als sie voneinander ließen, nahm er die Decke und Leni den Korb. Sie liefen zum anderen Ende des Strands, wo ein schmaler Pfad zu einem versteckten Felsplateau führte. Die Wellen brachen sich dort schäumend, sprühten hoch auf und setzten sich wie zarte Küsse auf ihrer Haut ab.

Matthew breitete die Decke aus. »Was ist in dem Korb?«

»Nichts Großartiges. Nur Sandwiches, etwas zu trinken, Kekse.«

Sie ließen sich auf der Decke nieder. »Eigentlich ist das unsere erste richtige Verabredung«, sagte Leni. »Schon komisch, oder?«

»Vieles in unserem Leben ist komisch«, sagte Matthew, legte sich zurück und zog sie zu sich hinunter. Leni schmiegte sich an ihn. Seit Monaten hatte sie zum ersten Mal wieder das Gefühl, richtig atmen zu können.

Sie küssten einander lange, bis die Welt ringsum versank. Leni vergaß die Angst vor ihrem Vater. Ihre ganzen Sorgen und Nöte lösten sich in Matthews Armen auf, in der Berührung seiner Lippen, in seinem Atem auf ihrer Haut.

Er öffnete zwei Knöpfe ihres Kleids und ließ seine Hand in die Öffnung gleiten. Leni bekam eine Gänsehaut. Sie spürte, wie er ihren BH hochschob und eine Brust umfasste, wie er über ihre Brustwarze strich, spürte, wie sich ihr Körper anders anfühlte als je zuvor.

Das erste Grummeln des Donners bekam sie nur mit halbem Ohr mit.

Dann setzte der Regen ein, prasselte mit schweren, dicken Tropfen auf sie nieder. Der Himmel hatte sich mittlerweile vollständig zugezogen und hing schwer herab.

Sie rappelten sich auf, packten Korb und Decke zusammen. Dann rannten sie zurück zum Strand, die Stufen hinauf und bis ins Haus.

In dem großen Wohnzimmer verschnauften sie und sahen einander an. Regentropfen rannen ihnen aus den nassen Haaren.

»Alaska im Sommer«, sagte Matthew kopfschüttelnd.

»Matthew«, sagte Leni, nur um seinen Namen aussprechen zu können. Von den Fußsohlen bis zu ihrer Schädeldecke spürte sie, wie sehr sie ihn liebte.

Und dieses Gefühl, das sie erfüllte, war etwas anderes als die ungesunde, abgründige, hilflose Liebe, die ihre Eltern verband. Das wusste sie.

Sie brauchte Matthew nicht, um ein anderer Mensch zu werden, so wie Mom es von sich und Dad erzählt hatte. Sie würde sich nicht vor Liebe aufgeben, und er würde es nicht von ihr verlangen.

Ihre Liebe war das schönste, reinste und stärkste Gefühl, das Leni jemals kennengelernt hatte. Es war eine Offenbarung. Sie hatte nicht gewusst, dass man so tief für einen anderen Menschen empfinden konnte.

Sie knöpfte ihr Kleid weiter auf.

Matthews Blick wurde ernst. »Leni, bist du sicher, dass wir – ?«

Sie ließ ihn nicht ausreden, erstickte den Rest des Satzes mit einem Kuss. Noch nie war sie sich einer Sache so sicher gewesen. Sie trat ihre Stiefel ab, öffnete die letzten Knöpfe ihres Kleids. Es rutschte über ihre Schultern auf den Boden und bauschte sich um ihre Füße. In BH und Unterhose stand sie vor Matthew, nahm ihn bei der Hand und zog ihn zu der Leiter, die zu ihrem Dachboden führte.

Matthew entkleidete sich und setzte sich auf ihr Bett.

Leni trat zu ihm. Langsam streifte er ihr BH und Unterhose ab und betrachtete sie. »Wie schön du bist«, sagte er und begann ihren Körper mit dem Mund zu erkunden, bis Leni sich auf das Bett sinken ließ und die Arme nach ihm ausstreckte.

Es gab nur noch ihre Körper, die einander umschlangen und so selbstverständlich zu ihrem Rhythmus fanden, als hätten sie ihn von jeher gekannt.

Wir sind Sterne, die zum Himmel aufsteigen, dachte Leni, *so hell und heiß, dass wir zerspringen müssen.* Sie umklammerten einander, hörten, wie sie keuchten, und ließen sich erst nach einer Weile wieder los. Zwei Sterne, die ihre Teile wieder zusammenfügten, ging es Leni durch den Sinn, oder auch Teile von sich und dem anderen. *Vereint.* Sie waren vereint. Jetzt wusste sie, was das bedeutete, und fragte sich, wie sie es aushalten sollte, auch nur noch eine Stunde von ihm getrennt zu sein.

»Ich liebe dich«, sagte sie.

Matthew drückte sie an sich. »Ich liebe dich auch, Leni.«

Die Welt fühlte sich zu klein, zu normal an, um dieses große Gefühl in sich aufnehmen zu können.

Leni schaute zu, wie der Regen sich in langen Fäden über das Oberlicht zog. Sie wusste, dass ihr dieser Tag bis an ihr Ende im Gedächtnis sein würde.

»Was glaubst du, wie es für uns auf dem College sein wird?«, fragte sie.

»Für uns beide? Wie in diesem Moment, die ganze Zeit. Die Frage ist, ob du bereit dafür bist. Wirst du von hier fortgehen?«

Er hatte einen wunden Punkt erwischt. Tatsächlich hatte Leni Angst, dass sie es im letzten Moment nicht fertigbringen würde, Mom zu verlassen. Aber wenn sie bliebe und ihren Traum aufgäbe, wäre das ihr Untergang. Dann gäbe es keine Zukunft für sie.

Aber darüber wollte sie nicht sprechen, nicht die kostbare Zeit beschweren, die sie nach so langer Zeit noch einmal zusammen verbringen konnten.

»Möchtest du über das reden, was hier los ist? Über deinen Vater?«, fragte Matthew.

Erst wollte Leni nein sagen, wie sie es immer tat, wollte die schrecklichen Geschehnisse in ihrer Familie für sich behalten. Doch gehörte es nicht zur Liebe, einander alles sagen zu können? »Es ist der Krieg, der das aus ihm gemacht hat.«

»Schlägt er dich?«

»Nein, aber meine Mutter.«

»Ihr müsst hier raus, Len«, sagte Matthew. »Warum verlässt sie ihn nicht? Ich habe gehört, wie Large Marge und mein Vater darüber gesprochen haben. Sie wollen euch helfen. Aber deine Mutter scheint ihre Hilfe nicht annehmen zu wollen.«

»Es ist nicht so einfach, wie dein Vater und Large Marge es sich vorstellen.«

»Wenn man jemanden liebt, schlägt man ihn nicht.«

In seinen Worten klang es klar und eindeutig wie eine Gleichung, doch waren Menschen so viel komplizierter als das. Was sie füreinander empfanden, was sie einander antaten und warum sie es taten, war ein unentwirrbares Dickicht. »Wie ist es, wenn man sich seiner Sache so sicher sein kann wie du? Ich wüsste gern, wie sich das anfühlt«, sagte sie.

Matthew schloss sie fest in die Arme. »So fühlt sich das an. Spürst du es?«

Leni nickte. Vielleicht spürte sie es zum ersten Mal in ihrem Leben. Sie fühlte sich genau bei dem Menschen sicher, den ihr Vater hasste. »Ich habe Angst um dich«, sagte sie. »Für meinen Vater seid ihr, du und dein Dad, seine Feinde.«

»Soll er das ruhig glauben«, antwortete Matthew. »Aber wehe, er tut dir etwas.«

»Lass uns von etwas anderem sprechen.«

Matthew küsste sie. »Vielleicht davon, dass ich immerzu an dich denken muss und mich frage, ob das noch normal ist?« Er küsste sie erneut.

Sie schauten sich in die Augen, und die Zeit stand still. Sie gehörte ihnen, und es gab nichts außer ihren Küssen und Berührungen und den Geheimnissen, die sie einander bekannten, den geflüsterten Worten und dem Zauber des Augenblicks.

Ihre Lust erwachte wieder, und sie liebten sich ein zweites Mal. Diesmal war ihre Umarmung weniger stürmisch, sondern sanft und voller Zärtlichkeit.

»Ich liebe dich«, sagte Leni.

Es war das Einzige in dieser Welt, dessen sie sich sicher war.

KAPITEL ZWANZIG

Eine Hand legte sich auf Lenis Mund, eine Stimme flüsterte: »Leni, wach auf, es kommt jemand.«

Sie riss die Augen auf.

»Wir sind eingeschlafen.«

Sie stieß Matthews Hand fort und setzte sich auf.

Der Regen hatte aufgehört. Warme Sonnenstrahlen fielen durch das Oberlicht.

Ein Wagen fuhr auf ihr Grundstück. Der Motor wurde ausgestellt.

»O Gott.« Leni krabbelte über Matthew hinweg, raffte ihre Unterwäsche auf und zog sich mit fliegenden Händen an. Sie war schon auf der ersten Stufe der Leiter, da öffnete sich die Tür.

Ihr Vater kam herein und blieb stehen, als er Leni oben auf der Leiter entdeckte.

Mit weichen Knien nahm sie die Stufen nach unten.

Dad bückte sich, hob ihr Kleid vom Boden auf und sah Leni fragend an.

»Ich … ich bin vom Regen überrascht worden«, stammelte sie. Ihr Herz schlug so heftig, dass sie das Blut in ihren Adern spürte und ihr schwindlig wurde. Dann fiel ihr Blick auf Matthews Stiefel.

Ihr schoss durch den Kopf, dass Dads Gewehre geladen waren. Wenn er die Stiefel sähe, würde er eins und eins zusammenzählen und sich mit einer Waffe in der Hand auf die Suche nach Matthew machen.

Mom betrat das Haus. Leni nahm Dad das Kleid ab. »Ach herrje«, sagte sie. »Immer noch feucht.«

Mom runzelte die Stirn und schaute sich um. Als sie die fremden Stiefel entdeckte, wurde sie bleich. Ihr Blick zuckte zum Dachboden hinauf.

»Weshalb hattest du das gute Kleid an?«, fragte Dad.

»Mädchen in dem Alter kommen wirklich auf die albernsten Ideen«, antwortete Mom und stellte sich so, dass Dad die Stiefel nicht sehen konnte.

Dads Blick wanderte durch den Raum. Seine Nasenflügel blähten sich misstrauisch. »Was ist das für ein Geruch?«

»Das muss der Picknickkorb sein.« Leni streifte das Kleid über. Moms Gegenwart machte sie ruhiger. »Ich dachte, wenn ihr zurückkommt, könnten wir uns an den Strand setzen und dort essen.«

Dad ging zum Tisch und schaute in den Korb. »Das soll ein Picknick für drei Personen sein?«

»Ich hatte Hunger und habe meinen Anteil dann doch schon gegessen.«

Der Dachboden knarrte.

Dad zog die Brauen zusammen und schaute argwöhnisch in die Höhe.

Leni warf Mom einen hilfesuchenden Blick zu.

Mom bückte sich und schob Matthews Stiefel hinters Sofa, bevor sie zu Dad trat und sagte: »Warum zeigen wir Leni nicht das großartige Schneemobil, das wir in Sterling gefunden haben?«

Dad wirkte unschlüssig. Dann zuckte er die Achseln. »Ja, warum nicht.«

An der Tür sah Leni noch einmal zum Dachboden hoch und flehte Matthew stumm an, ungesehen zu verschwinden.

Draußen umklammerte Mom ihre Hand, als hätte sie Angst, Leni könne noch einmal ins Haus zurückkehren und etwas Unbedachtes tun.

Dad hatte den Pick-up dicht an der Böschung zum Strand abgestellt. Leni dachte, ihr Herz bliebe stehen, als ihr Blick auf Matthews Aluminiumboot fiel, das am Strand im Sonnenlicht glänzte.

»Wie schön das aussieht«, sagte sie und deutete auf die Wiese, wo Regentropfen an den Grashalmen hingen und in allen Farben schillerten.

Das Schneemobil stand auf der Ladefläche des Pick-ups. Dad fuhr mit der Hand über den eingerissenen grauen Sitzbezug und sagte: »Das repariere ich mit Klebeband.«

Leni glaubte zu hören, wie die Tür ihres Hauses leise geschlossen wurde.

»Ein Eins-a-Schneemobil«, sagte sie und strich anerkennend über das rote Chassis. »Im Winter kann einer von uns zum Eisfischen gehen und der andere auf die Rentierjagd.«

Unter ihnen wurde ein Motor gestartet.

»Ist das etwa in unserer Bucht?« Dad trat ans Ufer. Lenis Magen verkrampfte sich. Sie sah, wie das Boot hinaus in die Bucht preschte, am Steuer ein junger Mann mit wehendem blondem Haar.

»Reiche Touristenschnösel«, knurrte Dad. »Tun, als gehörte ihnen das ganze Meer. Ich werde ein Warnschild aufstellen.«

Leni stieß lange und zittrig den Atem aus. Sie waren noch einmal davongekommen.

»Leni!«

Das war Moms Stimme. Sie klang ungehalten.

Leni drehte sich um. »Was ist?«

»Dein Vater hat mit dir gesprochen.«

»Entschuldigung.« Leni errötete. »Ich war mit den Gedanken woanders.«

»Wo?«, fragte Dad scharf und musterte Leni mit zusammengekniffenen Augen.

Leni zwang sich, seinem Blick standzuhalten. Vielleicht waren sie und Matthew doch nicht davongekommen. Hatte sich Dad etwa schon beim Betreten des Hauses alles zusammengereimt und spielte nun mit ihr?

»Lass sie«, sagte Mom. »Du weißt doch, wie Teenager sind.«

»Ich habe Leni gefragt, nicht dich. Also?«

»Ich dachte, wir könnten wieder einmal etwas Schönes unternehmen«, log Leni. »Wir waren schon so lange nicht mehr in den Kenai Fjords.«

Dad schaute zur Einfahrt hinüber. »Ein andermal vielleicht. Zuerst muss ich meine Arbeit beenden.«

Und prompt ließ er Leni und Mom stehen, holte die Axt aus seinem Werkzeugschuppen und ging in Richtung der Zufahrt davon.

Mom und Leni sahen ihm nach. »Wie dumm bist du eigentlich?«, fragte Mom.

»Wir sind eingeschlafen.«

»Was glaubst du, wie du aussiehst.« Mom seufzte. »Kämm dir die Haare und zieh dir etwas Vernünftiges an. Du kannst froh sein, dass dein Vater sich nur über das Kleid gewundert hat.«

Sie kehrten ins Haus zurück. Leni holte den weitzackigen Kamm aus der roten Kaffeedose, in der sie und Mom ihre wenigen Schönheitsutensilien aufbewahrten, und ließ sich auf einem Schemel nieder. Mom nahm ihr den Kamm ab und begann Lenis zerwühltes Haar zu entwirren. »Komm mir ja nicht auf die Idee, dich noch einmal mit Matthew zu treffen, nur weil es diesmal gut gegangen ist.«

Leni seufzte. Mom hatte ihre Gedanken schon von jeher erraten können. »Beim nächsten Mal sind wir klüger.«

»Es gibt kein nächstes Mal, Leni.« Mom ließ den Kamm sinken. »Sieh mich an.«

Leni setzte sich zu ihr herum. Mom beugte sich zu ihr hinab. »Du wartest, bis du auf dem College bist, hast du mich verstanden? Ab September kannst du dich jeden Tag mit Matthew treffen, hier aber nicht mehr, klar?«

»Wenn ich ihn bis September nicht mehr sehen kann, sterbe ich.«

»So schnell stirbt man nicht.« Mom richtete sich auf. »Benutz deinen Verstand, Leni – und vielleicht denkst du auch mal an mich.«

Leni ließ den Kopf hängen. »Es tut mir leid, Mom. Ich weiß, dass es nicht richtig war. Aber ich konnte nicht anders.«

»So ist das, wenn man verliebt ist«, sagte Mom. »Aber du musst dich zusammenreißen.«

Früh am nächsten Morgen hörte Leni, wie Dad das Haus verließ. Danach konnte sie nicht mehr einschlafen und beschloss, aufzustehen und Frühstück zu machen. Dad ließ sich den ganzen Morgen nicht blicken. Gegen Mittag, Leni und Mom hatte sich gerade zum Essen niedergelassen, stürzte er ins Haus, hatte dunkle Ölspuren im Gesicht und Schrammen an den Händen. »Kommt mit, ich will euch etwas zeigen«, sagte er, ohne den gedeckten Tisch zu beachten, und machte auf dem Absatz kehrt.

Mom und Leni wechselten einen resignierten Blick und folgten ihm.

Dad eilte über die Zufahrt, so schnell, dass sie kaum hinterherkamen und er ihnen ungeduldig winkte, sie sollten einen Schritt zulegen.

Kurz vor dem Ende der Einfahrt verharrte Mom und sagte leise: »Das darf nicht wahr sein.«

Oben auf dem Palisadenzaun hatte Dad Stacheldraht befestigt – damit wäre es auf keinen Fall mehr möglich darüberzuklettern. Zudem war das Tor nun mit einer Eisenkette und einem neuen, schweren Schloss gesichert. Leni sah einen Schlüssel an einem Band um den Hals ihres Vaters baumeln.

»Ernt«, flüsterte Mom fassungslos und machte ein paar Schritte auf ihn zu.

Dad legte einen Arm um sie. »Jetzt gibt es nur noch uns«, sagte er und küsste Mom auf den Mund. »Jetzt sind wir in Sicherheit.«

In der nachfolgenden Zeit verstand Leni, dass sich die Angst keinesfalls auf jenes Gefühl der Enge beschränkte, das sie bislang gekannt hatte, als wäre man in einem Raum mit einer Decke, so niedrig, dass man sich den Kopf anstieß, und so kalt, dass man die Arme um sich schlang.

Nein.

Die Angst, mit der sie nun lebte, war ein Haus schier unendlicher Ausmaße, in dem Raum auf Raum folgte, jeder anders, jeder auf seine Art furchteinflößend.

Der Anblick der schweren Eisenkette an ihrem Tor ließ sie jeden einzelnen dieser Räume in diesem Haus durchlaufen, alle Arten der Bedrohung waren mit einem Mal vorstellbar geworden. Spätabends im Bett wehrte sie sich gegen den Schlaf, aus Furcht, sie müsse die Räume im Traum von neuem durchqueren. Wenn sie dann doch einschlief, träumte sie von ihrem Tod. Mal ertrank sie, mal brach sie im Eis ein, dann wieder stürzte sie in einen Abgrund, oder jemand setzte ihr eine Pistole an den Kopf.

Jeder einzelne dieser Tode schien für einen ihrer Wünsche zu stehen, für den Abschied von all ihren Hoffnungen und Träumen von einem eigenen Leben.

Tagsüber ließ ihr Vater sie und Mom nicht aus den Augen, tat jedoch, als wäre alles in Ordnung, als gäbe es weder einen Zaun noch ein Verbot, das Grundstück zu verlassen. Er schien sogar gutgelaunt, seit langer Zeit wieder einmal, scherzte bei der Arbeit, grillte abends am Strand, machte Lagerfeuer. Nachts hörte Leni, wie ihre Eltern sich im Bett unterhielten, wie sie sich anschließend liebten. Auch Mom verhielt sich, als wäre alles normal, so wie sie es immer tat. Früher hätte Leni versucht, es ihrer Mutter gleichzutun, doch das konnte sie nicht mehr.

Mom und ich müssen fort von hier. Das war der Gedanke, der ihr unaufhörlich durch den Kopf ging.

An einem Samstagmorgen, eine Woche nachdem Dad das Tor zu einer unüberwindbaren Hürde gemacht hatte, ließ er Leni und Mom zum ersten Mal wieder allein und fuhr zum Kenai River, um Lachse zu angeln.

Leni setzte sich zu Mom in die Küche und sagte: »Wir beide müssen von hier fort.«

Mom war dabei, Gemüse zu putzen. Sie ließ ihr Messer sinken. »Dann bringt er mich um.«

Leni griff nach ihrer Hand. »Willst du es nicht verstehen? Auch wenn du bleibst, bringt er dich irgendwann um. Denk an den kommenden Winter. An die Dunkelheit. Die Kälte. Dann bist du mit ihm eingeschlossen. Er wird nicht mehr an der Pipeline arbeiten, er wird die ganze Zeit zu Hause sein.«

Mom warf einen nervösen Blick zur Tür. »Wohin würden wir denn gehen? Mit welchem Geld?«

»Large Marge und Mr Walker haben uns ihre Hilfe angeboten, wir können –«

»Tom darf damit nichts zu tun haben«, fiel Mom ihr ins Wort. »Das würde es nur noch schlimmer machen.«

Leni umschloss die Hand ihrer Mutter und sah ihr fest in die Augen. »Komm mit mir nach Anchorage«, bat sie. »In dreieinhalb Wochen muss ich dort sein.«

»Darüber haben wir schon gesprochen.« Mom befreite ihre Hand. »Du gehst. Ich bleibe hier.«

Mit dieser Antwort hatte Leni gerechnet und sich ihre Worte zurechtgelegt. »Mom, du musst mit mir kommen. Wenn du bleibst, habe ich in Anchorage keine ruhige Minute. Ich kann dich nicht alleinlassen.«

»Durch dick und dünn«, sagte Mom und klang schwermütig. Eine Zeitlang hing sie ihren Gedanken nach. »Also gut«, sagte sie schließlich. »Wenn du meinetwegen nicht nach Anchorage gehst, würde ich mir das nie verzeihen. Aber wie sollen wir von hier fortkommen?«

»Wir ergreifen die erste Gelegenheit, die sich uns bietet. Am besten, wenn er auf die Jagd geht, dann könnten wir das Boot nehmen. Es muss aber bald geschehen. Wenn die ersten Blätter fallen, ist es zu spät.«

»Willst du, dass wir mit nichts in den Händen davonlaufen?«

»Nicht mit nichts – mit unserem Leben.«

Mom betrachtete den Gemüseberg auf dem Küchentisch, dann schaute sie aus dem Fenster. »Ich will es versuchen, Leni.«

Das war nicht die Antwort, die Leni erhofft hatte, doch für den Moment gab sie sich damit zufrieden. Entscheidend war, dass ihre Mutter die Kraft zur Flucht fand, wenn es darauf ankam.

Der Herbst schickte seine ersten Vorboten. Leuchtend grüne Blätter färbten sich langsam goldgelb, kupferfarben oder flammend rot. Die Birken, mit ihren weiß-grau gefleckten Stämmen und dem dichten Laub, das aussah, als hingen die Bäume voller Messingmünzen, waren am schönsten.

Leni wurde immer unruhiger. Noch war es August, der Herbst hatte früh begonnen, doch das Wetter in Alaska war launisch und richtete sich nicht nach dem Kalender. Im Nu konnte es Winter werden.

Leni und Mom hatten ihre Flucht nicht mehr erwähnt, doch der Gedanke stand immer im Raum. Jedes Mal, wenn Dad das Grundstück verließ, ohne ihnen zu sagen, wohin er ging, tauschten sie einen Blick, als wollten sie fragen, ist es jetzt so weit?

An einem der letzten Augusttage kochten Leni und ihre Mutter in der Küche Blaubeersirup. Dad kam herein und wirkte verstimmt. Er hatte den ganzen Morgen an dem neuen

Schneemobil gebastelt, seine Hände und sein Gesicht waren ölverschmiert. Zum ersten Mal fiel Leni auf, dass auch er gealtert war, nicht nur Mom. Sein schwarzer Bart war grau gesprenkelt und sein Pferdeschwanz dünn geworden. Ohne die verdreckten Stiefel auszuziehen, lief er in die Küche und hob den Deckel der Pfanne. »Schon wieder panierte Lachsschnitzel«, sagte er mürrisch. »Gibt es kein Gemüse, keinen Reis?«

»Ich mache unser Gemüse ein«, sagte Mom. »Und Reis haben wir nicht mehr. Das habe ich dir gestern schon gesagt. Aber du erlaubst mir ja nicht, zum Einkaufen in den Ort zu fahren.«

»Dad könnte nach Homer fahren, um Vorräte für den Winter zu kaufen«, schlug Leni vor und hoffte, dass ihre Aufregung ihrer Stimme nicht anzuhören war.

Dad zog die Brauen zusammen. »Ich lasse euch nicht gern allein.«

»Niemand kann durch das Tor kommen, wir sind geschützt«, sagte Leni.

»Nicht vollständig. Bei Flut kann jemand mit einem Boot landen, und wer weiß, was dann geschieht.« Dad schüttelte den Kopf. »Wenn, fahren wir alle zusammen in den Ort und kaufen bei dem fetten Miststück ein.«

Mom warf Leni einen verstohlenen Blick zu.

Leni nickte.

Mom wurde blass und wandte den Blick ab. Leni wusste, was in ihr vorging. Sie hatten gedacht, dass sie fliehen würden, wenn Dad nicht da war. Doch nun war er seit Tagen nicht mehr fort gewesen, und die Nächte wurden schon kalt. Bis zum Winteranfang würde es nicht mehr lange dauern, und in einer Woche wollte Leni in Anchorage sein. Sie mussten einen Weg finden, ihm in Kaneq zu entkommen. Es war ihre letzte Chance.

»Wir fahren sofort«, entschied Dad und klatschte in die Hände. Mom fuhr zusammen.

Wehmütig schaute Leni zu ihrem Fluchtrucksack an der Tür. Darin war alles, was man brauchte, um für einige Tage zurechtzukommen. Aber wie sollte sie Dad erklären, dass sie den Rucksack mitnehmen wollte?

Sie würden nur mitnehmen können, was sie auf dem Leib trugen.

Dad zog ein Gewehr aus der Halterung und prüfte, ob es geladen war.

Leni beobachtete ihn argwöhnisch und fragte sich, ob er etwas ahnte.

Er drehte sich um. »Los, worauf wartet ihr noch?«

Mom stand auf. Leni sah, dass sie zitterte. Sie legte einen Arm um sie und sagte: »Zieh einen dicken Pullover an, der Sommer ist vorüber.«

An der Tür wandte Leni sich um und ließ ihren Blick zum letzten Mal über das Wohnzimmer und die Küche wandern. Sie sah zu ihrem Dachboden hoch, zu dem Eckchen, das ihres gewesen war. Ihre Bücher waren dort und ihre Fotos. Auch sie würden zurückbleiben. Einen Moment lang wurde ihr Herz schwer. Trotz der Sorgen, der Furcht und des Leids, die sich mit dem Haus verbanden, war es das einzige Heim, das sie in ihrem Leben gekannt hatte.

Sie hoffte nichts mehr, als dass sie dieses Haus nie mehr wiedersehen würde. Wie traurig es war, wenn man ein Heim zu verlieren hoffte.

Sie wandte sich ab.

Draußen stieg sie zu Dad in den Pick-up. Mom folgte ihr

zögernd. Leni spürte Moms Angst, konnte sie beinah riechen. Sie wünschte, sie könnte ihre Hand drücken und ihr versprechen, dass alles gut würde, doch woher sollte sie die Gewissheit nehmen?

Sie fuhren los. Am Tor hielten sie an.

Dad verließ den Wagen, um das Tor aufzuschließen.

»Es ist so weit«, sagte Leni leise. »Unten im Ort machen wir uns davon. Wir müssen es auf die Fähre schaffen. In vierzig Minuten legt sie ab.«

»Das klappt nie im Leben«, antwortete Mom und begann ihre Finger zu kneten. »Er wird uns finden.«

Leni überlegte. »Wir starten im Laden von Large Marge. Suchen etwas hinten in den Regalen und verschwinden über den Hinterausgang.

»Willst du auch noch sie in Gefahr bringen?«

Dad öffnete das Tor. Die Hauptstraße wurde sichtbar.

»Wir werden nur eine einzige Chance haben«, sagte Mom. »Und die muss gut sein. Wenn nicht, müssen wir auf eine bessere warten.«

Das klang zwar vernünftig, aber Leni glaubte nicht, dass sie es schaffte, länger zu warten. Sie hatte von ihrem Haus Abschied genommen, und die Freiheit war zum Greifen nah. Sie konnte nicht mehr zurück. »Wenn wir noch länger warten, ist es zu spät.«

Dad kam wieder, fuhr durch das geöffnete Tor und ließ es offen. »Lest, was auf dem Zaun steht«, sagte er stolz. Leni drehte sich um. In schwarzer Farbe hatte er eine Warnung aufgesprüht. *Privatgrundstück. Zutritt verboten. Bei Betreten wird geschossen.*

Sie passierten den Torbogen der Walkers, dann die Zufahrt zu Large Marges Grundstück.

Hinter der Landepiste war Kies auf die Straße gestreut worden, um die Schlaglöcher auszugleichen. Er knirschte unter den Rädern. Die Holzbrücke über dem Icicle Creek war frisch gestrichen. Touristen in teuren, farbenfrohen Regenjacken standen am Geländer und schauten ins Wasser. Die Laichwanderung der Lachse hatte begonnen. Am Ende der Wanderung würden die Weibchen die Eier ablegen, die von den Männchen befruchtet würden, und zum offenen Meer schwimmen. Viele von ihnen würden auf dem Weg vor Erschöpfung sterben.

Als sie an den Touristen vorbeikamen, kurbelte Dad sein Fenster herunter und rief: »Haut wieder ab nach Kalifornien.« Er lachte, als der Pick-up die Leute in eine schmutzige Dieselwolke hüllte.

Vor dem Fish On war ein Schaufelbagger dabei, einen Graben auszuheben. Das Areal war mit orangeroten Verkehrskegeln von der Straße abgetrennt worden.

Mit quietschenden Bremsen kam Dad auf dem Randstreifen zum Halt und starrte zu dem Mann hinüber, der am Steuer des Baggers saß. *Mr Walker.*

Dad stellte den Motor aus und stieß die Wagentür auf. Er sprang hinaus und knallte die Tür zu. Leni nahm Moms Hand und flüsterte: »Jetzt.« Doch in diesem Moment riss ihr Vater die Beifahrertür auf, packte Moms Handgelenk und zog sie hinaus auf die Straße.

Mom sah Leni an. »Lauf«, formte sie mit den Lippen.

Leni schüttelte den Kopf.

Sie beobachtete, wie Dad seine Ellbogen einsetzte, um sich und Mom einen Weg durch die Touristen zu bahnen, die an diesem warmen Spätsommertag in großen Gruppen durch Kaneq spazierten.

Sie stieg aus dem Wagen und wünschte, sie wüsste, wie sie Mom von Dad fortlotsen könnte. Vielleicht konnten sie im Gewühl der Touristen untertauchen, versuchen, bis zu Large Marge durchzukommen, und sich im Keller des Ladens verstecken.

»Walker!«, rief Dad.

Mr Walker stellte den Motor seines Baggers aus, schob seine Kappe zurück und wischte sich über die Stirn. »Ernt Allbright«, sagte er freundlich. »Sieht man sich doch mal wieder?«

Dad deutete auf den Graben. »Was soll das werden?«

»Das wird ein Graben«, antwortete Mr Walker und lächelte spöttisch.

»Und wozu soll der gut sein?«

»Um Stromkabel zu verlegen. Die mit Generatoren verbunden werden.«

»Wie bitte?«

»Strom-ka-bel«, sagte Mr Walker so langsam, als wäre Dad geistig zurückgeblieben. »Für Strom – E-lek-tri-zi-tät.«

Dad schnaubte. »Kaneq braucht keinen Strom.«

»Doch«, antwortete Mr Walker. »Wir haben das hier im Ort besprochen, alle sind einverstanden. Die Leute wünschen sich Kühlschränke, elektrisches Licht und Heizungen im Winter. Ach ja, auch Straßenlaternen. Ist das nicht fabelhaft?«

»Das lasse ich nicht zu«, sagte Dad.

Mr Walker lachte laut auf. »Und was willst du dagegen tun? Wieder mit Axt und Sprühdose rumlaufen? Das würde ich dir nicht raten. Beim nächsten Mal werde ich nicht so nachsichtig wie damals sein.«

Leni fasste Moms Arm. Sie wollte sie fortziehen, solange Dad abgelenkt war.

»Leni!«, rief jemand.

Es war Matthew. Er stand vor dem Kicking Moose und trug einen großen Pappkarton.

»Hilf uns!«, schrie Leni.

Dad fuhr herum und fasste Lenis Arm. »Was sagst du da?«

»Nichts«, sagte Leni verzweifelt und brach in Tränen aus. »Es war nur ein Scherz.« Sie sah, wie Matthew den Karton abstellte und auf sie zukam. Mr Walker machte Anstalten, von dem Bagger herunterzusteigen.

Auch Dad hatte Matthew erblickt. »Sag dem Jungen, er soll stehen bleiben«, zischte er. »Wenn nicht, gnade ihm Gott.« Er griff nach dem Messer an seinem Gürtel.

»Matthew, bleib stehen«, rief Leni, während die Tränen über ihre Wangen liefen. »Es ist alles in Ordnung. – Matthew, halte deinen Vater zurück!«

Matthew verharrte und sagte ihren Namen. Er sah zu seinem Vater hinüber, der die Szene mit gerunzelter Stirn verfolgte.

Dads Griff um Lenis Arm verstärkte sich, bis sie sich vor Schmerzen krümmte. Mom stand wie versteinert da. Dad trieb sie und Leni zum Wagen zurück, stieß sie hinein und schwang sich auf den Fahrersitz.

Ihre Ankunft in Kaneq, der Wortwechsel mit Mr Walker, Lenis Hilfeschrei und die Rückkehr zum Wagen, all das hatte nicht länger als drei Minuten gedauert.

Auf dem Rückweg beobachtete sie beunruhigt, wie sich die Adern am angespannten Hals ihres Vaters immer deutlicher abzeichneten. »Verlogene Weiber«, murmelte er. »Diese verdammten Walkers.«

Dann und wann strich Mom beruhigend über Lenis Hand und drückte sie unauffällig. Leni suchte nach Worten, um ihren Vater zu besänftigen, doch sie konnte sich auf nichts konzentrieren, sich nur fragen, warum sie im entscheidenden Moment einen so unverzeihlichen Fehler gemacht hatte. Warum hatte sie bei Matthews Anblick die Nerven verloren und um Hilfe gerufen?

Liebe und Furcht. Beides zusammen hatte ihr den Verstand geraubt, und nun hatte sie alles ruiniert.

Sie fuhren durch das Tor. Dad hatte aufgehört zu fluchen. Er schien in sich zu horchen, hinein in das Dunkle seiner Seele. *Wenn er aussteigt, um das Tor abzuschließen*, dachte Leni, *packe ich das Lenkrad, setze den Wagen zurück und trete aufs Gas.* Doch ihr Vater stieg nicht aus, fuhr einfach weiter.

Er hatte das Tor offen gelassen. Vielleicht konnten sie sich gegen Mitternacht aus dem Haus stehlen und entkommen.

Dad stellte den Wagen ab. »Raus«, sagte er. Ängstlich kletterten Mom und Leni von ihren Sitzen. Dad zerrte Leni über die Veranda ins Haus. An der Tür stieß er ihr so fest die Faust in den Rücken, dass sie ins Taumeln geriet.

Mom schlüpfte hinter ihnen ins Haus. Ihr Gesicht war völlig ausdruckslos, und Leni fragte sich, wie sie es sogar jetzt noch schaffte, ruhig zu wirken. »Ernt, du hast etwas missverstanden«, sagte sie sanft und legte eine Hand auf Dads Schulter. »Lass uns darüber reden.«

Dad wandte den Kopf zu ihr um. »Wolltest du auch, dass dir jemand hilft, Cora?«

»Es sollte ein Scherz sein, Ernt. Leni hat sich nichts dabei gedacht.«

Dads Gesicht wurde zu einer wütenden Fratze, sein Atem ging in Keuchen über. »Belügt ihr mich jetzt schon alle beide?«

»Ernt, bitte«, sagte Mom, noch immer ganz ruhig. »Niemand belügt dich.«

Er hörte ihr nicht zu. »Und schuld daran sind die verdammten Walkers.«

»Ernt, das ist doch Unsinn.«

Dad holte aus und schlug mit solcher Kraft zu, dass Mom zu Boden ging. Als sie sich aufraffen wollte, vergrub er eine Hand in ihrem Haar, riss ihren Kopf hoch und rammte ihr die Faust ins Gesicht.

»Hör auf!«, schrie Leni, sprang auf seinen Rücken und krallte die Hände in sein Haar.

Dad schüttelte sie ab und knallte Moms Kopf auf den Boden.

Mit halbem Ohr hörte Leni, wie sich die Tür öffnete. Jemand stürzte ins Haus, eine dunkle Gestalt mit blondem Haar. Matthew. Er riss Dad hoch und versetzte ihm einen wuchtigen Kinnhaken. Dads Kopf flog zurück. Matthew machte eine halbe Drehung und schmetterte ihm den Ellbogen ins Gesicht. Dad stolperte und schlug der Länge nach hin.

Matthew half Mom hoch. Sie blutete aus dem Mund und drückte eine Hand auf ihr Auge.

Leni nahm ihre Hand. »Mom, wir müssen fort. Sofort!«

Mom sah zu Dad hinüber, der stöhnte und vergeblich versuchte, auf die Beine zu kommen. »Geh, Leni. Geh mit Matthew.«

Lenis Augen füllten sich von neuem mit Tränen. »Du weißt, dass ich dich nicht hierlassen kann.«

Mom betupfte ihren Mund, betrachtete das Blut an ihren Fingern. »Er wird mich suchen, bis er mich gefunden hat.«

»Leni hat recht. Wir können Sie hier nicht zurücklassen«, sagte Matthew fest.

»Also gut«, antwortete Mom. »Bringt mich zu Large Marge, sie wird wissen, wie wir uns schützen können.« Sie sah Matthew an. »Aber Leni kommt nicht mit mir. Ich will nicht, dass sie bei mir ist, falls er mir nachkommt. Verbirg sie an einem Ort, wo er sie nicht findet.« Sie ging zur Tür. »Diesmal zeige ich ihn an.«

»Leni wird nichts zustoßen, Mrs Allbright«, sagte Matthew ernst. »Das verspreche ich Ihnen.«

Dad stöhnte erneut und versuchte, sich hochzustemmen.

»Los«, sagte Leni unruhig und griff nach ihrem Fluchtrucksack.

Sie rannten hinaus in das Sonnenlicht. Draußen stand der Pick-up der Walkers. »Steigt ein«, rief Matthew, stürzte zu Dads Wagen und zog den Schlüssel ab.

Die Tür des Hauses öffnete sich. Schwankend stand Dad auf der Veranda, in der Hand ein Gewehr. »Cora!«, brüllte er.

Mit aller Kraft schleuderte Matthew den Zündschlüssel über die Wiese und sprang zu Leni und Mom in den Pick-up. Er startete den Motor. Ein Schuss löste sich und traf ihr Schutzblech. Matthew jagte den Wagen über die Zufahrt und durch das Tor hinaus auf die Hauptstraße.

Kurz darauf bogen sie schon zu Large Marge ab, und Matthew begann zu hupen. Mom griff nach seinem Arm. »Pass gut auf Leni auf, Matthew.«

Er nickte. »Das habe ich versprochen«, sagte er. »Und auf meine Versprechen kann man sich verlassen.« Vor der Jurte, in der Large Marge wohnte, hielt er an.

Leni sah ihre Mutter an, und in diesem Blick lag ihr ganzes gemeinsames Leben, all die Liebe, die sie füreinander empfanden. »Schwör mir, dass du nicht zu ihm zurückgehst«, sagte sie unter Tränen. »Ruf die Polizei, und zeig ihn an. Wir treffen uns morgen bei Large Marge und fahren nach Anchorage.«

Mom schloss sie fest in die Arme und küsste ihre Tränen fort. »Drück uns die Daumen, Schätzchen.« Sie stieg aus dem Wagen und ging Large Marge entgegen, die in den Eingang der Jurte getreten war.

Leni wollte ihr nachlaufen. Vielleicht war es nicht richtig, sie allein zu lassen.

Matthew wendete den Wagen. Leni ließ all das, was in der letzten Stunde vorgefallen war, Revue passieren und drückte eine Hand auf ihr schmerzhaft schlagendes Herz.

Als sie schon auf der Zufahrt der Walkers waren, sagte sie: »Bei euch kann ich nicht bleiben, hier wird mein Vater als Erstes nach uns suchen.«

»Ich weiß«, antwortete Matthew. »Aber es ist Ebbe. Mit dem Boot oder dem Wasserflugzeug kommen wir jetzt nicht weg. Wir müssen uns woanders verbergen. Warte hier.« Er sprang aus dem Wagen.

Wenig später kehrte er mit einem prallen Rucksack zurück, den er auf die Ladefläche warf. Dann fuhr er wieder los.

Auf der Hauptstraße schaute Leni sich ängstlich um und rechnete jeden Augenblick damit, den Pick-up ihres Vaters auftauchen zu sehen.

Matthew lachte. »Mach dir keine Gedanken, er wird eine Weile brauchen, bis er den Zündschlüssel gefunden hat.« Hinter dem Icicle Creek nahm er den langen gewundenen Weg hinauf in die Kenai Mountains.

Mit stumpfem Blick sah Leni Bäume vorbeiziehen, das Wasser der Bucht, das hier und da unter ihnen aufblitzte, die Felsen, die sich zwischen die Bäume drängten.

Matthew fuhr auf einen kleinen, nicht befestigten Parkplatz. Außer ihnen war dort niemand. Auf einem Schild stand:

Naturschutzgebiet Bearclaw
Wandern und Klettern: nur auf den beschilderten Wegen und Hängen
Schwierigkeitsgrad: anspruchsvoll, nur für geübte Wanderer
Steigung: 800 m
Camping: nur auf ausgewiesenen Plätzen

Sie stiegen aus dem Wagen. Matthew nahm Leni in die Arme und fragte: »Wie fühlst du dich?«

Leni wusste nicht, wie sie sich fühlte, in den letzten Stunden war zu viel vorgefallen. Zittrig holte sie Luft und ließ sich von Matthews Armen wiegen. »Was ist, wenn er meine Mutter findet?«, fragte sie.

»Daran darfst du nicht denken«, antwortete er. »Bei Large Marge ist sie sicher.«

»Hoffentlich.«

Matthew hielt sie ein wenig von sich ab. »Wir haben einen langen Aufstieg vor uns. Schaffst du das?«

Leni nickte. Sie legten ihre Rucksäcke um und folgten einem Trampelpfad.

Auf dem ganzen Weg in die Höhe hielt Leni den Blick auf Matthews starken Rücken gerichtet und versuchte, aus dem Rhythmus seines sicheren Schrittes Kraft zu schöpfen.

Dann blieb er stehen und sagte: »Wir sind da.«

Sie standen an einer Wiese, auf der gelbe, rosafarbene und blaue Lupinen blühten. Tief unten lag die Kachemak Bay, und dahinter erhoben sich die schneebedeckten Gipfel der Berge. Leni ließ ihren Rucksack von den Schultern gleiten und atmete tief durch.

Matthew holte eine Dose Cola und ein Sandwich aus seinem Rucksack und reichte sie Leni. Sie ließ sich ins Gras sinken und trank, essen konnte sie nichts. Sie sah zu, wie Matthew ein kleines Zweimannzelt errichtete.

Später, als der Abend dämmerte, saßen sie vor dem Zelt, eng aneinandergeschmiegt, und Matthew zwang Leni, wenigstens ein halbes Sandwich zu essen.

»Du bist nicht die Einzige, die deine Mutter schützen kann«, sagte er. »Wir alle kümmern uns um sie. So haben wir es hier von jeher gehalten.«

Leni lehnte sich an ihn. Sie wollte nichts lieber glauben, als dass es für sie und ihre Mutter einen sicheren Ort gäbe, an dem sie noch einmal von vorn anfangen könnten, dass sie aus dem Trümmerhaufen, der ihre Familie geworden war, einen Neubeginn wagen könnten. Sie schloss die Augen und atmete die süße, reine Luft der Berge ein.

Dann küsste sie Matthew und spürte die Macht ihrer Liebe. »Ich liebe dich«, sagte sie.

Matthew hielt sie umschlungen. »Ich liebe dich auch.«

KAPITEL EINUNDZWANZIG

Er musste für ihre Sicherheit sorgen.

Leni war sein Polarstern, nach dem sich sein ganzes Sein und Streben richteten, und daran würde sich nie etwas ändern. Wahrscheinlich gab es Menschen, die sagen würden, er sei zu jung, um sich dessen sicher sein zu können, doch die irrten sich. Wenn man zugesehen hatte, wie seine Mutter starb, wurde man schneller erwachsen, als einem lieb sein konnte.

Vor vier Jahren hatte er den Menschen, der ihm der liebste gewesen war, nicht retten können.

Inzwischen war er stärker geworden.

In der Nacht hielt er Leni in den Armen. Sie liebten sich. Als sie einschlief, blieb Matthew wach. Wenn sie im Traum stöhnte oder aufschluchzte, streichelte er sie, um sie zu beruhigen.

Als das erste Morgenlicht die dünnen Zeltwände durchdrang, löste er sich vorsichtig von ihr. Er vergewisserte sich, dass sie tief und fest schlief, nahm sein Kleiderbündel und kroch aus dem Zelt.

Draußen streckte er sich, kleidete sich an und ließ sich auf einem Felsen nieder. Er betrachtete die Berge, die sich in der blassen Morgendämmerung dunkel abhoben. Der Himmel war bewölkt und sah nach Regen aus.

Leise holte er seinen Rucksack aus dem Zelt und nahm die Wasserflasche heraus. Er trank durstig, setzte sich vor dem Zelt ins Gras und beobachtete, wie die Berge allmählich immer deutlicher hervortraten. Nun waren auf den Hängen auch vereinzelte Schneeschafe zu erkennen

Ihm ging durch den Kopf, dass es womöglich keine gute Entscheidung gewesen war, Leni hierherzubringen und ihre Mutter in Kaneq zu lassen. Lenis Vater würde nicht rasten, bis er die beiden entdeckt hatte. Matthew warf einen Blick auf den Pfad, über den sie gekommen waren. Es hätte ihn nicht gewundert, wenn Lenis Vater dort plötzlich aufgetaucht wäre, mit einem Gewehr in der Hand.

Doch selbst wenn Leni und ihrer Mutter die Flucht glückte, würde Leni ihren Vater nie vergessen, und diese Erinnerung bliebe für immer eine Wunde in ihrem Herzen. Matthew wusste, dass die Trauer um seine Mutter nie enden würde, und er war sich sicher, dass Leni nie aufhören würde, sich nach dem Vater zu sehnen, den sie nie hatte. Denn egal, wie ein Kind einen Elternteil verlor, egal, wie schlimm ein Vater auch sein mochte – ein Kind würde diese Liebe wohl niemals loslassen können.

Hinter ihm öffnete sich der Reißverschluss des Zeltes. Matthew drehte sich um. Leni stand vor dem Zelt und reckte sich. Sie lächelte verhalten, setzte sich zu ihm und begann ihr Haar zu flechten.

Matthew holte die letzten beiden Coladosen aus dem Rucksack und eine Packung Schokoladenkekse. Leni lehnte sich an ihn.

Kurz darauf fielen die ersten Regentropfen. »Toll«, sagte Leni und schaute zum Himmel hinauf. »Das wird ein richtiger Guss.«

»Etwas höher liegt eine Höhle, in der wir den Regen abwarten können.«

Leni legte den Keks zurück, von dem sie ein winziges Eckchen abgeknabbert hatte. »Ich muss zurück, Matthew.«

»Deine Mutter möchte das nicht«, antwortete Matthew. »Komm, lass uns im Zelt weiterreden.«

»Ich habe Angst«, sagte Leni, als sie sich im Zelt aneinanderkuschelten.

Matthew hörte die Unsicherheit, die in ihren Worten mitschwang, und er verstand Lenis Dilemma. Sie konnte ihre Mutter nicht zurücklassen, war sich jedoch nicht sicher, ob ihre Mutter mitkommen würde, und ohne sie würde sie nicht gehen.

Matthew wollte ihr helfen und sagte: »Den Menschen, den man liebt, lässt man nicht im Stich.«

Dankbar drückte Leni seine Hand. »Es kann sein, dass ich nicht aufs College gehen kann. Das weißt du, nicht wahr? Wenn Mom und ich fliehen, müssen wir einen Ort finden, an dem mein Vater uns nie vermutet.«

»Ich komme mit dir«, sagte Matthew. »Ganz gleich, wohin du gehst.« Damit war die Entscheidung, umzukehren, gefallen, das wusste er.

Leni schloss sein Gesicht in die Hände und küsste ihn. »Weißt du, was ich am meisten an dir liebe, Matthew?«

»Was?«

Sie küsste ihn. »Alles.«

Aneinandergeschmiegt warteten sie darauf, dass der Regen aufhörte. Dann packten sie das Zelt ein, rollten ihre Schlafsäcke zusammen und verstauten alles in ihren Rucksäcken. Sie sprachen nur noch wenig, doch Matthew spürte Lenis Erleichterung.

Er ließ sich zig Möglichkeiten durch den Kopf gehen, wie er Leni und ihre Mutter retten könnte. Er würde mit seinem Vater sprechen und darauf dringen, etwas gegen Ernt Allbright zu unternehmen. Sie konnten zur Polizeiwache gehen und Curt Ward einschalten oder sich Allbright selbst vornehmen. Large Marge sagte immer, Männer, die Frauen schlugen, seien Feiglinge, die vor einem männlichen Gegenüber den Schwanz einkniffen.

Vor allem aber mussten sie für Leni und ihre Mutter einen sicheren Ort finden. Erst dann wäre Leni in der Lage, aufs College zu gehen. Es musste ja nicht in Anchorage sein, nicht einmal in Alaska. Er würde ihr überallhin folgen.

Sie schlugen den Rückweg über den schmalen Pfad ein. Nach nur wenigen Schritten setzte der Regen von neuem ein, stärker als zuvor und begleitet von böigem Wind. Es sah nicht danach aus, als würde er bald wieder aufhören.

Matthew drehte sich zu Leni um. Regentropfen rannen an ihrer Kapuze hinab, und Strähnen ihres roten Haars klebten an ihrer Wange. »Bleib dicht hinter mir«, sagte er. »Oder halte dich an meinem Rucksack fest.«

»Es geht schon«, sagte Leni und wischte sich Regentropfen aus dem Gesicht.

Auf dem abschüssigen Weg hatten sich Rinnsale gebildet, die den Boden aufweichten und die felsigen Flächen rutschig werden ließen. Matthew musste seine ganze Konzentration darauf richten, Halt zu finden und nicht auszugleiten. Beunruhigt warf er einen Blick auf den Abhang zu ihrer Rechten, wo Regen und Wind die wenigen Sträucher peitschten.

Der Himmel wurde immer dunkler, und aus dem Tal stiegen Nebel auf, dichte Dunstschleier, die ihm die Sicht versperrten und den Abstieg noch schwieriger machten.

Auf einmal wurde ihm bewusst, dass er keine Schritte mehr hinter sich hörte. Matthew drehte sich um.

Leni.

Sie war nicht mehr hinter ihm. Einen Moment lang stand er wie gelähmt da, dann entdeckte er sie. Sie war ein Stück zurückgefallen und lief mit gesenktem Kopf, viel zu dicht am Abhang entlang. Wie in einem schrecklichen Traum sah er nun, wie sie mit dem Fuß ausglitt und ihre Arme hochflogen.

Sie schrie, ruderte mit den Armen, versuchte vergeblich, ihr Gleichgewicht wiederzuerlangen.

»Leni!«, schrie Matthew.

Und dann war sie fort.

Schmerz.

Das war das Erste, was Leni dachte, als sie wieder zu sich kam. Sobald sie sich bewegte, fuhren stechende Schmerzen durch ihre Brust. Sie lag halb auf ihrem Rucksack, halb im Schlamm, und ringsum war es dunkel. Sie hörte Wasser tropfen. Regen, der auf Felsen traf. Es roch faulig, nach Verwesung.

Sie hatte sich etwas gebrochen, das spürte sie, eine Rippe, vielleicht auch ihren linken Arm. Oder aber sie hatte sich die Schulter ausgekugelt.

Sie war in die Tiefe gestürzt, erinnerte sie sich. Tief und immer tiefer. Es musste der Rucksack gewesen sein, der ihren Aufprall gedämpft hatte.

Mit zusammengebissenen Zähnen richtete sie sich auf, versuchte, die Träger des Rucksacks von ihren Schultern zu schieben, und wimmerte vor Schmerzen. Nach einer gefühlten Ewigkeit hatte sie es geschafft und lag neben dem Rucksack. Ihr war speiübel.

Beweg dich, Leni.

Sie rollte sich auf die Seite, stützte sich ab und griff in schleimigen Matsch.

Schwer atmend und gegen die Tränen ankämpfend, versuchte sie, irgendetwas zu erkennen. Felsen. Sie streckte die Hand danach aus. Und ein dünnes Licht.

Sie kam auf alle viere hoch, doch der linke Arm knickte sofort wieder ein. Vorsichtig legte sie ihn an ihre Brust und krabbelte auf die Lichtquelle zu. Das Licht fiel auf eine vorspringende Felsplatte, die wie ein Teller geformt war.

Die Schmerzen wurden unerträglich. Sie sackte zusammen und übergab sich.

Jemand rief ihren Namen. Irgendwo über ihr.

Sie kroch auf die Felsplatte und schaute hoch. Außer dem Regen und engen dunklen Wänden aus Erde und Felsen war nichts zu erkennen.

Dann entdeckte sie verschwommen etwas Rotes. Matthews Jacke. »Leni!«, rief er.

»Ich bin hier.« Leni wollte schreien, aber die Schmerzen in ihrer Brust waren so stark, dass sie kaum atmen konnte. Sie lehnte sich mit dem Rücken an eine Wand und winkte mit dem rechten Arm, wusste aber, dass Matthew sie nicht sehen konnte. Der Schacht war zu tief und zu eng, die Öffnung über ihr nicht viel breiter als sie selbst. »Geh, und hol Hilfe«, rief sie durch das Geräusch von Wind und Regen.

Sie sah, dass Matthew sich weiter über den felsigen Rand beugte und nach einem Baum langte, einem dünnen Bäumchen, das in einer Felsspalte gewachsen war.

Er wollte zu ihr hinuntersteigen.

»Nein!«, rief Leni.

Er schwang ein Bein über den Rand und tastete mit dem Fuß nach einer Trittstelle. Dann hielt er inne.

Kehr um, dachte Leni. *Was du vorhast, ist zu gefährlich.* Sie wischte sich Regentropfen aus den Augen.

Matthew hatte irgendwo Halt gefunden, zog das andere Bein nach und hing dann einfach da, ein Fuß auf einem winzigen Vorsprung, der andere in der Luft.

Er ließ sich tiefer sinken, seine Hand tastete nach dem Bäumchen. Als er es fand, hielt er sich daran fest und suchte mit dem freien Fuß nach der nächsten Trittstelle.

Kleine Felsbrocken lösten sich und polterten auf Lenis Felsplatte. Starr vor Entsetzen sah sie das, was dann geschah, wie in Zeitlupe.

Das Bäumchen, das sich zur Seite bog und aus der Felsspalte gerissen wurde. Es blieb in Matthews Hand, als er fiel.

Sein Schrei ging in einer Lawine aus Schlamm und Felsbrocken unter. Dann schlug er mit dem Kopf gegen einen Felsen.

Stöhnend bedeckte Leni ihr Gesicht mit den Händen und sagte immer wieder seinen Namen.

Leni und Mom fahren mit dem Kanu in die Tutka Bay. Mom redet über einen Film, den sie zusammen gesehen haben. Sie sagt: »Er liebt sie, das sieht man doch. Aber das genügt nicht.«

Leni hört ihr kaum zu, sie genießt diesen Moment zu sehr, diesen Tag, an dem sie sich davongestohlen haben und so tun, als führten sie ein sorgloses Leben.

Die Sonne scheint an einem strahlend blauen Himmel. »Ein Tag, an dem die Götter lachen«, sagt Mom. Über ihnen schwebt ein Weiß-

kopfseeadler mit riesigen ausgebreiteten Schwingen. Auf einer großen schwarzen Felsplatte liegen Seehunde und bellen den Adler an. Watvögel fliegen krächzend durch die Luft, doch von dem Adler und den Seehunden halten sie sich fern.

Ein Motorboot voller Touristen durchschneidet die Bucht und wühlt das ruhige Wasser auf.

Die Touristen winken und machen Fotos.

»Man könnte denken, dass sie noch nie ein Kanu gesehen haben«, sagt Mom und greift nach ihrem Paddel. »Wir müssen nach Hause.«

Leni sagt: »Ich möchte nicht, dass dieser Tag zu Ende geht.«

Mom lächelt, aber anders als sonst. Irgendetwas stimmt nicht. »Du musst ihm helfen, Schätzchen. Dir und ihm.«

Plötzlich kippt das Kanu zur Seite, und alles fällt heraus – Wasserflasche, Thermoskanne, ein Rucksack.

Schreiend springt Mom ins Wasser. Das Wasser spritzt hoch auf. Mom verschwindet.

Das Kanu richtet sich wieder auf. Leni beugt sich über die Kante und schreit: »Mom!«

Eine schwarze Flosse, scharf wie ein Messer, taucht auf. Sie gehört einem Schwertwal, der wächst und wächst, bis er größer als Leni ist.

Die Flosse schiebt sich vor die Sonne, verdunkelt den Himmel, alles wird schwarz.

Der Wal erhebt sich aus dem Wasser und stößt eine zischende Fontäne aus. Sein Atem riecht nach fauligen Fischen.

Leni schlug die Augen auf und hörte ihren keuchenden Atem. Ihr Kopf dröhnte vor Schmerzen, und sie schmeckte Blut im Mund.

Ebenso wie in ihrem Traum roch es faulig, und bis auf einen schmalen Lichtstrahl, der von oben auf sie herabfiel, war es dunkel.

Leni schaute hoch. Matthew hing über ihr, eingeklemmt zwischen Gestrüpp und Felsen, seine Füße baumelten über ihrem Kopf. Ein Fuß war seltsam verdreht.

»Matthew?«, sagte Leni. Und dann lauter: »Matthew!«

Er antwortete nicht.

Nun fiel Leni alles wieder ein. Wie er versucht hatte, zu ihr herunterzuklettern, und gestürzt war. Vielleicht war er bewusstlos.

Etwas tropfte auf ihren Kopf. Sie wischte es fort. Es war klebrig. Sie schaute auf ihre Hand. Blut.

Sie richtete sich auf und wurde von solchem Schmerz übermannt, dass sie sich erneut übergab und ohnmächtig wurde. Als sie wieder zu sich kam und das Erbrochene auf ihrer Brust roch, musste sie wieder würgen.

Reiß dich zusammen, und denk nach, befahl sie sich. *Du hast lange genug in Alaska gelebt, du weißt dir zu helfen.*

»Es ist nur ein Felsschacht, Matthew«, sagte sie so ruhig wie möglich. »Keine Bärenhöhle. Wir haben Glück gehabt.«

Matthew antwortete nicht.

Sie stemmte sich auf die Knie und betastete die Wände ringsum. Nichts. »Um hier herauszukommen, müssen wir nach oben. Einen anderen Weg hinaus gibt es nicht.«

Sie entdeckte die Blutspur an Matthews Hosenbein.

Sie kam auf die Füße und zog sich mit einer Hand an der Wand hoch.

»Aber du blockierst den Weg«, redete sie weiter. »Ich muss dich irgendwie losmachen. Dann rutschst du zu mir herunter.«

Es klang einfacher, als es war, und doch war es die einzige Möglichkeit.

Aber wie sollte sie das bewerkstelligen?

Stöhnend bückte sie sich nach ihrem Rucksack, öffnete die

Lasche und suchte nach ihrem Messer. Sie schob es in ihre Hosentasche.

Und nun? Sie könnte das Gestrüpp zusammendrücken oder abschneiden, in der Hoffnung, dass Matthew nach unten rutschen würde, aber es wuchs zu hoch.

Sie müsste höher kommen. Aber sie hatte nur einen Arm, mit dem sie sich helfen konnte.

Und noch immer hatte Matthew keinen Ton von sich gegeben, nicht einmal ein Stöhnen.

Steine. Sie musste Steine auftürmen.

Sie schaute sich um. Ihr Blick fiel auf lose Felsstücke. Sie suchte die flachen heraus, stellte einen auf den anderen. Zwei Mal wurde sie ohnmächtig, kam wieder zu sich und machte weiter.

Als sie dachte, der Stapel müsse ausreichend hoch sein, holte sie tief Luft und stieg darauf.

Unter ihrem Gewicht rutschten die Steine auseinander.

Sie fiel auf ihren gebrochenen Arm. Ihr Schrei hallte von den Wänden wider.

Sie versuchte es immer wieder und scheiterte jedes Mal. Dann gab sie auf. Die Steine waren nicht groß und nicht glatt genug, um aufeinander liegen zu bleiben und sie zu tragen. Eigentlich hätte sie es sich denken können.

Als Nächstes fuhr sie mit der Hand über die Wände, versuchte, irgendeinen Vorsprung oder eine Vertiefung zu ertasten. Sie zog die Stirnlampe aus dem Rucksack und leuchtete die Wände ab. Nun waren Löcher und kleine Vorsprünge zu erkennen.

Leni schob ihren Fuß in ein Loch, griff nach einem Vorsprung und hievte sich hoch. Die Erde unter ihrem Fuß bröckelte.

Sie fiel nach hinten, schlug mit dem Rücken auf und lag schwer atmend da. »Also noch mal von vorn«, sagte sie.

Auch die nächsten Versuche scheiterten, doch nun hatte Leni ein Gefühl für die Wände bekommen. Schließlich gelang es ihr, sie kletterte die Wand bis zu Matthew hinauf. Und sah, dass aus seinem linken Bein Knochen durch den aufgerissenen Hosenstoff stachen.

Er schien nicht zu atmen.

»Bitte, halte durch, Matthew«, sagte sie mit bebender Stimme. »Ich werde versuchen, dich nach unten zu ziehen.«

Sie wollte das Messer nehmen und die Zweige durchtrennen, die zwischen Matthews Oberkörper und den Wänden des Schachts wuchsen, doch mit nur einem Arm war das unmöglich. Sie zog an Matthews Jacke. Nichts. Dann schlang sie ihren Arm um ihn, zog und rutschte mit den Füßen aus. Wieder lag sie auf dem Boden und krümmte sich vor Schmerzen.

»Matthew«, sagte sie, während sie sich aufrappelte und gegen ihr Schwindelgefühl ankämpfte. »Ich kann nicht mehr.«

Und dann sah sie es. Beinah unmerklich fing sein Körper an, nach unten zu gleiten.

Mit angehaltenem Atem verfolgte sie, wie er ihr entgegenrutschte. Sie umfing ihn mit ihrem heilen Arm und lehnte ihren Kopf an ihn. »Ich halte dich, Matthew«, sagte sie immer wieder.

Sein Gesicht war blutverschmiert. Sie bettete seinen Kopf auf ihrem Schoß und wischte das Blut von seinem Gesicht. »Matthew«, flüsterte sie, »bitte mach die Augen auf.«

Er hustete, keuchte, als ränge er um Luft. Leni fing an zu weinen. Sie streifte ihre Stirnlampe ab und küsste ihn. »Ich liebe dich, Matthew«, sagte sie. »Wir kommen hier raus. Und dann bleiben wir für immer zusammen …« Sie wollte weitersprechen, es gab so vieles, was sie ihm sagen wollte, doch ihre Stimme brach ab, als ihr klar wurde, dass sein Sturz allein ihre Schuld war. Ohne sie wären sie nicht hierhergekommen, ohne ihre Unachtsamkeit wäre er nicht in diese Felsspalte gefallen.

Leni rief um Hilfe, bis ihr die Stimme versagte, doch offenbar war niemand in dieser Gegend unterwegs. Es wusste niemand, dass sie hier waren, und sicherlich würde es noch dauern, bis Mom oder Matthews Vater anfingen, sich Sorgen zu machen.

Nun, da sie sich nicht mehr bewegte, merkte sie, wie kalt es war. Sie schaute auf Matthew hinab. Er war noch immer bewusstlos. Die Haut auf seiner Wange war aufgerissen, aber die Wunde blutete nicht mehr.

Der Regen, der eine Zeitlang aufgehört hatte, setzte wieder ein. Die Felsplatte in Form eines Tellers füllte sich und lief über, der Schlamm wurde flüssiger. Leni blickte zu der hellen Öffnung hoch über ihr hinauf und erkannte ein graues Stück Himmel.

Mit einer Hand begann sie in ihrem Rucksack zu wühlen, um die Plastikplane herauszuziehen, die zu ihrer Notfallausrüstung gehörte. Sie legte sie über Matthew. Dann stellte sie den Becher aus dem Rucksack auf die Platte, um sauberes Regenwasser zu sammeln.

Als sie genug aufgefangen hatte, hob sie Matthews Kopf an und hielt ihm den Becher an den Mund. Er schluckte krampfartig, würgte und hustete. Leni stellte den Becher zurück und zwang sich, die Plastikplane zur Seite zu schieben, um sein verletztes Bein zu begutachten. Die Wunde war tief, und ihr Anblick ließ Leni zurückschrecken. Blut quoll daraus hervor.

Wieder griff Leni in ihren Rucksack und tastete suchend, bis sie die kleine Erste-Hilfe-Tasche fand. Dad hatte dafür gesorgt, dass alles vorhanden war – Desinfektionsmittel, Verbandsmull, Schere, Klebeband, Heftpflaster und Schmerztabletten, sogar Monatsbinden waren darin. Sie zog ihren Ledergürtel ab. »Gleich wird es ein bisschen weh tun, Matthew. Such dir etwas, das du dir dabei vorstellen kannst, halte dich in Gedanken daran fest. Erinnerst du dich noch an die Abenteuer der Männer in unseren Gedichten von Service? Weißt du noch, wie sehr wir diese Gedichte früher liebten?«

Sie schlang den Gürtel oberhalb der Wunde um sein Bein und zog ihn fest. Matthew bäumte sich auf und stöhnte. Dann sackte er in sich zusammen, sein Kopf fiel zur Seite. Wieder war er bewusstlos.

Leni drückte eine Binde auf die Wunde, wickelte den Mullverband darum und befestigte ihn mit Klebeband.

Sie bettete seinen Kopf zurück auf ihren Schoß, deckte ihn zu und streichelte ihn.

Bitte, du darfst nicht sterben.

Sie fragte sich, ob ihm wohl genauso kalt war wie ihr. Ob er sie spürte?

Sie musste ihm zeigen, dass sie bei ihm war. Leise begann sie mit dem ersten Gedicht.

Kennst du das Große Alleinsein, wenn nur der Mond dir leuchtet, ringsum bloß eisige Berge, deren Stille du hörst …

Er hört etwas. Verworrene Laute, ohne Bedeutung, nur unentwirrbare Buchstaben.

Er will sich bewegen. Kann es nicht.

Alles taub. Unter der Haut erwacht etwas zum Leben, kribbelt.

Schmerzen. Wahnsinnige Schmerzen. Der Schädel platzt, die Beine brennen.

Wieder versucht er, sich zu bewegen. Stöhnt. Kann nicht denken.

Wo ist er?

Überall Schmerzen. Alles tut weh. Er sieht nichts. Ist allein.

Nein.

Sie ist da.

Was bedeutet das?

Matthew, sagt sie. Matthew, Matthew.

Der Name ist eine dumpfe Erinnerung.

Die Schmerzen sind stärker als alles andere. Der Kopf dröhnt so sehr, dass er nicht denken kann. Es riecht nach Erbrochenem und nach Verwesung. Irgendetwas ist mit seiner Lunge, das Atmen tut weh.

Er sortiert die Schmerzen, entdeckt Unterschiede. Der Druck in seinem Kopf nimmt zu. Es ist, als führe ein Messer durch sein Bein.

Matthew.

Eine Stimme. Ihre Stimme. Lässt es um ihn hell werden wie Sonnenschein.

Ich bin bei dir. Bei dir.

Was bedeutet das?

Ich bin bei dir. Ich liebe dich. Erinnerst du dich an die Geschichte von Sam McGee?

Eine Berührung.

Qual. Er schreit.

Er stirbt. Spürt, wie das Leben aus ihm weicht. Selbst die Schmerzen vergehen.

Er fühlt kaum noch etwas. Ist hilflos in der Kälte. Er schreit.

Der Gestank ist beißend. Schlamm, Verwesung, Pisse, Erbrochenes.

Sie redet, und ihre Stimme zieht ihn in ihren Bann. Er erkennt einige Worte. Zeilen. Er kann ihren Atem hören. Weiß, wann sie wach ist und wann sie schläft. Sie zwingt ihn, Wasser zu trinken.

Nun blutet er aus der Nase. Er schmeckt das Blut und noch etwas anderes. Es ist salzig.

Etwas kommt aus ihren Augen.

Wie ist das Wort?

Tränen. Sie weint.

Er will sich an den Worten festhalten, doch sie verwischen, verschwinden. So schnell, dass er sie nicht packen kann. Er wird ganz leicht.

Sie.

Ich liebe dich, Matthew, du darfst mich nicht verlassen –

Sein Bewusstsein schwindet. Er will bleiben, kämpft.

Matthew, Matthew …

Er sinkt.

KAPITEL ZWEIUNDZWANZIG

Es war kalt, und alles war feucht, so dass Leni immer nur für kurze Zeit schlief. Matthew regte sich nicht, doch wenn Leni seine Stirn fühlte, wusste sie, dass er im Fieber glühte. Am zweiten Tag begann er zu röcheln, als sei er dabei, zu ersticken.

Es war ein klarer, schöner Tag, Leni konnte hoch über sich den blauen Himmel erkennen. Sie wickelte den Verband um Matthews Bein ab, träufelte den letzten Rest ihres Desinfektionsmittels auf die Wunde und erneuerte den Verband. Dann löste sie zwei Schmerztabletten im Regenwasser auf und flößte sie Matthew ein.

Trotzdem spürte sie, wie das Leben aus ihm wich, bis sie das Gefühl hatte, dass er gar nicht mehr da war, nur noch seine verwundete Hülle. »Verlass mich nicht«, flüsterte sie und wiegte ihn.

Plötzlich war ihr, als höre sie in der Ferne das Knattern eines Hubschraubers.

Vorsichtig schob sie Matthew zur Seite und rappelte sich auf. »Wir sind hier«, schrie sie und hievte sich auf die Felsplatte, wo man sie von oben sehen würde.

Sie lehnte sich an die Wand und winkte mit ihrem gesunden Arm. »Wir sind hier«, schrie sie, so laut sie konnte. »Hier unten.«

Sie hörte Männerstimmen und bellende Hunde.

Ein Mann in einer braunen Uniformjacke leuchtete mit einer Taschenlampe in den Schacht.

»Lenora Allbright?«, rief er. »Seid ihr da unten?«

»Wir holen dich zuerst hoch«, sagte jemand.

»Nein, Sie müssen Matthew hochziehen. Ihm geht es sehr schlecht, er braucht sofort Hilfe.«

Man hörte nicht auf sie, vielleicht war ihre Stimme zu kraftlos gewesen. Was dann geschah, bekam sie kaum mit, sie registrierte nur, dass sie plötzlich in einer Art Käfig war und hochgezogen wurde und dass es entsetzlich schmerzte, wenn der Käfig gegen die Felswände schlug.

Dann war sie oben. Das Sonnenlicht blendete sie, überall waren Männer in Uniform und hysterisch bellende Hunde. Der Hubschrauber schwebte knatternd über den Bäumen.

Erschöpft schloss sie die Augen. Dann lag sie auf einer Trage, und das Knattern des Hubschraubers wurde immer lauter. »Ich will auf Matthew warten«, sagte sie.

»Alles wird gut«, entgegnete einer der Träger und nickte aufmunternd. »Wir fliegen dich nach Anchorage ins Krankenhaus.«

»Wo ist Matthew?« Sie versuchte, sich aufzurichten.

Eine Hand drückte sie zurück. »Der junge Mann? Er ist direkt hinter dir.«

»Wie geht es ihm?«

Der Mann schaute zur Seite.

Blinzelnd öffnete Leni die Augen – und sah nur Weiß. Wo war sie? Über ihr, an der weißen Zimmerdeckte, brannte eine helle Neonröhre, und es roch süßlich, als stünden irgendwo Blumen. *Krankenhaus*, dachte sie. *Anchorage.* Nach und nach fiel ihr alles wieder ein. Ihr Arm steckte in einem Gipsverband, und ihre Brust war so fest umwickelt, dass es weh tat. Es musste spät am Abend sein, vor dem Fenster war es dunkel.

»Schätzchen.«

Leni wandte den Kopf um. Mom saß an ihrem Bett und versuchte zu lächeln, obwohl ihr Gesicht noch immer geschwollen und voller Blutergüsse war. Ihre Kleidung war zerknittert, vielleicht saß sie schon lange hier. Sie küsste Leni auf die Wange und strich ihr Strähnen aus der Stirn.

Leni streckte die Hand nach ihr aus. »Wie geht es dir?«

»Unwichtig, mein Schatz. Mich interessiert nur, wie es dir geht.«

»Wie habt ihr uns gefunden?«

»Wir haben überall nach euch gesucht. Und euch nirgendwo gefunden. Ich dachte, ich würde vor Sorge wahnsinnig werden. Schließlich fiel Tom ein, wo Geneva manchmal mit Matthew zelten war. Er hat den Pick-up entdeckt und den Rettungsdienst alarmiert. Sie haben eine Suchmannschaft zusammengestellt und Matthews Rucksack gefunden. Gott sei Dank.«

»Er wollte mich retten.«

»Das weiß ich. Du hast es den Sanitätern immer wieder erzählt.«

»Wie geht es ihm? Ist er auch hier?«

»Ja.« Mom streichelte Lenis Wange. »Es geht ihm nicht gut, Süße. Niemand weiß, ob er diese Nacht übersteht.«

Mühsam richtete Leni sich auf. Jeder Atemzug tat ihr weh. Auf der Rückseite ihrer Hand war mit einem Heftstreifen eine Kanüle befestigt worden, die mit dem Tropf an ihrem Bett verbunden war. Mit einem Ruck löste sie den Heftstreifen und zog die Kanüle aus ihrer Hand.

»Was machst du da?«, fragte Mom erschrocken und hielt Lenis Hand fest. »Dein Körper ist geschwächt, du brauchst die Infusion. Weißt du, dass du einen gebrochenen Arm und zwei gebrochene Rippen hast?«

»Ich muss zu Matthew.«

»Leni, es ist mitten in der Nacht.«

»Das ist mir egal.« Leni schlug die Bettdecke zurück und hievte ihre Beine aus dem Bett. Ihre Füße fanden zwei Frotteeschlappen. Mom seufzte resigniert, legte einen Arm um sie und stützte sie auf dem Weg zur Tür.

Auf dem Flur schaute Mom nach allen Seiten. »Niemand zu sehen«, flüsterte sie und führte Leni den Flur hinunter und dann über noch einen, bis sie in einen grell erleuchteten Bereich gelangten. Auch dort war niemand zu sehen, doch man hörte das Piepsen von Geräten.

»Das ist die Intensivstation«, flüsterte Mom. »Lass uns hoffen, dass wir ungesehen an der Schwesternstation vorbeikommen.«

Sie hatten Glück, nur eine Schwester saß in dem Stationszimmer und bemerkte sie nicht.

Mom führte sie zu Matthews Zimmer.

»Bist du wirklich stark genug dafür?« Mom hielt Leni fest. »Er sieht nicht gut aus.«

Leni streifte ihre Hand ab und öffnete die Tür. Sie schlüpften hinein.

Das Erste, was Leni wahrnahm, waren all die Geräte und die Geräusche – ein furchteinflößendes Durcheinander piepsender, summender und pumpender Töne.

Dann sah sie das Bett und dass jemand darin lag. Ein Fremder, denn Matthew konnte es nicht sein.

Dennoch war er es. Sein Kopf war rasiert und bandagiert worden, an einigen Stellen hatten die Bandagen sich rötlich gefärbt. Ein Auge war zugeschwollen, das andere lag unter einer Augenklappe verborgen. Das verwundete Bein war ebenfalls bandagiert und lag in einer Lederschlinge. Es war so dick geschwollen, dass es kaum noch einem Bein ähnelte, die Zehen waren violett. Der Schlauch in seinem schlaffen Mund verband ihn mit einem Beatmungsgerät.

Leni setzte sich auf den Stuhl an seinem Bett und nahm die Hand, die leblos auf der Bettdecke lag. Sie war heiß und fühlte sich trocken an.

Ihre Augen begannen zu brennen. Er hatte sie retten wollen, und nun kämpfte er um sein Leben.

Sie beugte sich zu ihm hinab und flüsterte: »Verlass mich nicht, Matthew. Bitte nicht. Ich brauche dich doch.«

Mehr gab es nicht zu sagen.

Sie hoffte, dass er ihre Worte gehört hatte und ihre Berührung spürte.

Sie wusste nicht, wie viel Zeit vergangen war, als ihre Mutter eine Hand auf ihre Schulter legte und mit fester Stimme sagte: »Wir gehen jetzt wieder, Leni, und ich möchte keine Widerworte hören. Du bist schweißgebadet.«

Auf dem Rückweg merkte Leni, wie kraftlos sie tatsächlich war, und in ihrem Zimmer musste ihre Mutter ihr ins Bett helfen.

»Wo ist Dad?«, fragte sie.

»Im Gefängnis.« Mom lächelte verkrampft. »Das verdanken wir Large Marge und Tom.«

»Gut«, sagte Leni.

Mom wich ihrem Blick aus und sagte: »Versuch, wieder zu schlafen.«

Als Leni am Morgen wach wurde, ging es ihr eine Sekunde lang gut. Dann sah sie ihre Mutter zusammengesackt auf dem Stuhl am Bett sitzen, und die Realität holte sie ein.

»Ist Matthew am Leben?«, fragte sie.

»Er hat die Nacht überstanden.«

Leni wollte fragen, was das bedeute, doch da klopfte es an der Tür.

Mr Walker kam herein, bleich und mit dunklen Rändern unter den Augen. Einen Moment lang wirkte er abwesend, als wären seine Gedanken ganz woanders. Sein Blick wanderte von Leni zu ihrer Mutter. Ein wortloses Gespräch schien zwischen ihnen stattzufinden, das Leni ausschloss. Dann räusperte Mr Walker sich und sagte: »Large Marge, Thelma und Tica sind gekommen. Clyde kümmert sich um eure Tiere.«

»Danke«, sagte Mom.

Leni kämpfte sich in eine Sitzposition hoch und keuchte vor Schmerzen. »Wie geht es Matthew?«

»Er liegt im Koma. Es kann sein, dass sein Gehirn Schaden genommen hat. Es ist auch möglich, dass sein Rückenmark geschädigt wurde und er gelähmt ist. Sie wissen es noch nicht. In den nächsten Tagen werden sie versuchen, ihn aus dem Koma herauszuholen. Heute wollen sie feststellen, ob er ohne Beatmungsgerät atmen kann. Sie halten es für unwahrscheinlich, aber …«

»Kann er sterben, wenn man das Gerät abschaltet?«

Mr Walker nickte. »Er würde wollen, dass du in diesem

Moment bei ihm bist, Leni.« Er sah sie an. »Und er braucht jemanden, für den es sich zu kämpfen lohnt.«

»Ich weiß nicht, Tom«, sagte Mom. »Leni ist selbst noch schwach. Es könnte zu viel für sie sein.«

Leni richtete sich auf. »Natürlich komme ich mit Ihnen.«

Sie schwankte ein wenig. Mr Walker nahm ihren Arm und hielt sie fest.

Leni sah ihn an. »Er wollte mir helfen. Es ist meine Schuld, dass er verunglückt ist.«

»Er hätte nicht anders handeln können, Leni. Egal, was du getan hättest. Er hat den Tod seiner Mutter mit angesehen. Ich kenne meinen Sohn. Selbst wenn er gewusst hätte, was es ihn kosten wird, hätte er versucht, dir zu helfen.«

Im ersten Moment dachte Leni, seine Worte würden sie trösten, doch so war es nicht.

»Er liebt dich, Leni. Ich bin froh, dass er das erleben durfte.«

Lenis Magen verkrampfte sich. Mr Walker redete, als wäre Matthew schon tot.

Sie und Mom folgten Mr Walker aus dem Zimmer. Auf dem Flur nahm Mom ihre Hand.

Sie betraten Matthews Zimmer. Alyeska war da und lehnte an der Wand. »Hey Len«, sagte sie.

Len.

Wie ihr Bruder.

Sie umarmte Leni. Sie kannten einander kaum, doch die Liebe zu Matthew verband sie. »Du darfst dir keine Vorwürfe machen«, sagte sie, als könne sie Gedanken lesen. »Wärst du an Matthews Stelle gewesen, hättest du auch versucht, ihn zu retten.«

Leni sah Alyeska dankbar an, brachte jedoch keinen Ton hervor.

Die Tür öffnete sich. Ein Arzt kam herein, gefolgt von zwei Krankenschwestern, die ein weiteres Gerät in den Raum rollten.

»Der Vater darf am Bett bleiben«, erklärte der Arzt. »Alle anderen treten bitte zurück.«

Mit klopfendem Herzen wartete Leni auf das, was nun geschehen würde. *Es ist meine Schuld*, dachte sie immer wieder, ganz gleich, was Alyeska und Mr Walker sagten. Hätte sie doch einfach nur besser aufgepasst, wäre sie nicht gestrauchelt und gefallen, wäre Matthew noch so gesund wie vor ihrer Flucht in die Berge. Alyeska griff nach ihrer Hand und drückte sie.

Der Arzt und die Krankschwestern überprüften die Geräte, machten sich Notizen und redeten leise miteinander.

Der Arzt sah Mr Walker an. »Sollen wir?«

Mr Walker beugte sich zu Matthew hinab, flüsterte etwas und küsste seine Stirn. Als er sich wieder aufrichtete, weinte er. Er nickte dem Arzt zu.

Vorsichtig zog eine der Krankenschwestern den Schlauch aus Matthews Mund.

Schrille Alarmsignale ertönten.

»Atme, Matthew«, sagte Alyeska beschwörend. »Ich weiß, dass du es kannst.« Sie machte einen Schritt auf das Bett zu und zog Leni mit sich.

»Du bist stark, Matthew«, sagte Mr Walker. »Los, mein Junge, kämpfe.«

Die Alarmsignale hörten nicht auf.

Die beiden Krankenschwestern wechselten einen raschen Blick.

»Matthew«, flehte Leni. »Bitte, du darfst uns nicht verlassen. Bleib bei mir.«

Mr Walker drehte sich zu ihr um, mit einem Blick, der so voller Leid war, dass sie kaum ertrug, ihn anzusehen.

Matthew begann nach Atem zu ringen, hustete, und dann atmete er.

Die Alarmsignale verstummten.

»Er kann allein atmen«, erklärte der Arzt.

Er ist zu uns zurückgekehrt, dachte Leni, und vor Erleichterung wurde ihr schwindlig. *Bald wird er wieder gesund sein.*

»Gott sei Dank«, sagte Mr Walker.

»Noch wissen wir nicht genug, um Anlass zur Hoffnung zu haben«, sagte der Arzt. Alle sahen ihn an. »Matthew kann zwar selbständig atmen, aber er liegt noch immer im Koma. Es kann sein, dass er daraus nicht erwacht. Oder dass seine geistigen Fähigkeiten beeinträchtigt sein werden. Zwischen der Fähigkeit, atmen zu können, und einem selbständigen Leben besteht ein großer Unterschied.«

»Sagen Sie das nicht«, bat Leni so leise, dass es niemand mitbekam. »Er könnte Sie hören.«

»Er wird wieder gesund«, sagte Alyeska bestimmt. »Er wird aufwachen und grinsen und sagen, dass er Hunger hat. Er hat immer Hunger. Und dann wird er uns bitten, ihm etwas zu lesen zu bringen.«

»Matthew ist eine Kämpfernatur«, sagte Mr Walker.

Leni konnte nichts sagen. Das Hochgefühl, das sie bei Matthews erstem Atemzug gepackt hatte, war verflogen. Es war wie bei einer Achterbahnfahrt. Auf der höchsten Höhe empfand man für den Bruchteil einer Sekunde ein intensives Glücksgefühl, bevor es in die Tiefe ging und man vor Angst schrie.

An der Wand ihres Krankenzimmers war ein Fernseher installiert. Halbherzig schaute Leni eine Folge von *MASH*. Ihre Mutter kam herein und sagte: »Heute wirst du entlassen.« Leni griff nach der Fernbedienung und schaltete den Fernseher aus. Jahrelang hatte sie sich danach gesehnt, fernsehen zu können, doch nun, da sie es konnte, interessierte es sie nicht.

Das Einzige, was sie interessierte, war die Frage, wie es Matthew ging. Etwas anderes konnte sie nicht denken. »Ich möchte hierbleiben.«

»Das weiß ich.« Mom strich über Lenis Kopf. »Aber es ist nicht möglich.«

»Wohin sollen wir überhaupt gehen?«

»Nach Hause. Aber keine Sorge, dein Vater ist im Gefängnis.«

Wieder nach Hause.

Vor vier Tagen hatte sie Matthew auf dem Grund des Schachts in den Armen gehalten und wider alle Hoffnung gefleht, dass er nicht sterben, dass man sie noch rechtzeitig finden würde. Sie hatte sich an ihren Traum geklammert, dass sie eines Tages zusammen aufs College gehen würden. Ihre Mutter würde mitkommen, sie würden alle zusammen eine Wohnung nehmen. Mom würde sich eine Stelle suchen und sie selbst neben dem Studium als Kellnerin arbeiten. Vor zwei Tagen, als Matthew der Schlauch aus dem Rachen gezogen wurde und er von selbst geatmet hatte, hatte sie gehofft, ihre Träume könnten doch noch in Erfüllung gehen. Dann hatte der Arzt seine Diagnose gestellt, und ihre Träume und Hoffnungen waren zerplatzt.

Nun kannte sie die Wahrheit.

Keiner von ihnen beiden würde je aufs College gehen. Sie würden niemals das Leben eines verliebten jungen Studentenpaars führen.

Sie konnte sich nicht mehr vormachen, alles würde gut. Sie konnte nur noch für Matthew da sein und niemals aufhören, ihn zu lieben.

Den Menschen, den man liebt, lässt man nicht im Stich. Das hatte er gesagt. Und es galt auch für sie.

»Kann ich Matthew noch einmal besuchen?«

»Nein, Schätzchen, heute nicht. Die Wunde an seinem Bein hat sich wieder entzündet, nicht einmal Tom darf zu ihm. Aber wir kommen bald wieder.«

Während sie sich ankleidete, war Leni wie betäubt, alles, was sie tat, geschah mechanisch.

Auf dem Flur traf sie auf eine Krankenschwester, die sich von ihr verabschiedete. Leni sagte irgendetwas.

Lächeln konnte sie nicht. Selbst diese kleine Geste war mehr, als sie im Moment zu geben vermochte. Ihr Leid war größer als alles, was sie jemals empfunden hatte. Es raubte ihr den Atem, lastete auf ihrer Brust, ließ alles farblos werden.

Sie betraten einen Warteraum. Dort waren Mr Walker und Alyeska. Mr Walker trank aus einem Styroporbecher Kaffee, Alyeska hatte eine Zeitschrift auf dem Schoß liegen. Als sie Leni und Mom erblickten, rangen sie sich ein Lächeln ab.

»Es tut mir so leid«, sagte Leni mit gesenktem Kopf.

Mr Walker hob ihr Kinn an. »Das will ich nicht mehr hören«, sagte er. »Matthew kommt wieder auf die Beine. Wir Alaskaner sind zäh, vergiss das nicht.«

Und was nützte ihm seine Zähigkeit nun?, dachte Leni. Er hätte sich nie in sie verlieben dürfen. Das war sein Fehler, sein Unglück gewesen.

Alyeska stand auf, um Leni zu umarmen. »Gib ihn nicht auf, Leni. Wenn er wieder zu sich kommt, wird er dich brauchen.«

»Wie erfahre ich, wie es ihm geht?«, fragte Leni.

»Ich werde die Nachrichten im Radio durchgeben«, antwortete Mr Walker. »Schalte um sieben Uhr abends die *Peninsula Pipeline* ein. Sobald wie möglich nehme ich Matthew mit nach Hause. Bei uns wird es ihm besser gehen als hier.«

Mom verabschiedete sich von Mr Walker und Alyeska. Leni murmelte ein paar Worte.

Auf der langen Heimfahrt redete Mom über Belanglosigkeiten. Sie wies Leni auf die Ebbe im Turnagain Arm hin, wunderte sich über die vielen Autos, die mitten am Tag auf dem Parkplatz einer Kneipe standen, deutete auf die dicht an dicht stehenden Angler im Russian River. Normalerweise liebte Leni die Fahrt entlang der Kenai-Halbinsel und suchte auf den Berghängen nach den weißen Punkten, die eigentlich Schafe oder Ziegen waren, oder im Wasser des Cook Inlet nach dem cremefarbenen Buckel eines Weißwals.

Nun saß sie einfach da und blickte auf ihren Schoß.

In Homer nahmen sie die Fähre nach Kaneq.

Als sie in Kaneq den Kirchhügel hinunter in den Ort fuhren, starrte Leni noch immer teilnahmslos vor sich hin. Dennoch nahm sie wahr, dass im Kicking Moose nicht gearbeitet wurde und vor der Tür Blumengebinde lagen. Dann waren sie auf der Hauptstraße – und an der Zufahrt zu ihrem Haus. Das Tor stand offen. Auf ihrem Grundstück stellte Mom den Wagen ab und half Leni hinaus.

Auch auf dem Weg zum Haus hielt sie Leni an der Hand. Die Ziegen drängten sich an dem Maschendrahtzaun ihres Stalls zusammen und meckerten, als wollten sie Leni und Mom begrüßen.

Im Haus fiel buttriges Licht durch die Fenster. In den Strahlen tanzten Staubkörner.

Das große Zimmer war blitzblank geputzt und aufgeräumt.

Nirgendwo lagen Scherben oder ein umgekippter Stuhl oder sonst irgendetwas, das an das, was sich hier abgespielt hatte, erinnerte.

Es roch sogar gut, nach gebratenem Fleisch. In dem Moment, in dem Leni den Geruch registrierte, kam Dad aus dem Schlafzimmer.

Mom verharrte.

Leni fühlte nichts, sie war nicht einmal überrascht.

Er blieb stehen und sah sie an, das lange Haar zu einem Pferdeschwanz gebunden, am Kinn der gelbliche Schimmer eines verheilenden Blutergusses. Er trug dieselbe Kleidung wie an dem Tag, als Matthew ihn niedergeschlagen hatte.

»Du bist entlassen worden«, sagte Mom.

»Du hast keine Anzeige gegen mich erstattet«, entgegnete Dad.

Mom errötete und vermied es, Leni anzusehen.

Dad lächelte. »Weil du mich liebst und weißt, dass ich es nicht wollte und dass es mir leidtut. Es wird nie wieder geschehen.« Er streckte die Hand nach Mom aus.

War es Angst oder Liebe oder Gewohnheit oder eine unglückselige Mischung aus allem, die Mom seine Hand ergreifen ließ?

Dad schloss sie in die Arme und hielt sie so fest an sich gedrückt, als fürchtete er, sie könne davonfliegen. Als er sich von ihr löste, wandte er sich an Leni. »Ich habe gehört, dass er sterben wird. Das tut mir leid.«

Das tut mir leid? Mehr nicht?

In diesem Moment gab es einen Bruch in Lenis Denken und Fühlen, einen Erdrutsch, nach dem nichts mehr wie vorher war. Sie fürchtete sich nicht mehr vor ihrem Vater. Oder zumindest war ihre Furcht so tief unter etwas anderem begraben, dass sie keine Rolle mehr spielte. Und sie verstand, dass dieses Gefühl Hass war. Das war es, was sie nun empfand.

Sie bemerkte, wie ihr Schweigen Dad zusetzte und er verwirrt die Stirn runzelte. Daraufhin beschloss sie, nie mehr mit ihm zu sprechen. Sollte Mom ruhig zu ihm zurückkehren und sich erneut im unseligen Netz dieser Beziehung verstricken, sie, Leni, würde nur noch so lange bleiben wie nötig. Sobald es Matthew besser ginge, würde sie verschwinden. Mom hatte sich immer wieder für das Leben mit Dad entschieden, Leni würde das nicht tun.

Sie musste nur noch auf Matthew warten.

»Leni«, sagte Mom unsicher, als spüre sie Lenis Veränderung und frage sich, was das für sie selbst bedeute.

Leni ignorierte ihre Eltern, kletterte mühsam die Leiter hinauf und legte sich auf ihr Bett.

Liebster Matthew,

bisher wusste ich nicht, was Leid ist, wie schwer es auf Dir lasten und dass es Dir die Luft zum Atmen nehmen kann. Jede Minute ohne ein Wort von Dir, ohne die Hoffnung auf ein Wort von Dir, kommt mir vor wie die Unendlichkeit. Ich möchte glauben, dass Du Dich eines Tages aufsetzt und die Beine aus dem Bett schwingst, Dich anziehst und einfach zu mir kommst. Ich wünsche mir so sehr, dass Du mich irgendwann zu der Jagdhütte Deiner Familie mitnimmst und wir uns unter dicken Felldecken verkriechen und uns lieben. Mein größter Traum ist jedoch, dass Du Deine Augen wieder öffnest.

Das, was uns zugestoßen ist, dieses Unglück, was alles verändert hat, war meine Schuld. Mir zu begegnen hat Dein Leben zerstört. Ich weiß, dass es so ist, denn ich habe verkorkste Eltern und einen Vater, der Dich umbringen wollte, weil Du mich liebst, und der meine Mutter geschlagen hat, weil sie das wusste.
Ich hasse meinen Vater. Es ist wie ein Gift, das mich innerlich auffrisst. Jedes Mal, wenn ich ihn ansehe, spüre ich, wie ich härter und kälter werde. Mein Hass auf ihn macht mir Angst. Seit meiner Rückkehr aus dem Krankenhaus habe ich nicht mehr mit ihm gesprochen.
Das passt ihm nicht, man sieht es deutlich.
Ich weiß nicht, wie ich mit diesen Gefühlen umgehen soll. Ich habe kein Ventil dafür, für all diese Verzweiflung und Traurigkeit, keinen Schalter, mit dem ich sie abstellen könnte. Jeden Tag höre ich um sieben Uhr abends Radio. Gestern Abend hat Dein Vater über Deinen Zustand gesprochen. Nun weiß ich, dass Du nicht mehr im Koma liegst und nicht gelähmt bist. Ich versuche, mir zu sagen, dass das gut genug ist, aber das ist es nicht. Ich weiß nämlich auch, dass Du weder laufen noch reden kannst, dass Dein Gehirn wahrscheinlich einen Schaden erlitten hat, der nicht mehr gutzumachen sein wird. Das haben die Ärzte gesagt.
Nichts davon ändert etwas an meinen Gefühlen für Dich. Ich werde Dich immer lieben.
Ich bin hier und warte auf Dich. Ich möchte, dass Du das weißt. Ich werde niemals aufhören, auf Dich zu warten.

Leni

Leni war mit ihren Eltern zum Angeln gefahren. Auf dem Rückweg saß sie im Bug des Kanus, ließ ihre Finger durch das Wasser gleiten und beobachtete, wie sie Furchen bildeten. Der Gipsverband an ihrem Arm war mittlerweile schmutzig geworden, ebenso schmutzig wie ihre Jeans. Ihre gebrochenen Rippen heilten langsam, noch immer spürte sie jeden Atemzug.

Hinter ihr sprachen ihre Eltern leise über ihren Fang. Sie hörte, wie Mom die Kühlbox schloss. Dad startete den Motor und gab Gas.

Der Bug hob sich und senkte sich wieder, das Wasser an den Seiten des Kanus schäumte. Leni schaute stur geradeaus.

Auf ihrem Strand schrammten sie über die Kieselsteine und den Sand. Leni sprang in die seichten Wellen, griff mit ihrer gesunden Hand nach dem ausgefransten Tau und zog das Kanu aufs Trockene. Mom brachte die Kühlbox, Dad vertäute das Kanu an einem umgestürzten Baumstamm.

»Sieh nur, was für einen Silberlachs deine Mutter gefangen hat«, sagte Dad zu Leni. »Ihr gebührt die Ehre des besten Fangs.«

Leni ignorierte ihn. Sie schulterte die Tasche mit ihrer Angelausrüstung und stieg die Stufen hinauf.

Oben angekommen, stellte sie die Tasche in den Werkzeugschuppen und versorgte die Tiere. Sie holte Wasser aus dem Bach. Da sie nur einen Arm zur Verfügung hatte, dauerte es länger als sonst. Doch Leni war alles recht, solange es sie davor bewahrte, mit ihrem Vater zusammen sein zu müssen.

Erst als es Zeit zum Abendessen war, betrat sie das Haus. Mom war in der Küche und briet Scheiben des frischen Lachses in ihrer selbstgemachten Kräuterbutter. Die Schüssel mit Tomaten- und Kopfsalat aus ihrem Garten stand schon auf dem Tisch.

Leni deckte den Tisch und setzte sich.

Dad nahm den Stuhl ihr gegenüber. Sie schaute fort, doch sie hörte, wie die Holzbeine seines Stuhls über den Boden scharrten und der Sitz knarrte, als er sich niederließ. Aber sie hätte ihn auch allein an seinem Geruch erkannt, dieser Mischung aus Holz und Rauch und Schweiß. »Ich dachte, wir könnten morgen nach Bear Cove fahren und Blaubeeren pflücken«, sagte er. »Die isst du doch so gern.«

Leni antwortete nicht.

Mom brachte die Pfanne mit dem gebratenen Lachs und stellte sie auf einen Zinnuntersetzer. Sie ging noch einmal in die Küche und kehrte mit einer alten Suppendose voller Blumen zurück, die sie in die Mitte des Tisches platzierte.

»Blauer Eisenhut«, sagte sie zu Leni. »Deine Lieblingsblumen.«

Leni murmelte einen Dank.

»Herrgott noch mal«, brach es aus Dad hervor. »Hör endlich auf zu schmollen. Du bist fortgelaufen, und der Junge hat einen Unfall gehabt. Was passiert ist, ist nicht mehr zu ändern.«

Leni legte eine Scheibe Lachs auf ihren Teller und schwieg.

»Sag etwas«, zischte Dad.

»Leni«, sagte Mom. »Bitte.«

»Mir reicht's.« Dad warf seine Gabel hin und stürmte aus dem Haus.

Mom griff nach Lenis Hand. Leni schaute hoch. Ihre Mutter wirkte erschöpft. »Du musst damit aufhören«, bat sie leise. »Es regt ihn auf.«

»Na und?«

Mom streichelte ihre Hand. »Dein Vater findet das, was geschehen ist, schrecklich, er bereut es sehr. Wir könnten uns das zunutze machen und ihn dazu bringen, dich aufs College gehen zu lassen. Du könntest von hier fortgehen, so wie du es wolltest. Das Einzige, was du dazu tun –«

»Nein«, fiel Leni ihr schärfer ins Wort, als sie es gewollt hatte. Mom erschrak, und Leni schämte sich für ihren Ton.

Sie wollte etwas Versöhnliches sagen, doch sie vermochte es nicht. Ihre Mutter hatte sich immer wieder für ihren Vater entschieden, in der Überzeugung, dass es Entscheidungen für die Liebe gewesen waren, und sie glaubte immer noch daran, dass Dad sich auf wundersame Weise änderte. Leni konnte das nicht mehr.

Sie wusste, was sie mit ihrem Schweigen anrichtete. Jede Stunde, die verging, ohne dass sie mit Dad sprach, reizte ihn mehr und machte ihn gefährlicher. Aber selbst das war Leni einerlei.

»Er liebt dich«, sagte Mom.

»Ganz bestimmt«, erwiderte Leni kalt.

»Du spielst mit dem Feuer, Leni, und das weißt du.«

Leni wollte ihre Mutter nicht noch mehr ängstigen und ihr schildern, wie der Hass auf Dad mit kleinen, scharfen Zähnen an ihr nagte und immer mehr von der alten, rücksichtsvollen Leni wegschabte. Sie stand auf und stieg auf den Dachboden, versuchte, das Bild ihrer Mutter, die allein am Tisch saß, zu verdrängen und sich auf einen Brief an Matthew zu konzentrieren.

Liebster Matthew,

ich tue alles, um die Hoffnung nicht zu verlieren, doch das fällt mir immer schwerer. Seit vier Tagen habe ich Dich nicht mehr gesehen. Es kommt mir wie eine Ewigkeit vor.

Es überhaupt erst zu wagen, zu hoffen, war schon immer eine schwierige Entscheidung für mich. Schon als Kind dachte ich, es wäre besser, es nicht zu tun. Doch in Wahrheit lebte ich von der Hoffnung, und meine Mutter bestärkte mich darin, so sehr sie konnte. Wie oft hat sie gesagt, mein Vater wolle niemandem weh tun und werde sich ändern – und wie gierig habe ich diese Worte aufgesaugt. Wenn er mich anlächelte, mir etwas schenkte oder mich fragte, wie es in der Schule war, sagte ich mir, Mom hat recht, er ist ein guter Vater. Selbst nachdem ich zum ersten Mal hatte mitansehen müssen, wie er meine Mutter schlug, glaubte ich ihr, als sie sagte, er habe es nicht gewollt. Ich gab die Hoffnung auf ihn nicht auf.

All das ist vorüber.

Vielleicht hat der Krieg meinen Vater tatsächlich gebrochen, vielleicht ist er krank. Oder aber Vietnam und seine Krankheit sind nur die Ausreden eines Mannes, der im Grunde seines Herzens verkommen ist.

Ich weiß es nicht, und es ist mir auch gleich.

Für meinen Vater habe ich keine Hoffnung mehr. Die einzige Hoffnung, die mir geblieben ist, richtet sich auf Dich. Auf uns. Ich werde da sein, wo auch immer Du bist.

In Liebe
Leni

KAPITEL DREIUNDZWANZIG

An das Immatrikulationsbüro
der University of Alaska, Anchorage

Sehr geehrte Damen und Herren,

ich bedauere sehr, Ihnen mitteilen zu müssen, dass ich mein Studium im kommenden Wintersemester nicht bei Ihnen aufnehmen kann.
Wenngleich ich es bezweifle, hoffe ich sehr, dass sich die Umstände zum nächsten Semester ändern werden. Was auch geschieht, ich werde Ihnen immer dankbar sein, dass Sie mir diesen Studienplatz angeboten haben, und hoffe, dass es auf Ihrer Warteliste jemanden gibt, der ihn voller Freude einnehmen wird.

Freundliche Grüße
Lenora Allbright

Mitte September fegten die ersten kalten Winde über die Kachemak Bay hinweg, und es begann zu regnen. Im Oktober war jener Wimpernschlag des Übergangs, den man in Alaska Herbst nannte, vorüber. Jeden Abend um sieben Uhr saß Leni am Radio und wartete darauf, Mr Walkers Stimme mit Neuigkeiten zu Matthew zu hören. Aber nie kam die ersehnte Nachricht, dass es ihm besser ginge.

Im November wurde aus dem Regen Schnee. Anfangs waren es nur wenige dicke, fedrige Flocken, doch dann gefror der schlammige Boden und wurde hart wie Stein. Kurze Zeit später setzte heftiger Schneefall ein, und die Erde wurde weiß. Schien die Sonne, glitzerte und glänzte der Schnee so schön, dass man vergaß, wie lange die weiße Schicht alles Leben unter sich verbergen würde.

Und immer noch war Matthew nicht wieder Matthew geworden.

An einem eisigen Novembertag, an dem der erste unbarmherzige Wintersturm über das Land hinweggezogen war, beendete Leni ihre Arbeit in der vom Leuchten des Schnees gesprenkelten Dunkelheit und betrat das Haus. Ohne ihren Vater zu beachten, stellte sie sich an den Ofen und wärmte ihre Hände. Vorsichtig dehnte sie ihre linke Hand und rieb über ihren Arm. Der Gips war inzwischen entfernt worden, doch der Arm war noch immer schwach und fühlte sich fremd an.

Sie wandte sich ab und sah ihr Spiegelbild in der dunklen Fensterscheibe. Ihr Gesicht war blass und schmal geworden, das Kinn wirkte viel zu spitz. Seit dem Unfall hatte sie abgenommen, ihr fehlte jeder Appetit, und nachts schlief sie nie mehr als wenige Stunden. Sie sah krank und müde aus, hatte dunkle Ränder und Tränensäcke unter den Augen.

Um fünf Minuten vor sieben Uhr stellte sie das Radio an.

Kurz nach sieben ertönte Mr Walkers Stimme. »Das ist eine

Nachricht für Leni Allbright in Kaneq. Morgen verlegen wir Matthew in das Peninsula Rehabilitation Center in Homer. Am Dienstagnachmittag kannst du ihn besuchen kommen.«

»Das werde ich«, sagte Leni.

Dad war dabei, sein Ulu zu schärfen. Er ließ das Messer sinken. »Das kannst du vergessen.«

Leni richtete ihren Blick an ihm vorbei auf ihre Mutter. »Sag ihm, dass er mich erschießen muss, wenn er das verhindern will.«

Mom erbleichte.

Die Sekunden verstrichen. Leni spürte den Zorn ihres Vaters ebenso wie seine Verunsicherung. Wahrscheinlich tobte ein Kampf in ihm. Er wollte sie anschreien und auf diese Weise seinen Willen durchsetzen, dennoch schien er begriffen zu haben, dass sie ihre Drohung ernst gemeint hatte.

Er griff nach der Kaffeekanne und pfefferte sie an die Wand und fluchte. »Geh doch«, rief er aufgebracht. »Aber du besuchst ihn erst, wenn du deine Arbeit erledigt hast. Und du –« Er drehte sich zu Lenis Mutter um und deutete mit dem Zeigefinger auf sie. » – du bleibst hier. Ist das klar?«

»Ja«, sagte Mom.

Endlich war es Dienstag.

»Ernt«, sagte Mom nach dem Mittagessen. »Leni braucht ein Fahrzeug, um zur Fähre zu gelangen.«

»Sie kann das alte Schneemobil nehmen.« Er wandte sich zu Leni um. »Zum Abendessen bist du wieder hier.« Sein Blick wurde grimmig. »Das ist mein Ernst. Wenn nicht, komme ich dich suchen.« Er sammelte seine Tierfallen ein und verließ das Haus.

Mom sah durch das Fenster, um sicherzugehen, dass er sich in den Pick-up setzte und den Wagen startete. Dann zog sie zwei zusammengefaltete Bogen Papier aus ihrer Hosentasche. »Das sind Briefe. Einer für Thelma, der andere für Marge.«

Leni steckte die Briefe ein.

Mom fasste ihren Arm. »Mach keine Dummheiten, Leni, und sei zum Abendessen zurück. Er hat ein schlechtes Gewissen und versucht wirklich, es besser zu machen. Deswegen lässt er auch das Tor an der Einfahrt offen, aber wenn du ihn noch mehr verärgerst, geht das Tor wieder zu.«

»Mir egal.«

»Aber mir ist es nicht egal, und ich hoffe, dass ich dir nicht egal bin.«

Betreten sah Leni zu Boden. »Entschuldige.«

Sie umarmte ihre Mutter zum Abschied und ging hinaus, wo sie sich gegen den Wind stemmen musste. Sie stapfte durch den Schnee zu den Ställen.

Als die Tiere versorgt waren, nahm sie ihren Rucksack, setzte sich auf das alte Schneemobil und fuhr los.

Am Hafen wartete das kleine Wassertaxi auf sie, das ihre Mutter über Funk bestellt hatte.

Der Kapitän des Motorboots stand an der Mole und winkte. Leni überreichte ihm ein Glas der Cranberry-Sauce ihrer Mutter, auf die er ganz versessen war. Mom legte immer eigens für ihn einen Vorrat an, mit dem sie Fahrten mit seinem Motorboot bezahlten.

Leni stieg ein und setzte sich im Heck auf eine Bank. Sie schaute auf die Häuser von Kaneq, die auf ihren Pfählen thronten, und ermahnte sich, von diesem Tag nichts zu erhoffen. Sie kannte Matthews Zustand und hatte das Wort »Hirnschaden« nun schon so oft gehört, dass es sich in ihr Bewusstsein gegraben hatte.

Doch abends, wenn sie ihren täglichen Brief an Matthew geschrieben hatte, konnte es sein, dass sie sich vorstellte, er schliefe nur, sei wie im Märchen lediglich Opfer einer Verwünschung und könne mit einem Kuss voller Liebe wieder zum Leben erweckt werden.

Nach einer unruhigen Fahrt über die kabbeligen Wellen der Kachemak Bay hielt das Wassertaxi am Hafen von Homer, und Leni sprang auf den Steg.

An diesem feuchtkalten Wintertag zogen Nebelschwaden über den Spit, und es war kaum ein Mensch zu sehen. Die meisten Läden waren geschlossen, in dieser Jahreszeit sah man nur wenige Touristen.

Leni durchquerte den Ort. Sie wusste nicht genau, wo das Rehabilitationszentrum lag, doch Mom hatte gesagt, sie müsse die Hauptstraße bis zu einem rosafarbenen Haus hinunterlaufen und links abbiegen, dann würde sie direkt darauf stoßen.

Es dauerte nicht lange, bis Leni es gefunden hatte, ein großes hell erleuchtetes Gebäude mit einem Parkplatz und einem kleinen Park.

Lenis Blick wanderte an einem Telefonmast hinauf. Auf der Spitze hockte ein Weißkopfseeadler, der sie mit seinen gelben Augen beobachtete. Sie hielt kurz inne, um den riesigen Vogel anzusehen. Schließlich ging sie weiter und öffnete die Eingangspforte. Am Empfang ließ sie sich erklären, wo Matthews Zimmer war.

Vor der Zimmertür blieb sie wieder einen Moment stehen und atmete tief durch, dann klopfte sie an und betrat das Zimmer.

Mr Walker saß an Matthews Bett. Als Leni eintrat, stand er auf, und sein Anblick ließ Leni zusammenzucken. Der ehedem vitale, kraftstrotzende Mann war kaum wiederzuerkennen. Sein Gesicht war abgezehrt, die Kleidung schlotterte um ihn herum, der Bart, den er sich hatte wachsen lassen, war mehr grau als blond. »Hallo Leni«, sagte er.

»Hallo.« Lenis Blick glitt zum Bett.

Matthew war angegurtet worden, und an seinem kahlgeschorenen Schädel war eine Art Metallbügel angebracht, der den Kopf mit Hilfe von Schrauben fixierte. Bei der Vorstellung, dass jemand in Matthews Schädel gebohrt hatte, wurde Leni übel. Zögernd trat sie näher. Wie dünn er geworden, wie eingefallen sein Gesicht war. Die Wunden in seinem Gesicht waren genäht worden, doch die Nahtstellen waren noch immer gerötet. Mit offenem Mund und geöffneten Augen lag er da und regte sich nicht.

Leni streichelte seine Hand.

»Ich dachte, die Verlegung hierher hätte bedeutet, dass es ihm besser geht.«

»Es geht ihm besser«, antwortete Mr Walker fest. »Manchmal könnte ich schwören, dass er mich ansieht.«

Leni beugte sich zu Matthew hinab. »Hallo Matthew«, sagte sie zärtlich.

Matthew stöhnte. Dann schrie er etwas, unverständliche Laute, die vielleicht Wörter sein sollten. Es klang zornig. Leni wich zurück.

»Nicht aufregen, mein Junge.« Mr Walker legte eine Hand auf Matthews Brust. »Es ist Leni, du kennst sie.«

Wieder schrie Matthew, herzzerreißende Töne, die sich anhörten, als wäre er ein gefangenes Tier. Das rechte Auge verdrehte sich.

Leni wandte den Blick ab. Es ging ihm nicht besser.

Er stöhnte. Sein Körper bäumte sich auf.

Mr Walker nahm Lenis Arm und führte sie hinaus.

Lenis Brust schnürte sich zusammen. Mr Walker führte sie in einen Wartebereich, wo Leni erschüttert auf einen Stuhl sank.

Mr Walker setzte sich zu ihr. »Matthew schreit dauernd, es ist kein Grund zur Beunruhigung, Leni. Die Ärzte halten es für eine rein körperliche Reaktion. Doch wenn du mich fragst, ist es Ausdruck seiner Frustration. Irgendwo in seiner Hülle existiert Matthew – und er leidet. Es ist schrecklich, ihn zu sehen und nicht zu wissen, wie man ihm helfen kann.«

»Ich könnte ihn heiraten«, sagte Leni. »Und für ihn sorgen.« In der letzten Zeit hatte sie sich oft vorgestellt, mit Matthew verheiratet zu sein, sich um ihn zu kümmern und ihn mit ihrer Liebe ins Leben zurückzuholen.

Mr Walker lächelte. »Das ist ein großherziges Angebot. Es zeigt mir, dass mein Sohn das richtige Mädchen liebt. Ich fürchte nur, dass er womöglich nie in der Lage sein wird, das Bett zu verlassen und ›ich will‹ zu sagen.«

»Aber es gibt doch immer wieder Menschen, die jemanden heiraten, der schwerkrank ist und vielleicht nie mehr genesen wird.«

»Natürlich, aber dabei handelt es sich nicht um achtzehnjährige Mädchen, die ihr ganzes Leben vor sich haben.« Mr Walker runzelte die Stirn. »Wie geht es deiner Mutter? Wie ich höre, ist sie wieder mit deinem Vater zusammen.«

»Sie kommt nicht von ihm los«, sagte Leni bedrückt. »Die beiden sind wie zwei Magneten.«

»Wir alle machen uns Sorgen um deine Mutter und dich.«

Leni seufzte. Die Sorge anderer hatte nie etwas genützt.

Nur Mom konnte an ihrer Situation etwas ändern, und sie weigerte sich, es zu tun.

In der nachfolgenden Stille zog Mr Walker ein in einfaches weißes Papier eingeschlagenes Päckchen aus seiner Jackentasche und reichte es Leni. *Herzlichen Glückwunsch zum Geburtstag, Len!* stand in fetten roten Druckbuchstaben darauf. »Alyeska hat das Päckchen in Matties Zimmer gefunden. Er hatte es … vorher besorgt.«

»Oh.« Mehr brachte Leni nicht hervor. Über all den schrecklichen Ereignissen der letzten Zeit war ihr Geburtstag in Vergessenheit geraten. Sie strich mit dem Finger über die Schrift auf dem Päckchen.

Eine Krankenschwester kam aus Matthews Zimmer. Durch die geöffnete Tür waren seine Schreie zu vernehmen.

»Solch ein Hirnschaden …« Mr Walkers Stimme brach ab. Dann setzte er von neuem an. »Ich will dich nicht anlügen, Leni. Es ist schlimm.« Er verstummte wieder. Und sprach weiter. »Large Marge glaubt, dass du nicht mehr aufs College gehen wirst. Warum nicht, Leni?«

Leni steckte das Geburtstagspäckchen in die Tasche ihres Parkas. »Weil es etwas war, das wir zusammen tun wollten.«

»Mattie würde sich wünschen, dass du studierst. Das weißt du, oder?«

»Wir wissen nicht mehr, was er sich wünscht, Mr Walker.«

Leni stand auf und ging in Matthews Zimmer zurück. Er lag wieder reglos da, das gesunde Auge starrte ins Nichts. Tränen sprangen in Lenis Augen. Die Schrauben an seinem Schädel hatten etwas schrecklich Brutales.

Sie nahm seine leblose Hand und küsste sie. »Ich liebe dich, Matthew.«

Keine Reaktion.

»Ich werde dich nie im Stich lassen, ich werde für dich da sein«, fuhr sie mit belegter Stimme fort. »Ich werde zu dir hinuntersteigen, um dich zu retten. So wie du es bei mir getan hast. Du weißt, dass du mich retten wolltest, nicht wahr? Und hier bin ich. Bei dir, liebster Matthew. Ich hoffe, du kannst mich hören.«

Sie blieb so lange wie möglich bei ihm. Dann und wann schrie er und wälzte sich hin und her. Manchmal fing er an zu weinen. Zuletzt kam eine Krankenschwester und erklärte Leni, sie müsse nun gehen, damit man Matthew waschen könne.

Erst später, als Leni im Wassertaxi saß, das Boot über schaumgekrönte Wellen hüpfte und die Gischt ihr Gesicht benetzte, fiel ihr ein, dass sie sich nicht von Mr Walker verabschiedet hatte. Sie war einfach aus dem Reha-Zentrum hinausgelaufen, durch die Straße mit dem rosafarbenen Haus, runter zum Hafen.

Seit dem Unglückstag hatte sie gelitten wie noch nie in ihrem Leben, doch nun ahnte sie, wie endlos dieses Leid sein würde.

In Kaneq schneite es. Auf dem Weg zu Large Marge hörte Leni das Summen des großen Generators, den Mr Walker hatte installieren lassen. In den Lichtkegeln der Straßenlaternen schimmerten die Schneeflocken golden, doch Leni nahm es kaum wahr. Auch die Kälte spürte sie nicht.

Large Marge trug ihre lange Wildlederjacke mit Fransen, und sie hatte sich die Haare abgeschnitten – offenbar ohne Spiegel –, an manchen Stellen so rigoros, dass man die Kopfhaut durchscheinen sah. »Leni, was für eine schöne Überraschung«, sagte sie und schloss Leni in die Arme. »Ich habe meine beste Hilfskraft aller Zeiten vermisst.«

Leni sah das Mitgefühl in den Augen dieser warmherzigen, großzügigen und klugen Frau. Sie wollte ihr erzählen, dass sie Matthew besucht hatte, stattdessen brach sie in Tränen aus.

Large Marge nahm Leni mit zu dem Sofa ganz hinten im Laden.

»Ich war bei Matthew.« Leni schlug die Hände vor ihr Gesicht.

Large Marge setzte sich zu ihr und legte einen Arm um sie. »Ich habe ihn vor einer Woche gesehen und weiß, wie weh es tut. Für Tom und Alyeska ist es noch schlimmer. Ich frage mich, warum diese Familie so viel Leid ertragen muss.«

»Ich dachte, ein Rehabilitationszentrum würde bedeuten, dass es ihm besser geht. Ich dachte, er würde … und alles, was ich gedacht habe, war falsch.«

Large Marge seufzte. »Es heißt wohl eher, dass sich an seinem Zustand nichts mehr ändern wird. Der arme Junge …« Large Marge verstummte und drückte ihre Hand. So saßen sie eine Zeitlang.

»Wie geht es deiner Mutter?«, fragte Large Marge irgendwann. »Ich kann nicht fassen, dass sie wieder bei diesem Mann ist.«

»Ich auch nicht«, sagte Leni. »Die Polizei kann nichts unternehmen, wenn sie keine Anzeige erstattet.« Sie vermutete, dass Large Marge nicht nur an Mom, sondern auch an ihre Schwester dachte, die immer wieder zu dem Mann zurückgekehrt war, der sie am Ende totgeprügelt hatte. Warum schafften diese Frauen es nicht, ihre Männer zu verlassen?

»Tom und ich haben deine Mutter angefleht, deinen Vater anzuzeigen. Wahrscheinlich hat sie zu große Angst vor ihm.«

»Es ist mehr als Angst.« Leni wollte noch etwas sagen, doch in dem Moment hob sich ihr Magen, und sie fürchtete, sich zu übergeben. Sie wartete, bis die Welle der Übelkeit vorüber war, und wischte Schweiß von ihrer Oberlippe. »Mir geht es nicht gut.«

Large Marge setzte sich zu ihr um und studierte sie. Dann wuchtete sie sich hoch. »Warte.« Sie verschwand vorn im Laden. Leni hörte sie rumoren und atmete tief ein und aus.

Sie sah Matthew wieder vor sich, sein Auge, das sich verdreht hatte, hörte ihn schreien.

Ihre Schuld. All das war ihre Schuld.

Large Marge kehrte zurück. »Ich fürchte, dass du das hier brauchst. Ich habe immer einen auf Lager.«

Sie drückte Leni etwas in die Hand.

Als Leni zu Hause ankam, hatte es aufgehört zu schneien, und die Luft war trocken. Der Himmel war so klar, dass der Große Wagen mit bloßem Auge zu erkennen war und der Mond den Schnee mit einem zarten Glanz überzog. Bevor Leni das Haus betrat, machte sie einen Abstecher zu der Außentoilette.

Mit schwerem Schritt stieg sie anschließend die Stufen zur Veranda hinauf, öffnete die Tür und blieb an der Garderobe stehen. Sie starrte auf die Pullover, Jacken, Mützen, Schals und die Kisten mit den Handschuhen auf dem Boden, konnte sich nicht bewegen, nichts denken, nichts fühlen.

Bis zu diesem Augenblick hätte sie gesagt, dass Blau ihre Lieblingsfarbe sei. Blau. Die Farbe des Morgenhimmels, des frühen Abendlichts, der Berge und Flüsse dieses Landstrichs, der Blumen, die sie liebte, der Augen ihrer Mutter.

Doch nun war Blau die Farbe des Schocks.

Sie wusste nicht, was sie tun sollte. Es gab nichts mehr zu tun, es war schon alles geschehen.

Wie hatte ihr das passieren können? Wie hatte sie so dumm sein können, nicht aufzupassen?

»Leni?«

Die Stimme ihrer Mutter klang besorgt. Leni antwortete nicht. Seltsam, dass sie sich so weit voneinander entfernt hatten, fuhr es ihr durch den Kopf. Aber so war das, wenn es zwischen zwei Menschen zu viele Unwahrheiten und zu viel Unausgesprochenes gab.

»Wie geht es Matthew?« Mom streifte Leni ihren Parka ab und hängte ihn auf. »Komm, wir setzen uns aufs Sofa.«

»Er existiert nicht mehr«, antwortete Leni, ohne sich zu setzen. »Er kann weder denken noch sprechen noch gehen. Er hat mich nicht einmal angesehen. Er hat nur geschrien.«

»Aber er ist nicht gelähmt«, sagte Mom. »Das ist ein Trost, oder nicht?«

Das hatte Leni bis zu diesem Tag auch gedacht. Aber wozu sollte es gut sein, sich bewegen zu können, ohne zu wissen, was man tat?

»Es ist nicht das Ende der Welt, Leni, auch wenn du das jetzt glaubst«, fuhr Mom fort. »Du bist noch jung und wirst dich wieder verlieben. – Was hast du da in der Hand?«

Leni öffnete ihre Faust und offenbarte das Teststäbchen.

»Was ist das?«, flüsterte Mom.

»Ein Schwangerschaftstest. Mit einem blauen Strich. Blau bedeutet schwanger.«

Leni ließ die Kette der Ereignisse Revue passieren, die zu diesem Ergebnis geführt hatten. Hätte eines dieser Glieder gefehlt, wäre es anders gekommen. »Es muss in der Nacht vor dem Unglück passiert sein. Vielleicht auch früher.«

»Oh, Leni.«

Wie sehr Leni in diesem Moment Matthew gebraucht hätte, den früheren Matthew, der gesund war und die Situation mit ihr gemeinsam durchgestanden hätte. Jener Matthew hätte sie geheiratet und sich mit ihr auf das Baby gefreut. Oder sie hätten nicht geheiratet, schließlich lebten viele Paare einfach so zusammen. Natürlich, sie wären eigentlich zu jung gewesen, um Eltern zu werden, sie hätten mit dem College eine Weile warten müssen – aber sie hätten es geschafft.

Nun jedoch stand Leni ganz allein da und fragte sich, wie sie dieses Leben, das sie zu zweit hätten führen sollen, allein meistern sollte.

»Es ist nicht mehr wie zu meiner Zeit«, sagte Mom ein wenig zu schrill. »Es ist keine Schande mehr, und eine Frau hat die Wahl. Inzwischen ist es sogar legal, das –«

»Ich werde Matthews Baby bekommen«, fiel Leni ihr ins Wort. *Wann habe ich das entschieden?*, überlegte sie, doch in diesem Moment wusste sie mit Gewissheit, dass die Alternative für sie keine war.

»Du kannst das Kind nicht allein aufziehen. Nicht hier.«

»Du meinst, nicht mit Dad.« Erst jetzt wurde Leni bewusst, dass ihr Kind für ihren Vater vor allem ein »Walker« wäre und seine Reaktion grauenhaft sein würde.

»Ich werde Dad nicht in die Nähe meines Babys lassen.«

Mom schloss sie in die Arme und drückte sie an sich.

»Uns fällt schon etwas ein.« Sie strich Leni über den Kopf. Leni hörte, dass sie weinte.

Hinter ihnen öffnete sich die Tür. »Was ist denn hier los?« fragte Dad.

Mom ließ Leni los, wischte über ihre Augen und lächelte schuldbewusst. »Nichts, Ernt.«

Leni steckte das Teststäbchen in ihre Hosentasche.

Dad streifte seine Jacke ab und lächelte spöttisch. »Wie geht es dem Jungen? Immer noch nur Brei im Kopf?«

Noch nie hatte Leni ihren Hass auf ihn mit einer solchen Intensität empfunden. Sie wandte sich zu ihm um und musterte ihn verächtlich. »Ich habe eine gute Nachricht für dich – ich bin schwanger.«

Sie sah nicht, wie er ausholte, es ging zu schnell. Gerade hatte sie noch dagestanden und ihren Vater angesehen, im nächsten Moment landete seine Faust unter ihrem Kinn, und ihr Kopf flog zurück. Sie geriet ins Stolpern, stieß gegen den Tisch und ging zu Boden. Benommen berührte sie ihren Mund und schmeckte Blut.

»Nicht, Ernt!«, rief Mom.

Dad löste seinen Gürtel.

Sie versuchte aufzustehen, doch dabei wurde ihr schwindlig, und ihre Beine gaben nach.

Der erste Hieb mit dem Gürtel traf ihre Wange und riss die Haut auf. Leni schrie auf und versuchte fortzukrabbeln.

Er schlug wieder zu.

Mom warf sich auf Dad und hielt seine Arme fest. Dad schüttelte sie ab.

Er zog Leni hoch und begann sie zu ohrfeigen. Blut strömte aus ihrer Nase, sie taumelte rückwärts und schützte ihren Bauch mit den Händen. Dann wurde ihr übel, und sie sank auf die Knie.

Sie hörte ihre Mutter rufen. »Nicht Leni, niemals!«

Dann fiel ein Schuss. Es krachte, Glas splitterte.

Dad stand vor ihr, breitbeinig, in einer Hand den Gürtel, die andere zur Faust geballt, und doch merkwürdig starr. Dann machte er einen unsicheren Schritt, und sie entdeckte das Blut auf seinem Pullover. Verwirrt sah er an sich hinunter, dann suchte sein Blick ihre Mutter. »Du, Cora?«

Mom trat hinter ihm hervor, das Gewehr noch immer im Anschlag. »Nicht mein Kind«, sagte sie mit fester Stimme.

Und drückte ein zweites Mal ab.

KAPITEL VIERUNDZWANZIG

Dad lag in einer Blutlache und regte sich nicht mehr. »Er ist tot«, flüsterte Leni und sah zu ihrer Mutter hoch.

Mom ließ das Gewehr sinken. Es war das, mit dem sie auf Elchjagd gingen.

Leni schaute auf die große Blutlache, die stetig, unaufhaltsam größer wurde. Durch das zerschossene Fenster wehte der Wind herein.

Mom ließ das Gewehr fallen und betrachtete Dad mit schreckgeweiteten Augen. »Mein Gott«, sagte sie leise und schlug sich eine Hand vor den Mund.

Leni erhob sich steifbeinig und ging in die Küche. Sonderbarerweise empfand sie nichts, weder Entsetzen noch Erleichterung. Sie ekelte sich lediglich vor dem Geruch des Blutes. Auch der Geruch des Schusses hing noch in der Luft.

Sie betastete die Wunde, die der Gürtel auf ihrer Wange hinterlassen hatte, und ihre Nase, die bei jedem Atemzug ein pfeifendes Geräusch von sich gab. Mit einem feuchten Lappen betupfte sie ihr Gesicht.

Wie hatte ihre Mutter diese Schmerzen nur immer wieder aufs Neue ertragen?

Sie wusch das Blut aus dem Lappen und kehrte ins Wohnzimmer zurück.

Mom kniete auf dem Boden, hielt Dad in ihrem Schoß und wiegte ihn weinend. Ihre Hände und ihre Hose waren voller Blut.

Leni bückte sich zu ihr hinab und wischte mit dem Lappen die blutigen Schmierflecken von Moms Gesicht.

Mom schaute auf und wirkte betäubt. »Ich wusste nicht, wie ich ihm Einhalt gebieten sollte.«

»Und was machen wir jetzt?«

»Du rufst die Polizei.«

Endlich, dachte Leni. Nach all den Jahren würden sie der Polizei die Wahrheit erzählen. »Jetzt wird alles gut.«

»Nein, Leni, das wird es nicht.«

Leni setzte sich zu Mom und legte einen Arm um sie. Für ihren Vater hatte sie keinen Blick. »Warum nicht?«

»Weil man es Mord nennen wird.«

»Mord?« Leni lachte rau auf. »Er hätte mich zu Tode geprügelt. Du hast mir das Leben gerettet.«

Mom hob Dad von ihrem Schoß hinunter. »Ich habe ihm in den Rücken geschossen, Leni«, sagte sie. »Zwei Mal. Ankläger und Geschworene werden misstrauisch, wenn jemand von hinten erschossen wurde. Aber es ist mir gleich.« Mit ihrer blutigen Hand strich sie sich Haare aus dem Gesicht. »Sag Large Marge Bescheid, als Anwältin wird sie wissen, was zu tun ist.« Sie betrachtete ihre blutverschmierten Hände. »Für dich wird es ein Neuanfang. Du ziehst dein Kind hier bei unseren Freunden groß. Tom wird dir wie ein Vater sein, und Large Marge hat dich fest in ihr Herz geschlossen. Vielleicht kannst du sogar studieren.« Ihr Blick richtete sich auf Leni. »Ich bereue es nicht. Ich möchte, dass du das weißt. Ich würde es wieder tun.«

»Wovon redest du?«, fragte Leni bestürzt. »Dass du ins Gefängnis musst?«

»Bitte, sag Large Marge, sie soll kommen.«

Leni schüttelte den Kopf. »Du gehst nicht ins Gefängnis. Du hast den Mann erschossen, von dem jeder in unserer Gegend weiß, dass er dich misshandelt hat. Es war Notwehr.«

»Schon gut, Leni. Dir kann nichts passieren, das ist die Hauptsache.«

Leni betrachtete den Toten – den Mann, der ihr und ihrer Mutter das Leben zur Hölle gemacht hatte. »Wir könnten versuchen, ihn loszuwerden.«

Mom zog die Brauen hoch. »Loswerden?«

»Wir schaffen ihn fort und tun, als wäre nichts geschehen.« Leni stand auf. Natürlich. Das war die Lösung. Sie würden die Tat vertuschen, sich etwas ausdenken, das Dads Abwesenheit erklärte. Dann konnten sie und Mom hierbleiben, wo sie ihr Zuhause gefunden hatten. Sie wären von Freunden umgeben, die das Baby lieben würden, und eines Tages, wenn es Matthew wieder besser ginge, würde sie ihn mit dem Kind erwarten.

»Das ist nicht so einfach«, sagte Mom.

»Nein, aber wenn wir es klug anstellen, ist es machbar.« Leni zog Mom hoch. »Du gehst nicht ins Gefängnis, schon deshalb nicht, weil ich dich brauche. Ich kann mein Kind nicht allein großziehen.«

Mom schüttelte den Kopf. Doch dann gab sie nach. »Wir müssten sichergehen, dass man ihn nie finden wird. Die Erde ist zu hart gefroren, um ihn zu vergraben.«

»Richtig.«

»Ihn verschwinden zu lassen wäre das nächste Verbrechen, das ist dir klar, oder?«

»Dich hinter Gitter zu bringen, das wäre ein Verbrechen.«

Sie setzten sich an den Tisch, jede in ihre Gedanken versunken. Leni nahm Moms Hand. »Auf die Justiz können wir uns nicht verlassen. Large Marge hat uns oft genug erklärt, dass Richter nicht auf der Seite misshandelter Frauen stehen. Eine Gerichtsverhandlung wäre zu riskant.«

Mom sah sie ernst an. »Können wir damit leben? Kannst du es?«

»Ich weiß, dass ich es kann.«

»Also gut.« Mom ging ins Schlafzimmer. Als sie zurückkehrte, hatte sie sich umgezogen. Sie legte ihre blutbefleckte Kleidung auf den Toten. »Bin bald wieder da«, sagte sie. »Lass niemanden ins Haus.«

»Wohin willst du?«

»Ich lasse ihn verschwinden.«

»Glaubst du, ich bleibe hier sitzen und warte, bis alles erledigt ist?«

»Ja, Leni, genau das glaube ich. Denn ich habe ihn erschossen, und ich bringe die Sache zu Ende.«

Leni streifte ihre Hose ab, auch auf ihr waren Blutflecke zu sehen, und legte sie zu den Sachen ihrer Mutter. »Mit meiner Hilfe.« Sie zog eine Thermohose über und sah zum Fenster hinaus. Es hatte wieder zu schneien begonnen.

»Dann nimm die Fallen mit. Wir werden ihn versenken.« Mom verließ das Haus.

Leni sammelte die schweren Metallfallen ein. Als sie nach draußen kam, war Mom dabei, den großen Schlitten an das Schneemobil zu binden, den sie sonst benutzten, um Baumstämme und erlegtes Wild zu transportieren.

»Hol die Kettensäge und den Erdbohrer«, sagte Mom.

Als Leni mit dem Werkzeug zurückkam, fragte sie: »Bist du wirklich bereit, diesen Schritt zu tun?«

Leni nickte.

Sie brauchten eine Weile, bis sie Dads leblosen Körper aus

dem Haus geschleift und auf den Schlitten gehoben hatten. Die Blutspur, die sie hinter sich hergezogen hatten, machte ihnen keine Sorgen, sie wäre in einer Stunde zugeschneit. Sie bedeckten den Leichnam mit einem Stück Zeltplane und banden ihn fest.

»Also dann.«

Sie tauschten einen Blick, wie um sich zum letzten Mal zu vergewissern, dass die andere willens war, diese Grenze zu überschreiten.

Leni nickte. Für sie gab es keine Zweifel. Sie würden Dads Leichnam an einem einsamen Ort versenken, hinterher das Wohnzimmer säubern und ihn am nächsten Tag als vermisst melden. Er sei zur Jagd gegangen und seitdem nicht mehr zurückgekehrt, könnten sie sagen und den Suchtrupp in eine falsche Richtung schicken. Wenn man Dad nicht fand, würde niemand Fragen stellen. Jeder wusste, dass es zahllose Möglichkeiten zu verunglücken gab und viele der Verunglückten nie mehr gefunden wurden.

Endlich würden sie ohne Furcht leben können.

»Also dann«, sagte Mom noch einmal.

Sie setzten ihre Gesichtsmasken und Helme auf und stiegen auf das Schneemobil. Mom startete den Motor. »Wir fahren zum Glass Lake«, rief sie. Vorsichtig lenkte sie das Schneemobil die Einfahrt hinunter. Auf der Hauptstraße fuhr sie schneller und bog in den Weg zur alten Chromgrube ein. Inzwischen war es pechfinster und außer dem Schneetreiben kaum etwas zu erkennen. Das Scheinwerferlicht des Schneemobils reichte immer nur einige Meter weit.

Doch das Gute war, dass bei diesem Wetter und zu dieser Uhrzeit niemand unterwegs sein würde, der sie sehen und sich später an ihren nächtlichen Ausflug erinnern konnte. Mom nahm den Weg in die Berge hinauf, denselben Weg, den sie so oft zu dritt zum Jagen gefahren waren. Diesmal lag der Schnee an einigen Stellen so hoch, dass sie nur im Schritttempo vorankamen. Aber sie mussten sich nicht beeilen, sie hatten Zeit bis zur Morgendämmerung.

Zu guter Letzt erreichten sie den kleinen See, über den sie vor Jahren gelaufen waren – damals, als Dad Leni gezwungen hatte, das Herz des Hasen zu essen.

Es hörte auf zu schneien. Zwischen den schweren Wolken tauchte der Mond auf, als wolle er nachsehen, was sie zu dieser späten Stunde an diesem abgelegenen See vorhatten. Immer stärker leuchtete er und tauchte den Schnee in sein bläuliches Licht. Er verwandelte den See in eine Bühne und erhellte das große verschnürte Bündel auf dem Schlitten.

Mom schaltete den Motor aus. In der nachfolgenden Stille hörte Leni nur ihren Atem und das dumpfe Pochen ihres Herzens.

Sie betrachtete den See und fragte sich, wie dick die Eisschicht war. Er wirkte zugefroren, aber sie standen erst am Anfang des Winters, so dass es immer noch dünne Stellen geben konnte.

Mom lief einige Schritte auf den See hinaus, sagte: »Alles fest«, und kam zurück. »Es knackt zwar, aber das ist nur der Atem des Eises.«

Sie setzten ihre Helme ab und schauten auf den See, dessen Eiskristalle im Mondlicht wie Brillanten funkelten, lauschten ihrem Atem und dem leise knisternden Eis.

Dann zogen sie den Toten vom Schlitten herunter und zum See. Mom setzte den Bohrer an und stach einige Meter vom Ufer entfernt ein tiefes Loch in die Eisschicht. Wasser quoll hervor und breitete sich aus.

Leni schaltete die Kettensäge ein. Als der Motor die Stille ringsum durchdrang, sahen sie sich ängstlich an. Doch dann nickte Mom, und Leni machte sich daran, ein großes Rechteck aus dem Eis zu sägen.

Mom holte die Tierfallen und zog den Leichnam näher an das Rechteck heran. Dads Gesicht war weiß wie der Schnee und so starr, als wäre es gefroren.

Zum ersten Mal spürte Leni Zweifel. Das, was sie taten, war ein Verbrechen, und sie würden ihr Leben lang die Gewissheit mit sich herumtragen, dass sie dazu fähig gewesen waren. Jahrelang hatten sie die Brutalität dieses Mannes ertragen, ihn gedeckt und immer wieder entschuldigt. Und nun waren sie an diesen Punkt gelangt.

Sie horchte in sich hinein und stellte fest, dass sie ihr Verbrechen nicht bereute. Sie war nur zornig.

Sie hätten Dad vor Jahren verlassen, hätten die Polizei informieren und die Hilfe ihrer Freunde annehmen müssen. Jeder dieser Schritte hätte zu einer Zukunft geführt, in der sie und Mom nicht diese Tat begangen hätten und Dad nicht erschossen auf dem Eis liegen würde.

Mom öffnete eine Falle nach der anderen und ließ sie an Dads Armen und Beinen zuschnappen. Jedes Mal hörten sie das Knacken brechender Knochen. Mom wurde kreideweiß und sah aus, als würde sie sich jeden Moment übergeben. Sie richtete sich auf und atmete tief ein und aus. Dann deutete sie zum Himmel und sagte: »Sieh nur, das Polarlicht leuchtet zu seinem Abschied.«

Leni betrachtete den Himmel, der nun wieder aufgeklart hatte und von wehenden Farbschleiern bedeckt wurde. Grün und gelb leuchteten sie bis herunter zur Erde, als wären sie tatsächlich ein letzter Gruß.

Sie blickte auf ihren toten Vater, den Mann, der seine Fäuste benutzt hatte, wenn er wütend war, dessen Gesicht eine Fratze geworden war, wenn er zuschlug. Sie erinnerte sich an den anderen Vater, den Mann von *vorher*, der sie und ihre Mutter geliebt hatte, bis seine Fähigkeit zu lieben im Krieg zerstört worden war. Diese Bilder würden sie ein Leben lang begleiten und sie daran erinnern, dass man einen Menschen gleichzeitig lieben und hassen konnte. Und dass man sich für die Schwäche diesem Menschen gegenüber verachten konnte, so lange, bis man es nicht mehr aushielt.

Mom kniete sich neben Dad nieder und sagte: »Wir haben dich geliebt, Ernt.«

Sie schaute zu Leni hoch, wie um sie zu bitten, das Gleiche zu sagen. *Ein Herz und eine Seele.*

Vor Lenis innerem Auge liefen vergangene Szenen ab. Ihr Vater, der sie liebevoll »Rotfuchs« und »Rotschopf« nannte, dessen Lächeln unwiderstehlich sein konnte, der um Vergebung bat.

»Leb wohl, Dad« war alles, was sie zustande brachte. Vielleicht, dachte sie, würden die schrecklichen Bilder mit der Zeit verblassen und diejenigen kräftiger werden, die ihn zeigten, als er noch unversehrt war.

Als Mom den Leichnam ins Wasser schob, klapperten die Fallen. Für einen Moment ruhte Dads Gesicht inmitten der Oberfläche des dunklen Wassers, ein weißes Oval mit dunklem Bart. Dann versank es und war fort.

Er würde keine Spuren hinterlassen. Das Eis würde sich noch in der Nacht über ihm schließen, die schweren Tierfallen würden ihn zum Grund des Sees ziehen und dort festhalten. Mit der Zeit würde der Körper sich auflösen, und im Frühling, wenn es taute, würden die Knochen vielleicht an Land gespült werden. Dort würden Raubtiere sie entdecken und in ihre Höhlen schleppen. Niemand würde nach Dad suchen; er wäre einer von vielen, die jedes Jahr in Alaska spurlos verschwanden. Vielleicht würden die Leute, die ihn gekannt hatten, Vermutungen anstellen, sich fragen, ob er in einen Abgrund gestürzt war, sich im Schnee verirrt hatte und erfroren war oder ob er von Wölfen angefallen worden war.

Alaska. Das Land der Großen Einsamkeit.

Leni stellte sich vor, wie Dads steifer Körper tiefer in das kalte, dunkle Wasser sank, und dachte, dass er nichts so gehasst hatte wie Dunkelheit und Kälte.

»Du weißt, was wir jetzt sind?«, fragte Mom.

»Überlebende«, antwortete Leni und sagte sich, dass eine gewisse Ironie darin lag. Sie waren das geworden, was Dad immer von ihnen verlangt hatte.

Überlebende.

Wieder zu Hause angekommen, zitterten sie vor Erschöpfung und Kälte. Mit letzter Kraft holten sie Brennholz von draußen herein und legten Scheite auf die Glut im Ofen. Als das Feuer brannte, traten sie dicht an den Ofen, hielten die Hände darüber und schwiegen.

Sie wussten nicht, wie lange sie so standen. Die Zeit hatte ihre Bedeutung verloren.

Zuletzt drehte Leni sich um und begutachtete den Fußboden. Es würde Stunden dauern, bis sie ihn saubergeschrubbt hatten. In ihrer Müdigkeit sah sie das Blut immer wieder durch die Ritze im Boden hervorquellen, als wäre sie inmitten eines Horrorfilms.

»Wir müssen putzen. Und uns eine Geschichte ausdenken«, sagte sie.

Mom schüttelte den Kopf. »Ich putze. Du fährst zu Large Marge und sagst ihr, was ich getan habe.« Sie sah Leni eindringlich an. »Hast du mich verstanden? Ich habe es getan, nicht du.«

Widerstrebend willigte Leni ein und trat hinaus in die Kälte. Es war noch so früh am Morgen, dass sie sicher sein konnte, Large Marge zu Hause anzutreffen.

Es hatte erneut zu schneien begonnen, nur leichte Flocken tanzten herab, doch der Himmel hatte sich zugezogen und sah nach mehr Schnee aus. Sie nahm das alte Schneemobil. Die Zufahrt zu Large Marges Grundstück war ein schmaler Weg, der durch einen Wald hoher alter Fichten führte. Er öffnete sich zu einer Lichtung, auf der die aus Holz und Zeltleinwand gebaute Jurte stand.

Leni stellte das Schneemobil ab. Sie musste sich nicht durch lautes Rufen ankündigen. Falls Large Marge zu Hause war, hatte sie den Motorlärm des Schneemobils gehört und das Licht des Scheinwerfers gesehen.

Schon öffnete sich der Eingang der Jurte, und Large Marge erschien, eingehüllt in eine dicke Wolldecke. Sie spähte durch den fallenden Schnee. »Leni, bist du das?«

»Ja.«

»Dann komm rein.« Large Marge winkte Leni zu sich.

Innen war die Jurte größer, als man von außen dachte, und alles war blitzsauber. Eine Petroleumlampe verbreitete warmes Licht, der Ofen glühte, auch das Metallrohr, das bis zum Dach reichte und durch das der Rauch abzog. Die Küche war komplett eingerichtet, das Schlafzimmer befand sich auf einer Galerie, mit Blick auf das darunterliegende Wohnzimmer. Im

Winter konnte Leni sich keinen gemütlicheren Ort denken; im Sommer, wenn die Fenster aus Zeltplane aufgerollt wurden, war es, als lebte man inmitten der Natur.

Large Marge begutachtete Lenis geschwollenes Gesicht und die Blutergüsse. »Dieser Drecksack«, sagte sie und schloss Leni in die Arme.

»Er war vollkommen außer sich.« Leni befreite sich und merkte, dass sie von neuem zu zittern begonnen hatte. Als würde ihr das Ausmaß dessen, was geschehen war, erst jetzt richtig bewusst. Sie hatten ihren Vater getötet. Der Leiche die Knochen gebrochen. Sie versenkt.

»Was ist mit deiner Mutter?«, fragte Large Marge besorgt.

Leni schluckte. »Er ist tot«, flüsterte sie.

»Gott sei Dank.« Large Marge schob Leni zu einem Schemel.

»Mom hat –«

»Kein Wort«, sagte Large Marge rasch. »Darüber reden wir später. Zuerst will ich wissen, wo er ist.«

»Nicht mehr da.«

Large Marge legte den Kopf schief und schien nachzudenken. »Und wo ist deine Mutter?«

»In unserem Haus.« Leni schaute zu Boden. »Du hast uns deine Hilfe angeboten. Die brauchen wir jetzt. Aber ich möchte nicht, dass du in Schwierigkeiten gerätst.«

»Das lass meine Sorge sein«, antwortete Large Marge. »Fahr nach Hause. Ich komme nach.«

Als Leni wenig später die Tür zu ihrem Haus öffnete, saß Mom auf einem Stuhl und starrte auf das Blut auf dem Boden. Ihr Gesicht war tränennass.

Leni legte den Arm um sie. »Nicht weinen.«

»Wird Large Marge uns helfen?«

Bevor Leni antworten konnte, streifte das Licht eines

Scheinwerfers ihr zersplittertes Fenster. Es erhellte Moms Gesicht, in dem sich Reue und Trauer mischten.

Large Marge kam herein und warf einen Blick auf den Fußboden. Dann trat sie zu Mom und strich über ihre Wange.

»Er hat Leni angegriffen«, sagte Mom leise. »Ich wusste nicht, was ich tun sollte. Ich habe ihn erschossen. Ich habe zwei Mal geschossen. Von hinten. Er war unbewaffnet. Du weißt, was das bedeutet.«

»Ja.« Large Marge ließ sich schwer auf einen Stuhl fallen. »Was er getan hat und wie viel Angst ihr vor ihm hattet, ist dann zweitrangig.«

»Wir sind mit ihm in die Berge gefahren und haben ihn in einem See versenkt.« Mom bedeckte ihr Gesicht mit den Händen. Dann ließ sie die Hände sinken. »Was ist, wenn das Eis im Frühling taut und man ihn entdeckt?«

»Das wird nicht passieren«, sagte Leni. »Wir werden sagen, dass er fortgegangen und nicht zurückgekommen ist.«

»Pack ein paar Sachen zusammen«, sagte Large Marge. »Nur für eine Nacht.«

»Ich möchte Mom beim Putzen helfen.«

»Bitte, Leni«, sagte Large Marge streng.

Leni stieg zu ihrem Dachboden hinauf. Unter ihr sprachen Large Marge und Mom so leise, dass sie kein Wort verstand.

Sie stopfte frische Kleidung in ihren Rucksack, dazu ihre Kamera, das Fotoalbum, das Matthew ihr in Homer gekauft hatte und das ihre Lieblingsfotos enthielt, und den Gedichtband von Robert W. Service.

Als sie herunterkam, trug ihre Mutter Dads Schneestiefel, lief mit ihnen durch die Blutlache und dann zur Tür. Sie hatte ihre Hand wieder mit Blut beschmiert und drückte sie auf die Fensterscheibe.

»Was tust du da?«, fragte Leni verblüfft.

»Wir hinterlassen Spuren, um zu zeigen, dass zwischen deinen Eltern etwas vorgefallen ist«, antwortete Large Marge.

Mom wechselte von Dads Stiefeln in ihre und lief erneut durch das Blut auf dem Boden. Anschließend zog sie ihr T-Shirt aus, zerriss die Vorderseite und ließ es in das Blut fallen.

»Ich weiß noch immer nicht, was das soll«, sagte Leni.

»Die Polizei soll erkennen, dass hier der Tatort war«, sagte Large Marge.

»Aber es wird doch alles geputzt.«

»Nein, Schätzchen«, sagte Mom. »Wir müssen verschwinden. Noch heute Abend.«

»Aber wieso denn?« Leni sah zwischen ihrer Mutter und Large Marge hin und her. »Wir wollten doch sagen, dass er fortgegangen und nicht wiedergekommen ist. Jeder wird uns glauben.«

Large Marge schüttelte den Kopf.

»Warum denn nicht? In Alaska verschwindet ständig jemand spurlos«, sagte Leni, und ihre Stimme wurde dabei immer lauter.

»Ich dachte, das wäre klar«, entgegnete Mom. »Entweder ich komme ins Gefängnis, oder wir gehen von hier fort.«

»Wohin?«, fragte Leni.

Mom ignorierte die Frage. »Large Marge ist mit mir einer Meinung. Wir haben die Leiche beseitigt, von Notwehr kann nicht mehr die Rede sein.«

»Es wäre ein Fall vorsätzlicher Tötung«, erklärte Large Marge. »Dass dein Vater deine Mutter misshandelt hat, reicht zur Verteidigung nicht aus. Leider. Und Notwehr als Tatbestand war in dem Moment nicht mehr gegeben, als ihr die Leiche weggeschafft habt.«

Mom seufzte. »Ich muss im Pick-up noch Blutspuren anbringen. Marge wird den Wagen zu einem einsamen Ort fahren und dort stehen lassen. In ein paar Tagen meldet sie uns als vermisst und führt die Polizei hierher. Die wird hoffentlich zu dem Schluss kommen, dass er uns umgebracht hat und geflohen ist. Marge und Tom werden ihnen von den Misshandlungen erzählen.«

»Deine Mutter sagt, dass Ernt dieselbe Blutgruppe wie sie hatte«, sagte Large Marge. »Ich hoffe, seit meiner Zeit in Washington gibt es keine neuen Tests, mit denen man das Blut genauer zuordnen kann.«

»Ich möchte, dass wir bei unserem Plan bleiben«, sagte Leni und sah ihre Mutter flehend an. »Matthew ist hier, ich kann Alaska nicht verlassen.«

»Das war kein guter Plan«, erwiderte Large Marge. »Selbst hier bei uns in der Wildnis sucht die Polizei nach Menschen, die verschwunden sind. Denk an den Suchtrupp, der zusammengestellt wurde, als Geneva und Matthew vermisst wurden. Als Erstes wird die Polizei sich dieses Haus vornehmen. Ich kenne Curt Ward, er hält sich an die Vorschriften. Es würde mich nicht wundern, wenn er Spürhunde und Ermittler aus Anchorage kommen lässt. Und ganz gleich, wie kräftig wir den Boden schrubben, es kann immer sein, dass wir einen Knochensplitter oder einen Blutspritzer übersehen. Und wenn man so etwas entdeckt, werdet ihr beide des Mordes angeklagt.«

Mom strich Leni über die Wange. »Es tut mir leid, Schätzchen. Wir haben nicht richtig nachgedacht. Jetzt ist es zu spät, und wir stecken beide in der Sache drin.«

Lenis Herz verkrampfte sich. Wie naiv sie gewesen war, als sie dachte, ihre Tat würde nicht mehr als unschöne Erinnerungen nach sich ziehen.

Stattdessen musste sie all das opfern, was sie liebte – Matthew, Kaneq und Alaska.

»Wir haben keine andere Wahl«, sagte Mom.

»Wie immer«, sagte Leni.

Sie wollte toben und weinen, sich wie das Kind benehmen, das sie nie hatte sein dürfen. Doch sie tat das, was sie gelernt hatte: Sie fand sich ab.

Large Marge hatte recht. Wahrscheinlich würde es ihnen nicht gelingen, alle Spuren zu vernichten. Das perfekte Verbrechen gab es nicht. Vielleicht hatte Dad sich für den nächsten Tag mit jemandem verabredet, und derjenige würde sich nach ihm erkundigen, wenn er nicht erschiene. Ebenso konnte es sein, dass sich die Fallen lösten, der Leichnam an die Oberfläche des Glass Lake stieg und von Jägern entdeckt wurde.

Sie musste mit Mom fortgehen. Mom hatte all diese Schläge eingesteckt, um sie zu schützen, hatte Dad erschossen, um ihr das Leben zu retten. Sie sollte bei ihr sein, wenn Leni ihr Baby aufzog. Sie spürte eine überwältigende Traurigkeit, als wäre sie einen Marathon gelaufen, nur um wieder am Ausgangspunkt zu stehen.

Mom und sie wären zusammen, nur sie beide, wie immer. Und ihr Kind hätte die Chance auf ein besseres Leben.

»In Ordnung«, sagte sie mit einem schweren Seufzer. »Wie stellen wir es an?«

Mom hinterließ ihre blutigen Fingerabdrücke auf der Fahrertür des Pick-ups. Dann stieg sie ein und folgte Large Marge in ihrem Geländewagen, um den Pick-up an der Jurte abzustellen. Von dort würde Large Marge ihn später am Tag zu einem abgelegenen Ort fahren. Kurz darauf kehrten sie zurück. In der Zwischenzeit inszenierte Leni im Haus die Folgen eines Kampfes, verrückte die Möbel, stieß zwei Stühle um, warf eine leere Whiskeyflasche auf den Boden und schoss mit Dads Gewehr noch zwei Mal in die Wände.

Bei ihrem Aufbruch ließen sie die Tür des Hauses offen stehen, in der Hoffnung, dass wilde Tiere eindringen und die Beweisspuren verwischen würden. In zwei Tagen würde Large Marge sie als vermisst melden.

»Bist du so weit?«, fragte Mom.

Nein, wollte Leni antworten. *Ich werde nie so weit sein. Ich gehöre hierher, dies ist mein Zuhause*. Sie nickte bedrückt.

Large Marge umarmte Mom und Leni innig, küsste ihre tränenfeuchten Wangen und wünschte ihnen alles Gute. »Ich werde unsere Geschichte hier so erzählen, dass keine Zweifel aufkommen. Ich bekomme das hin«, sagte sie. »Ihr könnt mir vertrauen.«

In dichtem Schneetreiben nahmen Leni und Mom zum letzten Mal den Zickzackweg der Stufen zum Strand hinunter. Leni spürte, wie ihre Atemwolken sich auf ihr Gesicht legten, wo sie sich mit den Schneeflocken und ihren Tränen vermischten.

Am Strand hatten die Wellen den Schnee zu Matsch aufgeweicht. Der Wind peitschte ihnen die Haare ins Gesicht, rüttelte an ihren Rucksäcken und schnitt Mom die Worte ab, als sie sich umdrehte und etwas sagte. Leni fragte nicht, was sie gesagt hatte, sie war zu sehr mit ihrem Kummer beschäftigt. Sie wateten durch das eisige Wasser zu ihrem Kanu, warfen die Rucksäcke hinein und kletterten hinterher. Am Strand würden der fallende Schnee und die Wellen ihre Spuren auslöschen. Als wären sie nie hier gewesen.

Mom startete den Motor und übernahm das Steuer. Durch die wirbelnden Schneeflocken konnten sie kaum etwas sehen, daher hielt sie das Kanu so nah wie möglich am Ufer.

Nach einer Weile ließ das Schneetreiben nach. Es wurde heller, und sie fuhren hinaus in die Bucht.

Im Hafen von Homer legten sie an einem der Gästeplätze an. Es sollte so aussehen, als wäre Dad von hier aus geflohen.

»Ich muss mich noch von Matthew verabschieden«, sagte Leni.

Mom warf ihr das Tau zu. »Kommt nicht in Frage. Niemand darf uns sehen, Leni.«

Leni vertäute das Kanu an einem Poller. »Das war keine Bitte«, sagte sie.

Mom taxierte sie einen Moment lang. Dann seufzte sie, setzte ihren Rucksack auf und folgte Leni an Land.

Leni zog ihren Schal über die untere Hälfte ihres Gesichts. »Niemand wird mich erkennen«, sagte sie versöhnlich. »Aber ich kann nicht fortgehen, ohne mich von ihm zu verabschieden.«

»Gut, aber in einer Stunde bist du im Flughafen«, sagte Mom. »Und keine Minute später.«

»Fliegen wir?«, fragte Leni verwundert. »Wohin? Und mit welchem Geld?«

»Sei einfach in einer Stunde da«, antwortete Mom und schlug die Richtung zu dem kleinen Flughafen von Homer ein.

Leni lief durch den Ort, ging so schnell, wie sie es auf dem vereisten Weg wagte. Aber wenigstens begegnete ihr an diesem grauen, kalten Novembermorgen niemand, der sich später vielleicht an sie erinnern würde.

Vor dem Reha-Zentrum blieb sie kurz stehen. Hier musste

sie vorsichtig sein, durfte von niemandem bewusst wahrgenommen werden.

Sie schlüpfte durch die gläserne Eingangspforte. Die Empfangsdame telefonierte und notierte sich etwas. Sie sah nicht einmal auf, als Leni an ihr vorbeihuschte. *Sei unsichtbar*, befahl Leni sich und durchquerte den leeren Flur zu Matthews Zimmer. Sie sammelte sich und öffnete die Tür.

Im Zimmer war es dunkel und still. Die Geräte waren fortgeräumt worden, nur sein Herz hielt Matthew am Leben.

Man hatte den oberen Teil des Bettes hochgestellt, so dass er im Sitzen schlief. Noch immer spannte sich das Metallband um seinen Kopf, das ihn daran hinderte, den Kopf zu bewegen. Auch die Nahtstellen waren noch nicht verheilt, vermutlich würden sie immer sichtbar bleiben. Wie sollte er so leben?, fragte sich Leni, genäht, zusammengeschraubt, unfähig, zu sprechen, zu denken, zu berühren und berührt zu werden? Und wie konnte sie ihn in diesem Zustand alleinlassen?

Sie setzte ihren Rucksack ab, setzte sich auf die Bettkante und hielt seine Hand. Die Haut, die sonst vom Angeln, Jagen und der Arbeit auf dem Land seines Vaters rau gewesen war, fühlte sich nun so weich wie die eines kleinen Mädchens an. Sie erinnerte sich an ihre Schulzeit, als sie unter dem Tisch Händchen gehalten und sich Zettel zugesteckt hatten. Damals dachten sie noch, die Welt gehöre ihnen.

»Wir hätten es geschafft, Matthew«, sagte sie leise. »Wir hätten unser Leben geführt. Hätten geheiratet und ein Kind bekommen und nie aufgehört, uns zu lieben.« Sie schloss die Augen und stellte es sich vor, stellte sich sie beide vor. Sie wären zusammen alt geworden, ein weißhaariges Paar in altmodischer Kleidung, das auf der Veranda seines Hauses unter der Mittsommersonne gesessen hätte.

Wären. Hätte.

Nutzlose Wörter, überflüssige Gedanken.

»Ich kann meine Mutter nicht alleinlassen. Du hast deinen Vater und Alyeska.« Ihre Stimme brach. »Hörst du mich, Matthew? Weißt du, wer ich bin?« Sie fing an zu weinen.

Sie beugte sich zu ihm hinab, hauchte einen Kuss auf seine Wange und wischte ihre Tränen fort.

Sam hätte Frodo nie im Stich gelassen, fuhr es ihr durch den Sinn. In Romanen hielten die Helden zu ihren Freunden, gingen mit ihnen durch dick und dünn. Aber Romane waren nicht die Realität. In der Realität stürzte ein junger Mann in eine Felsspalte und trug eine so schwere Kopfverletzung davon, dass er nur noch vor sich hin vegetierte. In der Realität ließ eine Frau sich die Brutalität ihres Mannes bieten und schaffte es nicht, ihn zu verlassen. In der Realität litt ein Kind an seinem Zuhause.

Sie legte eine Hand auf ihren Bauch. Das Leben, das sie in sich trug, war noch winzig, nicht viel größer als das Ei eines Frosches, zu klein, um es schon spüren zu können. Trotzdem hätte sie geschworen, dass sie neben ihrem Herzschlag den eines zweiten Lebewesens spürte. Sie würde dem Kind eine gute Mutter sein, versprach sie sich und Matthew stumm.

»Du hast einmal gesagt, dass du dir Kinder wünschst. Und nun …« Ihre Stimme versagte.

Den Menschen, den man liebt, lässt man nicht im Stich.

Matthews Augen öffneten sich. Eines schaute geradeaus, das andere verdrehte sich. Leni konzentrierte sich auf das ruhige Auge. Es war grün und schön und das Einzige, was sie an ihm wiedererkannte. Ein lautes Stöhnen entrang sich seiner Brust.

Dann fing er an zu schreien, und als wolle er sich befreien, stemmte er sich gegen die Gurte, die ihn festhielten. An den

Schrauben in seinem Schädel trat Blut aus. Ein Notruf begann zu schrillen.

»Nicht«, sagte Leni, stand auf und wich einen Schritt zurück. »Matthew, bitte nicht.«

Hinter ihr flog die Tür auf. Eine Krankenschwester stürzte an ihr vorbei zum Bett.

Leni zog die Kapuze ihrer Jacke über und zog sich hinter die Zimmertür zurück.

Matthew gab gutturale Laute von sich und bäumte sich immer wieder auf. Die Krankenschwester injizierte etwas in seinen Tropf. »Ganz ruhig, Matthew, alles ist gut. Gleich kommt dein Vater.«

Leni wollte ihm zum letzten Mal sagen, dass sie ihn liebte, so laut, dass es jeder hören würde, doch das wagte sie nicht.

Sie musste verschwinden, bevor die Schwester sich umwandte und sie entdeckte.

Aber sie konnte nicht, stand nur da, die Augen tränenblind und eine Hand auf ihren Bauch gepresst. *Ich werde versuchen, unser Kind glücklich zu machen, und ihm von uns erzählen. Von dir.*

Sie griff nach ihrem Rucksack und ging.

Ließ ihn allein.

Sie wusste, dass er das im umgekehrten Fall niemals getan hätte.

Sie.

Sie ist da. Oder doch nicht? Er weiß nicht mehr, was ist und was nicht.

Er kennt Wörter, die er gesammelt hat, weil sie immer wieder auftauchen. Aber er weiß nicht, was sie bedeuten. Koma. Bandage.

Kopfverletzung. Sie sind da diese Wörter, aber nicht richtig, mehr wie Bilder in einem anderen Raum, die man durch ein Fenster mit geriffeltem Glas sieht.

Manchmal weiß er, wer er ist und wo er ist. Manchmal weiß er für einen Moment, dass er im Koma war und daraus erwacht ist. Er weiß, dass er sich nicht bewegen kann, weil er angegurtet ist. Und dass er den Kopf nicht drehen kann, weil er festgeschraubt ist. Er weiß, dass er immer sitzt, aufgerichtet wurde, mit einer Metallklammer um den Schädel, ein Bein in einer Schlinge, und dass ihn fortwährend Schmerzen quälen. Er weiß, dass die Menschen, die ihn sehen, zu weinen anfangen.

Manchmal hört er etwas. Stimmen. Sieht Formen. Leute. Licht. Er versucht, mehr aufzunehmen, sich zu konzentrieren, doch die Formen zerfließen, die Stimmen verschwimmen.

Sie.

Sie ist jetzt da, oder? Wer ist sie?

Die, auf die er wartet.

Wirhättenesgeschafft, Matthew.

Matthew.

Das ist sein Name. Spricht sie mit ihm?

Weißtduwerichbin?

Er will sich umdrehen und sich aus dem Gurt befreien, um sie zu sehen. Nicht die Zimmerdecke, die über ihm hin und her zu rollen scheint.

Er schreit nach ihr, weint, versucht, sich an die Wörter zu erinnern, die er braucht – und findet nichts. Das frustriert ihn so sehr, dass er die Schmerzen nicht mehr spürt.

Er kann sich nicht bewegen. Er ist lahm – nein, das ist nicht das richtige Wort – festgebunden, angegurtet. Gefesselt.

Jetzt ist jemand anders da. Andere Stimme.

Er spürt, wie ihm alles entgleitet, weiß nicht mehr, was eben war.

Sie.

Was bedeutet das?

Er hört auf zu kämpfen, sieht die Frau in der hellblauen Kleidung an, lauscht ihrer ruhigen Stimme.

Seine Augen fallen zu.

Sie, *denkt er noch einmal,* geh nicht fort, *doch er weiß nicht einmal, was der Satz bedeutet.*

Er hört Schritte. Eilige Schritte.

Wie der Takt seines Herzschlags. Noch da und dann verklungen.

KAPITEL FÜNFUNDZWANZIG

Der Schnee ließ die Straßen von Homer in der Landschaft verschwinden, dämpfte die bunten Farben der Häuser und färbte den Himmel grau. Die wenigen Menschen, die unterwegs waren, sahen die Welt entweder durch halb zugeschneite Windschutzscheiben oder durch den kleinen Kreis, den ihre Kapuzen freiließen. Niemand achtete auf Leni, sie war nur eine junge Frau, die, bis zu den Augen eingemummelt, die Straße zum Flughafen entlanglief.

Ihr Gesicht schmerzte von den Schlägen ihres Vaters, doch das war nichts im Vergleich zu der Pein, die ihre Seele litt. Vor dem kleinen, aus Holz und Wellblech errichteten Flughafengebäude warf sie noch einmal einen Blick zurück. Dann betrat sie die Halle, die ebenso improvisiert wie das ganze Gebäude wirkte. Am unbemannten Schalter der Glass Lake Aviation fehlten die Buchstaben G und *l* im Firmenlogo, so dass dort nur noch *ass Lake Aviation* stand. Durch die Fenster erkannte sie ein kleines Flugzeug, das auf der Landepiste wartete. Der Fußboden der Halle war mit Linoleumfliesen ausgelegt, der Schalter bestand aus Sperrholz. Es gab einen kleinen Ständer mit Prospekten über Alaska und eine Toilette. An der Hintertür stand ein Stapel Kisten, die entweder geliefert worden waren oder verschickt werden sollten.

Außer Mom war niemand in der Halle. Sie saß auf einem weißen Plastikstuhl, hatte ihren Schal um Hals und Kinn gewunden und ihre Mütze tief ins Gesicht gezogen. Leni ließ sich auf dem Nachbarstuhl nieder. Auf dem Plastiktischchen vor ihnen lagen zerlesene Zeitschriften.

Leni wünschte, die Qual ihres Herzens ließe wenigstens ein bisschen nach, nur so viel, dass sie wieder atmen konnte. Sie wollte nicht mehr weinen, doch in ihren Augen brannten heiße Tränen.

Mom ließ ihren Zigarettenstummel in die leere Coladose auf dem Tisch fallen. Es zischte leise, dann stieg ein Rauchfaden aus der Öffnung auf. Sie lehnte sich zurück und seufzte.

»Wie geht es ihm?«

»Es hat sich nichts geändert.« Leni lehnte sich an Mom, suchte die tröstliche Wärme ihres Körpers. Auf der Suche nach einem Taschentuch griff sie in die Tasche ihres Parkas und ertastete das Päckchen, das Mr Walker ihr gegeben hatte.

Matthews Geburtstagsgeschenk. Es war so viel geschehen, dass sie es ganz vergessen hatte. Sie holte es hervor und betrachtete die Schrift. *Herzlichen Glückwunsch zum Geburtstag, Len!*

Nur ihre Mutter hatte Leni zum Geburtstag gratuliert. Hätte sie es nicht getan, hätte Leni ihren achtzehnten Geburtstag vergessen. Sie war sich sicher, dass Matthew für den Tag etwas Besonderes geplant hatte.

Sie löste die Klebestreifen vom Papier und strich es glatt. Wegwerfen würde sie es nie. Sie schaute auf das kleine weiße Kistchen in ihrer Hand und öffnete es. Es enthielt einen zusammengefalteten, vergilbten Zeitungsartikel.

Leni faltete ihn auf. Ein Foto fiel heraus. Es war das Foto eines Paars, es mussten Siedler sein. Dicht nebeneinander saßen die beiden vor einer kleinen Blockhütte, das Dach moosbewachsen. Zu ihren Seiten lagen zwei Schlittenhunde, und vor ihnen saß ein Junge mit auffallend hellem Haar. Bei dem Jungen handelte es sich zweifellos um Mr Walker, bei dem Paar vermutlich um seine Eltern.

Das könnten wir sein hatte Matthew an den Rand geschrieben.

Leni drückte das Foto an ihr Herz und begann den Artikel zu lesen.

Mein Alaska
4. Juli 1972
von Lily Walker

Alle glauben, das Wort »wild« zu kennen. Es ist ein Wort, das wir ständig im Mund führen. Mit ihm beschreiben wir Tiere, ein ungehorsames Kind, vielleicht auch Musik. In Alaska lernt man, was wild tatsächlich bedeutet.
Mein Mann Eckhart und ich kamen getrennt voneinander nach Alaska. Wir kannten einander noch nicht. Das klingt zwar unwichtig, ist es jedoch nicht. Jeder von uns beiden hatte diese Entscheidung für sich getroffen. Wir waren nicht mehr ganz jung und hatten erkannt, dass das Leben in der zivilisierten Welt, wie man sie nennt, nichts für uns war. Als wir nach Alaska aufbrachen, litt Amerika an den Folgen der Weltwirtschaftskrise. Ich wohnte mit meinen Eltern und sechs Geschwistern in einer Baracke. Es mangelte uns an allem – an Geld, Nahrung, an Zeit, an Liebe.
Wie kam ich darauf, nach Alaska zu ziehen? Ich weiß es nicht mehr. Ich war fünfunddreißig Jahre alt, eine sitzengebliebene

Jungfer, wie man Frauen wie mich seinerzeit nannte, und die Welt, in der ich lebte, war eine des Leids und der hungernden Kinder.

Ich brach einfach auf. Ich hatte zehn Dollar in der Tasche und keinerlei Ausbildung. Wie schon so viele Amerikaner vor mir machte ich mich auf den Weg nach Westen. Es klang romantisch und abenteuerlich zugleich. In Seattle stieß ich auf eine Anzeige in der Zeitung. Darin hieß es, dass die Goldgräber in Alaska Wäscherinnen suchen.

Ich dachte: Waschen kann ich. Und so zog ich weiter nach Alaska.

Die Arbeit war schwer. Ich wohnte inmitten der Goldgräber, die den Wäscherinnen keine Ruhe ließen. Meine Hände wurden rot und rau. Dann begegnete ich Eckhart. Er war zehn Jahre älter als ich und ein unscheinbarer Mann, wenn ich ehrlich sein soll.

Doch irgendetwas hatte er, das mir gefiel. Wenn wir uns trafen, erzählte er mir von seinen Plänen, sich auf der Halbinsel Kenai niederzulassen und dort ein Stück Land zu bebauen. Als er mich bat, seine Frau zu werden, willigte ich ein. Liebte ich ihn? Nein. Damals noch nicht. Auch in den ersten Jahren unserer Ehe nicht. Aber als er starb, war es, als hätte Gott mir das Herz aus der Brust gerissen.

Wild. Das ist das richtige Wort für Alaska. Für die Liebe, die ich hier empfand. Für mein Leben. Für mich gehören diese drei untrennbar zusammen. Alaska zieht nicht viele Menschen an. Die meisten sind nicht stark genug für das Leben hier oben. Doch wenn dieses Land einen Menschen gepackt hat, lässt es ihn nicht mehr los, und man gleicht sich an, wird ebenso wild. Man liebt die schroffe Schönheit der Landschaft und die Einsamkeit. Man würde nie mehr woanders leben wollen.

»Was hast du da?« Mom steckte sich die nächste Zigarette an und stieß den Rauch aus.

Behutsam faltete Leni den Artikel wieder zusammen. »Das ist ein Artikel, den Matthews Großmutter für eine Zeitung geschrieben hat. Sie ist ein paar Jahre vor unserer Ankunft hier gestorben.« Sie blickte auf das Foto in ihrem Schoß. »Ich werde nicht aufhören, ihn zu lieben«, sagte sie leise. »Oder glaubst du, ich vergesse ihn mit der Zeit?«

»Nein.« Mom seufzte. »Liebe verblasst nicht einfach so. Sie stirbt auch nicht, Schätzchen. Es gibt zwar Menschen, die das Gegenteil behaupten, aber die irren sich. Wenn du Matthew von ganzem Herzen liebst, dann tust du das auch noch in zehn Jahren. Sogar noch in fünfzig Jahren. Mit der Zeit wirst du ihn vielleicht anders lieben, nicht mehr so heftig, aber er wird für immer ein Teil von dir sein. Und du ein Teil von ihm.«

Leni wusste nicht, ob das ein Trost war. Wie sollte sie je wieder glücklich werden, wenn sie ihr Leben lang leiden würde und ihr Herz eine offene Wunde bliebe?

»Allerdings muss es in einem Leben nicht nur eine einzige Liebe geben. Wenn man Glück hat, erlebt man sie mehr als ein Mal.«

»Ich glaube nicht, dass wir Allbrights Glück haben«, sagte Leni.

»Warum denn nicht? War es etwa kein Glück, dass du Matthew hier in dieser einsamen Gegend gefunden hast? Dass er sich in dich verliebt hat und du dich in ihn?«

»Das wäre es gewesen, wenn wir nicht in diese Felsspalte gestürzt wären und er keine Kopfverletzung davongetragen hätte. Und wenn du Dad nicht hättest erschießen müssen, um mich zu schützen.«

»Sicher, man kann das Glas immer als halb voll oder halb leer betrachten.«

Mein Glas ist zerbrochen, dachte Leni. »Wohin fliegen wir eigentlich?«

»Interessiert dich das wirklich?«

»Nein.«

»Wir kehren nach Seattle zurück, über Anchorage, etwas Besseres ist mir nicht eingefallen. Marge hat mir das Geld für unsere Flüge gegeben, auf die Weise müssen wir nicht per Anhalter fahren.«

Die Tür zur Landebahn wurde aufgezogen, und eine Frau in einer braunen Jacke und einer dicken Mütze mit folkloristischem Muster betrat die Halle. »Die Passagiere für den Flug nach Anchorage bitte einsteigen.« Sie deutete auf das einsame Flugzeug draußen.

Mom zog ihren Schal höher, Leni verkroch sich in ihrem Parka. Sie standen auf und griffen nach ihren Rucksäcken.

»Sind Sie die Passagiere?«, fragte die Frau. Bevor Mom antworten konnte, klingelte das Telefon auf dem Schalter. Die Frau nahm den Hörer ab.

Mom und Leni huschten an ihr vorbei zu dem Flugzeug, dessen Propeller sich schon drehte. Sie stiegen ein, verstauten ihre Rucksäcke unter den einzigen beiden Sitzen direkt hinter dem Piloten und ließen sich darauf nieder. Der Pilot begrüßte sie über Lautsprecher und bat sie, sich anzuschnallen.

Mit knatterndem Motor setzte das Flugzeug sich in Gang, rumpelte über die Piste und hob ab.

Durch ihr Bullauge sah Leni zu, wie Homer, der Spit und die Kachemak Bay unter ihr kleiner wurden, bis alles verschwand und sie nur noch von schweren grauweißen Wolken umgeben waren, durch die hier und da ein Gipfel der Kenai Mountains stach.

Am späten Abend landeten sie in Seattle. Die Stadt empfing sie mit Regen.

Sie nahmen den Bus, vor ihnen eine endlose Kette roter Rücklichter, Verkehrsampeln, Schilder, um sie herum der Lärm von Autohupen.

Im Zentrum von Seattle stiegen sie aus. Dort schoben sich Menschentrauben durch die Straßen, und aus den umliegenden Lokalen dröhnte Musik, wütende, schnelle Klänge. Die Menschen, die vor den Bars herumstanden, wirkten auf Leni, als kämen sie vom Mars. Sie hatten das Haar blau oder grün gefärbt, zu einem Hahnenkamm aufgestellt, trugen schwarze Kleidung voller Risse.

Mom nahm Lenis Hand. Sie kamen an einem kleinen Park vorbei, in dem ausgemergelte junge Leute auf den Bänken schliefen oder zusammenstanden und mit geschlossenen Augen an einer merkwürdig geformten Zigarette sogen.

Der Regen ließ viele der Bilder verschwimmen, doch Leni sah Frauen, die mit einem Baby auf dem Schoß in Hauseingängen hockten, und Männer, die unter einer Brücke in Schlafsäcken lagen. Sie wünschte, sie alle würden Alaska kennen und hätten die Kraft, dort einen Neuanfang zu wagen. Sie erinnerte sich an die Mädchen und Frauen, die vor ihrer Abreise im Staat Washington ermordet worden waren. Der Mörder – ein Mann mit dem Namen Ted Bundy – war mittlerweile gefasst worden, doch das hieß vermutlich nicht, dass die Straßen nun sicher geworden waren.

Mom fand eine Telefonzelle und bestellte ein Taxi, das wenig später vor ihnen bremste und eine Wasserfontäne aufwirbelte. Mom und Leni kletterten auf den Rücksitz. Ein penetranter Geruch nach Tannennadelspray stieg Leni in die Nase. Während der Fahrt schaute Leni aus dem Fenster auf die vorbeiziehenden Lichter der Stadt, die ihr fremd geworden war. Sie sah dunkle Bürogebäude, hohe Wolkenkratzer und hell erleuchtete Geschäfte mit Schaufensterpuppen in glitzernden, eng taillierten Kleidern mit gewaltigen Schulterpolstern. Dann stieg die Straße an, und sie fuhren durch ein Wohngebiet mit herrschaftlichen Häusern.

»Hier ist es«, sagte Mom und bezahlte den Fahrer.

Das Haus, vor dem sie ausstiegen, war größer, als Leni es in Erinnerung hatte. Im trüben Licht der Straßenlaternen hatte es etwas Übermächtiges und Bedrohliches. Das hohe spitze Dach ragte in den dunklen Nachthimmel, die Fenster mit den rautenförmigen Scheiben glänzten wie Augen, die Pfosten des Eisenzauns glichen Lanzen.

»Bist du dir sicher?«, fragte sie ihre Mutter.

Sie ahnte, wie viel Überwindung es Mom kostete, zu ihren Eltern zu gehen und sie um Hilfe zu bitten. Sie erkannte es an der Nervosität, mit der ihre Mutter an ihrer Jacke zupfte und die Lippen stumm bewegte. »Meine Eltern hatten recht«, sagte sie. »Von Anfang an haben sie ihn richtig eingeschätzt.«

»Wir könnten versuchen, uns allein durchzuschlagen.«

»Nicht mehr«, sagte Mom. »Wäre ich allein, dann vielleicht, aber nicht mit dir und dem Baby.« Sie drehte sich zu Leni um und lächelte ein wenig. »Ich war alles andere als eine gute Mutter, ich möchte es wenigstens als Großmutter richtig machen. Bitte, gib mir die Möglichkeit dazu.« Sie sah Leni an, dann holte sie tief Luft. »Also los.«

Sie liefen den gepflasterten Weg hinauf. Im Garten beschienen Lichtstrahler Büsche, die wie Tiere aussahen, und Rosensträucher, die für den Winter gestutzt worden waren. Vor der schweren Eingangstür blieben sie stehen und stellten ihre Rucksäcke ab. Mom schien sich zu sammeln. Dann drückte sie auf die Klingel.

Kurz darauf öffnete Lenis Großmutter die Tür.

Die vergangenen Jahre hatten auf ihrem Gesicht Spuren hinterlassen. Ihre Haut war faltig geworden, das Haar grau. »Mein Gott«, flüsterte sie und schlug sich die Hand vor den Mund.

»Hallo Mom«, sagte Mom mit bebender Stimme.

Hinter Lenis Großmutter wurden Schritte laut. Sie trat zur Seite. Ein schwergewichtiger Mann tauchte neben ihr auf. Es war Lenis Großvater, doch Leni konnte sich nicht mehr daran erinnern, ob sie ihm schon einmal begegnet war. Sie betrachtete den blauen Kaschmirpullover, der über seinem Bauch spannte, die weiche Kinnpartie, das dünne weiße Haar, das er sorgfältig über seinen kahlen Schädel gekämmt hatte, die dünnen Beine in der schwarzen Hose. Mom hatte gesagt, dass er siebzig sei, doch er wirkte älter.

»Hallo Dad«, sagte Mom.

Lenis Großeltern musterten sie und Mom mit schmalen Augen, sahen die Verfärbungen, Risse und Schwellungen in Lenis Gesicht. »Dieses Schwein«, sagte Grandpa.

»Wir brauchen Hilfe«, sagte Mom.

»Wo ist der Dreckskerl?«, fragte Grandpa.

»Wir haben ihn verlassen.«

»Gott sei Dank«, sagte Grandma.

»Müssen wir damit rechnen, dass er euch nachkommt und unsere Haustür aufbricht?«, fragte Grandpa.

Mom schüttelte den Kopf. »Nie mehr.«

Grandpa taxierte sie mit schiefgelegtem Kopf, als dächte er über die Bedeutung nach, die in dieser Antwort lag.

»Ich bin schwanger«, sagte Leni. Sie und Mom hatten eigentlich beschlossen, dass sie das zunächst für sich behalten würden, doch Leni stellte fest, dass sie es nicht konnte. Sie waren hier, um Hilfe zu erbitten, und deshalb sollten sie aufrichtig sein. Und sie hatte in ihrem Leben genügend Geheimnisse gehütet und unter ihnen gelitten, das sollte nun vorbei sein.

»Der Apfel fällt nicht weit vom Stamm«, sagte Mom und versuchte zu lächeln.

»Die Situation kommt mir bekannt vor«, sagte Grandpa. »Ich erinnere mich sogar noch an den Rat, den ich dir damals gegeben habe.«

»Du wolltest, dass ich mein Baby aufgebe, zu euch zurückkehre und tue, als wäre nichts gewesen«, sagte Mom. »Und ich hätte mir gewünscht, dass du dieses Kind akzeptierst und sagst, dass du mich trotzdem liebst.«

»Es war nicht ganz so«, sagte Grandma sanft. »Wir kannten Frauen in unserer Kirchengemeinde, die keine Kinder bekommen konnten und deinem Baby ein gutes Zuhause geboten hätten.«

»Ich werde mein Kind behalten«, sagte Leni. »Wenn ihr uns deshalb nicht helfen wollt, solltet ihr es jetzt sagen.«

Mom griff nach Lenis Hand und drückte sie.

Eine Zeitlang sagte niemand etwas. In dieser Stille wurden Leni die Schwierigkeiten bewusst, die ihnen bevorstünden, wenn sie ihr Leben allein zu meistern versuchten. Die Vorstellung machte ihr Angst. Doch noch viel schrecklicher war die Vorstellung, sich von ihrem Baby zu trennen. Es gab Entscheidungen, die man sich nie verzieh, das hatte sie in ihren jungen Jahren bereits gelernt.

Nach einer gefühlten Ewigkeit wandte Grandma sich zu Grandpa um. »Wie oft haben wir darüber gesprochen, dass jeder eine zweite Chance verdient, Cecil? Nun sollten wir dazu stehen.«

Grandpa deutete auf Mom. »Aber nur, wenn du nicht wieder mitten in der Nacht fortläufst. Deine Mutter hätte das beim letzten Mal fast nicht überstanden.«

Leni erkannte das Leid, das sich hinter diesen Worten verbarg. Und das Bedauern. Mom und ihre Eltern hatten einander Unrecht getan, doch nun schienen sie bereit für einen Neuanfang.

»Das werde ich nicht noch einmal tun«, versprach Mom.

Endlich malte sich ein Lächeln in Grandpas Gesicht. »Willkommen zu Hause, Coraline. Willkommen, Lenora.« Er trat zurück und winkte sie ins Haus. »Vielleicht sollte Lenora einen Eisbeutel auf die Blutergüsse legen und morgen zu einem Arzt gehen.«

Leni merkte, dass es ihre Mutter Überwindung kostete, die Schwelle zu überschreiten. Sie legte einen Arm um sie.

»Nicht loslassen«, flüsterte Mom.

Wie bei ihrem letzten Besuch nahm Leni den Duft der Blumen wahr, die, zu kunstvollen Gestecken arrangiert, auf zwei Tischchen in Kristallvasen standen und von dem großen goldgerahmten Spiegel reflektiert wurden.

Auf dem Weg über den Flur warf sie einen Blick durch die offenen Türen in die dahinterliegenden Zimmer. Eines war ein Esszimmer mit einem riesigen Mahagonitisch und dazu passenden Stühlen. Bei einem anderen handelte es sich um die Bibliothek, die Bücherregale an den Wänden reichten bis zur

Decke. Das dritte war ein opulent eingerichtetes Wohnzimmer mit zwei Sofas, Sesseln und edlen Lampen. Der Teppich auf der Treppe nach oben war so dick, dass sie das Gefühl hatte, auf Moos zu gehen. Der obere Flur war mit Mahagoni getäfelt und glänzte im Schein schmaler Messingleuchten. Bilder von Jagdszenen hingen in üppig verzierten Goldrahmen.

»Lenora kann hier schlafen.« Grandma blieb vor einer Tür stehen. Grandpa war einige Schritte zurückgefallen, als sei die Verteilung der Zimmer Frauensache. »Es ist das alte Zimmer von Coraline.« Sie bedeutete Mom weiterzugehen.

Leni betrat ihr neues Zimmer.

Als Erstes sah sie nur elfenbeinfarbene Spitze. Es war feine Spitze, zart wie Spinnengewebe, nicht die maschinell gefertigte Meterware, die Large Marge mitunter in ihrem Laden hatte. Die Gardinen waren aus der kostbaren Spitze, ebenso die Tagesdecke auf dem Bett und die Lampenschirme. Die Farbe des weichen Teppichbodens war ein helles Beige, die Möbel – das Bett, der nierenförmige Toilettentisch, der Schemel darunter und der Kleiderschrank – waren cremefarben und mit schmalen goldenen Leisten eingefasst.

Es roch erdrückend nach Lavendel.

Leni schob eines der Fenster hoch und sog dankbar die frische, regenfeuchte Abendluft ein. Sie ließ ihren Blick über die Häuser an der Straße wandern, in denen Lichter brannten und fremde Menschen wohnten.

Ihr Zimmer ging zum Garten hinaus. Unter ihr befanden sich ein kleines, schindelgedecktes Vordach, dahinter ein Ahornbaum mit kahlen Ästen. Nur hier und da war noch ein rotgoldenes Blatt zu erkennen.

Bäume. Abendluft. Stille.

Sie kletterte auf das Dach. Dort fühlte sie sich besser als in dem Zimmer. Sie roch Bäume, Gras und ganz schwach das Meer, das nicht allzu weit vom Haus ihrer Großeltern entfernt war.

Sie schaute zum Himmel hinauf, an dem weder Mond noch Sterne zu erkennen waren. In Kaneq war der Himmel in klaren Nächten mitternachtsblau, und wenn die Landschaft verschneit war, schimmerte der Schnee in der Dunkelheit und schuf ein ganz eigenes Licht. Und manchmal tanzten die bunten Farben des Polarlichts über den Himmel, reichten bis zur Erde herunter. Doch in klaren Nächten würde sie auch hier Sterne entdecken, und es wären dieselben wie in Alaska – der Große Wagen, der Drache, der Löwe, das Haar der Berenike –, all die Sternbilder, die Matthew ihr gezeigt hatte.

Ihre Finger schlossen sich um den herzförmigen Anhänger an ihrem Hals. Nun konnte sie die Kette offen tragen, ohne Furcht, dass Dad sie fragen würde, woher sie die hätte. Sie würde sie nie mehr ablegen.

Sie hörte, wie hinter ihr die Tür aufging, und drehte sich um.

Mom tauchte am Fenster auf und lächelte, als sie Leni draußen sitzen sah. »Darf ich dir Gesellschaft leisten?«

Leni nickte und rückte zur Seite.

Mom stieg aus dem Fenster und ließ sich neben Leni nieder. Sie zog die Beine an und schlang die Arme um ihre Knie. »Früher in der Highschool bin ich samstagnachts an dem Ahorn hinuntergeklettert, um mich mit Jungen aus meiner Klasse zu treffen.« Sie seufzte. »Bei mir hat sich alles um Jungen gedreht.« Sie stützte ihr Kinn auf die Knie.

Leni lehnte sich an Mom und schaute auf das Nachbarhaus hinter dem Garten. Überall brannten Lichter, und in drei Zimmern liefen Fernseher. Wie diese Menschen Strom verschwendeten.

Mom legte einen Arm um Leni. »Ich habe in deinem Leben sehr viel kaputtgemacht, Schätzchen«, sagte Mom. »Wenn du wüsstest, wie sehr ich das bedauere.«

»Wir waren es beide«, erwiderte Leni. »Nun müssen wir damit leben.«

»Mit mir stimmt etwas nicht«, sagte Mom nach einer Weile.

»Das ist nicht wahr«, antwortete Leni fest. »Er war derjenige, mit dem etwas nicht gestimmt hat.«

Nach ein paar Tagen hielten sie es im Haus nicht mehr aus. Die Verfärbungen auf Lenis Gesicht waren kaum noch zu sehen und die Schwellungen zurückgegangen, so dass sie beschlossen, sich nach draußen zu wagen. Um sicherzugehen, dass niemand von früher sie erkannte, hatte Mom sich das Haar kurzgeschnitten und dunkel gefärbt.

Sie nahmen einen Bus in die Innenstadt und verschmolzen mit der Menge der Angestellten, Einkaufenden, Touristen und Punks.

Mom deutete auf den strahlend blauen Himmel.

Leni schenkte ihm kaum einen Blick. Auch die Sehenswürdigkeiten, die Mom ihr zeigte, als wäre Leni noch nie in Seattle gewesen, interessierten sie nicht. Gleichgültig lief sie über den Fischmarkt und an dem Aussichtsturm namens Space Needle vorbei, der noch immer wie ein außerirdisches Raumschiff auf Stelzen aussah. Sie hatte auch keine Lust, das neue Aquarium am Pier in der Elliott Bay zu besuchen.

Zwar mochte Seattle an diesem sonnigen, warmen Novembertag schön sein – es war eine grüne Stadt, und sie lag am Meer –, doch es gab zu viel Asphalt und Beton. Die Menschen kamen Leni wie eine Herde Ameisen vor, der Lärm störte sie, das stete Hupen der Autos, die quietschenden Reifen, die lauten Stimmen all der Leute. Die Gerüche nach Abgasen waren ihr unerträglich. Wie sollte sie sich hier jemals zu Hause fühlen können?

Nicht einmal nachts war es still. In den vergangenen Nächten hatte sie in dem unvertrauten, nach chemischem Waschmittel riechenden Bett kaum Schlaf gefunden. Immer wieder war sie hochgeschreckt, weil irgendwo die Sirene eines Streifenwagens ertönte.

In der Innenstadt stiegen sie in einen Bus zur University of Washington um, den sie an einem Platz namens Red Square wieder verließen. Der Platz war rot gepflastert und wurde von roten Backsteingebäuden umringt. In der Mitte ragte ein riesiger roter Obelisk in den blauen Himmel.

Überall wimmelte es von Studenten. Eine Gruppe ganz in Schwarz Gekleideter demonstrierte mit Plakaten gegen Atomkraft und Waffenexporte. *Hanford Site* solle geschlossen werden, wurde auf einem Plakat gefordert. Mom sagte, es handle sich um eine Nuklearanlage.

Leni dachte an die Studenten, die sie in den Sommermonaten in Homer gesehen hatte – junge Leute in schicken Windjacken, die andächtig die Kachemak Bay und die dahinterliegenden Kenai Mountains bestaunt hatten. Mitunter hatte sie ihre Gespräche belauscht, dass man alles hinter sich lassen und in Alaska ein einfaches Leben führen solle, »zurück zur Natur«. Solche Träume erwachten schnell, wenn man der Landschaft Alaskas in all ihrer Großartigkeit und Magie zum ersten Mal gegenüberstand. Trotzdem würden die wenigsten von ihnen es wagen, ihre Träume zu verwirklichen; und diejenigen, die es wagten, brachen ihren Versuch nach dem ersten Winter ab – doch die Erinnerung an diesen Traum würde nie verblassen.

Leni umklammerte den kleinen Rucksack, den sie schon mit zwölf Jahren besessen hatte. Ihn hatte sie auf der Reise nach Alaska dabeigehabt, es war der einzige Gegenstand, der die Wechselfälle ihres Lebens überdauert hatte. Sie wünschte, sie hätte auch ihre alberne Lunchbox mit dem Bild von Pu dem Bären mitnehmen können.

Nach einigem Umherirren fanden sie ihr Ziel, die rosa- und cremefarbene, im gotischen Baustil gehaltene Suzzallo-Bibliothek mit ihren Bogen, Türmchen und schmalen, fein ziselierten Fenstern und Türen.

In dem großen Lesesaal stockte Leni der Atem. Noch nie hatte sie so viele Regale voller Bücher gesehen, noch nie eine so konzentrierte Lernatmosphäre gespürt. An zwei Seiten reihten sich große Holztische mit grünen Bankerleuchten, an denen junge Leute über ihre Bücher gebeugt saßen, über ihnen ein imposantes Deckengewölbe mit schweren Lüstern. Doch das Beste waren die vielen Bücher. Sie wisperten von unerforschten Welten und unentdeckten Wissensschätzen, und Leni fühlte sich mit einem Mal nicht mehr allein, denn die Bücher in diesen Regalen schienen sie als Freunde willkommen zu heißen. *Wenn Matthew das nur sehen könnte …*

Im Gleichschritt durchquerten sie den Lesesaal, hörten, wie ihre schweren Stiefel auf dem Holzboden klackten. Doch niemand der Studierenden schaute auf und sah sie missbilligend an.

Auch die Bibliothekarin an der Ausleihe hörte sich ihre Bitte mit neutraler Miene an und erklärte ihnen, wie sie zur Sammlung der Periodika gelangen würden.

Dort trafen sie auf die nächste Bibliothekarin, die sich bei ihrem Anblick und ihrer Bitte ebenfalls nichts zu denken schien, sondern ihnen anstandslos die gewünschten Ausgaben heraussuchte.

Mom bedankte sich und nahm den Stapel mit unsteten Händen entgegen. Sie ließen sich an einem Lesetisch nieder und schlugen die erste Zeitung auf. Es dauerte nicht lange, bis sie auf das Gesuchte stießen.

Familie aus Kaneq vermisst
Verdacht auf Verbrechen
In Kaneq wird eine Familie vermisst. Am 13. November verständigte eine Nachbarin der Vermissten die Polizei und erklärte, dass Cora Allbright und ihre Tochter Lenora verschwunden seien. »Sie wollten mich gestern besuchen und sind nicht erschienen«, sagte sie. »Ich habe Angst, dass der Vater der Familie dahintersteckt.«
Am Tag darauf meldete ein weiterer Nachbar, dass er in der Nähe seines Grundstücks ein verlassenes Fahrzeug entdeckt habe. Das Fahrzeug ist auf Ernt Allbright zugelassen.
Die Polizei berichtet, dass auf den Sitzen und am Lenkrad Blutspuren gefunden wurden, ebenso die Handtasche von Cora Allbright.
»Wir suchen nach den Vermissten, gehen jedoch davon aus, dass hier möglicherweise ein Gewaltverbrechen stattgefunden hat«, erklärte Officer Curt Ward aus Kaneq. Die Nachbarn gaben an, dass Ernt Allbright für seine Gewalttätigkeit bekannt war. Sie befürchten, dass er seiner Frau und Tochter etwas angetan haben und anschließend geflohen sein könnte.
Die Ermittlungen dauern an.
Die Polizei bittet jeden, der Informationen über den Verbleib der Familie besitzt, sich bei Officer Ward zu melden.

Mom lehnte sich zurück und seufzte schwer.

Leni sah den Schmerz, an dem ihre Mutter litt und es womöglich ihr Leben lang tun würde. Weil sie Dad geliebt hatte. Weil sie bei ihm geblieben war, als sie ihn hätte verlassen müssen. Und weil sie ihn erschossen hatte. Was wurde aus solch einer Wunde, die einem das Leben zufügte? Heilte sie mit den Jahren? Vergiftete sie alles Zukünftige gleich einem ewigen Eiterherd? Oder lernte man einfach, damit zu leben?

»Mein Vater sagt, dass man uns irgendwann für tot erklären wird. Frühestens nach sieben Jahren.«

»So lange?«

»Wir müssen nach vorn schauen, Schätzchen. Müssen wieder lernen, glücklich zu sein. Sonst war alles vergebens.«

Glücklich.

Das Wort löste in Leni nichts aus. Sie konnte sich nicht vorstellen, jemals wieder glücklich zu sein.

Doch sie sagte: »Ja, jetzt können wir glücklich werden«, und versuchte zu lächeln.

KAPITEL SECHSUNDZWANZIG

Nach dem Abendessen zog Leni sich in ihr Zimmer zurück, um zu lesen. »The Stand – Das letzte Gefecht« war der dritte Roman von Stephen King, den sie seit ihrer Ankunft in Seattle verschlang. Horrorgeschichten faszinierten sie nun mehr als Fantasy- und Science-Fiction-Romane, eine neue Leidenschaft, die widerspiegelte, was in ihr vorging. Ihr war es lieber, wenn ihre Alpträume sich um Kings Figuren drehten als um die realen Menschen aus ihrer Vergangenheit.

Sie wollte gerade umblättern, als sie draußen die leisen Stimmen ihrer Mutter und Großmutter hörte. Es klang, als wären sie auf dem Weg nach unten.

Leni warf einen Blick auf die Uhr auf ihrem Nachttisch. Es war eine der vielen Uhren ihrer Großeltern, die, über die Zimmer verteilt, im gleichen Takt tickten, als schlüge im Haus ein verborgenes Herz.

Es war kurz vor neun. Normalerweise gingen ihre Großeltern um diese Uhrzeit zu Bett.

Neugierig geworden, legte Leni einen Papierschnipsel als Lesezeichen in ihr Buch und klappte es zu. Dann schlich sie zur Tür, öffnete sie einen Spaltbreit und spähte hinaus.

In der unteren Etage brannte Licht.

Leni schlüpfte aus ihrem Zimmer. Auf bloßen Füßen tappte

sie über den dicken Teppich zur Treppe. Lautlos nahm sie die Stufen nach unten.

Die Tür zum Wohnzimmer stand halb offen. Von dort drangen die Stimmen von Mom und Lenis Großeltern zu ihr.

Mom hatte sich auf dem rotbraunen Sofa niedergelassen. Grandpa und Grandma saßen ihr gegenüber auf den Ohrensesseln mit Paisleymuster.

Leni setzte sich auf die unterste Treppenstufe und lauschte.

»Die Polizei geht davon aus, dass er uns umgebracht hat«, sagte Mom. »Das habe ich heute in einer Lokalzeitung gelesen.«

»So weit wäre es ja auch fast gekommen«, sagte Grandma. »Falls du dich erinnerst: Ich habe dich damals gewarnt, mit ihm nach Alaska zu ziehen.«

»Wir haben dich schon gewarnt, diesen Mann überhaupt zu heiraten«, fügte Grandpa hinzu.

»Dieses Wir-haben-dich-gewarnt hilft mir jetzt auch nicht weiter«, entgegnete Mom ein wenig ungehalten. Dann seufzte sie. »Ich habe ihn geliebt.«

Leni dachte, dass es noch lange dauern würde, bis sie alle es schafften, sich nicht mehr mit der Vergangenheit zu beschäftigten, das, was nicht mehr zu ändern war, loszulassen.

»Ich weiß nicht mehr weiter«, sagte Mom. »Erst habe ich Lenis und mein Leben ruiniert, und jetzt ziehe ich euch auch noch mit hinein.«

»Was soll das?«, sagte Grandma. »Wir sind deine Eltern. Wir sind froh, wieder Anteil an deinem Leben zu nehmen.«

»Apropos, das hier ist für dich«, sagte Grandpa. Seine klackenden Schritte ertönten. Selbst im Haus trug er gute Schuhe, nie Pantoffeln.

»Das ist eine Geburtsurkunde«, sagte Mom und klang verwundert. »Für eine Evelyn Chesterfield. Das Geburtsdatum ist der 4. April 1944. Was soll ich damit?«

Ein Sessel knarrte, Grandpa musste sich wieder gesetzt haben. »Und hier ist noch eine gefälschte Heiratsurkunde. Du hast einen Mann namens Chad Grant geheiratet. Mit diesen Unterlagen kannst du einen Führerschein und eine Sozialversicherungsnummer beantragen. Ich habe auch eine Geburtsurkunde für Leni. Sie ist deine Tochter, und ihr Name lautet Susan Grant. Ihr werdet nicht weit von hier ein kleines Haus mieten. Wir werden euch als entfernte Verwandte ausgeben oder dich als unsere Hausangestellte. Irgendetwas in der Art. Die Hauptsache ist, dass ihr uns besuchen könnt und niemand misstrauisch wird. Die Nachbarn, die dich noch von früher kennen könnten, sind zum Glück schon vor Zeiten fortgezogen.«

»Woher hast du diese Papiere?«

Grandpa schwieg. Dann räusperte er sich. »Ich habe Kontakte. Ein Mandant hat sie mir besorgt. Es ist ein Mann … von zweifelhafter Moral.«

»Nein«, sagte Mom leise. »So etwas tust du nicht.«

Nach kurzem Schweigen antwortete Grandpa: »Wir haben uns alle verändert. Wir alle haben Fehler gemacht – und auf die harte Tour dazugelernt. Als du sechzehn warst, hätten wir dich anhören müssen.«

»Und ich hätte auf euch hören sollen.«

An der Tür wurde geklingelt.

Um diese Uhrzeit war das Läuten der Klingel ein so überraschendes Geräusch, dass Lenis Herz für einen Moment aussetzte. Wieder hörte sie die Schritte ihres Großvaters, hastige Schritte. Eine Holzjalousie wurde bewegt.

»Polizei«, sagte Grandpa.

Mom kam aus dem Wohnzimmer geeilt und entdeckte Leni.

Grandpa war ihr gefolgt. »Rasch«, sagte er. »Lauft nach oben.«

Mom und Leni huschten die Treppen hinauf und über den oberen Flur zu dem Schlafzimmer von Lenis Großeltern, einem großen Raum mit olivgrünem Teppichboden und Sprossentüren zu einem Balkon. Über dem breiten Himmelbett lag eine Tagesdecke aus zartgrüner Spitze, auf einem der beiden Nachttische brannte ein Lämpchen.

In einer Ecke des Zimmers kniete Mom sich auf den Fußboden und nahm eine Lüftungsklappe an der Wand ab. Leni hockte sich neben sie. »Hier habe ich früher meine Eltern belauscht und die Nonnen, wenn sie kamen, um sich über mich zu beschweren.«

Leni hörte gedämpfte Schritte.

»Detective Madison und Detective Watt«, sagte eine Männerstimme. »Wir kommen von der hiesigen Polizeiwache.«

»Zu so später Stunde?«, fragte Grandpa. »Ist in unserer Nachbarschaft etwas vorgefallen?«

»Wir kommen im Auftrag der Polizei von Homer in Alaska.« Den Rest konnte Leni nicht verstehen. »… Ihre Tochter Cora Allbright … zum letzten Mal gesehen … Man befürchtet das Schlimmste. Es tut uns leid.«

Grandma stieß einen Schrei aus.

»Kommen Sie, Ma'am, setzen Sie sich.«

Für längere Zeit war nichts mehr zu hören. Dann schnappten die Schlösser einer Aktentasche auf und zu. Die Stimme von vorher begann wieder. »… Pick-up gefunden … Haus voller Blutspuren, die Fensterscheibe war zerbrochen … Tatort … Einige Spuren waren von Wildtieren verwischt. Die Beweise sind unvollständig … diese Jahreszeit … das Wetter. Wer weiß, was wir finden, wenn der Schnee schmilzt … Wir halten Sie auf dem Laufenden.«

»Er hat sie umgebracht«, sagte Grandpa laut und zornig. »Dieses Dreckschwein.«

»Es gibt tatsächlich Informationen, die besagen, dass der Ehemann Ihrer Tochter gewalttätig war.«

Leni wandte sich zu ihrer Mutter um und flüsterte: »Heißt das, dass wir damit durchkommen?«

»Mord verjährt nicht«, antwortete Mom. »Und alles, was wir getan haben und noch tun werden – etwa wenn wir die gefälschten Papiere benutzen –, wird unsere Schuld vergrößern, falls man uns jemals überführt. Sollte die Leiche deines Vaters eines Tages gefunden werden, wird man nach uns suchen. Und nun haben meine Eltern für uns gelogen und sich ebenfalls schuldig gemacht. Wir müssen sehr vorsichtig sein, Leni.«

»Für wie lange?«

»Unser Leben lang.«

Liebster Matthew,

jeden Tag rufe ich im Reha-Zentrum an und behaupte, ich wäre Deine Cousine. Die Auskunft ist immer die gleiche, nämlich dass Dein Zustand unverändert sei, und jedes Mal wird die Wunde in meinem Herzen ein Stück tiefer.
Ich weiß, dass ich Dir diesen Brief nicht schicken darf. Und selbst wenn Du ihn bekämest, könntest Du ihn nicht lesen. Aber ich muss Dir schreiben, auch wenn es verlorene Worte sind. Ich habe mir schon oft gesagt – und andere haben es mir noch öfter gesagt –, dass ich mich auf mein neues Leben einlassen muss. Das versuche ich. Wirklich.

Aber Du bist immer in mir, bist ein Teil von mir, vielleicht sogar der beste Teil. Damit meine ich nicht nur unser Baby. In meinen Gedanken höre ich Deine Stimme. Wenn ich schlafe, sprichst Du im Traum mit mir, und ich wache mit Tränen auf meinen Wangen auf.

Meine Mutter hatte recht, was die Liebe betrifft. Sie weiß, dass wahre Liebe unermesslich, ja unbeirrbar ist. Und genauso wenig wie man sich zwingen kann, jemanden zu lieben, kann man sich dazu bringen, jemanden nicht mehr zu lieben.

Ich versuche, mich hier anzupassen. Tue mein Bestes. Genauer gesagt, Susan Grant tut das. Die Straßen sind voller Autos, und über die Bürgersteige schieben sich Menschenmengen, doch niemand schaut den anderen an oder redet mit einem. Du hast einmal gesagt, dass man Schönes sieht, wenn man danach sucht. Ich finde es im Mount Rainier, der sich an klaren Tagen zeigt und an bedeckten zu verschwinden scheint. Er erinnert mich an den Mount Iliamna. In Seattle nennt man ihn einfach »Berg«, sie haben ja nur diesen einen, anders als bei uns, wo die Berge das Rückgrat unserer Welt bilden.

Meine Großeltern legen auf sonderbare Dinge wert. Wie der Tisch gedeckt wird, wann wir essen, wie ordentlich ich mein Bett mache und wie sorgsam ich mich kämme. Gestern hat meine Großmutter mir eine Pinzette gegeben und mich gebeten, meine Augenbrauen zu zupfen.

Aber meine Mutter und ich haben ein hübsches kleines Haus zur Miete gefunden. Es liegt nicht weit vom Haus meiner Großeltern entfernt, so dass wir sie oft besuchen. Aber nicht zu oft, wir müssen vorsichtig sein. Ich glaube, meine Mutter kann selbst kaum glauben, wie gern sie mit ihren Eltern zusammen ist. Wir haben mehr als genug zu essen, tragen neue Kleider, und wenn wir alle am Tisch sitzen, versuchen wir, die Maschen

unseres Lebens wiederaufzunehmen und unsere Geschichte weiterzustricken.
Vielleicht ist das auch Liebe.

Liebster Matthew,

Weihnachten ist hier ein Riesenereignis, voller Glanz und Glitzer und mit unglaublich vielen Süßigkeiten. Meine Großeltern haben mich so reich beschenkt, dass es mir regelrecht peinlich war. Doch später, als ich allein in meinem Zimmer war und aus dem Fenster auf die mit blinkenden Lichtern geschmückten Häuser der Nachbarn schaute – Nachbarn, von denen wir uns fernhalten, damit sie nicht zu viele Fragen stellen können –, da dachte ich an den richtigen Winter. Und dachte an Dich. An uns.
Ich sah mir das Foto Deiner Großeltern an und las den Zeitungsartikel Deiner Großmutter wie schon so viele Male.
Ich frage mich, was unser Baby empfindet. Spürt es, wie unsicher ich bin? Hört es den Klang meines gebrochenen Herzens?
Ich wünsche mir so sehr, dass es glücklich ist. Bei allem Unglück ist es dennoch das Kind unserer Liebe – der Menschen, die wir waren.
Ich glaube, heute hat es sich bewegt.
Ich stelle mir ein Mädchen vor und nenne es in Gedanken Lily.
Nach Deiner Großmutter.
Ein Mädchen muss in dieser Welt stark sein.

Liebster Matthew,

ich kann nicht glauben, dass wir jetzt schon 1979 haben. Heute habe ich wieder im Reha-Zentrum angerufen und die übliche Auskunft erhalten – dass dein Zustand unverändert sei.

Dummerweise hat meine Mutter das Telefonat mitbekommen und ist fast durchgedreht. Sie hat mir erklärt, wie unbedacht ich sei. Anscheinend kann die Polizei einen Anruf zurückverfolgen, wenn sie will. Deshalb darf ich nicht mehr anrufen. Ich würde uns alle in Gefahr bringen. Aber wie soll ich das schaffen? Die kurzen Worte am Telefon, seien sie auch immer gleich, sind doch alles, was mir von Dir geblieben ist. Ich weiß, dass es Dir nie besser gehen wird, trotzdem denke ich bei jedem Anruf, vielleicht ist es diesmal anders. Diese Hoffnung ist alles, was ich habe, ganz gleich, wie vergeblich sie sein mag.

Doch das sind alles schlechte Nachrichten, und Du wirst lieber gute Nachrichten hören wollen. Vor uns liegt ein neues Jahr, und darin wird Gutes geschehen.

Ich gehe zur University of Washington. Meine Großmutter hat ihre Beziehungen spielen lassen und dafür gesorgt, dass Susan Grant sich ohne den Nachweis eines Highschool-Abschlusses immatrikulieren kann. Wie anders das Leben hier ist, und wie viel davon abhängt, dass man Geld hat.

Auch das Studium ist anders, als ich es mir vorgestellt hatte. Die Mädchen tragen flauschige Wollpullover, bunt karierte Schottenröcke und Kniestrümpfe. Sie kichern die ganze Zeit und sind immer nur im Rudel unterwegs. Die Jungen treiben sich in ihrer Nähe herum und machen einen Lärm, dass es bis zu den Bären in den Kenai Mountains dringen müsste. Während der Vorlesungen bilde ich mir manchmal ein, Du

säßest an meiner Seite. Einmal habe ich sogar so fest daran geglaubt, dass ich ein Zettelchen geschrieben habe, das ich Dir zustecken wollte.
Du fehlst mir. Tag für Tag und noch mehr in den Nächten. Lily fehlst Du auch. Sie weckt mich oft mit ihren Tritten. Wenn sie nicht zur Ruhe kommt, lese ich die Gedichte von Service laut und erzähle ihr von Dir.
Dann gibt sie keinen Mucks mehr von sich.

Liebster Matthew,

der Frühling hier ist ganz anders als bei uns, eine Zeit des Aufbruchs – aber ohne Erdrutsche oder hausgroße Eisblöcke, die sich lösen, und im Schlamm tauchen auch keine verlorenen Gegenstände auf.
Alles ist voller Farben. Noch nie habe ich so viele blühende Bäume gesehen. Auf dem Campus wehen rosa Blüten durch die Luft.
Mein Großvater sagt, dass unser Fall noch immer nicht zu den Akten gelegt wurde, jedoch niemand mehr nach uns suche. Man hält uns für tot.
In gewisser Weise wünschte ich, es wäre so und die Allbrights gäbe es nicht mehr.
Nachts rede ich mit Dir und Lily. Heißt das, dass ich verrückt bin oder nur einsam? Ich stelle mir vor, wie wir uns zu dritt in unser Bett kuscheln, vor unserem Fenster das Polarlicht in allen Farben lodert und der Wind an den Fensterscheiben rüttelt. Ich sage unserem Baby, dass es klug und tapfer werden muss. So

tapfer wie sein Vater. Ich versuche, Lily klarzumachen, dass sie sich vor falschen Entscheidungen hüten muss. Ich habe Angst, dass es das Schicksal von uns Allbright-Frauen sein könnte, kein Glück in der Liebe zu haben. In solchen Augenblicken wünsche ich mir, dass unser Kind ein Junge wird. Dann erinnere ich mich daran, wie Du mir einmal erzählt hast, dass Du Deinen Kindern das beibringen möchtest, was du gelernt hast … Dann werde ich so traurig, dass ich mir die Decke über den Kopf ziehe und mir vorstelle, ich wäre in Alaska und es wäre Winter. Mein Herzschlag wird wie der Wind, der um die Häuser wirbelt.

Ein Kind braucht Mutter und Vater.

Lily wird nur mich haben.

Das arme Mädchen.

Wieder fuhr eine Wehe wie ein Messer durch Lenis Unterleib. »Dieser Lamaze-Kram taugt nichts«, schrie sie. »Ich will eine Narkose!«

»Du wolltest eine natürliche Geburt«, sagte Mom. »Für alles andere ist es jetzt zu spät.«

»Wer hört denn auf eine Achtzehnjährige?«, jammerte Leni. »Ich habe doch von nichts eine Ahnung.«

Die Wehe war vorüber, der Schmerz ließ nach.

Leni rang nach Luft und spürte den Schweiß auf ihrer Stirn.

Mom nahm einen kleinen Eiswürfel aus einem Plastikbecher und steckte ihn Leni in den Mund.

»Gib mir einen Eiswürfel mit Morphium«, stöhnte Leni. »Bitte, ich halte das nicht mehr aus. Das alles war ein Fehler. Ich bin noch nicht bereit, Mutter zu werden.«

Mom lächelte. »Das ist keine Frau.«

Die nächste Wehe kündigte sich an. Leni biss die Zähne zusammen, konzentrierte sich auf ihren Atem – was ihr nichts nützte – und umklammerte Moms Hand.

Keuchend und mit geschlossenen Augen bäumte sie sich auf, bis der Schmerz seinen Höhepunkt erreichte. Als er wieder abflachte, sank sie erschöpft zurück. *Matthew müsste bei mir sein*, dachte sie, doch dann schob sie den Gedanken beiseite.

Nach wenigen Sekunden setzte die nächste Wehe ein. Diesmal biss Leni sich auf die Zunge und schmeckte Blut.

»Schrei«, sagte Mom. »Lass alles raus.«

Die Tür öffnete sich, und Lenis Frauenärztin kam herein, eine zierliche Person in blauer OP-Kleidung, die Haare unter einer Haube. Leni fiel auf, dass ihre Augenbrauen ungleichmäßig gezupft waren und ihr Gesicht dadurch leicht schief wirkte. »Miss Grant«, sagte sie, »wie fühlen wir uns?«

»Bitte, holen Sie es aus mir raus.«

Die Ärztin streifte dünne Latexhandschuhe über. »Dann schauen wir uns die Sache mal an.« Sie klappte die Haltebügel des Betts auf.

»Sieht aus, als würden wir gleich ein Baby bekommen«, sagte sie.

»Sag bloß«, schrie Leni, während die nächste Wehe sie übermannte.

»Susan«, sagte die Ärztin, »Sie müssen pressen. Fest. Noch fester.«

Leni presste und schrie. Schwitzte und fluchte.

Plötzlich war der Schmerz vorüber.

Leni stieß einen langen, erleichterten Atemzug aus.

»Ein Junge«, sagte die Ärztin und drehte sich zu Lenis Mutter um. »Möchten Sie die Nabelschnur durchtrennen?«

Wie durch einen Nebel sah Leni, dass ihre Mutter die Nabelschnur durchschnitt. Sie betrachteten das Baby, das in eine hellblaue Wärmedecke eingeschlagen worden war. Leni wollte sich aufrichten, doch dazu hatte sie keine Kraft mehr.

Ein Junge, Matthew. Dein Sohn.

Für einen Moment wurde sie panisch und dachte, *er braucht dich, Matthew, ich kann das nicht allein.*

Mom half ihr, sich aufzusetzen, und legte das winzige Bündel in ihre Arme.

Ihr Sohn. Es war der kleinste Mensch, den sie jemals gesehen hatte. Sein Gesicht war noch verschrumpelt, die blaugrauen Augen öffneten sich und fielen wieder zu, und der kleine Rosenmund machte saugende Bewegungen. Aus der blauen Decke kam eine rosige Hand. Leni griff danach.

Die winzigen Finger schlossen sich fest um ihren Zeigefinger.

Eine brennende Liebe, die sie von allen dunklen Gefühlen befreite, breitete sich in ihr aus. Ihr Herz zersprang vor Glück und fügte sich von neuem zusammen. »Mein Gott«, sagte sie andächtig.

»Ständig hast du mich gefragt, wie es sein würde«, sagte Mom. »Jetzt weißt du es.«

»Matthew Denali Walker junior«, sagte Leni leise. Ein Alaskaner der vierten Generation. Nur würde er seinen Vater nie kennenlernen, nie dessen starke Arme spüren, nie seine beruhigende Stimme hören.

»Hey, du«, flüsterte sie.

Wie gut es war, dass sie geflohen waren. Bisher hatte sie es nicht richtig eingesehen, nicht wirklich verstanden, was sie hätten verlieren können.

Dieses Kind. Ihren Sohn.

Für dieses Kind würde sie ihr Leben geben, alles tun, um es zu beschützen. Selbst wenn es bedeutete, auf ihre Mutter zu hören und die letzten dünnen Verbindungen zu Alaska und Matthew zu kappen und nie mehr Kontakt aufzunehmen. Es war ein schrecklicher Gedanke, aber sie hatte keine andere Wahl. Sie war jetzt Mutter.

Sie begann leise zu weinen. Mom konnte sich den Grund wahrscheinlich denken und wusste, dass es keine tröstenden Worte gab. Vielleicht weinten aber auch alle Mütter nach der Geburt ihres Kindes. »Matthew«, flüsterte Leni und strich ihrem Baby über die samtige Wange. »Wir werden dich MJ nennen. Dein Vater wurde manchmal Mattie genannt, aber ich habe das nie getan. Weißt du, dass er fliegen konnte? Er würde dich so sehr lieben.«

1986

KAPITEL SIEBENUNDZWANZIG

»Wie soll ich mit dem, was ich in ihrem Leben angerichtet habe, fertig werden?«, fragte Cora.

»Das Thema ist erledigt«, entgegnete ihre Mutter. »Schau sie dir an. Sie ist glücklich. Warum fängst du immer wieder davon an?«

Cora wünschte, sie könnte ihrer Mutter beipflichten. Ständig versuchte sie, sich einzureden, dass Leni glücklich sei. An manchen Tagen war sie sogar kurz davor, es zu glauben. Doch dann gab es Tage wie diesen, an denen sie voller Zweifel war. Es war wie eine Gewohnheit, die sie über all die Jahre nicht hatte ablegen können, und sie ahnte, dass sich diese Unruhe aus der alten Angst speiste, die sich bei ihr in der Zeit mit Ernt eingenistet hatte.

Sieben Jahre waren vergangen, seit sie ihre Tochter von Alaska hierher verpflanzt hatte, in diese Stadt am Meer.

Sie hatte miterlebt, wie Leni versuchte, in dieser grünen, verregneten Ecke Amerikas Fuß zu fassen und hier ihr Leben zu leben. Doch Seattle war eine Großstadt mit mehreren hunderttausend Einwohnern und weit entfernt von der rauen Schönheit der Natur, nach der Lenis Seele sich sehnte.

Cora zündete sich eine Zigarette an, inhalierte tief und spürte, wie sie ruhiger wurde. Sie stieß den Rauch aus und rückte sich auf dem Campingstuhl zurecht. Sie hatte die Nacht in einem Zelt auf einer Luftmatratze verbracht, ihr Rücken schmerzte. Auch ihre Erkältung wurde sie nicht los; sie hörte ihren rasselnden Atem.

Leni stand nicht weit entfernt am Fluss, flankiert von einem kleinen Jungen und einem alten Mann. Mit einer geschmeidigen Bewegung warf sie eine Angel aus. In einem hohen Bogen flog die Schnur durch die Luft und traf auf dem Wasser auf. Das strahlende Licht des späten Frühlings verlieh dem Fluss und den Bäumen am Ufer einen zarten Goldschimmer. Noch während die Sonne schien, begann es zu regnen, winzige Tropfen, die sich in der feuchten Luft gebildet hatten.

Sie waren im Hoh-Regenwald, einem Teil des Olympic Nationalparks und einem der letzten Refugien der Natur im dicht besiedelten Westen des Staates Washington. So oft wie möglich kamen sie hierher und zelteten auf Campingplätzen, auf denen es Strom und fließendes Wasser gab. Hier, fern der Menschenmassen der Stadt, waren sie frei, mussten sie sich nicht sorgen, ob jemand sie zusammen sah und sich deswegen Gedanken machte, mussten keine Geschichten erfinden und keine Lügen erzählen. Seit Jahren war der Fall Allbright in den Zeitungen Alaskas nicht mehr erwähnt worden, und die Polizei suchte nicht mehr nach ihnen. Trotzdem blieben sie wachsam.

Hier in der Natur, wo die Bäume so hoch wuchsen, dass sie die Sonne aussperrten, und ihr Laub breit und in üppigem Grün wucherte, konnte Leni atmen. Hier wollte sie ihrem Sohn beibringen, was zu seinem Erbe gehörte und in einer zubetonierten Stadt nicht erlernt werden konnte – alles, was sein Vater ihn gelehrt hätte.

Coras Vater war in den vergangenen Jahren zu einem leidenschaftlichen Angler geworden – oder aber er war nur ein hingebungsvoller Großvater, der alles tat, um Leni und MJ glücklich zu machen. Seine Anwaltskanzlei hatte er abgegeben, stattdessen werkelte er nun meistens im Haus herum oder spielte mit seinem Urenkel.

Selbst wenn es regnete, was auch im Hochsommer häufig der Fall war, kamen sie in den Nationalpark. Sie fingen Fische, die sie in gusseisernen Pfannen über einem offenen Feuer brieten. Abends saßen sie am Lagerfeuer und lauschten Leni, die ihre geliebten Gedichte von Service vortrug und Geschichten erzählte, die in der Wildnis Alaskas spielten.

Für Leni waren diese Auszeiten vom Leben in der Stadt mehr als nur Ausflüge, sie waren eine Notwendigkeit, ein Baustein ihres Lebens. Hier hatte sie sich in den vergangenen Jahren stets von dem Druck befreit, der sich während der Woche in ihr gestaut hatte, wenn sie mit den zahllosen anderen Studenten über den Universitätscampus gelaufen war, in Vorlesungen gesessen, halbtags in einem Buchgeschäft gearbeitet oder abends Seminare für Fotografie besucht hatte.

Hierher kam sie, um ein kleines Stück ihrer alaskischen Seele zurückzugewinnen. Denn Alaska würde für immer ihre Heimat bleiben, der Ort, dem sie sich zugehörig fühlte.

»Hörst du MJ lachen?«, fragte Coras Mutter.

Cora nickte. Trotz des stärker werdenden Regens, der auf ihr Zeltdach, ihre Kapuzen und die tellergroßen Baumblätter trommelte, hörte sie das Lachen ihres Enkels.

MJ war ein rundum glückliches und zufriedenes Kind. Er war ungestüm, hielt sich aber an das, was man ihm sagte, und fasste vertrauensvoll die Hand desjenigen, der ihn morgens zur Schule brachte. Er interessierte sich für das, was allen Jungen seines Alters gefiel – Superhelden, Zeichentrickfilme und

Süßigkeiten –, und schloss gern Freundschaften. Er war noch zu klein, um Fragen nach seinem Vater zu stellen, doch sie wussten, dass es kommen würde. Bald. Und mochte er noch unbeschwert genug sein, um den Kummer im Lächeln seiner Mutter nicht zu erkennen, würde sich auch das bald ändern.

Cora beobachtete Leni. »Glaubst du, dass sie mir eines Tages verzeihen wird?«, fragte sie ihre Mutter.

»Herrgott, Cora, was gibt es da zu verzeihen? Du hast ihr das Leben gerettet. Deine Tochter liebt dich.«

Cora nahm einen langen Zug aus ihrer Zigarette und atmete den Rauch aus. »Ich weiß, dass sie mich liebt, daran habe ich nie gezweifelt. Aber ich habe sie in einer Kampfzone groß werden lassen. Sie hat Dinge gesehen, die kein Kind sehen sollte. Ich habe zugelassen, dass sie in Angst vor dem Mann aufwuchs, der sie eigentlich lieben und beschützen sollte, und dann habe ich ihn vor ihren Augen erschossen. Anschließend bin ich mit ihr davongelaufen und habe sie gezwungen, ein Leben unter falschem Namen zu führen. Wäre ich stärker, hätte ich alles darangesetzt, mich meiner Schuld zu stellen und erfolgreich zu verteidigen. Es gibt Fälle wie meinen, bei denen das gelungen ist.«

»Aber nur selten, frag deinen Vater. Du musst deine Vergangenheit loslassen, Coraline. Mach deinen Frieden damit. Leni hat es getan. Sieh doch, was für eine wunderbare junge Frau sie ist, die ihrem Sohn zeigt, wie man angelt. Deiner Tochter geht es gut. Sie hat dir verziehen. Das solltest du auch tun.«

»Ich bin sicher, dass sie zurückmöchte.«

»Zurück? In eine Blockhütte ohne fließendes Wasser und ohne Toilette? Zu dem jungen Mann, der nie mehr der sein wird, in den sie sich verliebt hat? Soll sie wegen Mitwisserschaft angezeigt werden? Es gibt ein neues Verfahren, Blutspuren zu analysieren, auch solche, die schon alt sind. Es nennt sich DNA-Test. Möchtest du das riskieren?« Lenis Großmutter legte eine Hand auf den Arm ihrer Tochter. »Denk an euer Leben hier. Leni ist auf dem Weg, eine hervorragende Fotografin zu werden, und du liebst deine Arbeit in der Kunstgalerie. Du hast ein Zuhause und eine Familie, auf die du dich verlassen kannst.«

Ja, vielleicht hatte Leni ihr verziehen, dachte Cora, aber sich selbst konnte sie nicht vergeben, sie hatte es oft genug versucht. Dabei ging es nicht darum, dass sie Ernt erschossen hatte. Wäre sie noch einmal in derselben Situation, würde sie es wieder tun.

Was sie sich nicht verzeihen konnte, waren die Jahre davor und all das, was sie in jener Zeit zugelassen, was sie immer wieder neu und falsch Liebe genannt hatte.

Es war ihre Schuld, dass Leni gelernt hatte, sich mit einem halben Leben abzufinden und sich als jemand anders auszugeben, an einem Ort, an dem sie nicht sein wollte.

Es war ihre Schuld, dass ihre Tochter den Mann, den sie liebte, nicht sehen konnte, nicht dahin gehen konnte, wo für sie ihre Heimat war.

Wie sollte eine Mutter sich das jemals verzeihen können?

Lächle.

Du bist glücklich.

Warum musste sie sich daran erinnern, glücklich zu sein und zu lächeln? Es war ein schöner Tag im Juni. Der Regen hatte wieder aufgehört. Sie waren hergefahren, um den Abschluss ihres Studiums zu feiern.

Sie war glücklich.

Wirklich.

Besonders heute. Sie war stolz auf sich, denn sie war die erste Frau in ihrer Familie, die studiert hatte.

Obwohl ihr Studium länger gedauert hatte, als es üblich war, schließlich war sie von Anfang an auch Mutter gewesen.

Trotzdem. Sie war fünfundzwanzig Jahre alt, hatte ein Kind und von nun an ein Diplom in bildender Kunst in der Tasche. Sie hatte eine liebevolle Familie, den besten Sohn der Welt und einen warmen, geborgenen Platz zum Wohnen. Sie war nie hungrig, fror nie und fürchtete nicht mehr um das Leben ihrer Mutter. Die einzigen Ängste, die sie hatte, waren die, die sie mit zahllosen Eltern teilte – die Angst, ihr Sohn würde, ohne nach links und rechts zu schauen, auf die Straße rennen, von der Schaukel fallen und sich die Knochen brechen, sich von Fremden ansprechen lassen. Niemand brüllte, wenn sie doch nur Frieden suchte, nie kam sie nach Hause und stand vor einem Scherbenhaufen.

Das war alles, was ihr zu ihrem Glück genügen sollte.

Es war nicht schlimm, dass es Tage wie diesen gab, an dem die Vergangenheit sich in ihre Gedanken drängte.

Natürlich dachte sie an diesem Tag an Matthew. Hatten sie nicht gemeinsam davon geträumt? Wie viele Sätze hatten sie mit den Worten »Wenn wir studieren …« begonnen?

Sie hob die Kamera an ihre Augen und verkleinerte die Welt. Auf die Weise handhabte sie ihre Erinnerungen und ihr Leben. Sie unterteilte alles in Bilder, konzentrierte sich auf dies, ließ jenes aus.

Glücklich. Lächeln.

Sie schoss ein Foto nach dem anderen – und war wieder im Lot. Sie hatte das gewählt, was für sie wichtig war, den blassblauen Himmel, die regennassen Bäume, die flimmernden Sonnentupfer auf dem Fluss. Die Menschen, die sie liebte.

Der warme Tag hatte noch andere Bewohner Seattles in den Regenwald gelockt. Sie trugen modische Freizeitkleidung, spazierten über die verschlungenen Pfade, machten Picknick.

Das Leben in Seattle war unkompliziert, sicher und geregelt. Es gab Fußgängerübergänge, Verkehrsampeln, Schutzhelme und Polizisten zu Fuß, auf Fahrrädern und zu Pferde.

Als Mutter wusste sie all dies natürlich zu schätzen, die Sicherheit, in der ihr Kind aufwuchs. Und sie hatte versucht, sich in dieses bequeme Leben einzufügen. Wonach sie sich sehnte – dem Heulen der Wölfe in einer kalten Winternacht, einem Tag auf dem Schneemobil, dem Knacken und Knirschen des Eises, wenn der Frühling begann –, erzählte sie niemandem, nicht einmal ihrer Mutter. Sie kaufte das Fleisch im Supermarkt, statt auf die Jagd zu gehen, drehte den Hahn auf, wenn sie Wasser brauchte, zog die Toilettenspülung, wenn sie fertig war. Der Lachs, den sie im Sommer draußen grillten, lag in Form sauberer, in Zellophan eingeschweißter Filetstücke bereit.

Die Menschen hier auf dem Zeltplatz waren bester Laune, spielten Ball, lachten, ihre Hunde jagten umher.

»Guck mal!« MJ deutete auf einen rosa Luftballon, der in die Lüfte stieg. *Alles Gutes zum Geburtstag* stand darauf. MJ hatte ein halb verzehrtes Stück Kuchen in der Hand und einen Schnurrbart aus Zuckerguss.

Wie rasch er groß geworden war, dachte Leni. Bald würde er in die zweite Klasse kommen. Sie nahm ihn in die Arme und fragte sich, wie lange er solche Liebesbekundungen noch zulassen würde. Er gab ihr einen klebrigen Kuss und schlang die Arme so fest um ihren Hals, als würde er ohne sie untergehen. In Wahrheit war sie diejenige, die ohne ihn untergehen würde.

»Wer hat Lust auf Nachtisch?«, rief Grandma vom Picknicktisch aus. Sie hatte Akutaq gemacht, Lenis Lieblingsdessert. Den Schnee hatte Mom im Winter in die Tiefkühltruhe gepackt und extra für diesen Tag aufgehoben.

MJ löste sich von Leni, reckte wild hüpfend die Arme in die Luft und rief: »Ich will Akutaq! Eskimo-Eiscreme!«

Leni ging mit ihm zu dem Picknicktisch. Grandma stand auf und drückte sie an sich. In den vergangenen Jahren war sie zu einer zerbrechlichen alten Dame geworden, doch sie kleidete sich noch immer wie für ihren piekfeinen Country Club, selbst bei diesem Campingausflug.

»Ich bin so stolz auf dich, Leni«, sagte sie.

»Ich bin auch stolz auf mich.«

»Eine meiner Freundinnen hat mir von einer freien Fotografenstelle bei einem Magazin namens *Sunset* erzählt. Soll sie dich empfehlen?«

»Ja, gern. Vielen Dank.« Leni hatte sich noch immer nicht daran gewöhnt, welche Rolle persönliche Beziehungen im Milieu ihrer Großeltern spielten. Offenbar wurde man für die Menschen belohnt, die man kannte, nicht für das, was man leistete.

Trotzdem war sie ihrer Großmutter dankbar, denn das, was sie für sie tat, geschah aus Liebe. Von Anfang an hatten sie und Grandpa sich um Leni und ihre Mutter gekümmert. Sie waren es, die ihnen dieses neue Leben ermöglicht hatten.

An den Abenden, an denen sie zusammen waren, sahen sie fern, häufig Shows, zu denen Leni noch immer keinen Zugang gefunden hatte. Sie las lieber, versank in der Welt ihrer

Bücher, wie sie es schon immer geliebt hatte. Den Roman »Gespräch mit einem Vampir« hatte sie gleich drei Mal hintereinander gelesen.

MJ war ein solcher Wildfang, dass er Leben in das ruhige Haus von Lenis Großeltern gebracht hatte. Er war das Rad, Leni, ihre Mutter und ihre Großeltern waren die Speichen, die sich mit ihm drehten. Die Liebe zu dem kleinen Jungen knüpfte ein unzertrennliches Band um diese so unterschiedlichen Menschen, und solange MJ glücklich war, waren sie es auch.

Mom stand ein wenig abseits am Rand des Spielplatzes und rauchte. Sie presste eine Hand tief unten gegen ihren Rücken, und ihre Haltung wirkte seltsam angespannt.

Sie hatte abgenommen, ihre Wangenknochen zeichneten sich allzu deutlich unter der Haut ab, ihre Lippen waren farblos. Ihr Teint wirkte beinahe durchscheinend, und sie trug schon lange kein Make-up mehr. Vor einem Jahr hatte sie auch aufgehört, ihr Haar zu färben. Es war zu einem verwaschenen Blond mit grauen Strähnen geworden.

»Ich will Akutaq!«, rief MJ und zupfte ungeduldig am Ärmel von Lenis Shirt. Er hatte seine Erkältung noch nicht ganz auskuriert, man hörte, dass seine Nase leicht verstopft war. Seit er zur Schule ging – einer Privatschule nicht weit von ihrem Haus entfernt –, steckte er sich ständig bei den anderen Kindern an und Leni sich dann bei ihm.

»Wie sagt man?«

MJ sah sie mit gekrauster Stirn an. In der Sonne hatte sein schmales Gesicht schon etwas Farbe gekommen. »Ich möchte bitte Akutaq.«

»Hol deine Grandma, und sag ihr, sie soll die grässliche Zigarette ausdrücken, bevor sie sich zu uns setzt.«

Er flitzte los, mit wirbelnden Beinchen und wehendem blondem Haar.

Leni beobachtete, wie er Mom zum Picknicktisch zog und ihr etwas sagte, woraufhin sie in Gelächter ausbrach.

Aus dem Augenwinkel sah Leni einen Mann an einem Baum lehnen. Einen hochgewachsenen Mann mit schulterlangem blondem Haar.

Matthew. Leni stockte der Atem.

Er hatte sie gefunden.

Sie fuhr zu ihm herum. Es war nicht Matthew.

Enttäuscht wandte sie sich ab. Seit Jahren hatte sie nicht mehr im Reha-Zentrum angerufen. Zwar hatte sie den Hörer mehrfach in die Hand genommen, aber nie den Mut besessen, die Telefonnummer zu wählen. Die Gefahr, dass man sie aufspürte, war nach wie vor vorhanden, so gering sie auch sein mochte. Doch immer häufiger fragte sie sich, ob man ihr auch heute noch sagen würde, dass sein Zustand unverändert sei.

Andererseits war es undenkbar, dass er genesen war, der Hirnschaden war seinerzeit als irreparabel eingestuft worden. Der junge Mann, den sie liebte, existierte nur noch in ihren Träumen. Manchmal flüsterte er ihr nachts in ihrem Schlaf liebevoll Koseworte zu. Es geschah nur selten, doch es reichte aus, um ihr die Kraft zu geben, weiterzumachen, weiterzuhoffen. In ihren Träumen würde er immer der Junge mit dem strahlenden Lächeln bleiben, der ihr einen Fotoapparat geschenkt und sie gelehrt hatte, dass die Liebe nichts war, vor dem man sich fürchten musste.

»Setz dich, Leni«, sagte Grandma.

Leni ließ sich am Picknicktisch nieder. »Ein schöner Tag«, sagte sie. Zuerst kamen ihr die Worte hölzern vor. Eine Floskel. Doch als MJ strahlte, in die Hände klatschte und »super-, super-, superschön« rief, lächelte sie.

Die dunklen Abgründe ihrer Gefühlswelt traten in den Hintergrund, bis Leni nur noch hier bei diesem sonnenwarmen Tag war und mit ihrer Familie den Abschluss ihres Studiums feierte. So war ihr Leben, ein immerwährendes Auf und Ab. Auf den Kummer folgte die Freude wie die Sonne auf den Regen.

Sie war glücklich.

Doch, das war sie.

Am Abend, als MJ in sein Bett krabbelte und sich die Decke bis zum Hals hochzog, sagte er: »Erzähl mir eine Geschichte, Mommy.«

Leni strich ihm ein paar blonde Strähnen aus dem Gesicht und dachte wie so oft, wie sehr er seinem Vater glich. »Rutsch zur Seite.«

MJ machte ihr Platz. Leni legte sich zu ihm. Er kuschelte sich an sie.

Bis auf die kleine Star-Wars-Lampe war es im Zimmer dunkel. Nach dem Zeltausflug war MJ müde, doch ohne Gutenachtgeschichte würde er nicht einschlafen.

»Das Mädchen, das Alaska liebte …«

Es war seine Lieblingsgeschichte, Leni hatte sie sich vor Jahren ausgedacht und sie immer weitergesponnen. Sie handelte vom Stamm der Raben aus dem Volk der Inuit, dessen Mitglieder im eiskalten, türkisfarbenen Wasser eines Fjords in Alaska wohnten. Ihr Land und ihre Jurten waren untergegangen, als der mächtige Berg Aku ausbrach. Seitdem sehnten diese Menschen sich danach, wieder an Land zu leben und die Sonne zu sehen und auf ihrer Haut zu spüren. Doch der älteste Sohn des Häuptlings aus dem feindlichen Stamm der Adler hatte sie mit einem Fluch zum Leben in den kalten Gewässern verdammt, bis zu dem Tag, an dem es einer ihrer Schamaninnen gelänge, aufzusteigen und zum Ufer zu schwimmen. Diese Schamanin war Katjaaq, ein Mädchen von reinem Herzen und großer Kraft.

Jede Woche dachte Leni sich eine Fortsetzung aus und beschrieb ihrem Sohn die wilde Schönheit Alaskas, bis er einnickte. Die Figur der Katjaaq hatte sie einer Legende der Inuit entnommen, einer der vielen, die Matthew ihr in ihrem ersten gemeinsamen Sommer erzählt hatte. Katjaaq liebte seit jeher den Landbewohner Uki, der nicht aufhörte, sie vom Ufer des Fjords aus zu sich zu rufen.

Leni hatte die beiden Liebenden nur allzu deutlich vor Augen und wusste genau, weshalb die Erzählung ihr manchmal die Tränen in die Augen trieb.

»Katjaaq versuchte, den Fluch zu überwinden und ans Ufer zu schwimmen. Eigentlich war das für sie unmöglich, doch die Liebe zu Uki verlieh ihr die Kraft und den Mut, es zu wagen. Mit kräftigen Schwimmstößen stieg sie auf, durchbrach die Wasseroberfläche und spürte die Sonne auf ihrem Gesicht.

Uki sprang in die eiskalten Wellen und rief ihren Namen. Sie sah seine Augen – grün wie das Wasser jener Bucht, an der sie einst mit ihrer Familie gelebt hatte – und sein Haar, das die Farbe der Sonne hatte. ›Katjaaq‹, sagte er, als sie ihn erreichte, ›komm, nimm meine Hand.‹«

MJ war eingeschlafen. Leni gab ihm einen Kuss und schlüpfte aus seinem Bett.

In ihrem kleinen einstöckigen Haus waren nur noch die leisen Stimmen aus dem Fernseher im Wohnzimmer zu hören. Leni nahm an, dass ihre Mutter eine Folge *Denver-Clan* schaute. Leise ging sie über den schmalen Flur, dessen Wände mit ihren Fotos und mit MJs Kunstwerken dekoriert waren.

Das Gefühl der Enge und Beklemmung, das sie in diesem trübe beleuchteten Flur anfangs verspürt hatte, war verschwunden. Sie hatte das Wilde in sich gezähmt. Inzwischen konnte sie sich in Menschenmengen bewegen, zwischen Betonmauern leben und den Verkehrslärm ertragen. Sie beobachtete Rotkehlchen statt Adler, kaufte ihr Essen im Supermarkt und bezahlte in Kaufhäusern für ihre neue Kleidung, statt sie aus den Tonnen der Heilsarmee zu wühlen. Sie trug ihr schulterlanges Haar gestuft, benutzte Pflegeprodukte und achtete darauf, dass ihre Kleidung zusammenpasste. Sie zupfte ihre Brauen, rasierte ihre Achselhöhlen und Beine.

Sie tarnte sich als jemand, der dazugehörte.

In ihrem Zimmer war beinah alles noch so wie in der ersten Zeit. Sie hatte keinen Zierrat erworben, hätte nicht gewusst, wozu. Die Möbel hatte sie irgendwo billig erstanden. Das Einzige, was mit ihr zu tun hatte, war ihre Fotoausrüstung – die Fotoapparate, Linsen, Filmrollen, Fotostapel und Fotoalben. Ein Album war ausschließlich Matthew und Alaska gewidmet, alle anderen Fotos stammten aus den Jahren in Seattle. An einer Wand hing ein Spiegel, in dessen Rahmen das Bild von Matthews Großeltern – mit der Zeile *Das könnten wir sein* – steckte und das allererste Foto, das sie von Matthew mit ihrer Polaroid-Kamera gemacht hatte.

Leni öffnete die Tür zu der schmalen Holzveranda, die an der Rückseite des Hauses entlanglief und zu dem Garten führte, den Mom angelegt hatte. Sie ließ sich in einen der beiden hölzernen Liegestühle sinken, die schon bei ihrem Einzug dort gestanden hatten. Der Himmel war klar und voller Sterne, von irgendwoher wehte der Duft gegrillter Steaks, Mütter riefen ihre Kinder herein. Hunde bellten. Ein Vogel zwitscherte aufgebracht.

Leni lehnte sich zurück, schaute in den Sternenhimmel und versuchte, sich in seiner Unendlichkeit zu verlieren.

»Hallo«, ertönte Moms leise Stimme in ihrem Rücken. »Soll ich dir Gesellschaft leisten?«

»Gern.«

Mom ließ sich auf den anderen Stuhl nieder und rückte ihn näher an Leni heran. Auf der Veranda saßen sie am liebsten, hier waren sie vom dichten Grün der Sträucher umgeben, und an manchen Abenden drang der schwere Duft ihrer Rosen zu ihnen.

»Ich würde alles darum geben, das Polarlicht sehen zu können«, sagte Leni.

»Ich auch.«

Schweigend schauten sie in den weiten Himmel. Sie mussten nichts sagen, Leni wusste, dass sie beide an das dachten, was sie verloren hatten.

»Aber wir haben MJ«, sagte Mom.

Leni griff nach ihrer Hand und drückte sie.

MJ. Ihr Glück, ihre Liebe, ihre Rettung.

KAPITEL ACHTUNDZWANZIG

Sie hatte eine Lungenentzündung bekommen. Kein Wunder, dachte Cora, seit längerem hatte sie sich jeden Infekt eingefangen, der in MJs Schule kursierte. Sie war geschwächt.

Schlecht gelaunt und ungeduldig saß sie in dem sterilen Wartezimmer.

Wartete.

Sie wusste die Gründlichkeit der Ärztin ihrer Mutter zu schätzen, die auf einer Reihe Tests bestanden hatte, »um sicherzugehen«, doch eigentlich wollte sie nur ein Rezept für ein Antibiotikum und nach Hause fahren. MJ würde bald aus der Schule kommen.

Sie blätterte in einem Klatschmagazin, las einen albernen Artikel über einen Fernsehstar und versuchte, das Kreuzworträtsel auf der vorletzten Seite zu lösen, doch weit kam sie nicht, sie wusste zu wenig über Stars und Sternchen.

Schließlich erschien eine Krankenschwester mit blau getöntem Haar und führte sie in das kleine Sprechzimmer von Dr. Prasher, wo die Wände mit gerahmten Studienabschlüssen und Auszeichnungen geschmückt waren, und bedeutete ihr, sich auf einen unbequemen schwarzen Stuhl zu setzen.

Sie überkreuzte die Beine ganz automatisch an den Fußknöcheln, so wie sie es vor vielen Jahren gelernt hatte, dann löste sie die Beine wieder. Sie ärgerte sich fast über diesen Reflex, der, so banal er auch scheinen mochte, doch ein Symbol all dessen war, das sich für Frauen in den letzten Jahrzehnten geändert hatte. Heute interessierte sich niemand mehr dafür, wie eine Frau sich setzte.

Dr. Prasher begrüßte sie, eine streng wirkende Frau mit gekräuseltem Haar, die so dünn war, dass man den Eindruck hatte, sie würde sich nur von schwarzem Kaffee und rohem Gemüse ernähren. Allerdings war Cora mit ihrem zarten Körper kaum die Richtige, eine andere Frau als zu dünn zu bezeichnen. An einer Leuchttafel an der Wand hingen ihre Röntgenaufnahmen.

Sie deutete darauf. »Wo sieht man die Lungenentzündung?« Für sie sahen die Aufnahmen aus, als würde etwas Dunkles von einem hellen Kraken umspannt.

Die Ärztin öffnete den Mund und schloss ihn wieder.

»Was ist?«, fragte Cora.

Dr. Prasher stand auf und deutete auf eines der Bilder. »Sehen Sie die großen weißen Flecken? Hier und hier? Und da? Und diese weiße Kurve und den Schatten entlang Ihrer Wirbelsäule? Diese Gebilde legen den Verdacht auf Lungenkrebs nahe. Doch um ganz sicher zu sein, werde ich noch eine Reihe Tests anordnen.«

Moment, wie war das?

War das möglich?

Gut, sie wusste selbst, dass sie schon zu lange zu viel rauchte. Leni bat sie seit Jahren, damit aufzuhören, wies sie immer wieder auf die Risiken hin. Sie hatte jedes Mal gelacht und gesagt: »Schätzchen, ich kann auch beim Überqueren der Straße ums Leben kommen.«

»Bei der Computertomographie haben wir sehr wahrscheinlich Metastasen in Ihrer Leber entdeckt«, fuhr Dr. Prasher fort.

Ihre Worte verschmolzen für Cora, wurden zu einer Folge unverständlicher Konsonanten und Vokale.

Einzelne Wörter verstand sie, nicht jedoch den Zusammenhang. *Lungenspiegelung, Tumor, aggressiv.*

»Wie lange habe ich noch?«, unterbrach sie die Ärztin mitten im Satz.

»Das kann Ihnen niemand sagen, Mrs Grant. Angesichts der Streuung scheint es sich jedoch um eine aggressive Krebsform zu handeln. Wir würden das als Lungenkrebs im vierten Stadium bezeichnen. Ich weiß, dass es schwierig ist, eine solche Nachricht zu bekommen.«

»Wie lange habe ich noch?«

»Sie sind noch eine relativ junge Frau. Wir werden nichts unversucht lassen.«

»Aha.«

»Man darf die Hoffnung nicht aufgeben, Mrs Grant.«

»Vielleicht ist es mein Karma.«

»Karma?« Dr. Prashers Augenbrauen wanderten in die Höhe.«

»Das Kranke in ihm«, murmelte Cora. »Es hat sich auf mich übertragen.«

Die Ärztin runzelte die Stirn. »Krebs ist eine Krankheit, Mrs Grant, keine Form der Rache oder Vergeltung für eine Sünde. So hat man vielleicht im Mittelalter gedacht.«

Dr. Prasher stand auf. »Ich würde die Lungenspiegelung gern heute Nachmittag vornehmen lassen. Dann haben wir Gewissheit. Gibt es jemanden, den Sie anrufen und bitten können zu kommen?«

Als Cora sich erhob, drehte es sich einen Moment vor ihr,

und sie musste sich an der Stuhllehne festhalten. Der bekannte Schmerz unten an ihrer Wirbelsäule flammte wieder auf. Nun, da sie wusste, woher er rührte, war er schlimmer als zuvor.

Krebs.

Ich habe Krebs.

Sie konnte sich nicht vorstellen, dass sie es jemals wagen würde, das Wort laut auszusprechen.

Sie schloss die Augen, atmete tief durch. Auf einmal sah sie ganz deutlich ein kleines Mädchen mit einer wilden roten Mähne, niedlichen Patschehändchen und zimtfarbenen Sommersprossen vor sich, das nach ihrer Hand griff und sagte: »Ich habe dich so lieb, Mom.« Woher kam diese Erinnerung plötzlich?

Sie hatte so viel durchgemacht. Hatte überlebt, obwohl sie etliche Male hätte sterben können. Hatte sich den Rest ihres Lebens auf hundert verschiedene Arten ausgemalt, hatte sich vorgestellt, alt zu werden, wie es sein würde, wenn sie irgendwann Salz und Zucker verwechselte oder lachte, wenn es Grund zu weinen gab. In ihren Träumen hatte sie mit ansehen dürfen, wie Leni sich wieder verliebte und heiratete und ein zweites Kind bekam.

Träume.

Mit einem Mal wurde all das, was ihr einst so wichtig für ihr Leben erschienen war, ganz klein, der Fokus verengte sich so rapide, dass es ihr den Atem nahm. All ihre Ängste, Reuegefühle und Enttäuschungen wichen zurück und machten einem einzigen Gedanken Platz, dem einzigen, der von Bedeutung war. Wieso hatte sie das nicht von Anfang an erkannt? Warum hatte sie so viel Zeit damit vertan, sich selbst zu finden? Dabei hätte sie doch wissen müssen, wer sie war. Schon immer hätte sie das wissen müssen.

Sie war Mutter. Eine *Mutter.* Und nun?

Meine Leni.

Wie sollte sie ihr jemals auf Wiedersehen sagen?

Leni stand vor dem Krankenzimmer ihrer Mutter und versuchte, ihren Atem zu beruhigen. Sie registrierte die Geräusche auf dem Flur, eiliges Personal mit quietschenden Gummisohlen, scheppernde Wagen, die von einem Zimmer zum anderen gefahren wurden, Aufrufe über Lautsprecher.

Sie streckte die Hand nach dem Türgriff aus und drückte ihn herunter.

Das große Zimmer war mit Hilfe von Vorhängen in zwei kleinere Bereiche unterteilt worden.

Mom saß in ihrem Bett, in ihrem Rücken steckten drei weiße Kissen. Wie eine antike Porzellanpuppe wirkte sie mit ihrem elfenbeinfarbenen Teint und der straff gespannten Haut auf ihrem zart gemeißelten Gesicht. Aus ihrem viel zu weiten Krankenhauskittel stachen die Schulterknochen hervor und bildeten zum Hals hin tiefe Kuhlen.

»Hey.« Leni küsste Moms weiche Wange. »Warum hast du mir nicht gesagt, dass du zum Arzt gehst? Ich wäre doch mitgekommen.« Sie strich Mom das grau melierte Haar aus der Stirn. »Hast du eine Lungenentzündung?«

»Ich habe Lungenkrebs, Leni. Im vierten Stadium. Es ist eine ganz besonders gemeine Sorte, die auch meine Wirbelsäule und die Leber befallen hat und in meinem Blut ist.«

Leni wich einen Schritt zurück. Beinah hätte sie sich die Hände vors Gesicht geschlagen. »Was sagst du da?«

»Tut mir leid, Schätzchen, aber die Aussichten sind nicht

gut. Meine Ärztin hat mir keine allzu großen Hoffnungen gemacht.«

Hör auf, wollte Leni schreien.

Sie bekam kaum noch Luft.

Krebs.

»Hast du Schmerzen?«, flüsterte sie und sank auf den Stuhl am Bett.

Warum hatte sie sich nach den Schmerzen erkundigt? Hatte sie nicht etwas ganz anderes sagen wollen? Aber was?

Mit ihrer dünnen, geäderten Hand winkte Mom ab. »Ich bin in Alaska gestählt worden.« Sie langte nach ihren Zigaretten auf dem Nachttisch.

»Ich glaube nicht, dass man hier rauchen darf«, sagte Leni.

»Das glaube ich auch nicht«, antwortete Mom und zündete sich die Zigarette mit zitternden Händen an. »Bald beginnt die Chemotherapie.« Sie versuchte zu lächeln. »Ich freue mich schon auf die Übelkeit und den kahlen Kopf. Ich bin sicher, dass mir die Frisur stehen wird.«

Leni rückte dichter an sie heran. »Du wirst dagegen kämpfen, oder?« Sie versuchte, die Tränen zu unterdrücken.

»Selbstverständlich. Ich werde dem Krebs in den Hintern treten.«

Verstohlen wischte Leni über ihre Augen.

»Du wirst wieder gesund. Grandpa wird die besten Ärzte für dich engagieren. Ich weiß, dass er einen Freund hat, der im Vorstand des Krebsforschungsinstituts sitzt. Er wird – «

»Es wird alles gut, Leni«, fiel Mom ihr ins Wort.

Sie strich über Lenis Hand, und Leni fühlte sich ihr so verbunden, fühlte die Innigkeit zwischen ihnen, ihre lebenslange Liebe, die allem Unglück, was sie erlitten, allen Fehlern, die sie begangen hatten, getrotzt hatte. Sie wollte das Richtige sagen, aber was war das? Wörter waren viel zu klein, der Krebs dagegen riesengroß. »Ich will dich nicht verlieren«, flüsterte sie.

»Das weiß ich, Schätzchen.«

Liebster Matthew,

zwar habe ich Dir erst vor wenigen Tagen geschrieben, aber es ist schon komisch, wie sehr das Leben sich in wenigen Tagen ändern kann.
Komisch und furchteinflößend.
Gestern Abend lag ich in meinem bequemen Bett, und zahllose Gedanken schwirrten mir durch den Kopf. Keiner von ihnen war schön. Einige führten mich zu Dir.
Wir haben eigentlich nie richtig darüber gesprochen, wie Du es geschafft hast, mit dem Tod Deiner Mutter zu leben. Spätestens, als Du aus Fairbanks zurückkamst, hätten wir das tun müssen. Ich hätte Dir sagen müssen, dass ich Dir immer wieder zuhören würde, hätte Dich nach deinen Erinnerungen an sie fragen sollen.
Das Leid trennt die Menschen voneinander. Ich habe meine Mutter noch nicht verloren, doch zum ersten Mal lügen wir uns bewusst an. Ich erkenne ihre Lügen sofort. Jede lügt, um die andere zu schützen.
Aber es gibt keinen Schutz.
Meine Mutter hat Lungenkrebs.
Ich wünschte, Du wärst hier.

Leni legte ihren Stift ab. Diesmal tröstete es sie nicht, Matthew zu schreiben. Tatsächlich machte es alles nur noch schlimmer. Nun fühlte sie sich noch einsamer.

Matthew war immer ihr bester Freund gewesen. Ohne ihn hatte sie niemanden, mit dem sie über die Krankheit ihrer Mutter sprechen konnte.

Sie faltete den Brief zusammen und legte ihn in dem Schuhkarton zu all den anderen, die sie in den vergangenen Jahren geschrieben und nie abgeschickt hatte.

Im Sommer musste Leni mitansehen, wie der Krebs und die Chemotherapie ihre Mutter aufzehrten. Zuerst verschwanden ihre Haare, dann ihre Augenbrauen. Als Nächstes verlor ihr Körper seine Spannkraft, ihre Schultern sackten herab, ihr Schritt wurde schleppend. Zuletzt fand sie kaum noch die Kraft, sich zu bewegen.

Ende Juli konnte die nächste Computertomographie nur noch eines bestätigen: Nichts von dem, was unternommen worden war, hatte geholfen.

Als sie erfuhren, dass keine der Behandlungsmethoden angeschlagen hatte, saß Leni bei ihrer Mutter und hielt ihre Hand. Wie ein grausamer Feind hatte der Krebs sich durch Knochen und Organe gefressen. Niemand sprach mehr von einem weiteren Versuch, die Krankheit zu bezwingen, auch nicht davon, dass Mom dagegen kämpfen sollte.

Stattdessen zogen Leni, Mom und MJ in das Haus von Lenis Großeltern. Moms Krankenhausbett kam in den Raum, in den das meiste Sonnenlicht fiel, und Lenis Großeltern engagierten Krankenschwestern, die sich bei der Pflege ablösten.

Mom hatte um ihr Leben gekämpft, härter, als sie jemals um etwas gekämpft hatte, doch der Krebs machte all ihre Anstrengungen zunichte.

Mühsam und langsam richtete sie sich in ihrem Bett auf und sank sofort wieder in sich zusammen. In ihrer Hand zitterte eine nicht angezündete Zigarette. Natürlich konnte sie nicht mehr rauchen, aber es gefiel ihr, eine Zigarette zu halten. Am Bett stand ein Sauerstoffgerät, dessen durchscheinende Schläuche in ihre Nase führten und ihr atmen halfen.

Leni legte ihr Buch ab und stand auf, um ihrer Mutter einen Becher Wasser zu bringen. Als Mom nach dem Plastikbecher griff, zitterte ihre Hand so stark, dass Leni ihr helfen musste, ihn zu halten. Mom nahm einen winzigen Schluck und hustete. Der Husten schüttelte ihren Körper so heftig, dass Leni den Becher abstellte und ihrer Mutter beruhigend über die eingefallene Wange strich.

Als der Anfall vorüber war, ließ Mom sich in die Kissen zurücksinken und sah Leni an. »Letzte Nacht habe ich von Alaska geträumt. Obwohl wir dort so viel Böses erlebt haben, fehlt es mir. Für dich muss es noch viel schlimmer sein.«

Leni zuckte zusammen, als Mom das Wort »Alaska« wie nebenbei fallenließ. Seit ihrer Ankunft in Seattle hatten sie eine stille Vereinbarung gehabt, nach der Alaska, Lenis Vater und Matthew so selten wie möglich erwähnt wurden. Doch es war wohl nur natürlich, dass man, wenn das Ende nahte, zurückblicken wollte.

»Vieles dort war einmalig. An keinem anderen Ort der Welt wäre es so gewesen«, sagte Leni. »Ich liebte es dort, unser Leben. Ich liebte Matthew. Ich liebte dich. Sogar Dad«, fügte sie leise hinzu.

»Wir waren auch glücklich, ich möchte, dass du das nie vergisst. Wir haben Abenteuer erlebt. Wenn man sich erinnert, ruft man sich häufig das, was schlecht war, ins Gedächtnis. Die Gewalt deines Vaters. Die Entschuldigungen, die ich dafür hatte. Meine kranke Liebe zu ihm. Aber es gab auch gute Gefühle, denk immer daran. Dein Vater hat dich geliebt.«

Die letzten Worte taten Leni unendlich weh, doch sie erkannte, dass es ihrer Mutter wichtig war, sie auszusprechen. »Ich weiß.«

»Du musst MJ alles über mich erzählen«, fuhr Mom fort. »Dass ich mir nie den Text eines Lieds merken konnte, dass ich so gern Hotpants und Sandalen mit Plateausohlen trug und wie gut die mir standen. Erzähl ihm, dass ich alles gelernt habe, was man in Alaska können muss, obwohl ich das eigentlich niemals wollte – dass ich trotz allem durchgehalten habe. Sag ihm, dass ich seine Mutter vom ersten Moment an geliebt habe und unglaublich stolz auf die Frau bin, die sie geworden ist.«

»Ich liebe dich auch, Mom«, sagte Leni, aber Worte reichten nicht aus. Nicht einmal ansatzweise reichten sie aus, und doch waren sie alles, was sie noch hatten. Zu viele Worte und zu wenig Zeit.

»Du bist eine gute Mutter, Leni, so jung du auch bist. So eine gute Mutter war ich nie.«

»Mom, du –«

»Kein Lügen mehr, Schätzchen. Die Zeit dazu habe ich nicht mehr.«

Leni strich ihr einige Haare aus der Stirn. Die wenigen, die wieder gewachsen waren, waren so fein wie Gänsedaunen. Es war qualvoll zu sehen, wie ihre Mutter dahinsiechte, wie sie jeder Atemzug ein wenig mehr ihrer Kraft zu kosten schien.

Mühsam stemmte Mom sich hoch und zog die oberste

Schublade ihres Nachttischs auf. Mit unsteter Hand zog sie einen zusammengefalteten Papierbogen heraus. »Hier, Leni.«

In Leni sträubte sich alles dagegen, ihn anzunehmen.

»Bitte.«

Leni nahm den Bogen und faltete ihn auf. Der Text war in krakeliger, kaum lesbarer Handschrift verfasst. Sie las ihn.

Ich, Coraline Margaret Golliher-Allbright, habe meinen Ehemann Ernt Allbright erschossen. Er war ein gewalttätiger Mann und hatte mich angegriffen.

Ich habe seinen Leichnam im Glass Lake versenkt. Aus Furcht davor, ins Gefängnis gehen zu müssen, floh ich, wenngleich ich damals – ebenso wie heute – sicher bin, dass ich mein Leben und das meiner Tochter nur dadurch retten konnte, dass ich ihn umbrachte. Mein Ehemann hatte mich seit Jahren misshandelt. Viele unserer Nachbarn hatten den Verdacht, dass er mich schlug, und wollten mir helfen. Ich ließ es nicht zu.

Ich habe seinen Tod zu verantworten, habe ihn auf meinem Gewissen. Meine Schuld hat sich in Krebs verwandelt und bringt mich um. Das ist Gottes Strafe.

Ich allein habe ihn getötet und den Leichnam verborgen. Meine Tochter hatte nichts damit zu tun.

Coraline M. Golliher-Allbright

Unter der zittrigen Unterschrift ihrer Mutter stand die ihres Großvaters, der das Schreiben bezeugt und notariell beglaubigt hatte.

Mom hustete in ein zerknülltes Papiertaschentuch. Sie rang nach Luft, wobei ihr Atem röchelnd klang. Ihre Blicke trafen sich, und für einen schrecklichen und dennoch kostbaren Moment schien die Welt stillzustehen. »Es ist so weit, Leni. Bisher hast du mein Leben gelebt, Schätzchen, nun ist es höchste Zeit, dass du deines lebst.«

»Indem ich zulasse, dass du als Mörderin giltst, und tue, als wäre ich unschuldig? Soll ich so mein eigenes Leben beginnen?«

»Nein, indem du zurückkehrst. Dein Großvater schwört, dass man dir glauben wird, wenn du sagst, dass du nichts damit zu tun hattest. Tom und Marge werden es bestätigen.«

Leni schüttelte den Kopf. Ihr Leid war zu groß, um noch etwas dazu sagen zu können. »Ich lasse dich nicht im Stich«, brachte sie schließlich hervor.

»Ach, Süße, wie oft du das in deinem Leben schon sagen musstest.« Mom seufzte erschöpft und betrachtete Leni mit feuchten Augen. Ihr Atem wurde pfeifend. »Ich bin diejenige, die dich im Stich lassen wird. Ich muss«, flüsterte sie. »Davor können wir nicht mehr fortlaufen. Bitte, Leni, bring dieses Schreiben da oben zur Polizei. Tu es für mich. Sei stärker, als ich es war.«

Zwei Tage später stand Leni an der halb geöffneten Tür des Krankenzimmers, hörte den keuchenden Atem ihrer Mutter und dass sie mit Grandma sprach.

Mit bewegter Stimme entschuldigte Grandma sich bei ihrer Tochter.

Leni war die Entschuldigungen leid. In den vergangenen Jahren hatten die beiden alles gesagt, was gesagt werden musste, und immer wieder über die Fehler der Vergangenheit gesprochen. Nie hatten sie sich alles auf einmal von der Seele geredet und einander weinend verziehen. Stattdessen hatten sie stets einzelne Handlungen, Aussagen und Entscheidungen beleuchtet, so lange, bis sie verstanden, warum etwas so gewesen war. Und sie hatten sich auf die Weise selbst besser verstanden und erkannt, dass sie bei allem doch immer Mutter und Tochter geblieben waren.

»Mommy, da bist du«, rief MJ. »Ich habe dich überall gesucht.« Er kam in solchem Tempo über den Flur gerannt, dass er beim Bremsen gegen Leni stieß. In der Hand hielt er das Kinderbuch »Wo die wilden Kerle wohnen«, das er über alles liebte. »Grammy hat gesagt, dass sie mir heute vorliest.«

»Ich weiß nicht, mein Kleiner, heute vielleicht nicht.«

»Sie hat es mir versprochen.« MJ stürmte in das Krankenzimmer und rief: »Grammy, hast du mich vermisst?«

Leni hörte ihre Mutter leise lachen und das Klappern des Sauerstoffgeräts, gegen das MJ offenbar gestoßen war.

Gleich darauf kam ihre Großmutter aus dem Zimmer und blieb bei Leni stehen. »Sie hat nach dir gefragt«, murmelte sie. »Cecil war schon bei ihr.«

Sie wussten, was das bedeutete. Am Vortag war Mom für Stunden nicht ansprechbar gewesen.

Grandma drückte Lenis Hand und sah sie schmerzerfüllt an. Dann überquerte sie den Flur zur Treppe. Leni nahm an, dass sie in ihr Zimmer gehen und dort um die Tochter weinen würde, die im Begriff war, diese Welt zu verlassen. Sie alle taten ihr Bestes, nicht vor Mom zu weinen.

»Lies mir das Buch vor«, rief MJ mit seiner hohen Kinderstimme. Moms Antwort kam gehaucht.

Leni warf einen Blick auf ihre Uhr. Länger als ein paar Minuten konnte sie MJ ihrer Mutter nicht zumuten. MJ war ein lieber Junge, aber er war eben auch ein Kind, ständig in Bewegung und immer laut.

Dann drang Moms dünne Stimme aus dem Zimmer. »An dem Abend, als Max seinen Wolfspelz trug und nur Unfug im Kopf hatte …« Eine Flut von Erinnerungen wogte über Leni hinweg.

Sie konnte sich nicht von der Stelle rühren und lauschte der Stimme ihrer Mutter so gebannt, wie sie es als Kind getan hatte, wenn sie ihr vorgelesen hatte. Nun war ihr diese Stimme noch kostbarer und jeder Atemzug ein Geschenk. Leni hatte gelernt, die Angst vor dem Tod ihrer Mutter zu unterdrücken, sie in eine entfernte Ecke zu verbannen oder sie mit einem Lächeln zu kaschieren. Doch sie war immer da, so dass sie sich stets fragte: *Ist das der letzte Atemzug? Geht es jetzt zu Ende?*

Das Ende war so nah, dass niemand mehr an ein Wunder in letzter Minute glaubte, und Moms Schmerzen waren so stark, dass die Hoffnung, sie würde noch einen Tag, noch eine Stunde leben, selbstsüchtig schien.

Sie hörte, wie Mom »Ende« sagte und das Wort eine grausame doppelte Bedeutung erhielt.

»Noch eine Geschichte, Grammy.«

Leni betrat das Zimmer.

Moms Bett stand inmitten des Sonnenlichts, das in ihr Zimmer fiel, so dass sie für einen Moment wie verzaubert wirkte und die Blumensträuße auf dem Nachttisch und den Fensterbänken dem Anblick etwas Verwunschenes verliehen.

Mom erinnerte an das schlafende Schneewittchen. Nur ihre Lippen hatten noch ein wenig Farbe, alles andere an ihr war so blass geworden, dass es aussah, als sei sie dabei, mit den weißen Laken zu verschmelzen.

»Es reicht, MJ«, sagte Leni. »Grammy muss schlafen.«

MJs Schultern sackten herab. »So ’n Kack«, murmelte er.

Mom lachte. Das Lachen ging in Husten über. »Sagt man so etwas?«, flüsterte sie.

»Grammys Husten blutet wieder«, sagte MJ.

Leni zog ein Papiertaschentuch aus dem Karton auf dem Nachttisch und tupfte das Blut von Moms Lippen und Kinn. »Gib Grammy einen Kuss auf die Hand, MJ, und dann ab mit dir. Grandpop hat ein Modellflugzeug gekauft, das er mit dir zusammenbauen will.«

Mom schob ihre Hand näher zu MJ. Der Handrücken war ein einziger Bluterguss von den Einstichen, die der Tropf hinterlassen hatte.

Ungestüm warf MJ sich über die Hand, küsste sie dann aber ganz vorsichtig.

Als er davongerannt war, seufzte Mom und schloss die Augen. »Dieses Kind ist wie ein kleiner Stier. Er sollte sich vielleicht einen Sport suchen, um sich abzureagieren.« Ihre Stimme war kaum zu vernehmen.

Leni beugte sich zu ihr hinab. »Wie fühlst du dich?«

»Ich bin müde, Schätzchen.«

»Das weiß ich.«

»Ich bin so schrecklich müde … und kann dich nicht verlassen. Weiß nicht, wie. Du bist mein Ein und Alles. Die Liebe meines Lebens.«

»Durch dick und dünn«, flüsterte Leni.

»Ein Herz und eine Seele.« Mom hustete. »Der Gedanke, dass du allein bist, ohne mich …«

Leni küsste Mom auf die zarte Stirn. Sie wusste, was sie nun sagen musste, was ihre Mutter hören wollte. Von jeher hatten sie gewusst, wann eine für die andere stark sein musste. »Du wirst immer bei mir sein, Mom.«

»Immer«, hauchte Mom und berührte Lenis Wange mit

zittriger Hand. Die Hand war eiskalt, und Leni sah, wie viel Kraft diese Geste ihre Mutter kostete.

»Geh, und sorge dich nicht«, sagte sie sanft.

Mom seufzte so tief, dass Leni spürte, wie lange und wie eisern sie gegen diesen Augenblick gekämpft hatte. Ihre Hand fiel zurück. Wie eine Blume öffnete sie sich über dem zusammengeknüllten, blutigen Papiertaschentuch. »Leni … meine Leni … ich mache mir Sorgen …«

»Mir wird es gut gehen«, log Leni, während Tränen über ihre Wangen rannen. »Ich liebe dich, Mom.«

Bitte, geh nicht, Mom, ich kann ohne dich nicht sein.

Moms Augenlider flatterten und schlossen sich. »Habe dich so … geliebt … Schätzchen.«

Sie spürte den letzten Atemzug ihrer Mutter, als wäre es ihr eigener gewesen.

KAPITEL NEUNUNDZWANZIG

»Deine Mutter wollte, dass du das hier bekommst.«

Ganz in Schwarz gekleidet, stand Lenis Großmutter auf der Schwelle zu Lenis früherem Zimmer und hielt die Rosenholzkiste in den Händen. Selbst in Trauer wirkte Grandma noch elegant. Über so etwas hätte Lenis Mutter sich vor langer Zeit einmal lustig gemacht und sich über eine Frau mokiert, die in jeder Lebenslage auf ihr Äußeres achtete. Doch Leni hatte gelernt, dass man mitunter etwas brauchte, woran man sich festhalten konnte. Vielleicht diente diese schwarze Hülle der Eleganz auch als Schutz, um anderen zu signalisieren: *Komm nicht auf mich zu, sprich mich nicht an, stell keine Fragen, die mit der Normalität zu tun haben, denn ich habe einen großen Verlust erlitten, der mich in eine andere Welt geführt hat.*

Leni hingegen sah aus, als wäre sie irgendwo mit der Flut an Land gespült worden. In den vierundzwanzig Stunden, die seit Moms Tod verstrichen waren, hatte sie ihre Kleidung nicht gewechselt, nicht geduscht, sich die Zähne nicht geputzt, sich nicht gekämmt. Stattdessen hatte sie in ihrem Bett gelegen oder reglos in ihrem Zimmer gesessen. Ein einziges Mal hatte sie sich aufgerafft, um MJ von der Schule abzuholen, und sich danach wieder ihrem Leid überlassen.

Sie schlug die Bettdecke zurück. Mühsam, als hätten ihre

Muskeln jegliche Kraft verloren, trat sie zu ihrer Großmutter und nahm ihr die Rosenholzkiste ab. »Danke.«

In dem Blick, den sie tauschten, lagen all ihre Gefühle. Ohne noch etwas zu sagen – was sollten Worte auch nützen? –, machte Grandma kehrt. Steif und aufrecht durchquerte sie den Flur zur Treppe. Früher, als Leni es noch nicht besser wusste, hätte sie erklärt, ihre Großmutter sei unerschütterlich, eine Frau, die sich immer im Griff hatte, doch mittlerweile wusste sie, dass sie ein Mensch aus Fleisch und Blut war und ebenso wie andere litt, auch wenn sie es stets verbarg. Kurz vor der Treppe geriet Grandma ins Straucheln und klammerte sich an das Geländer. Als hätte er geahnt, dass sie ihn brauchte, kam Grandpa aus seinem Arbeitszimmer und stützte sie am Ellbogen.

Einen Moment lang standen sie da, stützten einander in ihrem Gram.

Leni wünschte, sie wüsste, wie sie ihren Großeltern helfen konnte. Aber wie sollten sich drei Ertrinkende gegenseitig retten?

Sie kroch wieder in ihr Bett und stellte die Rosenholzkiste ihrer Mutter auf ihren Schoß. Vor langer Zeit hatte sie einmal die Schätze ihrer Mutter und ihre Spielkarten enthalten.

Derjenige, der die Kiste gefertigt hatte, hatte die Oberfläche poliert, bis sie sich glatt wie Glas anfühlte. Sie war ein Erinnerungsstück aus der Zeit, als sie noch im Wohnwagen gelebt und bis hinunter nach Tijuana gefahren waren. Dort hatte Dad die Kiste für Mom gekauft, das war noch vor Vietnam gewesen. Leni war zu klein gewesen, um sich daran erinnern zu können, aber ihre Eltern hatten oft von dieser Reise gesprochen.

Nach einem tiefen Atemzug klappte sie den Deckel auf. Ihr Blick fiel auf ein silbernes Glücksarmband, Schlüssel an einem Schlüsselring, auf dem *Aufgeben ist keine Option* stand, eine rosafarbene Muschel, eine Geldbörse aus Wildleder mit Perlenstickerei, ihre alten Spielkarten und eine Schnitzarbeit der Inuit aus einem Stück Tierknochen, das einen Inuk mit einem Speer darstellte.

Leni holte einen Gegenstand nach dem anderen heraus und versuchte, ihn in das Leben ihrer Mutter einzuordnen. Das Glücksarmband könnte Mom von einer Freundin auf der Highschool bekommen haben. Es ließ Leni daran denken, wie viel es im Leben ihrer Mutter gegeben hatte, von dem sie nichts wusste. Wie viele Fragen sie vergessen hatte zu stellen, wie viele Geschichten ihr Mom nicht erzählt hatte. Nun war all das für immer verloren. An den Schlüsselring und die Schlüssel erinnerte sie sich noch, sie hatten zu dem Haus in der Sackgasse gehört, das sie damals in Seattle bewohnt hatten. Auch die Muschel musste für ihre Mutter etwas Besonderes bedeutet haben, sonst hätte sie sie nicht aufgehoben. Die Wildlederbörse sah nach einer indianischen Handarbeit aus, vielleicht hatte Mom sie auf einer Reise durch ein Reservat erstanden.

Leni betrachtete die nächsten Stücke. Ein Schnapsglas, auf das *Salty Dawg, Homer* graviert war, ein Stückchen Treibholz, in das *Cora und Ernt, 1973* geschnitzt war. Drei kleine, besonders schön gestreifte weiße Achatsteine. Das Hochzeitsfoto ihrer Eltern, das vor einem Rathaus aufgenommen worden war. Mom strahlte. Sie trug ein wadenlanges weißes Kleid mit einem Glockenrock und weiße Handschuhe. In einer Hand hielt sie eine weiße Rose. Dad hatte den Arm um sie gelegt und sie an sich gezogen. Sein Lächeln wirkte ein wenig steif.

Er trug einen schwarzen Anzug, ein weißes Hemd und eine schmale Krawatte. Sie sahen aus wie zwei Kinder, die sich verkleidet hatten.

Leni entdeckte noch ein Foto. Es war am Tag vor ihrem Aufbruch nach Alaska aufgenommen worden und zeigte den VW-Bus, auf dessen Dachgepäckträger ihre Kisten und Koffer festgeschnallt waren. Die Schiebetür war offen, so dass man das Chaos im Innenraum sah.

Sie und ihre Eltern standen neben dem Wagen. Mom trug eine Jeans mit Schlag und ein bauchfreies Oberteil. Das Haar hatte sie zu zwei Rattenschwänzen gebunden und ein perlengeschmücktes Band um die Stirn gewunden. Dad hatte eine hellblaue Hose an. Sein Hemd hatte dieselbe hellblaue Farbe und einen großen Kragen mit langgezogenen Spitzen. Leni stand vor ihren Eltern, in Turnschuhen und einem roten Kleid mit weißem Bubikragen. Mom und Dad hatten jeweils eine Hand auf ihre Schulter gelegt.

Sie lächelte breit und wirkte glücklich.

Das Foto verschwamm vor Lenis Augen.

Ihr Blick fiel auf etwas Glänzendes in der Kiste. Sie legte das Foto zur Seite und wischte über ihre Augen.

Es war eine militärische Auszeichnung, ein rot-weiß-blau gestreiftes Band mit dem berühmten Bronzestern. Die Bronze-Star-Medaille. Leni drehte den Stern um und las die Inschrift: *Herausragende Leistungen im Kampfeinsatz / Besonders verdiente Pflichterfüllung. Ernt A. Allbright.*

Als Nächstes entdeckte sie den Zeitungsartikel mit der Überschrift: *Kriegsgefangener aus Seattle kommt frei.* Ein Foto ihres Vaters war abgedruckt, auf dem er wie ein Toter wirkte, bleich und mit stumpfem Blick. Mit dem Mann auf dem Hochzeitsfoto hatte er kaum noch Ähnlichkeit.

Ich wünschte, du würdest dich an ihn erinnern, wie er vorher war … Wie oft hatte Mom das gesagt.

Leni drückte den Zeitungsartikel und die Medaille an ihre Brust. Das waren die Erinnerungen, die sie bewahren wollte – die Liebe ihrer Eltern, die einmal ungetrübt gewesen war, das Heldentum ihres Vaters, das Lachen der beiden und das Bild ihrer Mutter, die an einem Strand Muscheln suchte.

Noch zwei Dinge lagen in der Kiste: ein Briefumschlag und ein zusammengefalteter Papierbogen.

Sie legte die Medaille und den Artikel beiseite und faltete das Papier auseinander. In der adretten Schrift, die ihre Mutter früher auf ihrer Privatschule gelernt hatte, stand dort:

Für meine wunderschöne Tochter

Es ist Zeit, das, was ich getan habe, wiedergutzumachen.
Du musst unter einem falschen Namen leben, weil ich meinen Mann getötet habe. Das ist nicht richtig.
Vielleicht ist es Dir nicht bewusst, doch Du hast ein Zuhause, einen Ort, an den Du gehörst, und so etwas hat Bedeutung. Du hast die Möglichkeit, anders als bisher zu leben. Du kannst Deinem Sohn das schenken, was ich Dir nicht schenken konnte, doch dazu wird Mut gehören. Diesen Mut hast Du.
Das Einzige, was Du tun musst, ist, nach Alaska zurückzukehren und der Polizei das Schreiben mit meinem Geständnis zu überreichen. Sie sollen wissen, dass ich damals einen Mord begangen habe, und den Fall ad acta legen, wie es schon seit langem hätte geschehen sollen. Du wirst endlich frei sein.
Hol Dir Deinen Namen und Dein Leben zurück.
Geh nach Hause. Verstreu meine Asche in der Kachemak Bay.

Ich werde über Dich wachen. Für immer.

Du hast selbst ein Kind und wirst mich verstehen, wenn ich sage, dass Du mein ganzes Herz bist, Schätzchen. Du bist das Einzige, was ich jemals richtig gemacht habe. Und ich hätte so viel dafür gegeben, mehr Zeit mit Dir zu haben.

In dem Briefumschlag steckten zwei Flugtickets nach Alaska. One-way.

Es war der letzte Samstag im Juli, und in ihrer Straße wurde das Wochenende gefeiert. Die Nachbarn grillten im Garten Steaks, tranken Margaritas, die Kinder saßen auf hübschen bunten Schaukeln. War einem von ihnen aufgefallen, dass im Haus der Gollihers die Vorhänge zugezogen waren? Spürten sie nicht die Trauer, die durch Stein und Glas nach außen sickerte? Niemand von ihnen kam, um zu kondolieren. Aber wer hätte auch wissen sollen, dass die Tochter der Gollihers gestorben war, wenn niemand erfahren hatte, dass Evelyn Grant und Cora Golliher dieselbe Frau waren?

Leni kletterte aus ihrem Fenster auf das Vordach hinaus. Die Holzschindeln waren an einigen Stellen wie poliert, weil Mom und sie so oft darauf gesessen hatten. Es war der Ort, an dem Leni sich ihrer Mutter am nächsten fühlte. Mitunter glaubte sie sogar ihren Atem zu hören, doch es war nur der Wind, der in den Blättern des Ahornbaums flüsterte.

»Als deine Mutter dreizehn Jahre alt war, habe ich sie hier das erste Mal beim Rauchen erwischt«, ertönte die Stimme ihrer Großmutter. »Sie dachte, wenn sie das Fenster zumacht und danach ein Pfefferminz lutscht, käme ich nicht dahinter.« Leni drehte sich um. Ihre Großmutter stand am Fenster.

Leni lächelte. Es war, als hätte Grandma das Bild von Lenis Mutter für einen wunderbaren Moment heraufbeschworen – wie sie dastand mit blondem Haar und leisem Gekicher. Ein leichter Wind zupfte an den Rüschen der schwarzen Bluse ihrer Großmutter. Leni dachte, dass Grandma womöglich für den Rest ihres Lebens Schwarz tragen würde und selbst ein grünes Kleid, das sie vielleicht einmal wählen würde, sich angesichts ihrer Trauer schwarz färben müsste.

»Darf ich mich zu dir setzen?«

»Ich komme wieder rein.«

Grandma stieg durch das Fenster, zerzauste sich die Frisur am Rahmen. »Ich weiß, dass ich in deinen Augen uralt bin, aber ich kann immer noch durch ein Fenster klettern.«

Leni machte ihr Platz und hob die Rosenholzkiste auf ihren Schoß. Seit sie die Kiste am Vortag geöffnet hatte, vermochte sie sich nicht von ihr zu trennen.

Grandma setzte sich zu ihr und lehnte sich an die Hauswand.

»Ich möchte nicht, dass du nach Alaska zurückkehrst«, sagte sie.

»Ich weiß.«

»Dein Großvater hält es auch für eine schlechte Idee, und er kennt sich mit dem Gesetz aus.« Grandma fasste Lenis Arm. »Gib der Polizei das Schreiben deiner Mutter nicht. Bleib hier.«

»Es war ihr letzter Wunsch.«

»Es war kein sehr kluger letzter Wunsch.«

Leni bewunderte ihre Großmutter für ihre Mischung aus Zuversicht und Pragmatismus. Die Zuversicht hatte es ihr ermöglicht, beinahe zwei Jahrzehnte lang fest mit der Rückkehr ihrer Tochter zu rechnen; ihr Pragmatismus hatte dafür gesorgt, dass sie nach dieser Rückkehr den Seelenkummer vergaß, an dem sie in dieser Zeit gelitten hatte. »Habe ich dir jemals gesagt, wie dankbar ich euch bin, dass ihr uns damals aufgenommen habt? Und dafür, dass ihr meinen Sohn liebt?«

»Und dich.«

»Und mich.«

»Dann erklär mir, warum du zurückwillst, Leni. Ich habe Angst um dich.«

Leni hatte die ganze Nacht lang über diese Frage nachgedacht. Ihr war klar, dass die Rückkehr nach Alaska nicht ungefährlich war, doch für sie selbst war sie mit so viel Hoffnung verbunden.

Sie wollte – musste – wieder zu Leni Allbright werden. Und ihr eigenes Leben leben. Ganz gleich, zu welchem Preis. »Für dich ist Alaska kalt und unwirtlich, ein Ort, an dem Mom und ich verloren waren. Tatsächlich haben wir uns dort gefunden. Ich trage Alaska in mir, Grandma. Ich gehöre dorthin. Die Jahre, in denen ich nicht dort war, sind mir schwergefallen. Und dann ist da noch MJ. Er ist kein Baby mehr, sondern ein Junge, der rasch größer wird. Er braucht seinen Vater.«

»Aber sein Vater ist doch –«

»Ja, das ist er«, unterbrach Leni sie. »Aber ich habe MJ so viel wie möglich über ihn erzählt. Er weiß, dass sein Vater einen Unfall hatte und lange krank war. Doch Erzählungen sind nicht genug. MJ muss wissen, woher er kommt. Es wird nicht mehr lange dauern, bis er anfängt, sich genauer nach seinem Vater zu erkundigen.« Sie strich über den glatten Deckel der Rosenholzkiste. »Mom hat sich in vielen Dingen geirrt, doch in einem Punkt hatte sie recht. Wahre Liebe ist von Dauer.

Sie verschwindet nicht einfach. Ich habe den Mann, den ich liebe, verlassen, als er schwer verletzt war, und dafür verachte ich mich. Matthew ist MJs Vater, und es ist ganz gleich, ob er begreift, was das bedeutet, ob er ihn in den Arm nehmen und mit ihm sprechen kann. Und MJ muss diesen Teil seiner Familie kennenlernen, nicht nur seinen Vater, auch seinen Großvater und seine Tante. Es ist unverzeihlich, dass sie nie etwas von MJs Existenz erfahren haben. Glaub mir, sie werden ihn ebenso lieben, wie du es tust.«

»Sie könnten versuchen, ihn dir fortzunehmen. Wenn sie das Sorgerecht beanspruchen, würde man es ihnen wahrscheinlich zusprechen.«

»So sind sie nicht«, sagte Leni leise. »Aber um mich geht es dabei nicht. Sondern darum, das Richtige zu tun. Nach all der Zeit.«

»Es ist nicht nur eine schlechte, sondern sogar eine katastrophale Idee. Wenn du etwas aus der Geschichte deiner Mutter gelernt haben solltest, dann, dass das Gesetz nicht auf der Seite der Frauen steht. Auch dann nicht, wenn sie das Richtige tun.«

Sommer in Alaska.

Leni hatte nicht vergessen, wie großartig und atemberaubend schön die Landschaft Alaskas war, doch als sie auf dem Flug von Anchorage nach Homer aus dem Fenster des kleinen Flugzeugs schaute, ging ihr das Herz auf. Zum ersten Mal seit Jahren fühlte sie sich wieder wie sie selbst.

Sie überflogen das grüne Marschland, das sich hinter Anchorage erstreckte, und den silbrig schimmernden Turnagain Arm. Es war Ebbe, so dass man den breiten grauen Streifen sandigen Bodens erkannte. Wie viele Fischer dort umgekommen waren, wenn die Wellen bei Flut bis zu drei Metern in die Höhe wuchsen.

Sie erreichten das Cook Inlet, eine weite blaue Fläche, die mit bunten Fischerbooten gesprenkelt war. Als Nächstes entdeckte Leni das Massiv der Kenai Mountains, und dann überquerten sie das riesige Gletschergebiet des Harding Icefield zur Kachemak Bay. Das Land entlang der Ufer leuchtete in sattem Grün, die Hügel hatten die Farbe von Smaragden. Zahllose Boote zogen über die Bucht, gefolgt von weißen Schaumspuren.

Dann waren sie in Homer und rumpelten über die bucklige Landepiste. MJ lachte vor Vergnügen. Das Flugzeug kam zum Stehen. Der Pilot öffnete die Ausgangstür und half Leni mit ihrem Rollkoffer. Leni ging durch den Sinn, dass sie vor Jahren, als sie von hier fortgeflogen war, nicht einmal gewusst hätte, was ein Rollkoffer war.

Mit MJ an einer Hand zog sie ihren Koffer über das Flugfeld in die Halle. Dort verriet ihr die große Wanduhr, dass es Viertel nach zehn war.

Sie trat an den Schalter.

»Entschuldigung«, sagte sie zu der Bodenhostess, die am Schalter ihren Dienst versah. »Können Sie mir sagen, wo ich das neue Polizeirevier finde?«

»Es ist nicht mehr neu«, lautete die Antwort. »Es kommt gleich nach der Post auf der Heath Street. Soll ich Ihnen ein Taxi rufen?«

Wäre Leni nicht so nervös gewesen, hätte sie bei der Vorstellung, mit einem Taxi durch Homer zu fahren, gelacht. »Das wäre nett.«

Leni wartete in der Halle. Beeindruckt betrachtete sie die

Ständer mit den vielen farbigen Werbeprospekten für Touristen. Sie überflog die Namen. Great Alaska Adventure Lodge in Sterling, Walker Cove Adventure Lodge in Kaneq, eine Reihe Unterkünfte, die man nur mit dem Wasserflugzeug erreichen konnte. Flussführer boten Tagestouren an. Jagdausflüge gab es ebenfalls. Offenbar war die Kachemak Bay zu genau dem Touristenmagnet geworden, den Tom Walker sich einst ausgemalt hatte. Im Sommer, so hatte Leni gehört, legten in Seward wöchentlich riesige Kreuzfahrtschiffe an und ließen Scharen von Touristen an Land.

Das Taxi kam. Kurze Zeit später stiegen sie vor dem Polizeirevier aus, einem flachen, langgestreckten Gebäude.

Leni zog ihren Rollkoffer über die Schwelle einer kleinen Eingangshalle mit hellen Wänden. Außer der uniformierten Frau am Empfangstresen war niemand zu sehen. Leni umklammerte MJs Finger so fest, dass er sich beschwerte und ihr die Hand entzog.

Leni trat an den Tresen. »Guten Tag, ich würde gern mit dem Leiter des Reviers sprechen.«

»Um was geht es?«

»Um … um eine Tötung.«

»Eines Menschen?«

Leni war sich sicher, dass diese Frage nur in Jagdgebieten wie Alaska gestellt werden konnte. »Ja. Ich habe Informationen über ein Verbrechen.«

Die Polizistin stand auf. »Folgen Sie mir.«

Sie führte Leni an einer leeren Zelle vorbei zu einer Tür, auf deren Schild *Chief Curt Ward* stand.

Den Namen kannte Leni. Er war früher in Kaneq einfacher Polizist gewesen. Offenbar war er in der Zwischenzeit befördert worden.

Die Polizistin klopfte. Ein gedämpftes »Herein« war zu vernehmen. Sie öffnete die Tür und sagte: »Chief, die junge Frau hier möchte ein Verbrechen melden.«

Ward erhob sich langsam. Leni erinnerte sich noch daran, dass sie ihn zum ersten Mal an dem Abend gesehen hatte, als sie Matthew und Mrs Walker gesucht hatten, ein rothaariger Mann, der nun einen Bürstenhaarschnitt und einen buschigen Schnurrbart trug. Kinn und Wangen waren voller Bartstoppeln.

»Lenora Allbright«, stellte sie sich vor. »Mein Vater war Ernt Allbright. Wir wohnten früher in Kaneq.«

Ward starrte sie verblüfft an. »Verdammt.« Er sank auf seinen Stuhl zurück. »Wir dachten, ihr wärt tot. Tagelang haben wir nach euch gesucht. Wann war das noch? Im Winter vor sechs oder sieben Jahren? Warum haben Sie sich damals nicht gemeldet?«

Leni führte MJ zu einem Stuhl an der Wand und holte für ihn ein Buch aus seinem Rucksack. Sie erinnerte sich an die Worte ihres Großvaters kurz vor ihrer Abreise. *Es ist keine gute Idee, Leni, aber wenn du es unbedingt tun musst, dann sei vorsichtig und klug. Sag so wenig wie möglich. Gib der Polizei nur das Geständnis deiner Mutter. Sag, du hättest nicht gewusst, dass dein Vater tot ist, das hättest du erst durch dieses Schreiben erfahren. Du hättest immer angenommen, ihr wärt vor seiner Gewalttätigkeit geflohen und hättet euch vor ihm versteckt. Alles, was ihr getan habt – der neue Wohnort, die neuen Identitäten, das Schweigen –, passt zu einer Familie, die sich vor einem gefährlichen Mann verbirgt.*

»Ich will gehen, Mommy«, sagte MJ und zappelte auf seinem Stuhl. »Ich will zu meinem Daddy.«

»Bald, mein Kleiner.« Sie küsste ihn auf die Stirn und nahm Curt Ward gegenüber Platz. Auf seinem großen Metallschreibtisch standen Familienfotos, und überall lagen Anglermagazine und unordentliche Stapel rosafarbener Mitteilungszettel. Eine Angel mit hoffnungslos verdrehter Schnur diente offenbar als Briefbeschwerer.

Sie zog Moms Schreiben aus ihrer Handtasche und überreichte es Ward.

Ward überflog die Zeilen, stutzte und las den Text erneut. Dann lehnte er sich zurück und musterte Leni. »Sie wissen, was das bedeutet, oder?«

Leni wurde vor Angst übel. Sie umklammerte die Armstützen ihres Stuhls. »Ja.«

»Ihre Mutter hat also Ihren Vater erschossen und die Leiche verschwinden lassen. Anschließend sind Sie geflohen.«

»So steht es in dem Schreiben.«

»Wo ist Ihre Mutter?«

»Sie ist vor einer Woche gestorben. Das Schreiben hat sie mir auf ihrem Sterbebett gegeben und mich gebeten, es der Polizei vorzulegen. Da habe ich es erfahren … dass sie meinen Vater getötet hat. Ich hatte immer geglaubt, wir wären fortgegangen, um ihm zu entkommen. Er war gewalttätig. Manchmal jedenfalls. Eines Abends hat er meine Mutter so schwer misshandelt, dass wir davongelaufen sind.«

»Es tut mir leid, dass sie gestorben ist.«

Ward studierte Leni eine Zeitlang mit schmalen Augen. Sein Blick machte Leni nervös, sie musste sich zwingen, ihre Hände ruhig zu halten. Zuletzt stand er auf, trat an einen Aktenschrank hinten im Raum und zog ein Schubfach heraus. Er entnahm ihm einen Ordner und schlug ihn auf. »Ihre Mutter, Cora Allbright, war ein Meter vierundsechzig groß und wurde als zierliche, zarte Frau beschrieben. Ihr Vater war ein Meter achtzig groß und kräftig.«

»Das ist richtig.«

Ward kehrte an seinen Schreibtisch zurück. »Trotzdem hat Ihre Mutter ihn erschossen, aus dem Haus geschleift und dann was getan? Ihn auf ein Schneemobil gehievt? Und dann ist sie mit ihm zum Glass Lake hochgefahren, hat ein Loch ins Eis geschlagen und ihn versenkt? Und das ganz allein? Wo waren Sie denn in der Zeit?«

Leni regte sich nicht. Ihre Hände lagen gefaltet in ihrem Schoß. »Das kann ich Ihnen nicht sagen, ich weiß nicht, wann sie es getan hat.« Sie verspürte den Drang, mehr zu erzählen, die Lüge überzeugender zu machen, doch genau davor hatte Grandpa sie gewarnt und ihr geraten, auf alle Fragen so knapp wie möglich zu antworten.

Ward stützte die Ellbogen auf den Tisch und formte ein Dach mit den Händen. »Sie hätten mir das Geständnis Ihrer Mutter schicken können.«

»Hätte ich.«

»Aber das würde nicht zu Ihnen passen, nicht wahr? Die Aussagen Ihrer früheren Nachbarn lassen keinen Zweifel daran, wie viel diese Menschen von Ihnen hielten. Immer wieder wurden Sie als aufrichtig beschrieben.« Ward beugte sich vor. »Was ist an jenem Abend tatsächlich geschehen? Was hat den Wutanfall Ihres Vaters ausgelöst?«

Leni senkte den Blick. Sie wusste nicht, ob sie die Wahrheit sagen sollte. Schließlich überwand sie sich. »Ich … ich hatte herausgefunden, dass ich schwanger war.«

Ward warf einen Blick in die Akte. »Von Matthew Walker vermutlich, oder? Es hieß, dass Sie ein Paar waren.«

Leni schwieg.

»Das war ein schlimmer Unfall, den ihr damals in den Bergen hattet. Für euch beide. Aber Sie sind wieder auf die Beine gekommen, er dagegen …« Ward ließ den Satz unbeendet, doch Leni war sicher, dass sich die unausgesprochenen Worte auf die Kaltherzigkeit bezogen, mit der sie Matthew im Stich gelassen hatte. Sie errötete und schaute fort.

»Es hieß auch, dass Ihr Vater die Walkers gehasst habe.«

»Mehr als das.«

»Und dann erfuhr er, dass Sie von Matthew Walker schwanger waren. Was geschah dann?«

»Er benahm sich wie ein Wahnsinniger, schlug mich mit seinem Gürtel, mit den Fäusten …« Plötzlich waren all die schrecklichen Erinnerungen, die sie versucht hatte zu verdrängen, wieder da.

»Nach allem, was ich gehört habe, war er ein richtiger Dreckskerl.«

»Manchmal.« Sie warf einen Blick zu MJ hinüber. Er war in sein Buch vertieft und bewegte die Lippen beim Lesen. Sie und Ward beachtete er nicht. Sie hoffte, dass er auch nichts mit halbem Ohr mitbekam, Worte, die eines Tages wieder an die Oberfläche seines Bewusstseins dringen würden.

Ward zog Seiten aus der Akte hervor und schob sie Leni zu. Auf der obersten entdeckte sie den Namen ihrer Mutter. »Das sind eidesstattliche Erklärungen von Marge Birdsall, Natalie Watkins, Tica Rhodes, Thelma Schill und Tom Walker, die bestätigen, dass sie in den Jahren, in denen Sie in Kaneq gelebt haben, wiederholt Blutergüsse auf dem Gesicht Ihrer Mutter gesehen haben. Einige der Erklärungen wurden unter Tränen abgegeben. Alle wünschten, sie hätten etwas unternommen, Thelma bereute sogar, Ihren Vater nicht rechtzeitig erschossen zu haben.«

»Meine Mutter ließ die Hilfe unserer Nachbarn nicht zu, sagte Leni. »Ich weiß bis heute nicht, warum.«

»Hat sie anderen erzählt, dass ihr Mann sie schlug?«

»Nicht, dass ich wüsste.«

»Sie sollten mir die Wahrheit erzählen«, sagte Ward.

Leni starrte ihn an.

»Kommen Sie, wir wissen doch beide, was in jener Nacht geschah. Ihre Mutter hat das nicht allein getan. Und Sie waren noch ein junges Ding und haben Ihrer Mutter beigestanden, als sie Sie darum bat. Es gibt niemanden, der das nicht nachvollziehen könnte. Ihr Vater hat Sie brutal geschlagen und verletzt, selbst ein Richter wird das, was Sie getan haben, verstehen.«

Ward hatte recht, dachte Leni. Sie war erst achtzehn gewesen. Schwanger und verängstigt.

»Warum befreien Sie sich nicht von der Last, die Sie mit sich herumschleppen?«

Ihre Mutter und ihre Großeltern hätten ihr geraten, weiterzulügen und zu leugnen, dass sie dabei war, als Mom Dad erschoss und ihn später im eisigen Wasser verschwinden ließ.

Ich war nicht dabei, mehr müsste sie nicht sagen.

Mom hatte Dad ermordet, das war die Geschichte, bei der sie bleiben musste.

Doch dann wäre sie ihr Leben lang eine Frau mit einem Geheimnis, das sie quälen würde. Eine Lügnerin.

Mom hatte sich gewünscht, dass sie dahin zurückkehrte, wo ihr Zuhause war. Doch ein Zuhause bedeutete mehr als eine Blockhütte im Wald und ein eigener kleiner Strand am Meer. Zu Hause zu sein war auch ein Geisteszustand. Es bedeutete, mit sich im Reinen zu sein, man selbst zu sein, ehrlich mit sich zu sein. Man konnte nicht nur halb nach Hause gehen. Sie wollte ihr neues Leben nicht auf dem brüchigen Sockel einer Lüge errichten. Nicht schon wieder.

»Die Wahrheit befreit, Leni«, fuhr Ward fort. »Ist diese Befreiung nicht das, was Sie suchen? Weshalb Sie zurückgekommen sind? Schildern Sie mir, was in jener Nacht wirklich geschah.«

Leni schaute zu Boden. Doch dann hob sie den Kopf und nickte. »Als mein Vater erfuhr, dass ich ein Kind erwarte, begann er mich zu schlagen. Ich … ich erinnere mich nicht mehr an alles, ich weiß nur noch, dass er mich prügelte und meine Mutter rief: ›Nicht Leni, niemals!‹. Dann fiel der Schuss. Ich sah das Blut auf seiner Kleidung. Meine Mutter schoss zwei Mal. Um ihn daran zu hindern, mich umzubringen.«

»Und dann haben Sie ihr geholfen, die Leiche loszuwerden.«

Leni zögerte. Doch dann erkannte sie das Mitgefühl in Wards Blick und sagte leise: »Und dann habe ich ihr geholfen, die Leiche loszuwerden.«

Einen Moment lang rührte Ward sich nicht, schaute nur auf die Unterlagen vor ihm. Er schien etwas sagen zu wollen, es sich dann jedoch anders zu überlegen. Dann zog er die Schreibtischschublade auf und holte einen Papierbogen und einen Stift heraus. »Können Sie das niederschreiben?«

»Ich habe doch alles gesagt.«

»Ich brauche es schriftlich, danach ist die Sache erledigt. Machen Sie jetzt keinen Rückzieher, Leni, Sie haben es fast geschafft. Sie möchten den Fall ein für alle Mal hinter sich lassen, oder nicht?«

Leni griff nach dem Papierbogen und dem Stift und betrachtete die leere Seite. »Vielleicht sollte ich um einen Anwalt bitten. Mein Großvater würde darauf bestehen. Er ist Anwalt.«

»Das ist Ihr gutes Recht«, sagte Ward. »Aber nur Schuldige verlangen einen Anwalt.« Er deutete auf das Telefon auf seinem Tisch. »Soll ich Ihnen einen besorgen?«

»Sie glauben mir doch, oder?«, vergewisserte sich Leni. »Ich habe meinen Vater nicht umgebracht, und meine Mutter wollte es nicht tun. Inzwischen gibt es doch auch ein Gesetz, das bei misshandelten Frauen mildernde Umstände anerkennt.«

»Ich glaube Ihnen, Leni.«

»Ich muss nur alles niederschreiben, und dann kann ich gehen?«

Ward nickte.

Also gut, dachte Leni, was für einen Unterschied machte es schon, wenn sie alles aufschrieb? Langsam reihte sie ein Wort an das andere, ließ den furchtbaren Abend auf dem Papier wiederauferstehen – die Fäuste, den Gürtel, die Schüsse und das Blut. Die Fahrt zu dem zugefrorenen See. Das letzte Bild ein weißes Gesichtsoval, das versank. Wasser voller Eisbrocken, das sich darüber schloss.

Die Hilfe von Large Marge ließ sie aus. Auch ihre Großeltern erwähnte sie nicht, ebenso wenig die gefälschten Papiere und das Leben, das sie in Seattle geführt hatten.

Ihr letzter Satz lautete: *Wir flogen von Homer nach Anchorage und verließen Alaska.*

Sie schob die Seite über den Tisch.

Ward holte eine Brille aus der Brusttasche seiner Uniformjacke und überflog, was sie geschrieben hatte.

»Ich will nicht mehr lesen«, rief MJ. Leni winkte ihn zu sich.

Er klappte sein Buch zu und rannte zu ihr. Wie ein Äffchen kletterte er auf ihren Schoß. Er war zu groß, um auf ihrem Schoß zu sitzen, doch sie ließ ihn dort und legte ihre Arme um ihn. Seine dünnen Beine zappelten, dann trat er mit den Turnschuhen gegen Wards Metallschreibtisch, ein ums andere Mal.

Ward ließ die Seite sinken und sagte: »Lenora Allbright, Sie sind festgenommen.«

Leni war, als bräche der Boden unter ihr auf. »Aber … Sie haben doch gesagt, ich müsse es nur niederschreiben, und dann sei die Sache erledigt!«

»Für uns beide ist sie erledigt. Nun werden sich andere damit befassen.« Ward fuhr sich mit einer Hand über den Kopf. »Ich wünschte, Sie wären nicht gekommen.«

Für einen Moment schloss Leni die Augen. Wie dumm sie gewesen war. War sie nicht oft genug gewarnt worden, den Mund zu halten? Warum hatte sie das Bedürfnis, reinen Tisch zu machen, die Oberhand gewinnen lassen? »Das verstehe ich nicht.«

»Der Fall liegt nicht mehr in meiner Hand, Leni. Er ist nun Sache des Gerichts. Ich muss Sie leider hier festsetzen, zumindest bis zu Anhörung. Können Sie sich einen Anwalt leisten?«

»Was sagt er, Mommy?« MJ drehte sich zu ihr um.

Ward belehrte Leni über ihre Rechte, die er von einem Blatt Papier ablas. »Haben Sie jemanden, der sich um Ihren Sohn kümmern kann? Wenn nicht, muss ich das Jugendamt verständigen. Dort wird man gut für ihn sorgen, das verspreche ich.«

Leni konnte nicht fassen, wie naiv sie gewesen war. Warum hatte sie das nicht kommen sehen? Sie hatte doch immer wieder gehört, wie mit Frauen, denen Gewalt angetan worden war, von den Behörden umgegangen wurde. Warum hatte sie sich über die Ratschläge ihres Großvaters hinweggesetzt und diesem Mann geglaubt?

Am liebsten hätte sie geheult und geschrien und mit Gegenständen um sich geworfen, doch was wäre damit gewonnen? Sie musste sich zusammenreißen. Sie hatte einen entsetzlichen Fehler begangen, einen zweiten konnte sie sich nicht leisten. »Könnten Sie Tom Walker verständigen?«

»Tom?«, fragte Ward verwundert. »Wieso ihn?«

»Rufen Sie ihn einfach an, und sagen Sie ihm, dass ich hier bin und seine Hilfe brauche.«

»Sie brauchen einen Anwalt.«

»Ja. Sagen Sie das Mr Walker bitte auch.«

KAPITEL DREISSIG

Festgenommen.

Bis zu diesem Tag war Leni davon ausgegangen, dass so etwas anderen widerfuhr, aber nicht ihr oder den Menschen, die sie kannte.

Nun wusste sie es besser.

Fingerabdrücke. Polizeifotos. *Bitte nach rechts drehen. Jetzt nach links.* Hände, die einen abtasteten. Eine Zelle.

»Das macht Spaß«, sagte MJ und ließ seine Finger über die Gitterstäbe der Zelle gleiten. »Das ist meine Gitarre.« Er wiederholte die Bewegung, zuerst langsamer, dann schneller.

Leni saß auf einer Betonbank und schaffte es nicht zu lächeln. Sie konnte MJ kaum ansehen, so sehr schämte sie sich. Trotzdem hatte sie Ward angefleht, den Jungen bei ihr zu lassen. Zum Glück war sie in Homer und nicht in Anchorage, wo niemand sie gekannt hätte und sofort das Jugendamt verständigt worden wäre. In ihrer Gegend gebe es noch immer nicht viele Verbrechen, hatte Ward gesagt, die Zelle sei vor allem dazu da, in der Nacht vom Samstag auf Sonntag betrunkene Randalierer festzusetzen und sie ihren Rausch ausschlafen zu lassen.

MJ war dazu übergegangen, einen Takt auf den Gitterstäben zu schlagen.

»Hör auf«, sagte Leni scharf. Erst als sie sein Gesicht sah, die erschrockenen grünen Augen und den angstvoll verzogenen Mund, wurde ihr bewusst, dass sie ihn angeschrien hatte.

»Entschuldige, MJ.« Sie streckte die Hand nach ihm aus. »Komm her.«

MJs Mienenspiel war wie das Meer, immer in Bewegung, und schon nach einem Blick wusste Leni, was in ihm vorging. Sie hatte ihn geängstigt und seine Gefühle verletzt.

Nun hatte sie noch einen Grund, sich schlecht zu fühlen.

Doch schon war MJ wieder gut gelaunt, schlurfte mit großen Schritten über den rauen Fußboden und sagte: »Ich laufe Schlittschuh.«

Leni rang sich ein Lächeln ab und klopfte auf den Platz an ihrer Seite. MJ hüpfte darauf. Die Zelle war so klein, dass Lenis Knie beinahe an die deckellose Toilette stießen. Durch die Gitterstäbe konnte sie den Eingangsbereich des Reviers sehen, den Empfangstresen, den Wartebereich, die Tür zu Wards Büro.

Sie musste sich zwingen, MJ nicht trostsuchend in die Arme zu schließen und an sich zu drücken. »Ich muss mit dir reden«, sagte sie. »Erinnerst du dich noch daran, was wir über deinen Vater gesagt haben?«

MJ nickte. »Er hat einen Hirnschaden. Trotzdem wird er mich liebhaben.« Er rümpfte die Nase. »Das ist ein ekliges Klo.«

Leni strich über seinen Kopf. »Und er muss in einem Haus wohnen, wo man sich um Menschen wie ihn kümmert. Deshalb hat er uns nie besucht.«

»Er kann auch nicht sprechen. Er ist in ein Loch gefallen und hat sich am Kopf verletzt.«

»Richtig, und er wohnt hier. In Alaska. Wo ich groß geworden bin.«

»Das weiß ich doch alles«, sagte MJ und trat mit den Fersen gegen die Bank. »Deshalb sind wir doch hier. Kann er gehen?«

»Ich glaube nicht. Weißt du, dass du hier auch einen Großvater hast? Und eine Tante, die Alyeska heißt.«

MJs Beine hielten inne. Er schaute zu Leni hoch. »Noch ein Grandpa? Jason aus meiner Schule hat drei Grandpas.«

»Und du hast jetzt zwei. Ist das nicht toll?«

Sie hörte, wie sich die Eingangstür öffnete. Straßengeräusche drangen zu ihr – ein Lastwagen, der vorbeirumpelte, Reifen, die über Kies fuhren, eine Hupe. Die Tür fiel zu. Sie schaute auf.

Mr Walker stand am Empfang, in ausgebleichter Jeans, die Hosenbeine in den Stiefeln, und einem schwarzen T-Shirt mit der großen bunten Aufschrift *Walker Cove Adventure Lodge.*

Er streifte seine Baseball Cap ab und sah sich suchend um. Der Empfangstresen war nicht besetzt.

Sein Blick fiel auf Leni.

Sie sprang auf. Selbst wenn sie es gewollt hätte, hätte sie nicht still sitzenbleiben können, zu stark waren die Gefühle, die sie übermannten.

Auch Furcht gehörte dazu, doch in erster Linie empfand sie tiefe Freude. Sie hatte nicht gewusst, wie sehr sie Mr Walker vermisst hatte. Dann und wann hatten Mom und sie über ihn gesprochen, stets mit leiser Wehmut. Für Mom hatte er die Möglichkeit eines anderen Lebens verkörpert, die sie hätte wahrnehmen können, für Leni das Ideal eines Vaters.

Mit wenigen Schritten war er bei ihr, und Leni konnte ihn aus der Nähe betrachten. Sein Gesicht war wettergegerbt, mehr noch als früher, war jedoch kaum gealtert. Nur sein langes blondes Haar, das er im Nacken zusammengebunden hatte, war von grauen Strähnen durchsetzt. Offenbar war er sofort aufgebrochen, als Ward ihn anrief, an seinem Flanellhemd hingen noch Blätter und kleine Äste vom Arbeiten im Wald. »Leni«, sagte er mit bewegter Miene. »Ich wollte es nicht glauben, als Ward sagte, du seist hier.« Er begutachtete sie durch die Gitterstäbe hindurch. »Ich dachte die ganze Zeit, dein Vater hätte euch umgebracht.«

Leni spürte, wie Schamröte in ihre Wangen stieg. »Meine Mutter hat ihn erschossen, als er mich angegriffen hat. Danach sind wir geflohen.«

Mr Walker beugte sich vor. »Ich hätte euch geholfen«, sagte er leise. »Wir alle hätten es getan.«

»Das wussten wir, deshalb haben wir nicht gefragt. Wir wollten nicht, dass andere in die Sache hineingezogen werden.«

»Und … wie geht es deiner Mutter?«

»Sie ist tot«, sagte Leni mit belegter Stimme. »Lungenkrebs. Aber sie … sie hat oft an Sie gedacht.«

»Oh, Leni, das tut mir leid. Sie war etwas …« Mr Walker wandte den Blick ab.

Leni nickte. Sie wusste, was Mr Walker hatte sagen wollen. Mom war tatsächlich etwas Besonderes gewesen. Sie schluckte ihre Tränen hinunter und drehte sich zu ihrem Sohn um. »MJ – Matthew junior –, dein Großvater ist gekommen.«

Im ersten Moment reagierte Mr Walker nicht. Dann gab er einen sonderbaren Laut von sich, ein Keuchen vielleicht. Ungläubig starrte er auf den Jungen, der das Ebenbild seines Sohnes war, fasste die Gitterstäbe und stöhnte leise. »Ist das wahr?«, flüsterte er und schloss für einen Moment die Augen.

MJ sprang von der Bank und stellte sich an das Gitter. In einer Hand hielt er einen roten Plastikdinosaurier.

Mr Walker ging in die Hocke. »Du erinnerst mich an einen

anderen Jungen mit blondem Haar«, sagte er mit rauer Stimme.

Nicht weinen, befahl Leni sich. *Reiß dich zusammen.*

»Ich heiße MJ«, erklärte ihr Sohn mit breitem Lächeln und sprang auf und ab. »Soll ich dir meine Dinosaurier zeigen?« Ohne auf die Antwort zu warten, holte er noch zwei von ihnen aus seinen Hosentaschen. Er hielt sie hoch und knurrte zur Veranschaulichung, so wie er das aus Zeichentrickfilmen kannte.

»Wie sehr er Matthew gleicht«, sagte Mr Walker.

Leni schaute zu Boden. »Es tut mir so leid, dass ich Ihnen nichts von ihm sagen konnte – wir mussten Kaneq Hals über Kopf verlassen. Ich weiß, ich hätte mich von Ihnen verabschieden sollen, aber dann hätten wir Ihnen die Gründe für unseren Aufbruch erklären müssen, und Sie hätten unseretwegen lügen müssen. Das wollte ich nicht.«

»Ach Leni, wie immer hast du dir zu viele Gedanken gemacht.« Mr Walker richtete sich auf. »Aber weshalb steckst du in dieser Zelle? Du hast doch gesagt, deine Mutter habe deinen Vater umgebracht. Wenn du mich fragst, hat sie dafür posthum eine Medaille verdient.«

Die Freundlichkeit in seinem Blick tat Leni weh. Wie kam es, dass er sich nicht voller Verachtung von ihr abkehrte? Sie hatte seinen Sohn im Stich gelassen, hatte ihn in dem Glauben gelassen, sie und Mom seien tot, hatte ihm seinen Enkel vorenthalten – und nun wollte sie auch noch, dass er ihr half. »Ich habe meiner Mutter geholfen, die Leiche meines Vaters verschwinden zu lassen.«

Mr Walker zog die Brauen hoch. »Hast du das Ward erzählt?«

Leni nickte.

»Warum?«

»Er hat mich wohl reingelegt. Aber wer weiß, vielleicht sollte es so sein. Ich bin das Lügen leid. Und womöglich klärt sich alles noch. Ich möchte nur, dass MJ, bis ich hier herauskomme, in guten Händen ist. Würden Sie ihn so lange nehmen?«

»Natürlich, aber –«

»Bitte sagen Sie Matthew nicht, dass er einen Sohn hat. Ich weiß, ich habe kein Recht, Sie darum zu bitten, aber ich möchte es ihm selbst sagen.«

»Matthew wird –«

»Er wird es nicht verstehen, das weiß ich, trotzdem ist es richtiger, wenn ich es ihm sage.«

Chief Ward trat aus seinem Büro und kam mit rasselndem Schlüsselbund zu ihnen. Er nickte Mr Walker zu und schloss die Zellentür auf. »Der Junge muss jetzt gehen«, sagte er.

Leni beugte sich zu MJ hinab und zwang sich, mit normaler Stimme zu sprechen. »Du gehst jetzt mit deinem Grandpa zu ihm nach Hause. Ich bleibe noch ein wenig hier, weil ich etwas erledigen muss.« Sie schob ihn durch die Tür.

MJ sperrte sich und sagte: »Ich will nicht fort von dir, Mommy.«

Leni sah Mr Walker hilfesuchend an.

Er legte eine Hand auf MJs schmale Schulter und lächelte den Jungen liebevoll an. »Hast du schon mal einen Buckellachs gesehen? In diesem Jahr sind die Flüsse hier voll von ihnen. Wenn wir heute zum Angeln rausfahren, ist es gut möglich, dass du den größten Fisch aller Zeiten fängst.«

»Kann Mommy auch mitkommen? Und mein Daddy?«, fragte MJ aufgeregt. Dann zuckte er mit den Schultern. »Ach nein, mein Daddy kann ja nicht laufen.«

»Dann weißt du also schon, dass es deinem Daddy nicht gut geht.«

MJ nickte. »Er hatte einen Unfall, bei dem hat er sich am Kopf weh getan. Das hat Mommy mir erzählt. Und dass sie ihn genauso liebhat wie mich.«

»Es wird Zeit«, sagte Ward.

MJ sah Leni an. »Okay, ich gehe mit meinem neuen Grandpa angeln. Aber danach komme ich wieder zu dir, und wir spielen noch ein bisschen Gefängnis.«

»So machen wir das.« Leni streichelte seine Wange. Das kleine Gesicht war voller Vertrauen. Sie drückte MJ an sich. Der Weg hierher hatte sie so viel Kraft und Mut gekostet. Doch nichts davon war ihr so schwergefallen, wie sich nun von ihrem Sohn zu trennen und ihm zum Abschied zuzulächeln, um ihn nicht zu beunruhigen. »Sei bei deinem Grandpa artig, mein Großer, und versuch, in seinem Haus nichts kaputtzumachen.«

»Ist gut.«

Mr Walker hob ihn hoch und setzte ihn sich auf die Schultern. MJ quietschte vor Freude.

»Guck mal, Mommy, ich bin ein Riese.«

Mr Walker drehte sich zu Chief Ward um. »Es ist nicht richtig, dass sie hier ist, aber du warst ja schon immer ein Korinthenkacker, dem die Vorschriften wichtiger sind als die Menschen.«

»Ja, beleidige mich ruhig, das ist eine gute Idee. Vielleicht willst du deine Meinung auch dem Richter sagen, die Anhörung ist heute um drei. Um vier will er zum Angeln rausfahren.«

Mr Walker zog die Brauen zusammen und sah aus, als wolle er noch etwas sagen.

»Schon gut«, fiel Leni rasch ein und reichte Mr Walker MJs Rucksack. »Kümmern Sie sich gut um MJ, er ist mein Ein und Alles.«

Sie winkte MJ nach, der auf den Schultern seines Großvaters ritt, und betete, dass man sie nach der Anhörung freilassen würde.

Ward schloss die Zellentür ab und kehrte wortlos in sein Büro zurück.

Die Zeit bis zur Anhörung zog sich. Leni lauschte den Geräuschen, dem Klingeln des Telefons am Empfang, Türenschlagen, Stiefelschritten.

Sie hatte sich wieder auf der Betonbank niedergelassen und den Rücken an die Wand gelehnt. Durch das kleine Fenster fiel helles Sonnenlicht herein und wärmte sie ein wenig. Wenn sie daran dachte, wie naiv sie gewesen war, fluchte sie leise, und manchmal weinte sie. Sie hatte einen schlechten Geschmack im Mund und Durst, doch niemand kam, um ihr etwas zu trinken anzubieten. Irgendwann wagte sie es, ihre Hose herunterzulassen und sich auf die Toilette zu setzen, in der Hoffnung, dass es niemand sähe.

Wieder auf ihrer Bank, fiel ihr ein, dass sie Mr Walker nicht gesagt hatte, dass ein Plüschwal in MJs Rucksack lag, ohne den MJ abends nicht einschlafen konnte. Wie hatte sie das vergessen können?

Die Eingangstür öffnete sich. Ein Mann kam herein. Er trug eine Anglerhose und ein T-Shirt, das Haar war struppig. Unter dem Arm hatte er eine abgewetzte grüne Nylon-Aktentasche. »Hallo Marci«, rief er der Polizistin am Empfang zu.

Sie strahlte ihn an. »Hallo Dem.«

Er nickte zu Leni hinüber. »Ist sie das?«

Marci nickte. »Allbright, Lenora. Anhörung um drei. John ist noch in Soldotna.«

Der Mann kam an die Zellentür und blieb davor stehen. Mit einem Seufzer holte er eine Mappe aus seiner Aktentasche, klappte sie auf und überflog die Unterlagen. »Ziemlich umfassendes Geständnis. Sehen Sie denn nie Krimis im Fernsehen?«

»Wer sind Sie?«

»Demby Crowe, Ihr Pflichtverteidiger. Um drei werden wir dem Richter erklären, was Sache ist, und gleich wieder abtreten. Die Buckellachse wandern, jeder will am Fluss sein. Sie müssen nur aufstehen, wenn man es Ihnen befiehlt, und erklären, dass Sie unschuldig sind.« Er klappte die Mappe zu. »Haben Sie jemanden, der für Sie Kaution hinterlegen kann?«

»Soll ich Ihnen den Fall nicht zuerst einmal von meiner Warte aus schildern?«

»Wozu? Ich habe Ihr Geständnis. Wir unterhalten uns später ausführlich. Kämmen Sie sich vor der Anhörung die Haare.«

Bevor Leni das, was er gesagt hatte, verarbeiten konnte, war er wieder fort.

Der Gerichtssaal glich eher einem kleinen Klassenzimmer als einer geheiligten Halle der Justiz. Es gab keinen Parkettfußboden, keine Bankreihen aus glänzendem dunklem Holz, keinen imposanten Richtertisch. Stattdessen standen auf dem Linoleumfußboden zwei schmale Stuhlreihen, ein Tischchen für die Verteidigung, eins für die Anklage und unter dem gerahmten Bild von Ronald Reagan ein einfacher Tisch mit Resopalplatte für den Richter, an der Seite ein Stuhl für die Zeugen.

Leni setzte sich zu ihrem Pflichtverteidiger. Er studierte einen Gezeitenkalender und schien sie kaum wahrzunehmen. Sie schaute zu dem Ankläger hinüber, einem dünnen, vollbärtigen Mann, der zu seinem weißen Hemd und einer schwarzen Hose eine Anglerweste trug.

Der Richter betrat den Raum, gefolgt von einem Protokollanten und einem Gerichtsdiener. Unter der schwarzen Robe des Richters blitzten Anglerstiefel auf. Er nahm an seinem Tisch Platz, sah auf die Uhr und sagte: »Es wäre schön, wenn wir uns beeilen könnten.«

Cole stand auf. »Hohes Gericht, die –«

Die Tür des Saals flog auf, und eine Stimme rief: »Wo ist sie?«

Lenis Herz machte einen Satz. Bis an ihr Lebensende würde sie diese Stimme erkennen. Sie drehte sich um. Und da war sie: Large Marge.

Sie pflügte durch den Raum, mit klappernden Armbändern und einem bunten Stirnband. Das Haar hatte sie zu Dreadlocks geflochten. Die gelbe Bluse spannte über ihren schweren Brüsten und war, ebenso wie die grüne Hose, voller Blaubeerflecken.

Sie zog Leni hoch und schloss sie in die Arme. Leni schmiegte sich an sie und atmete den Geruch ein, den sie so vermisst hatte – nach selbstgemachtem Shampoo aus Eidottern und Kräutern, nach Holzrauch, Gras und Beeren. Der Duft von Alaska im Sommer.

»Marge Birdsall!« Der Richterhammer landete auf dem Tisch. »Was soll das? Wir sind in einer Anhörung, bei der es um ein schweres Verbrechen geht.«

Large Marge ließ Leni los und drückte sie auf den Stuhl. »Verdammt noch mal, John, das einzige Verbrechen hier ist diese Anhörung.« Sie trat an den Richtertisch. »Leni Allbright ist unschuldig, ganz gleich, welches Geständnis dieser Idiot von Chief ihr entlockt hat. Wie soll denn die Anklage lauten? Beihilfe? Mittäterschaft? Du lieber Himmel, sie hat ihren Drecksack von Vater nicht umgebracht, es war ihre Mutter. Was hätte Leni mit ihren achtzehn Jahren damals denn anderes machen sollen, als ihrer Mutter beizustehen, die jahrelang von diesem Stück Scheiße verprügelt worden war?«

Diesmal wurde mit dem Hammer gleich mehrere Male auf den Tisch geschlagen. »Halt deine Riesenklappe, Marge, das hier ist mein Gerichtssaal! Und es geht nur um eine Anhörung, nicht um eine Verhandlung. Wenn es so weit ist, kannst du gern als Zeugin auftreten.«

Large Marge wandte sich an den Ankläger. »Lass diese verdammte Anklage fallen, Adrian! Oder willst du den Rest der Lachssaison in diesem Gerichtssaal verbringen? Jeder in Kaneq wusste, dass Ernt Allbright seine Frau misshandelt. Ich werde jede Menge Leute beibringen, die das bezeugen können. Angefangen mit Tom Walker.«

»Tom Walker?« Der Blick des Richters wurde nachdenklich.

Large Marge verschränkte die Arme vor der Brust. »Genau der.«

Der Richter sah den Ankläger an. »Wie siehst du das, Adrian?«

Der Ankläger betrachtete die Unterlagen auf seinem Tisch und klopfte mit einem Stift darauf. »Ich bin mir nicht sicher, Euer Ehren.«

Wieder öffnete sich die Tür des Gerichtssaals. Die Polizistin, die am Empfang des Polizeireviers gesessen hatte, trat an die Richterbank und strich ihre Uniformjacke glatt. »Ich habe eine Nachricht, Euer Ehren.«

»Marci«, sagte der Richter entnervt. »Ist die so wichtig, dass du die Anhörung stören musst?«

»Der Gouverneur ist am Telefon und möchte Sie umgehend sprechen.«

Eben hatte Leni noch neben ihrem Pflichtverteidiger gesessen, und nun war sie auf dem Weg aus dem Gerichtsgebäude.

Draußen stand Large Marge an einem Pick-up.

Leni umarmte sie und fragte: »Was ist hier eigentlich gerade passiert?«

Large Marge legte Lenis Koffer auf die Ladefläche ihres Wagens. »Es lohnt sich, Beziehungen zu haben. In dem Punkt ist es hier wie überall auf der Welt. Tom hat den Gouverneur angerufen und ihm den Fall geschildert. Daraufhin wurde die Anklage fallengelassen.« Sie klopfte Leni auf die Schulter. »Es ist vorbei.«

»Nicht ganz.«

»Nein, nicht ganz. Tom möchte, dass du zu ihm kommst. Er wird dich zu Matthew bringen.«

Es gab kaum etwas, das Leni so sehr ersehnte wie dieses Wiedersehen und vor dem sie sich gleichzeitig so sehr fürchtete. Sie stieg in den Pick-up.

Large Marge rückte sich auf dem Fahrersitz zurecht. Als sie den Wagen startete, ging das Radio an.

Janis Joplin sang: *Take another little piece of my heart now, baby.* Leni seufzte.

»Du wirkst angeschlagen«, sagte Large Marge.

»Kein Wunder.« Leni überlegte, ob sie Marge nach Matthews Zustand fragen sollte, doch sie scheute davor zurück.

Als sie den Hafen erreichten, lag die weite Kachemak Bay vor ihnen. Es war, als würde die Welt von innen erleuchtet und den Farben des Himmels, der Berge, des Wassers und des Grases jene Intensität verleihen, die diesen Landstrich so einzigartig machte.

Wie gebannt betrachtete sie die schaukelnden Boote im Hafenbecken, verfolgte den Flug der krächzenden Möwen, entdeckte Seeotter, die im Wasser ihre Bahnen zogen.

Large Marge stellte den Pick-up ab, der, wie sie sagte, einem Freund gehörte. Sie bestiegen ihr Fischerboot – es trug den Namen *Fair Chase*, also Faire Jagd – und steuerten Kaneq auf der gegenüberliegenden Seite der Bucht an. Leni blickte auf die hochaufragenden Berge mit den schroffen Hängen und den weißen Gletscherfeldern. Die Sonne schien so hell, dass sie ihre Augen mit der Hand beschirmen musste. Nur ihr aufgeregt klopfendes Herz konnte sie nicht schützen, es blieb den heftigsten Gefühlen ausgesetzt. Sie erinnerte sich an den Tag, als sie diese Berge zum ersten Mal gesehen hatte. Damals war sie noch ein halbes Kind gewesen und hatte nicht ahnen können, wie tief Alaska ihr Wesen prägen würde, dass es immer ein Teil von ihr bliebe.

Sie umrundeten eine Landzunge, fuhren zwischen zwei grünen hügeligen Inseln hindurch. Auf den Kiesstränden schimmerten silbriges Treibholz und graugrüne Tangbüschel. Large Marge umfuhr die Wellenbrecher und wurde langsamer.

Mit hämmerndem Herzen sah Leni zu, wie die Pfahlbauten von Kaneq näher rückten. Und dann waren sie da. Large Marge vertäute das Boot. Sie liefen über die Mole. Leni wusste nicht, ob Large Marge etwas zu ihr sagte, doch selbst wenn, hätte sie kein Wort verstanden, denn sie nahm nur ihren Körper wahr, der dem Ort mit jeder Faser entgegenfieberte.

Staunend registrierte sie die Veränderungen. Kaneq war größer geworden, die Häuser und Geschäfte waren nun so bunt gestrichen wie die in Homer, der Steg, der die Häuser verband, war neu. Straßenlaternen gab es auch, und an ihren Eisenstreben hingen Blumenampeln voller Geranien und Petunien. Der kleine Laden von Large Marge war doppelt so groß wie früher und hatte eine feuerrote Eingangstür, und an der Straße reihte sich ein Geschäft an das andere – das Fish On, ein Kiosk, ein Laden, in dem man Naturwolle kaufen konnte, ein Andenkenladen, eine Eiscremebude, ein Bekleidungsgeschäft, ein Büro, in dem man Kajaks mieten und Führungen buchen konnte. Aus dem alten Kicking Moose war ein ordentliches Lokal namens *Malamute Saloon* geworden, die Pension Geneva war renoviert und frisch verputzt worden. Über der Eingangstür thronte ein gewaltiges Elchgeweih.

Leni dachte an ihren ersten Tag zurück. An den Anblick ihrer Mutter in ihrem dünnen Trägerhemdchen mit Spitzenbesatz über der Hüftjeans vor der majestätischen Kulisse der Berge. *Nachbarn, die ihren Besitz mit toten Tieren schmücken, machen mich nervös*, hatte Mom gesagt, als sie an Mr Walkers Gatter vorbeigefahren waren.

Leni musste lächeln. Sie hatten wirklich von nichts eine Ahnung gehabt.

Auf der Straße mischten sich Touristen und Einheimische, die einen mit Fotoapparaten um den Hals und in Freizeitkleidung, die anderen nach wie vor in Jeans, karierten Hemden und Gummistiefeln. Vor dem Malamute Saloon parkten Geländewagen, Pick-ups, Quads ebenso wie ganz normale Personenwagen mit Kennzeichen aus dem Rest der Vereinigten Staaten.

Sie verließen den Ort in Marges Geländewagen. Dann waren sie an der Brücke über den Icicle Creek, von der aus Männer angelten, überquerten das kristallklare Wasser des schmalen Flusses. Ab hier war die Straße immer noch mit Kies bestreut.

Offenbar hatten sich entlang der Straße neue Bewohner angesiedelt. Auf einer Wiese stand ein aufgebockter Trailer, daneben ein verrosteter Traktor. Danach kamen Einfahrten, die vermutlich zu neu gebauten Häusern führten, dann sah sie ein Wohnmobil und einen alten Bus ohne Reifen.

An Marges Einfahrt prangte ein Schild mit der Aufschrift: *Kajaks und Kanus zu vermieten!!!*

Large Marge lachte. »Ich liebe Ausrufezeichen.«

Leni wollte etwas antworten, doch da hatten sie das Land der Walkers erreicht und den Torbogen, der die Gäste in der *Walker Cove Adventure Lodge* willkommen hieß. Ein Schild wies darauf hin, dass *Angelausflüge, Kajakfahrten, Bärenbeobachtung und Rundflüge* möglich waren.

Large Marge drosselte das Tempo und sah Leni von der Seite an. »Bist du bereit, oder sollen wir noch warten?«

Sie schien zu ahnen, was in Leni vorging, denn sie hatte es mit außergewöhnlich sanfter Stimme gefragt.

»Ich bin bereit.«

Sie bogen in die Einfahrt ab. Auf dem Weg sah Leni die Holzhütten, jede von einer Gruppe Bäume umgeben, alle mit Blick über die Bucht. Ein gewundener Weg mit einem Geländer führte hinunter zum Strand.

Dann lag das Haus der Walkers vor ihnen, solide, eindrucksvoll und in seiner Schlichtheit wunderschön. Die Ställe waren nicht mehr zu sehen, vielleicht hatte Mr Walker sie abreißen und irgendwo auf seinem großen Grundstück neu errichten lassen. Auf der Veranda standen hübsche Holzstühle.

Leni und Large Marge verließen den Wagen. Leni schaute zur Anlegestelle hinunter, wo ein Wasserflugzeug und drei Fischerboote vertäut lagen. Ein paar Männer – wahrscheinlich Gäste – angelten vom Steg aus. Andere trugen eine Art Uniform und schienen ihnen Anweisungen zu geben.

MJs Stimme ertönte. Leni drehte sich um. Ihr Sohn kam aus dem Haus gestürzt, rannte über die Veranda und kam winkend und rufend auf sie zu.

Leni empfing ihn mit ausgebreiteten Armen und drückte ihn so fest an sich, dass er sich ihr zu entwinden versuchte. Doch ihr war erst in diesem Moment bewusst geworden, wie groß ihre Angst gewesen war, sie müsste in Haft bleiben und würde für längere Zeit von MJ getrennt.

Mr Walker war dem Jungen gefolgt. An seiner Seite ging eine attraktive Inuk-Frau, durch deren hüftlanges schwarzes Haar sich eine kräftige graue Strähne zog. Sie trug ein ausgebleichtes Jeanshemd und eine Khakihose mit einem Messer am Gürtel. Aus der Brusttasche ihres Hemds schaute eine Drahtzange hervor.

»Leni«, sagte Mr Walker, »darf ich dich mit Atka bekannt machen? Sie ist meine Ehefrau.«

Atka lächelte und streckte ihre Hand aus. »Ich habe schon viel von dir und deiner Mutter gehört.«

Leni wurde die Kehle eng. Sie schüttelte die dargebotene Hand und sagte mit rauer Stimme: »Es freut mich, dich kennenzulernen.« Sie sah Mr Walker an. »Meine Mutter hätte sich für euch gefreut.«

Für einen Moment schwiegen alle.

MJ kniete sich ins Gras, holte Dinosaurier aus seinen Hosentaschen und ließ sie gegeneinander kämpfen.

»Ich möchte ihn jetzt sehen«, sagte Leni. Ihr Instinkt sagte ihr, dass Mr Walker darauf gewartet hatte. »Allein, wenn ich darf.«

Mr Walker drehte sich zu seiner Frau um. »Würdest du mit Large Marge auf den Kleinen aufpassen?«

Atka lächelte und beugte sich zu MJ hinab. »Erinnerst du dich, dass ich dir von dem Seestern erzählt habe, den mein Volk ›Yuit‹ nennt? Das bedeutet: ›Der mit den Wellen ringt‹. Soll ich dir so einen Seestern zeigen?«

MJ sprang auf. »Ja, ja!«

Leni blickte Large Marge, Atka und MJ nach, die sich über die Stufen zum Strand hinunterbegaben. MJs Geplapper wurde leiser.

»Das wird nicht einfach werden«, sagte Mr Walker.

»Ich wünschte, ich hätte Ihnen geschrieben«, sagte Leni. »Ich wollte Ihnen und Matthew von MJ erzählen, aber –« Sie holte tief Luft. »Wir hatten Angst und wollten nicht, dass Sie wussten, dass wir noch lebten.«

Mr. Walker seufzte. »Ihr hättet mir vertrauen können. Aber darüber müssen wir nicht mehr sprechen, das ist nun Vergangenheit.«

»Ich habe Matthew im Stich gelassen«, sagte Leni bedrückt.

»Matthew hat damals niemanden erkannt. Er wusste nicht einmal, wer er selbst war.«

»Das macht es doch nicht besser.«

»Denk daran, wie viel auch du damals durchgemacht hattest. Wahrscheinlich ging es dir noch viel schlechter, als ich seinerzeit dachte. Wusstest du bei eurem Aufbruch, dass du schwanger warst?«

Sie nickte. »Wie geht es ihm?«

»Er hat einen langen, schweren Weg hinter sich.«

Sie schaute zu Boden und spürte die Last ihrer Schuldgefühle.

»Komm mit.« Mr Walker fasste ihren Arm und führte sie an

den Hütten vorbei über eine große Wiese zu einer Gruppe Schwarzfichten.

Leni blieb stehen. »Ich dachte, wir nehmen ein Boot nach Homer.«

Mr Walker schüttelte den Kopf. Sie gingen an den Fichten vorbei und erreichten einen Pfad aus Holzlatten mit einem knorrigen Holzgeländer an jeder Seite. Er endete auf einer schmalen Landzunge, auf der, von Bäumen umgeben, eine Blockhütte stand, mit Blick auf die Bucht. Es war das Haus, das Geneva Walker einst für sich errichtet hatte. Eine Art Brücke führte vom Pfad zur Eingangstür. Nein, keine Brücke, erkannte Leni im Näherkommen. Eine Rampe.

Eine Rampe für einen Rollstuhl.

Mr Walker ging voraus und klopfte an die Eingangstür. Von innen kam eine gedämpfte Stimme. Mr Walker öffnete die Tür und schob Leni mit sanfter Hand in einen Raum mit einer Fensterfront zur Bucht.

Als Erstes fielen ihr die großen Gemälde auf. Eines stand noch auf einer Staffelei. Es war ein Feuerwerk der Farben, ein buntes Kaleidoskop von Streifen, Wellen und Tropfen, das Leni an das Polarlicht erinnerte, obwohl sie nicht hätte sagen können, warum. Bei genauerer Betrachtung entdeckte sie in den Farben seltsam verformte Buchstaben, die sich immer wieder zu einem Wort zusammenfügten, in dem man *SIE* erkennen konnte. Das Bild löste die widersprüchlichsten Gefühle in ihr aus, erst Pein, die dann jedoch einer zarten Hoffnung wich.

»Ich lasse euch allein.« Mr Walker verließ das Haus und drückte die Tür hinter sich ins Schloss. In dem Moment erblickte Leni den Mann im Rollstuhl, der mit dem Rücken zu ihr saß.

Mit farbverschmierten Händen fasste er die Räder und drehte den Rollstuhl zu ihr herum.

Matthew.

Er sah auf. Zwei dünne rosafarbene Narben liefen über sein Gesicht, und über einen Wangenknochen zog sich ein schmaler Streifen Narbengewebe.

Doch seine Augen waren wie früher, und in ihrem Blick erkannte sie den Mann, den sie schon geliebt hatte, als er noch ein Junge war.

»Matthew«, sagte sie. »Ich bin es. Leni.«

Er runzelte die Stirn. Sie wartete darauf, dass er etwas sagte, irgendetwas, doch es kam nichts. Der Junge, der früher ohne Unterlass geredet hatte, schwieg.

Tränen stiegen in ihre Augen. »Ich bin Leni«, wiederholte sie mit weicher Stimme. Er starrte sie, starrte sie einfach an, als würde er mit offenen Augen träumen. »Erkennst du mich nicht?« Sie fuhr sich rasch mit der Hand über ihre Augen. »Ich wusste, dass es so sein würde. Sicherlich würdest du es auch nicht verstehen, wenn ich dir das mit MJ erklären würde. Das macht nichts. Ich dachte nur …« Sie trat einen Schritt zurück. Sie schaffte es nicht. Noch nicht.

Sie würde es später noch einmal versuchen. Sich die Sätze vorher zurechtlegen. Und MJ seinen Vater beschreiben, damit er darauf vorbereitet war. Sie hatten jetzt Zeit, und sie wollte es richtig machen. Sie wandte sich zur Tür um.

KAPITEL EINUNDDREISSIG

»Warte.«

Matthews Herz raste.

Sein Vater hatte ihm gesagt, dass sie kommen würde. Er hatte es vergessen, dann war es ihm wieder eingefallen, dann hatte er es wieder vergessen. Manchmal war das bei ihm so. Informationen gingen auf dem Weg durch sein Gehirn verloren, kamen wieder an die Oberfläche, verschwanden wieder. Doch in der letzten Zeit war es besser geworden.

Vielleicht hatte er seinem Vater aber auch nicht geglaubt. Oder gedacht, er hätte sich die Ankündigung nur eingebildet.

Es gab Tage, da herrschte in seinem Kopf Nebel. Er konnte so dicht werden, dass nichts hindurchdrang. Weder Worte noch Gedanken. Nur der Schmerz seiner Seele.

Aber nun war sie da. Seit Jahren träumte er von ihrer Rückkehr, stellte sich das Wiedersehen vor. Er hatte die Worte geübt, die er sagen wollte, die er ihr sagen wollte.

Er versuchte, nicht an die Narben auf seinem Gesicht zu denken, auch nicht an das Bein, das nie richtig geheilt war. Er wusste, dass er mitunter nicht richtig denken konnte und Wörter wie Flöhe sein konnten, die in alle Richtungen davonhüpften. Er hörte es selbst, wenn seine Stimme ins Stolpern geriet und er irgendwelche Wörter von sich gab, die keinen Sinn ergaben. Dann dachte er, es kann nicht sein, dass ich das bin, und doch war er es.

Er umklammerte die Armstützen des Rollstuhls und stemmte sich hoch. Es war ein schmerzhafter Prozess, und er stöhnte. Das Stöhnen war ihm peinlich, doch nun war es geschehen und nicht mehr rückgängig zu machen. Mit zusammengebissenen Zähnen verlegte er sein Gewicht auf das gesunde Bein. Er hatte zu lange gesessen, vollkommen in sein Gemälde vertieft. Er nannte es *Sie*, in Erinnerung an eine Nacht auf ihrem Strand.

Mit unsicheren Schritten wankte er auf sie zu. Wahrscheinlich dachte sie, dass er jeden Augenblick zu Boden gehen konnte. Er war oft gestürzt und hatte sich jedes Mal wieder aufgerafft.

»Matthew.« Sie trat zu ihm und sah ihn an.

Sie war so schön, dass er weinen wollte. Er wollte ihr sagen, dass er sie beim Malen spürte, sich an sie erinnerte. Auf die Malerei hatten die Therapeuten in Homer ihre Arbeit mit ihm aufgebaut. Hatten ihn immer wieder angeregt, sich in Bildern auszudrücken. Inzwischen war es seine Leidenschaft. Manchmal vergaß er dabei alles – die Schmerzen, die Erinnerungen, ihren Verlust – und stellte sich eine Zukunft mit ihr vor, in der ihre Liebe wie die Sonne war, wie das Meer. Er malte sich aus, dass sie zusammen waren. Dass sie ein Leben miteinander hatten.

Angestrengt suchte er nach den richtigen Worten. Es war, als wäre er mit einem Mal im Dunkeln. Er wusste, irgendwo gab es eine Tür hinaus ins Helle, fand sie jedoch nicht.

Atmen, Matthew. Stress macht es schwieriger, die Gedanken zu ordnen.

Er atmete tief ein und wieder aus. Dann hinkte er zu dem Nachttisch an seinem Bett und holte die Kiste mit den Briefen heraus – die Briefe, die sie ihm geschrieben hatte, als er im Krankenhaus war, und die von damals, die sie ihm geschickt hatte, als er in Fairbanks um seine Mutter trauerte. Mit Hilfe dieser Briefe hatte er wieder lesen gelernt. Er überreichte ihr die Kiste, schaffte es jedoch nicht, ihr die eine Frage zu stellen, die ihn in den vergangenen Jahren verfolgt hatte – warum sie aufgehört hatte, ihm zu schreiben.

Sie hielt die Kiste in den Händen, schaute auf die Briefe und dann zu ihm hoch. »Du hast sie alle aufbewahrt? Obwohl ich einfach fortgegangen bin?«

»Deine Briefe«, sagte er und hörte, wie er die beiden Wörter in die Länge zog. Er musste sich konzentrieren und die Wörter vernünftig aussprechen und auch richtig kombinieren. »Mit ihnen. Habe ich wieder gelernt. Zu lesen.«

Eine zarte Röte breitete sich auf ihrem Gesicht aus.

»Ich habe gebetet. Dass du. Zurückkommst.«

»Jeden Tag habe ich mich danach gesehnt, dich wiederzusehen«, flüsterte sie.

Er lächelte, obwohl sich das Narbengewebe in seinem Gesicht dabei noch mehr verzog und ihn, wie er fand, noch unansehnlicher machte.

Sie legte ihre Arme um ihn, und er staunte, wie gut ihre Körper noch zusammenpassten, obwohl seiner an so vielen Stellen geflickt worden war. Vorsichtig berührte sie die Narben auf seinem Gesicht.

»Du bist schön«, sagte er. Er umschlang sie, versuchte, nicht das Gleichgewicht zu verlieren, und spürte mit einem Mal eine Furcht, die er sich nicht erklären konnte.

»Wie geht es dir?«, fragte sie. »Hast du Schmerzen?«

Er wusste nicht, wie er seine Empfindungen ausdrücken sollte. Vielleicht würde ihr das, was er sagen wollte, nicht gefallen. In all den Jahren ohne sie hatte er das Gefühl gehabt, er sei dabei zu ertrinken und sie das rettende Ufer, nach dem er verzweifelt Ausschau hielt. Doch nun hatte sie sein vernarbtes Gesicht gesehen und würde ihn sicher wieder verlassen. Und er würde in die tiefen dunklen Gewässer zurückgleiten.

Er befreite sich aus ihren Armen, kehrte zu seinem Rollstuhl zurück und ließ sich hineinsinken. Wenn er sie bloß nicht in den Armen gehalten und ihren Körper gespürt hätte. Nun würde er sich immer nach diesem Gefühl sehnen. Er versuchte, seine Gedanken in andere Bahnen zu lenken, doch es fiel ihm schwer. »Wo. Warst du?«

»In Seattle.« Sie kniete sich vor ihn und nahm seine Hand. »Es ist eine lange Geschichte.«

Bei ihrer Berührung öffnete sich die Welt – seine Welt –, brach auf, wie die dichte Wolkendecke, wenn die Sonne an den ersten Frühlingstagen einen Weg hindurchfand. Er wollte diesen Moment auskosten, sich von ihm wärmen lassen. Doch er war sich nicht sicher, ob dieser Moment real war. »Erzähl sie mir.«

Sie schüttelte den Kopf.

»Du bist von mir. Abgestoßen.«

»Niemals.« Sie strich über seine Hand und schüttelte den Kopf. »Ich habe dich enttäuscht. Ich bin fortgegangen, als du mich am meisten brauchtest. Wenn du mir das nicht verzeihst, verstehe ich das. Ich kann es mir selbst nicht verzeihen. Ich habe es getan, weil – nein, das erzähle ich dir alles später, wenn du es willst. Vorher möchte ich, dass du jemanden kennenlernst.«

Er runzelte die Stirn. »Ist er hier?«

»Ja, er ist bei Atka und deinem Vater. Wenn du magst, können wir zu ihm gehen.«

Ihn.

Eine tiefe Hoffnungslosigkeit übermannte ihn. »Nein. Ich möchte *ihn* nicht kennenlernen.«

Leni stand auf. »Du bist mir böse. Den Menschen, den man liebt, lässt man nicht im Stich, das hast du immer gesagt. Und ich habe dich im Stich gelassen und bin fortgelaufen.«

»Rede nicht mehr«, sagte er schroff. »Geh. Bitte. Geh einfach.«

Sie sah ihn mit Tränen in den Augen an. Sie war so schön, dass es ihm den Atem verschlug. Er wollte schreien, wollte weinen. Wie sollte er es ertragen, wenn sie tatsächlich wieder ginge? All die Jahre und die Schmerzen, die manchmal nicht auszuhalten gewesen waren, hatte er auf diesen Moment gewartet. Jeden Tag hatte er an *sie* gedacht und erneut zu kämpfen begonnen. Als es ihm besser ging, hatte er sich ihre Zukunft in den schönsten Farben ausgemalt, und nun war sie gekommen, um ihm ihren *ihn* zu zeigen und anschließend mit *ihm* wieder davonzugehen?

»Du hast einen Sohn, Matthew.«

Ja, das Gefühl kannte er. Mitunter schaffte sein Gehirn es nicht, eine Information richtig einzuordnen, und er hörte ein Wort, das gar nicht gesagt worden war. Und dann tat dieses Wort ihm weh. Er wollte ihr sagen, dass er etwas falsch verstanden hatte, doch stattdessen barg er das Gesicht in den Händen und verfluchte sein Gehirn, das ihm etwas Falsches suggeriert hatte, etwas, das doch gar nicht sein konnte.

Als er die Hände sinken ließ, erkannte er, dass sie ihn für verrückt hielt. Er wandte das Gesicht ab. »Geh. Wenn du wieder fortwillst, geh.«

»Matthew, bitte. Ich weiß, dass ich dir weh getan habe.« Sie griff nach seinen Händen. »Es tut mir leid.«

»Geh. Bitte.«

»Du hast einen Sohn«, sagte sie langsam. »Einen Sohn. Wir haben einen Sohn. Verstehst du, was ich sage?«

Er zog die Brauen zusammen. »Ein Kind?«

»Es ist ein Junge. Ich habe ihn mitgebracht, damit ihr euch kennenlernt.«

Ein Gefühl unglaublicher Freude stieg in ihm auf. Er hatte sie nicht falsch verstanden, er hatte einen Sohn. Sie hatten ein Kind.

»Sieh mich an«, sagte er.

»Das tue ich schon die ganze Zeit.«

»Wie zusammengenäht. So sehe ich aus. Manchmal habe ich solche Schmerzen, dass ich gar nichts kann. Nicht richtig sprechen. Zwei Jahre habe ich nur gegrunzt. Und geschrien.«

»Und?«

Er dachte an all das, was er einem Sohn einmal hatte beibringen wollen. Es waren nur Träume gewesen. Er war zu schwach, um ein Kind aufzuziehen. »Ich kann ihn nicht hochheben. Nicht auf meine Schultern setzen. So einen Vater. Will er nicht.« Er fragte sich, ob sie die Sehnsucht nach ihr – und nach ihrem Kind – in seiner Stimme hörte.

Sie legte eine Hand auf seine Wange und sah ihm in die Augen. »Weißt du, was ich sehe? Einen Mann, der beinah gestorben wäre, der jedoch nicht aufgegeben hat. Ich sehe einen Mann, der dafür gekämpft hat, dass er wieder denken, sprechen und gehen kann. Jede Narbe, die du hast, bricht mir das Herz und gibt mir dennoch Hoffnung. Ich sehe den Mann, den ich vom ersten Augenblick an geliebt habe. Den Vater unseres Sohnes.«

»Weiß nicht. Ob ich ein richtiger Vater sein kann.«

»So etwas weiß kein Vater im Voraus. Kannst du seine Hand halten? Kannst du ihm zuhören? Kannst du ihm zeigen, wie man liebt?«

»Ich werde. Ihm peinlich sein.«

»Kinderherzen sind groß, und ihre Liebe ist endlos. Sei sicher, dass du alles kannst, was unser Sohn von dir verlangt.«

»Nicht allein.«

»Nein, nicht du allein. Wir tun es zusammen. Wir bleiben zusammen, so wie es schon lange hätte sein sollen. Ich werde dich nie mehr alleinlassen.«

»Versprichst du mir das?«

»Ja, das verspreche ich dir.«

Sie schloss sein Gesicht in die Hände und küsste ihn. Es war wie jener Kuss vor langer Zeit, als zwei junge Leute sich ihre Zukunft ausmalten, und mit diesem Kuss erwachte seine Erinnerung an die Welt, die er einmal vor sich gesehen hatte. »Komm, wir gehen zu ihm«, flüsterte sie an seinen Lippen. »Er heißt Matthew junior, MJ, und er ist dir sehr ähnlich.«

Sie nahm seine Hand und zog ihn hoch. Er hielt sich an ihr fest, und zusammen verließen sie das Haus und machten sich auf den Weg zum Strand.

Als sie die Stufen erreichten, die zur Walker Cove führten, griff er nach dem Geländer und umklammerte ihre Hand ein wenig fester. Langsam stiegen sie hinunter.

Er entdeckte Large Marge. Sie saß im Sand und trank Bier. Alyeska war mit einer Gruppe Gäste auf dem Wasser und zeigte ihnen, wie man das Kajak steuerte. Sein Vater und Atka standen bei einem Kind, einem blonden Jungen, der sich hingehockt hatte, um etwas im Sand zu betrachten.

Matthew blieb stehen.

Der Junge drehte sich um. »Mommy!« Er sprang auf und strahlte. »Wusstest du, dass Seesterne Zähne haben? Ich habe sie gesehen.«

Leni sah Matthew an und ließ seine Hand los. »Das ist unser Sohn.«

Er hinkte zu dem Jungen, wollte sich zu ihm bücken und fiel auf ein Knie. Er stöhnte.

»Du klingst wie ein Bär.« Der Junge kicherte. »Ich mag Bären. Du auch?«

»Ja, ich mag sie auch.«

Er betrachtete das Gesicht des Jungen – seines Sohns – und erkannte sich selbst wieder. Plötzlich fielen ihm Dinge ein, die in seiner Erinnerung versunken gewesen waren: Froscheier in den Händen zu halten, sich vor Lachen nicht mehr einzukriegen, Geschichten, die ihm jemand an einem Lagerfeuer vorgelesen hatte, am Strand Piraten zu spielen. Es gab vieles, das er mit seinem Sohn unternehmen konnte. Er dachte an die Dinge, von denen er in den vergangenen Jahren geträumt hatte, an die er sich geklammert hatte, wenn seine Schmerzen am schlimmsten waren, doch dieser Junge war etwas, das er nie gewagt hatte zu erträumen.

Mein Sohn. »Ich heiße Matthew.«

»Lustig! Ich bin Matthew junior. Aber alle nennen mich MJ.«

Matthew wurde von einem Gefühl übermannt, das er noch nicht kannte. Matthew junior. *Mein Sohn.* Er wollte den Jungen anlächeln, doch stattdessen begann er zu weinen. »Ich bin dein Vater, MJ.«

MJ schaute Leni an. »Stimmt das?«

Leni nickte. »Ja, das ist dein Dad. Er wartet schon seit langem darauf, dich kennenzulernen.«

MJ grinste so breit, dass man seine fehlenden Schneidezähne sah. Er warf sich auf Matthew und umarmte ihn so stürmisch, dass Matthew mit ihm umkippte. MJ kicherte und stand auf. »Willst du einen Seestern sehen?«

»Unbedingt«, sagte Matthew.

Er versuchte aufzustehen und stützte sich mit der Hand auf dem Boden ab. Doch als er sein Gewicht auf das schwache Bein verlegen wollte, gab der Fußknöchel nach. Aber da war Leni, die seinen Arm nahm und ihm aufhalf.

MJ rannte zum Wasser und redete dabei ohne Punkt und Komma.

Matthew wollte ihm nachgehen, doch seine Füße bewegten sich nicht vom Fleck. Er konnte nur dastehen, flach atmen. Die Angst übermannte ihn, dass das, was er vor sich sah, bei der leisesten Berührung wie Glas zerbrechen würde. Der Junge, der ihm ähnlich sah, wartete am Wasser auf ihn. Sein blondes Haar glänzte in der Sonne, der Saum seiner Hosenbeine war nass. Er lachte ihn an. In diesem Bild erkannte Matthew sein ganzes Leben, Vergangenheit, Gegenwart und Zukunft. Es war einer jener Momente – jener Momente der Gnade –, der ein ganzes Leben ändern konnte.

»Geh zu ihm«, sagte Leni. »Unser Sohn ist nicht besonders gut darin zu warten.«

Matthew sah sie an und dachte, *wie ich sie liebe*, aber er hatte keine Stimme, um es ihr zu sagen, sie war ihm im Angesicht seines neuen Lebens verlorengegangen. Eines Lebens, in dem er Vater war.

Er und Leni hatten einen langen Weg hinter sich seit ihrer ersten Begegnung, hatten so viel Kummer, so viel Schmerz hinter sich gelassen. Vielleicht war alles aus gutem Grund so gekommen, und sie hatten jeder eine Leidenszeit durchleben müssen, um einander auf eine Weise wiederzufinden, die richtig war. »Ein Glück, dass ich gut warten kann«, sagte er.

Leni errötete. »Ich wollte bei dir bleiben und dir beistehen. Ich wollte –«

Er unterbrach sie und fragte: »Weißt du, was ich an dir am meisten liebe, Leni Allbright?«

»Was?«

»Alles.« Er schloss sie in die Arme und küsste sie hingebungsvoll. Als er sie endlich und nur widerstrebend losließ, schauten sie einander an. In ihrem Blick lag alles, was sie sich sagen wollten. Das war der Anfang, dachte er, ein Anfang mitten in einem Leben, und er war unerwartet und überwältigend schön.

»Geh zu MJ«, sagte Leni schließlich.

Vorsichtig überquerte Matthew den Strand zu dem Jungen, der am Wasser ungeduldig auf und ab hüpfte.

»Beeil dich.« MJ winkte ihn zu einem großen lilafarbenen Seestern. »Schau, Daddy, was ich gefunden habe!«

Daddy.

Matthew entdeckte einen flachen anthrazitgrauen Stein, den das Meer glatt gerieben hatte. Er hob ihn auf. Gewicht und Größe waren genau richtig. Er zeigte ihn seinem Sohn. »Hier. Ich zeige dir. Wie man Steine springen lässt. Das macht Spaß. Ich habe es deiner Mom einmal beigebracht. Vor langer Zeit.«

»Er hat immer geglaubt, dass du zurückkommst.« Mr Walker war zu Leni getreten. »Er sagte, er wüsste es, wenn du tot wärst. Dass er es spüren würde. Das erste Wort, das er gesprochen hat, war *sie*. Wir haben nicht lange gebraucht, um zu begreifen, dass er dich damit meint.«

»Wie kann ich es jemals wiedergutmachen, dass ich ihn verlassen habe?«

»Leni, das Leben ist nicht immer so, wie man es sich wünscht.« Mr Walker zuckte mit den Schultern. »Niemand weiß das besser als Matthew.«

»Wie geht es ihm wirklich?«

»Manches fällt ihm noch schwer. Manchmal hat er Schmerzen. Unter Stress hat er Schwierigkeiten, die richtigen Worte zu finden. Aber er ist der beste Flussführer, den man sich denken kann, und unsere Gäste lieben ihn. An manchen Tagen fährt er nach Homer und arbeitet als Freiwilliger im Reha-Zentrum. Und er malt. Du hast seine Bilder gesehen. Als hätte Gott ihm zum Ausgleich diese Gabe geschenkt. Sein Leben ist anders als das der meisten Menschen und vielleicht auch nicht so, wie ihr euch das einmal vorgestellt hattet.«

»Auch mein Leben ist anders verlaufen, als wir uns das vorgestellt haben. Damals waren wir Teenager«, sagte Leni. »Die sind wir heute nicht mehr.«

Mr Walker drehte sich zu ihr um. »Eigentlich wollte ich dir nur eine einzige Frage stellen. Aus der sich alles andere ergibt. Hast du vor hierzubleiben?«

Lenis Blick wanderte zu dem Mann und dem Jungen, die zusammen am Wasser standen. Als Mutter verstand sie Mr Walkers Frage sehr gut. Er wollte nicht, dass sein Sohn noch einmal verletzt wurde. »Ich weiß zwar nicht, wie mein Leben künftig aussehen wird, aber was auch immer passiert, ich werde bleiben.«

Er legte eine Hand auf ihre Schulter und drückte sie liebevoll.

Am Wasser machte MJ einen Luftsprung. »Ich habe es geschafft. Mein Stein ist gehüpft.« Er drehte sich um. »Mommy, hast du es gesehen?«

Matthew wandte den Kopf um und grinste schief. Es war unglaublich, wie sehr er und MJ sich glichen, als sie beide dastanden und Leni anstrahlten, hinter ihnen die Bucht, in der sich der kornblumenblaue Himmel spiegelte. Es war der Beginn einer neuen Welt voller Liebe. Ein Herz und eine Seele. Durch dick und dünn.

Sooft Leni in den vergangenen Jahren auch an die Mittsommerzeit in Alaska gedacht haben mochte, sie hatte vergessen, welch einmaligen Zauber die Nächte ausübten, in denen es nicht dunkel wurde.

Sie saß mit Matthew am Strand der Walkers an einem Picknicktisch. In der Luft lag der süße Duft gerösteter Marshmallows, der sich mit dem Salzgeruch des Seetangs und des Meeres vermischte. MJ stand am Wasser, warf eine Angelrute aus und holte sie wieder ein. Mr Walker erklärte ihm etwas und half ihm, als die Angelschnur sich verhedderte. Alyeska war bei ihnen und angelte ebenfalls. Leni wusste, dass MJ todmüde war und jeden Moment umfallen und einschlafen konnte.

Es tat ihr gut, hier zu sitzen und das Bild ihres neuen Lebens auf sich wirken zu lassen, dennoch war ihr bewusst, dass sie sich vor etwas drückte. Dieses Gefühl wurde immer stärker, als legte sich eine Hand auf ihren Rücken, die sie in die richtige Richtung schieben wollte.

Sie stand auf und sah zum Himmel hinauf, der die Farbe

eines Amethysts hatte, bestückt mit funkelnden Sternen. Früher hatte sie von ihm die Uhrzeit ablesen können, doch nun musste sie auf ihre Armbanduhr schauen. Es war kurz vor halb zehn Uhr abends.

»Ist alles in Ordnung?«, fragte Matthew und streichelte ihre Hand.

»Ich muss zu unserem alten Haus. Ich muss es sehen.«

Er stand auf und verzog das Gesicht, als hätte er Schmerzen. Auch für ihn war es ein langer Tag gewesen.

Leni erhob sich ebenfalls und strich über seine Wange. »Am besten mache ich es gleich. Ich nehme eines eurer Fahrräder. Ich will es mir nur ansehen. Bin bald wieder zurück.«

»Soll ich nicht –«

»Nein, das schaffe ich allein. Bleib bei MJ. Wenn ich zurückkomme, bringen wir ihn ins Bett. Ich zeige dir die Plüschtiere, ohne die er nicht einschlafen kann, und erzähle ihm seine Lieblingsgeschichte. Sie handelt von dir und mir.«

Sie sah, dass Matthew etwas einwenden wollte, und brachte ihn mit einem Kuss zum Schweigen. Dies war die Last ihrer Vergangenheit, und die musste sie allein schultern. Sie stieg die Stufen des Ufers hinauf. Vor den Hütten saßen noch einige Gäste draußen, die redeten und lachten, sich wahrscheinlich von ihren Erfolgen beim Angeln erzählten, die mit jeder Wiederholung glorreicher wurden.

Sie nahm sich ein Fahrrad und radelte über die Zufahrt zur Straße. Dort bog sie rechts ab.

Es dauerte nicht lange, bis sie den Zaun erreichte oder vielmehr das, was davon übrig war. Die Bretter waren von den Pfosten gerissen und zerhackt worden. Die Holzstücke lagen auf einem Haufen und waren mit der Zeit dunkel geworden. Moos wuchs darauf.

Das waren Large Marge und Mr Walker, dachte Leni. Vielleicht auch Thelma. Sie konnte sich gut vorstellen, dass sie sich hier versammelt und in einer Mischung aus Trauer und Wut über die Barrikade hergefallen waren.

Sie radelte weiter. Das Laub der Bäume schloss sich über ihr. Auf ihrer Zufahrt waren kniehohes Gras und Unkraut gewachsen. Sie stieg vom Rad, stellte es ab und legte den Rest des Wegs zu Fuß zurück.

Dann öffnete sich vor ihr die große Lichtung. Es herrschte Stille, nur ihr heftig klopfendes Herz meinte sie zu hören. Die Blockhütte stand noch. Sie war verwittert, ansonsten wirkte sie noch stabil. Die Ställe hingegen waren verfallen, ihre Dächer hingen durch, die Umzäunungen standen schief, die Gatter lagen im Gras. Wahrscheinlich hauste dort nun jede Menge Ungeziefer. Das hohe Gras war voller rosa Waldweidenröschen und hellgrünem stachligem Igelkraftwurz. Es war um all die verrotteten Gerätschaften herumgewachsen, die sie zurückgelassen hatten. Hier und da ragten verrostete Metallstücke und verfaultes Holz hervor. Die Räucherkammer war zusammengebrochen, bestand nur noch aus einem Haufen silbriger, schimmeliger Bretter. Nur die Wäscheleine war mitsamt den Wäscheklammern geblieben und schwang im Wind.

Leni fühlte sich ein wenig schwindlig. Mit zögernden Schritten näherte sie sich dem Haus und wedelte die vielen Mücken fort, die um sie herumschwirrten. An der Tür blieb sie stehen. *Du kannst das*, sagte sie sich und stieß die Tür vorsichtig auf.

Wie an dem Tag, an dem sie dieses Haus zum ersten Mal betreten hatte, war der Fußboden mit toten Insekten bedeckt, die unter ihren Schritten knirschten. Sonst war alles noch so, wie sie es verlassen hatten, nur unter einer dicken Staubschicht verborgen.

Stimmen und Bilder der Vergangenheit schwebten durch den Raum. Das Gute und Schreckliche, was sich hier zugetragen hatte, das, was zum Lachen, das, was zum Fürchten gewesen war, alles zog an ihr vorüber.

Sie umschloss den herzförmigen Anhänger ihrer Kette, ihren Talisman, und spürte, wie er ihr Kraft gab. Sie schob den bunten Plastikvorhang zur Seite, der ihren Eltern vorgegaukelt hatte, das Schlafzimmer sei ein abgeschlossener privater Raum. Alles lag unter einer Staubdecke, Dinge, die einst zu ihrer Familie gehört hatten – die Felldecke auf der Matratze, die Jacken an den Wandhaken, ein Paar Stiefel, deren Sohlen sich gelöst hatten.

Sie entdeckte das Bandana in den Tarnfarben, das ihr Vater so oft getragen hatte, und steckte es ein. Das Wildlederstirnband ihrer Mutter hing an einem Haken. Sie nahm es ab und wand es doppelt um ihr Handgelenk.

Die Leiter zum Dachboden war noch intakt. Oben lagen ihre Bücher auf dem Boden verteilt, die Seiten vergilbt, einige angeknabbert, andere Bücher waren ausgehöhlt. Offenbar hatten Mäuse ihre Matratze zu ihrem Zuhause erkoren, Leni konnte ihre Ausdünstungen riechen. So wie sie den Schmutz und Verfall riechen konnte.

Den Geruch eines verlassenen Ortes.

Leni stieg die Leiter hinunter und ließ ihren Blick noch einmal schweifen.

So viele Erinnerungen. Wie lange würde sie brauchen, bis sie alle bewältigt hatte? Jetzt, in diesem Moment, konnte sie nicht sagen, was sie empfand. Sie wusste nur – oder glaubte –, dass es ihr gelingen würde, das Gute aus den Erinnerungen herauszufiltern. Sie würde das Schlechte nie vergessen, doch sie würde es nach und nach loslassen. Das musste sie tun, und sei es nur ihrer Mutter zuliebe. *Wir waren auch glücklich*, hatte sie gesagt, *ich möchte, dass du das nie vergisst. Wir haben Abenteuer erlebt.*

Auf der Veranda wurden ungleichmäßige Schritte laut. Leni drehte sich um. Matthew kam herein. Er trat zu ihr und legte einen Arm um sie. »Du musst nicht mehr. Alles allein tun«, sagte er. »Möchtest du es. Wieder in Ordnung bringen? Hier wohnen?«

»Vielleicht, ich weiß es nicht. Wir könnten es auch niederbrennen und etwas Neues bauen. Asche ist ein guter Dünger.«

Sie wusste nur, dass sie nach all den Jahren endlich heimgekehrt war, wieder bei den eigenwilligen Menschen war, die sich in einer Gegend von einzigartiger Schönheit niedergelassen hatten, einer majestätischen Landschaft, die sie, Leni, geformt hatte.

An diesem warmen Sommertag leuchteten die Farben der Natur. Der Himmel war tiefblau und klar. Die Berge und Täler schimmerten violett, eisblau und grün, die Gipfel glänzten in unberührtem Weiß. Die Bucht lag glatt und glänzend da. Kajaks, Fischerboote und Kanus zogen darüber hinweg. Es war ein Tag, an dem es die Menschen ins Freie drängte, Einheimische wie Touristen.

Hoch oben am Ufer der Otter Cove hatten sich Leni, Matthew, Mr und Mrs Walker, Alyeska und MJ jedoch aus einem anderen Grund eingefunden. Alyeska schenkte Leni ein Lächeln und nickte, als wolle sie sagen, *wir stehen das gemein-*

sam durch, wir sind nun eine Familie. In den beiden Tagen seit Lenis Rückkehr hatten sie kaum eine Möglichkeit gehabt, miteinander zu reden, doch sie wussten beide, dass sie noch genügend Zeit hätten, das nachzuholen und einander näherzukommen. Es würde ihnen nicht schwerfallen, sie waren bereits durch die Liebe zu zwei Menschen verbunden – Matthew und MJ.

Leni nahm die Hand ihres Sohnes.

Unten am Strand wartete eine Gruppe Menschen, die beieinanderstanden und redeten. Als sie Leni sahen, verstummten sie.

MJ deutete auf die Bucht hinaus. »Mommy, ein Seehund! Er ist einfach aus dem Wasser gesprungen.« Er schaute zu Leni hoch. »Gehen wir heute mit Daddy angeln? Tante Aly sagt, die Lachse wandern noch.«

»Wenn du magst«, antwortete Leni und stieg mit ihrem Sohn über die Stufen zum Strand hinunter. Sie ließ ihren Blick über die Versammelten gleiten. Alle, die sie von früher kannte, schienen gekommen zu sein. Jeder nickte ihr zu, dann ging einer nach dem anderen zu seinem Boot, schob es ins Wasser und stieg ein.

Matthew führte Leni und MJ zu einem Ruderboot mit der Aufschrift *Walker Cove Adventure Lodge*. Er legte MJ eine leuchtend gelbe Schwimmweste an und setzte ihn mit dem Gesicht zum Heck auf die Bank im Bug. Leni nahm die Bank im Heck, Matthew die in der Mitte. Er griff nach den Rudern.

Die Boote fuhren hinaus in die glitzernde Bucht, kamen wieder zusammen und drehten sich zu Lenis Boot um. Leni sah die ergriffenen Mienen von Mr Walker und seiner neuen Ehefrau, von Alyeska und ihrem Ehemann, Large Marge, Natalie Watkins, Tica Rhodes und ihrem Ehemann, Thelma, Ted, Marybet, Donna, Clyde, Marthe und Agnes. Die Gesichter ihrer Vergangenheit. Und ihrer Zukunft.

Es war schmerzhaft, sich vorzustellen, wie viel diese Zusammenkunft ihrer Mutter bedeutet hätte, Menschen, die gekommen waren, um sich von ihr zu verabschieden. Hatte ihre Mutter gewusst, wie sehr man sie mochte?

»Danke, dass ihr gekommen seid«, sagte Leni so leise, dass ihre Worte im Geräusch der Wellen untergingen, die gegen die Boote schwappten. Was sollte sie außerdem sagen? »Ich bin keine gute …«

»Sprich einfach über sie«, riet Mr Walker ihr sanft.

Leni wischte über ihre Augen. Versuchte es noch einmal, diesmal lauter. »Ist jemals eine Frau nach Alaska gekommen, die so wenig vorbereitet war wie meine Mutter? Sie konnte weder kochen noch backen, noch hatte sie jemals in ihrem Leben etwas eingemacht oder auch nur Marmelade gekocht. Bevor sie nach Alaska kam, hatte sie als Kellnerin gearbeitet, vor allem aber wusste sie, wie man sich hübsch macht und tanzt – das tat sie für ihr Leben gern. Als sie herkam, waren ihr das wichtigste Stück in ihrem Gepäck ihre feuerroten Hotpants.«

Leni holte tief Luft. »Doch dann begann sie das Leben in Alaska zu lieben. Ebenso wie ich. Ihr letzter Wunsch war, dass ich hierher zurückkehren sollte. Wenn sie euch sehen könnte, würde sie euch ihr einmalig strahlendes Lächeln zeigen und fragen, warum ihr so traurig dasitzt, statt zu trinken und zu feiern. Tom würde sie eine Gitarre reichen, und Thelma würde sie fragen, was sie in den letzten Jahren getrieben hat, und sie würde Large Marge an sich drücken, bis sie nach Luft schnappt.« Leni versagte die Stimme. Sie sammelte sich, bis sie sicher war, dass sie fortfahren konnte. »Es würde sie glücklich machen, euch hier zu sehen, zu wissen, dass ihr euch die Zeit genommen habt, von ihr Abschied zu nehmen. Einmal sagte sie zu mir, sie habe das Gefühl, niemand zu sein, immer nur ein Abklatsch der Menschen in ihrem Leben. Sie hat nie erkannt, was sie für ein wundervoller Mensch war und wie viel sie anderen bedeutete. Ich hoffe, sie schaut nun zu uns herab und sieht … wie sehr sie geliebt wurde.«

»O ja«, murmelten einige, dann wurde es wieder still. Trauer war etwas, das jeder mit sich ausmachte. Leni würde die Stimme ihrer Mutter nur noch in Gedanken hören und sie doch immer wieder befragen, um mit der Frau in Verbindung zu bleiben, die sie geboren und geliebt hatte. Obwohl sie selbst Mutter war, würde sie in solchen Augenblicken wieder Kind sein und Mom vor sich sehen. Sie würde sie nie vergessen.

Large Marge legte einen bunten Blumenstrauß auf das Wasser und sagte: »Wir werden dich vermissen, Cora.«

Mr Walker legte einen Strauß Waldweidenröschen dazu. Der Strauß schwamm an Leni vorüber, ein zartrosafarbener Fleck.

Matthews und ihr Blick trafen sich. Er ließ den Strauß Lupinen auf dem Wasser treiben, den er am Morgen mit MJ gepflückt hatte.

Leni griff in den Karton, den sie mitgebracht hatte, und holte die Urne mit Moms Asche heraus. Für einen herzzerreißenden Moment verschwamm die Welt vor ihren Augen, und Mom schien auf sie zuzukommen, sie lächelnd mit der Hüfte anzustoßen. »Tanz, Schätzchen«, sagte sie.

Leni zwinkerte ihre Tränen fort, bis sie wieder die Boote als bunte Kleckse vor der blaugrünen Kulisse sah.

Sie öffnete die Urne und ließ die Asche langsam ins Wasser

rieseln. »Ich liebe dich, Mom«, sagte sie und spürte, wie der Verlust sich einen Platz in ihr suchte und Teil von ihr wurde. Mom und sie waren mehr als Mutter und Tochter gewesen, auch mehr als beste Freundinnen. Sie waren Verbündete, sie waren einander die Welt gewesen.

Sie legte ihren rosafarbenen Strauß Weidenröschen auf eine sanft heranrollende Welle und sah zu, wie er davongetragen wurde. Von nun an würde sie die Hand ihrer Mutter in den Wellen spüren, ihre Stimme hören, wenn sie wispernd über den Strand strichen oder in den Kieselsteinen raschelten. Es würde Tage geben, da sie beim Beerenpflücken oder Brotbacken und bei dem Geruch frischen Kaffees auf einmal weinen müsste. Doch nun konnte sie den Blick zu dem endlosen Himmel Alaskas heben und »Hey Mom«, sagen, denn dort oben würde sie sein.

»Ich werde dich immer lieben«, flüsterte sie in den Wind. »Immer.«

Mein Alaska
4. Juli 2009
von Lenora Allbright Walker

Wenn mir früher jemand gesagt hätte, dass eines Tages ein Zeitungsreporter zu mir käme, um am fünfzigsten Jahrestag der Aufnahme Alaskas in die Vereinigten Staaten mit mir über meine Beziehung zu Alaska zu sprechen, hätte ich gelacht. Wer hätte gedacht, dass meine Fotos so vielen Menschen etwas bedeuten würden? Dass ein Foto, das ich von den Folgen der Ölkatastrophe der Exxon Valdez machte, es auf das Titelblatt einer Zeitschrift schaffen und mein Leben verändern würde?

Eigentlich hätte der Reporter mit meinem Ehemann sprechen sollen. Er ist ein typischer Alaskaner, hat jeder Herausforderung des Lebens getrotzt. Er gleicht jenen Bäumen, die an einer Felskante wachsen und bei denen man sich immer fragt, wie sie es schaffen, ihren Halt nicht zu verlieren. Bei Wind, Schnee und Eiseskälte nicht abzustürzen, sondern zu gedeihen und sich stets der Sonne entgegenzurecken. So ist mein Mann.

Ich bin nur eine ganz normale Ehefrau und Mutter, deren größter Stolz ihre Kinder sind und das Leben, das sie diesem rauen Land abgerungen hat. Doch wie bei allen Geschichten über Frauen gehört zu meiner mehr, als man auf den ersten Blick erkennt.

Die Familie meines Mannes zählt zu den ältesten amerikanischen Einwandererfamilien dieses Staates. Mit einer Axt und einem Traum schufen seine Großeltern sich inmitten der Wildnis ein Leben. Sie verkörperten die typischen Siedler, steckten zweihundertfünfzig Hektar ab und ließen sich dort nieder. Meine Kinder MJ, Kenai und Cora sind die vierte Generation ihrer Nachfahren, die auf diesem Land groß wird.

Die Geschichte meiner Familie ist eine andere. Wir zogen im Jahr 1974 nach Alaska. Es war eine turbulente Zeit, in der Rebellion, politische Unruhen, Terrorangriffe und Gewalt den Alltag beherrschten. Der Vietnamkrieg hatte unser Land gespalten.

Wir kamen nach Alaska, um jenem Leben zu entrinnen. Wie so viele Neuankömmlinge waren wir armselig vorbereitet. Wir hatten weder genug Geld oder Ausrüstung noch die richtigen Fähigkeiten und Kenntnisse. Und das wurde uns schon allzu bald nach dem Einzug in unsere Blockhütte im Süden der Kenai-Halbinsel bewusst. Noch nicht einmal unser Wagen – ein VW-Bus – war für die Straßen hier geeignet.

Jemand sagte einmal zu mir, dass Alaska den wahren Charakter eines Menschen enthüllt, und die traurige Wahrheit ist, dass die Finsternis der langen kalten Winternächte die dunkle Seite meines Vaters zum Vorschein brachte.
Er hatte in Vietnam gekämpft und war in Gefangenschaft geraten. Damals wussten wir noch nicht, was das bedeutet. Inzwischen haben wir dazugelernt und wissen, wie man Männern wie meinem Vater helfen kann. Wir haben erkannt, was die Erfahrungen im Krieg aus einem Menschen machen können. Damals gab es noch keine Hilfe, schon gar nicht für die Frauen, die unter ihren heimgekehrten Männern zu leiden hatten und zu ihren Opfern wurden.
Das Leben in Alaska – in der Dunkelheit, Kälte und Einsamkeit – wirkte sich auf meinen Vater auf schreckliche Weise aus. Er wurde wie eines der wilden Tiere, die in diesem Landstrich leben.
Wie hätten wir das vorhersehen können? Wie viele andere auch hatten wir anfangs nicht mehr als einen Traum. Wir legten unsere Route fest, warfen alles, was wir hatten, in unseren VW-Bus und fuhren von Seattle immer in Richtung Norden. Ahnungslos.
Dieser Staat ist wie kein anderer. Er ist Schönheit und Schrecken, Retter und Zerstörer zugleich. Hier, im wildesten Teil Amerikas, am Rand der Zivilisation, wo die Natur einen töten kann und man Tag für Tag um sein Überleben kämpfen muss, hier erfährt man, wer man ist. Nicht, wer man sich erträumt zu sein, nicht, was man sich vorgestellt hat, wer man sein könnte, und nicht, zu wem man erzogen wurde. In den Monaten eisiger Kälte und Dunkelheit, wenn der Frost auf den Fensterscheiben den Blick nach draußen verhindert und die Welt immer kleiner wird, fallen all diese Hüllen von einem fort, und man erkennt die Wahrheit über sich.

Diese Lektion, diese Erkenntnis über sich selbst, so sagte einst meine Mutter, ist das, was Alaska einem schenkt. Diejenigen, die nur wegen der Schönheit des Landes kommen, wegen irgendwelcher romantischen Vorstellungen oder auf der Suche nach Zuflucht, die werden es nicht schaffen.
In dieser weiten, unberechenbaren Wildnis wird man entweder das Beste, was in einem selbst verborgen ist, finden und an den Herausforderungen wachsen – oder man rennt schreiend davon. Einen Mittelweg gibt es nicht, auch keinen Rückzugsort, nicht in einem Land, das schon der Dichter Robert W. Service das große Alleinsein nannte.
Für uns wenige, die stark genug sind, ihren Traum von einem Leben in der ungezähmten Wildnis umzusetzen, wird Alaska für immer zur Heimat – wo das Lied erklingt, das man hört, wenn alles um einen herum still und ruhig ist. Entweder man gehört hierher, oder man tut es nicht.
Ich gehöre hierher.

DANK

Ich komme aus einer Familie von Abenteurern. Mein Großvater verließ Wales im Alter von vierzehn Jahren, um in Kanada Cowboy zu werden. Mein Vater hat sein Leben lang nach dem Außergewöhnlichen und Abgeschiedenen gesucht. Er geht dahin, wohin die meisten Menschen nur in ihren Gedanken gelangen.

Im Jahr 1968 kam er zu dem Schluss, dass in Kalifornien mittlerweile zu viel los war. Den Menschenmassen dort wollten er und meine Mutter entrinnen. In einem heißen Sommer packten sie uns (drei kleine Kinder, zwei unserer Freunde und den Hund) in einen VW-Bus und fuhren los. Wir reisten in Amerika umher, durchquerten ich weiß nicht wie viele Staaten und suchten nach einem Ort, der uns gefiel. Wir fanden ihn an der Pazifikküste, im schönen, grünen Nordwesten Amerikas.

Jahre später machte mein Vater sich wieder auf die Suche nach einem Abenteuer. Diesmal fand er es in Alaska, am Ufer des großartigen Kenai River. Dort begegneten meine Eltern den Siedlerinnen Laura und Kathy Pedersen, Mutter und Tochter, die eine Ferienanlage am Ufer des Flusses führten. Anfang der achtziger Jahre taten die beiden Familien sich zusammen und gründeten die Great Alaska Adventure Lodge. Inzwischen arbeitet dort die dritte Generation meiner Familie, und wir alle haben uns in die »Letzte Grenze« Amerikas verliebt.

Ich danke den Johns – Laurence, Sharon, Debbie, Kent und Julie – und Kathy Pedersen Haley für ihre Vision, einen so wundervollen Ort ins Leben zu rufen, und für ihren grenzenlosen Enthusiasmus.

Ebenso danke ich Kathy Pedersen Haley und Anita Merkes für ihre Expertise und inhaltliche Hilfe, die sie mir bei der Beschreibung der Besiedlung Alaskas und der Kachemak Bay in den siebziger und achtziger Jahren des letzten Jahrhunderts zukommen ließen. Eure Kenntnis und Unterstützung bei diesem Projekt haben mir unglaublich viel bedeutet. Verbliebene Fehler gehen natürlich auf meine Kappe.

Ein Dankeschön geht auch an meinen Bruder Kent – einen weiteren Abenteurer –, der mir bei meinen endlosen Fragen über Alaska sogar noch die ausgefallensten beantwortet hat. Wie immer warst du mein größter Star.

Ich danke Carl und Kirsten Dixon und dem fabelhaften Team der Tutka Bay Lodge an der Kachemak Bay, die mich in dieser wunderschönen Ecke der Welt aufgenommen haben.

Ebenso danke ich einigen ganz besonderen Menschen, die mir beim Schreiben dieses Romans entscheidend zur Seite gestanden haben, vor allem in der schwierigsten Zeit, als ich kurz davorstand aufzugeben: Zu ihnen gehören meine brillante Lektorin Jennifer Enderlin, die geduldig gewartet, mich beraten und wieder gewartet hat. Ihr danke ich für all ihre Zeit und Unterstützung. Ich danke Jill Marie Landis und Jill Barnett, die mich ermutigt haben, als ich es brauchte; Ann Patty, die mich gelehrt hat, mir selbst zu vertrauen; Andrea Cirillo und Megan Chance, die immer für mich da sind, und Kim Fisk, die von Anfang an an diese Geschichte und ihre Verortung in Alaska geglaubt hat.

Ich danke Tucker, Sara, Kaylee und Braden. Ihr habt die

Grenzen meiner Liebe erweitert und mir in der Mitte meines Lebens eine neue Welt geschenkt.

Zuletzt danke ich Benjamin, dem Mann, mit dem ich seit dreißig Jahren verheiratet bin. Von Anfang an waren wir bei meinem Schreiben Partner – ohne deine Liebe und Unterstützung wäre es nicht möglich gewesen. Mich in dich zu verlieben war das Beste, was ich jemals getan habe.

LESEPROBE

Caroline Bernard
Fräulein Paula
und die Schönheit der
Frauen
Roman
Von der Autorin
des Bestsellers
Frida
Kahlo
atb

Kapitel 1

Paula schlug die Arme um den Körper, als sie die Brache passierte, wo früher die Häuser gestanden hatten. Jetzt ragten dort nur noch die Reste einer Mauer auf, an deren Fassade die Umrisse der ehemaligen Räume zu erkennen waren. Ein einzelner Balkon zeigte in Höhe des dritten Stockwerks auf den Fußweg hinaus, hinter der geschmiedeten Umrandung stand in aller Unschuld ein Stuhl. Er war nur noch da, weil niemand an ihn herankam, denn einen Stuhl hätten viele Leute gebraucht.

Die Mauer hatte Paula für die Dauer weniger Schritte vor dem heftigen Novemberwind geschützt, jetzt hatte er wieder freies Spiel auf dem Trümmerfeld und fegte den eiskalten Regen in ihre Richtung. Sie nahm den Mantel vor der Brust zusammen und ging schneller. Eine Frau kam ihr entgegen, und Paula glaubte, eine Erscheinung zu haben. Als würde plötzlich eine Farbfotografie in einem Schwarz-Weiß-Film auftauchen. Die Frau trug einen flauschigen Mantel aus kamelfarbenem Mohair. Paula spürte förmlich, wie weich er sich um ihren Körper legte, wie warm sich das passende Wolltuch mit eingewebten Rosen an ihren Hals schmiegte. Zu allem Überfluss trug die Frau einen modischen Hut, un-

ihrer raschen Schritte wippte es auf und ab. Die Fremde ging an Paula vorüber, die stehen blieb, um ihr mit offenem Mund nachzusehen. Die Frau hatte warme, dennoch nicht klobige Stiefel an den Füßen, mit denen sie leichtfüßig ausschritt. Wahrscheinlich trug sie sogar echte Seidenstrümpfe. Sie musste die Frau eines englischen Soldaten sein. Oder eine Prostituierte, obwohl sie dafür zu elegant wirkte. Normale Frauen hatten in diesen Zeiten keine warmen Mäntel, und in solch edlen Stiefeln würde eine ganz normale Hamburgerin in diesen Zeiten niemals durch die notdürftig von Trümmern geräumte Stadt laufen.

Paula fuhr sich mit der Hand über die Ärmel ihres Mantels, um die Regentropfen abzustreifen. Dabei fühlte sie die fadenscheinigen Stellen am Ellenbogen. Der Mantel hatte ihrem Vater gehört, sie hatte ihn für sich geändert. Sie seufzte. Lange würde der Mantel nicht mehr mitmachen, und dabei stand der Winter erst noch bevor. Was würde sie für einen Traum wie diesen Mohairmantel geben! Aber immerhin wurden die Zeiten langsam besser, und wenn auf Hamburgs Straßen wieder Frauen in solcher Garderobe zu sehen waren, gab es Grund zur Hoffnung.

Sie stieß einen tiefen Seufzer aus, als eine neue Windböe sie traf. Noch ein paar Schritte, dann schlüpfte sie erleichtert durch die Tür des Wohnhauses in der Hoheluftchaussee, gerade noch rechtzeitig bevor es draußen richtig zu schütten begann.

»Na, na! Und ich muss wieder alles sauber machen!«

Paula verdrehte die Augen. Hätte sie sich ja denken können,

Treppenhaus volltropfte. Dabei waren weder Frau Schostack noch das Treppenhaus in einem sonderlich gepflegten Zustand. Die Frau müffelte stets, und ihr Kittel hätte eine Wäsche vertragen können. Weil auf dem Gehweg vor dem Haus immer noch Schuttberge lagen, drangen Staub und bei Regenwetter grauer Matsch mit den Schuhen herein. Es war bestimmt nicht leicht, unter diesen Umständen einigermaßen Ordnung zu halten, aber Frau Schostack lauerte auch lieber den Hausbewohnern auf, statt zu fegen oder zu feudeln.

»Guten Tag, Frau Schostack«, rief Paula betont fröhlich. »Ein scheußliches Wetter ist da draußen.« Sie wollte an der Hausmeisterin vorbei, doch die verstellte ihr mit ihrem Besen den Weg.

»Ihre Schwester kommt immer so spät nach Hause. Meine Güte, wenn ich daran denk, dass sie bis vor Kurzem noch so ein liebes Mädchen war …«

»Uschi kellnert im *Winterhuder Keller*, das wissen Sie doch. Da muss sie nun mal bis spät arbeiten«, gab Paula zurück. Mein Gott, die Schostack ging ihr so was von auf die Nerven. Unter Hitler war ihr Mann Hauswart gewesen und hatte sie alle tyrannisiert. Im letzten Kriegsjahr war er dann noch eingezogen worden, obwohl er schon über fünfzig war. Er war an die Ostfront gekommen, und seitdem gab es keine Nachricht mehr von ihm. Was Paula wirklich leidtat. Ihr eigener Vater wurde auch vermisst, schon seit dem Sommer 1943. Sie wusste, dass man darüber bitter werden konnte. Aber dass nun Schostacks Frau hinter ihr und ihren Schwestern herschnüffelte, musste auch nicht sein.

zu gehen?«, fragte Frau Schostack, und ihr Ton ließ keinen Zweifel daran, was sie von solchen Leuten hielt.

»Lassen Sie mich durch?« Mit diesen Worten stieg Paula einfach über den Besen hinweg, den die Hausmeisterin quer vor die Treppe gestellt hatte und auf dessen Stiel sie ihr Kinn abstützte. Paula nahm die ersten drei Stufen und ließ dann die nächste und die übernächste aus. In den letzten Kriegstagen hatte das Haus noch einen Treffer abbekommen, und von den beiden Wohnungen unter dem Dach waren nur die Mauern zur Straße geblieben. Der Rest war ins Treppenhaus gestürzt und hatte das Geländer und einige Stufen mitgerissen. Inzwischen kannten alle Hausbewohner die notdürftig mit losen Brettern geflickten Stufen und überstiegen sie einfach.

»Ob das wohl noch mal repariert wird«, murmelte sie gerade laut genug, dass die Schostack es hören musste. Obwohl die auch nichts dafürkonnte. Es gab kaum Bauholz, und das wenige, was da war, wurde für notwendige Instandsetzungen gebraucht, für Schulen, Krankenhäuser oder die Bahnhöfe der Stadt.

Paula stieg weiter die Treppe hinauf. Sie wohnte mit ihrer Mutter und den Schwestern im zweiten Stock rechts. Die Wohnung war zum Glück mehr oder weniger unversehrt durch den Krieg gekommen, es gab Wasser, und die elektrischen Leitungen funktionierten, auch wenn der Strom öfter mal abgestellt war. Doch sie hatten noch ihre Möbel, sie konnten in Betten schlafen und hatten ein Dach über dem Kopf. Nur Geschirr und der Spiegel im Badezimmer waren

richtungsgegenstände, das bisschen Schmuck und das gute Porzellan hatten den Weg auf den Schwarzmarkt gefunden, damit sie nicht verhungerten. Bis vor einigen Wochen war ein älteres Paar aus Breslau bei ihnen einquartiert gewesen und hatte das zweite Zimmer bewohnt. Sie waren ganz gut mit den Wojczinjuks ausgekommen, trotzdem waren alle froh gewesen, als sie einem Evakuierungsangebot der Stadt folgten. Man hatte sie mit DDT-Pulver entlaust und ihnen einen Sack mit Marschverpflegung und eine Zugfahrkarte nach Meldorf in Dithmarschen in die Hand gedrückt. Seitdem hatten sie nichts mehr von dem Ehepaar gehört, obwohl die Post inzwischen recht gut funktionierte.

Jetzt hatten Paula und ihre Familie alles wieder für sich, auch wenn es nur zwei kleine Zimmer waren. Paula wohnte mit ihren beiden Schwestern in dem einen und ihre Mutter im anderen Zimmer, dazu kam eine winzige Küche, die zum Glück ein Fenster mit einer breiten Fensterbank außen hatte, wo sie jetzt im Winter ihre wenigen Lebensmittel lagern konnten. Alles war besser als die Nissenhütten an der Schwenckestraße, wo sich zwei Familien eine dieser Wellblechhütten ohne Heizung teilen mussten. Jedes Mal, wenn Paula dort vorbeikam, war sie dankbar, diese Wohnung zu haben.

Paula öffnete die Wohnungstür. Drinnen streifte sie als Erstes ihre Schuhe ab. Sie war so stolz gewesen, als sie die braunen Wildlederschuhe mit den kleinen Hacken erstanden hatte. Aber sie drückten! Mit einem Laut des Schmerzes rieb sie sich die Füße, dann schlüpfte sie in die ausgelatschten Pantoffeln ihres Vaters und ging in die Küche.

Ihre Mutter stand am Herd und rührte in einem Topf.

»Was gibt es zu essen?«

»Was soll es schon geben«, gab ihre Mutter zurück, »Kartoffeln und Speckstippe. Aber die Schostack war hamstern im Alten Land und hat mir ein paar Äpfel abgegeben. Ich hab Mus davon gekocht. Dafür soll ich ihr die Jacke von ihrem Mann im Rücken enger machen, damit sie ihr passt.« Sie wies mit dem Ellenbogen auf die Jacke, die über einem Küchenstuhl hing.

Paula ärgerte sich. »Ach, Mama, die Schostack nutzt dich aus.« Sie nahm die Jacke der Hauswirtin und begutachtete sie. Der Stoff war hart und verfilzt, ihre Mutter würde Stunden damit zubringen, sie zu ändern. Und das alles für ein paar Äpfel. »Und dann tut sie auch noch so, als würde sie dir einen Gefallen tun. Hamstern muss keiner mehr. Seit der Währungsreform gibt es doch alles. Hast du gesehen, in der Roonstraße hat schon wieder ein neues Lebensmittelgeschäft aufgemacht. Und nächste Woche wird das Kaufhaus für Mode am Eppendorfer Weg eröffnet. Die sollen auch Tischdecken zum Aussticken und Wolle haben.«

Ihre Mutter schnaubte. »In der Theorie vielleicht. Man muss sich das erst mal leisten können. Und unter Nachbarn hilft man sich doch gern.«

Ganz unrecht hatte sie nicht. Kohle und Benzin waren immer noch rationiert, und Zucker gab es erst seit einigen Monaten wieder frei auf dem Markt. Paula konnte sich noch gut an die Tage vor dem 20. Juni erinnern. Alle ahnten, dass bald eine neue Währung kommen würde. Wer noch etwas zu ver-

weshalb sich die Schaufenster leerten. Und viele, die noch wertlose Reichsmark hatten, wollten sie unbedingt loswerden und kauften alles, was sie kriegen konnten. Am Sonntag, dem 20. Juni, hatten sie dann alle angestanden und sich ihre vierzig Mark abgeholt. Und am Montagmorgen waren die Geschäfte plötzlich voller Dinge und Lebensmittel gewesen. Paula war damals mit der Straßenbahn gefahren, und an jeder Straßenecke waren Stände mit Blumenkohl und Gemüse aufgetaucht. Die Menschen hatten gehungert, obwohl die Lager voll gewesen waren! Nicht einmal ein halbes Jahr war das jetzt her, und immerhin war ein wenig Normalität in ihr Leben zurückgekehrt. Überall auf den geräumten Trümmergrundstücken entstanden provisorische Holzbuden, wo alles Mögliche verkauft wurde. Kohl und Groschenromane, gebrauchte Textilien und selbst gebrannter Schnaps. Aber es fehlte dennoch an vielem, und wer nicht organisieren konnte, hatte schlechte Karten.

Paulas Blick fiel auf die Singer-Nähmaschine, die vor dem Fenster stand. Diese Nähmaschine war neben dem alten Volksempfänger ihr wertvollster Besitz. Sie hatte ihre Schwestern und die Mutter durchgebracht, als es gar nichts zu kaufen gab, in der Zeit direkt nach Kriegsende, als man in Hamburg nur allzu leicht an Hunger und Kälte sterben konnte. Die Frauen der Nachbarschaft waren gekommen, weil sie nichts anzuziehen hatten, und Paula hatte ihnen Mäntel und Kostüme aus Wehrmachtsjacken und Gardinen, manchmal sogar aus gefärbten Kartoffelsäcken genäht. Und bisweilen war der Stoff gut genug gewesen, um etwas Besonderes daraus zu zaubern,

Frauen einen Teil ihrer Schönheit zurückgab. Paula sorgte immer dafür, dass es eine Falte, einen Abnäher, einen bunten Knopf oder irgendein Detail gab, das zum Blickfang wurde und die Kleidung verschönte. Das strahlende Lächeln der Kundin war ihr dabei ebenso wichtig gewesen wie die Kartoffeln oder das Stück Butter, die sie zum Lohn bekommen hatte.

Paula strich mit den Fingern über das schwarze Gehäuse aus Holz, das die Maschine vor Staub und Nässe schützte.

Seit der Währungsreform gab es auch wieder Mäntel, Wäsche und Stoffe zu kaufen. Das Angebot war nicht üppig und oft teuer, aber es wurde größer, und damit war ihre Singer nicht mehr lebensnotwendig. Zudem waren die Frauen die hundertmal geflickten und umgeänderten Sachen leid, wo man die alten Nähte sah und wo die ausgelassenen Säume dunkler waren als der Rest. Wie satt hatte sie selbst die ewige Flickschusterei, wenn ein Rock, der zu kurz oder zu eng war, immer wieder neu aufgetrennt und mit Einsätzen versehen wurde, wenn aus den Säumen der Hosen neue Taschen genäht wurden, um einen Riss zu verbergen. Und dieses Aufribbeln alter Pullover, die immer kratzten. Was würde sie dafür geben, wenn sie endlich ihre geflickten, unansehnlichen Strümpfe in den Müll werfen könnte, wo sie seit Langem hingehörten. Sie würde selbst beim Essen sparen, wenn sie dafür nur ein schönes Kleid bekommen könnte.

Paula wollte sich endlich wieder einmal zurechtmachen, mit guter Kleidung und den richtigen Accessoires betonen, was sie an sich mochte – sich schön fühlen. Sie wollte vor den Schaufenstern am Jungfernstieg entlangflanieren und kaufen. Und sie wusste, dass es vielen Frauen so ging wie ihr.

»Wo bleibt denn Uschi wieder?«, fragte ihre Mutter.

»Ich hör sie schon«, sagte Paula mit einem Lächeln.

Ihre kleine Schwester Uschi polterte die Treppe herauf. Kurz darauf krachte die Wohnungstür ins Schloss.

»Habt ihr schon gehört? Das Hanse-Kino hat wieder aufgemacht! Heute Abend läuft ein Film mit Hans Albers. Ich gehe hin.«

»Mit wem?«, fragte ihre Mutter.

»Ist doch egal.« Uschi drehte sich um sich selbst und ließ ihren Rock schwingen. Dabei kamen ihre dünnen Beine zum Vorschein, ihr größter Kummer. Uschi war siebzehn, hübsch und keck, aber sie hätte gern mehr Rundungen gehabt. Was bei der knappen Versorgungslage schwierig war.

Die kleine Schwester ging um den Tisch herum und stieß dabei an das Sofa, das neben dem Herd stand. Hier schlief ihre Mutter. Sie ertrug es nicht, in ihrem Ehebett zu schlafen, ohne zu wissen, ob ihr Mann noch lebte. Deshalb bekam sie genau mit, welche ihrer Töchter wann nach Hause kam.

»Mama, warum schläfst du nicht wieder in eurem Schlafzimmer, jetzt, wo die Wojczinjuks nicht mehr da sind?«, schimpfte Uschi. »Wenn du es nicht brauchst, dann richte ich mich dort ein.«

»Gar nichts wirst du tun. Früher hat euch das eine Zimmer auch gereicht«, sagte Wilhelmine.

»Früher waren wir ja auch noch Kinder. Eine Frau braucht doch ihre Intimsphäre.« Uschi wedelte dramatisch mit den Armen.

Uschi antwortete nicht. »Schon wieder Kartoffeln«, beschwerte sie sich, nachdem sie in den Topf geschaut hatte.

»Wenn du was anderes mitbringen und dein Geld nicht fürs Kino ausgeben würdest, gäbe es bei uns auch was Besseres zu essen«, sagte Wilhelmine.

Paula hörte sich das Geplänkel amüsiert an. In ihrer Familie wurde gern gestritten und gestichelt, aber immer mit einem heimlichen Lächeln auf den Lippen. Wilhelmine wurde selten richtig böse, dann allerdings kannte sie kein Pardon. Doch hier ging es um Kleinigkeiten. Ihre Mutter war zwar nicht glücklich, wenn Uschi jeden Abend weg war, aber sie konnte ihre Tochter auch verstehen. Endlich konnten die jungen Leute wieder ins Kino und sich amüsieren. Und wer weiß, vielleicht fand sie auf diese Weise einen netten Mann?

»Die Schostack hat sich über dich beklagt. Du würdest immer so spät nach Hause kommen. Und früher wärst du so ein nettes Mädchen gewesen.« Paula verzog das Gesicht zu einem breiten Grinsen. »Sie macht sich richtig Sorgen um dich.«

Uschi knuffte sie in die Seite. »Lass mich bloß mit der in Ruhe, die alte Nazine. Ich will nicht nett und anständig sein, ich brauch Geld und will mich amüsieren. Ich bin doch nicht dem Reichsarbeitsdienst und dem BDM entkommen, um jetzt zu Hause zu sitzen, wie es die Nazis von den Frauen immer wollten. Damit ist jetzt Schluss – ich will wie eine Amerikanerin leben.«

Wilhelmine sah ihre jüngste Tochter mit einem Kopf-

wartete jedoch nicht ernsthaft eine Antwort.

Sie hatten sich gerade zum Essen an den Tisch gesetzt, als Gertrud nach Hause kam. Sie war zwei Jahre älter als Uschi und diejenige der Schwestern, die aus der Art geschlagen war. Während Paula und Uschi sich trotz der zwölf Jahre Altersunterschied sehr ähnelten und beide schlank und leichtfüßig waren, war Gertrud von schwerem Knochenbau. Sie stolperte oft, warf Dinge um und zog Missgeschicke an. »Dich haben sie im Krankenhaus vertauscht, Fräulein Ungeschickt«, hatte ihr Vater oft zu ihr gesagt.

Und Gertrud war von den drei Schwestern jene, die das Leben am schwersten nahm. Oft grübelte sie und zweifelte an sich selbst. Sie hatte weder Paulas Selbstsicherheit noch Uschis naive Unbekümmertheit. Aber sie war immer bereit, sich für andere einzusetzen, und für ihre Schwestern hätte sie sich vierteilen lassen.

Nun hievte sie ein Einkaufsnetz auf den Tisch und zog umständlich ihren Mantel aus. »Ich hab Makrele dabei«, sagte sie. Sie arbeitete als Verkäuferin in einem Fischgeschäft am Eppendorfer Weg, eine Arbeit, die sie verabscheute. Aber etwas anderes fand sie nicht, und sie war froh, ab und zu mit einem Stück Fisch die Kartoffeln aufpeppen zu können.

Uschi nahm nur ein paar Bissen, weil sie es eilig hatte, ins Kino zu kommen. »Entschuldigt, Kinder, ich muss los«, sagte sie und verschwand in dem winzigen Badezimmer, um sich zurechtzumachen.

Gertrud sah ihr missbilligend nach. »Jeden Abend geht sie aus. Und immer mit so komischen Typen.«

»Lass sie. Soll sie sich doch amüsieren«, sagte Paula.

»Diese Wohnung ist sowieso viel zu eng. Wenn wir alle hier sind, krieg ich einen Lagerkoller«, ließ sich Uschi vernehmen.

»Pass auf, was du sagst. Hast du dir mal angesehen, wie die Leute in den Nissenhütten wohnen?«

»Ach, mir doch egal! Jeder ist seines Glückes Schmied. Ich tanz nun mal gerne, und endlich darf ich die Musik hören, die früher verboten war.«

Dass sie auch gern Cocktails trank und rauchte, sagte Uschi wohlweislich nicht. Sie rauschte an ihnen vorbei und war schon aus der Tür.